THRONE OF GLASS

유리왕좌

사라 제이 마스

Athena

공보경_역자 소개

고려대 영어영문학과를 졸업했다. 현재 소설 및 인문서 전문 번역가로 활동하고 있다. 옮긴 책으로 사라 제이 마스의 〈유리왕좌〉 시리즈를 비롯해 더글러스 애덤스의 〈더크 젠틀리〉 시리즈, 나오미 노빅의 〈테메레르〉 시리즈, 켄 그림우드의 《다시 한 번 리플레이》, 피츠 제럴드의 《벤자민 버튼의 시간은 거꾸로 간다》, 핍 본 휴스의 《페트록의 귀환》, 아이라 레빈의 《로즈메리의 아기》, 칼렙 카의 《셜록 홈즈 이탈리아인 비서관》, 애거서 크리스티의 《커튼》, 앤 캐서린 에머리히의 《패션 오브 크라이스트》, 릭 시먼의 《더 패스》, 데이브 배리와 리들리 피어슨의 《피터팬과 런던의 비밀》, 《피터팬과 그림자도둑》, 라디카 자의 《다시 사랑할 수 있을까》, 마이클 코디의 《루시퍼의 눈물》, 딘 쿤츠의 《살인예언자 5》 등이 있다.

유리왕좌 유리왕좌 시리즈 1권

개정 신판 1쇄 펴냄 2025년 8월 30일

글쓴이 사라 제이 마스(Sarah J. Maas)
옮긴이 공보경
편집디자인 조세연
기획 이혜정
펴낸이 김대현
펴낸곳 (주)도서출판 아테나
등록 1991년 2월 22일 제2-1134호
주소 서울시 강서구 양천로 738, 한강G트리타워 613호
전화 (02)2268-6042 / 팩스 (02)2268-9422 / 홈페이지 www.athenapub.co.kr
ISBN 979-11-86316-36-8(03840)

THRONE OF GLASS
Copyright ©Sarah J. Maas 2012
Map by Virginia Allyn
All rights reserved
Korean translation copyright ©2023 by Athena Publishing Inc.
Korean translation rights arranged with Bloomsbury Publishing Inc. through EYA(Eric Yang Agency).

이 책의 한국어판 저작권은 EYA(Eric Yang Agency)를 통한 Bloomsbury Publishing Inc. 사와의 독점계약으로 (주)도서출판 아테나가 소유합니다. 저작권법에 의하여 한국 내에서 보호를 받는 저작물이므로 무단전재 및 복제를 금합니다.

책값은 표지에 있습니다. 잘못된 책은 바꾸어 드립니다.
주의! 책의 모서리 부분이 날카로우니, 다치지 않도록 주의하세요.

처음부터 끝까지 오랫동안 함께해준
픽션프레스의 모든 독자들에게 이 책을 바칩니다 ······
고맙습니다.

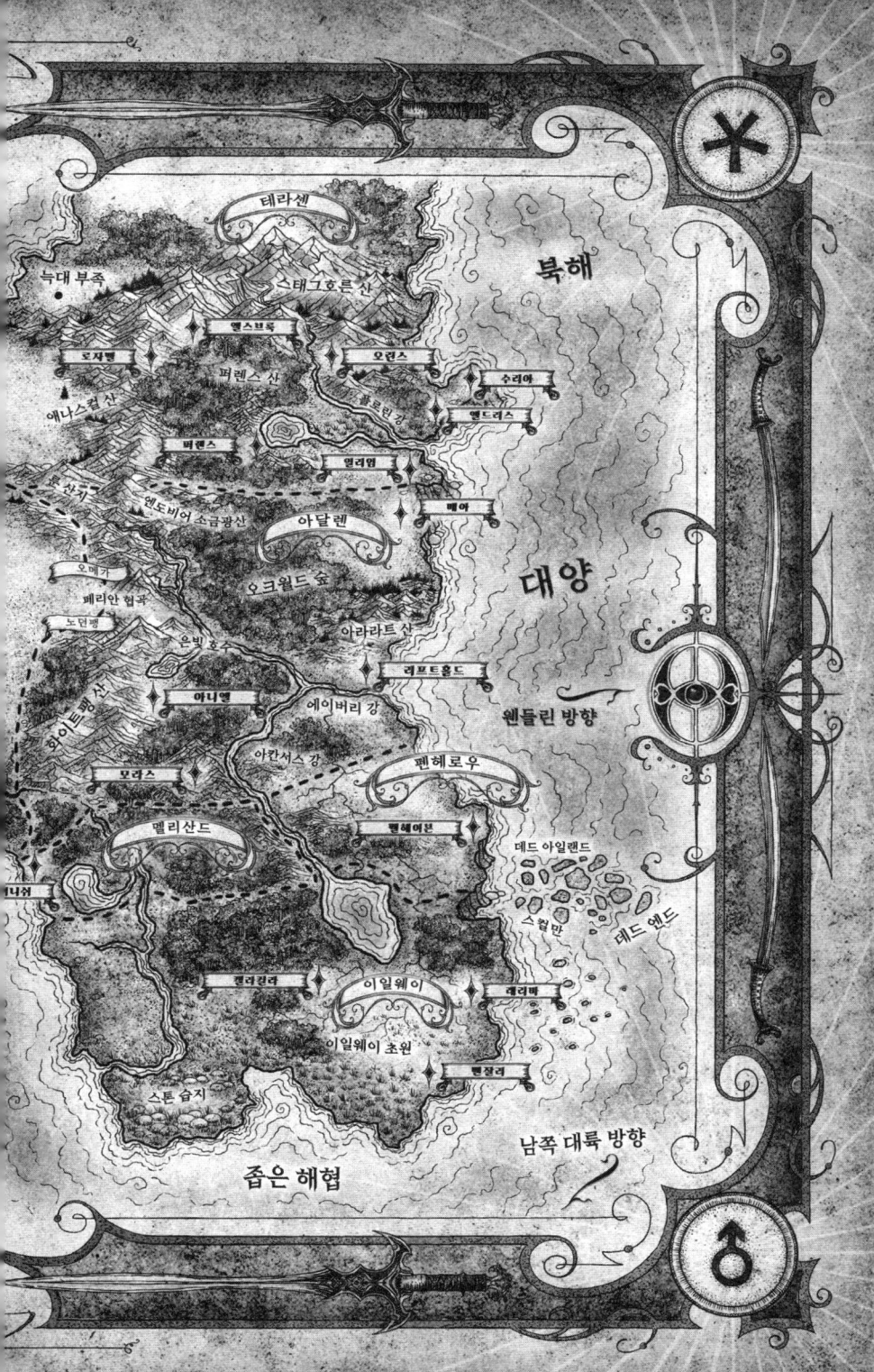

■ 등장인물

셀레이나 사르도시엔

어릴 때 아달렌의 침략으로 부모를 잃고, '자객의 왕' 에로밴 헤멜에 의해 구해져서 최고의 실력을 가진 자객으로 성장한다. 거친 성장 과정과 엔도비어의 험한 노예 생활에도 영혼을 잃지 않으려고 노력한다. 자유를 얻기 위해 아달렌 왕의 전사가 되는 시합에 참가하지만 마음으로는 계속 갈등한다.

도리언 하빌리아드

짙은 머리, 사파이어 색의 눈을 가진 잘생긴 아달렌의 왕세자이다. 책을 좋아하고 여자들과 자유분방하게 노는 것을 좋아한다. 잔인한 아버지에 대한 반항심으로 자객 셀레이나를 자신의 전사로 선택하지만 점차 그녀에게 빠져든다.

케이올 웨스트폴

아달렌 왕의 근위대장이자 왕세자 도리언의 오랜 친구이다. 무뚝뚝하고 차가운 면이 있다. 명예를 중요하게 생각하여 자객인 셀레이나를 못마땅해한다. 그러나 셀레이나가 왕의 전사가 되기 위한 훈련을 함께 하면서 점차 그녀에게 연민을 갖게 된다.

아달렌의 왕

도리언의 아버지이자 아달렌의 왕. 에렐리아 지역에 있던 테라센과 펜헤로우를 멸망시켰고, 이일웨이마저 노리고 있다. 잔혹하고 무자비한 성격으로, 장남인 도리언이 못 마땅하다. 목적을 위해선 수단과 방법을 가리지 않는 냉혹한 정복자다.

네히미아 예트거

이일웨이의 공주이다. 아달렌에 대항하는 이일웨이 반역세력의 조력자로 알려져 있으며, 아달렌과 이일웨이의 우호적인 관계를 위해 아달렌에 보내졌다. 고대의 워드 문자에 대한 비밀을 가지고 있다.

페링턴 공작

아달렌의 재상이자 왕의 심복이다. 자신의 출세를 위해 약혼녀까지 기꺼이 희생시킬 줄 아는 냉혈한이다. 왕의 전사 후보로 케인을 출전시켜 그에게 어둠의 힘을 부여하는 역할을 한다.

케인

왕의 전사를 뽑는 시합에 페링턴 공작의 후원을 받아 참가하였다. 강철같은 근육과 잔인한 성격으로 처음부터 우승 후보로 뽑혔지만, 이상하게도 날이 갈수록 몸이 더 커지고 힘도 강해졌다.

칼테인 롬피에

아버지가 부자인 귀족 아가씨. 페링턴 공작의 관심과 도움으로 궁전에 들어올 수 있었다. 왕세자 도리언과 결혼하고 싶어서 셀레이나와 페링턴 공작을 걸림돌로 생각한다.

1

 엔도비어 소금 광산에서 노예로 산 지 일 년이 넘었다. 셀레이나 사르도시엔은 어디서든 칼끝으로 위협받으며 족쇄를 차고 사는 생활에 익숙해졌다. 엔도비어의 노예 수천 명은 대부분 비슷한 취급을 받았다. 다만 광산으로 들어갈 때와 나올 때마다 셀레이나에게는 경비병 여섯 명이 추가로 붙었다. 아달렌에서 최고로 악명 높은 자객이었으니 그럴 만도 했다. 지금처럼 온통 검은 옷에 두건을 내려쓴 남자까지 옆에 있었던 적은 없었지만.

 남자는 셀레이나의 팔을 붙잡고 엔도비어 소금 광산의 관리와 감독관들이 머무는 반짝이는 건물로 데려갔다. 그들은 계단을 내려갔다가 다시 올라갔고 이리저리 빙빙 돌았다. 셀레이나가 여기서 도망쳐나갈 길을 찾아내지 못하도록 하려는 듯했다.

 그게 이 남자의 의도였을 것이다. 셀레이나는 불과 몇 분 만에 같은 계단을 오르내리고 있음을 알아챘다. 이 건물이 복도와 계단통을 격자 모양으로 배치한 일반적인 형태인데도 그들은 이 층과 저 층을 지그재그로 이동하고 있었다. 그 정도로 그녀가 쉽게 길을 잃을 줄

안 모양이었다. 이렇게까지 애쓰지 않았다면 셀레이나는 모욕감을 느꼈을 것이다.

얼마 후 그들은 별나게 긴 복도로 들어섰다. 그들의 발소리 외에 사방이 고요했다. 그녀의 팔을 붙잡은 남자는 키가 크고 몸이 다부졌다. 두건 아래로 이목구비는 전혀 보이지 않았다. 그것도 상대를 혼란에 빠뜨리고 위협하려는 전략일 것이다. 검은 옷도 전략의 일부겠지. 남자는 셀레이나 쪽으로 고개를 돌렸다. 그가 싱긋 웃고 있음을 셀레이나는 느낄 수 있었다. 남자는 다시 강철처럼 입을 꾹 다문 채 앞으로 시선을 돌렸다.

무슨 일 때문인지, 이 남자가 갱도 바깥에서 왜 기다리고 있었는지는 알 수 없지만, 이렇게까지 특별 대우해주니 기분은 좋았다. 종일 산 안쪽 깊숙한 곳에서 바위 소금을 캐다가 나와 보니 이 남자와 경비병 여섯 명이 그 앞에서 기다리고 있었던 것은 전혀 기분 좋을 일이 아니었지만.

남자는 감독관에게 자기가 왕실 근위대장 케이올 웨스트폴이라고 말했다. 그 말을 듣는 순간 셀레이나는 귀를 바짝 세웠다. 별안간 하늘이 열리고 산이 뒤에서 솟구치고 땅이 무릎으로 치받아 올라오는 느낌이었다. 한동안 두려움을 모르고 지냈다. 두려움 따위는 느끼지 않으려 했다. 아침에 눈을 뜰 때마다 같은 말을 되뇌었다. '난 두렵지 않아.' 지난 일 년 동안 이 말을 머릿속에 새기며 부러지기보다는 휘어짐을 택했다. 덕분에 광산의 어둠 속에서 심신이 박살 나지 않았다. 물론 이 근위대장이라는 자에게 그런 내색을 할 생각은 전혀 없었다.

셀레이나는 자기 팔을 붙잡은 장갑 낀 손을 바라보았다. 가죽 장갑은 그녀의 피부에 묻은 흙처럼 짙은 색깔이었다.

붙잡히지 않은 쪽 손으로 찢어지고 더러워진 튜닉을 매만졌다. 한숨이 나오려는 걸 참았다. 해 뜨기 전에 광산에 들어가 어스름이 깔린 후에야 나오는 생활을 하다 보니 해를 거의 보지 못했다. 흙투성이인 그녀의 피부는 무섭도록 창백했다. 한때 매력적이었고 아름답기까지 했는데…… 지금 그녀의 모습은 그런 것과는 거리가 멀었다. 하지만 지금 그게 중요할까?

그들은 또 다른 복도를 빙 돌아서 내려갔다. 셀레이나는 낯선 남자의 정교한 칼을 힐끗 바라보았다. 희미하게 빛나는 칼자루는 하늘을 날아가는 독수리 모양이었다. 그녀의 시선을 느꼈는지 그는 장갑 낀 손을 금색 칼자루 위에 얹었다. 셀레이나의 입가에 다시 슬쩍 미소가 걸렸다.

"리프트홀드에서 여기까지 먼 길을 오셨네요, 근위대장님." 셀레이나는 헛기침을 하며 말을 이었다. "아까 쿵쿵대며 돌아다니던 그 부대를 끌고 온 건가요?"

셀레이나는 두건 아래 어둠 속을 주시했지만 여전히 아무것도 보이지 않았다. 하지만 그의 두 눈이 그녀의 얼굴을 판단하고 재고 살피고 있음을 느낄 수 있었다. 셀레이나도 그를 마주 보았다. 왕실 근위대장은 확실히 흥미로운 상대가 될 것이다. 힘을 써볼 가치가 있을지도 모른다.

남자가 칼자루 위에 얹었던 손을 들자 망토 자락에 칼이 가려졌다. 망토가 움직일 때 튜닉에 수놓아진 금색 와이번 무늬가 보였다. 아달렌 왕실의 문장이었다.

"아달렌의 군대에 왜 관심을 보여?"

그가 대꾸했다. 셀레이나는 자기처럼 서늘하고 분명한 목소리를 들으니 반가웠다. 거칠고 짐승 같은 작자이긴 했지만!

"그냥요."

셀레이나는 어깨를 으쓱했다. 그는 짜증 난다는 듯 나지막하게 투덜거렸다.

아, 이 남자의 피가 대리석 바닥에 흩뿌려지는 게 보고 싶었다. 전에 딱 한 번 이성을 잃은 적이 있었다. 첫 감독관이 그녀를 심하게 몰아붙인 날. 그자의 배에 곡괭이를 꽂아 넣었을 때의 느낌, 손과 얼굴에 묻은 그자의 끈적한 피가 기억에 생생히 남아 있었다. 지금 여기 있는 경비병 두 명한테서 단박에 무기를 빼앗을 수도 있었다. 근위대장은 그 죽은 감독관보다 실력이 나을까? 싸우면 어떤 결과가 나올지를 생각하며 셀레이나는 다시 히죽 웃어 보였다.

"그런 식으로 쳐다보지 마."

남자가 경고하며 다시 손을 칼로 가져갔다. 셀레이나는 미소를 거뒀다. 그들은 몇 분 전에 지나갔던 여러 개의 나무문 앞을 다시 지나갔다. 여기서 탈출하려면 다음 복도에서 왼쪽으로 돌아간 뒤, 3개 층에 걸친 계단을 내려가면 된다. 남자는 방향 감각을 잃게 만들려고 같은 장소를 빙빙 돌고 있는데, 덕분에 셀레이나는 건물의 내부 구조에 익숙해졌다. 멍청하기는.

"우리 어디로 가는 거죠?"

셀레이나가 다정한 목소리로 물으며 얼굴로 흘러내린 기름진 머리카락을 쓸어 올렸다. 그가 대꾸하지 않자 셀레이나는 이를 악물었다.

복도는 소리가 너무 울려서 이대로 이 남자를 공격했다가는 건물 전체에 소리가 퍼지고 말 것이다. 남자가 그녀를 결박한 강철 족쇄의 열쇠를 어디에 뒀는지도 셀레이나는 보지 못했다. 그들 뒤에 따라붙은 경비병 여섯 명도 성가시게 할 것이다. 족쇄는 말할 필요도 없었다.

그들은 쇠 샹들리에가 걸린 복도로 들어섰다. 벽을 따라 나 있는 창문 밖으로 밤의 어둠이 내다보였다. 랜턴 불이 휘황해 몸을 숨길 그림자가 거의 없었다.

안마당 쪽에서 다른 노예들이 숙소인 목조 건물로 발을 질질 끌며 걸어가는 소리가 들렸다. 절그럭거리는 쇠사슬 소리에 고통스런 신음이 섞인 그 합창은 종일 노예들의 입에서 흘러나온 음울한 노동요와 다를 바 없었다. 한 번씩 울려 퍼지는 채찍 소리가 아달렌 왕국이 범죄자와 극빈층, 최근 정복한 나라의 백성들을 위해 만들어낸 잔혹한 교향곡에 더해졌다.

이곳 죄수 중 몇몇은 마법을 쓰려했다는 죄목으로 잡혀 왔다. 왕국에서 마법이 이미 사라진 터라 마법은 쓸 수도 없었을 것이다. 요즘은 점점 더 많은 반란 세력이 엔도비어로 끌려오고 있었다. 대부분 이일웨이 출신이었다. 이일웨이는 지금까지도 아달렌의 통치에 저항하는 마지막 나라들 중 하나였다. 셀레이나가 새로운 소식이 있는지 물어도 대부분은 멍한 눈으로 쳐다볼 뿐이었다. 이미 정신까지 망가져 버린 탓이었다. 그들이 아달렌 군인들에게 어떤 짓을 당했을지를 생각하면 셀레이나는 소름이 돋았다. 차라리 도살장에서 죽는 편이 낫다고 여기지 않았을까. 셀레이나 역시 배신당하고 이곳으로 붙잡혀 온 날 밤에 차라리 죽는 게 낫다고 생각했었다.

남자와 계속 걸어가는 동안 다른 생각들이 머릿속을 어지럽혔다. 이대로 교수형을 당하는 건가? 속이 뒤집힐 것 같았다. 셀레이나가 근위대장의 손에 직접 처형당해야 할 정도로 중요한 인물이긴 했지만, 굳이 이 건물 안으로 데려올 필요까지 있었을까?

마침내 그들은 붉은색과 금색으로 된 유리문 앞에 섰다. 유리가 두꺼워서 그 너머는 잘 보이지도 않았다. 웨스트폴 근위대장은 문 양옆을 지키고 서 있는 두 경비병에게 턱을 치켜들었다. 그러자 경비병들은 들고 있던 창으로 바닥을 찍으며 인사를 했다.

근위대장의 손아귀에 힘이 들어가자 셀레이나는 그에게 잡힌 팔이 아팠다. 그가 팔을 잡아당기는데도 그녀는 납덩이처럼 굳건히 바닥을 딛고 서서 꿈쩍도 하지 않았다. 그는 재미있다는 듯 살짝 웃음기 섞인 목소리로 물었다.

"광산에서 계속 살고 싶은 모양이지?"

"무슨 일 때문에 이러는지 말해주면 저항을 덜 하겠죠."

"곧 알게 될 거야."

그녀의 손바닥이 땀으로 축축해졌다. 셀레이나는 이제 죽나 보다 싶었다. 드디어 그날이 온 것이다.

문이 끼이익 소리를 내며 열리자 알현실이 보였다. 천장 대부분을 차지한 포도 덩굴 모양의 유리 샹들리에가 방 맞은편 쪽 창문을 향해 다이아몬드처럼 화려한 불빛을 쏟아냈다. 창문 너머로 보이는 적막한 풍경과 확연히 대조되는 화려한 방 안 풍경에 뺨을 얻어맞은 기분이었다. 저들이 그녀의 노역으로 얼마나 많은 이익을 보고 있는지 다시 한번 실감했다.

"들어가."

근위대장이 사납게 말하며 그녀를 놓아주고는 다른 쪽 손으로 등을 떠밀었다. 휘청하다가 중심을 잡으려던 셀레이나는 굳은살 박인 발이 매끄러운 바닥에 쭉 미끄러지고 말았다.

뒤를 돌아보니 또 다른 경비병 여섯 명이 보였다.

경비병 총 열네 명에 근위대장 하나. 검은색 제복 가슴팍에 자수로 새겨진 금색 왕실 문장. 이들은 왕실 가족의 개인 경호를 맡은 경비병들이었다. 태어날 때부터 주인을 보호하고 상대를 죽이도록 훈련받아온 무자비하고 번개처럼 빠른 군인들. 긴장한 셀레이나는 숨을 삼켰다.

갑자기 머리가 핑 돌면서 엄청 무겁게 느껴졌다. 셀레이나는 방 안을 바라보았다. 화려하게 장식된 붉은 삼목 왕좌에 잘생긴 젊은 남자가 앉아 있었다. 모두가 그 앞에서 고개를 숙이자 셀레이나는 심장이 멎는 듯했다.

왕좌에 앉은 남자는 아달렌 왕국의 왕세자였다.

2

"왕세자 전하."

근위대장은 머리를 깊이 숙여 절을 하더니 두건을 벗었다. 짧게 자른 밤색 머리카락이 드러났다. 셀레이나에게 위협감을 줘서 여기까지 걸어오는 동안 고분고분하게 만들려고 그동안 두건을 내려쓰고 있었던 듯했다. 그런 짓거리가 그녀에게 효과를 발휘할 줄 알았던 모양이었다. 셀레이나는 짜증이 났지만 근위대장의 얼굴을 가만히 바라보았다. 생각보다 상당히 젊었다!

웨스트폴 근위대장은 대단히 잘생긴 외모는 아니었지만 강인한 얼굴과 또렷한 인상을 주는 금색 섞인 갈색 눈이 매력 있기는 했다. 셀레이나는 자신의 추레하고 지저분한 모습을 문득 의식하고는 고개를 옆으로 살짝 돌렸다.

"이 여자야?"

아달렌의 왕세자가 물었다. 셀레이나는 고개를 돌려 왕세자를 바라보았고 근위대장은 고개를 끄덕였다. 둘 다 그녀를 빤히 쳐다보았다. 그녀가 알아서 고개를 숙여 절하길 기다리는 것이다. 셀레이나는 고개를 빳빳이 치켜들었다. 케이올은 자세를 바꿔 서며 기다렸고 왕세자는 근위대장을 힐끗 쳐다보고는 턱 끝을 위로 살짝 들었다.

절을 하라니! 이대로 교수형 당할 거라면 삶의 마지막 순간에 비굴하게 엎드릴 생각은 없었다.

뒤에서 육중한 발소리가 들리더니 누군가 셀레이나의 목을 콱 잡았다. 셀레이나의 시야에 불그레한 뺨과 옅은 갈색 콧수염이 얼핏 보인 순간 그녀는 얼음처럼 차가운 대리석 바닥에 내동댕이쳐졌다. 얼굴에 둔탁한 통증이 밀려오고 눈앞에 빛이 번쩍였다. 두 손이 결박된 상태라 관절을 편하게 움직일 수 없어 두 팔도 몹시 아팠다. 참으려고 해도 고통에 찬 눈물이 차올랐다.

"미래의 국왕 폐하께 제대로 인사할 줄은 알아야지."

불그레한 얼굴의 남자가 셀레이나를 윽박질렀다.

셀레이나는 이를 드러내며 씩씩거렸다. 고개를 옆으로 돌려 무릎 꿇고 앉은 그 남자를 바라보았다. 남자는 감독관만큼이나 덩치가 컸고, 숱 적은 머리카락에 어울리는 붉은색과 오렌지색이 섞인 옷차림이었다. 남자는 그녀의 목을 잡은 손에 힘을 주면서 흑요석 같은 눈을 번뜩였다. 오른팔을 조금만 더 움직일 수 있으면 이 남자를 쓰러뜨리고 칼을 빼앗을 수 있을 텐데……. 족쇄가 배를 누르자 분노가 지글지글 끓어올라 셀레이나는 얼굴이 벌겋게 달아올랐다.

한참 침묵하던 왕세자가 다시 입을 열었다.

"충성과 존경의 뜻이 담긴 절을 왜 그렇게 억지로 하게 만들려는 건지 이해를 못 하겠어."

근사한 권태로움이 배어 있는 말이었다.

셀레이나는 한쪽 눈을 굴려 왕세자를 쳐다보려 했지만 흰 바닥과 대비되는 검은 가죽 장화만 시야에 들어왔다.

"당신이 나를 존경하는 건 알겠어, 페링턴 공작. 하지만 셀레이나 사르도시엔에게도 같은 의견을 갖도록 강요하려고 그렇게까지 힘을 쓰는 건 불필요해. 당신이나 나나 이 여자가 내 가족에게 애정이 없다는 건 잘 알잖아. 그러니 당신이 그렇게 하는 건 이 여자에게 굴욕감을 주기 위해서겠지." 왕세자는 잠시 말을 멈췄다. 셀레이나는 왕세자의 시선이 자기 얼굴에 꽂히는 걸 느낄 수 있었다. "그만하면 됐어." 왕세자는 잠시 뜸을 들이다가 물었다. "엔도비어의 회계 담당자와 만나기로 했다고 하지 않았나? 그 사람을 만나려고 여기까지 왔는데 늦으면 안 되잖아."

그만 가보라는 뜻임을 알아들었는지 셀레이나의 목을 잡고 있던 남자는 투덜거리며 손을 놓았다. 셀레이나는 대리석 바닥에 짓눌렸던 뺨을 떼기는 했지만 그 남자가 일어서서 나갈 때까지 바닥에 계속 엎드려 있었다. 여기서 탈출하게 되면 저 페링턴 공작이란 놈을 찾아내 대가를 치르게 하고 말 것이다.

자리에서 일어선 셀레이나는 깨끗한 대리석 바닥에 떨어진 흙 자국, 고요한 방에 울려 퍼지는 자신의 족쇄 소리에 인상을 찌푸렸다. 얼어붙은 강가에서 거의 죽어 있다시피 한 그녀를 자객들의 왕이 발견해 요새로 데려갔고, 그렇게 그녀는 여덟 살 때부터 자객 훈련을 받았다. 새삼 창피할 일은 없었다. 이렇게 몸이 더러운 건 아무것도 아니었다. 자존심을 세우며 길게 땋아 내린 머리를 어깨 뒤로 넘기고 고개를 치켜들었다. 왕세자의 두 눈을 똑바로 바라보았다.

도리언 하빌리아드가 그녀에게 미소를 지었다. 왕실에서 교육받은 티가 물씬 풍기는 세련된 미소였다. 한 손으로 턱을 괸 채 왕좌에 비스듬히 앉은 그의 머리에는 부드럽게 빛나는 황금 왕관이 씌워져 있었다. 검은 더블릿 상의의 가슴 전체에 왕실을 상징하는 황금색 와이번 문양이 수 놓였고, 어깨에 두른 붉은 망토가 왕좌 아래까지 드리워졌다.

눈빛이 묘했다. 남쪽 나라의 바다색을 닮은 선명한 파란 눈동자, 그리고 까마귀처럼 검은 머리카락에 셀레이나는 잠시 멈칫했다. 가슴이 아리도록 잘생긴 이 왕세자는 나이가 스물도 안 되어 보였다.

왕자가 잘생기기까지 하면 반칙이지! 툭하면 징징대고 멍청하고 역겨운 놈들이어야 맞잖아! 그런데…… 이 남자는…… 왕족인데다 아름답기까지 하네. 이건 너무 불공평해.

셀레이나는 자세를 고쳤다. 왕세자는 그녀를 살피며 인상을 쓰더니 웨스트폴 근위대장에게 말했다.

"씻겨서 데려오라고 했잖아."

그 말에 근위대장이 앞으로 다가왔다. 셀레이나는 방에 다른 사람이 있다는 걸 잠시 잊었다. 자기가 입고 있는 걸레 쪼가리 같은 옷과 더러운 피부를 힐끗 내려다본 셀레이나는 수치심이 치솟는 걸 눌러 참았다. 한때 미인으로 칭송받았던 자신의 꼬락서니가 비참하기 그지없었다!

얼핏 보면 그녀의 눈동자는 파란색이나 회색으로 보였고 입고 있는 옷 색깔에 따라 초록색으로 보이기도 했다. 하지만 가까이에서 보면 홍채를 둘러싼 눈부신 황금색 고리 때문에 그 안쪽의 색깔은 눈에 띄지도 않았다. 무엇보다도 시선을 사로잡는 것은 여전히 찬란한 영광의 흔적이 남아 있는 그녀의 금발 머리였다. 한마디로 셀레이나 사르도시엔은 대체로 평범하지만 몇 가지 대단히 매력적인 외모적 요소를 갖고 태어났다. 사춘기 초기에 그녀는 화장을 통해 평범한 부분을 보완해 아름답게 꾸밀 수 있음을 알았다.

하지만 지금 그녀는 도리언 하빌리아드 앞에서 하수구의 쥐 같은 모습으로 서 있었다! 얼굴이 달아오르는데 웨스트폴 근위대장이 입을 열었다.

"기다리시게 하고 싶지 않았습니다."

케이올이 당장 목욕을 시키려는 듯 그녀에게 손을 뻗자 왕세자는 고개를 절레절레 흔들었다.

"목욕은 됐어. 어차피 가능성을 보려던 거니까." 왕세자는 셀레이나에게 시선을 붙박은 채 허리를 폈다. "우리가 제대로 인사를 나눈 적이 없는 것 같군. 알다시피 나는 아달렌의 왕세자 도리언 하빌리아드다. 지금은 아달렌 뿐만 아니라 에렐리아 대부분 지역의 왕세자지."

에렐리아라는 이름을 듣자 씁쓸한 감정이 솟구쳐 올랐으나 셀레이나는 애써 참았다.

"넌 아달렌 최고의 자객 셀레이나 사르도시엔이지. 아마 에렐리아 전체에서 가장 뛰어난 자객일 거야." 도리언은 그녀의 긴장한 몸을 찬찬히 살피더니 잘 손질된 짙은 눈썹을 치켜떴다. "나이는 좀 어려 보이네." 그는 허벅지에 팔꿈치를 갖다 대고 구부정하게 앉아 덧붙였다. "너에 대한 멋진 이야기들을 들었어. 리프트홀드에서 그렇게 극단적인 삶을 살다가 엔도비어로 오게 되니 어때?"

거만한 개새끼.

"더할 나위 없이 행복하네요."

셀레이나는 삐죽빼죽한 손톱으로 손바닥을 꾹 누르며 중얼거렸다.

"여기서 일 년 넘게 버티고 살아 있었어. 이런 광산에서는 보통 한 달을 넘기지 못하는데 말이야."

"참 불가사의한 일이죠."

셀레이나는 눈을 깜박거리다가 레이스 장갑이라도 되는 것처럼 족쇄를 매만졌다.

왕세자가 근위대장을 돌아보며 말했다.

"입이 제법 거칠지 않아? 그렇다고 폭도처럼 말하는 건 아니지만."

"당연히 그렇겠죠!"

"전하라고 해야지." 케이올 웨스트폴이 날카롭게 지적했다.

"뭐라고요?"

"왕세자께 전하라는 말을 붙이라고."

셀레이나는 비웃음을 흘리다가 왕세자에게 시선을 돌렸다.

놀랍게도 도리언 하빌리아드는 소리 내어 웃었다.

"네가 지금 노예라는 건 알고 있어? 광산 노역형을 살면서 배운 게 없나?"

팔에 족쇄가 채워져 있지 않았다면 '배운 게 없다'는 뜻으로 두 팔을 교차해 보였을 것이다.

"광산이라 곡괭이질 말고는 딱히 배운 게 없네요."

"탈출 시도를 한 적은 없어?"

셀레이나의 입가에 독기 어린 미소가 번졌다.

"한 번 했죠."

왕세자가 눈썹을 치켜뜨고는 웨스트폴 근위대장을 돌아보며 말했다.

"난 들은 바가 없는데."

셀레이나는 어깨 너머로 케이올을 돌아보았다. 케이올은 죄송하다는 표정으로 왕세자를 바라보며 대답했다.

"오늘 오후에 총감독관에게 듣기로 한 번 사고가 있었다고 합니다. 석 달 —"

"넌 달이요." 셀레이나가 끼어들었다.

"사르도시엔은 여기 도착하고 넉 달 후에 탈출하려고 했습니다."

다음 이야기가 이어지길 기다리던 셀레이나는 케이올이 더 자세히 늘어놓지 않자 한마디 던졌다.

"제일 중요한 부분은 그게 아니잖아요!"

"제일 중요한 부분이 있어?"

왕세자가 찡그리는 것인지 미소를 짓는 것인지 알 수 없는 표정으로 물었다.

케이올은 셀레이나를 힐끗 쳐다본 후 대답했다.

"엔도비어 광산에서 탈출은 불가능합니다. 엔도비어를 지키는 경비병들은 2백 보 거리에서 다람쥐를 화살로 쏴 맞출 수 있을 정도의 실력을 지니고 있습니다. 아버님이신 국왕 폐하께서 그리 조치해 놓으셨어요. 엔도비어에서 탈출하려는 건 자살 행위나 다름없습니다."

"그런데 넌 살아 있군."

왕세자가 셀레이나에게 말했다.

당시의 기억이 떠올라 셀레이나의 입가에서 미소가 걷혔다.

"그렇죠."

"무슨 일이 있었지?"

셀레이나는 싸늘하고 가혹한 눈빛으로 대답했다.

"제가 그날 폭발을 좀 했어요."

"그날 저지른 일에 대한 설명이 그게 다야?" 웨스트폴 근위대장은 이렇게 타박하고는 왕세자에게 말했다. "그날 감독관과 23명의 경비병을 죽이고 나서 붙잡혔습니다. 수용소 벽 바로 앞까지 갔다가 경비병들에게 맞아 기절했다고 합니다."

"그래서?"

도리언이 물었다.

셀레이나는 분노가 들끓었다.

"그래서라뇨? 광산에서 수용소 벽까지 거리가 얼마나 되는지 알기는 해요?" 왕세자는 말간 얼굴로 그녀를 바라볼 뿐이었다. 셀레이나는 눈을 질끈 감고 과장되게 한숨을 내쉬었다. "내가 일하던 갱도에서 110미터 떨어진 곳에 수용소 벽이 있어요. 사람을 시켜서 재 보게 했죠."

"그래서?"

도리언은 똑같이 대꾸했다.

"웨스트폴 근위대장, 노예들이 광산에서 얼마나 멀리 도망칠 수 있지?"

"1미터입니다. 엔도비어의 경비병들은 노예가 1미터 이상 움직이기 전에 화살로 쏴버립니다."

왕세자는 침묵했다. 셀레이나가 바라던 효과는 아니었다. 왕세자는 재미있어하던 표정을 거두고 물었다.

"도망치는 게 자살 행위인 건 알았겠네."

애초에 벽 얘기를 꺼낸 게 잘못이었다.

"맞아요."

"하지만 그들은 널 죽이지 않았어."

"당신 아버지가 나를 최대한 오래 살려두라고 명령했으니까요. 엔도비어에서 최대한 오래 비참한 생활을 견디도록 말이죠." 공기가 싸늘한 것도 아닌데 그녀의 등줄기를 타고 소름이 쫙 끼쳤다. "난 원래 도망치려던 것도 아니었어요."

왕세자의 동정심 어린 눈빛에 셀레이나는 당장 그를 한 대 치고 싶어졌다.

"몸에 상처가 많겠는데?"

왕세자의 물음에 셀레이나는 어깨를 으쓱했다. 그는 무거운 분위기를 바꾸려는 듯 단에서 내려오며 미소 지었다.

"뒤로 돌아. 등 좀 보게."

셀레이나는 인상을 찌푸리면서도 하라는 대로 했다. 왕세자가 그녀에게 다가가자 케이올이 가까이 왔다.

"너무 더러워서 상처가 잘 보이질 않아." 왕세자는 그녀의 찢어진 셔츠 사이로 피부를 살폈다. 바로 이어진 왕세자의 말에 셀레이나의 인상이 더 구겨졌다. "냄새가 너무 지독해!"

"목욕하고 향수를 뿌리는 생활을 못 하니 전하처럼 몸 냄새가 좋지는 못하네요."

왕세자는 혀를 차며 그녀의 주위를 천천히 돌았다. 케이올과 경비병들은 칼에 손을 올린 채 그들을 지켜보았다. 그럴 수밖에 없을 것이다. 그녀는 순식간에 두 팔로 왕세자의 목을 감아쥐고 족쇄로 숨통을 짓누를 수 있는 사람이니까. 케이올이 어떤 표정을 지을지 보기 위해서라도 해볼 만한 시도였다. 왕세자는 그녀에게 가까이 가는 게 얼마나 위험한지 모르는 듯 계속 다가왔다. 이 정도면 그녀를 모욕하는 것이다.

"큰 상처가 세 개 있고 좀 더 작은 상처들이 보여. 예상만큼 심하지는 않네. 그래도…… 뭐, 옷을 입히면 가릴 수 있겠어."

"옷이요?"

가까이 서 있어서 셀레이나는 그가 입은 재킷의 고운 실까지 볼 수 있었다. 왕세자의 몸에서는 향수가 아니라 말과 쇠 냄새가 났다.

도리언은 싱긋 웃었다.

"대단한 눈을 가졌어! 게다가 화가 잔뜩 나 있네!"

당장이라도 아달렌의 왕세자를 목 졸라 죽일 수 있는 위치라 그녀는 곧 자제심을 잃을 듯했다. 왕세자는 그녀를 서서히 비참한 죽음으로 몰아넣고 있는 남자의 아들이었다.

"알아야겠어요." 셀레이나가 입을 열자 근위대장은 당장이라도 그녀의 등뼈를 부러뜨릴 것처럼 세차게 붙잡아 왕세자한테서 거리를 두게 했다. "전하를 죽일 생각 없거든요, 바보야 뭐야."

갈색 눈의 근위대장이 말했다.

"광산에 도로 처박기 전에 입조심 해."

"아, 그럴 것 같진 않은데요."

"무슨 근거로 그렇게 생각하지?"

도리언은 왕좌로 터벅터벅 걸어가 앉았다. 그의 사파이어 같은 눈이 창창하게 빛났다.

셀레이나는 두 남자를 차례로 쳐다보면서 어깨를 폈다.

"나한테서 원하는 게 있잖아요. 그게 뭐든 너무 간절해서 직접 여기까지 온 거겠죠. 어쩌다 보니 멍청하게 붙잡히긴 했지만 난 바보가 아니에요. 이게 은밀한 거래라는 것쯤은 눈치챘어요. 그게 아니면 수도를 떠나 이렇게 멀리까지 왔을 리 없잖아요? 당신들은 내 심신이 멀쩡한지 보려고 날 계속 시험하고 있어요. 수용소 벽에서 일어난 사건 때문에 어떻게 생각할지 모르지만 난 아직 제정신이고 망가지지도 않았어요. 그러니 날 교수대로 보낼 게 아니라면 당신들이 여기 온 이유, 나한테서 원하는 걸 말해요."

남자들은 눈빛을 교환했다. 도리언은 양손의 손가락을 맞대고 세우며 말했다.

"제안할 게 있어."

셀레이나는 가슴이 조여들었다. 가장 허무맹랑한 꿈에서조차 도리언 하빌리아드와 대면해 얘기를 나눠 본 적이 없었다. 셀레이나는 그를 쉽게 죽일 수 있었다. 저 얼굴에 번져나가는 웃음기를 걷어 내고…… 그녀의 가족들을 죽인 아달렌 왕에게 복수할 수 있었다…….

하지만 왕세자의 제안을 받아들이면 여기서 탈출할 수 있을지 모른다. 수용소 벽만 넘으면 탈출할 수 있다. 달리고 달려서 산속에 몸을 숨길 수 있다면, 솔잎을 카펫 삼고 하늘의 별을 담요 삼아 짙은 초목 사이에서 살 수 있지 않을까. 가능할 것이다. 벽만 넘으면 된다. 지난번에 거의 성공할 뻔했는데…….

셀레이나가 말했다.

"듣고 있으니 말해요."

3

왕세자는 그녀의 주제넘을 정도로 자신만만한 태도가 재미있는지 눈을 반짝였다. 그녀의 몸에 너무 오래 시선을 주는 것 같기도 했다. 셀레이나는 그런 눈빛으로 자기를 쳐다보는 왕세자의 얼굴을 손톱으로 할퀴어버릴 수도 있었지만 이렇게 더러운 몰골인 자기를 저런 눈으로 보고 있다는 게 어떤 의미인지 알 것도 같았······. 그녀의 얼굴에 서서히 미소가 번졌다.

왕세자는 길쭉한 다리를 꼬며 경비병들에게 명했다.

"다들 나가 있어. 케이올, 자네는 남아."

경비병들이 나가고 문이 닫히자 셀레이나는 왕세자에게 더 가까이 다가갔다. 바보 같고 멍청한 움직임이었다. 그런데 케이올은 속내를 알 수 없는 표정이었다. 그녀가 이 상황에서 탈출하려 할 때 자기가 막을 수 있다고 생각하는 건가! 셀레이나는 허리를 곧게 폈다. 저들은 대체 무슨 꿍꿍이길래 이렇게 무책임하게 굴고 있는 걸까?

왕세자가 싱긋 웃었다.

"네게 자유가 주어질 수도 있는데, 나한테 이렇게 함부로 구는 게 위험한 짓이란 생각은 안 들어?"

전혀 예상치 못한 말이었다.

"자유요?"

그 단어를 입 밖에 낸 순간 소나무와 눈으로 뒤덮인 땅, 햇볕에 하얗게 물든 절벽, 하얀 파도 거품으로 뒤덮인 바다, 벨벳처럼 부드럽고 푸르른 언덕과 분지에 빛이 비치는 풍경이 눈앞에 펼쳐졌다. 지금까지 잊고 살았던 땅이었다.

"그래, 자유. 광산으로 돌아가고 싶지 않으면 오만한 태도는 접어, 사르도시엔 양." 왕세자는 꼬았던 다리를 풀며 말을 이었다. "물론 앞으로 오만한 태도가 쓸모가 있을 때가 있을 거야. 내 아버지의 왕국이 신뢰와 이해를 바탕으로 하는 척 말하지는 않을게. 너도 이미 잘 알고 있을 테니까." 셀레이나는 그의 다음 말이 이어지길 기다리며 손가락을 움츠렸다. 눈이 마주친 순간, 그가 그녀의 속내를 파악하려 애쓰고 있음을 알 수 있었다. "내 아버지는 챔피언을 필요로 하셔."

무슨 말인지 이해되자 기분이 좋아졌다.

셀레이나는 고개를 뒤로 젖히고 소리 내어 웃었다.

"당신 아버지가 나를 챔피언으로 삼고 싶어 한다고요? 광산 밖에 있는 고귀한 영혼들을 모조리 제거했다는 말은 하지 마시죠! 왕의 곁에 예의 바른 기사 한 명쯤은, 충성스런 마음과 용기를 가진 귀족 한 명쯤은 아직 남아 있을 텐데요."

"말조심해." 케이올이 경고했다.

"당신이 하지 그래요?" 셀레이나는 근위대장에게 눈썹을 치켜뜨며 말했다. 웃기는 일이었다! 그녀에게…… 왕의 챔피언이 되라니! "사랑하는 우리 왕께서 당신은 챔피언으로 삼기에 부족하다고 생각하나 보네요?"

근위대장이 칼자루에 손을 얹으며 받아쳤다.

"입 닥치고 있으면 전하의 말씀을 끝까지 들을 수 있을 거다."

셀레이나는 왕세자를 바라보았다.

"말하세요."

왕세자는 왕좌에 등을 기댔다.

"아버지는 왕국을 도울 사람, 말 안 듣는 자들을 은밀히 처리할 사람을 필요로 하셔."

"추잡한 일을 몰래 처리해줄 사람이 필요하다는 거네요."

"그렇게 직설적으로 말하고 싶다면, 맞아. 왕의 챔피언이 되면 아버지의 적들을 조용하게 만드는 일을 하게 될 거다."

"죽음처럼 조용하게요."

도리언은 슬쩍 미소 지었지만 표정은 굳어 있었다.

"맞아."

아달렌 왕의 충성스런 하인이 되란 말이지. 셀레이나는 턱을 치켜들었다. 아달렌 왕을 *위해* 사람을 죽이라고…… 에렐리아의 절반을 먹어 치운 짐승을 위해 송곳니 노릇을 하라고…….

"그 제안을 받아들이면요?"

"6년 후 폐하께서 자유를 주실 거다."

"6년이나요!" 하지만 '자유'라는 말이 그녀의 머릿속에 다시 한번 메아리쳤다.

다음 질문을 짐작한 도리언이 미리 답을 해주었다.

"거절하면 넌 엔도비어에 남는 거다." 사파이어처럼 파란 그의 눈빛이 엄혹해지자 셀레이나는 숨을 삼켰다. 여기서 죽게 된다는 말은 그가 굳이 덧붙일 필요도 없었다.

6년 동안 왕의 부정한 칼 노릇을 하든지…… 아니면 죽을 때까지 엔도비어에 있든지 둘 중 하나였다.

"한 가지 조건이 있어."

왕세자가 손가락에 낀 반지를 만지작거리며 뜸을 들이는 동안 셀레이나는 최대한 무표정을 유지하며 기다렸다. "너에게 왕의 챔피언이라는 칭호를 거저 주지는 않을 거다. 아버지는 그 일을 재미있게 진행할 계획이셔. 시합을 여실 거야. 의회의 의원 23명에게 각각 챔피언 지원자를 후원하게 하셨어. 그들이 유리 성에 모여 훈련을 하다가 마지막에 결투를 하는 거다. 네가 이기면 공식적으로 아달렌의 자객이라는 칭호를 받게 돼."

왕세자는 미소 지었지만 셀레이나는 무표정을 유지했다.

"나와 경쟁할 자들이 정확히 누구죠?"

그녀의 표정을 바라보던 왕세자의 얼굴에서 웃음기가 걷혔다.

"에렐리아 전역에서 온 도둑, 자객, 전사." 셀레이나가 입을 열려 했지만 왕세자가 가로막았다. "네가 이기면, 기술과 가치를 증명하면 아버지는 너를 자유롭게 풀어주겠다고 약속하셨어. 게다가 아버지의 챔피언이 되면 상당한 급료도 받게 될 거다."

그가 마지막에 붙인 말은 셀레이나의 귀에 거의 들어오지도 않았다. 시합이라니! 출신도 알 수 없는 어중이떠중이들과 싸우라니! 자객들과 싸우라니!

"어떤 자객들이죠?"

"이름을 들어본 자는 없어. 너만큼 유명한 자는 없단 소리야. 이 말을 하니 생각났는데, 넌 셀레이나 사르도시엔이라는 이름으로 나가 싸우지 않을 거다."

"뭐라고요?"

"가명을 쓸 거야. 네가 재판을 받은 후 일어난 일에 대해 못 들어본 것 같군."

"광산에서 노예살이를 하고 있으면 바깥소식을 접하기가 힘들답니다."

도리언은 고개를 절레절레 흔들며 큭큭 웃었다.

"셀레이나 사르도시엔이 이렇게 젊은 여자인 건 아무도 몰라. 다들 네 나이가 훨씬 많을 거라고 생각하니까."

"뭐라고요?" 셀레이나는 얼굴이 붉어졌다. "어떻게 그게 가능하죠?"

세상으로부터 정체를 잘 숨기고 살아왔다고 자부하기는 했지만 이렇게까지 가능하지는 않을 텐데…….

"넌 사람들을 죽이고 도망 다닌 세월 동안 정체를 비밀에 부쳐왔어. 네 재판이 끝나고 아버지는 너에 대해 에렐리아에 알리지 않는 편이…… 현명하리라는 판단을 내리셨지. 계속 비밀로 묻어두길 바라고 계셔. 우리가 고작 어린 여자애 때문에 겁을 먹고 있었다는 걸 적들이 알면 뭐라고 하겠어?"

"내가 내 것도 아닌 이름과 지위로 이 비참한 곳에서 노예로 사는 이유가 그래서였다고요? 그럼 다들 아달렌의 자객을 누구라고 *생각하는데요?*"

"모르겠어. 별로 관심도 없고. 내가 아는 건, 네 실력이 최고였다는 것, 사람들이 네 이름을 말할 때 여전히 쉬쉬한다는 것 정도야." 왕세자는 그녀에게서 시선을 떼지 않은 채 말을 이었다. "네가 나를 위해 싸워준다면, 시합이 진행되는 몇 개월 동안 내 챔피언이 되어준다면, 5년 후에 아버지가 너를 자유로이 풀어주시도록 힘써볼게."

왕세자는 드러내지 않으려 애썼지만, 셀레이나는 그가 속으로 긴장하고 있음을 알아챘다. 그는 '예'라는 대답을 듣고 싶은 것이다. 그래야 그녀와 협상해볼 수 있을 테니까. 셀레이나는 눈을 반짝였다.

"내 실력이 최고였다는 걸 안다고 옛날 얘기하듯 말했는데, 무슨 뜻이죠?"

"넌 엔도비어에 일 년 가까이 있었어. 네 실력이 여전한지 아무도 모르지 않겠어?"

"난 여전히 여러모로 능력이 있답니다."

셀레이나는 들쭉날쭉한 손톱 밑을 후벼냈다. 손톱 아래 박힌 때로 인해 움츠러들지 않으려 애썼다. 이 손이 깨끗했던 게 언제였더라?

"그건 두고 보면 알겠지. 리프트홀드에 도착하는 대로 시합에 관해 자세히 듣게 될 거다."

"고귀하신 분들이 우릴 두고 내기를 걸 테니 물론 *재미*는 있으시겠지만, 이런 시합 자체는 쓸모가 없을 거예요. 그냥 지금 바로 나를 고용하는 게 어때요?"

"아까도 말했지만, 그만한 가치가 있는지 증명해."

셀레이나는 한 손을 허리춤에 얹었다. 방 안에 족쇄의 사슬 소리가 요란하게 울려 퍼졌다.

"비공식적이긴 해도 명색이 아달렌의 자객이니 왕세자님이 말하는 자격 조건은 다 갖췄잖아요."

케이올이 청동색 눈을 번뜩이며 대답했다.

"그래봤자 넌 범죄자일 뿐이고, 너에게 폐하의 사적인 일을 맡겨도 된다는 믿음은 생기지 않아."

"내가 엄숙하게 맹세하면—"

"*아달렌의 자객* 따위가 하는 맹세를 폐하께서 받아주지 않으실 거다."

"그렇겠죠. 내가 굳이 훈련받고 결투까지 해야 하는 이유가 뭐죠? 내가 여기서 좀…… 망가지긴 했지만…… 어차피 여기서 곡괭이로 바위나 깨며 살고 있잖아요. 뭘 기대했어요?"

셀레이나는 케이올을 사납게 노려보았다.

도리언이 인상을 쓰며 물었다.

"그래서 제안을 안 받아들이겠다고?"

"물론 받아들여야죠." 셀레이나가 날카롭게 대답했다. 쇠사슬에 손목이 몹시 쓸려 눈물이 찔끔 났다. "당신의 잘난 챔피언이 되어 줄게요. 5년이 아니라 3년 후에 자유롭게 풀어주겠다고 약속하면요."

"4년."

"좋아요. 그러죠. 어차피 챔피언이 돼도 노예나 다를 바 없을 것 같긴 하네요. 난 바보가 아니거든요."

드디어 자유를 되찾을 수 있게 됐다. *자유*. 탁 트인 세상의 시원한 공기, 산에서 불어온 바람이 그녀를 멀리 데려가 줄 것이다. 한때 손바닥이나 다름없던 아달렌의 수도 리프트홀드에서도 멀리 떠나 살 수 있겠지.

"네 말대로 되길 바랄게. 명성에 걸맞은 실력을 보여줘. 승리할 걸로 믿을 거야. 내 입장을 우습게 만들었다간 기분이 좋지 않을 거야."

"시합에서 지면 어떻게 돼요?"

도리언의 눈에서 빛이 사라졌다.

"다시 이곳으로 돌아와 형기를 마저 채워야겠지."

셀레이나의 머릿속에 떠오른 아름다운 상상이 마치 책을 덮어버린 것처럼 사라졌다.

"차라리 창문에서 뛰어내리는 편이 낫겠네요. 여기서 일 년을 살면서 기운이 다 빠졌는데 다시 돌아오면 어떻게 될까요. 아마 2년도 못 채우고 죽겠죠." 셀레이나는 고개를 치켜들고 덧붙였다. "그만하면 괜찮은 제안인 것 같네요."

"당연하지." 도리언은 케이올에게 손짓하며 지시했다. "방으로 데려가서 씻게 해." 그리고 셀레이나를 쳐다보며 덧붙였다. "내일 아침에 리프트홀드로 출발할 거다. 실망시키지 마, 사르도시엔."

말도 안 되는 소리였다. 광산에서 노역하다가 갑자기 시합에 나가 경쟁자들을 압도적으로 제거하는 게 쉬운 일일까? 하지만 만약 해낸다면 오랫동안 닫혀 있던 희망의 왕국으로 입성하게 된다. 웃음이 나지는 않았지만, 그런 생각을 하니 왕세자를 붙잡고 춤이라도 추고 싶은 심정이었다. 음악을 떠올리려 애썼다. 축하의 노래를 생각해보려 했다. 하지만 머릿속에 떠오르는 건 구슬프고 쓸쓸한 이일웨이 노동요였다. 그릇에서 흘러내리는 꿀처럼 진하고 느릿한 노랫소리. '드디어 집으로 돌아가네……'

셀레이나는 웨스트폴 근위대장이 언제부터 그녀를 데리고 걸어가고 있었는지, 이 복도에서 저 복도로 줄곧 걸어가는 것도 인식하지 못한 채 생각에 잠겼다.

그래, 리프트홀드로 가는 거다. 어디로든 가야 한다. 워드 대문을 지나 지옥으로 떨어지더라도 자유를 얻을 수만 있다면 가야지.

아달렌의 자객이라는 이름을 거저 얻은 게 아니란 걸 보여주마.

4

 알현실에서 왕세자를 만나고 돌아온 셀레이나는 쓰러지듯 침대에 누웠다. 지독하게 피로해서 온몸 구석구석 진이 다 빠졌는데도 곧장 잠이 오지 않았다. 하인들이 거칠게 씻긴 바람에 등의 상처가 욱신거렸다. 특히 얼굴은 뼈까지 박박 문질러 씻긴 듯했다. 약을 바르고 붕대를 감은 등의 통증을 덜기 위해 옆으로 누워 손으로 매트리스를 문질렀다. 문득 손의 움직임이 자유로워졌음을 깨닫고 눈을 깜박였다. 셀레이나가 목욕하러 가기 전에 케이올이 손의 족쇄를 풀어주었다. 모든 게 다 느껴졌다. 족쇄에 열쇠가 들어가서 돌아가는 소리, 느슨해진 족쇄가 바닥에 왈그락 떨어지는 소리. 여전히 손목에 쇠사슬이 채워진 느낌이 들기도 했다. 천장을 올려다보며 불붙은 듯 아린 관절을 이리저리 돌리며 만족스러운 한숨을 내쉬었다.
 침대에 누워 있자니 영 낯설었다. 피부에 닿는 비단의 부드러운 감촉, 뺨을 받쳐주는 베개의 느낌. 눅진한 귀리와 딱딱한 빵 말고는 음식 맛이 원래 어땠는지 기억도 나지 않았다. 깨끗해진 몸에 깔끔한 옷을 입은 것도 오랜만이라 모든 게 낯설었다.

저녁 식사로 나온 음식이 *대단히* 훌륭했던 건 아니었다. 닭구이는 별나게 맛있지도 않았다. 그마저도 몇 점 먹고 나서는 화장실로 달려가 속을 다 게워내야 했다. 먹고 싶은 마음은 굴뚝 같았다. 실컷 먹고 부른 배를 문지르고 싶었다. 괜히 먹었다고 후회하면서, 다시는 이렇게 먹지 말아야지 하는 생각도 해보고 싶었다. 리프트홀드에 가게 되면 제대로 잘 먹을 수 있으려나? 그동안 위장도 바뀐 식단에 적응하겠지.

지금 셀레이나는 너무 말라 있었다. 잠옷 속에 옆구리의 뼈가 앙상하게 드러났다. 원래 살집이 어느 정도 있어야 하는 자리인데 뼈밖에 없었다. 그리고 가슴! 한때 꽤 괜찮은 모양이었는데 지금은 사춘기 때와 비슷하게 작아져 거의 모양이랄 것도 없었다. 울컥 화가 치밀어 올랐지만 참았다. 부드러운 매트리스에 누워 있으니 숨이 막힐 것 같았다. 통증 때문에 움찔하면서도 다시 자세를 바꿔 등을 매트리스에 대고 누웠다.

화장실 거울에 비친 얼굴도 별반 다르지 않았다. 초췌했다. 광대뼈가 날카롭게 도드라졌고 턱이 튀어나왔으며 눈도 심하게 퀭하니 들어갔다. 그래도 조금씩 희망을 만끽하면서 안정적으로 숨을 들이마셨다. 일단 잘 먹어야 한다. 많이 먹어야 한다. 그리고 운동을 하면 다시 건강해질 것이다. 실컷 먹고 예전의 영광을 되찾으리라 다짐하면서 드디어 잠에 빠져들었다.

다음 날 아침, 케이올이 그녀를 데리러 왔다. 셀레이나는 담요를 몸에 둘둘 감은 채 바닥에 누워 자고 있었다.

"사르도시엔."

셀레이나가 베개에 얼굴을 더 깊게 파묻고 무어라 웅얼거리자 그가 물었다.

"왜 바닥에서 자는 거지?"

셀레이나는 한쪽 눈을 떴다. *깨끗하게 씻은 그녀의 몸이 예전과 얼마나 달라졌는지* 그는 굳이 말하지 않았다.

셀레이나는 일어서면서 담요로 몸을 굳이 가리지도 않았다. 사람들이 잠옷이라 부르는 천이 그녀의 몸을 어지간히 가려주기는 했다.

"침대가 불편해서요."

대답한 후 그녀는 곧장 햇살을 만끽하느라 근위대장의 존재를 잊었다.

순수하고 신선하며 따뜻한 햇살이었다. 자유를 얻으면 날마다 햇빛을 실컷 쬘 수 있을 것이다. 광산에서 사는 동안 그녀의 속에 스며든 끝없는 암흑을 이 햇빛이 몰아내줄 것이다. 묵직한 커튼 사이로 흘러 들어온 햇살이 방을 가로질러 굵은 선을 그렸다. 셀레이나는 그 빛나는 선을 향해 조심스럽게 손을 뻗었다.

손이 어찌나 창백한지 백골 같았다. 멍들고 베이고 상처투성이인 손이지만 아침 햇살 아래서 보니 새롭고 아름다웠다.

창문 앞으로 달려간 셀레이나는 커튼을 찢어버릴 듯한 기세로 열어젖혔다. 엔도비어의 잿빛 산과 음울한 풍경이 내다보였다. 창문 아래에 자리한 경비병들은 위를 올려다보지도 않았다. 셀레이나는 멍든 것 같은 회색 하늘, 경비병들의 신발을 스치고 지평선으로 흘러가는 구름을 입을 벌린 채 바라보았다.

두려워하지 말자. 수없이 되뇌어온 말이지만 오랜만에 진심으로 느껴졌다.

입가에 미소가 걸렸다. 근위대장은 눈썹을 치켜뜰 뿐 아무 말도 하지 않았다.

유쾌해졌다. 의기양양해질 정도였다. 하인들이 땋은 머리를 뒤로 틀어 올려주고 앙상하게 마른 몸을 가리는 멋진 승마복을 입혀주자 기분이 더 좋아졌다. 셀레이나는 옷을 좋아하는 편이었다. 비단, 벨벳, 새틴, 스웨이드, 시폰의 감촉을 좋아했고 우아하게 처리한 솔기, 도드라진 무늬를 넣은 정교한 자수도 거의 환장할 정도였다. 이 말도 안 되는 시합에서 승리하면 원하는 옷을 전부…… 자유롭게 살 수 있을 것이다.

5분 넘게 거울 앞에 서서 감탄하고 있는 셀레이나에게 짜증이 난 케이올은 그녀를 거의 끌다시피 방에서 데리고 나갔다. 그렇게 끌려 나가면서도 셀레이나는 웃었다. 꽃봉오리가 싹트는 듯한 하늘을 보니 춤추며 폴짝폴짝 복도를 뛰어가고 싶었다. 그들은 곧 주요 마당에 도착했다. 수용소 저 끝에 뼈 색깔의 바위 무더기와 산의 무수한 구멍을 드나드는 조그마한 사람들의 형체가 보이자 주춤했다.

그날의 채굴 작업이 시작됐다. 셀레이나가 없어도 광산에서는 작업이 계속될 것이다. 여전히 비참하게 살아가야 할 광산 포로들을 지나쳐 가자니 문득 뱃속이 뒤틀리는 기분이었다. 차마 더 볼 수가 없어 포로들한테서 시선을 돌린 셀레이나는 높이 솟은 벽 근처에 도열한 말들을 향해 근위대장을 따라 걸어갔다.

시끌벅적하게 짖어대는 소리가 사방에 울려 퍼졌다. 검은 개 세 마리가 말들 사이에서 그들을 향해 달려왔다. 셋 다 화살처럼 날렵한 모습이었다. 왕세자의 사육장에서 사는 개들인 듯했다. 셀레이나는 한쪽 무릎을 바닥에 대고 앉아 개들의 부드러운 털을 쓰다듬었다. 상처 부위가 따끔거렸다. 개들이 꼬리를 채찍처럼 휘저어 바닥을 탁탁 내리치면서 그녀의 손가락과 얼굴을 핥아댔다.

셀레이나의 앞으로 새까만 장화 신은 발이 다가와 멈춰 섰다. 개들이 즉시 얌전해지면서 바닥에 엉덩이를 대고 앉았다. 눈을 든 셀레이나는 자신의 얼굴을 살펴보는 왕세자의 사파이어처럼 푸른 눈을 올려다보았다. 왕세자는 살짝 미소 띤 얼굴로 개의 귀 뒤를 긁어주며 입을 열었다.

"개들이 널 알아보다니 특이하네. 이 개들에게 먹이를 준 적 있어?"

셀레이나가 고개를 저었다. 근위대장이 다가와 그녀의 바로 뒤에 섰다. 셀레이나의 진한 초록색 벨벳 망토의 주름이 그의 무릎에 거의 닿을 정도였다. 이 정도 위치면 두 번 움직여 근위대장을 무장해제 시켜버릴 수 있을 것이다.

"개를 좋아해?" 왕세자의 물음에 셀레이나는 고개를 끄덕였다. 날이 벌써 이렇게 더워졌나? "나한테 목소리를 들려주긴 할 거야? 아니면 가는 내내 입 다물고 있을 작정인가?"

"굳이 소리 내서 대답하라고 하신 말이 아닌 것 같아서요."

도리언은 고개를 슬쩍 숙였다.

"이거 내가 숙녀께 대단히 실례했네! 감히 대답하라고 닦달했으니 이런 무례가 있나! 다음에는 좀 더 흥미로운 말을 생각해내도록 해야겠어."

왕세자는 돌아서서 개들을 이끌고 가버렸다.

셀레이나는 찡그리며 일어섰다. 근위대장이 대기 중인 자들 쪽으로 걸어가면서 히죽 웃는 걸 보고 셀레이나는 인상을 더 찌푸렸다. 그래도 그들이 얼룩무늬 암말을 끌고 와 타라고 하자 당장 누군가를 벽에 던져 곤죽으로 만들어버리고 싶은 충동이 다소 가라앉았다.

셀레이나는 암말에 올라탔다. 높이 때문에 하늘이 가까워진 듯 느껴졌다. 하늘은 그녀가 이름조차 들어본 적 없는 머나먼 땅을 향해 끝없이 뻗어나갔다. 안장 머리를 손으로 꼭 잡았다. 이제 정말 엔도비어를 떠나는 것이다. 아무런 희망도 없던 나날, 얼어붙게 추웠던 밤은…… 이제 끝이었다. 숨을 깊게 들이마셨다. 조금만 애쓰면 이 안장을 곧장 벗어나 날 듯이 달아날 수 있을 것이다. 확신이 섰다. 하지만 두 팔에 채워진 쇠 족쇄의 감촉에 망상을 떨치고 현실로 돌아왔다.

붕대를 두른 그녀의 손목에 족쇄를 채운 건 케이올이었다. 족쇄의 긴 쇠사슬은 그의 안장주머니 아래로 이어졌다. 케이올이 검은 종마에 올라타자 셀레이나는 지금 타고 있는 암말에서 훌쩍 뛰어올라 손목의 쇠사슬을 이용해 바로 옆 나무에 그를 매달아버리면 어떨까 하는 생각을 했다. 부대의 규모는 상당히 컸다. 대략 스무 명 정도였다. 아달렌 왕국의 깃발을 든 경비병 두 명, 그리고 그 뒤에 왕세자와 페링턴 공작이 자리했다. 그리고 걸쭉한 죽처럼 재미없고 뻔하게 생긴 근위병 여섯 명이 그들 뒤를 따랐다. 모습은 별로지만 그들은 왕세자를 보호하기 위해 훈련받은 자들이었다. 특히 셀레이나한테서 왕세자를 보호하려는 것이다. 셀레이나는 안장에 대고 쇠사슬을 절그럭거리며 케이올을 힐끗 쳐다보았다. 그는 반응하지 않았다.

해가 정점을 향해 솟았다. 그들은 마지막으로 물품을 점검한 후 그곳을 떠났다. 노예 대부분이 광산에서 노역 중이고, 금방이라도 무너질 듯한 정제 작업장 안에 몇 명이 들어가 있었다. 널찍한 수용소 마당에는 사람이 없었다. 수용소 벽이 문득 가까이 보이자 혈관 속에서 피가 솟구쳤다. 이 벽을 이렇게 가까이에서 봤던 그 날이 떠올랐다…….

채찍 소리가 들리더니 비명이 이어졌다. 고개를 돌린 셀레이나는 경비병들, 보급품을 실은 마차 너머로 텅 빈 마당을 바라보았다. 노예들은 죽어서도 이곳을 벗어나지 못할 것이다. 매주 노예들은 정제 작업장 뒤쪽에 있는 공동묘지에 새 무덤을 팠고, 매주 그 무덤들은 시신으로 채워졌다.

등에 길쭉하게 나 있는 세 줄의 상처가 문득 아려왔다. 자유를 얻더라도…… 어느 시골에서 평화롭게 살게 된다고 해도…… 등의 상처를 볼 때마다 여기서 견딘 세월이 떠오를 것이다. 셀레이나는 자유를 얻겠지만 저 노예들은 그렇지 못할 테니까.

수용소 벽 사이의 통로를 지나면서 셀레이나는 상념을 떨쳐내고 앞을 바라보았다. 통로는 연기 냄새가 났고 축축했다. 말발굽 소리가 천둥처럼 울렸다. 이윽고 쇠문이 열렸다. 셀레이나는 문이 양옆으로 활짝 열리기 전 광산의 사악한 이름을 얼핏 보았다. 심장이 몇 번 뛰는 사이에 쇠문은 삐거억 소리를 내며 그들 뒤로 닫혔다. 다음 순간 셀레이나는 광산 밖에 나와 있었다.

족쇄를 찬 두 손을 움직여보았다. 셀레이나와 근위대장을 연결한 쇠사슬이 절그럭절그럭 소리를 내며 흔들거렸다. 쇠사슬 끝은 근위대장이 타고 있는 말 안장에 붙어 있었다. 잠시 멈출 때 느슨해진 쇠사슬을 확 잡아당기면 안장이 말에서 분리되면서 근위대장은 바닥으로 곤두박질칠 것이다.

문득 근위대장의 시선이 느껴졌다. 그는 인상을 꽉 쓰면서 입을 꾹 다물고 그녀를 쳐다보고 있었다. 셀레이나는 쇠사슬을 아래로 내리며 어깨를 으쓱했다.

아침 시간이 흐르면서 하늘은 구름이 거의 없는 새파란 색으로 변해갔다. 그들은 숲길을 따라 엔도비어의 험준한 산 사이 황무지를 지나 편편한 지역으로 들어섰다.

오전 중반쯤에는 오크월드 숲으로 진입했다. 엔도비어를 빙 둘러

쌈 이 숲은 동쪽의 '문명화된 지역'과 서쪽의 미지의 땅을 나누는 역할을 했다. 전설에 따르면 서쪽 지역에는 괴상하고 무시무시한 자들이 살고 있다고 했다. 쇠락한 마녀 왕국의 잔인하고 피에 굶주린 후손들. 셀레이나는 그 저주받은 땅에서 온 젊은 여자를 만난 적이 있었다. 그 여자는 알고 보니 잔인하고 피에 굶주려 있긴 했지만 인간이었다. 인간과 똑같이 피를 흘렸다.

셀레이나는 케이올을 돌아보며 몇 시간 만에 입을 열었다.

"아달렌 왕이 웬들린과 전쟁을 끝내고 나면 서쪽 지역을 식민지로 만들 거란 소문이 있던데요."

지나가듯 가볍게 물었지만 확인하고 싶었다. 아달렌 왕의 현재 위치와 움직임에 대해 조금이라도 더 파악하는 편이 유리할 테니까. 근위대장은 그녀를 위아래로 쳐다보다가 인상을 쓰면서 말없이 고개를 돌렸다. 셀레이나는 한숨을 푹 쉬며 말했다.

"나도 같은 생각이에요. 저 텅 비고 넓은 평원, 산밖에 없는 저 비참한 지역의 운명은 내가 봐도 참 암울해 보이거든요."

근위대장은 턱에 힘을 주며 이를 악물었다.

"나를 영원히 무시할 건가요?"

근위대장이 눈썹을 치켜떴다.

"무시하고 있는지 몰랐는데."

셀레이나는 짜증이 났지만 입을 다물며 참았다. 성질을 부려봤자 그에게 만족감만 줄 것이다.

"몇 살이에요?"

"스물두 살."

"왜 이렇게 어려!" 셀레이나는 애교스럽게 눈썹을 깜박이면서 그의 반응을 지켜보았다. "일 시작한 지 몇 년도 안 돼서 대장으로 진

급한 거예요?"

그는 고개를 끄덕이며 물었다.

"그러는 당신은 몇 살인데?"

"열여덟 살이요." 그가 더 이상 말을 하지 않자 셀레이나가 다시 말을 붙였다. "알아요. 어린 나이에 대단한 업적을 쌓았으니 *꽤* 인상적일 거예요."

"범죄를 업적으로 치지는 않아, 사르도시엔."

"그렇죠. 그래도 세계적으로 유명한 자객이 됐잖아요!" 그는 대꾸하지 않았다. "내가 어떻게 그렇게 했는지 물어봐요."

"뭘?" 그는 굳은 표정으로 물었다.

"어떻게 이렇게 빨리 재능있고 유명한 사람이 됐는지 물어보라고요."

"듣고 싶지 않아."

셀레이나가 원하는 대답이 아니었다.

"참 무뚝뚝하시네."

셀레이나는 이를 악물고 투덜거렸다. 그를 자극하려면 좀 더 세게 나가야 할 것 같았다.

"당신은 범죄자야. 난 왕실 근위대장이고. 당신에게 친절을 베풀거나 대화를 해야 할 의무 따윈 없어. 마차에 가두지 않은 것만도 고맙게 여겨."

"그러게요. 근위대장님은 남들에게 *친절하게* 말 한마디 하는 것도 불쾌하신 분인가 봐." 그가 대꾸를 안 하자 셀레이나는 바보 취급 당한 기분이었다. 몇 분 후에 셀레이나는 슬쩍 물었다. "왕세자님하고 친해요?"

"내 사생활에 신경 꺼."

셀레이나는 혀를 찼다.

"좋은 가문 출신인가 봐요?"

"맞아."

그의 턱이 미세하게 위로 올라갔다.

"공작 집안인가요?"

"아니."

"그럼 영주?" 그가 대답하지 않자 셀레이나의 얼굴에 서서히 미소가 번졌다. "케이올 웨스트폴 영주님이시구나." 셀레이나는 손으로 부채질하며 덧붙였다. "궁정의 숙녀들이 당신한테 무지하게 알랑거리겠네!"

"그렇게 부르지 마. 난 영주 작위를 받지 않았어."

"형 있어요?"

"아니."

"그럼 작위를 왜 안 받았어요?" 그는 또 대답하지 않았다. 이 이상 캐물으면 안 될 것 같았지만 멈출 수가 없었다. "무슨 추문이라도 있었어요? 생득권을 빼앗겼나? 어떤 더러운 음모에 휘말렸어요?"

그는 입술이 하얗게 질릴 정도로 꽉 다물고 있었다.

셀레이나는 그를 향해 몸을 기울이며 나지막하게 말했다.

"그럼 혹시—"

"입에 재갈을 물릴까, 아니면 알아서 입을 다물 거냐."

그는 다시 무표정하게 앞쪽의 왕세자를 바라보았다.

셀레이나가 다시 재잘거리자 그는 인상을 찌푸렸다. 셀레이나는 웃음이 나올 것 같았지만 꾹 참고 물었다.

"결혼했어요?"

"아니."

셀레이나는 손톱에 낀 때를 후비며 말했다.

"나도 결혼 안 했는데." 그가 코를 벌름거렸다. "근위대장 자리에 올랐을 때 몇 살이었어요?"

그는 고삐를 꽉 잡으며 대답했다.

"스무 살."

그때 다들 어느 공터에서 멈춰 섰고 군인들이 말에서 내렸다. 셀레이나는 말에서 내려가려고 다리를 옆으로 돌리는 케이올을 쳐다보며 물었다.

"왜 이동을 멈춘 거예요?"

케이올은 안장에서 사슬을 풀고 잡아당기더니, 그녀에게 말에서 내려오라고 손짓했다.

"점심 먹으려고."

5

 셀레이나는 너저분하게 내려온 머리카락을 뒤로 쓸어 넘기고 공터로 끌려갔다. 여기서 도망치려면 케이올부터 처리해야 했다. 그와 단둘이었으면 쇠사슬 때문에 번거롭긴 해도 탈출을 시도해 봤을 것이다. 하지만 주저 없이 사람을 죽이는 훈련을 받은 근위병들이 잔뜩 있으니 함부로 움직일 수 없었다…….
 불을 피우고 보급품 상자와 자루에서 음식을 꺼내 준비하는 동안 케이올은 셀레이나 가까이에 머물렀다. 군인 일부는 음식을 만들었고 나머지는 통나무를 가져와 둥글게 늘어놓고 의자 삼아 앉았다. 충직하게 주인을 따라온 왕세자의 개들이 꼬리를 흔들면서 자객 셀레이나에게 다가가 발치에 엎드렸다. 적어도 그녀와 함께 가는 걸 즐거워하는 존재가 있기는 했다.
 배가 고픈 상태에서 무릎에 음식 접시가 놓이자 셀레이나는 쇠사슬을 바로 풀어주지 않는 근위대장에게 짜증이 났다. 근위대장은 셀레이나를 한참 쏘아보며 눈빛으로 경고한 후 손목의 쇠사슬을 풀어 발목에 대신 채웠다. 셀레이나는 어이가 없다는 듯 눈을 위로 굴리면서 고기를 조금 집어 입에 넣고 천천히 씹었다. 이 사람들 앞에서 구역질하는 일만은 피하고 싶었다. 군인들이 자기네끼리 얘기를 나누는 동안 셀레이나는 주변을 둘러보았다. 셀레이나와 케이올은 군인 다섯 명과 한자리에 앉았다. 왕세자는 페링턴 공작과 함께, 셀레이나의 자리에서 꽤 떨어진 곳에 앉아 있었다. 어젯밤에 본 도리언은 오만하고 재미있었는데, 지금 공작과 얘기를 나누는 모습은 꽤 진지해 보였다. 몸 전체가 긴장한 듯했고, 페링턴 공작이 말을 하자 이를 악무는 모습이었다. 둘 사이가 그다지 다정하지 않은 것만은 분명해 보였다.

점심을 먹는 동안 셀레이나는 왕세자한테서 시선을 떼고 나무들을 살펴보았다. 숲 전체가 고요했다. 검은 개들은 귀를 바짝 세웠다. 정적이 거슬려서 그러는 것 같지는 않았다. 군인들도 입을 다물었다. 심장이 철렁했다. 이 숲은 어딘가 모르게 달랐다.

가지에 붙은 나뭇잎들이 보석처럼 반짝였다. 루비, 진주, 토파즈, 자수정, 에메랄드, 석류석 같은 나뭇잎들이 조롱조롱 매달려 있는 것 같았다. 숲 바닥도 아름다운 나뭇잎으로 뒤덮여 있었다. 아달렌 왕국의 정복 활동으로 인해 대륙 전체가 피폐해졌지만 오크월드 숲의 이쪽 지역은 온전하게 남아 있었다. 한때 이 숲에 초자연적인 아름다움을 갖게 해주었던 힘도 여전히 남아 있었다.

멘토이자 자객들의 왕 에로밴 헤멜이 얼어붙은 강기슭에서 반쯤 물에 잠긴 셀레이나를 발견해 아달렌과 테라센 국경 지역의 요새로 데려갔을 때 셀레이나의 나이는 여덟 살이었다. 에로밴은 셀레이나를 최고의 실력을 갖춘 충직한 자객으로 훈련시키면서 고향인 테라센으로는 절대 돌아가지 못하게 했다. 그래도 셀레이나의 기억 속에는 아달렌 왕의 명령으로 대부분 불타버리기 전 아름다웠던 세상의 모습이 남아 있었다. 이제 그곳에는 아무것도 남아 있지 않았고 앞으로도 그럴 것이다. 에로밴은 직접 말한 적은 없지만, 만약 셀레이나가 훈련을 거부했다면 그녀를 죽이고 싶어 혈안이 된 자들에게 넘겨버렸을 것이다. 아니면 길바닥에 버렸든지. 겨우 여덟 살이었지만 셀레이나는 아무도 모르는 새로운 이름으로 에로밴 밑에서 자라는 게 삶을 새로 시작할 기회임을 알았다. 언젠가는 모두 그녀의 이름을 두려워하게 될 것이다. 셀레이나는 10년 전 어두운 밤에 얼음장처럼 차가운 강물에 뛰어들어야 했던 운명에서 그렇게 빠져나왔다.

"빌어먹을 숲이야." 함께 앉아 있던 황갈색 피부의 군인이 말했다. 옆자리 군인이 피식 웃었다. "이런 숲은 더 빨리 태워버릴수록 좋아." 다른 군인이 고개를 끄덕거리자 셀레이나는 표정이 굳어졌다. 또 다른 군인이 말했다. "여기는 증오로 가득해."

"뭐 다른 게 있을 줄 알았어요?" 셀레이나가 한마디 했다. 군인들이 셀레이나 쪽으로 고개를 돌리자 케이올이 곧장 칼에 손을 얹었다. 몇몇 군인은 그저 비웃을 뿐이었다. 셀레이나는 포크로 숲을 가리키며 말했다. "여긴 아무 숲이 아니라, 무려 브래넌의 숲이에요."

한 군인이 말했다. "아버지한테 들었는데 이 숲이 한때는 페어리 요정들로 가득했다고 하셨어. 지금은 다 사라졌지만."

또 다른 군인이 사과를 한 입 베어 물며 말했다. "빌어먹을 페이 요정들도 같이 사라졌지."

다른 군인이 말했다. "우리가 그들을 없앴잖아."

셀레이나가 날카롭게 말했다.

"말조심해요. 브래넌 왕은 페이 족이고 오크월드 숲은 여전히 그의 숲이에요. 나무 중 일부는 여전히 브래넌 왕을 기억하고 있어요."

그러자 군인들이 왁자하게 웃어댔다.

"그러려면 저 나무들 나이가 2천 살은 되어야지!"

"페이는 불멸의 존재니까요."

"나무는 아니거든."

셀레이나는 화가 나 고개를 절레절레 젓고는 포크로 음식을 조금 집어 먹었다.

케이올이 셀레이나에게 나지막하게 물었다.

"이 숲에 관해 아는 게 있어?"

놀리는 건가? 군인들은 웃을 준비를 하며 앞으로 몸을 기울였다. 하지만 근위대장의 금빛 섞인 갈색 눈에는 비웃음 없이 호기심만 담겨 있을 뿐이었다.

"아달렌이 정복 전쟁을 시작하기 전까지 이 숲에는 마법이 깃들어 있었어요."

셀레이나는 부드럽지만 순순하지는 않은 투로 대답했다.

다음 말을 기다리던 케이올은 셀레이나가 입을 다물자 재촉했다.

"그리고?"

"내가 아는 건 그게 전부예요."

셀레이나는 케이올의 눈을 똑바로 마주 보았다. 놀릴 게 없어 실망한 군인들은 식사를 마저 했다.

셀레이나는 거짓말을 했다. 케이올도 알고 있었다. 셀레이나는 이 숲에 관해 많은 걸 알고 있었다. 여기가 한때 놈, 스프라이트, 님프, 고블린 같은 페어리 요정들이 살던 곳이라는 것도. 요정들의 이름은 셀 수도 없고, 기억할 수도 없을 만큼 많았다. 사람보다 몸집이 훨씬 크고 생김은 사람과 비슷한 불멸의 페이 족이 요정들을 다스렸다. 페이 족은 이 대륙의 원래 주인이며 개척자였고 에렐리아에서 가장 오래된 자들이었다.

아달렌이 점점 부패하고 왕이 요정들을 사냥해 처형하자 페어리와 페이는 야생의 땅으로, 세상 누구의 손길도 닿지 않은 곳으로 달아났다. 아달렌 왕은 마법과 페이, 요정을 모두 추방해버렸고, 마법 혈통을 가진 자들조차 이제는 마법을 믿지 않게 될 만큼 철저하게 마법의 흔적을 없애버렸다. 셀레이나도 그들 중 하나였다. 아달렌 왕은 마법이 여신과 그 외 여러 신들에 대한 모욕이라고, 마법을 사용하는 것은 신들의 힘을 모방하는 주제넘은 짓이라고 주장했다. 하지만 아무리 왕이 마법을 금지해도 대부분의 사람들은 진실을 알고 있었다. 왕이 마법 금지를 선포하고 한 달 만에 마법은 이 땅에서 완전히 자기 의지로 사라졌다. 얼마나 끔찍한 일이 닥쳐올지 알았기 때문일 것이다.

셀레이나는 여덟 살에서 아홉 살 시절에 사방에 퍼져나가던 불의 냄새를 여전히 기억했다. 다시는 얻기 힘든 지식이 가득 담긴 고대의 책들이 불타며 뿜어 나오던 연기, 선지자와 치료사가 불 속에서 죽어가며 내지르던 비명, 완전히 박살 나고 망가지고 역사에서 지워진 상점과 성소들을 기억했다. 마법을 쓰던 자들은 대부분 불에 타 죽거나 엔도비어로 끌려갔다. 그들은 엔도비어에서 목숨을 오래 부지하지 못했다. 셀레이나도 잃어버린 능력에 대해 생각하지 않은 지 꽤 되었다. 그 능력에 관련된 기억이 꿈속에서 펼쳐져 괴로울 때가 있기는 했지만. 대학살은 끔찍했어도 마법이 사라진 건 어쩌면 잘된 일일 수도 있었다. 제정신인 사람이 휘두르기엔 너무 위험한 힘이었다. 만약 셀레이나가 마법의 힘을 계속 갖고 있었으면 지금쯤 죽었을 수도 있었다.

조금씩 음식을 먹는 동안 연기를 쏟아내는 불길에 셀레이나는 눈이 타는 듯했다. 오크월드 숲, 어둠의 전설, 무시무시한 협곡, 깊고

잔잔한 웅덩이, 가벼운 천상의 노래로 가득한 동굴 관련 이야기를 그녀는 절대 잊지 않을 것이다. 하지만 이제 그런 건 그저 이야기일 뿐이었다. 입에 올렸다간 말썽이 나고 마는 이야기.

우듬지 사이로 흘러드는 햇살을 바라보았다. 나무들이 길쭉하고 앙상한 팔들을 엇갈려 뻗은 채 바람에 흔들리고 있었다. 셀레이나는 몸이 떨렸지만 애써 참았다.

다행히 점심시간은 곧 끝났다. 셀레이나는 다시 손목에 쇠사슬을 걸었고, 원기를 회복한 말들도 다시 몸에 짐을 실었다. 셀레이나의 다리가 너무 뻣뻣해져서 케이올은 그녀를 말에 태우기 위해 밑에서 밀어 올려야 했다. 말을 타고 가는 건 쉽지 않은 일이었다. 말들의 몸에서 뿜어 나오는 땀 냄새, 똥 냄새가 바람을 타고 계속 흘러와 악취 때문에 코도 너무 괴로웠다.

그들은 해가 떠 있는 동안 계속 이동했다. 숲을 지나가는 내내 셀레이나는 말없이 말을 타고 따라갔다. 희미하게 빛나는 협곡이 한참 뒤로 멀어진 후에도 가슴 속 먹먹함이 쉬이 가라앉지 않았다. 이윽고 밤이 되었고 그들은 야영을 위해 멈췄다. 셀레이나는 온몸이 쑤셨다. 저녁 식사 내내 셀레이나는 별로 말이 없었다. 군인들이 그녀를 위해 작은 천막을 세우고 그 앞을 지키고 있는 것도, 그중 한 명에게 쇠사슬이 연결되는 것도 별로 신경 쓰지 않았다. 자는 동안 꿈을 꾸지도 않았다. 그런데 잠에서 깨어났을 때 믿기지 않는 일이 눈 앞에 펼쳐졌다.

그녀의 침대 바로 아래에 작고 하얀 꽃들이 놓여 있었다. 그리고 갓난아기의 발 크기 정도 되는 무수한 발자국들이 천막을 드나든 게 보였다. 누가 들어와 보기 전에 셀레이나는 얼른 발로 그 발자국들을 쓸어 없앴다. 그리고 그 꽃들을 옆에 있는 자루에 쓸어 담았다.

리프트홀드로 가는 동안 아무도 요정 얘기를 또 꺼내지 않았다. 셀레이나는 이상한 걸 본 사람이 있는지 확인하려고 군인들의 얼굴을 줄곧 살폈다. 손에 땀이 나고 심장이 쿵쾅쿵쾅 뛰는 상태로 주변 숲을 줄곧 바라보았다.

6

그 후 2주일 동안 그들은 대륙을 통과해 나아갔다. 밤이 더욱 추워지고 낮은 점점 짧아졌다. 얼음장처럼 싸늘한 비가 나흘 내내 내렸다. 어찌나 추운지 셀레이나는 케이올을 잡아끌고 골짜기로 몸을 던져버리고 싶은 충동을 느꼈다.

모든 게 빗물에 젖었고 절반쯤 얼어붙었다. 머리가 젖은 건 그럭저럭 참을 수 있었지만 신발이 젖자 견디기 힘들었다. 발가락에 감각이 거의 없었다. 밤마다 손에 잡히는 대로 마른 옷을 가져다가 발을 감쌌다. 몸 여기저기가 썩어가는 기분이었다. 몹시 차가운 바람이 불어올 때마다 뼈에서 살을 발라내는 듯했다. 하지만 가을 날씨가 으레 그렇듯 비가 별안간 그치고 구름 한 점 없는 맑은 하늘이 그들 머리 위에 펼치곤 했다.

셀레이나가 반쯤 졸면서 말 위에 앉아 있는데 왕세자가 대열을 벗어나 그들 쪽으로 다가왔다. 왕세자의 짙은 색 머리카락이 찰랑거리고 붉은 망토가 진홍색 파도처럼 나부꼈다. 장식 없는 흰색 셔츠에 금으로 장식한 진청색 조끼를 입은 모습이었다. 셀레이나는 콧방귀를 뀌고 싶었지만, 무릎까지 올라오는 갈색 장화를 신은 왕자의 모습은 꽤 근사했다. 가죽 허리띠도 잘 어울렸다. 사냥용 칼에 보석이 너무 화려하게 박혀 있어 좀 거슬리긴 했지만. 왕세자는 케이올 옆으로 다가와 서며 말했다.

"따라와."

그리고는 풀로 뒤덮인 가파른 언덕을 고갯짓으로 가리켰다. 그들이 이제 막 오르기 시작한 언덕이었다.

"어디로 가자는 말씀이십니까?"

근위대장은 도리언에게 들으라는 듯 셀레이나의 손을 결박한 쇠사슬을 절그럭거리며 물었다. 쇠사슬로 연결되어 있으니 케이올이 어딜 가든 셀레이나도 따라갈 수밖에 없었다.

"가서 경치 좀 보라고. 저것도 데려가."

셀레이나는 발끈했다.

"저것이라뇨!"

그녀를 짐짝 취급하는 말이었다!

케이올은 셀레이나의 쇠사슬을 거칠게 잡아당겨 대열을 벗어났다. 그는 전속력으로 말을 달렸고 셀레이나는 고삐를 붙잡았다. 말의 털에서 풍기는 알싸한 냄새가 코를 찔렀다. 그들은 가파른 언덕을 빠르게 달려 올라갔다. 셀레이나가 탄 말도 몸을 크게 움직이며 힘차게 달렸다. 셀레이나는 안장에서 뒤로 미끄러졌지만 움찔하지 않으려 애썼다. 이러다 떨어지면 창피해서 죽을 것이다. 뉘엿뉘엿 저무는 해가 그들 뒤쪽의 숲 사이로 보였다. 하늘을 찌르는 첨탑이 한 개, 세 개, 이어서 여섯 개가 차례로 모습을 드러내자 셀레이나는 숨이 콱 막히는 기분이었다.

언덕배기에 선 셀레이나는 아달렌의 휘황한 건축물을 바라보았다. 바로 리프트홀드의 유리 성이었다.

반짝이는 수정 같은 탑, 다리, 방, 작은 포탑, 반구형 지붕을 얹은 무도회장과 끝없이 길게 뻗어나간 통로로 이루어진 거대한 수직의 도시였다. 유리 성은 원래 그 자리에 있던 돌 성 위에 지어졌다. 이 성을 짓느라 아달렌 왕국의 재산이 꽤 많이 들어갔다.

셀레이나는 8년 전 처음 이 성을 보았다. 당시 셀레이나가 탔던 통통한 조랑말의 발아래 흙처럼 차갑고 조용히 얼어붙은 도시였다. 그때도 셀레이나는 하늘을 향한 첨탑들로 이루어진 이 도시가 자원과 재능 낭비이며 멋이라곤 없다고 생각했다. 당시 입고 있던 연한 파란색 망토의 감촉이 아직도 기억났다. 고수머리의 무게감과 안장에 닿은 긴 양말의 간질간질한 느낌도. 빨간 벨벳 신발에 진흙이 묻을까 봐 걱정했었다. 그리고 사흘 전에 죽인 남자 생각을 계속했었다.

"탑을 하나만 더 세우면 성 전체가 무너져 버릴 거야." 케이올 맞은편에서 왕세자가 말했다. 뒤에서 올라오는 일행의 발소리가 가까워지고 있었다. "아직 더 가야 해. 나머지 언덕은 낮에 통과하는 게 좋겠어. 오늘 밤은 여기서 야영하자."

그러자 케이올이 말했다.

"폐하께서 저 여자를 어떻게 생각하실까요."

"저 여자가 입을 열기 전까지는 괜찮다고 생각하실 걸. 저 여자가 입을 여는 순간 고함을 치고 화를 내시겠지. 그럼 여기까지 데려오느라 두 달을 허비한 게 후회되겠지만 그래도 뭐, 아버지는 다른 중요한 걱정거리가 더 있으시니까 잘 넘어갈 거야."

이렇게 말하고 왕세자는 앞으로 나아갔다.

셀레이나는 유리 성에서 시선을 뗄 수 없었다. 이렇게 거리가 먼 데도 자신이 너무나 작게 느껴졌다. 저 건물이 사람을 얼마나 주눅

들게 만드는지 그동안 잊고 있었다.

군인들은 서둘러 불을 피우고 천막을 세웠다.

근위대장이 옆에서 말했다.

"자유가 아니라 교수대를 마주 보는 것 같은 표정이네."

셀레이나는 가죽 고삐를 손가락에 감았다가 풀며 중얼거렸다.

"보니까 기분이 이상해서요."

"저 도시?"

"저 도시, 성, 빈민가, 강." 성의 그림자가 거대한 짐승처럼 도시에 뻗어나가 있었다. "어떻게 그런 일이 일어났는지 아직 다 몰라요."

"당신이 어쩌다 붙잡혔는지?"

셀레이나는 고개를 끄덕였다.

"완벽한 세상을 꿈꾸면서도 군주와 정치가들은 서로를 죽이느라 바쁘죠. 자객들도 마찬가지예요."

"자객 중에 누군가가 당신을 배신했다고 생각해?"

"내가 늘 최고로 대우받으면서 원하는 보수를 받는 걸 다들 알고 있었어요." 셀레이나는 구불구불하게 퍼져나간 도시의 거리와 굽이쳐 흐르는 반짝이는 강을 둘러보았다. "내가 없어지면 빈자리가 생기니 누군가는 이득을 보겠죠. 한 명일 수도 있고 여러 명일 수도 있겠죠."

"그런 집단에서 명예는 기대할 수 없겠군."

"그런 걸 기대했단 말한 적 없어요. 난 그들을 믿지 않았어요. 그들도 나를 증오했고요."

셀레이나는 대략 의심 가는 부분이 있었다. 하지만 아직 진실을 대면할 준비가 돼 있지 않았다. 아직 대면하고 싶지 않기도 했다.

"엔도비어 생활은 정말 끔찍했겠어."

케이올의 이 말에는 적의나 비웃음이 섞여 있지 않았다. 어쩌면 연민일까?

셀레이나는 잠시 뜸을 들이다 대답했다.

"그랬죠. 맞아요."

그는 더 자세한 얘기를 듣고 싶어 하는 표정으로 셀레이나를 돌아보았다. 그에게 말해도 되지 않을까?

"엔도비어에 도착했는데 그들이 내 머리를 자르고 걸레나 다름없는 옷을 주더군요. 그리고 너무나 당연하게 내 손에 곡괭이를 쥐어 줬어요. 그리고 나를 다른 사람들과 함께 쇠사슬로 결박했죠. 나도 다른 사람들처럼 채찍질을 견뎠어요. 그런데 감독관들은 나를 특별 대우하라는 지시를 받았는지 내 상처에 소금을 문질러대는 짓도 서슴지 않았어요. 바로 *내가* 캔 소금으로요. 채찍으로 벌어진 상처가 아물기도 전에 몇 번이고 같은 자리를 채찍으로 후려쳤죠. 이일웨이 죄수들이 배려해준 덕분에 상처가 감염되지 않았어요. 밤마다 번갈아가며 몇 시간씩 내 등을 닦아줬어요."

케이올은 대꾸하지 않았다. 말에서 내리기 전에 그녀를 흘끗 쳐다본 게 전부였다. 속 얘기를 한 게 멍청한 짓이었을까? 그날 그는 큰 소리로 명령을 내린 걸 제외하고 그녀에게 따로 말을 걸지 않았다.

셀레이나는 한 손을 목에 올린 채 움찔하며 잠에서 깨어났다. 등줄기를 타고 식은땀이 흘렀다. 입과 턱 사이의 우묵한 곳에도 땀이 고였다. 전에도 이런 악몽을 꾼 적 있었다. 엔도비어의 공동묘지에 누워 있는 꿈이었다. 썩어가는 팔다리들 사이에서 빠져나오려 발버둥을 치는데 스무 구의 시신 더미 속으로 끌려가는 꿈. 그렇게 산 채로 묻히며 비명을 지르는데 아무도 알아채지 못했다.

속이 메슥거려서 일어나 앉아 두 팔로 무릎을 감쌌다. 숨을 들이마셨다가 뱉고 다시 들이마셨다가 뱉었다. 앙상한 무릎뼈가 광대뼈를 스치도록 고개를 푹 숙였다. 계절에 어울리지 않게 날씨가 따뜻한 편이라 천막에 들어간 군인들은 이미 잠들었다. 덕분에 잠든 도시 저 위쪽에서 얼음과 수증기 무더기처럼 빛나는 유리 성을 홀로 바라볼 수 있었다. 성 주변에 푸르스름한 무언가가 있었는데 마치 고동치는 듯 보이기도 했다.

내일 이 시간쯤이면 저 성벽 안에 들어갈 것이다. 오늘 밤은 폭풍 전야처럼 몹시 고요했다.

셀레이나는 온 세상이 유리 성의 바다처럼 푸른 빛의 마법에 홀려 잠들어 있다고 상상했다. 시간이 왔다가 가고, 산이 솟았다가 가라앉고, 덩굴이 잠든 도시를 타고 곳곳으로 퍼져나가 가시와 잎사귀로 켜켜이 도시를 뒤덮었다. 그 와중에 깨어 있는 사람은 셀레이나뿐이었다.

망토를 여몄다. 시합에서 이길 것이다. 승리해서 왕을 위해 일하다가 조용히 사라질 것이다. 성이나 왕, 자객들에 대해 더는 생각하지도 않을 것이다. 이 도시를 다시 지배하고 싶은 마음은 없었다. 마법은 죽었다. 페이 족은 사라지거나 처형당하거나 둘 중 하나였다. 왕국의 흥망성쇠에는 더 이상 관여하고 싶지 않았다.

그녀는 무언가를 위해 나설 운명이 아니었다. 더 이상은 아니었다.

도리언 하빌리아드는 야영지 한옆에서 한 손에 칼을 들고 셀레이나를 바라보았다. 무릎을 가슴에 붙이고 조용히 앉아 있는 셀레이나한테서 구슬픈 감정이 느껴졌다. 달빛을 받은 그녀의 머리카락이 은색으로 물들었다. 유리 성의 불빛을 눈에 담은 그녀의 얼굴에는 대담하거나 불안정한 표정이 보이지 않았다.

낯설고 쓸쓸한 기운도 다소 엿보였지만 그래도 미인이었다. 아름다운 풍경을 바라볼 때 그녀는 눈을 묘하게 빛냈다. 그게 어떤 의미인지는 알 수 없었다.

셀레이나는 가만히 성을 바라보았다. 에이버리 강가의 환한 빛을 배경으로 그녀의 윤곽이 드러났다. 머리 위로 구름이 모여들자 셀레이나는 고개를 들었다. 휘몰아치는 구름 덩어리 사이의 틈새로 별들이 보였다. 그 별들이 셀레이나를 내려다보고 있는 것만 같았다.

이러면 안 된다. 그녀는 예쁜 얼굴과 신랄한 위트를 가진 여자지만 자객이었다. 그녀의 손은 피로 물들었다. 그에게 상냥하게 말을 건네며 동시에 그의 목을 베어버릴 수도 있는 여자였다. 그녀는 그의 챔피언이었다. 그녀는 그를 위해 싸우기 위해, 본인의 자유를 쟁취하기 위해 여기 온 것이다. 그게 전부였다. 도리언은 칼에 손을 얹고 자리에 누워 잠이 들었다.

그녀의 모습이 밤새 그의 꿈속을 떠다녔다. 하늘의 별을 올려다보는 사랑스러운 여자, 그리고 그녀를 내려다보는 별들에 대한 꿈이었다.

7

 나팔수가 나팔을 불어 그들의 도착을 알렸다. 그들은 리프트홀드의 높은 설화석고 벽 사이의 문을 지나 도시로 들어갔다. 황금색 와이번 문양이 들어간 진홍색 깃발들이 바람에 펄럭였다. 자갈 깔린 거리에는 그들 외에 오가는 말이나 마차가 없었다. 쇠사슬을 풀고 옷을 차려입고 얼굴에 화장을 한 셀레이나는 케이올 앞에 앉아, 코로 밀려드는 도시의 온갖 냄새에 인상을 찌푸렸다.
 향료와 말 냄새 아래에 쓰레기와 피, 썩은 우유 냄새가 깔려 있었다. 에이버리 강의 짭짤한 물 냄새도 풍겼다. 엔도비어의 소금 냄새와는 완전히 달랐다. 에렐리아의 모든 대양에서 온 군함들이 에이버리 강을 통해 이 도시로 드나들었다. 상품과 노예를 가득 실은 상선도 있고, 비늘로 뒤덮인 반쯤 썩은 물고기를 실은 어선도 있었다. 깃발 든 자들이 자랑스럽게 앞에서 행진하고 도리언 하빌리아드가 손을 흔들자 수염을 기른 뱃사공부터 모자 상자들을 한가득 들고 걸어가는 하녀에 이르기까지 모두가 걸음을 멈추고 바라보았다.
 그들은 왕세자 뒤를 줄지어 따라왔다. 왕세자는 케이올과 마찬가지로 붉은 망토를 걸쳤고 왼쪽 가슴에는 왕실 문장을 본떠 만든 브로치를 달았다. 단정하게 빗은 머리에는 황금 왕관을 썼다. 셀레이나는 이 왕세자가 왕좌에 어울리는 외모란 걸 인정하지 않을 수 없었다.

젊은 여자들이 손을 흔들며 그들에게 다가왔다. 도리언은 그녀들에게 윙크하며 싱긋 웃었다. 왕세자의 행렬에 끼어 있는 셀레이나에게는 여자들의 날카로운 시선이 쏟아졌다. 셀레이나는 자기가 지금 어떻게 보일지 잘 알고 있었다. 말을 타고 성을 향해 가고 있는 반듯한 숙녀처럼 보일 것이다. 셀레이나는 사람들에게 미소를 지으며 머리카락을 뒤로 툭 쳐서 넘겼다. 그리고 왕세자의 등을 향해 애교스럽게 눈을 깜박였다.

팔이 따끔했다. 셀레이나는 팔을 꼬집은 근위대장에게 나지막하게 물었다.

"왜요?"

"웃기는 짓 하지 마."

그는 사람들에게 미소를 지으면서 입을 벌리지 않고 말했다.

셀레이나도 그와 똑같은 표정으로 받아쳤다.

"웃기는 짓은 *저들이* 하고 있죠."

"조용히 평소처럼 있어."

그의 입김이 셀레이나의 목에 뜨끈하게 와닿았다.

"그러려면 말에서 뛰어내려 달려가야겠죠." 셀레이나는 젊은 남자에게 손을 흔들었다. 남자는 궁정 여인의 시선을 받았다고 생각해 입을 딱 벌렸다. "순식간에 사라질 수 있어요."

"그래. 등에 화살 세 개가 꽂힌 채로 사라지겠지."

"정말 즐거운 대화네요."

그들은 상점들이 줄지어 늘어선 거리로 들어섰다. 흰 돌이 깔린 널찍한 거리에 사람들이 점점 더 모여들었다. 군중 너머로 상점의 진열장이 거의 보이지 않을 정도였다. 상점 앞을 지나가는데 셀레이나의 속에서 물욕이 솟구쳤다. 진열장마다 드레스와 튜닉이 걸렸고, 그 앞에는 반짝거리는 보석, 챙 넓은 모자가 꽃다발처럼 놓여 있었다. 그리고 그 너머로 유리 성이 솟아 있었다. 성이 어찌나 높이 솟아 있는지 제일 높은 탑을 보려면 고개까지 젖혀야 했다. 왜 이렇게 길고 불편한 길을 골라서 가고 있는 걸까? 모두에게 보라고 행진하고 있는 건가?

셀레이나는 숨을 삼켰다. 건물들 사이로 틈새가 보였다. 행렬이 에이버리 강을 따라 난 대로로 방향을 돌리자 나방의 날개처럼 돛을 펼친 선박들이 그들을 맞이했다. 배들은 항구에 정박해 있었고, 무수한 밧줄과 그물, 그리고 서로를 부르느라 정신없는 선원들이 보였다. 선원들은 일하느라 바빠서 왕세자의 행렬을 돌아볼 틈도 없었다. 채찍 소리에 셀레이나는 옆으로 고개를 돌렸다.

노예들이 상선의 건널판을 밟고 부두로 비틀거리며 내려오고 있었다. 정복당한 여러 나라에서 끌려온 그들은 하나같이 퀭하고 지친 얼굴이었다. 셀레이나가 무수히 보아온 얼굴들이기도 했다. 노예들은 대부분 전쟁 포로였고, 끝없이 밀려오는 아달렌 군대의 잔인한 학살에서 살아남은 반역자들이었다. 마법을 쓰려고 한 혐의로 붙잡혀온 사람들도 있을 것이다. 잘못된 시간에 잘못된 장소에 있었던 평범한 사람들도 섞여 있었다. 지금 보니 부두에는 이미 수많은 노예가 쇠사슬에 묶인 채 노역 중이었다. 물건을 들어 올리고 땀을 흘리면서, 양산을 떠받치고 물을 부으면서, 시선은 땅이나 하늘을 향했다. 그들 앞에 있는 게 무엇이든 볼 새가 없었다.

당장 말에서 뛰어내려 그들에게 달려가고 싶었다. 자신은 왕세자가 거느린 궁정인이 아니라고, 그들을 여기로 끌고 와 쇠사슬로 묶고 굶기고 때린 자들 중 하나가 아니라고, 그들처럼 가족과 친구들과 함께 일하고 피를 흘렸다고, 그들의 모든 것을 파괴해버린 이 괴물들과는 다르다고 소리치고 싶었다. 그리고 나름 그들을 위해 일을 해왔다고, 2년 전 해적 두목한테서 2백 명 정도의 노예들을 해방시켰다고 외치고 싶었다. 하지만 그걸로는 충분치 않았다.

이 도시는 더 이상 그녀와 함께하지 않았지만 사람들은 여전히 그들에게 손을 흔들고 인사를 했다. 환호하고 웃으면서 꽃을 비롯해 여러 가지 잡다한 물건들을 말 앞으로 던졌다. 셀레이나는 숨을 쉴 수가 없었다.

얼마 안 있어 쇠와 유리로 만들어진 성문이 나타났다. 격자 모양 문이 열리자 경비병 열두 명이 아치형 입구로 이어지는 자갈길 옆에 도열했다. 창과 직사각형 방패를 든 그들의 눈은 청동 투구의 헬멧 그림자에 가려져 있었다. 다들 붉은 망토를 어깨에 둘렀고, 구리와 가죽으로 잘 만들어진 변색된 갑옷을 입었다.

아치형 입구 너머 경사진 길에 금, 은으로 된 나무들이 줄지어 서 있었다. 유리로 된 가로등이 길을 따라 울타리 사이사이에 솟아 있었다. 반짝이는 유리로 만들어진 또 다른 아치형 입구를 지나가자 도시의 소음은 잦아들고 드디어 성이 보였다.

너른 안마당에 도착한 케이올은 말에서 내리며 한숨을 쉬었다. 그는 셀레이나를 안장에서 들어 휘청이는 다리로 바닥에 서게 했다. 사방에서 유리가 반짝거렸다. 케이올이 그녀의 어깨에 손을 얹었다. 마구간에서 일하는 소년들이 조용하고 신속하게 셀레이나가 타고 온 말을 끌고 갔다.

왕세자가 다가오자 케이올은 셀레이나의 망토 자락을 잡고 그녀를 옆으로 끌어당겼다.

도리언이 자신의 집인 유리 성을 바라보며 말했다.

"방 육백 개, 군인들과 하인들의 숙소, 정원 세 개, 사냥터, 양옆에 마구간 하나씩. 대체 이렇게 많은 공간을 누가 다 쓰는 걸까?"

셀레이나는 피식 웃었다. 도리언이 갑자기 매력적으로 보여 살짝 당황스러웠다.

"죽음으로부터 전하를 지켜주는 게 고작 유리 벽인데 밤에 어떻게 주무시는지 모르겠네요."

셀레이나는 위를 올려다보다가 얼른 바닥으로 시선을 내렸다. 높은 곳이 두렵지는 않았지만, 유리로 된 바닥을 딛고 저 높은 곳에 올라가 있을 생각을 하니 뱃속이 움츠러들었다.

"너도 나랑 마찬가지인 것 같은데." 도리언이 큭큭 웃었다. "다행히 네 방은 돌 성에 마련해 놨어. 네가 불편하게 지내는 건 싫거든."

그를 노려보며 싫은 내색을 하는 건 현명한 처신이 아닐 것 같아 셀레이나는 무표정하게 거대한 성문으로 시선을 돌렸다. 불투명한 붉은 유리로 만들어진 성문이 거인의 입처럼 입을 딱 벌리고 있었다. 문은 유리지만 안쪽은 돌로 만들어져 있었다. 유리 성은 원래 있던 돌로 된 건물 위에 툭 떨어뜨려 놓은 것 같은 모습이었다. 진짜 웃기는 짓이었다. 유리로 성을 짓다니.

도리언이 말했다.

"살이 좀 올랐네. 피부에 혈색도 돌아왔고. 내 집에 잘 왔어, 셀레이나 사르도시엔" 지나가는 귀족들이 오른발을 뒤로 빼며 인사를 하자 그는 고개를 끄덕인 후 덧붙였다. "시합은 내일부터 시작이야. 웨스트폴 근위대장이 방을 안내해 줄 거다."

셀레이나는 어깨를 돌려 풀면서 경쟁자들이 주변에 있는지 살펴보았다. 아직 아무도 도착하지 않은 것 같았다.

인사를 하는 다른 신하들에게 고개를 끄덕인 왕세자는 셀레이나와 근위대장 쪽은 쳐다보지도 않고 말을 이었다.

"난 아버지를 만나러 가야 돼." 그는 별나게 예쁜 한 숙녀의 몸을 눈으로 훑었다. 도리언이 윙크하자 그 숙녀는 레이스 부채로 얼굴을 가리며 가던 길을 갔다. 도리언은 케이올에게 고개를 끄덕이며 말했다. "이따 밤에 보자고." 그러고는 셀레이나에겐 말도 하지 않고 붉은 망토를 휘날리며 성으로 향하는 계단으로 성큼성큼 걸어갔다.

왕세자의 말대로였다. 셀레이나의 방은 돌 성의 부속 건물에 마련돼 있었다. 예상보다 방이 훨씬 컸다. 침실에는 욕실과 옷방, 작은 식당, 음악과 놀이를 위한 방까지 딸려 있었다. 방마다 금색과 진홍색으로 꾸며져 있었고, 침실 한쪽 벽에는 큼직한 태피스트리가 걸려 있었다. 고급스럽게 배치된 긴 의자와 푹신한 의자들도 보였다. 발코니 밖에 정원의 분수가 내다보였는데, 무슨 정원인지 몰라도 엄청 아름다웠다. 저 아래에 경비병들이 배치돼 있었지만 별로 신경 쓰이지는 않았다.

케이올은 셀레이나를 그 방에 두고 나갔다. 셀레이나는 문 닫히는 소리를 기다리지도 않고 침실 안쪽으로 걸어 들어갔다. 케이올이 방 안을 짧게 안내해주는 동안 셀레이나는 대충 장단을 맞추며 속으로 헤아렸다. 창문이 열두 개, 출구는 하나, 문밖과 창문 밖, 발코니에 배치된 경비병 아홉 명. 경비병들은 장검과 단검, 석궁으로 무장했다. 근위대장이 앞으로 지나가자 그들은 군기가 바짝 든 모습을 보여줬지만 석궁 무게가 상당해서 몇 시간 동안 쭉 들고 있을 수는 없을 것이다.
　셀레이나는 침실 창문으로 조용히 걸어가 대리석 벽에 몸을 붙이고 아래를 살펴보았다. 예상대로 경비병들은 손에 들고 있던 석궁을 등으로 옮겨 메고 있었다. 등에 메고 있던 석궁을 내려 화살을 걸기까지 시간이 어느 정도 소요될 수밖에 없다. 그 사이에 저들의 긴 칼을 빼앗아 목을 베고 정원으로 도망칠 수 있을 것이다. 셀레이나는 창문 쪽으로 다가가 정원을 살펴보면서 미소 지었다. 사냥터인 숲이 제일 먼 경계선이었다. 여기가 성의 남쪽이라는 것 정도는 알고 있었다. 사냥터를 통과하면 돌벽이 나오고 그 너머는 에이버리 강이었다.
　장식장과 서랍장, 화장대 문을 열고 그 안을 확인했다. 무기는커녕 부지깽이도 없었다. 서랍 뒤쪽에 뼈로 만든 머리핀 몇 개가 있어 일단 챙겼다. 널찍한 옷방의 반짇고리에서 실도 찾았다. 바늘은 없었다. 옷방이지만 옷은 한 벌도 없었다. 카펫 깔린 옷방 바닥에 무릎을 굽히고 앉아 한쪽 눈으로 등 뒤의 문을 살피면서 재빨리 머리핀을 손봤다. 머리핀의 윗부분을 부러뜨려 분리하고 실로 나머지 부분을 묶었다. 고친 머리핀을 집어 들고 인상을 찌푸리며 살펴보았다.
　칼 정도는 아니라도 하나로 묶어 놓으니 상대를 어지간히 다치게 할 수는 있을 것이다. 손가락을 핀 끄트머리에 슬쩍 대보았다. 부러진 뼈 부분이 못박인 피부를 찔렀다. 경비병의 목을 찌르면 어느 정도는 타격을 줄 수 있다. 무기를 빼앗아 들 수 있을 만큼의 시간은 확보할 수 있을 것이다.
　하품을 하며 다시 침실로 돌아갔다. 침대 매트리스 끄트머리에 서서 방금 만든 무기를 침대 위 캐노피의 주름 사이에 집어넣었다. 다시 방을 둘러보니 방 크기가 좀 이상했다. 벽 높이에 문제가 있는 것 같은데 확실히는 알 수 없었다. 캐노피에는 물건을 숨길만 한 곳이 여러 군데 있었다. 또 뭘 챙길 수 있을까? 케이올은 도착 전에 이 방 안을 살펴보게 했을 것이다. 침실 문에 귀를 대고 바깥의 동정을 확인했다. 아무도 없다는 확신이 들자 로비를 지나 휴식실로 들어갔다. 저쪽 끝 벽에 당구봉들이 놓였고, 초록색 펠트 천이 깔린 당구대에는 선명한 색깔의 공들이 놓여 있었다. 그 공을 보며 셀레이나는 웃음 지었다. 케이올은 자기가 꽤 똑똑한 줄 아는 모양인데 그렇지도 않았다.

당구 장비는 건드리지 않고 두기로 했다. 지금 건드렸다간 의심을 사게 될 것이다. 그래도 도망칠 때 당구봉이나 당구공을 훔쳐서 쓰면 경비병들을 쉽게 기절시킬 수 있을 듯했다.

피곤이 몰려와 침실로 돌아갔다. 거대한 침대로 올라가 누웠다. 매트리스가 너무 폭신해서 몸이 쑥 빠져드는 기분이었다. 폭이 어찌나 넓은지 세 명이 여유롭게 잘 수 있을 정도였다. 옆으로 웅크리고 눕자 눈이 점점 무거워졌다.

한 시간쯤 잤을까. 하인이 재단사가 도착했음을 알렸다. 궁중에서 입기에 적합한 옷을 만들어주려 온 모양이었다. 재단사는 한 시간 정도 몸 치수를 재고 천에 핀을 꽂아가며 다양한 질감과 색깔의 옷감을 보여주었다. 대부분 마음에 안 들었다. 관심을 끄는 게 몇 개 있긴 했지만, 그녀가 몇 가지 스타일을 요청했을 때 돌아온 건 손을 휘저으며 입을 비쭉거리는 반응이었다. 끝에 진주가 달린 시침핀을 재단사의 눈에 확 찔러 넣어 버릴까 하는 생각이 들었다.

엔도비어에서 지낼 때만큼이나 더러워진 기분이라 목욕을 했다. 이번에 목욕을 도운 하인들은 친절한 편이었다. 등의 상처는 거의 그대로였지만 대부분 딱지가 앉거나 희고 가느다란 선만 남았다. 두 시간 정도 단장을 하고 머리를 자르고 손톱을 다듬었다. 발과 손에서 굳은살도 제거했다. 옷방의 거울을 들여다본 셀레이나의 입가에 웃음이 걸렸다.

수도의 하인들만이 이 정도로 일을 잘할 수 있을 것이다. 단장을 마친 셀레이나의 모습은 눈이 부실 지경이었다. 하얀 치마에 긴 소매로 된 드레스에는 난초 같은 보랏빛 줄무늬와 점무늬가 들어갔다. 남색 보디스는 가느다란 금빛 실로 장식돼 있고, 어깨에 걸친 망토는 얼음처럼 새하얀 색깔이었다. 땋아서 반쯤 올리고 나머지는 아래로 내린 고수머리에는 후크시아 같은 적자색 리본을 묶었다. 모습은 만족스러웠지만 여기 와 있는 이유를 떠올리자 입에서 미소가 가셨다.

왕의 챔피언이라더니, 왕의 애완견이 된 기분이었다.

"아름다워요."

나이 많은 여자의 목소리에 셀레이나는 뒤를 돌아보았다. 그 바람에 거추장스런 옷감이 옆으로 꼬였다. 망할 코르셋이 갈비뼈를 압박해 숨이 다 빠져나간 듯했다. 셀레이나가 튜닉과 바지를 더 좋아하는 것도 이런 이유 때문이었다.

단장을 맡은 하녀는 몸집이 크고, 짙은 청록색과 살구색 옷을 입은 여자였다. 그 옷은 왕실 가족을 담당하는 하인이라는 표식이었다. 얼굴에는 주름이 좀 있지만 뺨이 발그레하고 화장도 잘 되어 있었다. 하녀가 인사했다.

"필리파 스핀들헤드라고 합니다. 아가씨의 시녀에요. 아가씨는……"

셀레이나가 단호하게 말했다.

"난 셀레이나 사르도시엔이야."

필리파가 눈을 휘둥그렇게 뜨면서 소곤거렸다.

"그 이름은 넣어두세요, 아가씨. 여기서 그 이름을 아는 건 저랑 경비병들 뿐일 거예요."

"나를 지키고 있는 경비병들에 대해 사람들이 어떻게 생각하는데?"

셀레이나가 노려보는데도 필리파는 가까이 다가와 드레스의 주름을 매만져 풍성하게 만들었다.

"다른 전사들의 방 앞에도…… 경비병들이 배치돼 있어요. 사람들은 아가씨가 왕세자 전하의 또 다른 숙녀 친구라고 생각할 거예요."

"또 다른 숙녀 친구?"

필리파는 드레스에 시선을 고정한 채 미소 지었다.

"전하는 마음이 넓은 분이세요."

전혀 놀라울 게 없었다.

"여자들한테 인기가 좋은가 봐?"

"전하에 관한 뒷말을 할 수 있는 처지가 아니라서요. 아가씨도 말 조심하세요."

"난 내 마음대로 할 거야."

셀레이나는 하녀의 메마른 얼굴을 바라보았다. 왜 이렇게 약해 보이는 하녀를 보냈을까? 순식간에 제압할 수 있을 텐데.

"그랬다간 광산으로 돌아가게 될 거예요." 필리파는 허리춤에 손을 얹으며 덧붙였다. "아, 노려보지 마세요. 얼굴 망가져요!"

필리파가 볼을 꼬집으려고 손을 뻗자 셀레이나는 얼른 피했다.

"미쳤어? 난 자객이야…… 궁정에서 노닥거리는 멍청이가 아니라!"

필리파는 혀를 찼다.

"여자인 건 맞잖아요. 제가 맡게 된 이상 여자답게 행동해주세요. 제발 부탁이에요!"

셀레이나는 눈을 깜박이다가 천천히 말했다.

"배짱이 좋네. 다른 궁정 숙녀들 앞에서는 이런 식으로 행동하면 안 될 텐데."

"아. 제가 아가씨 시중을 들게 된 이유가 있지 않겠어요?"

"내가 무슨 일을 하는지는 알지?"

"무례를 범하려는 건 아니지만, 저는 머리가 잘려 바닷에 굴러다니더라도 이렇게 잘 차려 입히는 게 더 중요한 사람이에요." 필리파가 돌아서자 셀레이나는 윗입술을 말아 넣어 이를 드러냈다. 필리파가 어깨 너머로 말했다.

"그런 표정 짓지 말아요. 앙증맞은 코가 찌그러지잖아요."

하녀가 느긋하게 방에서 나가는 모습을 셀레이나는 멍하니 바라보았다.

아달렌의 왕세자는 눈도 깜박이지 않고 아버지를 바라보며 그가 말을 하기를 기다렸다. 유리 왕좌에 앉은 아달렌 왕은 왕세자를 마주 보았다. 도리언은 자신이 아버지를 별로 닮지 않았다는 사실을 종종 잊곤 했다. 아버지를 빼닮은 쪽은 남동생 홀린이었다. 홀린은 아버지처럼 몸집이 크고, 얼굴이 둥글었으며 눈매가 날카로웠다. 키가 크고 근육이 탄탄하고 우아한 도리언은 아버지와 닮은 점이 별로 없었다. 게다가 사파이어색 눈을 갖고 있었는데, 그 눈은 어머니 쪽에서 온 것도 아니었다. 어떤 조상한테서 물려받은 눈인지 아무도 알지 못했다.

"그 여자는 데려왔어?"

아버지의 차가운 목소리에는 방패끼리 부딪치는 소리, 화살이 쌔앵 날아오는 소리가 배어 있는 듯했다. 그나마도 도리언이 들어본 중 제일 상냥한 편에 속하는 인사였다.

"여기 있는 동안 위험한 상황을 만들거나 문제를 일으키지 않을 겁니다."

도리언은 침착을 유지하려 애썼다. 셀레이나 사르도시엔을 선택한 건 아버지의 인내심을 시험하는 도박이나 다름없었다. 그럴 만한 가치가 있는 일이었는지 곧 확인하게 될 터였다.

"너도 그 자객이 죽인 멍청이들과 비슷한 생각을 하는구나. 그 여자는 아무에게도 충성하지 않아. 오직 제 살 궁리만 할 뿐이지. 네 심장에도 주저 없이 칼을 찔러 넣을 거다."

"그러니 아버지가 여는 시합에서 이길 수 있겠죠." 아버지는 대꾸하지 않았다. 도리언은 가슴이 쿵쾅쿵쾅 뛰었지만 말을 이었다. "그런 면에서 이 시합이 불필요할 수도 있다고 봅니다."

"내기에서 돈을 잃을까 봐 그런 말을 하는구나."

도리언이 위험을 무릅쓰고 챔피언 후보를 찾으러 간 게 내기에서 이겨 금을 얻기 위해서가 아니라 최대한 오래 *아버지한테서* 벗어나기 위해서였음을 왕은 알까.

도리언은 엔도비어에서 궁으로 오는 동안 쭉 생각했던 말을 떠올리며 마음을 단단히 먹었다.

"그 자객은 임무를 완수할 수 있을 겁니다. 훈련을 따로 시킬 필요도 없죠. 말씀드렸다시피 이 시합 자체가 불필요할 겁니다."

"말조심해. 안 그러면 그 자객이 너를 연습 상대로 쓰게 만들어줄 거다."

"그럼 어떻게 됩니까? 저 대신 홀린이 왕이 될까요?"

"내 말에 토 달지 마, 도리언. 넌 그 여자가 이길 수 있다고 생각하겠지만…… 페링턴 공작이 케인을 후원하고 있는 걸 잊지 마라. 너도 케인 같은 전사를 선택했어야지. 전장에서 피와 철로 단련된 제대로 된 전사."

도리언은 주머니에 손을 찔러 넣으며 받아쳤다.

"그런데 챔피언이라는 호칭은 좀 안 어울리지 않을까요? 우리가 데려온 '챔피언'들은 사실 범죄자들이잖습니까."

아버지는 왕좌에서 일어나 회의실 벽에 붙은 지도를 가리켰다.

"난 이 대륙을 정복했어. 얼마 후면 에렐리아 *전체*를 통치하게 될 거다. 내 말에 의문을 제기하지 마라."

버릇없는 말을 해대다가 반란죄를 뒤집어쓸 수도 있기에 도리언은 목소리를 낮추고 아버지에게 사과했다. 그는 그 경계를 넘지 않으려 늘 조심했다.

"우린 지금 웬들린과 전쟁 중이야. 사방에서 나를 노리는 적들이 있다. 누구든 내 덕에 다시 한번 기회를 얻고 부와 권력을 손에 쥐면 나에게 고마운 마음을 가질 수밖에 없겠지. 그런 자야말로 시키는 일을 제일 잘 해내지 않겠니?" 도리언이 대답하지 않자 왕은 조용히 미소 지었다. 도리언은 가만히 쳐다보는 아버지 앞에서 기죽지 않으려고 애썼다. "이번에 광산을 다녀오면서 네가 처신을 잘했다고 페링턴 공작이 말하더라."

"페링턴이 감시하고 있으니 처신을 잘할 수밖에 없었죠."

"너 때문에 상처받았다고 울면서 성문을 두드려대는 시골 여자 따위는 없어야 하지 않겠니." 도리언은 그 말에 낯빛이 달라졌지만 아버지의 시선을 피하지는 않았다. "나는 오랜 시간 피땀 흘려 이 왕국을 세웠다. 적자도 아닌 서자를 만들어서 상황을 복잡하게 만들지

마. 조건 맞는 여자와 결혼해. 손자 한두 명을 내게 안겨준 후에는 네 마음대로 살아. 너도 왕이 되면 내 말을 이해할 거다."

"제가 왕이 되면 상속이라는 핑계를 대면서 테라센을 지배하겠다고 나서지 않을 겁니다."

케이올은 도리언에게 왕 앞에서 말조심하라고 했다. 막상 이렇게 말을 내뱉고 보니 제멋대로 구는 바보와 다름없었다…….

"테라센 놈들에게 자치권을 줘도 결국 반역 세력이 네 머리를 잘라 창에 꽂아서 오린스의 문 앞에 걸어놓을 거다."

"제 서자들과 함께 쭈욱 걸리겠네요. 그 정도로 운이 좋다면 말이죠."

왕이 쓴웃음을 지었다.

"입만 살아가지고는."

그들은 조용히 서로를 쳐다보았다. 잠시 후 도리언이 말했다.

"웬들린의 해상 방어선을 통과하는 게 어렵다고 들었습니다. 이제 신처럼 멋대로 구는 건 그만해야 한다는 뜻이 아닐까요?"

"멋대로 군다고?" 왕의 비딱한 치아가 불빛을 받아 노랗게 빛났다. "난 장난을 하는 게 아니야. 그리고 이건 놀이가 아니다." 그 말에 긴장한 도리언은 어깨에 힘이 들어갔다. "생김이 예쁘장하든 어쨌든 그 여자는 마녀야. 너무 가까이하지 마라. 알겠어?"

"누구요? 자객 말씀이세요?"

"네가 후원을 한다고 해도 그 여자는 위험인물이야. 그 여자가 원하는 건 오직 하나뿐이지. 그러려고 너를 이용할 수도 있어. 그 여자의 마음을 얻으려 했다간 좋지 않은 결과를 맞이하게 될 거야. 그 여자한테서도, 나한테서도 마찬가지다."

"제가 체통 따위는 내다 버리고 그 여자랑 사귀면 어떻게 하실 겁니까? 저도 광산에 던져 넣으실 건가요?"

도리언이 알아채기도 전에 아버지는 손등으로 도리언의 **뺨**을 갈겼다. 도리언은 비틀거리긴 했지만 침착을 되찾았다. 얼굴이 몹시 아팠지만 울지 않으려 애썼다. 왕이 거칠게 내뱉었다.

"아들이라고 멋대로 굴 생각 마. 난 네 왕이야. 복종해, 도리언 하빌리아드. 안 그랬다간 대가를 치르게 될 거다. 더는 아무 질문도 하지 마."

이 자리에 더 있다간 곤욕을 치르게 될 것 같아 도리언은 말없이 고개 숙여 인사한 뒤 그곳을 떠났다. 그의 눈에는 애써 찍어누른 분노가 번뜩였다.

8

 대리석 복도를 걸어가는 셀레이나의 드레스가 보라색과 흰색 파도처럼 물결쳤다. 케이올은 독수리 모양 칼자루에 손을 얹고 그녀의 옆에서 나란히 걸었다.
 "이 복도에 재미난 게 있어요?"
 "뭘 더 보고 싶은데? 정원 세 곳, 연회장, 역사실, 돌 성에서 제일 전망 좋은 곳까지 다 봤잖아. 다른 걸 더 보고 싶으면 유리 성으로 가든지."
 셀레이나는 팔짱을 꼈다. 지금까지 지루해 죽겠다는 핑계를 대면서 그에게 건물 여기저기를 안내해달라고 졸랐다. 사실, 그렇게 돌아다니면서 나중에 방에서 탈출할 수 있는 경로를 열두 개쯤 생각해두었다. 이 성은 낡아빠졌고 대부분의 복도와 계단통은 탈출에 별 도움이 되지 않을 듯했다. 탈출할 거면 좀 더 다각도로 생각해야 했다. 하지만 당장 내일 시합인데, 뭘 어떻게 해야 하지? 앞으로 닥쳐올지도 모를 재앙에 대비하려면 어떻게 해야 할까?
 "유리 성 부속 건물에 들어가지 않으려는 이유를 모르겠어. 사실

내부는 별 차이가 없어. 누가 말해주거나 창밖을 내다보지 않는 이상 그 안에 들어가 있다는 것도 실감이 안 날 걸."

"유리로 만든 집에 들어가는 건 멍청이나 하는 짓이니까요."

"유리지만 강철, 돌 못지않게 튼튼해."

"그렇겠죠. 너무 무거운 사람이 들어와서 박살 나기 전까지는요."

"그건 불가능한 얘기야."

유리 바닥을 딛고 서는 걸 생각만 해도 셀레이나는 속이 울렁거렸다.

"동물원이나 도서관 같은 건 없어요?" 닫힌 문 옆을 지나가는데 부드러운 하프 소리와 흥에 겨운 말소리가 들려왔다. "저 안에는 뭐가 있죠?"

"저긴 왕비님이 머무는 곳이야."

그는 그녀의 팔을 잡고 복도를 계속 걸어갔다.

"조지나 왕비님이요?"

그는 지금 자기가 어떤 정보를 흘리고 있는지 모르는 건가? 그는 셀레이나를 위협 요소로 여기지 않는 모양이었다. 셀레이나는 화가 치밀었지만 티 내지 않았다.

"맞아. 조지나 하빌리아드 왕비."

"어린 왕자도 있어요?"

"홀린 왕자님? 학교에 가 계셔."

"그 왕자도 형처럼 잘생겼어요?"

케이올이 긴장하는 모습을 보고 셀레이나는 피식 웃었다.

열 살 먹은 홀린 왕자가 제멋대로에 응석받이라는 건 잘 알려진 사실이었다. 붙잡히기 몇 달 전에 들었던 추문이 떠올랐다. 홀린 하빌리아드는 자기 앞에 놓인 죽이 살짝 탄 걸 알고는 하녀를 지독하게 매질했다. 워낙 심하게 때린 탓에 하녀의 가족은 왕실로부터 대가를 받았고 어린 홀린 왕자는 산에 있는 학교로 보내졌다고 했다. 그 소식은 당연히 빠르게 퍼져나가 모두가 알게 됐고 조지나 왕비는 한 달 동안 알현식을 열지 않았다.

"혈통대로 자라나겠지."

케이올이 나지막하게 대답했다. 등 뒤로 그 방이 멀어지자 셀레이나의 발걸음이 한결 가벼워졌다. 몇 분 동안 조용하다가 근처에서 두어 번 폭발하는 듯한 굉음이 들렸다.

"저 괴상한 소리는 뭐예요?"

케이올은 그녀를 데리고 유리문 너머 정원으로 걸어 들어가면서 위쪽을 가리켰다.

"시계탑이야."

그의 청동색 눈이 재미있다는 듯 빛났다. 울부짖던 시계탑의 시계가 드디어 소리를 멈췄다. 저런 소리를 내는 종은 들어본 적이 없었다.

새까만 돌탑이 정원에 서 있었다. 당장이라도 날아오를 듯 날개를 펼친 가고일 석상 두 쌍이 4면으로 된 시계 문자판 양옆마다 웅크리고 앉아 있었다. 마치 그 아래를 향해 소리 없이 고함을 지르는 듯한 모습이었다.

"무시무시하네요."

셀레이나가 나지막하게 말했다.

시계의 하얀 문자판의 숫자는 마치 출진을 위한 물감으로 칠해놓은 듯했고, 시곗바늘은 진주처럼 새하얀 표면을 칼처럼 가로질렀다.

"어렸을 땐 저 탑에 가까이 안 가려 했어."

"이건 정원이 아니라 워드 대문 앞에서나 볼 수 있는 것 같은데요.

얼마나 오래된 탑이죠?"

"왕세자가 태어날 때쯤 폐하께서 만들게 하셨어."

"지금 왕이요?" 케이올은 고개를 끄덕였다. "왜 이렇게 끔찍한 탑을 만들게 한 건데요?"

"됐어. 그만 가자."

그는 대답하지 않고 돌아섰다.

셀레이나는 시계를 좀 더 자세히 올려다보았다. 가고일 석상의 굵은 손가락이 그녀를 가리켰다. 입을 벌린 것도 같았다. 케이올을 따라가던 셀레이나는 좁은 포장길에서 타일을 보고 물었다.

"이건 뭐예요?"

케이올이 멈춰 섰다.

"뭐가?" 셀레이나는 점판 타일에 새겨진 무늬를 가리켰다. 동그라미 한가운데를 직선이 수직으로 관통해 원 바깥쪽까지 이어지는 무늬였다. 수직선의 한쪽 끝은 위를, 다른 쪽 끝은 아래를 가리켰다. "이 표시 말이에요."

그가 옆으로 다가왔다.

"몰라."

셀레이나는 가고일을 다시 올려다보며 물었다.

"저 석상이 이걸 가리키고 있잖아요. 무슨 의미가 담긴 상징일까요?"

"당신이 내 시간을 허비하고 있다는 뜻이겠지. 장식용 해시계 같네."

"다른 데도 이 표시가 있어요?"

"찾아보면 보일 거야."

셀레이나는 시계탑의 그림자를 뒤로 하고 그를 따라 성의 대리석 복도로 들어서었다. 거리가 멀어져도 가고일의 불거진 눈이 계속 자신을 주시하고 있다는 느낌을 떨칠 수 없었다.

그들은 시끌벅적한 고함이 오가고, 밀가루가 구름처럼 날리고, 불이 치솟는 주방을 지나 긴 통로로 들어갔다. 통로에는 오가는 사람이 없어 그들의 발소리 외에는 조용한 편이었다. 셀레이나는 우뚝 멈춰 서서 숨을 혹 들이마시며 물었다.

"저게 뭐예요?"

높이가 6미터쯤 되는 오크나무 문이었다. 문 양옆의 돌벽에서 튀어나온 듯한 용 조각상을 보며 셀레이나는 눈이 휘둥그레졌다. 다리가 넷 달린 용이었다. 왕실 문장에 있는 두 발로 걷는 잔학한 와이번과는 생김이 분명히 달랐다.

"도서관."

케이올은 번개처럼 날카롭게 말을 내뱉었다.

"도서관이라면……" 셀레이나는 발톱처럼 생긴 쇠 손잡이를 바라보며 물었다. "안에…… 들어가도 돼요?"

케이올은 내키지 않는 표정으로 문을 열었다. 낡은 오크나무 문을 힘차게 미는 그의 등에 강력한 근육이 두드러졌다. 해가 드는 복도와 달리 문 안쪽은 섬뜩할 정도로 어두웠다. 셀레이나는 그 안으로 들어갔다. 나뭇가지 모양의 촛대들이 제일 먼저 눈에 띄었다. 그리고 검은색과 흰색 대리석이 깔린 바닥, 큼직한 마호가니 테이블과 붉은 벨벳 의자들, 잦아 붙고 있는 모닥불, 중이층 구조, 다리, 사다리, 난간, 그리고 어마어마한 양의 책들이 보였다.

가죽과 종이로 이루어진 도시나 다름없었다. 셀레이나는 가슴에 손을 얹었다. 탈출로를 확인하려고 왔는데 그 생각은 저만치 날아가 버렸다.

"이런 건 처음 봐요……. 책이 몇 권이나 있는 거죠?"

케이올은 어깨를 으쓱했다.

"마지막으로 누군가 세었을 때 백만 권이 있다고 했어. 이백 년 전 얘기니까 지금은 더 많아졌겠지. 지하 깊숙한 곳에 또 다른 도서관이 있다는 전설도 있어. 지하 묘지와 터널 안쪽에."

"백만 권이 넘는다고요? 책이?" 셀레이나의 심장이 춤추듯 두근거렸다. 그녀는 미소를 지으며 말했다. "죽기 전에 절반도 못 읽겠네요!"

"책 읽는 걸 좋아해?"

셀레이나는 눈썹을 치켜떴다.

"대장님은 안 좋아해요?"

그녀는 대답을 기다리지 않고 드레스 자락으로 바닥을 쓸며 곧장 도서관 안쪽으로 걸어 들어갔다. 책장으로 다가가 책 제목들을 훑어봤는데 읽어본 책은 없었다.

셀레이나는 미소 띤 얼굴로 몸을 돌리고는 먼지가 켜켜이 앉은 책들을 손으로 쓸었다.

"자객이 책 읽는 걸 좋아하는 줄은 몰랐네."

이대로 죽으면 정말 행복한 죽음이 아닐까.

"테라센 출신이랬지? 테라센 오린스의 대도서관에 가봤어? 여기보다 두 배는 더 크다던데. 세계의 지식을 모두 보유했던 곳이라면서."

책장을 바라보던 셀레이나가 고개를 돌렸다.

"어렸을 때 가봤어요. 그곳 석학들은 제가 귀중한 필사본을 망가트릴까 봐 책을 마음대로 보지도 못하게 했어요."

그 후 셀레이나는 대도서관에 가지 않았다. 지금 그곳은 어떻게 됐을까? 아달렌의 왕이 마법을 금지했으니 명령에 따라 귀중한 책들이 잔뜩 파괴되지 않았을까? '보유했던'이라고 말할 때 케이올의 표정이 미묘하게 슬펐던 걸 보면 상당히 많이 파괴된 모양이었다. 그래도 대도서관 석학들이 귀한 책들을 어느 정도는 안전한 곳으로 몰래 옮겨 뒀을지도 모른다. 왕실 가족이 도륙당하고 아달렌 왕이 쳐들어왔을 때, 대도서관의 고리타분한 늙은 학자들이 현명하게 판단해 이천 년에 걸친 사상과 교육의 산물을 온전히 숨겨두었기를 바랄 뿐이었다.

셀레이나의 내면에 죽어 있던 텅 빈 공간이 열리는 듯했다. 화제를 돌려야 했다.

"도서관에는 왜 그 사람들이 없어요?"

"도서관에는 근위병이 필요 없으니까."

그건 정말 잘못된 생각인데! 도서관에는 다양한 사상이 가득했다. 어쩌면 사상은 가장 위험하고 강력한 무기가 될 수 있었다.

"근위병 얘기가 아니라 귀족 친구분들 말이에요."

케이올은 한 손을 칼에 얹은 채로 테이블에 몸을 기댔다. 이 도서관에 단둘이 있음을 기억하는 사람이 그래도 한 명은 있었다.

"독서는 요즘 유행이 아니니까."

"그럼 내가 읽어도 되겠네요."

"읽는다고? 이 책들은 폐하의 것이야."

"도서관이잖아요?"

"하지만 왕의 재산이지. 당신은 왕족이 아니잖아. 여기 있는 책을 읽으려면 왕이나 왕자의 허락을 받아야 해."

"책 몇 권쯤 없어져도 모를 텐데요."

케이올이 한숨을 쉬었다.

"늦었어. 배고파."

"그래서요?"

그는 투덜거리며 그녀를 도서관 밖으로 데리고 나갔다.

셀레이나는 혼자 저녁을 먹으면서 머릿속으로 세운 탈출로를 곱씹었다. 탈출에 필요한 무기를 만들 방법도 생각했다. 식사를 마친 후 숙소로 돌아가 이 방 저 방 돌아다니며 생각에 잠겼다. 시합에 나올 다른 경쟁자들은 어디 있을까? 그들은 원하면 책을 읽을 수 있을까?

그러다 의자에 털썩 앉았다. 피곤하긴 한데 아직 해가 지지 않았다. 책은 못 읽어도 피아노는 칠 수 있지 않을까. 하지만…… 피아노를 쳐본 지 오래돼서 소리가 형편없을 수도 있었다. 서툴고 어색한 연주를 견딜 수 있을까. 비단 드레스의 자홍색 얼룩무늬를 손으로 따라 그리며 생각에 잠겼다. 도서관에 책이 그렇게나 많은데 아무도 읽지 않는다니.

문득 좋은 생각이 떠올라 벌떡 일어나서 책상 앞에 앉아 종이를 집어 들었다. 웨스트폴 근위대장이 절차를 지켜야 한다고 고집하니 따라주면 될 것이다. 유리 펜을 잉크 병에 담갔다가 꺼낸 뒤 종이 위로 가져왔다.

펜을 손에 쥐니 기분이 묘했다. 허공에 글자를 써보았다. 오래 쓰지 않았어도 글 쓰는 방법을 잊을 수는 없었다. 펜이 종이에 닿자 손가락이 어설프게 움직였다. 신중하게 이름을 쓰고 시험삼아 세 번 글씨를 적어 보았다. 깔끔하게 써지지는 않았지만 그럭저럭 쓸 수는 있었다. 다른 종이를 한 장 더 꺼내 쓰기 시작했다.

왕세자 전하께,

이곳 도서관은 진짜 도서관이 아니라 당신과 존경스런 당신 아버지의 사사로운 수집품에 불과하다는 사실을 알게 됐어요. 백만 권이나 되는 책들이 제대로 활용되지 않는 것 같아 마음이 좋지 않네요. 제가 몇 권 빌릴 수 있도록 허락해주시면 감사드리겠습니다. 책에 마땅한 관심을 쏟아주고 싶네요. 저는 동료도 없고 딱히 즐길만한 것도 없으니, 비참하고 가여운 저에게 부디 아량을 베풀어주세요.

그럼 이만.
셀레이나 사르도시엔

편지를 보며 환하게 웃던 셀레이나는 눈에 띄는 제일 예쁜 하녀를 불러 왕세자에게 곧장 그 편지를 전해달라고 특별히 부탁했다. 삼십 분 후 하녀가 책을 한 무더기 안고 돌아왔다. 셀레이나는 가죽 장정 책에 끼워져 온 편지를 꺼내 펼치며 웃었다.

진정한 자객에게,
 내 개인 도서관에 있던 책 일곱 권을 보낸다. 최근에 꽤 재미있게 읽은 책들이야. 넌 물론 성의 도서관에서 원하는 대로 책을 실컷 읽을 수 있어. 다만 그전에 이 책들을 먼저 읽길 바라. 그럼 나와 책 내용에 관해 토론을 할 수 있을 테니까. 장담하는데 이 책들은 절대 지루하지 않아. 난 원래 헛소리나 잘난 척하는 내용이 담긴 책은 끝까지 안 읽어. 어쩌면 넌 오만한 작가나 작품을 좋아할지도 모르겠지만.

그럼 이만,

도리언 하빌리아드

셀레이나는 다시 웃으면서 하녀에게 고맙다고 말하며 책을 받았다. 침실로 들어가 발로 문을 차서 닫은 뒤 침대에 엎드렸다. 책들을 진홍색 침대에 늘어놓았다. 아는 제목은 없지만 아는 작가는 있었다. 제일 흥미로워 보이는 책을 골라 들고 침대에 드러누워 읽기 시작했다.

다음 날 아침, 셀레이나는 시계탑의 요란한 소리에 눈을 떴다. 잠이 완전히 깨지 않은 채로 종소리를 헤아려보았다. 정오였다. 침대에서 일어나 앉았다. 케이올은 어디 있을까? 시합은 어떻게 됐지? 오늘 시작하기로 되어 있지 않나?
침대에서 훌쩍 뛰어내려 방을 가로질렀다. 케이올이 칼에 손을 얹은 채 의자에 앉아 있을 수도 있다는 생각도 했는데 그는 방에 없었다. 복도로 고개를 내밀고 살펴봤는데 경비병 네 명이 곧장 무기로 손을 뻗을 뿐 케이올의 모습은 보이지 않았다. 발코니로 나가 바깥을 내다보았다. 그러자 아래에서 경비병 다섯 명이 석궁에 화살을 걸었다. 셀레이나는 허리춤에 손을 얹고 가을 분위기가 물씬 풍기는 낮 풍경을 둘러보았다.
정원의 나무들이 온통 금색과 갈색으로 물들어 있었다. 잎사귀의 절반은 땅에 떨어져 이미 죽어 있었다. 그래도 날은 아직 여름으로 착각할 만큼 따뜻했다. 난간에 걸터앉은 셀레이나는 저 아래서 석궁으로 자신을 겨냥하는 경비병들에게 손을 흔들었다. 리프트홀드 저쪽에서는 배의 돛과 마차, 거리의 행인들이 보였다. 도시의 초록색 지붕들이 햇빛 아래 에메랄드처럼 반짝거렸다.

다시 발코니 아래 경비병 다섯 명을 내려다보았다. 그들도 그녀를 올려다보고 있었다. 그들이 석궁을 서서히 내리자 셀레이나는 웃어 보였다. 지금 당장 묵직한 책 몇 권을 던져 그들을 기절시킬 수도 있을 것이다.

정원에서 소리가 들리자 경비병 몇 명이 그쪽으로 고개를 돌렸다. 근처 생울타리 근처에서 여자 셋이 모여 수다를 떨고 있었다.

어제 엿들은 대화 대부분이 너무 지루한 내용이라 그 여자들이 가까이 와도 셀레이나는 별로 기대가 되지 않았다. 그들은 멋진 드레스 차림이었는데 그중 가운데 있는 여자가 제일 고급스럽게 입었다. 검고 윤기 나는 머리카락에 천막처럼 풍성한 빨간 치마를 입은 그 여자는 보디스를 어찌나 바짝 조였는지 허리가 16인치밖에 안 될 듯했다. 나머지 두 여자는 금발이었고 연청색 드레스를 입었다. 연청색 옷을 입은 두 여자는 시녀인 듯했다. 그들이 분수 근처에서 걸음을 멈추자 셀레이나는 뒤로 물러섰다.

발코니 뒤쪽에서도 빨간 드레스를 입은 여자가 치마 앞쪽을 손으로 쓸어내리는 모습이 보였다.

"흰 드레스를 입을 걸 그랬나." 그 여자는 리프트홀드의 모든 사람이 들을 수 있을 정도로 목소리를 높여 말했다. "도리언 왕세자께서 흰색을 좋아하시는데." 그 여자는 치마의 주름을 매만지며 덧붙였다. "하지만 다들 흰색 드레스를 입을 것 같기는 해."

"갈아입으시겠어요?"

금발 여자 중 하나가 묻자 흑발 여자는 단호하게 말했다.

"아니. 이 옷이 좋아. 낡고 좀 별로긴 하지만."

"그래도……"

다른 금발 여자는 말을 하려다가 흑발 여자가 고개를 획 돌리자 그만두었다. 셀레이나는 다시 난간 쪽으로 다가가 밖을 내다보았다. 아무리 봐도 낡은 드레스가 아니었다.

"왕세자께서 곧 나를 따로 부르실 거야."

셀레이나는 발코니 난간 너머로 몸을 기울여 그들을 내려다보았다. 경비병들은 셀레이나와는 다른 이유로 그 여자들을 멍하니 바라보았다.

"페링턴 공작이 구애해서 방해가 될까 봐 걱정이야. 그 사람이 리프트홀드에 나를 초청해준 건 고맙긴 해. 어머니가 들으시면 무덤에서 벌떡 일어서시겠지!" 흑발 여자는 잠시 생각에 잠겼다가 덧붙였다. "그 여자가 누군지 궁금하네."

"어머니요?"

"아니, 왕세자가 리프트홀드로 데려온 여자. 에렐리아를 가로질러 가서 그 여자를 찾아왔대. 그 여자는 근위대장의 말을 타고 리프트홀드로 들어왔다고 했어. 다른 얘기는 못 들었어. 그 여자의 이름도 아직 몰라." 시녀들은 주인 뒤로 물러나 지겨워하는 눈빛을 주고받았다. 전에도 몇 번 했던 얘기인 모양이었다. "걱정할 필요는 없겠지. 왕세자가 가지고 노는 창녀일 테니까."

뭐라고?

발코니 아래서 멈춰 선 시녀들은 경비병들에게 눈을 깜박이며 수작을 부렸다. 흑발 여자가 관자놀이를 문지르며 말했다.

"담배를 피워야겠어. 머리가 아파." 그 말에 셀레이나는 눈썹을 치켜떴다. 여자는 걸어가면서 말했다. "어쨌든 뒤를 조심해야지. 어쩌면……."

쿵!

여자들이 비명을 질렀다. 경비병들이 석궁을 겨누며 뒤를 돌아보았다. 셀레이나는 하늘을 살피며 난간 뒤로 물러나 발코니 안쪽의 그늘로 몸을 숨겼다. 화분이 목표물을 명중하지 못했다. 이번에는 안타깝게도 그렇게 됐다.

여자가 다양한 욕을 내뱉자 셀레이나는 웃음을 터뜨리지 않으려고 입을 손으로 틀어막았다. 시녀들이 여자의 치맛자락과 스웨이드 구두에서 흙을 털어내며 속닥거리자 여자가 발끈했다.

"조용!"

경비병들은 재미있어하는 기색을 내비치지 않았다. 현명한 처신이었다.

"그만 가자!"

세 여자는 서둘러 그 자리를 떠났다. 왕세자의 창녀는 방으로 돌아가, 하녀들을 불러 제일 좋은 옷을 찾아달라고 요청했다.

9

 셀레이나는 로즈우드 거울을 바라보고 서서 미소 지었다.
 손으로 드레스를 쓸어내렸다. 바다 거품 같은 하얀 레이스가 매끈한 목선을 따라 꽃처럼 피어났다. 바다처럼 연녹색을 띤 비단 드레스였다. 보디스와 그 아래 풍성한 치맛자락 사이에는 허리를 감싼 붉은 띠가 있었다. 투명한 초록색 구슬 장식이 소용돌이와 덩굴 모양으로 옷 전체에 수 놓였다. 뼈처럼 하얀 실이 옆구리를 따라 박혀 있었다. 보디스 안쪽에 머리핀으로 만든 조그만 무기를 넣어두었는데, 움직일 때마다 그게 가슴을 사정없이 찔러댔다. 셀레이나는 곱슬하게 손질하고 핀을 꽂은 머리카락을 쓰다듬었다.
 이렇게 차려입고 뭘 할지는 아직 정하지 않았다. 시합 전에는 옷을 갈아입어야 할 것이다. 하지만……
 문 쪽에서 치맛자락이 바닥에 쓸리는 소리가 들렸다. 눈을 들어보니 필리파가 방으로 들어오는 모습이 거울에 비쳤다. 셀레이나는 우쭐대지 않으려고 애썼지만 어쩔 수 없이 속내를 드러내고 말았다.
 "자객이신 게 안타깝네요." 필리파가 셀레이나를 마주 보며 말했다. "귀족을 유혹해서 결혼하실 수도 있을 텐데요. 조금만 더 애교가 있다면 왕세자 전하도 사로잡을 수 있겠어요."

필리파는 셀레이나의 초록색 드레스에 잡힌 주름을 매만지고는 무릎을 꿇고 앉아 붉은 실내화에 묻은 먼지를 털어주었다.

"그러게. 벌써 그런 소문이 퍼졌더라. 어떤 여자가 그런 얘길 하더라고. 왕세자가 나를 마음에 들어 해서 여기로 데려왔다고. 궁전 전체가 멍청한 시합에 대해 아는 줄 알았는데 아닌가 봐."

필리파가 일어서며 대답했다.

"어떤 소문이든 일주일만 지나면 다 잊히니 그냥 기다리면 돼요. 전하가 또 다른 여자를 마음에 들어 하시면 지금 같은 소문은 금방 가라앉아요." 필리파가 머리를 마저 손질해주자 셀레이나는 몸을 일으켰다. "어머. 기분 나쁘라고 한 얘긴 아니에요. 원래 아름다운 아가씨들은 왕세자 전하와 잘 엮여요. 전하의 연인으로 오해받을 정도로 매력적이라니, 좋게 생각하면 돼요."

"그렇게 안 보이는 편이 더 나을 것 같은데."

"자객으로 보이는 것보다 낫잖아요. 장담해요."

그 말에 셀레이나는 웃음을 터뜨렸다.

필리파가 고개를 절레절레 흔들었다.

"웃으니까 참 예쁘네요. 소녀 같아요. 찡그리고 있는 것보다 훨씬 나아요."

"그래. 그 말이 맞을지도 몰라."

셀레이나가 연보라색 의자에 앉으려는데 필리파가 외쳤다.

"아이고!" 그 말에 셀레이나는 얼어붙었다. "치마 구겨져요."

"발이 아파." 셀레이나는 애처롭게 얼굴을 찌푸렸다. "설마 종일 서 있으라는 건 아니지? 식사도 이렇게 서서 해?"

"누구든 아가씨를 보고 아름다움을 칭송해줄 때까진 서 있는 게 나아요."

"당신이 내 시녀인 건 아무도 모르잖아."

"왕세자 전하가 리프트홀드로 데려온 새 연인을 제가 맡게 됐다는 건 다들 아는데요."

셀레이나는 입술을 지그시 깨물었다. 자기가 누군지 아무도 모르는 게 정말 좋은 걸까? 경쟁자들은 어떻게 생각할까? 튜닉과 바지를 입는 편이 나을 수도 있었다.

셀레이나가 뺨에 닿은 머리카락을 쓸어 넘기려는데 필리파가 그녀의 손을 밀쳤다.

"머리 망가져요."

그때 숙소의 문이 벌컥 열렸다. 익숙한 투덜거림과 육중한 발소리가 들려왔다. 거울 속에서 케이올이 급하게 방으로 들어오는 모습이 보였다. 필리파는 한쪽 다리를 뒤로 빼면서 인사했다.

"당신 말이야." 케이올은 말을 하려다가 셀레이나를 마주 보며 멈칫했다. 그는 눈을 내리깔고 그녀의 몸을 위에서 아래로 훑었다. 그러더니 고개를 들고 무슨 말을 하려다가 고개를 저으며 인상을 썼다. "지금 위층으로 가자."

셀레이나는 눈을 내리깔고 그를 올려다보면서 무릎을 굽혀 인사했다.

"어디로 가야 하는지 말 좀 해주시겠어요?"

"빈정대지 마."

그는 셀레이나의 팔을 잡고 방 밖으로 나섰다.

필리파가 뒤에서 잔소리를 해댔다.

"웨스트폴 근위대장님! 그러다 우리 아가씨가 드레스에 발이 걸려 넘어지겠어요. 치맛자락을 잡고 걷도록 하셔야죠."

그 말처럼 셀레이나는 드레스에 발이 걸렸고 신발에 뒤꿈치까지 긁혔다. 하지만 그는 대꾸도 하지 않고 셀레이나를 복도로 끌고 나갔다. 셀레이나는 문 앞에 서 있는 경비병들에게 미소를 지어 보였다. 그들의 넋 나간 눈빛에 셀레이나는 웃음을 터뜨렸다. 케이올은 아플 정도로 더 세게 팔을 잡았다.

"늦으면 안 돼. 서둘러."

"여유롭게 알려줬으면 옷을 갈아입고 기다리고 있었겠죠. 그럼 이렇게 끌려갈 필요도 없을 테고요!"

코르셋이 갈비뼈를 눌러대서 숨이 잘 안 쉬어졌다. 긴 계단을 급하게 올라가면서 셀레이나는 머리카락이 삐져나오지 않았는지 손으로 확인했다.

"신경 쓸 일이 있었어. 그래도 옷을 입고 있었으니 다행이네. 이것보다는…… 덜 번거로운 옷이면 좋았겠지만. 폐하를 만나야 하는데 말이야."

"왕이요?"

셀레이나는 아직 식사 전이라 다행이란 생각을 했다.

"그래, 왕. 폐하를 안 만날 줄 알았어? 오늘부터 시합을 시작한다고 왕세자 전하께서 말씀하셨잖아. 폐하를 만나는 것부터가 공식적인 일정의 시작이야. 진짜 시합은 내일부터고."

팔이 무거웠다. 발이 아픈 것도, 갈비뼈가 눌리는 것도 더는 신경 쓰이지 않았다. 정원에서 정상이 아닌 괴상한 시계탑이 정각을 알리는 종을 울리기 시작했다. 계단 꼭대기에 도착한 그들은 길게 뻗은 복도를 걸어갔다. 숨이 잘 쉬어지지 않았다.

속이 울렁거렸다. 그녀는 통로에 쭉 나 있는 창문 밖을 내다보았다. 땅은 한참 아래에 있었다. 그들이 와 있는 이곳은 유리 성의 부속 건물이었다. 여기 있고 싶지 않았다. 유리 성에 있고 싶은 마음은 전혀 없었다.

"진작 말해주지."

"폐하께서 조금 전에 결정하셨어. 원래 오늘 저녁에 만나겠다고 하셨어. 다른 전사들이 우리보다 먼저 와 있으면 안 되는데."

기절할 것 같았다. 지금 왕을 만난다니.

그가 어깨 너머로 그녀를 돌아보며 지시했다.

"안에 들어가면 내 옆에 서. 폐하께 허리를 깊이 숙여서 절을 해. 그리고 머리를 세우고 똑바로 서 있어. 폐하의 눈을 마주 보면 안 돼. 대답할 때는 항상 끝에 '폐하'라는 말을 붙여. 무슨 일이 있어도 말대꾸는 하지 마. 폐하의 기분을 상하게 하면 교수형이야."

셀레이나는 왼쪽 관자놀이가 심하게 욱신거렸다. 눈앞이 흐려지는 기분이었다. 여기는 엄청 높은 곳이었다. 무서울 정도였다. 케이올은 모퉁이를 돌려다가 걸음을 멈추고 말했다.

"얼굴이 창백하네."

셀레이나는 숨을 들이마셨다가 내쉬고, 다시 들이마셨다가 내쉬었다. 케이올의 얼굴이 또렷하게 보이지 않았다. 코르셋도 싫고, 왕도 싫고, 유리 성도 끔찍했다.

체포되고 나서 판결을 받기까지 악몽 같은 시간이었다. 하지만 당시 재판 과정은 머릿속에 또렷이 남아 있었다. 짙은 색깔의 목재 벽, 부드러운 의자, 체포당할 때 입은 상처, 몸과 영혼에 스며든 무시무시한 침묵. 왕을 잠시 보기는 했다. 딱 한 번. 그것만으로 셀레이나는 정신이 마구 흐트러졌다. 그에게서 멀리 떨어질 수 있으면 어떤 벌을 받든 상관없었다. 당장 죽인다고 해도 좋았다.

"셀레이나." 그녀는 얼굴이 달아오른 채 눈을 깜박였다. 케이올이 한층 부드러워진 표정으로 말했다. "폐하도 사람이야. 다만 높은 분이니 예의를 갖추면 돼." 그는 아까보다는 천천히, 다시 그녀를 데리고 걸어갔다. "그 자리에 가면 당신과 다른 전사들에게 여기 온 이유와 해야 하는 일, 얻게 될 보상에 대해 듣게 될 거야. 재판받는 게 아니야. 오늘은 평가받을 일도 없어." 그들은 긴 복도로 들어섰다. 저쪽 끝에 있는 커다란 유리문 앞에 경비병 넷이 서 있었다. "셀레이나."

케이올은 경비병들과 약간 거리를 두고 걸음을 멈췄다. 그녀를 바라보는 그의 갈색 눈이 한결 부드러워졌다.

세차게 뛰던 심장이 차분해졌다.

"왜요?"

"오늘 참 예쁘네."

그때 문이 열리자 그들은 안으로 들어갔다. 사람들이 모여 있는 방으로 들어가면서 셀레이나는 턱을 치켜들었다.

10

바닥부터 확인했다. 붉은 바탕에 흰 무늬가 들어간 대리석이었다. 햇빛을 받아 흰 무늬가 환하게 빛났다. 불투명한 유리문이 삐거억 소리를 내며 닫히자 바닥의 반짝이는 빛도 서서히 사라졌다. 사방에 샹들리에와 횃불이 걸려 있었다. 셀레이나는 사람들이 들어찬 큼직한 방의 이쪽 벽에서 저쪽 벽까지를 빠르게 훑어보았다. 창문이 없는 대신, 유리 벽이라 하늘이 내다보였다. 등 뒤의 문을 빼면 탈출로는 없었다.

왼쪽 벽은 거대한 벽난로가 대부분을 차지했다. 케이올을 따라 방 안쪽으로 걸어 들어가면서 그 벽난로를 쳐다보지 않으려 했다. 송곳니를 드러내고 울부짖는 괴물의 입을 보는 듯했다. 벽난로 안에서 불꽃이 이글거렸다. 푸르스름한 기미가 도는 불꽃이라 어쩐지 소름이 돋았다.

케이올이 왕좌 앞의 열린 공간에 멈춰 서자 셀레이나도 덩달아 걸음을 멈췄다. 그는 주변에 불길한 것들이 있는데도 알아채지 못하는 듯했다. 만약 알고 있다면 속내를 잘 감추는 것이리라. 셀레이나는 방 안에 모인 사람들을 바라보면서 앞을 바라보았다. 많은 이들의 시선이 자신에게 쏠리는 걸 의식하며 몸을 낮추고 인사를 했다. 치맛자락이 바스락 소리를 냈다.

다리에 힘이 풀리려는데 케이올이 그만 허리를 펴라는 뜻으로 등에 손을 얹었다. 케이올은 방 한가운데에 있던 셀레이나를 도리언 옆으로 데려갔다. 3주간 여행하면서 지치고 먼지를 뒤집어쓴 모습만 봤는데 이런 자리에서 보니 도리언의 얼굴은 완전히 달라 보였다. 그는 붉은색과 금색이 섞인 상의를 입었고 깔끔하게 빗어 넘긴 검은 머리카락은 윤기가 흘렀다. 차려입은 셀레이나를 본 도리언은 잠시 놀란 표정이었지만 이내 아버지 쪽으로 시선을 돌리며 빈정대는 미소를 지었다. 셀레이나도 손을 떨지 않으려 애쓰느라 정신이 없지만 않았으면 마찬가지로 비웃음을 지어 보였을 것이다.

왕이 입을 열었다.

"다들 도착했으니 이제 시작하지."

전에도 들어본 낮고 거친 목소리였다. 그 목소리를 듣는 순간 뼈가 갈라지고 쪼개지는 듯했다. 오래전 그 겨울의 가혹한 추위가 떠올랐다. 셀레이나는 왕의 가슴까지밖에 볼 수 없었다. 근육질이라고 볼 수 없는 널찍한 가슴은 진홍색과 검은색 튜닉으로 덮여 있었다. 어깨에는 흰 털이 달린 망토를 걸쳤고 옆구리에는 칼을 찼다. 칼자루 위에는 입을 벌리고 악을 쓰는 듯한 와이번 조각이 홰를 타고 앉아 있었다. 그 넓은 칼날 앞에 선 자들은 모두 죽음을 면치 못했다. 셀레이나가 익히 아는 칼이었다.

바로 '노퉁크'였다.

"너희는 이 나라를 위해 에렐리아 전역에서 선발된 자들이다."

경쟁자들과 귀족들은 쉽게 구분할 수 있었다. 나이 많고 얼굴에 주름이 진 귀족들은 다들 고급스런 옷을 입었고 장식이 들어간 칼을 찼다. 옆에는 남자가 한 명씩 서 있었다. 키 크고 날씬한 남자도 있고 건장한 남자, 평범한 체격인 남자도 있었다. 긴장한 경비병들이 그런 남자들을 대략 세 명씩 지키고 있는 모습이었다.

셀레이나가 자유를 쟁취하려면 남자 스물세 명을 해치워야 하는 것이다. 대부분 몸집이 커서 약간 움찔했는데 살벌한 흉터나 얽은 자국, 무시무시한 얼굴은 있어도 똑똑해 보이는 눈빛은 없었다. 다들 머리가 아니라 근육을 기준으로 선발된 자들이었다. 그들 중 세 명은 여전히 쇠사슬로 결박되어 있었다. 그 정도로 위험한 자들일까?

그들 중 일부가 셀레이나를 쳐다보았다. 셀레이나는 시선을 피하지 않고 그들을 똑바로 마주 보았다. 그들이 자신을 경쟁자로 여길지 아니면 시녀로 볼지 궁금해서였다. 곧 경쟁자들의 시선이 그녀의 온몸을 훑었다. 이를 악물었다. 드레스를 입고 오면 안 되는 자리였다. 케이올은 왜 이 자리에 대해 어제 미리 말해주지 않은 걸까?

젊고 잘생긴 흑발 남자가 셀레이나를 유심히 바라보았다. 그의 회색 눈동자가 그녀를 쳐다보는 동안 셀레이나는 무표정을 유지했다. 그는 키가 크고 날씬한 편이었고 서 있는 자세가 어설프지 않았다. 그가 고개를 슬쩍 숙여 보이자 셀레이나는 그를 좀 더 유심히 살펴보았다. 그는 체중을 왼쪽에 실은 자세였다. 그가 다른 경쟁자들을 볼 때 시선이 어떻게 이동하고 어디를 먼저 주목하는지도 확인했다.

페링턴 공작 옆에 선 커다란 남자는 온몸이 근육과 강철로 된 것 같았다. 굳이 소매 없는 갑옷을 입은 걸 보니 자기 몸을 내보이고 싶어 용을 쓰는구나 싶었다. 그 굵은 팔로 말의 머리통 정도는 단박에 부술 수 있을 것 같았다. 못생긴 편은 아니었다. 햇볕에 잘 그을린 얼굴은 흉측하지 않았지만, 태도가 너저분하고 새까만 눈동자의 움직임에 사악한 면이 엿보였다. 그의 크고 하얀 이빨이 빛을 받아 번뜩였다.

왕이 계속해서 말했다.

"누가 내 챔피언이 될 것이냐를 두고 시합을 벌일 거다. 적으로 가득한 이 세계에서 내 오른손의 칼이 되는 것이지."

셀레이나는 속에서 피어오르는 수치심을 느꼈다. '챔피언'이라지만 왕 대신 살인하는 자에 지나지 않았다. 저 왕을 위해 일하며 살 수 있을까? 숨을 삼켰다. 지금으로선 선택의 여지가 없었다.

"앞으로 13주 동안 너희는 내 성에 머물면서 시합을 할 것이다. 매일 훈련을 받으면서 일주일에 한 번씩 시합한다. 시합할 때마다 너희 중 한 명이 탈락하게 되는 거다." 셀레이나는 계산을 해봤다. 참가자는 24명인데 13주 동안 시합한다니. 셀레이나가 의아해하는 부분을 왕이 곧장 설명해주었다. "이 시합은 상당히 어려울 거다. 훈련도 마찬가지야. 일부는 시합하다가 죽을 수도 있어. 그리고 적당한 때에 추가로 탈락 시험을 치를 거다. 남들보다 뒤처지거나 실패하거나 나를 만족시키지 못하면 원래 있던 시커먼 구덩이로 돌아가는 거다.

율레마스가 지나고 일주일 동안 마지막까지 남은 전사 넷이 각각 짝을 맞춰 시합을 벌인다. 그때까지 내 가까운 친구들과 자문들은 궁에서 어떤 대회가 열리는 것 정도는 알아도 그 이상은 모를 거다." 왕은 흉터가 있는 큰손을 방 전체에 휘두르며 덧붙였다. "너희가 하는 일에 대해서는 비밀로 해. 말 안 듣고 멋대로 굴었다간 정문에 매달아 놓겠다."

그때 셀레이나의 시선이 왕의 얼굴로 향했다. 왕의 시커먼 눈동자가 그녀를 뚫어져라 보고 있었다. 왕이 능글맞게 웃자 셀레이나는 심장이 철렁하며 갈비뼈에 들러붙는 것 같았다.

살인자.

그는 교수형에 처해야 마땅한 자였다. 그는 그녀보다 더 많은 사람을, 죽을 이유도 없는 힘없는 사람들을 죽였다. 문화를 파괴하고 소중한 지식을 파괴했다. 한때 빛나고 아름답던 것들을 잔뜩 파괴했다. 백성들은 반란을 일으켜야 마땅했다. 에렐리아는 봉기해야 했다. 몇몇 반역자들이 위험을 감수하고 나서고 있는 것처럼 말이다. 셀레이나는 그의 눈을 피하지 않으려 애썼다. 물러서고 싶지 않았다.

"알아들었나?"

왕이 그녀를 응시하며 물었다.

고개를 끄덕이는데 머리가 무겁게 느껴졌다. 율레마스 전까지 경쟁자들을 모두 물리쳐야 했다. 일주일에 시합은 기본적으로 한 번이고, 추가로 더 할 수도 있었다.

"어떠냐!" 왕이 모두에게 소리쳤다. 셀레이나는 움찔하지 않으려 애썼다. "이런 기회를 줘서 고맙지 않아? 감사하고 충성하고 싶은 마음이 안 들어?"

셀레이나는 고개를 숙이고 그의 발을 노려보며 대답했다.

"감사합니다, 폐하. 정말로 감사드립니다."

그녀의 작은 목소리가 경쟁자들의 목소리와 하나가 되었다.

왕이 노퉁크의 칼자루에 손을 올리며 말했다.

"앞으로 13주 동안 꽤 재미있겠어." 셀레이나는 그가 여전히 자신을 바라보고 있음을 느끼며 속으로 이를 갈았다. "믿을 만한 자라는 걸 증명해라. 내 챔피언이 되면 영원한 부와 영광을 누리게 될 거다."

자유를 얻기까지 13주 남았다.

"나는 다음 주에 다른 일이 있어서 여길 떠나있을 거다. 율레마스까지는 돌아오지 않아. 하지만 여기서 말썽이 났다거나 사고가 일어났다는 소식이 들리면 언제든 너희 중 누군가를 처형하라는 명령을 내릴 거니까 명심해."

그 말에 전사들은 다시 고개를 끄덕거렸다.

"말씀 끝나셨으면 이만 가보겠습니다."

셀레이나 옆에 있던 도리언이 불쑥 말했다. 그의 목소리, 아버지의 말을 방해하는 건방진 목소리에 셀레이나는 놀라 고개를 들었다. 도리언은 아버지에게 고개 숙여 절을 한 뒤, 침묵하는 자문들에게 고개를 끄덕여 인사했다. 왕은 쳐다보지도 않고 손짓해 아들을 나가게 했다. 도리언은 케이올에게 한쪽 눈을 찡긋하고 방을 나섰다.

"질문 없으면 나가도 돼." 왕은 전사들과 후원자들에게 쓸데없는 질문을 했다간 곧장 교수형을 시켜버리겠다는 살벌한 말투로 덧붙였다. "너희는 나와 내 왕국의 명예를 높이기 위해 여기 왔다는 걸 잊지 마라. 다들 나가!"

셀레이나와 케이올은 무리를 뒤로하고 서둘러 방을 나가 조용히 복도를 걸어갔다. 다른 참가자들, 후원자들은 서로를 가늠해보기 위해 방에 남아 이런저런 얘기를 나누고 있었다. 왕이 있는 곳에서 조금씩 멀어지면서 셀레이나는 마음이 가라앉고 몸에 온기를 되찾았다. 모퉁이를 돌아선 케이올은 깊게 숨을 내쉬고 그녀의 등에서 손을 떼며 말했다.

"이번에는 입을 잘 다물고 있더군."

왕세자도 유쾌한 목소리로 말했다.

"고개를 끄덕이면서 절을 하는 모습이 참 믿음직스러웠어."

벽에 기대어 서 있는 왕세자에게 케이올이 물었다.

"여기서 뭐 하십니까?"

도리언은 벽에서 등을 뗐다.

"기다리고 있었지."

"오늘 저녁에 식사를 함께하기로 되어 있을 텐데요."

"난 내 챔피언한테 말한 거야."

도리언은 장난스레 윙크를 했다. 여기 도착한 날 궁의 어느 여자에게 그가 짓던 미소가 떠올라 셀레이나는 앞만 바라보았다. 도리언은 케이올과 나란히 걸으며 말했다.

"우리 아버지가 좀 무뚝뚝하셔서 미안하네."

복도 끝에서 하인들이 도리언에게 인사를 올렸지만 도리언은 본 척도 하지 않았다.

그러다 웃으면서 케이올을 팔꿈치로 툭 쳤다.

"이런! 이 친구가 벌써 너를 훈련시킨 건가! 둘이 아주 대놓고 날 무시하네. 차라리 셀레이나가 자네 여동생이라고 하지 그래! 생긴 게 너무 달라서 문제네. 이렇게 예쁜 여자가 *자네* 여동생이라고 하면 믿음이 안 가기는 할 거야."

셀레이나의 입가에 저도 모르게 웃음기가 흘렀다. 셀레이나도 그렇고 왕세자도 엄격하고 냉정한 아버지 밑에서 자랐다. 셀레이나의 경우는 진짜 아버지가 아니라 아버지 같은 존재일 뿐이지만. 에로밴은 아버지를 대신할 수 있는 자가 아니었고, 에로밴도 그러고 싶어 하지 않았다. 에로밴은 셀레이나에게 폭군처럼 굴면서도 맹목적인 사랑을 퍼부었다. 그런데 어쩌다 아달렌 왕의 아들은 아버지를 전혀 안 닮은 걸까?

도리언이 말했다.

"그래! 이제 반응을 좀 보이네. 내가 셀레이나를 재미있게 해줬나 봐." 그는 뒤를 힐끗 쳐다보고 목소리를 낮추며 덧붙였다. "케이올이 우리 계획을 아직 얘기해주지 않은 것 같네. 우리 모두 위험해질 수 있으니 그랬겠지."

"무슨 계획이요?"

셀레이나가 물었다. 셀레이나는 치마에 붙은 구슬 장식을 손가락으로 만지작거리며 오후의 햇빛에 반짝이는 모습을 바라보았다.

"네 신분을 절대 밝히지 마. 경쟁자들이 아달렌의 자객에 대해 알게 되면 그걸 이용해서 널 치려고 할 수도 있어."

일리가 있었다. 물론 모든 정보를 얻어내려면 수 주일은 걸리겠지만.

"그럼 저를 누구라고 소개해요? 잔혹한 살인자 아니면요."

"이 성에 있는 사람들에게는 릴리언 고데이나라고 말해. 릴리언의 어머니는 돌아가셨고 아버지는 벨헤이븐 출신 부자 상인이야. 넌 유일한 상속자고. 아무도 모르는 비밀이 있는데 밤이면 보석 도둑질을 한다는 거야. 이번 여름에 내가 벨헤이븐에서 휴가를 보내는 동안 네가 내 물건을 훔치려다가 만난 거지. 그렇게 해서 난 네 잠재력을 알아본 것이고. 그런데 네 아버지가 그 사실을 알게 된 거야. 밤마다 그런 재미난 일을 하는 걸 알고는 널 도둑질의 유혹이 없는 엔도비어 근방으로 쫓아버렸지. 그리고 난 아버지가 이런 대회를 열기로 한 걸 알고, 널 내 챔피언으로 삼아서 데려왔어. 나머지 사연은 네가 채워 넣어."

셀레이나는 눈썹을 치켜뜨며 물었다.

"진심이세요? 보석 도둑이요?"

케이올이 콧방귀를 뀌었지만 도리언은 아랑곳하지 않고 말했다.

"멋있잖아?"

셀레이나가 대꾸하지 않자 도리언이 물었다.

"내 집은 마음에 들어?"

셀레이나는 덤덤하게 대답했다.

"그럭저럭요."

"그럭저럭? 내 챔피언을 더 큰 방으로 옮겨줘야겠네.'

"좋으실 대로 하세요."

도리언이 싱긋 웃었다.

"경쟁자들을 보고도 여전히 오만하니 다행이네. 케인은 어때 보여?"

누구를 말하는지 알 것 같았다.

"페링턴 공작이 그 남자한테 주는 음식을 저한테도 주셔야겠어요." 도리언이 빤히 쳐다보자 셀레이나는 눈을 위로 굴리며 덧붙였다. "그렇게 몸집이 큰 남자는 원래 움직임이 빠르거나 민첩하질 않아요. 저를 한 방에 때려눕힐 수도 있겠지만 빠르게 움직여야 잡을 수 있겠죠."

셀레이나는 케이올을 돌아보았다. 반박할 거면 해보라는 눈빛이었는데 대답한 사람은 케이올이 아닌 도리언이었다.

"그래. 내 생각도 같아. 다른 참가자들은? 경쟁이 될 만한 사람은 있어? 몇 명은 아주 무시무시한 명성을 떨치고 있던데."

"나머지는 한심해 보였어요."

거짓말이었다.

하지만 그 말에 왕세자의 입가에 더 큰 미소가 번져나갔다.

"그들은 아름다운 숙녀한테 박살 날 거라곤 상상도 못 하겠지."

그에게는 이런 게 다 놀이일 뿐이었다. 셀레이나가 그에게 물어보려는데 누군가 걸어가는 그들에게 절을 하며 말을 걸었다.

"어머 전하! 깜짝 놀랐어요!"

높지만 부드럽고 절제된 목소리였다. 아까 정원에 있던 여자인데 지금은 흰색과 금색이 섞인 드레스를 입었다. 셀레이나는 감탄이 절로 나왔다. 불공평하다고 여겨질 정도로 아름다웠다.

셀레이나는 이게 깜짝 놀랄 만한 만남이 *아니라*는 것에 거금을 걸 수도 있었다. 그 여자는 분명 한동안 여기서 기다리고 있었을 것이다.

"칼테인 양." 도리언이 간단히 여자의 이름을 불렀다. 긴장한 것 같은 모습이었다.

"왕비님 곁에 있다가 오는 길이에요." 칼테인은 셀레이나에게 등을 보인 채 말했다. 셀레이나가 궁정인들에게 관심이 있었으면 이 여자의 이런 태도도 신경 쓰였을 것이다. "왕비님께서 전하를 만나고 싶어 하세요. 물론 전하는 모임에 참석 중이라 올 수 없다고 제가 말씀드렸지만……"

"칼테인 양." 도리언이 그녀의 말을 가로막았다. "친구에게 소개를 안 했군요." 셀레이나가 보기에 젊은 여자는 기분이 상한 표정이었다. "이쪽은 릴리언 고데이나 양입니다. 릴리언 양, 이쪽은 칼테인 롬피에 양입니다."

셀레이나는 이 자리를 벗어나고 싶은 충동을 억누르며 절을 했다. 품위 있게 허튼소리나 잔뜩 늘어놓고 살아야 한다면 엔도비어로 돌아가는 게 나을 것이다. 칼테인도 허리를 굽혀 인사를 했다. 그녀의 드레스에 있는 금빛 줄무늬가 햇빛을 받아 반짝였다.

"릴리언 양은 벨헤이븐에서 왔습니다. 어제 막 도착했어요."

칼테인은 모양을 낸 진한 눈썹 아래로 셀레이나를 살펴보며 물었다.

"얼마나 오랫동안 우리와 지낼 거죠?"

도리언이 한숨을 내쉬며 대답했다.

"몇 년밖에 안 됩니다."

"'밖에'라고요? 그게 무슨 말씀이세요, 전하! 웃기네요! 너무 긴 시간이잖아요!"

셀레이나는 칼테인의 가느다란 허리를 바라보았다. 허리가 어떻게 이렇게 가늘 수가 있나? 아니면 코르셋으로 숨도 못 쉬게 조인 걸까?

두 남자가 서로 눈빛을 교환하는 게 보였다. 분노와 짜증, 우월감이 섞인 눈빛이었다.

"릴리언 양과 웨스트폴 대장은 아주 가까운 사이랍니다." 도리언은 연극배우처럼 말했다. 케이올이 얼굴을 붉히자 셀레이나는 이 상황이 재미있어졌다. "둘에게는 짧게 느껴질 거예요."

"전하께서는요?"

칼테인이 수줍어하며 물었다. 그녀의 목소리에 숨겨진 날카로움이 느껴졌다.

장난기가 발동한 도리언은 반짝이는 푸른 눈으로 셀레이나를 쳐다보며 대답했다. "내 생각에는, 나와 릴리언 양에게도 힘들 겁니다. 아마 더 힘들겠죠."

칼테인이 셀레이나를 돌아보며 물었다.

"어디서 그런 드레스를 찾았어요?" 감탄 섞인 말투였다. "정말 색다르네요."

"내가 만들라고 지시했어요." 도리언은 손톱을 만지작거리며 태연하게 말했다. 셀레이나와 왕세자는 서로를 힐끗 쳐다보았다. 그들의 푸른 눈에는 같은 생각이 담겨 있었다. 적어도 공동의 적을 가진 눈빛이었다. "릴리언 양이 입으니 정말 색달라 보이죠?"

칼테인은 잠시 입술을 꽉 깨물다가 환하게 미소 지었다.

"그러게요. 아름다워요. 이런 연녹색은 피부가 창백한 여자들에겐 안 어울리긴 하지만요."

"릴리언 양의 아버지는 딸의 흰 피부를 자랑스럽게 여기신답니다. 남들 눈에 띄게 만드니까요." 도리언은 이 말을 하며 케이올을 돌아보았다. 케이올은 순간적으로 어이없어하는 표정을 드러내고 말았다. "왜, 내 말에 동의 안 해, 웨스트폴 근위대장?"

"무슨 동의를 말씀하시는 겁니까?"

"우리 릴리언 양이 얼마나 특출난 여성인지에 대해서 말이야!"

"무슨 그런 말씀을 하세요, 전하!" 셀레이나는 재미있어서 쿡쿡 웃으며 타박했다. "칼테인 양의 고운 자태에 비하면 제 피부 하얀 게 뭐라고요."

칼테인은 고개를 절레절레 흔들고 도리언을 바라보며 말했다.

"왕세자님은 참 친절하세요."

도리언은 그만 가야겠다는 듯 발을 뗐다.

"이만하면 충분히 늑장 부렸으니 그만 어머니를 만나러 가야겠어."

그는 칼테인과 케이올에게 고개를 끄덕여 인사한 후 셀레이나를 바라보았다. 셀레이나는 도리언이 그녀의 손을 잡고 입을 맞추자 눈썹을 치켜떴다. 손에 닿은 그의 입술은 부드럽고 매끈했다. 그의 입맞춤에 셀레이나는 팔 전체가 불붙은 듯 뜨거워졌고 이내 뺨에 홍조가 피어올랐다. 뒤로 물러나 그를 한 대 치고 싶은 충동을 애써 억눌렀다.

"그럼 다음에 봅시다, 릴리언 양."

도리언은 매력적인 미소를 흘리며 작별을 고했다. 셀레이나는 칼테인의 표정을 보고 싶었지만 참고 허리를 굽혀 인사했다.

도리언이 주머니에 손을 넣고 휘파람을 불며 저만치 걸어가자 케이올이 칼테인에게 말했다.

"우리도 이만 가야겠습니다. 어디로 모셔다드릴까요?"

물론 진심으로 모셔다 주고 싶은 말투는 아니었다.

"됐어요." 칼테인은 웃음기를 거두고 무표정하게 말했다. "페링턴 공작과 만나기로 했거든요. 나중에 다시 봐요, 릴리언 양." 칼테인이 예리한 눈빛으로 쳐다보자 셀레이나는 우쭐한 기분이 들었다. "이제 우리 친구잖아요."

"물론이죠."

칼테인은 치맛자락을 가볍게 펄럭이며 그들 옆을 지나갔다. 케이올과 셀레이나는 다시 걸어가기 시작했다. 그러다 칼테인의 발소리가 상당히 멀어져 이쪽에서 나누는 대화가 들리지 않을 때쯤에 케이올이 입을 열었다.

"재미있었어?"

"상당히요."

셀레이나는 팔짱을 낀 케이올의 팔을 손으로 쓰다듬으며 말했다.

"이제 당신은 날 좋아하는 척을 해야 할 거예요. 안 그러면 상황이 아주 곤란해지겠어요."

"당신과 왕세자 전하는 유머가 잘 통하는 것 같네."

"내가 전하랑 친구가 되면 당신은 외톨이가 되는 건가요."

"전하는 가정 교육을 잘 받은 미모의 숙녀들과 더 잘 어울려 지내는 경향이 있어." 그 말에 셀레이나는 그를 홱 돌아보았다. 케이올은 웃으며 덧붙였다. "꿈도 야무지네."

셀레이나는 그를 노려보았다.

"난 저런 여자들이 싫어요. 남자들 관심을 받으려고 안달하면서 같은 여자를 서슴없이 배신하고 해를 끼치죠. 우린 남자들이 머리로 생각하지 않는다는 것쯤은 알아요! 그만큼 솔직하기는 한 거죠."

"사람들 얘기로 칼테인 양의 아버지는 폐하만큼이나 부자라더군. 페링턴 공작이 저 여자에게 안달하는 이유 중 하나일 거야. 어지간한 농가만 한 크기의 가마를 타고 왔어. 집에서부터 여기까지 타고 온 거야. 자그마치 320킬로미터나 되는 거리를."

"방탕한 분이시네."

"하인들이 안 됐지."

"아버지가 안 됐네요!"

그들은 큭큭 웃었다. 케이올은 셀레이나와 팔짱을 낀 팔을 위로 살짝 들어 올렸다. 셀레이나는 자신의 방문 앞을 지키고 있는 경비병들에게 고개를 끄덕여 인사하고 케이올을 돌아보며 물었다.

"점심 먹을래요? 난 배고픈데."

케이올은 미소가 사라진 얼굴로 경비병들을 힐끗 쳐다보며 대답했다.

"난 중요한 일이 있어. 폐하께서 이동하실 때 데려갈 수행단을 꾸려야 해."

셀레이나는 문을 열고는 그를 쳐다보았다. 그의 뺨에 박힌 작은 주근깨들이 위로 올라가며 다시 한번 입가에 미소가 번졌다.

"뭐예요?"

방 안에서 맛있는 냄새가 풍기자 뱃속이 요란하게 꾸르륵거렸다.

케이올은 고개를 절레절레 흔들었다. "아달렌의 자객이 뭐 이래."

그는 싱긋 웃으며 복도를 따라 걸어갔다. 그리고 어깨 너머로 말했다. "푹 쉬어. 내일부터 시합이 *제대로* 시작되니까. 당신 주장대로 대단한 실력이 있다고 해도 시간 있을 때 자두는 게 좋을 거야."

눈을 위로 굴리며 문을 쾅 닫았지만 셀레이나는 그 말이 듣기 좋아 식사 내내 콧노래를 흥얼거렸다.

11

눈을 잠깐 감고 있었던 것 같은데 누군가의 손이 옆구리를 쿡 찔렀다. 커튼이 홱 젖혀지고 아침 햇살이 쏟아져 들어오자 셀레이나는 끄응 소리를 내며 인상을 찌푸렸다.

"일어나."

놀랍지도 않았다. 케이올이었다.

셀레이나는 담요 아래서 꿈틀거리다 담요를 머리 위로 덮어썼다. 하지만 케이올은 담요를 잡아 바닥에 던져놓았다. 잠옷 자락이 말려 올라가 허벅지에 감겨 있었다. 셀레이나는 싸늘한 공기에 몸을 떨었다.

"추워요."

셀레이나는 끙끙대며 웅크렸다. 몇 달 안에 다른 전사들을 전부 쓰러뜨려야 하지만 상관없었다. 잠이 너무 고팠다. 왕세자가 좀 더 빨리 그녀를 엔도비어 광산에서 끄집어내 줬으면 좋았을 것이다. 그랬으면 기운을 회복할 시간을 더 확보할 수 있었을 텐데. 왕세자는 이 시합에 대해 안 지 얼마나 됐을까?

"일어나." 케이올은 셀레이나의 머리를 받치고 있던 베개를 빼냈다. "당신이 내 시간을 낭비하고 있어."

셀레이나의 맨살이 잔뜩 드러났는데도 그는 반응하지 않았다.

셀레이나는 투덜거리며 침대 가장자리로 기어가 손으로 바닥을 짚어보았다. 그리고 웅얼거렸다.

"내 슬리퍼 좀 갖다줘요. 바닥이 얼음장이야."

그가 투덜거렸지만 셀레이나는 들은 척도 않고 일어나 앉았다. 비틀거리며 식당으로 들어가 보니 식탁에 아침 식사가 거하게 차려져 있었다. 케이올은 음식을 턱 끝으로 가리켰다.

"어서 먹어. 한 시간 후에 시합 시작이야."

셀레이나는 신경이 곤두섰지만 드러내지 않고 일부러 과하게 하품하며 우아한 짐승처럼 의자에 털썩 앉았다. 식탁을 둘러봤는데 여전히 칼은 없었다. 포크로 소시지를 쿡 찔렀다.

문 앞에서 케이올이 물었다.

"왜 그렇게 피곤해하는지 물어도 될까?"

셀레이나는 컵에 남은 석류 주스를 마저 마시고 냅킨으로 입을 닦았다.

"책 읽느라 새벽 4시까지 깨어 있었어요. 왕세자께 편지를 보내 도서관에서 책 좀 빌리게 허락해달라고 했어요. 왕세자께서 내 소원을 들어주셨고요. 서재에서 책 일곱 권을 골라 보내주셨어요."

케이올은 믿기지 않는다는 듯 고개를 절레절레 흔들었다.

"왕세자 전하께 편지를 쓸 위치가 아닐 텐데."

셀레이나는 히죽 웃으며 햄을 한 입 베어 물었다.

"내 편지를 무시할 수도 있을 텐데 그러지 않으셨어요. 난 그분의 챔피언이잖아요. 모두가 당신처럼 나한테 못 되게 굴진 않아요."

"당신은 자객이야."

"내가 보석 도둑이면 좀 더 공손하게 대해줄 건가요?" 셀레이나는 손을 흔들었다. "굳이 대답할 필요는 없어요." 셀레이나는 죽을 한 스푼 떠서 맛보았다. 싱거웠다. 갈색 설탕을 네 스푼 퍼서 회색빛 죽에 넣었다.

참가자들이 과연 적수로 여길 만한 자들일까? 걱정을 해보려는데 케이올의 검은 옷이 눈에 들어왔다.

"그런 거 말고 평범한 옷은 안 입어요?"

"빨리 먹기나 해."

시합이 기다리고 있다는 뜻이었다.

별안간 식욕이 떨어져 셀레이나는 죽 그릇을 밀어놓았다.

"옷을 갈아입어야겠어요." 셀레이나는 고개를 돌려 필리파를 부르려다가 멈칫했다. "오늘 경기에서는 어떤 식으로 겨루는 거죠? 움직임에 맞춰 옷을 입으려고요."

"나도 몰라······. 자세한 건 도착해야 알 수 있어."

셀레이나가 침실로 걸어가자 자리에서 일어선 케이올이 칼자루를 두드려 하녀를 불렀다. 등 뒤에서 케이올이 어린 하녀에게 지시하는 소리가 들렸다.

"바지와 셔츠를 입혀. 프릴이 달리거나 노출 있는 옷 말고 헐렁한 옷으로. 망토도 가져와."

어린 하녀가 옷방으로 들어갔다. 셀레이나는 하녀의 뒤를 따라가면서 입고 있던 잠옷을 아무렇게나 벗어 내렸다. 케이올이 얼굴을 붉히며 고개를 돌리는 걸 보고 셀레이나는 속으로 웃었다.

몇 분 뒤 셀레이나는 인상을 쓰면서 케이올 뒤를 따라 서둘러 로비로 나갔다.

"이 꼴이 뭐냐고요! 바지도 괴상하고, 셔츠도 볼품없어요."

"그만 징징대. 당신 옷에 신경 쓰는 사람 아무도 없어." 그가 현관 홀로 이어지는 문을 열어젖히자 문 앞 경비병들이 즉각 긴장하는 모습이었다. "싫으면 막사에서 벗어버리든지. 속옷 차림으로 참여하면 다들 즐거워하겠지."

셀레이나는 나지막하게 격한 욕을 내뱉으며 녹색 벨벳 망토를 당겨 여미고 그의 뒤를 따라갔다.

케이올은 이른 아침의 냉기가 스며 있어 싸늘한 성을 빠르게 걸어갔다. 얼마 후 그들은 막사로 들어갔다. 갑옷 차림의 경비병들이 경례했다. 열린 문 너머로 널찍한 식당이 들여다보였다. 경비병들 대다수가 자리에 앉아 아침을 먹고 있었다.

케이올은 1층으로 들어가 멈춰 섰다. 그들이 들어간 곳은 대연회장 정도 크기의 넓은 직사각형 방이었다. 기둥 위쪽에 중이층이 있고 바닥에는 검은색과 흰색 체크무늬 타일이 깔려 있었다. 한쪽 벽 전체가 바닥부터 천장까지 닿는 높이의 유리문이었는데, 그 문이 지금은 열려 있었다. 얇고 고운 커튼이 정원에서 불어 들어오는 쌀쌀한 바람에 나부꼈다. 다른 스물세 명의 시합 참가자들은 이미 그 방 여기저기서 후원자들이 붙여준 교관들과 대련 중이었다. 경비병들은 그들 하나하나를 주의 깊게 감독하고 있었다. 그 중 셀레이나를 쳐다본 이는 회색 눈을 가진 약간 잘생긴 젊은 남자뿐이었다. 그 남자는 희미하게 웃음 짓더니 돌아서서 방 저쪽의 과녁을 향해 기분 나쁠 정도로 정확하게 화살을 쏘았다. 셀레이나는 턱을 치켜들고 거치대에 놓인 무기들을 둘러보았다.

"해 뜨고 한 시간밖에 안 지났는데 전곤을 휘두르란 말이에요?"

그들 뒤에서 경비병 여섯 명이 문 안으로 들어와 이미 방 안에 있던 수십 명의 경비병들에게 합류했다. 다들 당장이라도 칼을 빼 들 자세였다. 케이올이 나지막하게 경고했다.

"경비병들이 있으니 허튼짓은 안 하는 게 좋을 거야."

"난 겨우 보석 도둑일 뿐이잖아요. 잊었어요?"

셀레이나는 무기 거치대 앞으로 걸어갔다. 이 무기들을 여기 쭉 놓아두다니 어쩜 이렇게 멍청할 수가. 장검, 톱날검, 도끼, 활, 보병용 창, 사냥용 단검, 전곤, 수리검, 나무 막대……. 은밀하게 쓰기 좋은 단검을 선호하는 편이지만 여기 있는 무기는 모두 익숙했다. 대련실을 둘러보던 셀레이나는 인상이 찌푸려지려는 걸 참았다. 아마 다른 참가자들도 마찬가지일 듯했다. 그들을 둘러보던 셀레이나는 시야 한쪽 구석에서 눈에 띄는 움직임을 포착했다.

케인이 경비병 두 명, 그리고 교관인 듯한 상처투성이에 몸집 큰 남자 하나를 양옆에 대동하고 대련실로 들어온 것이다. 케인이 두툼한 입술을 벌리고 히죽 웃으며 성큼성큼 다가오자 셀레이나는 어깨를 쭉 폈다.

"좋은 아침이야." 케인은 거칠고 낮은 목소리로 인사를 건넸다. 그는 검은 눈으로 그녀의 몸매를 뱀처럼 훑어본 후 다시 그녀의 얼굴을 바라보며 말했다. "지금쯤 집으로 내뺐을 줄 알았더니."

셀레이나는 입을 꾹 다문 채 미소 지었다.

"이제부터 재미있어질 것 같은데?"

케인은 마주 웃으며 저쪽으로 걸어갔다.

생각해보면 쉬운 일이었다. 그냥 휙 돌아서서 저놈의 목을 잡고 바닥에 얼굴을 꽂아버리면 된다. 셀레이나는 케이올이 시야를 막아선 후에야 자신이 분노로 몸을 떨고 있음을 알아챘다. 케이올은 부드럽지만 단호하게 조언했다.

"시합을 위해 힘을 아껴둬."

"저 새끼를 죽여버려야겠어요."

"그러지 마. 저놈 입을 닥치게 하고 싶으면 시합에서 이기면 돼. 저놈은 폐하의 군대에 소속된 짐승 중 하나일 뿐이야. 저놈을 미워하느라 힘 낭비할 필요 없어."

셀레이나는 눈을 위로 굴렸다.

"날 위해 끼어들어 줘서 더럽게 고맙네요."

"내가 당신을 구해줄 필요는 없잖아."

"어쨌든 고맙다고요."

"시합에나 신경 써." 그는 칼끝으로 무기 거치대를 가리켰다. "무기 골라." 셀레이나가 망토 줄을 풀어 뒤에 던져놓자 그가 눈을 빛내며 덧붙였다. "잘난 척할 만한 안목이 있는지 어디 볼까."

셀레이나는 케인의 입을 다물게 만들고 싶었다. 아무런 표식도 없는 무덤에 영원히 묻어버릴 것이다. 하지만 지금은…… 케이올이 말을 잘못했단 걸 인정하게 만들어야 했다.

거치대의 무기들은 모두 정교하게 잘 만들어졌고 햇빛을 받아 반짝거렸다. 셀레이나는 선택지를 하나씩 지워나가면서, 그 무기 하나하나로 근위대장의 얼굴을 어떻게 박살 낼 수 있는지 가늠했다.

칼날과 칼자루를 손가락으로 문지르는데 심장이 빠르게 뛰었다. 사냥용 단검과 화려하고 아름다운 양날검 중 어떤 것을 고를지 고민이었다. 이런 무기면 안전하게 거리를 두고 그의 심장을 도려낼 수 있을 것이다.

거치대에서 뽑아 손에 쥔 장검이 위잉 소리를 냈다. 칼날이 꽤 좋았다. 강하고 매끈하며 가벼웠다. 저들은 식탁 위에 버터나이프도 놓아두지 않으면서 이런 칼에는 접근할 수 있게 해주었다.

저 남자 기를 좀 꺾어 볼까?

케이올은 망토를 벗어서 셀레이나의 망토 위에 던져두었다. 검은 셔츠 속에서 탄탄한 근육질 몸에 힘이 들어간 게 보였다. 그는 장검을 꺼내 들었다.

"방어!"

케이올은 방어 자세로 돌입했고 셀레이나는 멍하니 그를 쳐다보았다.

대체 누굴 상대한다고 생각하는 거야? 대련하면서 '방어'라고 소리치는 인간이 어디 있어?

"기초부터 알려줘야 하는 거 아닌가요?"

셀레이나는 한 손에 칼을 대충 들고 케이올에게만 들릴 정도로 나지막하게 말했다. 손가락으로는 서늘한 칼자루를 문질렀다. "아시다시피 엔도비어 광산에 일 년 동안 있었더니 다 잊어버렸네요."

"당신이 일한 광산 구역에서 죽은 사람들의 수를 생각하면 기술을 잊어버렸을 것 같지 않은데."

"거기서는 곡괭이만 썼어요." 셀레이나의 입가에 사나운 미소가 번졌다. "그걸로는 머리통을 내려 깨든지 배에 꽂는 게 고작이었다고요." 다행히 다른 참가자들은 그들이 나누는 대화에 별로 관심을 두지 않는 눈치였다. "우아함이라곤 없는 개싸움을 검술과 동등하다고 생각하다니…… 대체 당신은 어떤 전투를 하고 사는 거죠, 웨스트폴 근위대장님?"

셀레이나는 방금 뱉은 말을 강조하려고 칼을 쥐지 않은 손을 가슴에 얹고 눈을 잠시 감았다.

케이올이 기합을 넣으며 달려들었다.

공격을 기다리던 셀레이나는 그의 군화가 바닥을 스치는 소리가 나자마자 눈을 번쩍 떴다. 팔을 돌려 칼로 공격을 막으면서 칼끼리 부딪치는 충격을 대비해 다리에 힘을 주었다. 그런데 소리가 이상했다. 공격받을 때보다 방어하는 걸 더 고통스러워하는 듯한 느낌이었다. 하지만 셀레이나는 그 생각을 길게 할 틈이 없었다. 케이올이 다시 돌진했고 셀레이나는 쉽게 그의 무기를 받아냈다. 오랫동안 칼을 쥐지 않고 쉰 탓에 팔이 아팠지만 빠르게 방향을 바꾸며 상대의 칼을 쳐냈다.

검술은 춤과 같았다. 정해진 스텝을 밟지 않으면 자세가 흐트러지게 된다. 리듬을 타기 시작하자 예전의 스텝이 돌아왔다. 다른 참가자들은 그림자와 햇빛 속으로 사라지고 오직 케이올과 단둘만 있는 느낌이었다.

"좋아." 케이올은 셀레이나의 공격을 막아내며 이 사이로 내뱉었다. 셀레이나는 그를 밀어붙여 방어 자세를 취하게 했다. 허벅지가 불에 타는 듯 아팠다. "아주 좋아." 케이올이 다시 말했다. 상대해보니 케이올은 실력이 괜찮았다. 아니, 괜찮은 수준 이상이었다. 하지만 셀레이나는 그에게 그 말을 해주지 않았다.

땅 소리와 함께 칼이 맞부딪쳤다. 그들은 칼을 쥔 채 상대를 밀어붙였다. 케이올의 힘이 더 셌다. 셀레이나는 그 힘을 받아내느라 신음을 흘렸다. 그는 힘이 좋았지만 그만큼 빠르지는 않았다.

셀레이나는 뒤로 슬쩍 물러서며 상대를 속이는 동작을 취했다. 새처럼 우아하게 바닥을 딛고 몸을 굽혔다. 무방비 상태가 된 케이올은 그녀의 칼을 간신히 쳐냈지만 제대로 방어하지는 못했다.

셀레이나는 돌격하며 그의 칼을 계속 내리쳤다. 팔을 비틀고 돌리면서 그의 칼을 내려칠 때 어깨에서 느껴지는 매끈한 통증이 너무나 좋았다. 사원의 의식에서 춤추는 무희처럼, 붉은 사막의 뱀처럼, 산

줄기를 타고 흘러내리는 물처럼 빠르게 나아갔다.

그는 그 공격을 모두 받아냈다. 셀레이나는 그가 앞으로 나올 수 있게 허용하면서 자세를 바로잡았다. 케이올은 빈틈을 노려 그녀의 얼굴을 주먹으로 치려 했지만 셀레이나는 팔꿈치를 올려 막아냈다. 오히려 그의 주먹을 아래로 내리치면서 분노가 깨어났다.

"나랑 싸울 땐 기억해야 할 게 있어, 사르도시엔."

그는 숨을 헐떡이며 말했다. 그의 금색 섞인 갈색 눈이 햇빛을 받아 반짝거렸다.

"뭔데요?"

셀레이나는 그의 새로운 공격을 막아내며 사납게 내뱉었다.

"난 지지 않는다는 거."

그는 싱긋 웃었다. 셀레이나가 그 말뜻을 이해하기도 전에 무언가가 그녀의 발을 치고 들어왔…….

속이 울렁거리며 쓰러지고 말았다. 등이 대리석 바닥에 닿는 순간 양날검이 손에서 날아가고 입에서 가쁜 숨이 쏟아져 나왔다. 케이올이 칼끝으로 그녀의 심장을 겨누며 말했다.

"내가 이겼어."

셀레이나는 팔꿈치로 바닥을 딛고 몸을 일으켰다.

"발까지 걸어야 했군요. 참 힘들게 이기셨네."

"칼이 심장에 들어오기 직전인 사람은 내가 아니거든."

무기들이 부딪치는 소리, 힘겨운 숨소리가 가득했다. 셀레이나는 다른 참가자들을 힐끔 돌아보았다. 다들 대련이 한창이었다. 케인만 빼고. 케인이 그녀를 향해 환한 웃음을 짓자 셀레이나는 이를 드러냈다.

케이올이 말했다.

"기술은 있는데, 일부 동작이 아직 체계가 없어."

셀레이나는 케인한테서 눈을 떼고 케이올의 얼굴을 올려다보며 내뱉었다.

"그래도 사람을 못 죽인 적은 없었어요."

케이올은 짜증 내는 그녀에게 빙긋 웃으며 일어서게 하고는 무기 거치대를 칼로 가리켰다.

"다른 무기를 골라와 봐. 재미있게 해보자고. 나도 땀 좀 흘려보게."

"내가 산채로 당신 피부를 벗기고 눈알을 발로 터뜨리면 땀이 쭉 날 거예요."

셀레이나는 양날검을 집어 들며 중얼거렸다.

"그런 기세여야지."

셀레이나는 양날검을 거치대에 던지듯 내려놓고 주저 없이 사냥용 단검들을 집어 들었다.

내 오랜 친구들이구나.

그녀의 얼굴에 잔인한 미소가 번졌다.

12

 셀레이나가 사냥용 단검을 들고 근위대장에게 달려들려는데 누군가 창으로 바닥을 쿵 찍으며 방 안에 있는 사람들에게 주목하라고 소리쳤다. 그 목소리가 들린 쪽으로 고개를 돌리자 중이층 아래에 서 있는 다부진 체격의 대머리 남자가 보였다.
 "잠시 집중해."
 그 남자가 다시 말했다. 셀레이나가 돌아보자 케이올은 고개를 끄덕이더니 그녀의 손에서 단검을 받아 들었다. 그들은 다른 23명의 참가자들과 함께 대머리 남자를 둘러싸고 섰다.
 "나는 무기 스승이자 이번 시합의 심판 시어더스 브럴로다. 불쌍한 네 놈들을 최종 심판하는 분은 우리 국왕 폐하시지만, 나는 너희가 그분의 챔피언이 될 자격이 있는지 매일 지켜보고 판단할 거다."
 브럴로는 이 말을 하며 칼자루를 손으로 쓰다듬었다. 셀레이나는 아름다운 금장식이 들어간 칼자루를 바라보며 감탄했다.
 "난 여기서 삼십 년 동안 무기 스승으로 일했고 이 성에서 산 햇수를 따지자면 거기에 25년을 더해야 해. 그동안 수많은 영주와 기사,

그리고 아달렌의 챔피언이 되려는 많은 자들을 훈련시켰지. 그러니 나한테 깊은 인상을 남기기는 아주 어려울 거다."

셀레이나 옆에 선 케이올은 어깨를 쭉 폈다. 문득 저 브럴로라는 남자가 근위대장도 훈련시켰으리라는 생각이 들었다. 케이올이 그녀와의 대련에서 그 정도 따라온 걸 보더라도, 브럴로가 케이올을 훈련시켰다면 무기 스승이라는 지위에 걸맞은 실력자일 것이다. 셀레이나는 겉모습만 보고 상대를 과소평가하는 게 어리석은 짓임을 잘 알고 있었다.

브럴로는 뒷짐을 진 채 말을 이어갔다.

"폐하께서 이번 시합에 관해 너희에게 어느 정도 설명해주신 걸로 안다. 하지만 너희는 서로에 관해 더 알고 싶어 좀이 쑤시겠지."

그는 뭉툭한 손가락으로 케인을 가리켰다.

"거기 너. 이름과 직업, 어디 출신인지 말해. 솔직해라. 너희가 제빵사나 촛대 제조업자가 아니라는 것쯤은 나도 알아."

케인은 비위 상하게 싱글거리며 입을 열었다.

"왕의 군대에 소속된 군인이며 화이트팽 산 출신 케인이다."

물론 그렇겠지. 셀레이나는 그 지역에 사는 산 사람들의 잔인한 면모에 대해 익히 들었고, 그중 몇 명을 아주 가까이에서 본 적도 있었는데 눈빛이 대단히 사나웠다. 대다수가 아달렌에 반기를 들며 대항했고 대부분 목숨을 잃었다. 고향 사람들이 지금 저 남자를 본다면 뭐라고 말할까? 셀레이나는 이를 뿌득 갈았다. 마찬가지로, 테라센 사람들이 지금 그녀의 모습을 본다면 뭐라고 말할 것인가?

브럴로는 그런 건 알지도 못하고 신경도 쓰지 않는 듯, 고개 한 번 끄덕이지 않고 케인의 오른쪽 남자를 가리켰다. 셀레이나는 그런 브럴로의 태도가 마음에 들었다.

"너는?"

머리숱이 점점 빠지고 있는 듯한 금발의 여위고 키 큰 남자가 좌중을 둘러보며 비웃음을 흘렸다.

"멜리산드의 위대한 도둑 재비어 포럴이오."

위대한 도둑이라! 저 남자가? 갈대처럼 마른 몸이라 어느 집이든 몰래 잘 들어갈 것 같기는 했다. 어쩌면 허풍이 아닐 수도 있었다.

그렇게 한 명씩 총 21명의 참가자들이 자기소개를 했다. 케인 외에 노련한 군인이 여섯 명 더 있었는데, 전부 문제가 되는 짓을 저질러 군에서 쫓겨난 자들이었다. 무자비하기로 악명이 높은 아달렌의 군대에서 쫓겨날 정도면 어지간히 심한 짓거리를 한 모양이었다. 도둑은 세 명이었다. 진한 머리색에 회색 눈을 가진 녹스 오언도 도둑 중 하나였다. 셀레이나는 녹스 오언에 관해 지나가다 들은 말이 있었다. 그자는 오전 내내 셀레이나에게 미소를 지어댔다. 그리고 당장이라도 누구든 잡아 산 채로 물에 끓여 죽일 것처럼 생긴 용병이 세 명 있었고, 족쇄를 찬 살인자도 두 명 있었다.

눈알을 먹는 자라는 별명을 가진 빌 채스틴은 그 별명처럼 희생자들의 눈알을 먹었다. 칙칙한 갈색 머리에 황갈색 피부, 중간 키인데 놀라울 정도로 평범한 외모였다. 그자에 대해 알게 된 후로 셀레이나는 상처가 있는 그자의 입에서 시선을 뗄 수가 없었다. 또 다른 살인자는 '큰 낫'이라는 별명으로 3년 동안 살인을 저지르고 다닌 네드 클레먼트였다. 그는 사원의 여사제들을 큰 낫으로 고문하고 난도질한 자였다. 여태 처형당하지 않고 살아 있는 게 의문이었다. 황갈색으로 그은 그들의 피부를 보니 붙잡힌 후 해가 쨍쨍 내리쬐는 캘라컬라에서 수년간 노역을 한 모양이었다. 남부 지역에 있는 캘라컬라는 엔도비어 같은 노동 수용소였다.

그다음은 얼굴에 상처가 있는 말수 적은 남자들이었다. 어느 군 지도자의 측근이었던 것으로 보였다. 다음은 자객 다섯 명이었다.

셀레이나는 자객들 중 첫 네 명의 이름을 듣자마자 잊어버렸다. 꺽다리에 거만한 어린 놈, 몸집이 큰 짐승 같은 놈, 보잘것없는 주제에 남 알기를 우습게 아는 놈, 코를 훌쩍거리면서 칼을 좋아한다고 지껄인 매부리코 정도로만 기억해두었다. 자객이라곤 하지만 자객 길드의 일원이 아니었다. 에로밴 헤멜이 길드에 받아줄 리 없었다. 자객 길드에 가입하려면 수년 동안 훈련받아야 하고 상당히 인상적인 실적도 있어야 했다. 이 네 사람은 사람 죽이는 기술은 있는지 몰라도 에로밴이 원하는 세련된 면이 없었다. 눈여겨볼 필요는 있겠지만 붉은 사막의 강렬한 바람이 부는 모래 언덕에서 온 침묵의 자객들과는 결 자체가 달랐다. 침묵의 자객이라면 상대해볼 가치가 있을 것이다. 싸워보면 땀이라도 좀 날 테니까. 어느 뜨거운 여름에 그들과 한 달 동안 훈련을 같이했던 적 있었다. 녹초가 될 정도로 힘들었던 그 훈련을 생각하면 가만히 있어도 근육이 쑤셨다.

마지막 다섯 번째 자객의 이름은 그레이브였다. 그 이름을 듣고 셀레이나는 멈칫했다. 그는 몸집도 키도 작았는데 그의 사악한 얼굴을 보면 대부분의 사람들은 얼른 다른 곳으로 시선을 돌려버렸다. 그는 족쇄를 차고 방 안으로 들어왔는데, 그에게 붙어 있던 경비병 다섯 명은 엄중한 경고를 한 후에야 족쇄를 겨우 빼주었다. 지금도 그 경비병들은 가까이에 서서 그를 예의주시했다. 자기소개를 하면서 그레이브는 갈색 이빨을 드러내고 느끼한 미소를 지었다. 안 그래도 구역질 나는데 그레이브가 눈빛으로 몸을 위아래로 훑자 셀레이나는 욕지기가 가시질 않았다. 저런 자객은 사람을 단순히 죽이는 것에서 그치지 않았다. 희생자가 여자라면 더더욱 그랬다. 셀레이나는 그의 굶주린 시선을 단호하게 받아냈다.

생각에 잠긴 셀레이나에게 브럴로가 말했다.

"너는?"

셀레이나는 턱을 치켜들고 말했다.

"벨헤이븐의 보석 도둑 릴리언 고데이나."

남자들 몇 명이 킥킥 웃자 셀레이나는 이를 악물었다. 저들이 그녀의 진짜 이름을 알면, 이 '보석 도둑'이 칼도 쓰지 않고 그들의 피부를 산 채로 벗길 수 있는 자라는 걸 알면 저렇게 웃지 못할 것이다.

브럴로가 손을 흔들었다.

"좋아. 5분 안에 무기 치우고 숨 좀 돌려. 그 후 너희 몸 상태를 확인하기 위한 달리기를 실시하겠다. 못 뛰겠는 사람은 집으로 돌아가든지, 아니면 후원자들이 애초에 다 썩어가는 너희를 찾아냈던 감옥으로 돌아가든지 알아서 해. 첫 시험은 닷새 후다. 더 빨리 진행되지 않는 걸 다행으로 여겨."

다들 이리저리 흩어졌다. 참가자들은 누가 제일 위협적인지에 관해 교관들과 두런두런 얘기를 나눴다. 대부분은 케인이나 그레이브를 꼽았다. 벨헤이븐에서 온 보석 도둑은 확실히 아니었다. 케이올은 셀레이나 옆에서 다른 참가자들이 저만치 걸어가는 것을 지켜보았다. 셀레이나는 이렇게 무시나 당하려고 8년 동안 명성을 쌓고 1년 동안 엔도비어에서 강제 노역을 한 게 아니었다.

"내가 보석 도둑이라고 하니까 다들—"

케이올은 눈썹을 치켜떴다.

"그게 뭐?"

"펜헤로우의 작은 도시 벨헤이븐에서 온 보석 도둑인 척하는 게 얼마나 모욕적인지 알기나 해요?"

그는 잠시 말없이 그녀를 바라보다가 물었다.

"그 정도로 오만하다고?" 셀레이나가 발끈했지만 그는 계속해서 말했다. "지금 당신이랑 바로 대련한 건 어리석은 짓이었어. 당신이 그렇게까지 잘할 줄 몰랐다는 건 인정하지. 다행히 아무도 알아채지 못했어. *왜* 그런지 알아, 릴리언?" 그는 한 걸음 다가오며 목소리를 낮췄다. "당신이 예쁘장한 젊은 여자라 그래. 펜헤로우의 작은 도시에서 온 별 볼 일 없는 보석 도둑이라고 생각들을 하니까. 주위를 둘러봐." 그는 다른 참가자들을 향해 몸을 반쯤 돌렸다. "당신을 쳐다보는 사람 있어? 당신을 경쟁 상대로 여기고 평가하는 눈빛이 보여? 아닐걸. 당신을 경쟁 상대로 여기질 않는 거야. 여기서 자유를 얻든 부를 얻든 할 생각인데 당신을 방해물로 보지 않는 거라고."

"바로 그거예요! 그래서 모욕적이라고요!"

"영리한 처신이지. 시합이 진행되는 내내 자세를 낮추고 있어. 너무 앞서 나가지도 말고, 이 도둑들, 군인들, 정체 모를 자객들을 상대로 완전한 승리를 거두지도 마. 그냥 중간만 유지해. 위협이 되지 않는 자로 보도록, 조만간 떨어져 나갈 상대로 여기면서 당신 쪽은 쳐다보지도 않게 해. 저들은 자연히 몸집이 더 크고 강하고 빠른 케인 같은 전사들에게 주목하겠지.

저들이 하나하나 떨어져 나갈 때 당신은 끝까지 붙어 있어. 결승 전 날 아침에 저들이 눈을 뜨고 보면 당신이 상대로 나와 있겠지. 그때 저들을 격파하고 나서 저들이 어떤 표정을 짓는지 봐. 그동안 모욕과 무시를 참아낸 게 그만한 가치가 있었다는 걸 알게 될 거야." 그는 손을 뻗어 셀레이나를 밖으로 데리고 나가며 덧붙였다. "어떻게 생각해, 릴리언 고데이나?"

"내 몸은 내가 돌볼 수 있어요." 셀레이나는 그의 손을 잡고 가볍게 말했다. "그래도 당신이 똑똑한 사람인 건 알겠네요, 대장님. 오늘 밤 왕비님한테서 훔쳐낼 보석 하나를 당신한테 주고 싶을 정도로 똑똑해요."

케이올은 싱긋 웃었다. 그들은 밖으로 나가 달리기 시합을 하게 될 장소로 이동했다.

폐가 불에 타는 듯하고 다리는 납처럼 무거웠지만 셀레이나는 계속 달렸다. 전사들 사이에서 딱 중간을 유지하며 달렸다. 브룰로와 케이올을 비롯한 다른 교관들 그리고 삼십 명쯤 되는 무장 경비병들이 말을 타고 그들 뒤를 따라 사냥터를 함께 이동했다. 그레이브, 네드, 빌을 포함한 전사들 중 일부는 긴 족쇄를 차고 있었다. 케이올은 셀레이나의 수갑을 풀어줬는데, 그것도 상당한 특권일 것이다. 놀랍게도 케인은 다른 이들보다 거의 9미터쯤 앞서서 선두로 달리고 있었다. 어떻게 저렇게 빠를 수가 있지?

낙엽 밟는 소리, 가쁜 숨을 몰아쉬는 소리가 따뜻한 가을 공기를 채웠다. 땀에 젖어 축축하게 빛나는 바로 앞 도둑의 검은 머리카락에 시선을 고정했다. 한 걸음 한 걸음, 숨 쉬고, 내뱉고. 숨 쉬자. 계속 숨을 쉬어야 한다는 점만 기억했다.

저 앞에서 케인이 모퉁이를 돌아 북쪽으로 향했다. 성으로 돌아가는 것이다. 마치 새 떼처럼 나머지들은 그의 뒤를 따랐다. 셀레이나는 한 걸음씩, 뒤처지지 않고 위치를 유지하며 따라갔다. 모두가 케인을 주시하게 두자. 케인을 상대로 음모를 꾸미게 돼야 한다. 자신이 더 나은 상대라는 걸 보이기 위해 이 시합에서 이길 필요는 없었다. 왕이 그녀에게 시합 참가를 허락했다는 것을 다른 이들이 모르게 두는 편이 나왔다! 호흡을 한 번 놓치자 무릎이 와들거렸지만 자세를 흐트러뜨리지 않았다. 달리기는 곧 끝날 것이다. 곧.

처진 사람이 있는지 뒤돌아볼 엄두도 나지 않았다. 줄곧 중간을 유지하라던 케이올의 시선이 자신에게 박혀 있음을 느낄 수 있었다. 적어도 케이올은 그녀에게 그 정도 믿음은 갖고 있었다.

나무 사이로 사냥터와 마굿간의 중간에 있는 들판이 보였다. 길의 끝이었다. 현기증이 일었다. 호흡이 남아 있었으면 옆구리를 찌르는 꿰맨 상처에 대고 욕이라도 해줬을 것이다. 중간을 유지해야 했다. 그래야 했다.

숲을 벗어난 케인이 승리를 만끽하며 두 팔을 들어 올렸다. 그는 그 상태로 몇 미터를 더 달리며 천천히 속도를 늦췄고 그의 교관이 환호해주었다. 셀레이나는 계속 발을 움직일 뿐 별다른 반응은 보이지 않았다. 이제 몇십 미터 안 남았다. 탁 트인 들판의 빛이 점점 밝게 느껴졌다. 중간을 유지해야 했다. 에로밴 헤멜에게 수년 동안 훈련받은 덕분에 쉽게 포기했을 때 어떤 위험이 닥쳐오는지 잘 알고 있었다.

마침내 숲을 통과하고 열린 들판이 셀레이나를 에워쌌다. 공간과 풀, 푸른 하늘이 폭발적으로 열리는 기분이었다. 앞서가던 남자들이 속도를 늦추면서 셀레이나도 덩달아 속도를 늦췄다. 그 자리에서 무릎을 바닥에 대고 쓰러지지 않으려 안간힘을 썼다. 다리를 천천히, 천천히, 천천히 움직이면서 계속 걸었다. 숨을 한 번, 두 번 계속 들이마셨다. 눈앞에서 별들이 펑펑 터졌다.

브럴로는 고삐를 잡고 누가 제일 먼저 들어왔는지 확인하며 말했다.

"잘했다. 물 마셔. 다음 훈련으로 넘어간다."

눈앞이 아득했지만 셀레이나는 말을 잡아 세우는 케이올을 보고 그쪽으로 걸어갔다. 케이올 옆을 지나 숲으로 가는데 그가 물었다.

"어디 가?"

"저쪽에 반지를 떨어뜨렸어요." 거짓말이었다. 반지를 잃어버려 당황한 척을 하느라 애썼다. "잠깐 가서 찾아볼게요."

케이올의 허락을 기다릴 새도 없이 셀레이나는 숲으로 다시 들어갔다. 그 말을 들은 다른 전사들이 비웃으며 조롱했다. 낙엽 밟는 소리가 뒤에서 들려오는 걸 보니 다른 참가자도 어디로 가는 모양이었다. 덤불 사이로 들어간 셀레이나는 그 자리에서 쓰러졌다. 세상이 온통 깜깜해지더니 빛이 번쩍이고 기울어졌다. 겨우 몸을 일으켜 무릎을 꿇은 채 속을 게워냈다.

위장에 아무것도 남지 않을 때까지 구역질을 계속했다. 비틀거리며 따라오던 다른 참가자가 그 옆을 지나갔다. 셀레이나는 덜덜 떨며 근처의 나무를 붙잡고 겨우 일어섰다. 길 건너편에서 웨스트폴 근위대장이 입을 다문 채 그녀를 쳐다보고 서 있었다.

셀레이나는 손등으로 입을 쓱 닦고는 말없이 숲에서 나갔다.

13

점심시간이 되어서야 브럴로는 참가자들을 풀어주었다. 셀레이나는 배고프다는 말로는 부족할 정도로 심하게 허기가 졌다. 고기와 빵을 목구멍으로 밀어 넣으며 음식을 절반쯤 먹어 치우고 있을 때쯤 식당 문이 열렸다. 셀레이나는 입 안에 음식을 잔뜩 넣고 씹으며 물었다.

"여긴 무슨 일로 왔어요?"

"무슨 일이냐니?" 근위대장은 식탁에 같이 앉았다. 그는 목욕하고 옷도 갈아입고 온 모습이었다. 연어가 담긴 큰 접시를 집어 들고 자기 접시에 연어를 덜었다. 셀레이나가 인상을 쓰며 코를 찡그리자 그가 물었다. "연어 안 좋아해?"

"생선은 질색이에요. 그걸 먹느니 차라리 죽고 말지."

"놀랍네." 그는 연어를 한 입 베어 물었다.

"왜요?"

"당신 몸에서 생선 비린내가 나거든."

셀레이나가 입을 열어 씹고 있던 빵과 고기를 보여주자 그는 고개를 절레절레 흔들었다.

"싸움은 잘할지 몰라도 예의라곤 없어."

아까 덤불에서 토한 일을 얘기할 줄 알았는데 그는 그 얘기는 꺼내지 않았다.

"나도 기분이 내키면 숙녀처럼 말하고 행동할 수 있어요."

"그럼 지금부터라도 그렇게 해주면 좋겠어." 그는 뜸을 들이다 물었다. "잠시라도 자유를 누려보니 어때?"

"비꼬는 거예요 아니면 진짜 궁금해서 묻는 거예요?"

그는 연어를 한 입 베어 물고 씹었다.

"좋을 대로 생각해."

창밖으로 오후의 하늘이 내다보였다. 연한 빛깔이지만 여전히 아름다웠다.

"아주 잘 즐기고 있어요. 당신이 날 여기 가둬둘 때마다 읽을 책도 있으니까요. 당신은 이해가 안 되겠지만요."

"그렇지도 않아. 내가 당신이나 도리언만큼 책 읽을 짬을 내기가 어려워서 그렇지, 그렇다고 해서 책을 안 좋아하는 건 아니거든."

셀레이나는 사과를 한입 물었다. 처음엔 시큼털털했는데 끝맛이 꿀처럼 달콤했다.

"아? 어떤 책을 좋아하는데요?"

그가 책 제목을 몇 가지 대자 그녀는 눈을 깜박였다.

"대체로 괜찮은 선택이네요. 또 다른 책은요?"

그렇게 그들은 한 시간이 훌쩍 지나도록 편안하게 대화를 나눴다. 그러다 정각 한 시를 알리는 시계 종소리가 들리자 그는 자리에서 일어섰다.

"오후 시간은 편하게 보내도록 해."

"어디 가요?"

"나도 팔다리랑 폐를 쉬게 해 주려고."

"알았어요. 다음에 만날 때까지 괜찮은 책을 좀 읽어보길 바랄게요."

그는 콧방귀를 뀌며 방을 나섰다.

"다음에 만날 때까지 당신은 목욕을 좀 했으면 좋겠어."

셀레이나는 한숨을 쉬며 하인들을 불러 목욕 준비를 시켰다. 오후에는 발코니에서 책을 읽을 생각이었다.

다음 날 새벽, 셀레이나의 방문이 벌컥 열리고 익숙한 발소리가 방 안에 울려 퍼졌다. 케이올 웨스트폴은 침실 문 가로대에 매달려 운동 중인 셀레이나를 보더니 우뚝 멈춰 섰다. 그녀는 나무 가로대에 턱이 닿을 때까지 반복적으로 몸을 끌어올리고 있었다. 속셔츠가 땀에 흥건히 젖은데다 창백한 피부를 타고 땀이 흘러내리고 있었다. 벌써 한 시간째 운동 중이었다. 다시 몸을 끌어올리는데 두 팔이 부르르 떨렸다.

참가자들 중 중간 정도로 달리는 척은 할 수 있지만 훈련까지 중간 정도로 할 이유는 없었다. 동작을 반복할수록 몸이 제발 그만하라고 비명을 지르는 듯했다. 광산에서 휘두르던 곡괭이 무게도 상당했기 때문에 지금 몸 상태가 그렇게 엉망은 아니었다. 어제 다른 참가자들에게 체력적으로 밀린 것 같은 느낌이 들어서 이러는 것도 아니었다.

그녀는 이미 그들보다 우위에 있었다. 그저 몸 상태를 좀 더 끌어올리고 싶었다.

그녀는 운동을 계속하느라 이를 악문 채 숨을 헐떡이면서 그에게 미소를 지었다. 놀랍게도 그도 마주 미소를 지어주었다.

그날 오후 사나운 폭풍우가 몰아쳤다. 셀레이나는 그날 다른 전사들과 함께하는 훈련을 마친 후 케이올을 따라 성안을 구경 다녔다. 그는 여전히 별로 말이 없었지만 셀레이나는 새 드레스까지 차려입고 방 밖으로 나올 수 있어서 좋았다. 연분홍색 레이스와 진주로 장식된 사랑스러운 연보라색 비단 드레스였다. 모퉁이를 돌아가던 그들은 맞은편에서 오던 칼테인 롬피에와 하마터면 부딪칠 뻔했다. 셀레이나는 인상을 찌푸리려다가 칼테인과 함께 온 이일웨이 여인을 보고 칼테인에 대해서는 완전히 잊고 말았다.

키 크고 날씬한 대단히 멋진 여인이었다. 이목구비 하나하나가 완벽했고 선이 고왔다. 느슨한 흰 드레스가 크림처럼 부드러운 갈색 피부와 대조를 이뤘고, 가슴과 목의 대부분을 뒤덮은 삼중 도금 목걸이를 착용했다. 손목에는 상아와 금으로 된 반짝이는 팔찌를 착용했고 샌들을 신은 발에는 어울리는 색깔의 발찌를 찼다. 머리에는 금과 보석으로 장식된 가느다란 관을 썼다. 그 여인이 대동한 두 남성 경비병은 이일웨이 특유의 구부러진 단검과 장검으로 완전 무장을 한 모습이었다. 경비병들은 케이올과 셀레이나를 면밀히 살피며 위협적인 대상인지 가늠했다.

이일웨이 여인은 공주였다.

"웨스트폴 근위대장님!"

칼테인이 허리를 굽혀 인사했다. 옆에 있던 키 작은 남자도 케이올과 셀레이나에게 허리를 굽혔다. 남자는 빨간색과 검은색으로 된 옷을 입은 걸 보니 평의회 의원인 모양이었다.

이일웨이 공주는 가만히 서서 경계심이 담긴 갈색 눈으로 셀레이나와 케이올을 바라보았다. 셀레이나는 살짝 미소를 지어 보였다. 공주가 한 걸음 앞으로 다가가자 경비병들이 미세하게 긴장하는 모습이었다. 이일웨이 공주는 편안하고 우아하게 움직였다.

칼테인은 아름다운 얼굴에 혐오감을 살짝 드러내며 소개했다.

"이쪽은 이일웨이의 네히미아 예트거 공주십니다."

케이올이 허리를 굽혀 인사했다. 공주는 턱을 미세하게 움직이는 정도로 목례를 했다. 셀레이나가 들어본 적 있는 이름이었다. 엔도비어에 있을 때 네히미아 공주의 아름다움과 용맹함을 칭송하는 이일웨이 노예들의 얘기를 자주 듣곤 했다. 이일웨이의 빛 네히미아가 언젠가 그들을 역경에서 구해내리라는 얘기가 대부분이었다. 언젠가 네히미아가 왕위에 오르면 현재 그녀의 고향 땅을 다스리고 있는 아달렌 왕의 영향력에 위협이 될 수도 있을 것이다. 노예들은 네히미아 공주가 이일웨이에 숨어 활동 중인 반역 세력에게 정보와 보급품을 몰래 제공하고 있다며 속닥거렸다. 그런 공주가 대체 여기서 뭘 하는 걸까?

"이쪽은 릴리언 양입니다."

칼테인은 짤막하게 덧붙였다.

셀레이나는 넘어지지 않을 정도로 허리를 최대한 깊게 숙여 인사한 후 이일웨이어로 말했다.

"리프트홀드에 잘 오셨습니다, 공주 전하."

네히미아 공주의 입가에 서서히 미소가 퍼져나갔고 다른 사람들은 놀라 입을 벌렸다. 평의회 의원은 표정이 밝아지며 이마에 맺힌 땀을 닦았다. 왜 이곳 사람들은 왕세자나 페링턴 공작에게 네히미아를 대동하게 하지 않았을까? 어째서 칼테인 롬피에 정도의 여자가 공주를 모시고 다니는 거지?

"고마워요."

공주는 나지막한 목소리로 말했다.

셀레이나는 계속해서 이일웨이어로 말했다.

"장거리를 이동하셨겠어요. 오늘 도착하셨나요, 공주 전하?"

네히미아의 경비병들이 눈빛을 주고받았다. 네히미아는 눈썹을 살짝 치켜떴다. 북부 지역에서 이일웨이어를 쓸 줄 아는 사람이 많지 않아서일 것이다.

"맞아요. 왕비님께서 *이 사람이랑……*" 네히미아는 고갯짓으로 칼테인을 가리키며 말을 이었다. "저 땀을 흘려대는 벌레 같은 남자를 시켜 나를 이 성에 데려오게 했어요."

네히미아는 키 작은 의원을 향해 눈을 가늘게 떴다. 의원은 두 손을 비비더니 손수건으로 이마의 땀을 콕콕 눌러 닦았다. 이 남자는 네히미아가 이 나라에 어떤 위협이 되는지 알 텐데 왜 이 성으로 데려온 걸까?

셀레이나는 웃음이 나오려는 걸 참느라 혀로 이를 핥으며 말했다.

"저 남자분은 신경이 좀 곤두서신 것 같네요. 성에 와보니 어떠신가요?"

"이렇게 멍청한 건축물은 처음 봐요." 네히미아는 돌과 유리 구조물 너머를 볼 수 있기라도 한 듯 천장을 올려다보며 덧붙였다. "차라리 모래로 지은 성에 들어가는 게 낫지."

케이올은 미심쩍어하는 눈빛으로 그들을 바라보았다.

옆에서 듣고 있던 칼테인이 끼어들었다.

"두 분이 무슨 말씀을 나누는지 저는 하나도 못 알아듣겠네요."

셀레이나는 눈을 위로 굴리지 않으려고 애썼다. 이 여자가 옆에 있는 것조차 잊고 있었다.

공주는 공용어에서 적합한 단어를 찾느라 애쓰며 말했다.

"우린 날씨의 관련 얘기를 하고 있었어요."

그러자 칼테인이 신경을 곤두세우며 굳이 고쳐주었다.

"날씨에 관한 얘기겠죠."

셀레이나는 자기도 모르게 날카롭게 쏘아붙였다.

"말조심해요."

칼테인은 짓궂은 미소를 지었다.

"우리 방식을 배우려고 오셨으니 다른 데서 바보 취급당하지 않도록 고쳐드린 것뿐이에요."

이곳 방식을 배우러 왔거나 아니면 그 외에 다른 걸 알아내려 왔을 수도 있지 않나? 공주와 경비병들의 표정은 도통 읽을 수가 없었다.

케이올은 네히미아와 셀레이나 사이로 끼어들며 말했다.

"공주님, 성을 구경 중이십니까?"

네히미아는 단어를 곱씹는 듯 눈썹을 치켜뜨며 마치 통역을 해달라는 듯 셀레이나를 쳐다보았다. 셀레이나의 입가에 미소가 살짝 걸렸다. 평의회 의원이 진땀을 흘리고 있던 이유를 알 것도 같았다. 네히미아는 만만찮은 상대였다. 셀레이나는 케이올의 질문을 쉽게 통역해주었다. 그러자 네히미아가 말했다.

"이런 미친 구조물을 성이라고 표현한다면요."

셀레이나는 케이올을 돌아보며 통역했다.

"그렇다네요."

그러자 칼테인은 애써 기분 좋은 척 말했다.

"여러 단어로 말씀하신 것 같은데 한 단어로 통역이 될 줄 몰랐네요."

그러자 셀레이나는 손톱을 손바닥에 대고 꾹 눌렀다.

이년 머리털을 다 뽑아버릴까 보다.

케이올은 네히미아에게 한 걸음 다가가, 칼테인를 쏘아보는 셀레이나의 시선을 효과적으로 막았다. 영리한 남자였다. 그는 가슴에 한 손을 얹으며 말했다.

"공주 전하, 저는 근위대장입니다. 제가 직접 안내해드리겠습니다."

셀레이나가 통역하자 공주는 고개를 끄덕이며 셀레이나에게 말했다.

"저 여자를 떼어내 줘요." 그리고 칼테인 쪽으로 손을 휘저으며 덧붙였다. "이 여자가 기분이 어떻든 상관없어요."

셀레이나는 미소를 지으며 칼테인에게 말했다.

"가보시래요. 당신이 옆에 있는 게 지겨우신가 봐요."

칼테인이 반발했다.

"하지만 왕비님께서—"

"공주님이 원하는 대로 해드리세요."

케이올이 나섰다. 묵묵히 의무를 수행하는 표정이었지만 셀레이나는 그의 눈빛에서 재미있어하는 기색을 읽을 수 있었다. 셀레이나는 그를 안아주고 싶은 심정이었다. 공주와 의원은 셀레이나와 케이올을 따라 복도를 걸어갔다. 뒤에 남아 씩씩대는 칼테인에게 셀레이나는 고개를 끄덕이는 인사조차 하지 않았다.

공주가 이일웨이어로 셀레이나에게 물었다.

"이곳 왕실 여자들은 다 저런가요?"

"칼테인 같냐고요? 안타깝지만 그럴 거예요, 공주 전하."

네히미아는 셀레이나를 유심히 바라보았다. 그녀의 옷차림과 걸음걸이, 자세를 살피는 듯했다. 셀레이나 역시 조금 전 공주를 그런 식으로 바라봤으니까.

"그런데 당신은…… 저들 같지 않네요. 이일웨이어는 어떻게 이렇게 잘해요?"

"저는……" 셀레이나는 거짓말을 궁리해냈다. "몇 년 동안 이일웨이어를 공부했어요."

"시골 사람들이 쓰는 억양이 배어 있네요. 책에서 배웠다고요?"

"이일웨이 여자한테서 배웠어요."

"당신 노예였나요?"

공주의 말투에 날이 서자 케이올이 그들을 쳐다보았다.

셀레이나는 얼른 대답했다.

"아뇨. 저는 노예를 부리는 것에 반대하는 사람이에요."

엔도비어에 두고 온 노예들을 생각하니 속이 뒤틀리는 듯했다. 그들은 죽는 날까지 그곳에서 강제 노역을 하게 될 터였다. 셀레이나가 엔도비어를 떠나왔다고 해서 그곳이 더 이상 존재하지 않는 게 아니었다.

네히미아의 목소리가 부드러워졌다.

"다른 궁정인들과는 다르군요."

셀레이나는 고개를 약간 끄덕이는 것 말고는 아무 말도 할 수 없었다. 곧 그들의 시선은 저 앞 홀로 향했다. 공주와 경비병들을 본 하인들이 눈을 휘둥그렇게 뜨며 바삐 걸음을 옮겼다. 잠시 침묵하던 셀레이나는 어깨를 펴며 물었다.

"리프트홀드에는 무슨 일로 오셨는지 물어봐도 될까요, 공주 전하."

"전하라는 호칭은 붙이지 말아줘요." 네히미아는 손목의 금팔찌를 만지작거리며 덧붙였다. "이일웨이의 왕인 내 아버지의 요청 때문에 왔어요. 이일웨이와 내 나라 백성들을 위해 이곳 언어와 관습을 배워 오라는 요청이셨죠."

네히미아에 관해 들은 얘기를 종합해보면 그게 다는 아닐 듯했다. 셀레이나는 정중하게 미소 지으며 물었다.

"리프트홀드에는 얼마나 계실 생각이세요?"

"아버지가 나를 다시 부를 때까지요." 네히미아는 팔찌에서 손을 떼더니 창문을 두드리는 빗줄기를 바라보며 미간을 찌푸렸다. "운이 좋으면 봄까지만 여기 있으면 되겠죠. 아달렌 남자를 내 짝으로 정하지 않으시면요. 만약 그렇게 된다면 난 그 일이 매듭지어질 때까지 여기 있어야 해요."

공주의 눈에 담긴 분노를 본 셀레이나는 그녀의 아버지가 고른 남자가 약간은 불쌍하게 느껴졌다.

문득 떠오른 생각이 있어 셀레이나는 고개를 옆으로 기울이며 물었다.

"누구와 결혼하게 되실까요? 혹시 도리언 왕세자인가요?" 무례하게 캐묻는 것일 수도 있겠다는 생각에 셀레이나는 그 질문을 하자마자 후회했다.

셀레이나는 그저 혀를 차며 대답했다.

"그 예쁘장한 소년이요? 그는 날 보면서 너무 많이 웃더군요. 궁전 안에서 온갖 여자들한테 어찌나 윙크를 해대는지. 난 내 침대를, 오직 *내 침대만* 따뜻하게 해줄 남편을 원해요." 네히미아는 셀레이나를 곁눈질로 머리부터 발끝까지 훑었다. 공주의 시선이 손에 난 상처에 머무는 게 느껴졌다. "당신은 어디 출신인가요, 릴리언?"

셀레이나는 치맛자락 안으로 손을 슬쩍 숨겼다.

"벨헤이븐이요. 펜헤로우에 있는 도시예요. 어업을 주로 하는 항구라 냄새가 지독해요."

거짓말은 아니었다. 일이 있어 벨헤이븐을 방문할 때면 부두 가까이 갈 때마다 생선 썩은 내 때문에 구역질이 났었다.

공주는 빙긋 웃었다.

"리프트홀드도 냄새가 지독해요. 사람이 너무 많이 살잖아요. 밴잘리는 햇볕이 뜨거워 모든 걸 다 태워버리기라도 하죠. 덕분에 아버지가 계신 강가의 궁전에서는 연꽃 향기가 나요."

케이올이 옆에서 헛기침을 했다. 대화에서 줄곧 소외되는 게 편치 않은 모양이었다. 셀레이나는 그에게 웃으며 공용어로 말했다.

"우울해할 거 없어요. 우린 공주를 잘 모셔야 하잖아요."

"어지간히 고소해해." 그는 미간을 찌푸리며 칼자루에 손을 얹었다. 그러자 네히미아의 경비병들이 그에게 더 가까이 다가왔다. 케이올이 근위대장이라고 해도 만약 공주에게 위협이 된다면 이 경비병들은 그를 쓰러뜨리려 할 것이다. "공주를 평의회에 도로 모셔다 드려야 해. 칼테인을 시켜 공주를 성안에 데리고 다니게 한 일에 대해 그들에게 얘기를 좀 해야겠어."

네히미아가 이일웨이어로 셀레이나에게 물었다.

"사냥도 할 줄 알아요?"

"저요?" 셀레이나가 되묻자 네히미아가 고개를 끄덕였다. "아······ 아뇨." 셀레이나는 이일웨이어로 바꿔 덧붙였다. "전 책 읽는 걸 더 좋아해요."

네히미아는 빗물이 떨어지는 창문을 향해 고개를 돌리며 말했다.

"우리나라의 책들은 5년 전 아달렌 군대가 쳐들어왔을 때 대부분 불타버렸어요. 마법에 관한 책이든 아니든 상관없이 태워버리더군요." 케이올과 의원이 알아듣지 못할 텐데도 네히미아는 목소리를 낮췄다. "역사책도 다 태웠어요. 도서관은 물론이고 박물관과 대학까지 다 태웠죠……"

익숙한 고통이 밀려들었다. 셀레이나는 고개를 끄덕였다.

"그런 일이 일어난 나라는 이일웨이뿐만이 아니에요."

그 말에 네히미아의 눈이 차갑고 비통하게 빛났다.

"이제 우리는 대부분의 책을 아달렌에서 받아요. 내가 이해하지도 못하는 언어로 된 책들이죠. 여기 있는 동안 난 아달렌어를 배워야 해요. 그 외에도 많은 걸 배워야 할 거예요!" 네히미아가 발을 구르자 옷에 붙은 보석들이 짤그락거렸다. "난 이 신발도 너무 싫어요! 이 드레스도 짜증나요! 이일웨이산 비단이라도 마찬가지예요. 내가 내 왕국을 대표하는 사람이긴 하지만…… 몸에 걸친 후로 쭉 가려워 죽겠어요!" 네히미아는 셀레이나의 섬세한 드레스를 바라보며 물었다. "그런 풍성한 치마를 입고 어쩜 그렇게 잘 참아요?"

셀레이나는 치맛자락을 살짝 잡으며 대답했다.

"솔직히 갈비뼈가 부러질 지경이랍니다."

"여기서 나만 옷 때문에 고통받는 게 아니네요."

어느 문 앞에 선 케이올은 그 앞을 지키고 서 있던 보초 여섯 명에게 여성들과 공주의 경비병을 지켜보라고 일렀다. 그 모습을 보고 네히미아가 셀레이나에게 물었다.

"저분은 뭐 하는 거예요?"

"공주님을 평의회로 돌려보내면서, 앞으로 다시는 칼테인이 공주님을 안내하지 못하게 하고 있어요."

네히미아는 어깨의 긴장이 약간 풀리는 모습이었다.

"여기 온 지 겨우 하루째인데 벌써 떠나고 싶어요."

네히미아는 코로 긴 한숨을 내쉬며 다시 창문으로 시선을 돌렸다. 창문을 통해 이일웨이로 돌아가는 길을 다 볼 수 있는 것처럼. 그러다 돌연 셀레이나의 손을 꼭 잡았다. 놀랍게도 공주의 손가락에 굳은살이 박여 있었다. 장검이나 단검의 칼자루를 잡는 위치였다. 셀레이나와 눈이 마주치자 공주는 손을 아래로 내렸다.

이일웨이의 반역 세력과 연관이 있다는 소문이 맞나 보네……

"내가 여기 있는 동안 친구가 되어줄 수 있어요, 릴리언 양?"

별안간 명예로운 부탁을 받은 셀레이나는 멍하니 눈을 껌벅이다 대답했다.

"물론이죠. 언제든 필요하실 때 기꺼이 모실게요."

"모셔줄 사람은 있으니 됐고요. 얘기 나눌 사람이 필요해요."

셀레이나는 자기도 모르게 환하게 웃었다. 복도로 돌아온 케이올이 공주에게 절을 하며 말했다.

"평의회에서 공주님을 뵙자고 합니다."

셀레이나는 그 말을 통역해주었다.

네히미아는 나지막하게 투덜거리고는 케이올에게 감사를 표한 뒤 셀레이나에게 말했다.

"만나서 반가웠어요, 릴리언 양." 그녀는 눈을 빛내며 덧붙였다. "당신에게 평화가 함께하길 바랄게요."

셀레이나는 네히미아가 떠나는 모습을 보며 나지막하게 말했다.

"공주님도요."

셀레이나는 친구가 많았던 적이 없었다. 그나마 있었던 친구들은 그녀를 끝내 실망하게 만들곤 했다. 붉은 사막의 침묵의 자객들과 함께했던 여름에도 그랬듯 때로는 충격적인 결말이 나기도 했다. 그 후로 다시는 여자들을 믿지 않겠다고, 특히 자기만의 계획과 힘을 가진 여자들을 믿지 않겠다고 맹세했다. 그런 여자들은 자기가 원하는 걸 갖기 위해 무슨 짓이든 벌였다.

상아색 드레스를 입은 이일웨이 공주의 등 뒤로 문이 닫히자 셀레이나는 어쩌면 자신이 잘못 판단했을 수도 있겠다는 생각이 들었다.

케이올은 점심을 먹는 셀레이나를 바라보았다. 그녀는 한 접시에서 다른 접시로 연신 눈을 돌리는 모습이었다. 그녀는 자기 방에 들어가자마자 드레스를 벗어버리고 장미색과 비취색 실내복으로 갈아입었다. 그녀에게 꽤 잘 어울리는 실내복이었다.

"오늘은 별나게 조용하네요."

셀레이나는 입 안 가득 음식을 머금고 말했다. 잠깐이라도 먹는 걸 멈추고 말할 수는 없나? 이 여자는 그가 아는 누구보다도, 심지어 경비병들보다도 많이 먹었다. 한 끼에 여러 사람이 먹을 분량을 먹어 치우고 있었다.

"네히미아 공주에게 마음을 빼앗기기라도 했나요?"

음식 씹는 소리와 뒤섞여 무슨 말인지 겨우 알아들을 지경이었다.

"그 고집불통인 여자한테?"

셀레이나가 눈을 가늘게 뜨자 그는 괜한 말을 했구나 싶었다. 셀레이나가 한바탕 훈계를 할 것 같았는데 오늘은 들어줄 기분이 아니었다. 다른 중요한 일들 때문에 머릿속이 복잡했다. 오늘 아침 출발하기 전 왕은 케이올이 추천한 근위병을 단 한 명도 데려가지 않았다. 어디로 가는지도 말해주지 않았고, 케이올이 직접 동행하겠다는데도 거절했다.

왕실에서 키우는 사냥개 몇 마리가 사라졌는데 반쯤 먹고 남은 사체가 궁전의 북쪽 부속 건물 안에서 발견됐다. 그것도 걱정이 됐다.

대체 누가 그런 끔찍한 짓을 저질렀을까?

"고집불통 여자가 뭐 어때서요? 남한테 명령을 내리고 뒷담화할 때만 입을 여는 멍청이는 아니라는 거잖아요?"

"나도 좋아하는 이상형이 있을 뿐이야."

적절한 대답이었는지 그녀는 눈썹을 깜박이며 물었다.

"그게 어떤 여자인데요?"

"오만한 자객은 아니야."

그녀는 입을 비쭉거렸다.

"만약 내가 자객이 아니라면, 날 마음에 들어할까요?"

"아니."

"그럼 칼테인 양은요?"

"멍청한 소리 그만해."

이 여자에게 못되게 구는 건 어렵지 않은 일이었다. 그런데 다정하게 대하는 게 너무 쉬워지고 있었다. 그는 빵을 한 입 베어 물었다. 셀레이나는 고개를 옆으로 기울이며 그를 바라보았다. 가끔 보면 이 여자는 고양이가 쥐를 바라보듯 그를 쳐다보는 것 같았다. 이 여자가 달려들기까지 얼마나 걸릴지 궁금할 지경이었다.

셀레이나는 어깨를 으쓱하며 사과를 한입 베어 씹었다. 자객인데 소녀 같은 면도 있었다. 아, 이 여자의 이런 모순을 견디기가 힘들었다!

"사람을 빤히 쳐다보시네요, 대장님."

그는 하마터면 사과할 뻔했다. 이 여자는 오만하고 저속한데다 주제넘은 자객이었다. 그는 이 여자를 관리해야 하는 몇 달이 빨리 지나가기를, 이 여자가 얼른 챔피언으로 지정되고 복무 기한을 마치고 떠나버리길 바랐다. 이 여자를 엔도비어에서 끄집어내 데려온 후로 그는 잠을 제대로 자지 못하고 있었다.

"입 안에 음식을 물고 있잖아."

셀레이나는 뾰족한 손톱으로 이에 낀 음식을 끄집어낸 후 창문을 향해 고개를 돌렸다. 창문 유리를 타고 빗물이 흘러내리고 있었다. 이 여자가 보고 있는 건 비일까, 아니면 그 너머 무언가일까?

그는 고블릿 잔에 담긴 음료를 마셨다. 이 여자는 오만하긴 해도 영리했고 비교적 다정하기도 했으며 꽤나 매력적이었다. 내면에서 꿈틀대는 어둠은 어디에 있을까? 그런 면을 드러낸다면 그는 이 여자를 지하 감옥에 던져넣어 버리고 터무니없는 시합 따윈 취소해버릴 수 있을 텐데, 어째서 이 여자는 어둠을 드러내지 않을까? 이 여자의 내면에는 무언가 대단하고 치명적인 것이 감춰진 듯해서 어쩐지 꺼림칙했다.

때가 될 때까지 기다릴 것이다. 전사들 중 누가 마지막까지 살아남을지 새삼 궁금해졌다.

14

 그 후 나흘 동안 셀레이나는 동이 트기 전에 일어나 방에서 개별 훈련을 했다. 의자, 문틀, 심지어 당구대와 큐대까지 뭐든 손에 잡히는 대로 훈련에 활용했다. 당구공은 균형 잡는 훈련에 썼다. 새벽 무렵이면 케이올이 어김없이 찾아와 함께 아침을 먹었다. 식사를 마치고 나면 그들은 사냥터를 함께 달렸다. 케이올은 함께 나란히 뛰며 보조를 맞춰주었다. 가을이 무르익어가고 있었다. 파삭파삭한 낙엽과 눈 냄새가 바람에 실려 왔다. 셀레이나가 허리를 굽히고 손을 무릎에 댄 채 아침 먹은 걸 죄다 토해내도 그는 말없이 지켜보기만 했다. 셀레이나가 숨을 고르지 않고 달릴 수 있는 거리가 매일 늘어나고 있는 것에 대해서도 그는 별다른 언급을 하지 않았다.
 아침 달리기를 마치면 그들은 경쟁자들의 눈을 피해 개별 방에서 훈련을 했다. 셀레이나가 배고프고 피곤해서 죽을 것 같다고 바닥에 널브러져 징징댈 때까지 계속되는 훈련이었다. 셀레이나는 칼을 쓰는 걸 좋아했지만 나무 막대도 곧 편하게 다루게 됐다. 케이올의 팔 하나를 잘라낼 위험 없이 자유롭게 후려칠 수 있는 무기라 그런 듯했다. 지난번 네히미아를 만난 후로 셀레이나는 공주한테서 어떤 연락도 받지 못했다. 하인들이 공주에 대해 떠드는 소리도 듣지 못했다.

케이올은 늘 점심을 같이 먹으러 왔고 점심 식사가 끝나면 셀레이나는 브럴로의 감시하에 다른 전사들과 몇 시간 동안 훈련을 받았다. 무기를 실제로 다룰 수 있도록 하는 훈련이 대부분이었다. 셀레이나는 눈에 띄지 않고 훈련을 받았다. 브럴로에게 지적당하지 않을 정도로만 했다. 브럴로에게 칭찬을 받는 케인만큼 잘하려고는 하지 않았다.

케인. 혐오스럽기 짝이 없는 자였다! 브럴로는 케인을 거의 떠받들고 있었고…… 다른 전사들도 케인이 앞으로 지나가면 존경의 의미로 고개를 끄덕였다. *셀레이나*의 자세가 얼마나 완벽한지를 떠들어대는 자는 아무도 없었다. 셀레이나가 에로밴 헤멜의 관심을 독차지했던 세월 동안 요새의 다른 자객들이 느낀 기분이 이랬을까? 케인이 가까이에 있으면 집중하기 힘들었다. 그는 그녀가 실수하길 기다리며 연신 놀리고 비웃었다. 첫 번째 탈락자가 나오게 될 시험에서 케인 때문에 주의가 흐트러지지 않길 바랄 뿐이었다. 브럴로는 어떤 종류의 시험인지에 대해 전혀 알려주지 않았고, 케이올도 모르는 듯했다.

첫 번째 시험이 있기 전날, 훈련장으로 가기 한참 전에 셀레이나는 뭔가 잘못됐음을 알아챘다. 케이올이 아침 식사를 하러 오지 않았다. 그는 경비병들을 보내 그녀를 훈련장으로 데려가게 하면서 혼자 연습하라는 지시를 내렸다. 점심 식사 때도 그는 모습을 보이지 않았다. 경비병들의 호위를 받으며 훈련장으로 가는 동안 셀레이나는 어떻게 된 일인지 몹시 궁금해졌다.

케이올이 근처에 없는 상태라 셀레이나는 기둥 옆에서 뭉그적거리며 다른 참가자들이 훈련장으로 들어오는 모습을 지켜보았다. 다들 경비병과 교관을 대동하고 들어오고 있었다. 브를로도 아직 오지 않았는데, 그것도 이상한 일이었다. 오늘따라 훈련장에는 전보다 경비병의 수가 늘어나 있었다.

"대체 무슨 일일까?"

퍼랜스에서 온 젊은 도둑 녹스 오언이 옆에서 그녀에게 말을 걸었다. 훈련 중에 녹스가 꽤 괜찮은 기술을 보유했음을 증명해 보이자 다른 참가자 여럿이 그에게 접근하려 했는데 그는 여전히 혼자 있는 쪽을 택했다.

"오늘 아침에 웨스트폴 근위대장도 나를 훈련시키러 오지 않았어."

이 정도 말은 해도 문제없겠지?

녹스는 손을 내밀며 인사했다.

"난 녹스 오언이야."

"네가 누구인지는 알고 있어."

셀레이나는 이렇게 말하면서 그와 악수했다. 손아귀 힘이 좋은 편이었고, 손에 굳은살과 상처가 있었다. 지금까지 본 대로라면 움직임도 괜찮은 편이었다.

"그래. 지난 며칠 동안 저 덩치 큰 놈이 잘난 척을 어찌나 해대는지 내가 아주 보이지도 않는 사람이 된 것 같았거든."

그는 턱 끝으로 케인을 가리켰다. 케인은 불거져 나온 이두박근을 들여다보는 중이었다. 케인의 손가락에 끼워진 큼직한 검은 반지가 눈에 띄었다. 반지에 박힌 검은 돌이 무지갯빛으로 반짝이고 있었다. 반지를 낀 채 훈련을 받다니 이상했다. 녹스가 계속해서 말했다.

"베린 봤어? 몸 상태가 안 좋아 보이네."

베린은 셀레이나가 두들겨 패고 싶어 하는 떠버리였다. 평소에 베린은 케인 옆에 붙어서 다른 전사들을 비웃곤 했는데, 오늘은 창문 앞에 혼자 서 있었다. 얼굴이 창백하고 눈도 휘둥그렇게 뜬 모습이었다.

"베린이 케인에게 하는 얘길 들었어요."

뒤에서 소심한 목소리가 그들에게 말했다. 돌아보니 제일 나이 어린 자객 펠러였다. 셀레이나는 한나절 동안 펠러를 지켜봤다. 셀레이나는 일부러 실력이 중간 정도인 척하고 있었지만 펠러는 정말 훈련이 필요한 수준이었다.

이런 애가 자객이라니. 목소리가 굵어지지도 않았는데. 대체 어쩌다가 여기로 흘러들어왔지?

녹스가 주머니에 손을 찔러 넣으며 물었다.

"뭐라고 했는데?"

녹스의 옷은 다른 참가자들만큼 추레하지는 않았다. 퍼랜스에서 꽤 잘나가는 도둑이었던 모양이었다.

펠러의 주근깨투성이 얼굴에서 핏기가 더 가셨다.

"눈알을 먹는 자라는 별명을 가진 그 빌 채스틴이요. 오늘 아침에 시신으로 발견됐어요."

참가자가 죽었다고? 그렇게 악명 높은 살인자가 죽다니. 셀레이나가 물었다.

"어쩌다가?"

펠러는 숨을 크게 삼켰다.

"베린한테 듣기로는 상태가 안 좋았대요. 누군가 몸을 찢어 벌려 놓은 것 같았다고 했어요. 여기로 오는 길에 시신을 봤대요."

녹스는 나지막하게 욕을 뱉었다. 셀레이나는 다른 참가자들을 살펴보았다. 주변이 조용해졌고 삼삼오오 모여 수군거리고 있었다. 베린이 퍼뜨린 얘기가 빠르게 퍼져나가고 있었다. 펠러가 계속해서 말했다.

"채스틴의 시신 상태가 아주 엉망이었다고 하더라고요."

등줄기를 따라 소름이 돋았다. 고개를 절레절레 흔드는데 경비병이 들어와 브럴로가 오늘은 훈련장에서 자율적으로 연습하라는 지시를 내렸다고 알려주었다. 셀레이나는 머릿속에 그려지는 시신의 이미지를 지우려 녹스와 펠러에게 아무 말도 하지 않고 무기 거치대 쪽으로 걸어가, 수리검들이 끼워진 검대를 집어 들었다.

양궁관 근처에 자리를 잡았다. 잠시 후 녹스가 옆으로 다가와 과녁에 칼을 던지기 시작했다. 그는 두 번째 원까지는 맞췄는데 중앙쪽으로는 가질 못했다. 칼 솜씨는 활 솜씨만큼 좋지 않은 듯했다.

셀레이나는 검대에서 수리검을 뽑아 들었다. 대체 누가 참가자를 그렇게 잔혹하게 살해했을까? 시신을 홀에 두고 어떻게 유유히 빠져나간 건가? 이 성에는 경비병들이 잔뜩 있었다. 전사가 죽었다. 그것도 첫 번째 시험이 있기 하루 전에. 앞으로도 이런 일이 되풀이될까?

셀레이나는 과녁 중앙의 자그마한 검은 점에 시선을 집중했다. 호흡을 가다듬으며 팔을 굽히고 손목에 힘을 뺐다. 다른 전사들의 목소리가 희미해졌다. 과녁 중앙의 검은 점이 그녀를 부르는 듯했다. 셀레이나는 숨을 내쉬며 칼을 날렸다.

칼은 강철 유성처럼 반짝이며 날아갔다. 과녁 중앙에 박힌 걸 보고 셀레이나는 살짝 미소 지었다.

옆에서는 녹스가 자기가 던진 칼이 세 번째 원에 꽂히자 다양한 욕을 내뱉었다. 성안 어딘가에 갈가리 찢긴 시체가 있는데도 셀레이나의 얼굴에는 미소가 피어났다.

셀레이나는 다른 칼을 꺼내 들었다. 그때 케인과 함께 대련 중이던 베린이 부르는 소리에 멈칫했다.

"서커스 기술은 왕의 챔피언이 되는 시합에선 별로 쓸모가 없지."

셀레이나는 과녁을 향해 선 채로 베린을 돌아보았다. 베린이 계속 지껄였다.

"차라리 드러누워서 여자한테 필요한 기술이나 익히는 게 좋을걸. 원한다면 오늘 밤에 내가 좀 가르쳐줄 수도 있어."

베린이 키득거리자 케인도 같이 웃었다. 셀레이나는 손이 아플 정도로 칼자루를 쥔 손에 힘을 주었다.

"저놈들 하는 얘긴 듣지도 마." 녹스가 나지막하게 말하며 다시 칼을 던졌다. 이번에도 칼은 과녁 중앙을 벗어났다. "여자랑 함께 있으면 제일 먼저 뭘 해야 하는지도 모르는 놈들이야. 여자가 발가벗고 방에 들어와도 아무것도 못 할 걸."

셀레이나가 던진 칼은 그녀가 조금 전 중앙에 박아 넣은 칼에서 머리카락 한 올만큼의 거리를 두고 과녁에 박혔다.

녹스가 짙은 눈썹을 치켜뜨자 회색 눈이 도드라졌다. 아무리 봐도 나이가 스물다섯 살 안쪽일 듯했다.

"솜씨가 좋네."

"여자치고는 좋단 뜻이야?"

셀레이나가 도전하듯 물었다.

"아니." 녹스는 칼을 다시 던졌다. "그냥 잘한다고."

이번에도 칼은 중앙을 맞히지 못했다. 녹스는 과녁으로 걸어가 수리검 여섯 개를 모두 뽑아 칼집에 넣고 던지는 자리로 돌아왔다. 셀레이나는 헛기침을 하면서 다른 전사들은 듣지 못할 정도로 나지막하게 조언을 건넸다.

"넌 서 있는 자세가 잘못됐어. 손목도 잘못 쓰고 있고."

녹스는 팔을 낮췄다. 셀레이나는 어떻게 서는 게 맞는지 보여주었다.

"다리를 이렇게 벌려야 해." 녹스는 셀레이나의 자세를 잠시 관찰한 뒤 다리를 비슷하게 벌리고 섰다. "무릎을 살짝 굽혀. 어깨를 젖히고 손목에 힘을 빼. 숨을 내쉬면서 칼을 던져."

셀레이나는 시범을 보여주었고 그녀의 칼은 여지없이 과녁에 명중했다.

"한 번만 더 보여줘."

셀레이나는 다시 칼을 던졌고 이번에도 명중이었다. 그리고 왼손으로도 칼을 던졌는데, 칼날이 앞서 던진 칼의 손잡이에 박혔다. 셀레이나는 의기양양하게 환호하고 싶은 걸 꾹 참았다.

녹스는 과녁에 집중하며 팔을 들었다.

"이거 좀 창피하네."

녹스는 나지막하게 웃으며 칼을 약간 더 들어 올렸다.

셀레이나가 조언했다.

"손목에 힘을 더 풀어. 손목을 알맞게 꺾으면서 던져."

녹스는 그대로 따랐다. 그는 길게 숨을 내쉬며 칼을 날렸다. 칼은 중앙은 아니지만 아까보다는 안쪽 원에 꽂혔다. 그는 눈썹을 치켜뜨며 말했다.

"아까보다는 좀 나아졌네."

"그래 조금."

녹스는 과녁 두 개에서 칼을 모두 수거해 셀레이나의 칼을 건네주었다. 셀레이나는 그 칼을 받아 칼집에 넣으며 물었다.

"퍼랜스에서 왔다고 했지?"

퍼랜스는 테라센에서 두 번째로 큰 도시였다. 셀레이나는 그곳에 가본 적은 없지만 조국의 도시를 언급한 것만으로도 두려움과 죄책감이 솟구쳤다. 10년 전 테라센의 왕실 가족은 살해당했고, 아달렌의 왕이 거느린 군대가 밀고 들어왔으며, 테라센은 고개를 숙인 채 침묵해야 하는 운명을 맞이했다. 차라리 말을 하지 말걸. 왜 그 얘기를 꺼냈는지 자신도 알 수 없었다.

셀레이나는 그저 예의상 물어본 척 표정 관리를 했다. 녹스는 고개를 끄덕이며 말했다.

"퍼랜스를 떠나온 게 처음이야. 넌 벨헤이븐 출신이라고 했지?"

"우리 아버지는 상인이야."

거짓말이었다.

"딸이 보석 도둑질을 하는 것에 대해 아버지가 어떻게 생각하셔?"

셀레이나는 웃음 지으며 칼을 과녁에 던졌다.

"한동안은 나를 집으로 초대하지 않으시겠지."

"아, 그래서 네가 손을 잘 쓰는구나. 게다가 최고의 교관이 너를 가르치고 있더라. 둘이 새벽에 달리기하는 걸 봤어. 난 교관한테 제발 술병 좀 내려놓고 정해진 시간 외에 훈련을 시켜달라고 사정해야 하는데." 그는 고갯짓으로 자기 교관을 가리켰다. 그의 교관은 망토의 두건을 눈까지 내려쓰고 벽에 기대어 앉아 있었다. "또 저기서 자고 있네."

"근위대장이 교관인 게 성가실 때도 있어." 셀레이나는 칼을 하나 더 던지며 덧붙였다. "네 말이 맞아. 최고의 교관이긴 하지."

녹스는 잠시 침묵하다가 말했다.

"다음에 짝을 지어서 연습하게 되면 나를 찾아줄래?"

"왜?"

셀레이나는 칼을 하나 더 던지려다가 갖고 있던 칼을 다 썼다는 걸 알았다.

녹스가 다시 칼을 던졌는데 이번에는 중앙에 꽂혔다.

"이 시합에서 네가 이길 거라는 데 돈을 걸려고."

셀레이나는 살짝 웃었다.

"내일 시험에서 네가 떨어지지 않길 바랄게."

내일 아침에 어떤 종류의 시험이 치러질지 궁금해서 훈련장 안을 둘러봤지만 평소와 다른 건 보이지 않았다. 케인과 베린을 제외한 다른 전사들도 대체로 조용한 편이었다. 대부분 낯빛이 창백했다. 셀레이나는 진심을 담아 말했다.

"그리고 우리 중에 눈알을 먹는 자 꼴이 나는 사람이 없길 바라야지."

"책 읽는 것 말고 다른 건 안 하나 봐?"

케이올이 물었다. 그가 옆에 와 앉자 발코니 의자에 앉아 있던 셀레이나는 깜짝 놀랐다. 늦은 오후의 햇살이 얼굴을 따뜻하게 데워주고 있었다. 가을 끝자락의 부드러운 바람이 편하게 풀어놓은 그녀의 머리카락을 스쳤다.

셀레이나는 혀를 내밀었다.

"눈알을 먹는 자를 죽인 범인을 찾고 있어야 하는 거 아니에요?"

그가 점심시간이 지나서 그녀의 방을 찾아온 건 처음 있는 일이었다.

그의 눈에 침울한 기색이 스쳤다.

"당신이 상관할 일 아니야. 나한테서 그 사건에 관해 캐낼 생각은 하지도 마." 그는 셀레이나가 입을 열려고 하자 먼저 선수를 치더니 그녀의 무릎에 놓인 책을 가리켰다. "점심시간에 《바람과 비》를 읽는 걸 봤어. 그 책을 어떻게 생각하는지 물어보려다가 깜빡했어."

아침에 전사의 시체가 발견됐는데 책 얘기나 하자고 찾아왔단 말인가?

"좀 어려운 내용이에요." 셀레이나는 갈색 책을 들어 올렸다. 그가 아무 말이 없자 그녀가 물었다. "여기 온 이유가 뭐예요?"

"고단한 하루였어."

셀레이나는 무릎의 아픈 부분을 손으로 주무르며 물었다.

"빌 채스틴이 죽은 것 때문에요?"

"왕세자께서 나를 평의회 회의에 끌고 들어가셨어. 회의가 3시간 동안 계속됐지."

그의 턱 근육이 미세하게 떨렸다.

"왕세자와 친구인 줄 알았는데요."

"친구 맞아."

"언제부터 친구였어요?"

그는 곧장 대답하지 않았다. 셀레이나가 그 정보를 그에게 불리하게 사용할 수 있는지 가늠해보는 듯했다. 진실을 말했을 때의 위험성을 따져보는 것일 수도 있었다. 셀레이나가 날카롭게 쏘아붙이려는데 그가 입을 열었다.

"어렸을 때부터. 성안에 있는 높은 지위를 가진 사람 중에 또래가 우리뿐이었어. 우린 같이 수업을 듣고 같이 놀고 같이 훈련을 받았지. 그러다 내가 열세 살 때 아버지가 우리 가족을 아니엘로 돌려보내기로 결정하셨어."

"은빛 호수에 있는 도시 맞죠?"

케이올의 가족이 아니엘을 다스리고 있다니 납득이 갔다. 아니엘 사람들은 타고난 전사라 화이트팽 산의 거친 주민들에 맞서 대대로 도시를 수호해왔다. 지난 10년 동안 아니엘 전사들은 다른 곳보다는 나은 삶을 살았다. 아달렌의 군대가 제일 먼저 쳐들어가 짓밟은 게 화이트팽 산 사람들이었다. 화이트팽 사람들은 노예가 되는 경우가 드물었는데, 대부분 아달렌에 잡혀가느니 아내와 자식들을 죽이고 자결했기 때문이었다. 케이올이 그 정도로 독한 화이트팽 사람들 수백 명에 맞서 싸웠을 생각을 하니 속이 울렁거렸다. 셀레이나가 알기로 화이트팽 남자들은 거의 케인처럼 체격이 좋았다.

"맞아." 케이올은 옆구리에 찬 기다란 사냥용 칼을 손으로 만지작거리며 말을 이었다. "원래 나는 내 아버지처럼 왕실 평의회에 들어가기로 되어 있었어. 아버지는 내가 우리 같은 사람들과 좀 더 어울려 지내면서…… 평의회 의원으로서 갖춰야 할 것들을 배우길 바라셨어. 아달렌 왕의 군대가 산에 주둔하고 있으니 이제 우리는 산 사람들과 싸우는 것보다 정치에 좀 더 관심을 가져도 되겠다고 말씀하셨지." 그의 황금빛 눈이 먼 곳을 바라보는 듯 아득해졌다. "하지만 난 리프트홀드가 그리웠어."

"그래서 집에서 도망쳤어요?"

그가 이렇게 자발적으로 많은 얘기를 해주다니 믿기지 않았다. 엔도비어를 떠나 여기로 오는 동안 그는 자기에 관해서는 거의 말해주지 않았다.

"도망쳤냐고?" 그가 웃으며 말했다. "아니. 도리언 왕세자가 당시 근위대장을 설득해 나를 제자로 받아주게 했어. 브럴로가 도움을 줬지. 아버지는 반대하셨지만. 그래서 난 아니엘의 영주 자리를 남동생에게 넘겨주기로 하고 다음 날 고향을 떠났어."

이어진 침묵은 그가 차마 꺼내지 못한 말이 무엇인지 짐작하게 했다. 그의 아버지가 끝까지 반대하지는 않은 것이다. 어머니는 뭐라고 했을까? 그는 긴 숨을 내뱉으며 물었다.

"당신은 어때?"

셀레이나는 팔짱을 꼈다.

"나에겐 관심이 없는 줄 알았는데요."

그는 희미한 미소를 지으며 오렌지색으로 물드는 하늘을 바라보았다.

"딸이 아달렌의 자객이 된 것에 대해 부모님은 어떻게 생각하셔?"

"부모님은 돌아가셨어요. 내가 여덟 살이었을 때요."

"그럼 당신은……"

가슴 속에서 심장이 무너지는 듯했다.

"난 테라센에서 태어났고 자객이 됐어요. 그러다 엔도비어에 끌려갔고 지금은 여기 있네요. 그게 다예요."

잠시 침묵이 흘렀다.

"오른손의 상처는 어쩌다 생긴 거야?"

오른손 위쪽에 들쭉날쭉하게 새겨진 상처는 굳이 쳐다볼 필요도 없었다. 셀레이나는 손가락을 구부리며 말했다.

"열두 살 때였어요. 에로밴 헤멜은 내가 왼손을 오른손만큼 잘 쓰지 못한다고 판단했죠. 나더러 선택하라고 했어요. 그가 직접 내 오른손을 부러뜨리든지 내가 직접 하든지 하라고요." 눈앞이 캄캄해질 정도로 아팠던 기억이 여전히 손에 남아 있었다. "그날 밤, 나는 문틀에 오른손을 놓고 문을 세차게 닫았어요. 손이 찢어지고 뼈 두 개가 부러졌죠. 다 낫기까지 몇 달이 걸렸어요. 그동안 나는 왼손을 쓸 수밖에 없었고요." 그는 비딱한 미소를 지었다. "브릴로는 당신한테 그런 짓을 하진 않았을 것 같네요."

"맞아." 그는 나지막하게 말했다. "그렇진 않았지." 그는 헛기침을 하며 일어섰다. "첫 시험은 내일이야. 준비됐어?"

"당연하죠."

거짓말이었다.

그는 잠시 그 자리에 서서 그녀를 살펴보았다.

"내일 아침에 보러 올게."

그가 떠난 후 방 안에 깔린 침묵 속에서 셀레이나는 그의 얘기를 곱씹어 보았다. 그들은 너무나 다르면서도 비슷한 인생을 살아왔다. 셀레이나는 두 팔로 제 몸을 감쌌다. 차가운 바람이 치맛자락을 흔들며 뒤로 펄럭이게 했다.

15

첫 시합의 내용이 무엇인지 짐작도 할 수 없었다. 지난 닷새 동안 셀레이나는 다양한 무기를 다루고 기술을 갈고 닦느라 온몸이 아플 정도로 훈련을 했다. 인정하고 싶지 않았지만 팔다리가 몹시 쑤셔서 통증을 감추기가 불가능할 정도였다. 아침에 셀레이나와 케이올은 널찍한 대련실로 들어갔다. 경쟁자들을 둘러본 셀레이나는 시합 내용을 모르는 게 자신뿐만이 아님을 알아챘다. 대련실의 절반이 탑처럼 높은 검은 커튼으로 가려져 있었다. 그 너머에 뭐가 있든 참가자들 중 한 명의 운명을 결정하게 될 터였다.

평소에는 대련실이 시끌벅적했는데 오늘은 조용했다. 전사들은 이리저리 돌아다니지 않고 교관 옆에 가만히 서 있었다. 셀레이나는 평소처럼 케이올 가까이에 있었다. 중이층의 후원자들이 1층의 검은색과 흰색 체크무늬 바닥을 내려다보았다. 왕세자와 눈이 마주친 셀레이나는 목이 조여드는 느낌이었다.

왕을 알현하고 나서 그녀에게 책을 보내준 것 말고는 왕세자가 그녀 앞에 나타나거나 소식을 전해준 적이 없었다. 왕세자는 셀레이나에게 싱긋 웃어 보였다. 사파이어색 눈동자가 아침 햇살을 받아 반짝거렸다. 셀레이나는 굳은 얼굴에 약간 미소를 지어 보이고는 이내 고개를 돌렸다.

브럴로는 상처 난 손을 칼자루에 얹은 채 커튼 옆에 서 있었다. 그 모습을 가만히 보고 있는데 누군가 그녀 옆으로 다가왔다. 입을 열기도 전에 누구인지 느낌으로 알 수 있었다.

"꽤나 극적이지 않아?"

셀레이나는 곁눈으로 녹스를 힐끗 보았다. 옆에 있던 케이올이 긴장하는 게 느껴졌다. 그녀와 녹스가 왕실 가족을 전부 죽이고 탈출할 계획이라도 세울 것 같은지 케이올은 도둑 녹스를 면밀히 쳐다보았다.

대련실 안에서 떠드는 사람이 거의 없어서 셀레이나는 나지막하게 대답했다.

"닷새 동안 무작정 훈련만 했는데 이제 뭘 좀 하는 것 같아서 좋네."

녹스는 조용히 웃으며 물었다.

"어떤 시험일 것 같아?"

셀레이나는 어깨를 으쓱하며 커튼을 바라보았다. 전사들이 속속 도착하고 있었다. 곧 시계가 아홉 시 정각을 알리는 종을 울리면 시험이 시작될 것이다. 커튼 뒤에 뭐가 있는지 안다고 해도 지금 녹스에게 딱히 도움을 줄 생각은 없었다.

"사람 잡아 먹는 늑대 무리를 맨손으로 상대하라고 하는 시험이면 좋겠어." 셀레이나는 입가에 웃음을 흘리며 녹스를 똑바로 쳐다보았다. "재미있지 않을까?"

케이올이 헛기침을 했다. 지금은 떠들어댈 때가 아니라는 뜻일 것이다. 셀레이나는 검은 바지 주머니에 두 손을 찔러 넣고 커튼 앞으로 걸어가며 녹스에게 말했다.

"행운을 빌게."

케이올이 그녀의 뒤를 따라갔다. 어느 정도 거리를 두게 되자 셀레이나는 나지막하게 물었다.

"커튼 뒤에 뭐가 있는지 알아요?"

케이올은 고개를 저었다.

셀레이나는 엉덩이 쪽에 느슨하게 찬 두툼한 가죽 검대를 조절했다. 다양한 무기의 무게를 버틸 수 있게 만들어진 검대였다. 이 검대가 가볍게 느껴지자 지금까지 무엇을 잃었고, 지금 무엇을 쟁취해야 하는지가 다시금 떠올랐다. 어제 눈알을 먹는 자가 죽은 게 어떤 면에서는 다행이었다. 경쟁자가 한 명 줄어들었으니까.

도리언을 힐끗 올려다보았다. 그는 중이층에 앉아 있으니 커튼 뒤에 뭐가 있는지 보일 것이다. 미리 알려주고 도움 좀 주면 안 되나? 셀레이나는 다른 후원자들—고급스런 차림의 귀족들—을 둘러보다가 페링턴 공작을 보고 이를 갈았다. 페링턴 공작은 케인을 바라보며 싱글거리고 있었다. 케인은 몸을 쭉쭉 펴면서 팔근육을 푸는 중이었다. 페링턴은 케인에게 커튼 뒤에 뭐가 있는지 미리 말해줬을까?

브럴로가 목청을 가다듬고 소리쳤다.

"모두 주목!"

전사들은 커튼 중간쯤으로 걸어가는 브럴로를 바라보며 애써 침착을 유지했다. 브럴로는 커튼 뒤에 뭐가 있든 너희는 이제 다 죽었다는 듯 환하게 웃으며 말했다.

"첫 번째 시험을 시작하겠다. 폐하의 명령에 따라 오늘 너희 중 한 명을 탈락시킬 것이다. 너희 중 하나는 여기 계속 있을 *자격이 없는 거다*."

얼른 말해!

셀레이나는 이런 생각을 하며 이를 악물었다.

그녀의 생각을 읽기라도 한 듯 브럴로가 손가락을 딱 소리 나게 튕겼다. 그러자 벽 앞에 서 있던 경비병이 커튼을 당겼다. 천천히 조금씩 커튼이 열리고⋯⋯

셀레이나는 웃음이 나려는 걸 참았다. 궁술? 활쏘기 시합이었어?

"규칙은 간단하다." 브럴로가 말했다. 그의 등 뒤로 과녁 다섯 개가 다양한 거리로 홀을 가로질러 놓여 있었다. "각 과녁에 화살을 한 발씩 총 다섯 발을 쏘면 된다. 제일 못 쏜 사람은 집으로 돌아가는 거다."

전사들 중 몇 명이 웅성거리기 시작했다. 셀레이나는 웃음이 새어 나오려는 걸 참았다. 재수 없게도 케인은 의기양양한 웃음을 감추지 않았다. 이번에 시체로 발견된 전사가 왜 *케인이* 아니었던 걸까?

"한 번에 한 명씩 쏴." 브럴로가 말했다. 그들 뒤에서 군인 두 명이 활과 화살통을 실은 수레를 끌고 나왔다. "순서를 정해야 하니 탁자 앞에 줄 서. 지금부터 시험 시작이다."

똑같이 생긴 활과 화살이 쌓여 있는 기다란 탁자 앞으로 다들 우르르 달려 나갈 줄 알았는데 신중하게 뭉그적거리는 걸 보니 스물한 명의 전사들 중 집에 빨리 가고 싶은 사람은 없는 듯했다. 셀레이나가 가서 줄을 서려는데 케이올이 그녀의 어깨를 잡으며 경고했다.

"실력을 과시하지 마."

셀레이나는 생긋 웃으며 그의 손가락을 어깨에서 떼어냈다.

"애써볼게요."

그러고는 앞으로 걸어가 줄을 섰다.

화살촉을 뭉툭하게 만들었다고 해도 그들에게 화살을 내준 건 엄청난 믿음을 보여주는 결정이었다. 끝이 무뎌도 활에 꿰어 쏘면 페링턴 공작의 목을 관통할 수 있을 것이다. 셀레이나가 원하기만 하면 도리언의 목을 뚫을 수도 있었다.

그런 생각을 하는 것도 재미있었지만 셀레이나는 이내 다른 전사들에게 주의를 집중했다. 총 스물두 명의 전사들이 다섯 발씩 화살을 쏘게 되니 시험 시간이 오래 걸릴 듯했다. 케이올이 잡아당긴 덕분에 셀레이나는 줄 뒤쪽에 서게 됐다. 그나마 맨 끝은 아니었고 끝에서 세 번째였다. 케인을 비롯해 다른 사람들 대부분이 활을 쏘는 걸 지켜보고 나서야 차례가 돌아오게 되어 있었다.

다른 전사들은 꽤 잘 쏘았다. 동그란 과녁은 다섯 가지 색으로 칠해진 링 다섯 개로 이루어졌다. 맨 가운데 링은 노란색인데 한가운데에는 작고 검은 점으로 중심이 표시되어 있었다. 거리가 멀어질수록 과녁이 작게 느껴졌다. 길쭉한 형태의 방이라서 마지막 과녁과의 거리는 64미터쯤 되었다.

셀레이나는 주목나무 활의 매끈한 곡선을 손가락으로 문질러보았다. 에로뱀에게 제일 처음 배운 기술이 바로 궁술이었다. 자객들이 받는 기본적인 훈련이기도 했다. 전사들 중 자객 두 명이 숙련된 솜씨로 그 점을 쉽게 증명해 보였다. 과녁 한가운데를 맞추지는 못했고 과녁이 멀어질수록 명중률이 떨어지긴 했지만, 어떤 스승인지 몰라도 제대로 가르치기는 했다.

키 크고 마른 자객 펠러는 긴 활을 다룰 수 있을 만큼 힘이 세질 않아서 거의 명중시키질 못했다. 활을 다 쏘고 난 펠러는 분통이 터지는지 눈을 번뜩였다. 다른 전사들은 킥킥거렸고 케인은 제일 크게 웃었다.

브럴로의 표정이 굳어졌다.

"활을 쏘는 방법을 아무도 안 가르쳐줬냐?"

펠러는 놀라울 정도로 뻔뻔하게 무기 스승 브럴로를 노려보며 고개를 치켜들었다.

"전 독을 더 잘 다뤄요."

"독이라!" 브럴로는 두 손을 들어 올렸다. "국왕 폐하께서는 *챔피언*을 원하시는데…… 너는 초원에 가만히 서 있는 소도 못 쏘아 맞히겠구나!"

브럴로는 손을 휘저어 펠러를 물러나게 했다. 다른 전사들이 웃음을 터뜨렸다. 셀레이나도 그들과 함께 싱긋 웃었다. 펠러는 거칠게 숨을 들이마신 후 어깨에 힘을 빼고는 화살을 다 쏜 다른 참가자들 쪽으로 걸어갔다. 만약 펠러가 탈락하면 저들은 펠러를 어디로 데려갈까? 감옥이나 다른 지옥 구덩이 같은 곳으로 데려갈까? 셀레이나는 펠러라는 소년이 가여워졌다. 과녁을 보니 그렇게 못 쏜 것도 아니었다.

제일 놀라웠던 건 녹스였다. 녹스는 가까이에 있는 과녁 세 개의 정중앙을 명중시켰고 나머지 두 개는 안쪽 동그라미의 경계선에 맞췄다. 녹스와 동맹을 맺는 걸 긍정적으로 *생각해야* 할 것도 같았다. 대련실 뒤쪽으로 물러가는 녹스를 다른 참가자들이 유심히 바라보았다. 그들도 셀레이나와 같은 생각을 하는 게 분명했다.

기분 나쁜 자객 그레이브도 화살을 잘 쐈다. 네 발을 명중시켰고 나머지 한 발은 제일 안쪽 동그라미의 경계선에 박혔다. 드디어 케인 차례였다. 케인은 대련실 뒤쪽에 그려진 하얀 선 앞으로 걸어 나와 주목나무 활을 당겼다. 그의 손가락에 끼워진 검은 반지가 반짝인 순간 화살이 날아갔다.

한 발 더, 한 발 더, 그리고 한 발 더. 불과 몇 초 만에 연달아 화살이 날아갔다.

별안간 정적이 감도는 가운데 마지막 화살이 발사됐다. 과녁을 본 셀레이나는 속이 뒤집힐 것 같았다. 다섯 발 모두 과녁 정중앙에 박혔다.

그나마 아직 과녁의 제일 중심에 있는 검은 점을 맞춘 사람이 없어 위안이 됐다. 검은 점 바로 옆까지 맞춘 사람이 딱 한 명 있기는 했다.

어째서인지 줄이 빠르게 움직이기 시작했다. 셀레이나의 머릿속은 온통 케인에 대한 생각뿐이었다. 페링턴 공작이 칭찬하는 케인, 브럴로가 등을 두드려주는 케인, 모두의 찬사와 관심을 한 몸에 받는 케인. 그가 온몸이 근육인 남자라서가 아니라 그럴 만한 자격이 있기 때문일 것이다.

어느새 셀레이나는 하얀 선 앞에 서서 저만치 길게 뻗어 있는 방을 바라보고 있었다. 남자들 몇 명이 소리 죽여 키득거렸다. 셀레이나는 고개를 치켜들고 어깨 너머로 팔을 뻗어 화살을 활시위에 메웠다.

그들은 며칠 전 궁술 연습을 했고 셀레이나는 뛰어난 실력을 보여 줬다. 관심을 끌지 않는 한도 내에서 잘한 수준이었다. 원래 지금 이 방에서 제일 먼 과녁보다 더 멀리 있는 사람도 화살로 쏘아 죽인 적이 있었다. 그것도 목을 관통해 깔끔하게 처리했다.

나는 아달렌의 자객 셀레이나 사르도시엔이야. 내가 누구인지 알면 이놈들은 웃지 못할 걸. 나는 셀레이나 사르도시엔이야. 이길 거야, 난 두렵지 않아.

　활을 당겼다. 팔근육이 뻐근해지는 느낌이었다. 자신의 호흡 외에 외부의 소리와 움직임 같은 모든 것을 차단했다. 오로지 첫 번째 과녁에 집중했다. 천천히 숨을 들이마시고 내쉬며 화살을 쏘았다.

　과녁 중심에 명중했다.

　뱃속이 팽팽하게 당겨지는 듯한 긴장감이 줄어들었다. 코로 천천히 숨을 내쉬었다. 흑점을 맞춘 것은 아니었다. 애초에 흑점을 목표로 하지도 않았다.

　몇몇 참가자들이 웃음을 멈췄지만 셀레이나는 그쪽엔 관심 끊었다. 다음 화살을 걸고 두 번째 과녁을 향해 쏘았다. 제일 안쪽 원의 가장자리를 목표로 했는데 정확히 그 자리에 화살이 박혔다. 내키는 대로 쐈으면, 그리고 화살이 충분했으면 그 원의 가장자리를 빙 둘러 화살을 꽂을 수도 있을 것이다.

　세 번째 과녁에도 제일 안쪽 원에 명중시켰다. 원래 안쪽 원의 가장자리를 목표로 했는데 경계선 안쪽으로 들어가 버렸다. 네 번째 과녁도 마찬가지였는데 이번에는 과녁의 다른 쪽 방향 가장자리를 목표로 쐈다. 화살은 그녀가 의도한 자리에 정확히 날아가 꽂혔다.

　마지막 화살을 잡으려는데 참가자 중 하나가 기분 나쁘게 히죽거렸다. 르노라는 이름을 가진 붉은 머리 용병이었다. 셀레이나는 활이 위잉 울릴 정도로 단단히 잡고 마지막 화살을 메운 시위를 당겼다.

　과녁은 거리가 멀어 알록달록하고 흐릿하게 보였다. 과녁의 중심은 이 넓은 방에 떨어진 모래 한 알이나 마찬가지였다. 중앙의 흑점은 보이지도 않았다. 지금까지 아무도, 케인조차도 맞추지 못했다. 셀레이나는 팔이 떨릴 정도로 시위를 좀 더 당긴 후 화살을 날렸다.

화살은 중앙의 검은 점에 명중했다. 킬킬거리던 자들이 웃음을 멈췄다.

하얀 선을 뒤로 하고 활을 수레에 던져놓는 셀레이나에게 아무도 말을 걸지 않았다. 케이올만 그녀를 못마땅한 듯 노려볼 뿐이었다. 결국 이렇게 이목을 끌고 말았다. 도리언은 조용히 미소 지을 뿐이었다. 셀레이나는 한숨을 쉬고는, 발사를 마치고 시합이 끝나기를 기다리는 다른 참가자들 쪽으로 향했다. 그리고 그들 모두와 어느 정도 거리를 두고 섰다.

브럴로는 과녁을 비교한 후 군인 출신 참가자 한 명을 탈락시켰다. 셀레이나는 이번 시합에서 지지는 않았지만 그렇다고 제대로 이긴 것 같지도 않은 찝찝한 기분이 들어 견딜 수가 없었다.

16

 케이올과 나란히 사냥터를 달리며 호흡을 안정되게 유지하려고 해봤지만 결국 가쁜 숨을 들이쉬고 말았다. 케이올도 숨이 모자랐을 텐데 얼굴에 땀이 맺히고 흰 셔츠가 축축이 젖은 것 말고는 별로 티가 나지 않았다.
 그들은 언덕을 향해 달려갔다. 언덕 꼭대기가 아침 안개에 둘러싸여 있었다. 경사진 길이 보이자 셀레이나는 다리가 후들거리고 속에서 구역질이 올라왔다. 결국 보란 듯이 요란하게 숨을 내쉬고는 멈춰 서서 나무줄기를 두 손으로 붙잡았다.
 그렇게 나무를 붙잡은 채 구토하며 격하게 숨을 들이마셨다. 눈에서 흘러내리는 뜨끈한 눈물이 너무 싫었지만 속이 계속 울렁거려 닦아낼 수가 없었다. 케이올은 근처에 서서 지켜보았다. 셀레이나는 몸 상태를 안정시키려 팔죽지에 이마를 기대고 숨을 골랐다. 첫 시험을 치르고 사흘이 지났다. 리프트홀드에 온 지 열흘째인데 몸 상태가 여전히 좋지 않았다. 나흘 후면 다음 탈락자가 나올 시험을 치르게 된다. 평소처럼 훈련을 재개하되 기상 시간을 조금 더 앞당겼다. 케인이나 르노는 물론이고 누구에게도 *지고 싶지* 않았다.

"다 토했어?" 케이올이 물었다. 셀레이나는 고개를 들어 그를 죽일 듯이 노려봤다. 하지만 곧 눈앞이 핑 돌고 기운이 쭉 빠지면서 다시 구토하고 말았다. "훈련 나오기 전에 음식을 먹지 말라니까."

"잘난 척 다 했어요?"

"속은 다 비웠어?"

"당분간은 더 나올 게 없겠어요. 다음에는 이렇게 예의 차려서 토하지 않을 거예요. 당신한테 토할 테니까 그런 줄 알아요."

"나를 붙잡을 수 있으면 그래보든가."

그는 미묘하게 미소 지었다.

저 얼굴에 주먹을 날려 잘난 척하는 미소를 거두게 만들고 싶었다. 그에게 한 걸음 다가갔지만 이내 무릎이 흔들려 다시 나무를 붙잡았다. 구역질이 또 날 것 같았다. 곁눈으로 보니 그가 그녀의 등을 보고 있었다. 땀 때문에 흰 속셔츠가 다 젖어서 등의 윤곽이 다 드러난 모양이었다. 셀레이나는 허리를 펴고 서며 물었다.

"내 상처를 보는 게 재미있나 봐요?"

그는 잠시 아랫입술을 물고 있다가 물었다.

"언제 생긴 상처야?"

등에 굵직하게 새겨진 세 줄의 상처를 말하는 듯했다.

"언제일 것 같아요?"

그는 대답하지 않았다. 셀레이나는 저 위쪽 우듬지를 올려다보았다. 아침 바람이 불어와 앙상한 나뭇가지에 붙어 있던 나뭇잎 몇 개를 기어이 떨어뜨려 놓았다.

"진한 상처 세 개는 엔도비어에 도착한 첫날 생긴 거예요."

"무슨 짓을 했는데?"

"무슨 짓이요?" 셀레이나는 날카롭게 되물었다. "짐승처럼 채찍질을 당해도 싼 사람은 없어요." 그가 입을 열었지만 셀레이나는 곧장 말을 이었다. "엔도비어에 도착하자마자 그들은 나를 수용소 한가운데로 끌고 가 기둥 두 개에 양팔을 묶었어요. 그리고 채찍으로 스물한 대를 쳤죠."

셀레이나는 케이올 쪽을 보고 있었지만 그녀의 눈은 그가 아닌 다른 것을 보고 있었다. 눈앞의 잿빛 하늘이 엔도비어의 암울한 풍경으로 바뀌었고 바람 소리는 노예들의 한숨이 되었다.

"그때는 다른 노예들과 친해지기 전이었어요. 이러다 내일 아침까지 살아남지 못할 수도 있겠구나, 등이 감염되면 어떻게 하지, 피를 계속 흘리다가 의식도 못 한 사이에 목숨이 끊어질 수도 있겠네, 하는 생각을 하면서 첫날 밤을 보냈어요."

"아무도 안 도와줬어?"

"아침에야 도움을 좀 받았어요. 아침 식사를 받으려고 줄 서 있는데 젊은 여자가 와서 연고가 담긴 통을 슬쩍 내밀더라고요. 고맙다는 말도 못 했어요. 그날 저녁에 감독관 네 명이 그 여자를 강간하고 죽였거든요." 셀레이나는 눈물이 나오려는 걸 참느라 양 주먹을 꽉 쥐었다. "그날 내가 꼭지가 완전히 돌았어요. 광산 안에 그 감독관들이 일하는 구역에 가서 그놈들이 그 여자한테 한 짓을 그대로 되갚아줬어요." 혈관을 타고 차갑게 얼어붙은 무언가가 흐르는 기분이었다. "그들은 너무 빨리 죽어버리더라고요."

"당신도 엔도비어 여자인데 아무도……"

그는 거친 목소리로 나지막하게 중얼거리다가 마땅히 표현할 말이 없는지 말끝을 흐렸다.

셀레이나는 천천히 쓸쓸한 미소를 지었다.

"그들은 처음부터 날 무서워했어요. 내가 수용소 벽 바로 앞까지 갔던 날 이후로 아무도 감히 나한테 가까이 오지 않더라고요. 어떤 경비병이든 치근대려고 하면…… 내가 쉽게 미쳐 날뛸 사람인 걸 다른 경비병들한테 다시 일깨워주는 본보기가 됐죠."

그들 주변에 바람이 불어와 그녀의 땋은 머리에서 삐져나온 머리카락을 흔들어놓았다. 달리 의심되는 바가 있었지만 굳이 말할 필요는 없었다. 에로밴이 엔도비어의 경비병들에게 뇌물을 먹여 그녀를 죽지 않게 지켜줬을 거라는 의심이었다.

"우린 각자의 방식으로 살아남으면 되는 거예요."

그는 고개를 끄덕이며 부드러운 눈빛으로 그녀를 바라보았다. 셀레이나는 그 눈빛의 의미를 이해할 수 없었다. 그를 잠시 바라보다가, 아침의 첫 햇살이 비추기 시작한 언덕을 향해 달려 올라갔다.

다음 날 오후, 전사들은 브럴로 주변에 모여 섰다. 브럴로는 다양한 무기를 비롯해 이런저런 쓸데없는 소리를 늘어놓고 있었다. 셀레이나는 몇 년 전에 다 배운 거라 다시 들을 필요 없는 정보였다. 선 채로 잠을 잘 방법이 없을까 궁리하고 있는데 시야 한옆으로 발코니 문 쪽에서 갑작스런 움직임이 포착됐다. 그쪽으로 고개를 돌린 셀레이나는 몸집 큰 군인 출신 전사 중 하나가 가까이에 있는 경비병을 밀쳐 쓰러뜨리는 광경을 봤다. 그 경비병은 따악 소리가 나게 대리석 바닥에 머리를 찧으며 의식을 잃었다. 셀레이나는 움직일 생각도 못 했다. 다른 전사들도 마찬가지였다. 군인 출신 전사는 정원 쪽으로 탈출하기 위해 문으로 달려갔다.

하지만 케이올과 그의 부하들의 움직임이 워낙 빨라서 탈출을 시도한 전사는 유리문에 도달하기도 전에 화살에 목을 깨끗이 관통당

하고 말았다.

침묵이 깔렸다. 경비병 절반이 전사들을 둥글게 에워싸고 칼을 손에 들었다. 케이올을 포함한 나머지 절반은 죽은 전사와 쓰러진 경비병에게 달려갔다. 중이층에 배치된 궁수들이 활시위를 당기자 활에서 삐거억 소리가 울려 퍼졌다. 셀레이나는 그 자리에서 꼼짝하지 않았다. 가까이에 서 있는 녹스도 마찬가지였다. 섣불리 움직였다간 놀란 경비병에게 죽임을 당할 수도 있었다. 케인도 숨을 죽였다.

주변의 전사들, 경비병들, 그리고 그들이 쥔 무기들 사이로 기절한 경비병 옆에 무릎을 굽히고 앉은 케이올이 보였다. 한 손을 유리문으로 뻗은 채 엎어져 죽은 전사에게 손을 대는 자는 없었다. 그 전사의 이름은 스벤이었다. 그가 무슨 이유로 군에서 쫓겨났는지는 알지 못했다.

"세상에." 녹스는 입술을 거의 움직이지 않고 조용히 내뱉었다. "바로…… 죽여버리네."

조용히 하라고 말하고 싶었지만 그런 말을 하는 것조차 위험한 상황이었다. 다른 전사 몇몇이 자기네끼리 속닥거렸지만 감히 앞으로 나서는 사람은 없었다.

"우리가 도망 못 치게 할 줄은 알았지만 아무리 그래도……" 녹스는 말끝을 흐리며 셀레이나를 곁눈으로 힐끗 쳐다보았다. 셀레이나는 그 시선을 느꼈다. "난 후원자한테 면책받았어. 후원자는 나를 찾아와서, 내가 시합에서 지더라도 감옥으로 보내지 않겠다고 약속했어."

녹스의 이 말은 혼잣말에 가까웠다. 셀레이나가 대답을 안 하자 녹스는 입을 닫았다. 셀레이나는 죽은 전사를 바라보며 생각에 잠겼다.

스벤은 왜 이런 위험한 짓을 했을까? 왜 하필 지금 여기서 그랬을까? 두 번째 시험까지는 아직 사흘이 남아 있었다. 지금이 특별한 순간이었던 이유가 뭘까? 엔도비어에서 미쳐 날뛰었던 날 셀레이나는 자유를 생각하지 않았다. 그저 그 시간 그 장소에서 곡괭이를 휘둘렀을 뿐이지 탈출할 생각은 없었다.

문 사이로 흘러들어온 햇살이 스테인드글라스처럼 흩뿌려진 스벤의 피를 비추었다.

어쩌면 스벤은 이 시합에서 이길 가능성이 없음을 깨달은 게 아니었을까. 원래 있던 곳으로 돌아가느니 차라리 죽는 게 낫다고 판단했을 수도 있었다. 탈출하고 싶었다면 날이 어두워지길 기다렸을 것이다. 시합을 위해 모인 사람들과 떨어져 따로 있는 시간을 택했겠지. 스벤은 하고 싶은 얘기가 있었을 것이다. 셀레이나는 엔도비어의 수용소 벽 바로 앞까지 가봤기 때문에 그의 심정을 이해할 수 있었다.

아달렌은 그들의 자유를 빼앗고 그들의 삶을 파괴했다. 그들을 때리고 부수고 채찍질했다. 그들을 우스꽝스런 시합에 나가도록 강제했다. 하지만 범죄자든 아니든 그들은 여전히 인간이었다. 왕의 놀이에 졸 노릇을 하느니 차라리 죽는 게 스벤이 할 수 있는 유일한 선택이었을지도 모른다.

결코 닿을 수 없는 지평선을 향해 뻗은 그의 손을 바라보며 셀레이나는 죽은 스벤을 위해, 그의 안식을 위해 속으로 기도했다.

17

눈꺼풀이 무거워진 도리언 하빌리아드는 의자에 축 늘어져 앉지 않으려 애썼다. 음악과 재잘거리는 말소리가 공기 중을 떠다니며 잠이 오게 만들었다. 어머니는 왜 그에게 이 자리에 꼭 참석하라고 고집을 부리셨을까? 일주일에 한 번 방문일 뿐이지만 버겁게 느껴졌다. 그래도 눈알을 먹는 자의 시신을 살펴보는 일보다는 나을 것이다. 케이올이 지난 며칠 동안 그 시신을 조사하고 있었다. 나중에라도 그 사건이 문제가 될까 봐 우려되기는 했다. 그래도 케이올이 직접 조사하고 있으니 큰 문제는 없을 것이다. 아마 술에 취해 누군가와 싸우다가 그렇게 됐겠지.

그리고 오늘 오후 탈출을 시도한 전사가 있었다. 그는 그 일을 직접 목격했으면 어땠을지를 생각하며 몸서리를 쳤다. 케이올이 다친 경비병부터 전사를 잃은 후원자, 죽은 전사에 이르기까지 그 사건에 관한 일을 처리하고 있었다. 아버지는 대체 무슨 생각으로 이런 시합을 연 것일까?

도리언은 바로 옆 의자에 앉은 어머니를 힐끗 돌아보았다. 그 일에 대해 전혀 모르는 게 분명했다. 온갖 종류의 범죄자들이 한 지붕 아래 있는 걸 알면 어머니는 질겁하실 것이다. 얼굴에 주름이 생겨 분 바른 자리가 갈라지고 적갈색 머리카락 몇 가닥이 은색으로 변하긴 했어도 어머니는 여전히 아름다웠다. 오늘 어머니는 짙은 황록색 벨벳, 공중에 떠 있는 듯 가벼워 보이는 금빛 스카프와 숄을 몸에 휘감았고 머리에 쓴 왕비관 아래로 반짝이는 베일을 드리웠다. 그 베일을 보니 천막을 머리에 쓰고 있는 듯 보였다.

그들 앞에서 귀족들이 거드름을 피우며 이리저리 돌아다니고 있었다. 그들은 소문을 떠들어대고 음모를 꾸미고 누군가를 유혹하는 짓을 하고 있을 뿐이었다. 한쪽 구석에서 관현악단이 미뉴에트 춤곡을 연주했다. 하인들은 여기저기 모여 선 귀족들 사이로 자기네만의 춤을 추며 오갔다. 그리고 귀족들의 잔을 새로 채우고 사용한 접시와 컵, 은식기를 치웠다.

도리언은 이 방 장식품이 된 기분이었다. 지금 그는 어머니가 오늘 아침에 골라 보내준 옷을 입고 있었다. 어깨에 파란색과 흰색 줄무늬가 들어가고, 우스꽝스럽게 부푼 하얀 소매가 달린 진한 청록색 벨벳 조끼. 밤색 스웨이드 부츠가 너무 새것이라 남자로서 자존심을 세우기 힘들었지만, 다행히 바지는 회색이었다.

"도리언, 내 아들. 왜 그렇게 부루퉁해 있니." 그 말에 그는 어머니 조지나 왕비에게 죄송하다는 듯 웃음 지었다. "홀린한테서 안부 편지가 왔어."

"재미있는 얘기라도 적혀 있었나요?"

"학교가 너무 싫어서 집으로 오고 싶다는 내용이 전부야."

"편지마다 같은 소리잖아요."

왕비는 한숨을 쉬었다.

"네 아버지가 반대하지만 않으면 집으로 데려오고 싶어."

"그 녀석은 학교에 두는 편이 나아요."

홀린은 여기서 먼 곳에 살게 할수록 좋았다.

조지나는 도리언의 표정을 살폈다.

"넌 홀린보다는 예의가 발랐지. 선생들의 말을 거역하지도 않았고. 아, 가여운 홀린. 내가 죽으면 동생을 돌봐주겠니?"

"죽는다는 말씀은 왜 하세요? 어머니는 아직 연세가—"

"내 나이가 몇인지는 나도 알아." 조지나는 반지 낀 손을 휘저었다. "네가 어서 결혼을 해야 한다는 얘기야."

"결혼이요?" 도리언은 이를 갈았다. "누구랑요?"

"도리언, 넌 이 나라의 왕세자야. 나이도 열아홉이나 됐어. 네가 왕위에 올랐다가 후사 없이 죽으면 홀린이 왕위를 물려받게 될 텐데 괜찮니?" 그는 대꾸하지 않았다. "나도 같은 생각이야." 잠시 후 어머니는 말을 이었다. "좋은 아내가 될 만한 품성을 가진 젊은 여자들이 많아. 공주 신분이면 더 좋겠지."

"남아 있는 공주가 없잖아요."

그가 신랄하게 받아쳤다.

"네히미아 공주가 있잖아." 어머니는 웃으며 그의 손에 자신의 손을 얹었다. "걱정할 필요 없어. *네히미아*와 강제로 결혼시키진 않을 테니까. 네 아버지가 네히미아의 공주 지위를 박탈하지 않는 게 놀랍긴 해. 그 애는 성격이 극성스럽고 오만하잖니. 내가 보내준 드레스를 입지 않겠다고 했다는구나."

"공주도 이유가 있겠죠." 그는 어머니의 말속에 숨겨진 편견이 역겨웠지만 조심스럽게 대꾸했다. "얘기를 나눠봤는데 그냥…… 활기찬 사람인 것 같던데요."

"그럼 네히미아와 결혼하면 되겠구나."

그가 대꾸하기 전에 어머니가 다시 웃음을 터뜨렸다.

도리언은 힘없이 미소 지었다. 딸이 아달렌의 방식을 더 잘 익힐 수 있도록 궁전에서 지내게 해달라는 이일웨이 왕의 요청을 왜 아버지가 수락했는지 그는 여전히 이해할 수 없었다. 외교 사절로 보냈다고 하기엔 네히미아는 최선의 선택이 아니었다. 공주는 이일웨이 반역 세력을 지지한다는 소문이 있었고 실제로 캘라컬라 노동 수용소를 폐쇄하도록 힘쓰고 있기도 했다. 물론 공주를 비난할 수는 없을 것이다. 그는 엔도비어에서 벌어지는 참상을 목격했고, 셀레이나 사르도시엔의 몸에 가해진 폭력의 흔적도 봤다. 하지만 아버지는 아무 이유 없이 어떤 일을 하는 사람이 아니었다. 네히미아와 잠시 얘기를 나눠보니, 여기 온 이유가 따로 있는 것 같았다.

"칼테인 양이 페링턴 공작과 약속이 된 사이라니 아쉬워. 정말 아름다운 아가씨인데. 예의도 바르고. 자매가 있을지도 몰라."

도리언은 반발심이 솟는 걸 참느라 팔짱을 꼈다. 칼테인이 방 저쪽 끝에 서 있었다. 그 여자의 시선이 온몸 구석구석을 훑는 게 느껴졌다. 오랫동안 앉아 있었더니 꼬리뼈가 아파서 그는 자세를 바꿨다.

"그럼 엘리스는 어떠니?" 조지나는 연보라색으로 차려입은 금발의 젊은 여인을 가리켰다. "굉장히 아름답잖아. 성격도 쾌활하고."

이미 알고 있거든요.

"엘리스는 지루해요."

"아, 도리언." 조지나는 손을 가슴에 얹으며 말을 이었다. "설마 사랑하는 사람과 결혼하겠단 말을 하려는 건 아니지? 사랑은 성공적인 결혼을 보장해주지 않아."

지겨웠다. 이 여자들도 지겹고, 친구인 척 가식을 떠는 기사들도 지겹고, 싹 다 지겨웠다.

엔도비어에 다녀오는 여정으로 권태로움이 덜어지길 기대했었다. 권태를 떨치고 기쁜 마음으로 집에 돌아올 수 있길 바랐는데 집에 와보니 마찬가지였다. 똑같은 여자들이 그를 갈망하는 눈빛으로 바라보았고, 시중드는 여자들은 여전히 그에게 윙크를 해댔으며, 평의회 의원들은 그들의 희망을 적은 법안을 그의 문 밑으로 슬쩍 집어넣는 짓을 했다. 아버지는…… 늘 그랬듯 세계 정복에 정신이 팔려 있었다. 아마 모든 대륙에 아달렌 깃발을 꽂을 때까지 멈추지 않겠지. 소위 전사라 불리는 자들에게 돈을 거는 짓도 욕이 나올 만큼 지루했다. 어차피 케인과 셀레이나가 결승전에서 맞닥뜨릴 테니 그때까지…… 다른 전사들의 시합은 굳이 시간 내서 볼 가치도 없었다.

"또 부루퉁한 얼굴이구나. 무슨 일 때문에 그래, 왕세자? 로자먼드한테 소식이라도 왔어? 불쌍한 우리 왕세자. 그 여인이 네 마음에 큰 상처를 줬구나!" 조지나는 고개를 절레절레 흔들었다. "일 년도 넘은 일인데……"

그는 대꾸하지 않았다. 로자먼드 생각 따윈 하고 싶지 않았다. 로자먼드가 그를 버리고 선택한 그 천박한 남편 놈 생각도 하기 싫었다.

몇몇 귀족들이 춤을 추기 시작했다. 번갈아 서로의 사이사이로 들어갔다 나갔다 하는 춤이었다. 대부분 왕세자와 비슷한 나이였는데 왕세자는 그들에게 상당한 거리감을 느꼈다. 자신이 그들보다 나이가 많다거나 더 지혜로워서 어울리기 힘들다는 게 아니라…… 무언가……

저 유쾌하게 떠드는 자들, 성 바깥의 세상사에 관해서는 알고 싶어 하지 않는 저 무지한 자들과 자신은 맞지 않는다는 느낌이었다. 그가 왕세자라서가 아니었다. 청소년 시절부터 저들과 어울려 잘 놀기는 했지만 늘 한 걸음 물러나 있었다. 제일 안 좋은 점은 저들이 그런 점을, 그가 자기네와 다르다는 점을 알아채지 못하는 거였다. 케이올이 없었으면 그는 무척 외로웠을 것이다.

어머니는 시녀 중 하나에게 상아색 손가락을 딱 소리 나게 튕기며 말했다.

"아버지 때문에 바쁘겠지만, 그래도 짬을 내서 내 생각도 좀 해줘. 네 왕국의 운명을 등한시하지 말고 이거 좀 봐."

어머니의 시녀가 절을 하며 그에게 접힌 종이를 내밀었다. 어머니의 피처럼 붉은 인장이 찍힌 종이였다. 봉인을 뜯고 열어 보니 여럿의 이름이 쭉 적혀 있었다. 속이 뒤틀렸다. 결혼 적령기인 귀족 가문 여식들의 이름이었다.

"이게 뭐예요?"

종이를 박박 찢고 싶었지만 꾹 참았다.

어머니는 애교서린 미소를 지었다.

"신붓감 명단이야. 그중 누구라도 왕세자비로 손색이 없어. 게다가 후계자 생산도 잘할 거라고 하더구나."

도리언은 명단이 적힌 그 종이를 조끼 주머니에 쑤셔 넣었다.

"생각해보겠습니다."

어머니가 또 무어라 말하기 전에 그는 가리개가 드리워진 단에서 내려갔다. 즉시 젊은 여자 다섯이 그의 곁으로 다가와 춤을 추자고 요청했다. 여행이 어땠는지 묻거나 삼후인 축제 무도회에 참석할 건지 묻는 여자도 있었다. 그들이 내뱉는 말이 주변을 빙빙 도는 느낌이었다. 도리언은 멍하니 그들을 바라보았다. 이 여자들 이름이 뭐였더라?

그는 보석으로 장식된 그들 머리 너머로 문 쪽을 바라보았다. 여기 더 있다가는 숨이 막혀 죽을 것 같았다. 애써 예의를 차려 인사를 하고 그는 재잘거리는 소음이 가득한 방을 빠져나갔다. 신붓감 명단이 적힌 종이가 그의 조끼를 불태우고 그의 살까지 지져놓을 것만 같았다.

그는 주머니에 손을 찔러 넣고 성의 홀을 성큼성큼 걸어갔다. 개들이 전부 나가 뛰어놀고 있어서 개 사육장은 비어 있었다. 새끼를 밴 사냥개의 상태를 살펴보고 싶었다. 낳기 전에는 어떤 새끼가 태어날지 알 수 없었다. 순종이길 바랐지만 어미가 우리에서 줄곧 탈출하려는 성향이 있어 장담할 수 없었다. 어미는 그가 가진 제일 빠른 개였는데 아무리 길들여도 야생성을 완전히 없앨 수는 없었다.

어디로 가야 할지 알 수 없었다. 그냥 무작정 걷고 싶어서 나온 거였다.

조끼의 맨 윗단추를 풀었다. 어느 열린 문 안에서 칼들이 챙챙 부딪치는 소리가 들려 그는 걸음을 멈췄다. 전사들의 훈련장이었다. 이미 훈련이 끝났을 시간인데…….

그 여자가 거기 있었다.

경비병 세 명을 상대로 칼을 쓰고 있는 그 여자의 금발이 반짝거렸다. 손에 쥔 칼은 손의 연장선상이나 다름없었다. 경비병들을 상대로 멈칫거림 하나 없이 자연스럽게 칼을 피하고 빙그르르 돌아 공격하는 모습이었다.

왼쪽에서 누군가 박수를 치자 대련 중이던 네 명이 숨을 몰아쉬며 동작을 멈췄다. 박수 친 사람 쪽을 바라보는 자객 셀레이나의 얼굴에 웃음이 번져나갔다. 그녀의 땀에 젖은 높은 광대뼈가 반짝거리고 푸른 눈이 빛났다. 진심으로 사랑스러웠다. 하지만······.

네히미아 공주가 박수를 치며 그녀에게 다가갔다. 공주는 평소에 입던 하얀 드레스가 아니라 짙은 색 튜닉과 헐렁한 바지 차림이었고 한 손에는 화려하게 조각된 나무 지팡이를 들었다.

공주는 자객의 어깨를 손으로 잡으며 무어라 말했고 자객은 웃음을 터뜨렸다. 도리언은 주변을 둘러보았다. 케이올이나 브릴로는 어디 있지? 왜 아달렌의 자객이 이일웨이 공주와 함께 이곳에 있지? 게다가 칼까지 손에 들고서! 얼마 전에 전사 중 하나가 탈출을 시도한 일까지 있었는데, 이대로 둘 수는 없었다.

그들에게 다가간 도리언은 공주에게 절을 하며 미소 지었다. 네히미아는 내키지 않는 듯 짧게 고개를 끄덕일 뿐이었다. 놀랍지도 않았다. 도리언은 셀레이나의 손을 잡았다. 손에서 쇠와 땀 냄새가 풍겼지만 그는 개의치 않고 그 손에 입을 맞췄다. 그리고 그녀의 얼굴을 올려다보며 나지막하게 중얼거렸다.

"릴리언 양."

"왕세자 전하."

셀레이나는 그에게 잡힌 손을 빼내려 했지만 도리언은 굳은살 박인 그녀의 손을 더욱 꼭 잡았다.

"잠시 얘기 좀 나눌까요?"

셀레이나의 말을 듣지도 않고 그는 그녀를 데리고 한옆으로 갔다. 다른 사람의 귀에 소리가 들리지 않을 정도로 멀어지자 그가 물었다.

"케이올은 어디 있어?"

셀레이나는 팔짱을 꼈다.

"아끼시는 전사에게 이런 식으로 말할 건가요?"

그는 인상을 썼다.

"어디 있냐니까?"

"나야 모르죠. 눈알을 먹는 자의 엉망이 된 시체를 들여다보고 있든지 아니면 스벤의 시신을 처리하고 있겠죠. 브럴로는 단체 훈련이 끝나고 나서 제가 여길 얼마든지 써도 된다고 했어요. 아시다시피 내일 또 시합이 있잖아요."

당연히 알고 있었다.

"네히미아 공주는 여기 왜 와 있어?"

"공주가 저를 찾아왔어요. 제가 여기 있다는 얘길 필리파한테 듣고 왔나 봐요. 이 성안에서 여자가 손에 칼 들고 올 수 있는 데가 여기뿐이잖아요."

셀레이나는 이 말을 하며 입술을 꽉 깨물었다.

"이렇게 말이 많은 줄 몰랐네."

"진즉에 시간을 내서 저랑 얘기를 나눠보셨으면 이렇다는 걸 아셨을 텐데요."

그는 콧방귀를 뀌었지만 미끼를 물고 말았다.

"언제쯤 얘기를 나누면 좋겠어?"

"우리가 엔도비어에서 여기까지 같이 온 건 기억하시죠? 제가 여기 온 지 몇 주일이나 됐거든요."

"내가 너한테 책도 보냈잖아."

"그 책을 읽었는지 물어보긴 하셨고요?"

이 여자는 자기가 지금 누구한테 말하고 있는지 잊은 건가?

"우리가 여기 온 후로 말할 기회가 한 번밖에 없었잖아."

셀레이나는 어깨를 으쓱하고는 돌아섰다. 짜증이 나기도 하고 호기심도 일어 그는 그녀의 팔을 잡았다. 그녀가 반짝이는 청록색 눈으로 그의 손을 내려다보았다. 그녀의 시선이 얼굴로 올라오자 그의 심장이 빠르게 뛰었다. 땀에 젖은 그녀는 아름답다고밖에 표현할 말이 없었다.

"제가 두렵지 않아요?" 셀레이나는 그의 검대를 힐끗 내려다보았다. "웨스트폴 근위대장만큼 칼을 잘 쓰시나요?"

그는 그녀의 팔을 더 꽉 잡고 가까이 다가가 그녀의 귀에 대고 속삭였다.

"내가 더 잘해."

그녀는 얼굴을 붉히며 눈을 깜박였다.

"그런가요."

셀레이나는 한 박자 늦게 입을 열었다. 그가 이긴 것이다. 셀레이나는 그에게 잡힌 팔을 빼내 팔짱을 꼈다.

"재미있는 분이시네요, 왕세자 전하."

그는 과장되게 절을 하며 말했다.

"내가 할 수 있는 일을 할 뿐이야. 어쨌든 네히미아 공주는 여기 같이 있을 수 없어."

"어째서요? 제가 공주를 죽이기라도 할까 봐요? 이 성에서 유일하게 말 많은 멍청이가 아닌 사람을 왜 죽이겠어요?" 셀레이나는 그를 말 많은 멍청이들 중 하나로 여기는 듯한 표정으로 쳐다보았다. "게다가 제가 손이라도 까딱 잘못 올렸다간 공주의 경비병들이 저를 죽일 텐데요."

"어쨌든 있을 수 없는 일이야. 공주는 우리 관습을 배우러 온 거지 대련하러 온 게 아니니까."

"공주시니 하고 싶은 대로 할 수 있겠죠."

"그래서 네가 공주에게 무기에 관해 가르치기라도 하려고?"

그녀는 고개를 약간 뒤로 젖혔다.

"저를 약간은 두려워하는 것 같네요."

"내가 공주를 호위에서 방에 데려다줘야겠어."

셀레이나는 그에게 어서 지나가라는 뜻으로 손을 크게 휘저었다.

"좋을 대로 하세요."

그는 손으로 검은 머리카락을 쓸어 올리며 공주에게 다가갔다. 공주는 한 손을 엉덩이에 대고 짚으며 그들을 기다리고 있었다.

"공주님." 도리언은 공주의 전속 경비병에게 가까이 오라고 손짓하며 덧붙였다. "이만 숙소로 모셔다드려야 될 것 같네요."

공주는 한쪽 눈썹을 치켜뜨고 그의 어깨 너머를 바라보았다. 셀레이나가 공주에게 이일웨이어로 말하자 그는 당황했다. 공주는 들고 있던 지팡이로 바닥을 쿵 찍더니 도리언에게 날카로운 말투로 무어라 말했다. 도리언은 이일웨이어를 잘하지 못하는데 공주의 말이 너무 빨랐다. 다행히 자객 셀레이나가 통역해주었다.

"푹신한 의자가 있는 곳으로 돌아가서 춤이나 추고 우릴 내버려두라고 공주님이 말하시네요."

그는 최선을 다해 심각한 표정을 지으려고 애썼다.

"대련은 용납할 수 없다고 전해."

셀레이나는 무어라 말했고 공주는 한 손을 흔들더니 그들 옆을 지나 대련용 판에 가서 섰다.

"뭐라고 말했어?"

"왕세자님이 공주님의 첫 번째 대련 상대가 돼주시기로 했다고요. 괜찮으시죠? 공주님 기분을 상하게 하고 싶진 않으시잖아요."

"난 공주와 대련 안 해."

"그럼 저랑 대련하실래요?"

"네 숙소에서 따로 시간을 가져본다면 가능할 수도 있겠지." 그는 유들유들하게 말했다. "오늘 밤에."

"기다릴게요."

셀레이나는 한 손가락으로 머리카락을 배배 꼬았다.

공주는 왕세자가 놀라 숨을 삼킬 만큼 강하고 정확하게 지팡이를 휘둘렀다. 그는 흠씬 두들겨 맞고 싶지 않은지 무기 거치대 앞으로 가서 나무 칼 두 자루를 집어 들며 공주에게 물었다.

"기초 검술을 배워보는 게 어떻습니까?"

다행히 공주는 고개를 끄덕이며 경비병에게 지팡이를 넘긴 후 도리언이 내민 연습용 칼을 손에 들었다. 셀레이나에게 바보 취급당하진 않을 것이다!

그는 방어 자세로 서며 공주에게 말했다.

"이런 자세로 서시죠."

18

 아달렌의 왕세자가 이일웨이 공주에게 검술의 기본 스텝을 가르쳐주는 모습을 바라보는 셀레이나의 얼굴에 미소가 번졌다. 왕세자는 매력이 있어 보였다. 다소 오만하긴 했지만. 원래 저 정도 지위를 가진 남자라면 훨씬 더 품성이 나쁠 수도 있었다. 왕세자를 보면 얼굴이 자꾸 붉어져서 불안했다. 계속 생각나게 만드는 대단한 매력이 있는 남자였다. 어째서 아직 결혼하지 않았는지 다시금 궁금해졌다.
 그에게 입을 맞추고 싶었다.
 침을 꼴깍 삼켰다. 물론 키스를 해본 적이 있었다. 샘과 자주 키스를 해서 영 낯설지는 않았다. 함께 자란 자객 샘을 떠나보낸 지 일년이 넘었다. 샘 말고 다른 사람과 키스하는 건 생각만으로도 속이 울렁거렸는데 도리언을 보면…….
 네히미아 공주가 돌진해 칼등으로 도리언의 손목을 쳤다. 셀레이나는 웃음이 나오려는 걸 꾹 참았다. 도리언은 인상을 쓰며 맞은 손을 문지르다가, 공주가 고소해하며 웃자 미소를 지었다.
 더럽게 잘생겼네!

누군가 팔을 아프도록 세게 잡지 않았으면 셀레이나는 벽에 기대어 서서 느긋하게 펜싱 수업을 즐겼을 것이다.

"대체 *뭐 하는* 거야?"

케이올은 그녀를 벽에서 끌어당겨 자기를 마주 보도록 했다.

"뭘요?"

"왕세자가 공주와 뭘 하는 거냐고?"

셀레이나는 어깨를 으쓱했다.

"대련이요."

"대련을 *왜* 하는데?"

"왕세자가 공주에게 싸우는 방법을 가르쳐주겠다고 자발적으로 나섰으니까요."

케이올은 셀레이나를 밀치듯 놓아두고 그 두 사람에게 다가갔다. 그들은 동작을 멈췄고 도리언은 케이올을 따라 방 한쪽 구석으로 갔다. 그들은 성난 목소리로 빠르게 얘기를 나눴다. 잠시 후 케이올은 셀레이나에게 돌아와 말했다.

"경비병들이 당신을 숙소로 데려다줄 거야."

"뭐라고요?"

셀레이나는 발코니에서 나눴던 대화를 떠올리며 인상을 썼다. 길게 설명할 필요도 없었다.

"내일이 시험이에요. 난 훈련을 더 해야 해요!"

"오늘은 이만하면 충분해. 저녁 식사 시간이 다 됐어. 브럴로에게 받는 수업은 두 시간 전에 끝났잖아. 가서 쉬지 않으면 내일 제대로 못 해. 그리고 내일 어떤 시험을 치르는지 난 모르니까 물어봐도 소용없어."

"말도 안 돼!"

셀레이나가 소리치자 케이올은 그녀의 팔을 꽉 잡아 목소리를 낮추게 했다. 네히미아 공주가 걱정스런 시선으로 셀레이나를 바라보았다. 셀레이나는 왕세자와 하던 수업을 계속하란 뜻으로 네히미아에게 손을 흔들어 보였다.

"난 여기서 헛짓거리할 생각 없어요, 멍청하기는."

"우리가 이런 걸 허락 못 하는 이유를 진짜 모르겠어?"

"허락은 무슨…… 당신은 내가 두려운 거잖아요!"

"잘난 척 그만해."

"나라고 엔도비어로 돌아가고 싶겠어요? 여기서 도망쳤다간 평생 쫓기게 되리라는 걸 내가 모르겠냐고요. 당신이랑 아침마다 구토가 나올 때까지 계속 달리기 연습을 하는 이유를 정말 몰라요? 지금 내 몸은 *상태가 안 좋아서* 추가로 훈련을 해줘야 한다고요. 그런 이유로 날 벌주려고 하지 말아요!"

"범죄자가 무슨 생각을 하는지 아는 척하고 싶지 않아."

셀레이나는 두 손을 들어 올렸다.

"난 죄책감까지 느꼈어요. 약간이지만요. 지금 보니 그럴 필요도 없었네요. 난 방 안에 갇혀 가만히 앉아 빈둥거리는 게 싫어요. 미치도록 지루하다고요. 이 경비병들도 싫고 터무니없는 소리를 듣는 것도 지겨워요. 브럴로가 케인을 칭찬하고 있는데 나더러 눈에 띄지 않게 중간만 하라는 당신 잔소리를 듣는 것도 짜증 나요. 뭘 하지 말라는 말을 듣기도 싫어요. 당신이 제일 싫어!"

그는 발로 바닥을 툭툭 밟으며 물었다.

"다 했어?"

다정함이라곤 없는 표정이었다. 셀레이나는 혀를 차며 그곳을 떠났다. 그의 입에 주먹을 날려 이빨을 목구멍으로 넘어가게 만들고 싶은 걸 참느라 주먹을 아프도록 꽉 쥐었다.

19

널찍한 홀의 벽난로 앞 의자에 앉은 칼테인은 페링턴 공작이 연단 위의 조지나 왕비와 대화를 나누는 모습을 바라보았다. 한 시간 전 도리언이 그렇게 빨리 이 방을 나가버린 게 아쉬웠다. 말 한마디 나눠볼 기회도 없었다. 아침 내내 이 자리에 오려고 몸치장을 한 것을 생각하니 짜증이 났다. 윤기 나는 검은 머리카락을 깔끔하게 머리 위로 틀어 올렸고, 얼굴에 바른 고운 분 덕분에 피부는 금빛으로 빛났다. 분홍색과 노란색 드레스를 입으면서 끈을 바짝 조였더니 갈비뼈가 짓눌렸고, 목에 두른 진주와 다이아몬드 장식 때문에 목이 조였지만 칼테인은 고개를 꼿꼿이 들고 자세를 유지했다. 도리언은 홀에서 나갔지만 페링턴 공작이 갑작스레 홀에 들어왔다. 그는 여기 잘 오지 않는 편인데 중요한 일이 있는 모양이었다.

페링턴이 왕비에게 절을 하고 문 쪽으로 걸어가자 칼테인은 벽난로 앞 의자에서 일어섰다. 그녀가 다가오자 그는 그녀를 힐끗 쳐다보았다. 그의 눈에 담긴 갈망에 칼테인은 몸이 절로 움츠러들었다. 페링턴은 허리를 깊이 숙이며 말했다.

"아가씨."

"공작님."

칼테인은 속에서 치솟는 혐오감을 꾹꾹 눌러 가라앉혔다.

"잘 지내시죠."

그는 팔을 내밀어 칼테인이 잡게 하고 함께 홀을 나섰다. 칼테인은 미소를 지으며 그의 팔을 잡았다. 살이 쪄 둥실둥실한 체격인데 팔에 은근히 근육이 있었다.

"그럼요, 고마워요. 공작님은요? 오랜만에 뵙는 것 같네요! 이 방에 오신 걸 보고 놀랐어요."

페링턴은 누런 이를 드러내며 미소 지었다.

"저도 보고 싶었습니다, 아가씨."

털이 수북하게 난 두툼한 그의 손가락이 자신의 깨끗한 피부를 문질렀을 때 칼테인은 움찔하지 않으려고 애쓰며 그에게 우아하게 고개를 살짝 기울였다.

"전 늘 왕비께서 건강하시길 바라고 있어요. 대화는 즐거우셨나요?"

아, 페링턴이 그녀에게 호감을 보이는 상황에서 그에게 정보를 캐내는 것은 위험한 일이었다. 지난봄에 페링턴을 만난 것은 칼테인에게 행운으로 작용했다. 그를 설득해 궁전으로 초대하게 만든 것도 그리 어렵지 않았다. 그녀가 샤프롱 없이 아버지의 집을 벗어나게 되면 그에게 기회가 올 수도 있다는 암시를 준 정도로 충분했다. 칼테인이 궁전에 들어온 건 단순히 재미있게 놀기 위해서가 아니었다. 제일 비싼 값을 부르는 남자와 결혼하기 위해 대기 중인 귀족 집안 아가씨로 사는 건 지루한 일이었다. 하찮은 정치질도, 데리고 놀기 좋은 호구들을 상대하는 것도 지겨웠다.

"왕비님은 아주 건강하세요." 페링턴은 이렇게 말하며 칼테인을 그녀의 숙소가 있는 쪽으로 이끌었다. 칼테인은 뱃속이 뻐근해지는 기분이었다. 페링턴은 칼테인을 원하는 속내를 감추지 않았지만 아직 그녀를 침대로 끌어들이지는 않았다. 그래도 페링턴 같은 남자들은 언제나 원하는 걸 손에 넣고야 마는 부류였다……. 칼테인은 그가 올해 초에 한 미묘한 약속을 떠올리도록 유도해야 했다. "결혼해야 할 나이인 아들이 있으시니 바쁘시지만."

칼테인은 표정을 관리했다. 침착해야 했다. 냉정을 유지해야 했다.

"머지않아 약혼 소식이라도 들려오려나요?"

이것도 위험한 질문이었다.

"그러길 바라고 있습니다." 불그레한 머리카락 아래 공작의 얼굴이 어두워졌고, 뺨에 들쭉날쭉하게 난 상처가 두드러졌다. "신붓감으로 적당한 아가씨들의 명단이 왕비님께 올라갔어요……"

페링턴은 지금 누구한테 말하고 있는지 깨달았는지 멈칫했다. 칼테인은 아무렇지 않은 척 그에게 눈을 깜박거리며 말했다.

"아, 죄송해요. 왕실의 일을 캐물으려던 건 아니었어요."

칼테인은 그의 팔에 팔짱을 끼었다. 심장이 빠르게 뛰었다. 도리언도 신붓감 명단을 받았을까? 명단에 누가 있을까? 어쩌면 그 여자가……. 아니, 그건 나중에 생각하자. 지금은 왕비 자리를 차지하는 데 있어서 방해될 사람이 누구인지부터 알아내야 했다.

"사과할 일은 아닙니다." 페링턴은 검은 눈을 빛냈다. "지난 며칠 동안 뭐 하면서 지냈는지나 얘기해줘요."

"별거 없었어요. 참, 아주 흥미로운 젊은 여자를 만나긴 했죠." 칼테인은 아무렇지 않은 척 말을 꺼내며 그를 창문들이 쭉 있는 계단

쪽으로 이끌었다. 그 계단은 유리 성과 이어져 있었다. "도리언 왕세자님 친구라던데. 릴리언 양이라고 부르는 걸 들었어요."

페링턴의 표정이 굳어졌다.

"그 여자를 만났다고요?"

"아, 그럼요……. 아주 상냥하던데요." 입에서 거짓말이 술술 나왔다. "오늘 만났는데, 왕세자가 자기를 많이 좋아한다고 말하더라고요. 왕비님의 명단에 그 여자의 이름이 올라 있어야 될 텐데 말이죠."

칼테인은 릴리언에 관해 알아내고 싶었지만 이런 정보일 줄은 예상 못 했다.

"릴리언 양이요? 그 여자는 명단에 없습니다."

"가여워라. 릴리언 양이 상심이 크겠어요. 캐물으려는 건 아니지만……" 칼테인이 말을 할수록 페링턴의 얼굴은 점점 더 붉어지고 분노가 차오르는 듯했다. "한 시간쯤 전에 왕세자님께 직접 들은 얘기라서……"

"무슨 얘기인데요?"

그의 성난 목소리에 칼테인은 전율이 일었다. 물론 그 분노는 칼테인이 아니라 릴리언을 향한 것이었다. 칼테인은 운 좋게 쓸만한 무기를 갖게 됐다.

"그 여자를 무척 아낀다고. 사랑한다고 하더라고요."

"말도 안 됩니다."

"진짜예요!" 칼테인은 시무룩하게 고개를 저었다. "마음이 참 안 좋아요."

"멍청한 짓입니다." 그는 칼테인의 방으로 이어지는 복도 끄트머리에서 멈춰 섰다. 그의 입에서 분노에 찬 말이 튀어나왔다. "어리석고 미친, 불가능한 짓거리죠."

"불가능하다고요?"

"나중에 이유를 설명해드리겠습니다." 시계탑의 상태 안 좋은 종소리가 들려왔다. 페링턴은 그 소리가 나는 방향으로 고개를 돌렸다. "저는 이만 평의회 회의가 있어서." 그가 귀에 입을 바짝 들이대고 말했다. 그의 뜨끈하고 축축한 입김이 피부에 닿았다. "오늘 밤에 만나러 가도 괜찮죠?"

그는 그녀의 옆구리를 한 손으로 문지르더니 걸어갔다. 그의 뒷모습을 바라보던 칼테인은 그가 사라지자 몸서리치며 한숨을 내쉬었다. 그래도 공작을 잘만 이용하면 도리언에게 가까이 갈 수 있지 않을까…….

누구와 경쟁해야 하는지 파악해야 했다. 무엇보다 릴리언을 왕세자한테서 떨어뜨려 놓을 방법을 찾아내야 했다. 신붓감 명단에 있든 없든 그 여자는 위협적인 존재였다.

공작이 릴리언을 싫어하는 것 같던데, 그런 면에서 칼테인은 강력한 동맹을 확보한 셈이었다. 릴리언을 왕세자한테서 떼어놓을 때 쓸모가 있을 것이다.

도리언과 케이올은 저녁 식사를 하러 대연회장으로 걸어가는 동안 별로 말이 없었다. 네히미아 공주는 경비병들에게 둘러싸인 채 숙소에서 안전하게 머물고 있었다. 셀레이나가 공주와 대련을 한 건 어리석은 짓이고, 아무리 죽은 전사를 조사하느라 바빴다고 해도 케이올이 그 자리에 없었던 것도 변명의 여지가 없다는 점은 둘 다 합의하는 바였다.

케이올이 싸늘한 목소리로 말했다.

"사르도시엔과 친해지신 것 같던데요."

"그래서 질투냐?"

도리언이 놀렸다.

"전하의 안전이 염려되어 그렇습니다. 예쁘장하고 영리하니 마음에 드셨을 수도 있지만 그래도 자객입니다, 도리언."

"꼭 우리 아버지처럼 말하네."

"상식이죠. 전사든 뭐든 간에 그 여자를 멀리하세요."

"이래라저래라 하지 마."

"전하의 안전을 위해 드리는 말씀입니다."

"그 여자가 날 왜 죽이려 하겠어? 보니까 그 여자는 누가 자길 챙겨주면 좋아하는 것 같던데. 여태 누굴 탈출시키려 하거나 죽이려고 하지 않았는데 왜 지금 그런 짓을 하겠어?" 도리언은 친구 케이올의 어깨를 두드리며 덧붙였다. "자네는 걱정이 너무 많아."

"걱정하는 게 제 일입니다."

"그러다 스물다섯 살도 되기 전에 머리가 세겠어. 그럼 사르도시엔은 자네를 *사랑하지* 않을 거야."

"무슨 말도 안 되는 소리를 하십니까?"

"그 여자가 탈출할 것 같진 않지만 만약 탈출 시도를 한다면 자네 마음이 찢어지겠지. 그 여자를 붙잡아 지하 감옥에 던져 넣거나 끝까지 추적하거나 죽여야 할 테니까."

"전 그 여자를 좋아하지 않습니다."

케이올이 점점 짜증을 내자 도리언은 화제를 바꿨다.

"죽은 전사 일은 어떻게 됐어? 눈알을 먹는 자라고 했나? 누가, 왜 그런 짓을 했는지 알아냈어?"

케이올의 눈빛이 어두워졌다.

"며칠 동안 조사를 계속했습니다. 시신 상태가 엉망이에요." 이 말을 하면서 케이올의 얼굴에서 핏기가 가셨다. "내장이 뽑혀 사라졌고 뇌도…… 없어졌습니다. 폐하께는 사람을 보내 간단히 보고 드렸고 자세한 조사를 계속할 예정입니다."

"술에 취해 싸우다 그렇게 됐겠지." 도리언도 술에 취해 수없이 싸움에 휘말려 봤지만 싸우다 내장까지 뽑았다는 얘기는 들어본 적 없었다. 마음 한쪽으로 두려움이 스멀스멀 피어올랐다. "아버지는 눈알을 먹는 자가 죽어 사라졌으니 좋아하실 거야."

"그러시길 바라야죠."

도리언은 싱긋 웃으며 근위대장의 어깨에 팔을 둘렀다.

"자네가 조사하고 있으니 내일이면 답이 나오겠지."

그러고는 식당으로 친구 케이올을 데리고 들어갔다.

20

셀레이나는 책을 덮으며 한숨을 쉬었다. 끔찍한 끝맺음이었다. 의자에서 일어선 셀레이나는 어디로 갈지 정하지 않고 무작정 침실 밖으로 나갔다. 그날 오후 네히미아와 대련하고 있는 모습을 케이올에게 보이고 나서 셀레이나는 그에게 사과하려고 했다. 그런데 그의 태도는…… 셀레이나는 이 방에서 저 방으로 왔다 갔다 하며 생각에 잠겼다. 그는 세상에서 제일 유명한 범죄자를 지키는 것보다 더 중요한 일이 있는 듯했다. 잔인하게 굴고 싶진 않았다…… 그에게 그렇게까지 할 만한 가치가 있을까 싶기도 했다.

그에게 구토해 버리겠다는 말을 한 건 바보 같은 짓이었다. 그 외에도 셀레이나는 그에게 온갖 욕을 했다. 케이올은 그녀를 믿는 걸까, 아니면 혐오할까? 손을 내려다보니 너무 꽉 맞잡아서 손가락이 빨갛게 된 상태였다. 엔도비어에서 제일 무시무시한 수용자였던 그녀가 어쩌다 이런 감상적인 멍청이가 되어 버렸을까?

셀레이나도 걱정해야 할 더 큰 문제가 있었다. 이를테면 내일 있을 시합 같은 문제라든지, 죽은 전사 문제 말이다. 숙소의 모든 방문에 붙은 경첩을 손봐서 언제 누가 열든 요란하게 끼이익 소리를 내도록 만들어두었다. 누가 방에 들어온다면 셀레이나가 미리 알 수 있을 것이다. 그리고 바느질용 바늘 몇 개를 훔쳐 비누 안에 박아 두었다. 혹시 모를 일이 발생했을 때 작은 창처럼 쓰기 위해서였다. 정체를 알 수 없는 살인자가 전사의 피를 좋아하는 것 같은데, 무방비로 있는 것보다는 나았다. 두 손으로 허리를 짚고 불안감을 애써 가라앉히며 음악과 놀이를 위한 방으로 들어갔다. 혼자서는 당구를 치거나 카드놀이를 할 수 없었다. 다만……

피아노를 가만히 바라보았다. 예전에 피아노를 쳤었다. 아, 셀레이나는 연주를 좋아했고, 음악 자체를 사랑했다. 부수고 치유하는 음악의 방식, 모든 것을 가능하게 하고 영웅적으로 만드는 음악의 힘을 사랑했다.

잠든 사람에게 다가가듯 조심스럽게 커다란 피아노를 향해 다가갔다. 나무 의자를 끌어당겼다. 의자가 바닥을 긁는 요란한 소리에 움찔했다. 묵직한 피아노 뚜껑을 열고 페달에 발을 올려보았다. 매끈한 상아색 건반과 검은색 건반을 바라보았다. 검은색 건반은 꼭 이빨 사이사이의 틈새 같았다.

한때는 연주를 곧잘 하는 편이었다. 단순히 잘 치는 정도가 아니었다. 에로밴 헤멜은 그녀를 만날 때마다 피아노를 연주하라고 요구했다.

그녀가 엔도비어 광산에서 나온 걸 에로밴은 알고 있을까. 만약 안다면 여기서 풀려나게 해줄까? 누가 배신했는지에 관한 사실을 아직 대면할 마음의 준비가 되어 있지 않았다. 셀레이나가 붙잡혔을 당시는 너무나 혼란스러운 상황이었다. 셀레이나는 샘을 잃었고 자유를 빼앗겼으며 어떻게 흘러가는지도 모르겠는 나날들 속에서 자아의 일부도 잃고 말았다.

샘. 샘이라면 이 모든 일들을 어떻게 생각할까? 셀레이나가 붙잡혔을 때 샘이 살아 있었다면, 왕의 귀에 그녀의 투옥 소식이 들어가기도 전에 그녀를 왕실 지하 감옥에서 빼내려 했을 것이다. 하지만 샘도 셀레이나처럼 배신당했다. 그가 이 세상에 없다는 사실이 때로는 너무 사무치게 다가와 숨 쉬는 것을 잊을 정도였다. 셀레이나는 낮은음을 쳐보았다. 슬픔과 분노로 가득한, 깊은 울림이 퍼져나갔다.

조심스럽게 한 손으로, 단순하고 느릿한 멜로디를 높은 키로 연주해보았다. 머릿속 텅 빈 곳에서 기억의 파편들이 올라와 메아리쳤다. 방 안이 너무 고요해서 음악이 너무 두드러졌다. 오른손을 움직여 반음 낮은음과 올림음을 눌러 보았다. 에로밴이 다른 곡을 연주하라고 고함칠 때까지 치고 또 쳤던 곡이었다. 화음을 하나 둘 넣고 오른손으로 멜로디를 추가했다. 페달을 밟으면서 바로 몰입했다.

손가락 끝에서 주춤거리며 흘러나온 음들에 감정이 실리며 점점 자신감 있는 곡이 흘러나왔다. 슬픔 가득한 곡이었지만 연주하면서 마음이 맑아지고 새로워졌다. 손이 연주를 잊지 않았다는 점이 놀라웠다. 일 년 가까이 암울한 노예 생활을 했지만 마음속에서 음악은 여전히 살아 숨 쉬고 있었다. 그리고 멜로디 사이의 어딘가에 샘이 있었다. 시간을 잊은 채 여러 곡을 연주해 나갔다. 말로 표현할 수 없는 감정이 흘러나오고 오랜 상처가 열리면서 결국 음악은 그녀를 용서하고 구원했다.

문간에 기대어 선 도리언은 그 자리에서 꼼짝하지 않았다. 그녀는 그를 등지고 한참 동안 피아노를 연주했다. 그가 여기 있다는 걸 그녀가 언제 알아챌지, 연주를 끝내기는 할지 알 수 없었다. 영원히 듣고 있어도 좋을 것 같은 기분이었다. 입이 험한 자객을 당황하게 만들려고 왔는데, 와서 보니 피아노에 비밀을 쏟아내는 젊은 여인이 있을 뿐이었다.

도리언은 벽에서 몸을 뗐다. 자객으로 살아온 그녀는 그가 옆으로 와 의자에 나란히 앉을 때까지도 그가 여기 온 걸 알아채지 못했다.

"연주가 정말 아름—"

건반에 손가락이 미끄러지며 요란하게 듣기 싫은 소리가 났다. 셀레이나는 그를 돌아보며 큐대 걸이 쪽으로 반쯤 물러났다. 그 순간 그는 그녀의 눈가가 촉촉이 젖어 있는 것을 보았다.

"여기서 뭐 하세요?"

셀레이나는 문 쪽을 힐끗 쳐다보았다. 저 큐대로 그를 칠 생각이었을까?

그는 얼른 미소 지었다.

"케이올은 같이 안 왔어. 그게 궁금할 것 같아서. 방해한 건 미안해." 셀레이나의 얼굴이 상기되는 걸 보면서 불편해하는 건가 싶었다. 아달렌의 자객치고는 너무 인간적인 감정을 가진 거 아닌가. 어쩌면 애초의 계획대로 그녀를 당황하게 만드는 데 성공했을지도 몰랐다. "피아노 연주가 너무 아름다워서 그냥—"

"괜찮아요."

셀레이나는 의자들을 놓은 쪽으로 걸어갔다. 그는 일어서며 그녀의 앞을 막았다. 지금 보니 그녀의 키는 뜻밖에도 평균 정도였다. 그는 그녀를 내려다보았다. 보통 키에 몸의 곡선은 상당히 매력적이었다. 그녀가 다시 물었다.

"여긴 웬일이세요?"

그는 짓궂게 웃었다.

"오늘 밤에 만나기로 했잖아. 기억 안 나?"

"농담이라고 생각했어요."

"난 아달렌의 왕세자야." 그는 벽난로 앞 의자에 털썩 앉았다. "농담은 안 해."

"여기 와도 된다고 허락받으셨어요?"

"허락? 다시 말하지만 난 왕세자야. 하고 싶은 대로 할 수 있어."

"그렇겠죠. 그런데 저는 아달렌의 자객이거든요."

이 여자는 언제든 큐대를 들어 단숨에 그를 찌를 수 있었지만 그는 위협감을 느끼지 않았다.

"피아노 치는 걸 보니 단순한 자객은 아닌 것 같던데."

"무슨 뜻이에요?"

그는 그녀의 묘하게 사랑스러운 눈동자에 빠져들지 않으려고 애썼다.

"그런 연주를 하는 사람이 단순한 범죄자일 수는 없단 생각이 들어. 영혼이 있는 사람이겠지."

그는 놀리듯 말했다.

"당연히 영혼이 있죠. 누구나 있잖아요."

그녀의 얼굴은 여전히 상기돼 있었다. 그가 그녀를 불편하게 하는 걸까? 그는 웃음이 나오려는 걸 참았다. 너무 재미있었다.

"책은 어땠어?"

"괜찮았어요." 그녀는 나지막하게 대답했다. "굉장히 좋더라고요."

"다행이네." 그들은 서로의 눈을 바라보았다. 셀레이나는 의자 뒤쪽으로 물러섰다. 누가 보면 그가 자객인 줄 알았을 것이다! "훈련은 어떻게 돼가고 있어? 경쟁자들이 힘들게 하지는 않아?"

"잘 돼가고 있어요." 그런데 그녀의 입꼬리가 내려가는 모습이었다. "그리고 힘들게 하는 사람은 없어요. 오늘 이후로 우리 중에 다른 참가자를 괴롭게 하는 사람은 없을 거예요."

그는 잠시 후에야 셀레이나가 탈출을 시도했다가 죽임을 당한 참가자를 생각하고 있음을 알아챘다. 셀레이나는 아랫입술을 씹으며 잠시 침묵하다가 물었다.

"케이올이 스벤을 죽이라는 명령을 내린 건가요?"

"아니. 아버지가 탈출을 시도하는 자는 누구든 활로 쏴 죽이라고 모든 경비병들에게 명령을 내리셨어. 케이올이 그런 명령을 내릴 리가 없지."

그는 어째서인지 이 말을 덧붙였다. 그래도 그 말 덕분인지 셀레이나의 눈에서 불안하고 적막한 기운이 사그라들었다. 셀레이나가 아무 말도 하지 않자 도리언은 최대한 아무렇지 않게 물었다.

"얘기가 나와서 말인데 요즘 케이올과는 어떻게 지내?"

물론 다른 뜻은 없는 질문이었다.

셀레이나는 어깨를 으쓱했다. 그는 그 몸짓의 의미를 확대해석하지 않으려고 애썼다.

"잘 지내요. 나를 좀 싫어하는 것 같긴 하지만, 그의 지위를 생각하면 놀라운 일도 아니죠."

"케이올이 왜 널 싫어한다고 생각하지?"

도리언은 이렇게 물으면서도, 싫어하지는 않을 거란 말을 할 수가 없었다.

"저는 자객이고 그는 근위대장이니까요. 왕의 챔피언이 될 사람의 수발을 들고 있으니 자기가 하찮아지는 느낌이라도 드나 보죠."

"그 반대라는 생각은 안 들어?"

도리언은 느긋하게 웃었다. 이 질문은 생각 없이 던진 게 아니었다.

셀레이나가 의자를 빙 돌아 가까이 다가오자 도리언은 심장이 뛰었다.

"미움받고 싶은 사람이 있을까요? 물론 나야 존재감도 없는 것보다는 미움받는 쪽을 택하겠지만, 별 차이는 없어요."

별로 마음에 와닿지 않는 말이었다.

"외로워?"

그는 참지 못하고 불쑥 물었다.

"외롭냐고요?" 셀레이나는 고개를 젓더니 드디어 다시 의자에 앉았다. 도리언은 그녀 곁으로 가까이 다가가 머리카락이 눈에 보이는 것처럼 비단 같은지 확인하고픈 충동을 억눌렀다. "아뇨. 지금까지 혼자서도 잘 살아남았어요. 적당히 읽을 것만 있으면 돼요."

그는 불과 몇 주일 전에 셀레이나가 어디에 있었는지를 생각하지 않으려 애쓰면서 벽난로 안의 불을 바라보았다. 그곳에서 느낀 외로움은 어떤 것이었을까? 엔도비어에는 책이라곤 없었다.

"그래도 혼자서만 쭉 있으면 즐겁지 않을 텐데."

"그래서 어쩌라고요?" 셀레이나는 웃으며 덧붙였다. "다른 사람들한테 왕세자님의 애인 중 하나로는 보이고 싶진 않은데요."

"그게 뭐 어때서?"

"저는 이미 자객으로 악명이 높아요. 왕세자님과 한 침대를 쓰는 사이라는 악명까지 추가하고 싶진 않네요." 그가 콧방귀를 뀌었지만 셀레이나는 하던 얘기를 이어갔다. "*이유*를 굳이 설명해야 해요? 아니면 제가 보석이나 장신구를 애정의 대가로 받지 않는 사람이라는 말까지 해야 하나요?"

그는 날카롭게 반박했다.

"자객과 도덕성을 논하고 싶지 않아. 넌 돈 받고 사람을 죽이잖아."

셀레이나의 눈빛이 싸늘해지며 문을 가리켰다.

"이만 가주셔야겠어요."

"날 쫓아내는 거야?"

그는 웃어야 할지 고함을 쳐야 할지 알 수 없었다.

"케이올을 불러서 어떻게 생각하는지 들어볼까요?"

셀레이나는 기선을 제압했음을 알고 의기양양하게 팔짱을 꼈다. 왕세자를 화나게 만드는 것에 재미를 붙였을 수도 있었다.

"진실을 말했다는 이유로 내가 왜 네 방에서 쫓겨나야 하지? 넌 나를 매춘부와 노는 사람 정도로 취급했어." 그는 이렇게 재미있는 시간을 보낸 게 무척 오랜만이었다. "그동안 어떻게 살아왔는지 들려줘. 피아노는 어떻게 그렇게 잘 치게 된 건지 궁금해. 곡 이름은 뭐야? 무척 슬프던데. 숨겨둔 애인을 생각하면서 친 건가?"

그는 이 말을 하며 윙크했다.

"연습했어요." 셀레이나는 문 쪽으로 걸어가다가 우뚝 서며 덧붙였다. "그리고 애인을 생각하면서 친 거 맞아요."

"오늘 밤에는 날이 서 있네." 그는 그녀의 뒤를 따라가다가 한 걸음 정도 사이에 두고 멈춰 섰다. 묘하게 친밀한 감정이 느껴졌다. "아까 오후에 봤을 때처럼 말이 많지 않은 걸 보니."

"전 왕세자님이 넋 놓고 구경하는 특이한 물건이 아니에요!" 셀레이나는 그에게 좀 더 다가왔다. "축제에 내놓은 구경거리도 아니고요. 신나는 모험에 대한 욕구 불만을 푸는 수단으로 저를 사용할 생각 마세요! 애초에 저를 왕세자의 챔피언으로 고른 이유가 그래서였겠지만요."

그는 입을 벌리고 한 걸음 물러서며 겨우 말을 내뱉었다.

"무슨 말이야 그게?"

셀레이나는 그의 옆을 지나 안락의자에 가서 앉았다. 당장 이 방에서 나갈 생각은 없는 듯했다.

"오늘 밤에 여기 왜 오셨는지 제가 모를 것 같아요?《영웅의 왕관》이란 책을 빌려준 사람이면 모험을 동경하는 변덕쟁이일 가능성이 크지 않겠어요?"

"네가 모험을 의미하는 존재라곤 생각 안 해."

그는 나지막하게 대꾸했다.

"그래요? 이 성이 너무 흥미로운 곳이라서 아달렌의 자객이 전혀 특별하지 않다는 건가요? 평생 궁전에 갇혀 살다시피 한 젊은 왕자의 눈에 매력적으로 안 보일까요? 이 시합은 어떤 의미죠? 제 목숨은 이미 당신 아버지의 손끝에 달려 있어요. 그 아들의 어릿광대 노릇까지 하고 싶진 않아요."

이제는 그가 얼굴을 붉혔다. 누구에게든 이렇게 비난을 받은 적이 있었나? 그의 부모와 개인 교사들에게 혼이 난 적은 있지만 젊은 여자에게 이런 말을 들어본 적은 없었다.

"지금 누구한테 그런 말을 하는지 알고는 있지?"

"전하." 셀레이나는 손톱을 내려다보며 천천히 말을 내뱉었다. "지금 이 방에는 저랑 전하 단 둘뿐이에요. 복도까지는 어느 정도 거리가 있고요. 그러니 저도 내키는 대로 말할 수 있는 거죠."

그는 웃음을 터뜨렸다. 셀레이나는 고개를 옆으로 약간 기울이며 허리를 세우고 그를 바라보았다. 그녀의 볼이 달아올라서 푸른 눈이 한층 더 빛나 보였다. 그녀가 자객이 아니었으면 그가 그녀와 무엇을 하고 싶었는지 그녀는 알까?

"이만 갈게." 아버지와 케이올의 분노를 무릅쓰고, 결과가 어찌 되든 상관없이 지금 하는 생각을 실행에 옮길 수 있을지 고민했지만 그만두기로 했다. "다시 올 거야. 조만간."

"그러세요."

셀레이나는 아무런 감흥 없는 목소리였다.

"잘 자, 사르도시엔." 그는 방 안을 둘러보며 싱긋 웃었다. "가기 전에 하나만 물어볼게. 너의 그 숨겨둔 애인 말이야…… 이 성에 사는 건 아니지?"

그녀의 눈빛이 어두워지는 걸 본 그는 잘못 말했음을 깨달았다. 셀레이나는 차갑게 말했다.

"잘 자요."

도리언은 고개를 저었다.

"내 말은 그런 뜻이 아니라……"

셀레이나는 벽난로의 불을 바라보며 그에게 손을 흔들었다. 그만 가라는 뜻임을 알아들은 도리언은 문으로 걸어갔다. 그의 발소리가 고요한 방에 울려 퍼졌다. 그가 문밖으로 나가려는데 셀레이나가 멀찍이서 말했다.

"그의 이름은 샘이었어요."

그녀의 눈은 여전히 불을 바라보고 있었다. 방금 그녀는 과거형으로 말했다…….

"무슨 일 있었어?"

셀레이나는 슬픈 미소를 지으며 도리언을 바라보았다.

"죽었어요."

"언제?"

미리 알았다면 장난치듯 말하지 않았을 것이다…….
셀레이나는 힘겹게 대답했다.
"열세 달 전에요."
고통스러워하는 표정이었다. 도리언에게도 전해질 만큼 너무나 절절하고 끝없는 고통의 감정이었다.
"유감이야."
셀레이나는 어깨를 으쓱했다. 그렇게 하면 벽난로의 불빛을 받아 빛나는 눈 속에서 슬픔이 가시기라도 할 것처럼.
"그러게요."
셀레이나는 나지막하게 말하며 다시 불로 고개를 돌렸다.
이제 정말 아무 말도 하고 싶어 하지 않는 것 같아 도리언은 헛기침을 했다.
"내일 시험 잘 치러."
그녀는 아무 말도 하지 않았고 그는 조용히 방을 나갔다.
도리언은 가슴이 찢어지게 아픈 그녀의 피아노 연주를 머릿속에서 떨칠 수가 없었다. 어머니가 건네준 신붓감 명단을 불에 태우면서도, 밤늦도록 책을 읽다가 잠이 든 후에도 마찬가지였다.

21

 타르를 바른 손가락과 발가락을 거대한 돌덩어리 사이의 틈새에 끼워 넣은 셀레이나는 성의 돌벽에 매달린 채 다리를 떨었다. 브럴로는 성벽을 타고 오르는 다른 19명의 전사들에게 무어라 고함을 쳤는데, 지상에서 21미터 위쪽이라 바람이 그의 말을 휩쓸어가 버렸다. 그날 시험에는 전사들 중 하나가 나타나지 않았다. 그 전사를 지키던 경비병들도 그가 어디로 갔는지 알지 못했다. 어쩌면 탈출했을 수도 있었다. 위험을 무릅쓰고 탈출하는 게 이 멍청한 시험을 치르는 것보다 나았을 수도 있었다. 셀레이나는 이를 악물고 손을 조금씩 뻗어 올리며 위로 한 발 더 올라갔다.
 6미터 위쪽, 옆으로는 9미터 떨어진 곳에 이 미친 시합의 목표물인 금색 깃발이 펄럭이고 있었다. 시험의 내용은 간단했다. 성벽을 기어 올라가 지상에서 27미터 위쪽에서 펄럭이는 깃발을 가지고 내려오면 되는 것이다. 깃발을 제일 먼저 가지고 내려온 사람은 칭찬받을 것이고, 지정된 장소에 맨 마지막에 도달한 사람은 원래 살던 시궁창으로 돌아가겠지.

놀랍게도 아직 아무도 지상으로 떨어지지 않았다. 깃발까지 가는 경로에 발코니, 창턱, 격자 구조물이 있어서 가는 길은 쉬운 편이었다. 조금 더 올라간 셀레이나는 손가락이 아팠다. 에로밴은 셀레이나가 높은 곳에 적응하도록 자객들의 요새가 자리한 바위 끄트머리에 몇 시간씩 세워두었다. 그렇게 높은 곳에 적응한 셀레이나지만 이 위치에서 아래를 내려다보는 건 별로 좋은 생각이 아니었다. 또 다른 창틀을 붙잡고 몸을 끌어올리며 숨을 몰아쉬었다. 그 창틀은 폭이 깊은 편이라 잠시 걸터앉아 다른 경쟁자들을 지켜보았다.
예상대로 케인이 제일 앞서 나가고 있었다. 역시나 그는 깃발까지 제일 쉬운 길을 택해 올라가고 있었고, 그레이브와 베린이 그를 따라갔다. 바로 아래에는 녹스가, 그다지 멀지 않은 곳에서는 어린 자객 펠러가 그들을 따라가는 중이었다. 케인 뒤를 따라가는 전사들이 여럿이라 장비가 서로 뒤엉키기 일쑤였다. 그들은 등반에 도움이 될 만한 물건을 직접 골랐다. 밧줄, 못, 특수 장화 같은 물건이었다. 당연히 케인은 밧줄을 골랐다.
셀레이나가 고른 것은 타르가 담긴 작은 통이었다. 창틀에 웅크리고 앉아 있다가 일어선 셀레이나는 타르를 바른 끈적한 검은 손과 맨발로 쉽게 돌벽을 붙잡았다. 밧줄 약간으로 타르 통을 허리띠에 묶어 두었다. 창턱의 그림자에서 벗어나기 전에 타르를 손바닥에 조금 더 발랐다. 저 아래서 누군가 헉 소리를 내자 아래를 내려다보고 싶은 충동이 일었지만 참았다. 셀레이나는 남들보다 어려운 경로를 택했지만, 쉬운 경로를 택해 경쟁자들과 자리다툼을 하는 것보다는 나았다. 그녀를 벽에서 밀쳐 떨어뜨리려는 그레이브나 베린 옆을 지나가지 않아도 될 테니까.
셀레이나의 손이 벽에 척 들러붙었다. 몸을 끌어올리는데 날카로운 비명이 들리더니 쿵 소리 나고 잠잠해졌다. 그리고 구경하는 자들의 고함이 들려왔다. 경쟁자가 추락해 죽은 것이다. 아래를 내려다보니 네드 클레멘트의 시신이 보였다. '큰 낫'이라는 별명으로 불리며 저지른 범죄 행각으로 캘라컬라에서 수년 동안 형을 살았던 자였다. 몸서리가 쳐졌다. 눈알을 먹는 자가 살해된 후 전사들 대다수가 조용해진 분위기였다. 후원자들은 이 시험으로 전사 몇 명이 더 죽어 나가도 상관없는 모양이었다.

리듬을 타면서 배수관을 붙잡고 올라갔다. 허벅지로 강철 배수관을 단단히 붙잡았다. 케인은 심술궂게 노려보는 가고일 석상의 목에 긴 밧줄을 걸더니, 넓고 편편한 벽을 휙 가로질러 깃발에서 4.5미터 아래의 발코니 난간에 올라섰다. 셀레이나는 좌절감을 느꼈지만 배수로를 따라 꾸준히 위로 올라갔다.

다른 경쟁자들은 케인이 간 길을 따라 줄지어 가고 있었다. 밑에서 고함이 몇 번 터져 나왔다. 내려다보니 그레이브가 케인처럼 가고일의 목에 밧줄을 던져 걸려다가 잘되지 않는 바람에 그 뒤쪽 사람들까지 줄줄이 길이 막힌 상태였다. 베린이 그레이브를 밀치고 옆으로 지나가면서 자신의 밧줄을 쉽게 가고일에 걸었다. 이제 그레이브 바로 뒤에 있게 된 녹스도 베린을 따라서 하려고 하는데 그레이브가 욕을 퍼부었다. 녹스는 그 자리에서 멈추더니 그레이브를 달래려는 듯 손을 흔들어 보였다. 셀레이나는 피식 웃으면서 배수관을 고정한 받침대를 타르 묻은 시커먼 발로 딛고 섰다. 이대로라면 곧 깃발과 나란한 자리로 가게 될 것이다. 그리고 9미터가량 맨 돌벽을 이동하면 바로 깃발이었다.

셀레이나는 발가락을 금속 배수관에 착착 붙여가며 꾸준히 배수관을 잡고 올라갔다. 아래로 4.5미터 지점에서 가고일의 뿔을 잡은 용병이 가고일의 머리에 밧줄을 감는 모습이 보였다. 가고일 석상 여러 개가 있는 곳을 가로질러서 더 빠른 길로 가려는 심산인 듯했다. 그러려면 그레이브와 녹스가 자리다툼 중인 다른 가고일들이 있는 곳으로 가기 전에, 5.5미터쯤 떨어진 지점에 도달해야 했다. 그가 배수관을 잡고 올라와 셀레이나를 성가시게 할 위험은 없었다. 머리카락이 바람에 휘날리는 가운데 셀레이나는 조금씩 배수관을 잡고 올라갔다.

그때 녹스의 고함이 들려 돌아보니, 함께 가고일의 등에 올라타 있던 그레이브가 녹스를 밀치는 모습이 보였다. 녹스의 몸이 크게 흔들리면서 허리에 감고 있던 밧줄이 팽팽해지더니 그 아래 성벽에 부딪혔다. 셀레이나는 그 자리에 얼어붙은 채 숨을 죽였다. 녹스는 붙잡을 곳을 찾으려고 손발을 버둥거렸다.

그레이브는 거기서 그치지 않았다. 그레이브가 신발을 고쳐 신는 척 허리를 굽힌 순간, 셀레이나는 그레이브가 꺼내 든 작은 단검이 햇빛에 반짝이는 것을 보았다. 경비병들의 감시를 뚫고 칼을 소지한 채 성벽을 오르다니 그것만으로도 대단한 짓거리였다. 셀레이나가 경고의 뜻으로 소리쳤지만 바람에 휘날려 가버리고, 그레이브는 가고일에 묶어둔 녹스의 밧줄을 단검으로 썰기 시작했다. 근처에 있는 다른 전사들은 아무도 나서지 않았다. 펠러가 잠시 멈칫했지만 곧 그레이브 옆을 지나갔다. 녹스가 죽는다면 경쟁자가 한 명 줄어드는 셈이었다. 그레이브가 하는 짓을 방해하고 나섰다가는 시간이 지체되어 이번 시험에서 탈락할 수도 있었다. 셀레이나는 계속 나아가야 한다는 것을 알고 있었지만 어째서인지 그 자리에서 꼼짝할 수가 없었다.

녹스는 돌벽에 잡을 곳이 없었다. 근처에 튀어나온 구조물이나 가고일이 없으니 아무것도 붙잡지 못하고 그저 아래로 내려갈 뿐이었다. 그러다 밧줄이 끊어지면 추락이었다.

그레이브의 단검 아래서 녹스의 밧줄이 한 올 한 올 잘려 나갔다. 진동을 감지한 녹스는 공포에 질려 자객 그레이브를 올려다보았다. 그 위치에서 추락했다가는 살아남을 수 없을 것이다. 칼질 몇 번이면 이제 밧줄은 완전히 잘릴 듯했다.

밧줄이 끼이익 소리를 냈고 셀레이나가 움직였다.

배수관을 타고 쭉 내려갔다. 금속의 튀어나온 부분이 그녀의 발과 손을 찢어 놓았지만 통증에 신경 쓸 여유가 없었다. 셀레이나가 가고일의 머리에 내려서 뿔을 붙잡은 순간 가고일에 올라서 있던 용병은 벽 쪽으로 재빨리 몸을 피해 그녀와 충돌을 피했다. 용병은 밧줄의 한쪽 끝을 가고일의 목에 감아둔 상태였다. 셀레이나는 그의 밧줄을 붙잡아 자기 허리에 묶었다. 밧줄의 길이는 충분히 길었고 튼튼했다. 목표 지점까지 가고일 석상 4개가 나란히 있으니 뛰어서 갈 수 있을 듯했다.

"이 밧줄을 풀었다간 배를 갈라놓을 줄 알아."

셀레이나는 용병에게 경고한 후 뛸 준비를 했다.

녹스가 그레이브에게 소리쳤다. 셀레이나는 도둑 녹스가 매달려 있는 지점을 확인했다. 밧줄이 툭 끊어지는 소리가 들리더니 녹스가 공포와 분노의 고함을 내질렀다. 가고일 석상 4개의 등을 밟고 달려간 셀레이나는 허공으로 몸을 날렸다.

22

 바람이 살을 찢는 듯했지만 셀레이나는 빠른 속도로 추락하는 녹스에게 집중했다. 손을 뻗어서 붙잡을 수 있는 거리는 아니었다.
 아래쪽에서 사람들이 소리쳤다. 유리 성에서 반사된 빛 때문에 앞이 잘 보이지 않았다. 손 넓이만큼의 거리에 녹스가 있었다. 휘둥그레진 그의 회색 눈동자, 날개로 변하게 할 수 있기라도 한 것처럼 휘젓는 두 팔.
 다음 순간 셀레이나의 두 팔이 녹스의 허리를 감았다. 그에게 세게 부딪친 바람에 폐에서 공기가 싹 빠져나갔다. 그들은 치솟아 오르는 땅을 향해 돌덩이처럼 빠르게 떨어졌다.
 녹스가 밧줄을 붙잡았지만 밧줄이 확 당겨지면서 셀레이나의 상체에 가해진 어마어마한 충격을 줄여주기엔 역부족이었다. 셀레이나는 온 힘을 다해 그를 붙잡았고 그를 놓치지 않으려 팔에 힘을 모았다. 밧줄에 매달린 채 그들은 성벽을 향해 밀려갔다. 셀레이나는 다가오는 돌벽에 머리를 부딪치지 않으려 가까스로 고개를 젖혔고 그 바람에 옆구리와 어깨로 충격이 가해졌다. 그 상황에서도 팔에 힘을 주고 녹스를 단단히 붙잡으면서 얕게 숨을 몰아쉬었다. 그들은 그렇게 벽에 붙은 채로 숨을 헐떡이며 9미터 아래 지상을 내려다보았다. 다행히 밧줄이 버텨주었다.

"릴리언." 녹스가 숨을 내쉬며 말했다. 그는 그녀의 머리카락에 얼굴을 가져다 댔다. "미쳤다." 아래에서 터져 나온 환호성에 녹스의 목소리가 묻혀버렸다. 셀레이나는 팔다리가 격하게 떨려 녹스를 붙잡는데 집중해야 했다. 속이 계속 울렁거렸다.

아직 시합이 진행 중이라 끝까지 완수해야 했다. 셀레이나는 위를 올려다보았다. 전사들이 모두 추락하는 도둑을 구하는 셀레이나를 쳐다보느라 동작을 멈춘 상태였다. 한 명만 빼고. 그 한 명은 그들 중 제일 높은 곳에 올라서 있었다.

셀레이나는 깃발을 뽑아 들고 승리의 함성을 지르는 케인을 바라볼 수밖에 없었다. 케인이 모두가 볼 수 있도록 깃발을 흔들자 더 큰 환호성이 쏟아져 나왔다. 셀레이나의 속이 부글부글 끓었다.

쉬운 경로를 택했으면 셀레이나가 승리했을 것이다. 케인이 소요한 시간의 절반만으로도 목표 지점에 도달할 수 있었다. 하지만 케이올은 그녀에게 중간만 하라고 했다. 그리고 셀레이나가 올라간 경로는 그녀의 기술을 더 잘 뽐낼 수 있는 인상적인 경로이기도 했다. 케인은 그저 훌쩍 뛰거나 밧줄을 잡고 휙 건너가는 동작을 보여준 게 고작이었다. 그런 건 아마추어도 할 수 있는 것이었다. 무엇보다 셀레이나가 승리에만 중점을 두고 쉬운 길로 갔으면 녹스를 구하지 못했을 것이다.

셀레이나는 이를 악물었다. 늦지 않게 목표 지점으로 다시 올라갈 수 있을까? 녹스가 밧줄을 잡으면 셀레이나는 맨손으로 벽을 타고 올라갈 작정이었다. 2등보다 나쁜 건 없었다. 그 생각을 하고 있는데 베린과 그레이브, 펠러, 르노가 마지막 몇 미터를 올라가 목표 지점을 한 손으로 친 뒤 내려오기 시작했다.

"릴리언, 녹스, 서둘러."

저 아래서 브럴로가 소리쳤다. 셀레이나가 무기 스승 브럴로를 내려다보았다.

그녀는 인상을 쓰면서 발 디딜 곳을 찾아 돌 사이의 틈새에 발을 집어넣었다. 군데군데 피부가 까지고 피가 흘러 따끔거렸다. 발가락을 쑤셔 넣을 만한 틈새를 찾아낸 셀레이나는 신중하게 몸을 끌어올렸다.

"미안해."

발 디딜 곳을 찾으려고 움직이다가 셀레이나에게 다리를 부딪친 녹스가 나지막하게 사과했다.

"괜찮아."

몸이 덜덜 떨리고 감각마저 없는 상태였지만 셀레이나는 벽을 타고 올라가기 시작했다. 녹스도 알아서 길을 찾을 것이다. 어리석었다. 그를 구한 건 너무나 어리석은 짓이었다. 대체 무슨 생각으로 그런 짓을 했을까?

"힘내." 케이올이 물을 마시며 말했다. "18등도 나쁘지 않아. 뒤에 녹스가 있었잖아."

셀레이나는 아무 말도 하지 않고 접시에 담긴 당근을 포크로 이리저리 떠밀었다. 따끔거리는 손과 발에서 타르를 씻어내느라 비누 하나를 다 써가며 목욕을 두 번이나 해야 했다. 필리파는 30분에 걸쳐 상처를 닦고 붕대로 묶었다. 셀레이나는 더 이상 몸을 떨지는 않았지만, 지상으로 추락하던 네드 클레먼트의 비명과 쿵 소리가 여전히 귓가에 맴돌았다. 셀레이나가 시합을 마치기 전에 그들은 네드의 시신을 치웠다. 네드가 죽었기 때문에 녹스는 탈락을 면했다. 그레이브는 아무런 비난도 듣지 않았다. 반칙하면 안 된다는 규칙 따위는 애초에 없었다.

"당신은 우리가 계획한 대로 잘하고 있어. 다른 전사를 구하러 간 걸 분별 있는 판단이었다고 생각하기는 어렵겠지만."

셀레이나는 그를 날카로운 시선으로 바라보았다.

"어쨌든 난 졌어요."

도리언은 녹스를 구한 일을 두고 잘했다고 칭찬했다. 녹스는 그녀를 끌어안고 몇 번이나 고맙다고 인사를 건넸다. 시험이 끝났을 때 인상을 쓰고 있던 건 케이올 뿐이었다. 위기에 처한 경쟁자를 용감하게 구하러 가는 일은 보석 도둑이 할 만한 일은 아니었기 때문일 것이다.

한낮의 햇살 아래 케이올의 갈색 눈이 금빛으로 빛났다.

"품위 있게 지는 법을 배우는 건 훈련 과정에 없었어?"

"없었어요." 셀레이나는 부루퉁하게 받아쳤다. "에로밴은 2등은 패배자를 듣기 좋게 포장한 말일 뿐이라고 했어요."

"에로밴 헤멜?" 그는 잔을 내려놓았다. "자객들의 왕?"

셀레이나는 창문 쪽으로 시선을 돌렸다. 리프트홀드의 반짝이는 너른 땅이 창문 너머에 펼쳐져 있었다. 에로밴과 같은 도시에 있다니 기분이 묘했다. 지금 에로밴과 아주 가까운 곳에 있는 것이다.

"그 사람이 내 스승인 거 알고 있었잖아요."

"잊어버리고 있었어." 에로밴이라면 녹스를 구한 일로 셀레이나에게 채찍을 휘둘렀을 것이다. 셀레이나 본인의 안전을 위태롭게 하고 시합을 망쳤다는 이유로 말이다. "그 사람이 개인적으로 당신의 훈런 과정을 감독했어?"

"그가 직접 나를 훈련시켰어요. 에렐리아 전역에서 선생들을 데려왔죠. 남쪽 대륙의 논에서 온 전투 스승, 보그다노 밀림의 독 전문가……. 나를 붉은 사막의 침묵의 자객들에게 보낸 적도 있어요. 그는 비용이 얼마나 들든 상관하지 않았어요. 나도 마찬가지였고요." 셀레이나는 목욕 가운에 붙은 실밥을 만지작거렸다. "나는 열네 살이 되어서야 그 모든 비용을 에로밴에게 갚아야 한다는 걸 알았어요."

"그가 당신을 훈련시키고 당신더러 그 비용을 내게 만들었다고?"

셀레이나는 어깨를 으쓱했지만 분노를 숨기지는 못했다.

"창녀들이랑 마찬가지예요. 창녀들도 어렸을 때 사창가에 들어가는데 그동안 쓴 훈련비, 생활비, 옷값을 다 갚을 때까지 못 빠져나와요."

"야비한 짓이야." 그의 목소리에 담긴 분노에 셀레이나는 어리둥절했다. 이번만은 그 분노가 셀레이나를 향한 것이 아니었다. "그래서 당신도 그 돈을 갚은 거야?"

눈빛은 무표정했지만 싸늘한 미소가 셀레이나의 얼굴에 퍼져나갔다.

"전부 다 갚았어요. 그는 그 돈을 가지고 나가서 전부 써버렸어요. 50만 금화를 세 시간 만에 다 써버린 거예요." 케이올은 놀라서 움찔했다. 셀레이나는 지독히 아픈 그 기억을 깊숙한 곳으로 다시 박아두었다. 그리고 그가 더 자세히 묻기 전에 화제를 돌렸다. "당신은 아직도 사과를 안 했어요."

"사과라니? 무슨 사과?"

"어제 오후에 내가 네히미아 공주랑 대련할 때 당신이 했던 지독한 말들이요."

그는 미끼를 물며 눈을 가늘게 떴다.

"진실을 말했는데 사과할 이유는 없어."

"진실이요? 당신은 날 미친 범죄자 취급했잖아요!"

"당신은 살아 있는 사람 중에 나를 제일 증오한다고 말했어."

"그건 진심이었어요."

그녀의 입가에 미소가 걸렸다. 곧 그의 얼굴에도 미소가 퍼져나갔다. 그는 그녀에게 빵 한 조각을 던졌고 그녀는 한 손으로 받아서 그에게 도로 던졌다. 그도 쉽게 받아냈다.

"멍청이."

셀레이나는 웃으며 말했다.

"미친 범죄자."

그도 웃으며 받아쳤다.

"난 진심으로 당신이 싫어요."

"난 18등으로는 안 들어왔어."

셀레이나는 성질이 나서 콧구멍이 벌름거렸다. 그는 셀레이나가 던진 사과를 피해 몸을 웅크렸다.

얼마 후 필리파가 소식을 가져왔다. 그날 시험장에 나타나지 않은 전사가 하인들이 다니는 계단통에서 시체로 발견됐는데, 시신이 난폭하게 훼손된 상태였다는 소식이었다.

새로운 살인 사건으로 인해 그 후 두 가지 시험이 치러진 2주 동안 침울한 분위기였다. 셀레이나는 이목을 끌거나 다른 누군가를 구하려 위험을 무릅쓰지 않고, 잠행과 추적이라는 두 가지 시험을 모두 통과했다. 다행히 또 살해당한 전사는 없었지만 셀레이나는 늘 어깨 너머를 살피며 경계했다. 케이올은 두 건의 살인 모두 그저 불운한 사고 정도로 여기는 듯했다.

셀레이나의 달리기 실력은 매일 좋아졌다. 점점 더 멀리 빠르게 뛸 수 있게 된 것이다. 케인이 훈련 중에 놀려도 그를 당장 죽이지 않고 살려둘 마음의 여유도 생겼다. 왕세자는 그녀의 방에 다시 얼굴을 비추지 않았기 때문에, 시험을 치르는 동안에만 그를 볼 수 있었다. 그는 조용히 웃으며 그녀에게 윙크를 했는데, 셀레이나는 그때마다 어이없게도 가슴이 두근거리고 몸이 달아올랐다.

하지만 당장 걱정해야 할 더 중요한 일들이 있었다. 마지막 결투까지는 9주밖에 남지 않았다. 녹스를 비롯한 다른 전사들도 잘 해내고 있었기 때문에 최종 4인에 드는 게 만만치 않게 느껴졌다. 케인은 당연히 4인 중에 들 것이고 나머지 3인은 누가 될까? 셀레이나는 그중 하나는 자신일 거라고 늘 믿어왔다.

하지만 솔직히 이제는 더 이상 확신할 수 없었다.

23

 셀레이나는 입을 벌린 채 땅을 내려다보았다. 면이 날카로운 회색 바위들…… 발밑에서 으드득으드득 부스러지는 그 느낌, 비 내린 후에 풍기는 냄새, 내동댕이쳐진 그녀의 피부를 쉽게 베어놓던 그 바위의 감촉을 그녀는 너무나 잘 알고 있었다. 바위들은 수 킬로미터를 뻗어나가, 구름 낀 하늘을 찌를 듯 솟아 있는 삐죽빼죽한 송곳니 같은 산맥으로 자라났다. 얼어붙게 추운 바람을 맞으면서도, 살에는 강한 바람으로부터 보호해줄 제대로 된 옷은 입고 있지 않았다. 걸레나 다름없는 더러운 옷에 손을 갖다 댄 순간 구역질이 치밀어올랐다. 무슨 일이 일어난 거지?
 족쇄를 쩔그럭거리며 주변을 둘러보았다. 고적한 황무지. 바로 엔도비어 소금 광산이었다.
 셀레이나는 실패했고 다시 이곳으로 돌아온 것이다. 탈출 기회 따위는 없었다. 자유의 맛을 보았고 손에 거머쥘 뻔도 했지만 결국 이렇게 된 것이다…….
 날카로운 채찍질 소리와 함께 지독한 고통이 등을 타고 흘러내리자 셀레이나는 비명을 내질렀다. 바닥에 쓰러지자 날카로운 바위 면이 그녀의 맨 무릎을 베어놓았다.

"일어나."

누군가 소리쳤다.

눈물이 흘러나와 눈이 따끔거렸다. 다시 채찍을 휘두르는 소리가 들렸다. 이번에는 죽을 것이다. 지독한 고통에 숨이 끊어지고 말 것이다.

채찍이 떨어져 뼈를 파고들며 온몸을 뒤흔들었다. 모든 게 무너지고 고통 속에 폭발했다. 그녀는 시체가 되어 묘지로 실려갔다…….

눈을 뜬 셀레이나는 숨을 몰아쉬었다.

"괜찮……"

옆에서 들려온 목소리에 셀레이나는 고개를 휙 돌렸다.

여기가 어디지?

"꿈이야."

케이올이었다.

셀레이나는 그를 멍하니 쳐다보다가 손으로 머리카락을 쓸어 넘기며 방을 둘러보았다. 리프트홀드였다. 지금 그녀는 리프트홀드에 와 있었다. 유리 성…… 아니, 그 아래 돌 성 안이었다.

땀이 흘러내렸다. 등을 축축이 적신 땀이 피처럼 느껴져 기분이 좋지 않았다. 어지럽고 속이 메스꺼웠다. 몸이 너무 작아진 것도 같고, 너무 커진 것도 같았다. 창문이 닫혀 있는데 방 안 어딘가에서 장미 향을 풍기는 기묘한 바람이 불어와 그녀의 얼굴에 와 닿았다.

"셀레이나. 그건 꿈이야." 근위대장이 다시 말했다. "당신이 비명을 지르고 있었어." 그는 불안한 얼굴로 그녀에게 애써 미소를 지었다. "누가 당신을 죽이기라도 하는 줄 알았어."

셀레이나는 잠옷 안으로 손을 넣어 등을 더듬어보았다. 큼직하게 세 줄로 난 상처가 만져졌다. 나머지는 자잘한 상처들이었다. 그 외에는 다른 상처는 없었다…….

"채찍질을 당하고 있었어요." 참혹한 기억을 떨쳐내려 고개를 흔들었다. "여긴 무슨 일이에요? 아직 동이 트지도 않았는데."

셀레이나는 얼굴을 살짝 붉히며 팔짱을 끼었다.

"오늘이 삼후인 축제 날이잖아. 오늘은 우리가 늘 하던 훈련을 취소할 거야. 당신이 축제 의식에 참여할 건지 물어보려고 왔어."

"오늘이…… 무슨 날이라고요? 삼후인이요? 왜 아무도 그런 얘기를 안 했죠? 오늘 밤에 연회가 열려요?"

시합에 너무 몰두한 나머지 시간이 어떻게 흘러가는지도 모르는 걸까?

그는 인상을 찌푸렸다.

"당연한 얘기지만 당신은 연회에 초대받지 않았어."

"물론 그렇겠죠. 밤에 망자들을 소환하는 의식을 치르나요? 친구들과 모닥불도 피워요?"

"난 그런 미신적이고 말도 안 되는 짓거리에 참여하지 않아."

"조심해요, 냉소적인 분!" 셀레이나는 허공에 대고 손을 뻗어 올리며 경고했다. "오늘은 신들과 망자들이 지상에 제일 가까운 날이에요. 당신이 내뱉는 고약한 말들을 그들이 다 들을 거라고요!"

그는 눈을 위로 굴렸다.

"겨울이 오는 걸 축하하는 멍청한 휴일에 불과해. 모닥불을 피우는 건 들판을 덮는 재를 만들기 위해서고."

"모닥불은 안전하게 지켜달라는 뜻으로 신에게 바치는 제물이에요!"

"땅을 비옥하게 만드는 방편일 뿐이야."

셀레이나는 이불을 밀어놓았다.

"물론 그러시겠죠."

침대에서 일어난 셀레이나는 땀에 젖은 잠옷의 매무새를 고쳤다. 몸에서 땀냄새가 훅 풍겼다.

케이올은 걸어가는 그녀의 뒤를 따라가며 콧방귀를 뀌었다.

"난 당신이 미신을 믿는 줄은 몰랐어. 당신이 하는 일이랑 그게 어울리기는 하나?"

셀레이나는 어깨 너머로 그를 쏘아보고는 욕실로 들어갔다. 케이올은 그녀의 바로 뒤에 서 있었다. 그녀는 문지방에 서서 말했다.

"같이 들어오려고요?"

그 말에 케이올은 실수를 깨닫고 표정이 굳었다. 그는 대답 대신 욕실 문을 세차게 닫았다.

잠시 후 욕실에서 나온 셀레이나는 식당에서 기다리고 있는 케이올을 보았다. 그녀의 머리카락에서 흘러내린 물이 바닥에 뚝뚝 떨어졌다.

"아침 먹으러 안 가요?"

"당신이 아직 대답을 안 했잖아."

"무슨 대답이요?"

셀레이나는 탁자 맞은편에 앉아 스푼으로 죽을 그릇에 퍼담았다. 여기다 설탕을 한 스푼…… 아니, 세 스푼 더하고 핫크림을 조금 추가하면……

"사원에 갈 생각이야?"

"사원에는 가도 되는데 연회에는 못 간다 이건가요?"

셀레이나는 스푼으로 죽을 폈다.

"종교적인 의식은 누구에게나 열려 있으니까."

"연회는요……?"

"방탕함 그 자체지."

"아, 그런가요." 셀레이나는 죽을 한 입 더 삼켰다. 아, 죽 맛이 끝내줬다. 그래도 설탕을 한 스푼 더 넣으면 맛이 더욱 좋아질 것 같았다.

"그래서 갈 생각이야? 갈 거면 지금 바로 출발해야 돼."

"아뇨."

셀레이나는 음식을 입에 담은 채 대답했다.

"미신을 중시하면서도 의식에 불참하겠다는 건가. 신들의 노여움을 살 수 있을 텐데. 자객이니 망자들의 날에 더 관심이 있을 줄 알았지."

셀레이나는 정신 나간 사람 같은 표정으로 계속 죽을 먹으며 말했다.

"나는 내 방식대로 의식을 치러요. 나만의 제물도 한두 가지 준비할 거고요."

그는 칼을 손으로 툭 치며 일어섰다.

"내가 없는 동안 삼가면서 지내. 너무 정성스럽게 옷을 차려입을 필요 없어. 브럴로에게 듣기로 당신은 오늘 오후에도 훈련이 있다던데. 내일 시험이 있어."

"또요? 사흘 전에 시험을 치렀는데?"

셀레이나는 앓는 소리를 했다. 지난번 시험은 말을 타고 달리며 창을 던지는 것이었는데 그때 손목에 무리가 갔는지 아직 상태가 좋지 않았다.

그는 더는 말이 없었고 방안이 조용해졌다. 셀레이나는 잊으려고 애썼지만 채찍 소리가 여전히 귓가를 맴돌았다.

드디어 의식이 끝났다. 도리언 하빌리아드는 성안을 홀로 걸어갔다. 종교는 그에게 어떤 확신을 주지도 마음을 울리지도 않았다. 신도석에 몇 시간 동안 앉아 줄기차게 기도를 중얼거리다 보니 신선한 공기가 몹시 그리웠다. 무엇보다 혼자 있고 싶었다.

이를 악문 채 한숨을 내쉬며 관자놀이를 문질렀다. 정원으로 들어간 그는 모여 있는 숙녀들 옆을 지나갔다. 그녀들은 그에게 절을 하며 부채로 얼굴을 가린 채 웃었다. 도리언은 간단히 목례만 하고 그들 옆을 지나갔다. 어머니는 의식을 핑계 삼아 도리언에게 신붓감 후보를 두루 보여주려 했다. 그는 의식이 진행되는 내내 있는 힘껏 고함을 지르고 싶은 걸 꾹 참았다.

생울타리를 돌아가던 그는 푸릇한 벨벳 드레스를 입은 사람과 부딪칠 뻔했다. 산 속 호수 같은 색깔이었다. 보석처럼 느껴지는데 딱히 어떤 색깔이라 이름을 붙일 수 없었다. 백 년도 더 전에 유행했던 디자인으로 보였다. 시선을 들어 그녀의 얼굴을 바라본 그는 미소 지었다.

"안녕하십니까, 릴리언 양." 그는 고개를 숙여 인사한 후 그녀와 동행한 두 사람을 돌아보았다. "네히미아 공주님. 웨스트폴 근위대장." 도리언은 자객 셀레이나의 드레스를 다시 한번 눈여겨보았다. 접힌 부분이 마치 흘러가는 강물 같아서 매력적으로 느껴졌다. "축제에 잘 어울리는 옷차림이네요."

그 말에 셀레이나는 인상을 찌푸렸다.

케이올이 나섰다.

"릴리언 양의 하인들이 의식에 참석 중일 때 혼자 차려입어 그렇습니다. 달리 입을 옷이 없었기도 하고요."

코르셋을 챙겨 입으려면 도와줄 사람이 필요했다. 드레스는 은밀한 걸쇠와 끈으로 이루어진 미로와도 같았다.

"사과드립니다, 왕세자 전하." 셀레이나가 말했다. 그녀는 화가 나서 눈을 번뜩였고 볼까지 달아오른 모습이었다. "제 옷차림이 전하의 취향에 맞지 않으니 *너무나* 죄송하네요."

"아니, 그런 뜻이 아니라." 그는 얼른 이렇게 말하며 그녀의 발을 내려다보았다. 덤불 밖으로 모습을 드러낸 감탕나무 열매처럼 빨간 구두였다.

"아주 멋지다는 뜻이에요. 약간…… 상황에 안 맞기는 하지만." 약간이 아니라 많이 안 맞았다. 셀레이나가 쏘아보자 그는 네히미아에게 시선을 돌리며 이일웨이어로 말했다. 최선을 다해 말한 것이지만 실력은 별로였다.

"미안합니다. 잘 지내시죠?"

도리언의 서툰 이일웨이어에 네히미아는 재미있다는 듯 눈을 빛냈다. 그녀는 고개를 끄덕이며 아달렌어로 대답했다.

"잘 지내고 있어요, 전하."

도리언은 그녀를 수행하는 두 경비병에게 눈길을 돌렸다. 경비병들은 근처 그림자 속에서 기다리며 그들을 지켜보고 있었다. 도리언은 혈관 속에서 피가 고동치는 기분이었다.

지난 몇 주일 동안 페링턴 공작은 이일웨이로 추가 병력을 보내는 계획을 관철시키려 하고 있었다. 반역 세력을 효과적으로 진압해 다시는 아달렌의 지배에 반기를 들지 못하게 만들어야 한다는 이유였다. 어제 페링턴 공작은 계획을 발표했다. 아달렌이 더 많은 군단을 이일웨이에 배치하고, 네히미아를 이곳에 붙잡아 두어 반역 세력이 보복에 나서지 못하게 해야 한다는 내용이었다. 도리언은 인질을 붙잡아 두는 짓까지 하고 싶지는 않아서 회의가 진행되는 몇 시간 동안 그 계획에 줄곧 반대했다. 평의회 의원 중 일부는 도리언과 뜻을 함께하며 반대했지만 대부분은 공작의 전략에 찬성하는 듯했다. 도리언은 아버지가 돌아올 때까지는 그 계획을 밀어붙일 생각 말라고 그들을 설득했다. 그동안 공작의 편을 드는 의원 몇 명을 설득해 그의 편에 서도록 해볼 작정이었다.

네히미아를 바라보던 도리언은 이내 다른 곳으로 시선을 돌렸다. 그가 왕세자만 아니라면 네히미아에게 경고했을 것이다. 하지만 네히미아가 일정보다 이곳을 빨리 떠나면 공작은 누가 공주에게 그의 계획을 말해줬는지 알아챌 테고 도리언의 아버지에게 고해바칠 것이다. 도리언과 왕의 사이는 좋지 않았다. 이 상황에서 반역 세력에 동조하는 자로 낙인찍히고 싶지 않았다.

"오늘 저녁에 연회에 오실 겁니까?"

도리언은 감정을 드러내지 않고 공주를 바라보며 물었다.

네히미아는 셀레이나를 보며 물었다.

"당신도 참석해요?"

그러자 셀레이나는 곤란하다는 듯 미소 지으며 대답했다.

"안타깝게도 전 다른 계획이 있어요. 그렇지 않나요, 왕세자 전하?"

셀레이나는 화가 난 속내를 굳이 감추려 하지 않았다.

케이올은 헛기침을 하며 별안간 생울타리의 열매에 관심을 보이는 척했다. 도리언은 혼자서 대화를 이어가야 했다. "날 비난하지는 말아요." 도리언은 부드럽게 말했다. "당신은 몇 주일 전에 리프트홀드의 그 파티 초대를 수락했잖아요." 셀레이나가 금시초문이라는 듯 눈을 깜박거렸지만 도리언은 그대로 밀어붙였다. 보는 눈이 많은데 셀레이나를 오늘 연회에 데려갈 수는 없었다. 그랬다가는 온갖 질문이 쏟아질 것이다. 그것도 엄청 많은 사람한테서. 연회장에서 셀레이나의 뒤를 쫓아다니는 것도 쉽지 않은 일이었다.

네히미아는 셀레이나에게 눈을 찌푸리며 물었다.

"그래서 안 간다고요?"

"그렇게 됐네요. 공주님은 연회에서 즐거운 시간을 보내세요." 셀레이나는 이렇게 말한 뒤 이일웨이어로 무어라 덧붙였다. 도리언의 이일웨이어 실력은 그 말의 요지를 파악할 수 있을 정도는 되었다. "왕세자 전하는 여자들을 즐겁게 해주는 방법을 잘 아세요."

네히미아가 웃자 도리언의 얼굴이 달아올랐다. 맙소사, 이 두 여자는 쉽지 않은 상대였다.

"우린 아주 중요하고 바쁜 사람들이라서요." 셀레이나는 공주와 팔짱을 끼면서 도리언에게 말했다. 이 두 여자가 친구로 지내게 하는 건 끔찍하고 위험한 일일 수 있겠다는 생각이 들었다. "이만 가볼게요. 즐거운 하루 보내세요, 전하."

셀레이나는 무릎을 굽혀 절했다. 그녀의 허리에 박힌 빨간색과 파란색 보석들이 햇빛을 받아 반짝였다. 셀레이나는 공주를 데리고 정원 안쪽 깊숙한 곳으로 들어가면서, 힐끗 뒤돌아보며 도리언에게 놀리듯 웃어 보였다.

도리언은 케이올에게 눈을 부릅떴다.

"도와줘서 퍽이나 고마워."

케이올은 도리언의 어깨를 두드렸다.

"겨우 그 정도로 화가 나십니까? 저 둘이 붙어 다니면서 뭘 하는지 전하가 보셔야 하는데."

케이올은 이렇게 말하고는 서둘러 두 여자를 따라갔다.

도리언은 고함을 지르며 머리를 잡아 뽑고 싶었다. 지난밤에는 셀레이나를 봐서 즐거웠다. 엄청나게. 하지만 지난 몇 주 동안 평의회 회의에 참석하고 알현식을 여느라 셀레이나를 보러 갈 새가 없었다. 오늘 연회만 아니면 셀레이나를 다시 보러 갔을 것이다. 셀레이나의 성질을 돋우려고 일부러 드레스 얘기를 꺼낸 건 아니었다. 물론 드레스 디자인이 무척 구식이긴 했지만. 게다가 연회에 초대받지 못한 일로 그녀가 그렇게까지 기분 나빠할 줄은 몰랐다. 그래도…….

도리언은 인상을 쓰며 사육장 쪽으로 향했다.

셀레이나는 깔끔하게 손질된 생울타리를 손가락으로 쓸면서 혼자 웃었다. 셀레이나의 눈에는 이 드레스가 예뻐 보였다. 이 정도면 축제 분위기에 어울리지 뭐!

케이올은 네히미아가 알아들을 수 있도록 천천히 아달렌어로 말했다.

"아뇨, 아닙니다. 공주님. 저는 군인이 아니라 근위병입니다."

"그게 그거잖아요."

공주가 받아쳤다. 이일웨이 억양이 진하게 배어 있어 다소 어색하게 들렸다. 그래도 케이올은 그 말뜻을 알아듣고 발끈했다. 셀레이나는 고소해했다.

셀레이나는 지난 2주일 동안 네히미아를 꽤 자주 만났다. 그래봤자 짧은 산책과 저녁 식사 정도가 고작이었지만. 그래도 만나면 네히미아가 이일웨이에서 어떻게 성장했는지, 리프트홀드를 어떻게 생각하는지, 그날 궁전에서 누가 공주의 심기를 건드렸는지 같은 얘기를 나누곤 했다. 늘 모든 사람이 공주를 불쾌하게 만들었기 때문에 셀레이나는 즐겁게 얘기를 듣곤 했다.

케이올이 이를 악물고 말했다.

"저는 전장에 나가 싸우는 훈련을 받지는 않았습니다."

"당신은 당신의 왕이 명령을 내리면 사람을 죽이잖아요."

당신의 왕. 네히미아는 아달렌어에 능숙하지 않았지만 워낙 똑똑해서 나의 왕이 아니라 '당신의 왕'이라고 말하는 게 어떤 의미인지 잘 알고 있었다. 셀레이나는 네히미아가 아달렌 왕을 욕하는 소리를 몇 시간이고 들어줄 수 있었지만 지금 그들은 정원에 있었고 주변에서 다른 사람들이 들을 수도 있었다. 등골이 서늘해진 셀레이나는 네히미아가 더 말을 하기 전에 막고 나섰다.

"공주님과 언쟁해서 뭐 하려고요, 케이올." 셀레이나는 팔꿈치로 케이올을 툭 쳤다. "테린에게 당신 지위를 넘겨주지 말았어야 했어요. 작위를 다시 찾아올 수 있어요? 그럼 여러 가지로 혼란스러운 상황을 막을 수 있을 것 같은데."

"내 동생 이름을 어떻게 기억하고 있죠?"

셀레이나는 어깨를 으쓱했다. 그의 눈빛이 번뜩였지만 이유는 알 수 없었다.

"전에 말해줬잖아요. 내가 왜 기억을 못 하겠어요?"

오늘따라 케이올이 잘생겨 보였다. 머리카락이 황금색 피부와 잘 어울렸다. 머리카락 사이로 보이는 작은 틈새, 머리카락이 이마로 흘러내린 모양새가 마음에 들었다.

"그나저나 당신은 연회를 즐기겠네요. 나 없이 말이에요."

셀레이나가 시무룩하게 말하자 케이올은 콧방귀를 뀌었다.

"연회를 못 가게 된 게 그렇게 화가 납니까?"

"아뇨." 셀레이나는 풀어놓은 머리카락을 어깨 너머로 쓸어 넘겼다. "그래도…… 파티잖아요. 누구나 파티를 좋아하죠."

"파티장에서 뭐라도 가져다줄까요?"

"두툼한 양고기구이라도 가져다주면 좋겠네요."

공기가 맑고 환했다. 케이올이 말했다.

"연회는 별로 재미있지 않아요. 여느 저녁 식사와 다를 게 없죠. 양고기도 퍽퍽하고 질길 겁니다."

"친구로서 나를 데려가도 되잖아요. 파트너로 데려가든지."

"친구?"

셀레이나는 얼굴을 붉혔다.

"뭐, 친구라기보다는 '인상을 박박 쓰는 호위병'이 더 어울리는 표현이겠네요. 아니면 '그다지 내키지 않는 지인'이라든지요."

놀랍게도 그는 미소를 지었다.

공주가 셀레이나의 손을 잡고 이일웨이어로 말했다.

"가르쳐줘요! 당신네 언어를 더 잘할 수 있게요. 지금보다 쓰기와 읽기를 더 잘하고 싶어요. 그래야 지금 끔찍하게 지루한 늙은 남자들한테 배우느라 받는 고통에서 벗어날 수 있어요."

"저는……" 셀레이나는 공용어인 아달렌어로 말을 하려다가 인상을 찌푸렸다. 문득 네히미아를 너무 오랫동안 대화에서 소외시켰다는 생각이 들어 미안해졌다. 공주가 이일웨이어뿐 아니라 아달렌어를 유창하게 쓸 수 있게 되면 그것도 무척 재미날 것이다. 하지만 네히미아를 만날 수 있게 케이올에게 허락을 받는 건 늘 번거로웠다. 케이올이 가까이에서 지켜보겠다고 고집을 부렸기 때문이었다. 그러더니 수업이 끝날 때까지 자리를 지키고 있지도 않았다.

"저는 아달렌어를 제대로 가르치는 방법을 몰라요."

"무슨 소리예요. 그냥 가르쳐줘요. 이 남자와 함께하는 일이 뭐든…… 그 일을 마치고 나서, 매일 저녁 식사 전 한 시간씩이요."

선택의 여지는 없다는 듯 네히미아는 턱을 고고하게 치켜들었다. 셀레이나는 숨을 삼키며 최대한 유쾌한 표정으로 케이올을 돌아보았다. 케이올은 미간을 찌푸리며 그들을 바라보았다.

"공주님이 매일 저녁 식사 시간 전에 나한테 아달렌어를 배우고 싶으시다네요."

"그건 불가능합니다."

셀레이나는 그의 말을 네히미아에게 통역해서 전했다.

네히미아는 그를 매섭게 노려보았다. 다른 사람들 같으면 식은땀을 흘렸을 것이다. 네히미아는 이일웨이어로 따졌다.

"왜 안 되죠? 이 여자는 이 성에 있는 대부분의 사람들보다 똑똑해요."

다행히 케이올은 대략적인 뜻을 알아들었다.

"저는 그렇게 생각하지 않—"

"나는 이일웨이의 공주입니다."

네히미아는 공용어로 그의 말을 가로막았다.

"공주 전하." 케이올이 설명을 하려했지만 셀레이나는 손을 휘저어 그의 입을 다물게 했다. 그들은 시계탑 쪽으로 가고 있었다. 시계탑은 언제나처럼 시커멓고 위협적으로 보였다. 그 앞에 무릎을 꿇고 앉아 있는 케인이 보였다. 고개를 숙이고 땅바닥의 무언가를 골똘히 내려다보는 모습이었다.

발소리를 들은 케인이 고개를 홱 치켜들더니 환하게 웃으며 일어섰다. 그의 두 손은 흙투성이였다. 셀레이나가 좀 더 자세히 그의 모습이나 괴상한 태도를 살펴보려는데 케인은 케이올에게 고개를 끄덕여 인사를 하고는 시계탑 뒤로 가버렸다.

"더러운 놈."

셀레이나가 케인이 사라진 방향을 노려보며 나지막하게 내뱉었다.

그러자 네히미아가 이일웨이어로 물었다.

"누구예요?"

"왕의 군대에 소속된 군인이요. 지금은 페링턴 공작을 모시고 있어요."

네히미아는 케인이 사라진 쪽을 바라보며 검은 눈을 가늘게 떴다.

"얼굴을 주먹으로 치고 싶게 만드는 무언가가 있는 남자예요."

그 말에 셀레이나는 웃음을 터뜨렸다.

"저만 그런 생각을 하는 게 아니라니 다행이네요."

케이올은 말없이 다시 걷기 시작했다. 셀레이나와 네히미아도 그의 뒤를 따라갔다. 시계탑이 서 있는 작은 파티오를 가로질러 가던 셀레이나는 케인이 조금 전 무릎 꿇고 있던 장소를 바라보았다. 판석에 새겨진 괴상한 표식이 더 또렷이 드러나도록 음각에 차 있던 흙을 파낸 것으로 보였다.

"이게 뭐 같아요?"

셀레이나는 판석 타일에 새겨진 표식을 가리키며 공주에게 물었다. 케인은 왜 이 표식이 또렷이 드러나게 하고 있었을까?

"워드 문자네요."

공주는 아달렌어로 말해주었다.

셀레이나는 눈썹을 치켜떴다. 동그라미 안에 삼각형이 그려진 표식이었다.

"이 표식이 어떤 의미인지 아세요?"

워드 문자라니⋯⋯ 묘했다!

네히미아는 곧장 대답했다.

"아뇨. 오래전에 사멸된 고대 종교 문화 중 일부인 걸로 알아요."

"어떤 종교요? 잠깐만요, 여기 또 있네요."

셀레이나는 몇 걸음 떨어진 곳에 있는 또 다른 표식을 가리켰다. 이번에는 뒤집힌 산봉우리 같은 그림이 있고 수직선이 중간을 관통한 그림이었다.

"그냥 내버려 둬요." 네히미아가 날카롭게 말하자 셀레이나는 영문을 몰라 눈을 껌벅였다. "잊힌 건 다 이유가 있어서일 거예요."

"무슨 얘기들을 하고 있습니까?"

케이올이 묻자 셀레이나는 대화의 내용을 간단히 설명해주었다. 다 듣고 난 케이올은 입을 다물 뿐 별 말을 하지 않았다.

그들은 계속 걸어갔고 셀레이나는 워드 문자를 하나 더 보았다. 괴상한 모양이었다. 작은 마름모의 양 측면 꼭짓점이 바깥이 아니라 안쪽으로 향해 있었다. 마름모의 위와 아래 꼭짓점은 직선으로 쭉 늘어나 완벽한 대칭을 이루었다. 왕이 이 시계탑을 세우면서 이런 문자를 새기게 했을까, 아니면 시계탑보다 먼저 존재하던 것일까?

네히미아는 셀레이나의 이마를 빤히 쳐다보았다.

"제 얼굴에 뭐 묻었나요?"

"아뇨." 네히미아는 생각에 잠긴 듯한 목소리였다. 공주는 눈에 힘을 주며 셀레이나의 눈썹을 찬찬히 바라보았다. 그러다 자객인 셀레이나도 흠칫할 만큼 별안간 눈동자를 집중해서 들여다보았다. "워드 문자에 관해 정말 아무것도 몰라요?"

시계탑이 종을 울렸다.

"몰라요. 전혀 아는 게 없어요."

"당신 뭔가를 숨기고 있군요." 공주는 이일웨이어로 나지막하게 말했다. 비난하는 투는 아니었다. "겉으로 보이는 것 이상의 뭔가가 있는 사람인 것 같네요, 릴리언."

"저는……, 멍청하게 히죽거리는 궁중인보다는 나은 사람이 되고 싶기는 해요." 셀레이나는 힘껏 허세를 부리며 환하게 웃었다. 네히미아가 이상한 눈으로 그만 쳐다보길, 눈썹에서 시선을 떼주길 바랄 뿐이었다. "이일웨이어를 제대로 말할 수 있게 가르쳐주실래요?"

"당신들이 쓰는 우스꽝스런 아달렌어를 나한테 좀 더 가르쳐준다면요."

네히미아는 여전히 조심하는 눈빛으로 말했다. 무엇 때문에 저런 모습을 보이는 것일까?

"좋아요." 셀레이나는 살짝 미소 지었다. "그 사람한테는 말하지 말아요. 웨스트폴 근위대장은 오후 중반에는 나를 혼자 있게 두거든요. 저녁 식사 시간 전이면 딱 좋을 것 같아요."

"내일 오후 4시에 만나러 갈게요."

네히미아는 검은 눈동자를 빛내며 미소 띤 얼굴로 다시 걸어가기 시작했다. 셀레이나는 조용히 그녀의 뒤를 따라갔다.

24

셀레이나는 침대에 드러누워 바닥을 비추는 달빛을 바라보았다. 달빛은 돌로 된 타일 사이의 흙이 낀 틈새를 채우면서 주변의 모든 것을 푸르스름한 은빛으로 바꿔 놓았다. 덕분에 셀레이나는 영원히 지속되는 순간 속에 얼어붙은 존재가 된 것 같은 기분이었다.

암울한 시간을 보내는 걸 좋아하지 않았지만 그렇다고 밤이 두렵지는 않았다. 밤은 잠을 자는 시간이고, 그녀가 목표물을 몰래 따라가 목숨을 빼앗는 시간이며, 아름답게 반짝이는 별들이 나타나 그녀를 보잘것없는 작은 존재로 느껴지게 만드는 시간이기도 했다.

셀레이나는 눈살을 찌푸렸다. 이제 자정이었다. 내일 또 다른 시험이 있는데 잠을 잘 수가 없었다. 눈꺼풀이 무거워져 책을 읽을 수도 없고, 또다시 당황스러운 순간을 맞닥뜨릴까 봐 피아노를 칠 수도 없었다. 연회 분위기를 상상하면서 즐거워할 기분은 더더욱 아니었다. 그녀는 여전히 에메랄드처럼 푸릇한 드레스를 입은 채였다. 게으름을 피우느라 아직 갈아입지 않았다.

달빛을 따라 태피스트리가 걸린 벽으로 시선을 돌렸다. 묘한 분위기의 그 태피스트리는 무척 오래된 것으로 보였는데 세심히 관리되고 있는 것 같지는 않았다. 넓은 숲, 아래로 가지가 축축 늘어진 나무 사이에 동물들이 있고, 바닥 근처에는 유일한 인간인 여자가 서 있는 그림이었다.

실물 크기로 그려진 그 여자는 대단히 아름다웠다. 은발에 앳된 얼굴, 물 흐르는 듯 고운 하얀 가운이 달빛을 받아 움직이는 듯했다. 마치……

셀레이나는 침대에서 벌떡 일어나 앉았다. 태피스트리가 방금 약간 움직이지 않았나? 창문을 돌아보니 꽉 닫혀 있었다. 태피스트리의 움직임을 봤을 때, 바람이 옆으로 불어왔다기보다는 태피스트리 뒤쪽에서 불어 나온 것 같았다.

가능한 얘긴가?

소름이 돋았다. 초를 켜 들고 벽으로 다가갔다. 태피스트리가 움직임을 멈췄다. 천 끄트머리를 잡고 들어 올렸다. 돌벽일 뿐이었다. 그런데……

묵직하게 접힌 부분을 잡아서 큼직한 상자 뒤로 쑤셔 넣어 고정했다. 돌벽 표면에 수직으로 뻗은 홈이 보였다. 나머지 벽면과 좀 달라 보였다. 그 홈에서 90센티미터쯤 떨어진 곳에 또 다른 수직 홈이 있었다. 바닥에서부터 셀레이나의 머리 높이까지 올라와 위쪽에서 이어지는 홈이었다……

문이다!

어깨로 돌판을 지그시 밀어보았다. 약간 밀리자 셀레이나는 심장이 쿵쾅거렸다. 다시 밀어보았다. 손에 든 촛불이 일렁거렸다. 돌문이 삐거억 소리를 내며 약간 움직였다. 셀레이나는 끙끙대며 더 힘을 주었고 마침내 돌문이 열렸다.

문 너머는 어두컴컴한 통로였다.

어둡고 깊숙한 안쪽으로 바람이 불어 들어가면서 머리카락이 얼굴 쪽으로 쏠렸다. 등줄기를 따라 소름이 끼쳤다. 바람이 어째서 이 안으로 불어 들어가는 걸까? 아까는 이 벽쪽에서 불어 나온 것 같았는데?

침대를 돌아보았다. 오늘 밤은 읽지 않을 책들이 널려 있었다. 통로 안쪽으로 조심스럽게 발을 들여놓았다.

촛불에 드러난 통로 내부는 돌로 이루어졌고 먼지가 잔뜩 내려앉아 있었다. 셀레이나는 방으로 물러 나왔다. 통로 안으로 들어가 탐색하려면 필요한 준비를 해야 할 것이다. 긴 칼이나 하다못해 단검조차 없으니 아쉬웠다. 초를 내려놓았다. 횃불도 필요할 것 같았다. 아니면 여분의 초 몇 개라도 챙겨야 했다. 안으로 들어가면 어둠에 익숙해지겠지만 그것만 믿고 무작정 들어갈 만큼 그녀는 어리석지 않았다.

흥분한 그녀는 몸까지 떨려왔다. 방 안을 돌아다니며 분필 세 자루와 임시방편으로 만든 칼을 챙겼고 필리파의 반짇고리에서 실 두 뭉치도 꺼내 손에 쥐었다. 여분의 초 세 개를 망토 주머니에 집어넣고 망토로 몸을 감쌌다.

다시 어두컴컴한 통로 앞에 섰다. 지독한 어둠이 그녀를 손짓해 부르는 듯했다. 약한 바람이 다시 통로 안쪽으로 불어 들어갔다.

셀레이나는 돌문과 벽 사이에 의자를 끼워 놓았다. 문이 쾅 닫혀 그 안에 영원히 갇히는 걸 방지하기 위해서였다. 의자 등받이에 실을 묶고 다섯 번이나 매듭을 지은 뒤 다른 쪽 손에 실뭉치를 들었다. 안에 들어갔다가 길을 잃으면 이 실을 따라 나오면 될 것이다. 누가 방에 들어올 수도 있으니 태피스트리를 조심스럽게 내려 문을 덮어

두었다.

통로 안으로 들어가 보니 싸늘하지만 건조했다. 사방에 거미줄이 걸려 있었고 창문이라곤 없었다. 미약한 촛불의 빛이 미치지 않는 저 먼 곳까지 계단이 아주 길게 뻗어 있을 뿐이었다. 긴장한 채로 계단을 내려갔다. 이상한 소리가 들리면 곧장 방으로 달려 돌아갈 심산이었다. 통로 안은 쥐 죽은 듯 고요했다. 마치 완벽하게 잊힌 장소인 것 같았다.

초를 치켜들었다. 먼지로 덮인 계단에 망토 자락이 끌리며 표시가 남았다. 그대로 몇 분이 흘러갔다. 벽에 어떤 그림이나 표식이 새겨져 있는지 둘러보았지만 그런 것은 없었다. 혹시 하인들이 다니던 통로였는데 사용하지 않아 이제는 잊힌 곳에 불과한 것일까? 그렇게 생각하니 벌써 김이 빠졌다.

얼마 후 계단 맨 아래에 다다랐다. 그 자리에 서서 둘러보니 시커멓고 인상적인 문 세 개가 보였다. 여긴 어디쯤일까? 무수한 사람이 살아가는 이 성에 이렇게 철저히 잊힌 공간이 있다는 게 상상조차 되지 않았다. 하지만……

바닥에는 먼지가 잔뜩 쌓여 있었고 발자국은 하나도 없었다.

이런 상황에서 이야기가 어떻게 흘러가는지는 익히 아는 바였다. 문 위쪽의 아치형 구조물을 자세히 보기 위해 초를 들어 올렸다. 이 중에 어떤 문을 통과해 지나가면 반드시 죽게 된다는 글귀라도 새겨져 있을까 해서였다.

손에 든 실뭉치를 가늠해보았다. 남은 실이 얼마 되지 않았다. 초를 바닥에 내려놓고 실뭉치 하나를 더 꺼내서 기존에 쓰던 실뭉치의 실 끝에 묶어 연결했다. 실뭉치가 하나 더 남아 있었다. 실을 다 쓰더라도 분필이 있으니 아직은 걱정하지 않아도 될 것이다.

일단 가운데 아치 문을 선택하기로 했다. 다른 이유는 없고 그냥 제일 가까워서였다. 아치 문 너머에는 계단이 까마득하게 아래로 뻗어 내려가 있었다. 너무 깊어서 성의 지하로 내려가게 되는 게 아닐까 싶기도 했다. 통로는 아주 축축하고 서늘했다. 습기 때문에 들고 있는 촛불이 펄럭거렸다. 아치 길이 여러 갈래로 뻗어 있었는데 셀레이나는 곧장 앞으로 가기로 했다. 걸어갈수록 점점 더 습해졌다. 벽을 타고 물이 흘러내렸고 바위에는 정체를 알 수 없는 균류가 수백 년 동안 자라고 있어 상당히 미끌거렸다. 셀레이나가 신은 빨간 벨벳 신발은 너무 약하고 얇아서 습기를 견뎌내지 못하고 있었다. 어디선가 들려오는 소리만 아니었으면 방으로 돌아갈 생각을 했을 것이다.

그것은 천천히 흐르는 물소리였다. 걸어갈수록 통로가 조금씩 밝아지기는 했다. 촛불의 빛이 아니라, 바깥에서 흘러드는 매끈하고 하얀 달빛이었다.

실이 다 떨어져서 실 끝을 바닥에 내려놓았다. 모퉁이가 없으니 딱히 표시해야 할 필요도 없었다. 여기가 어디인지 알 것 같았다. 감히 바라기도 어려운 그런 곳이었다. 서둘러 걸어가다가 두 번이나 미끄러졌다. 심장이 어찌나 세게 뛰는지 귓속이 터질 것 같았다. 아치 길 너머에 또 다른 아치 길이 있었고, 그 너머도 아치 길이었다…….

성 밖으로 곧장 흘러나가는 하수관이 보였다. 불쾌한 냄새가 풍겼다. 전혀 과장이 없는 표현이었다.

측면에 붙어 서서 열린 수문을 살펴보았다. 이 폭넓은 물줄기는 바다나 에이버리 강으로 흘러 들어가는 게 분명했다. 수면 위로 쓰레기가 통과할 수 있는 높이로 설치된 쇠울타리만 있을 뿐, 이곳을 지키는 경비병도 없고 자물쇠도 보이지 않았다.

양옆 제방에 작은 배 네 척이 밧줄로 매여 있고, 이 출구로 연결되는 다른 문 몇 개가 더 있었다. 나무문도 있고 쇠문도 있었다. 어떤 배는 반쯤 썩은 상태이긴 했지만, 왕의 비상 탈출 경로일 수도 있다는 생각이 들었다. 왕이 이런 경로에 대해 알고 있을지 의문이긴 했지만.

쇠울타리 앞으로 걸어가 울타리 사이로 손을 집어넣었다. 밤공기가 싸늘하긴 했지만 얼어붙게 추운 정도는 아니었다. 물줄기 너머에 서 있는 나무들이 보였다. 이곳은 바다를 향해 있는…… 성의 뒤쪽이었다.

바깥쪽에 경비병들이 있을까? 바닥의 돌멩이—천장에서 떨어진 돌 파편—를 집어서 수문 너머 물을 향해 던져보았다. 갑옷이 와그작거리는 소리도, 중얼거리거나 욕하는 소리도 들리지 않았다. 수문 너머를 살펴보았다. 배들이 드나들 수 있게 문을 올려주는 손잡이가 보였다. 바닥에 초를 내려놓고 망토를 벗은 뒤 주머니를 비웠다. 두 손으로 수문의 창살을 붙잡고 한 발을 문에 걸친 뒤 다른 발도 올렸다.

문을 위로 올리는 건 일도 아니었다. 무모하고 난폭해진 기분이었다. 이 성에서 그녀는 뭘 하는 걸까? 아달렌의 자객인 그녀가 최고임을 증명하겠다고 이런 우스꽝스러운 시합이나 하고 있다니. 그녀는 이미 최고였다!

지금쯤 그들은 술에 취해 있을 것이다. 지금이라면 그나마 덜 낡은 배를 골라 타고 밤의 어둠 속으로 사라질 수 있었다. 그녀는 수문에서 내려갔다. 망토가 필요했다. 하, 그녀를 길들일 수 있을 거라고 생각하다니 그들은 너무나 멍청했다!

미끄러운 가로대에 발이 닿으며 쭉 미끄러졌다. 창살을 움켜쥔 채 비명이 나오려는 걸 꾹 참았다. 무릎이 수문에 부딪히자 욕이 절로 나왔다. 문을 붙잡고 매달린 채 눈을 감았다. 이건 그냥 물일 뿐이었다.

마음을 가라앉히고 발 디딜 곳을 다시 찾았다. 별빛을 덮어 가릴 만큼 달이 너무 밝아서 눈이 부실 지경이었다.

쉽게 탈출할 수 있지만 지금 탈출하는 건 멍청한 짓이었다. 왕은 어떻게든 그녀를 찾아낼 것이다. 케이올은 창피를 당하고 근위대장 자리에서 쫓겨나겠지. 네히미아 공주는 멍청이들에게 둘러싸인 채 이 성에 홀로 남게 될 것이다……

허리를 펴고 턱을 치켜들었다. 평범한 범죄자처럼 그들한테서 도망치지 않을 것이다. 그들을 마주 보고…… 왕을 똑바로 대면하고…… 명예롭게 자유를 쟁취할 것이다. 공짜로 먹을 것을 주고 훈련도 시켜주는데 여기서 좀 더 머무는 게 이득 아닌가? 탈출하려면 필요한 물품을 챙겨둘 필요가 있었고 그러려면 수 주일은 걸릴 터였다. 굳이 서두를 필요 없지 않을까?

벽 쪽으로 돌아가 망토를 집어 들었다. 시합에서 이길 것이다. 승리를 거머쥔 후, 왕 밑에서 일하는 걸 그만두고 싶을 때는…… 이 길을 통해 떠나면 되는 것이다.

이런 생각을 하면서도 이곳을 쉬이 떠날 수가 없었다. 위로 돌아가는 동안 통로의 고요함이 고마웠다. 계단이 너무 많아 다리가 아팠다. 이렇게 하는 게 옳다는 생각이었다.

얼마 후 셀레이나는 다른 두 개의 문 앞에 섰다. 저 문 너머에서는 또 어떤 실망을 하게 될까? 이미 흥미를 잃었다. 하지만 다시 미풍이 불었다. 이 바람은 셀레이나가 택한 맨 오른쪽 아치 문 쪽으로 강하게 불었다. 들고 있던 촛불이 다른 곳보다 더 짙은 어둠을 향해 앞으로 기울어지자 팔의 솜털이 곤두섰다. 바람을 타고 온 속삭임이 그녀에게 잊힌 언어로 말을 걸었다. 셀레이나는 몸을 떨며 반대 방향으로, 맨 왼쪽 문으로 가야겠다고 마음먹었다. 삼후인 축제 날에 속삭임이 이끄는 대로 갔다가는 말썽에 휘말릴 것 같아서였다.

바람은 부는데 통로는 따뜻했다. 구불구불하게 뻗어나간 계단을 올라갈수록 속삭임이 멀어져갔다. 위로, 위로 더 위로. 가쁜 숨소리와 점점 무거워지는 발소리 말고는 사방이 고요했다. 계단 맨 위에 올라서서 둘러보니 이리저리 구부러지는 통로는 없고, 영원히 쭉 뻗어나가는 듯 보이는 큰 통로가 있었다. 셀레이나는 지친 발을 이끌고 그 통로로 나아갔다. 얼마 후 음악 소리가 들려 깜짝 놀랐다.

잘 들어보니 흥겨운 파티 소리였다. 머리 위에 황금색 불빛이 휘황하게 빛났다. 그 빛은 문인지 창문인지를 통해 이 지하로 흘러들고 있었다.

모퉁이를 돌아 짧은 계단을 올라가자 아까보다 폭이 좁은 통로가 나왔다. 천장이 너무 낮아서 셀레이나는 그 불빛을 향해 몸을 수그린 채 나아가야 했다. 가까이 가서 보니 문이나 창문이 아니라 청동으로 된 창살 문이었다.

셀레이나는 머리 위 높은 곳에서 흘러드는 불빛에 눈을 깜박였다. 그곳은 연회가 벌어지고 있는 대연회장이었다.

여기는 정탐용으로 만들어진 터널일까? 셀레이나는 눈앞의 광경에 인상을 찌푸렸다. 백 명도 넘는 사람들이 먹고 노래 부르고 춤추며 파티를 즐기고 있었다……. 그리고 어느 늙은 남자 옆에 케이올이 앉아서 떠드는 중이었다…….

웃고 있어?

행복해보이는 그의 모습에 셀레이나는 얼굴이 붉어졌다. 초를 바닥에 내려놓고, 널찍한 통로의 저쪽 끝을 바라보았다. 천장 바로 아래에 창살 문 몇 개가 더 있었다. 화려하게 장식된 금속 문 뒤에서 달리 염탐하는 자의 눈은 보이지 않았다. 셀레이나는 춤추는 사람들에게 시선을 돌렸다. 그중에는 멋지게 차려입은 전사들도 몇 명 있었는데, 형편없는 춤 실력을 감출 수 있을 만큼 멋진 옷차림은 아니었다. 요즘 셀레이나의 대련 및 훈련 파트너가 된 녹스도 춤을 추고 있었는데, 그나마 다른 전사들보다는 약간 더 우아한 동작이었다. 그래도 녹스와 춤을 추는 숙녀들이 안타까운 건 어쩔 수 없었다. 그런데…….

다른 전사들은 연회 참석을 허락받았는데 셀레이나는 못 받았다. 셀레이나는 더 자세히 보려고 창살을 손으로 붙잡은 채 얼굴을 창살 문에 바짝 가져다 댔다. 테이블에 둘러 앉은 전사들이 몇 명 더 눈에 들어왔다. 얼굴에 여드름이 잔뜩 난 펠러도 케이올 근처에 앉아 있었다! 반편이 애송이 자객인데! 셀레이나는 화가 치밀어 이를 드러냈다. 어떻게 감히 그녀를 연회에 초대 안 할 수가 있지? 가슴 속이 꽉 조여들었는데, 파티에 참석한 사람 중에 케인의 얼굴이 보이지 않자 그나마 분이 조금은 풀렸다. 적어도 저들은 케인도 우리에 가둬둔 것이다.

금발의 멍청이들과 웃고 떠들며 춤추고 있는 왕세자의 모습이 보였다. 셀레이나는 자기를 초대하지 않은 왕세자를 미워하고 싶었다. 셀레이나는 *왕세자의* 챔피언이었다! 화는 나는데…… 왕세자한테서 시선을 떼기가 힘들었다. 그에게 말을 걸고 싶진 않고 그저 쳐다만 보고 싶었다. 저 특별한 우아함, 다정한 눈빛 때문에 셀레이나는 왕세자에게 샘 얘기를 하고 말았다. 하빌리아드 가문 사람이긴 하지만…… 셀레이나는 저 왕세자에게 키스하고 싶은 마음이 굴뚝 같았다.

춤이 끝나고 왕세자가 금발 여인의 손에 입을 맞추자 셀레이나는 인상을 쓰다가 창살 문에서 고개를 돌려버렸다. 통로는 여기가 끝이었다. 다시 파티장을 돌아보니 케이올이 테이블에서 일어나 대연회장을 빠져나가고 있었다. 그녀의 방으로 온 케이올이 그녀가 없어진 걸 알면 어떻게 하지? 그가 연회에서 뭐든 가지고 오겠다고 약속하지 않았나?

다시 밟고 올라가야 할 계단을 생각하니 신음이 절로 나왔다. 셀레이나는 초와 실을 집어 들고, 실을 돌돌 감으면서, 천장이 더 높은 편안한 곳으로 서둘러 돌아갔다. 그리고 계단을 두 칸씩 밟으며 뛰어가기 시작했다.

아치 문을 지나, 방으로 연결된 마지막 계단을 밟고 올라갔다. 올라갈수록 방에서 흘러드는 작은 불빛이 점점 커지고 있었다. 셀레이나가 비밀 통로에 있는 걸 알면…… 그 통로가 성 밖으로 연결되는 걸 알면 케이올은 그녀를 지하 감옥에 던져 넣고 말 것이다!

방으로 돌아간 그녀는 온통 땀투성이였다. 의자를 걷어차 치우고 돌문을 닫은 뒤 태피스트리를 내리덮고 침대로 몸을 날렸다.

연회에서 몇 시간을 즐긴 도리언은 셀레이나의 방으로 들어갔다. 새벽 두 시에 자객의 숙소에 뭐 하러 왔는지 그도 알 수 없었다. 와인 때문에 눈앞이 어지러웠다. 춤을 너무 춘 탓에 몹시 피곤해서 이대로 어디든 앉으면 곯아떨어질 것 같았다. 셀레이나의 방은 조용하고 어두웠다. 그녀의 침실 문을 살짝 열고 안을 들여다보았다.

그녀는 그 괴상한 드레스를 입은 채 침대에 누워 자고 있었다. 빨간 담요 위에 널브러져 누워 있는 지금, 그 드레스는 그녀에게 아까보다 더 잘 어울렸다. 금빛 머리카락이 아무렇게나 펼쳐졌고 뺨은

발그레했다.

옆에는 그녀가 페이지를 넘겨주길 기다리는 듯 책 한 권이 펼쳐져 있었다. 그는 문 앞에 가만히 서 있었다. 한 걸음이라도 뗐다가는 그녀가 잠에서 깨어날까 봐 두려웠다. 대단한 자객이었다. 그녀는 미동조차 없이 자고 있었다. 지금 그녀의 얼굴만 봐서는 전혀 자객 같지 않았다. 공격성이나 피에 대한 욕구가 얼굴에 전혀 드러나지 않은 모습이었다.

어쩐지 그녀를 알 것 같은 기분이었다. 그녀는 그를 해치지 않을 것이다. 물론 말도 안 되는 생각이었다. 대화를 나눌 때 그녀는 늘 말끝에 날이 서 있었는데 그는 그녀 앞에서는 무슨 말이든 할 수 있을 것처럼 편안했다. 샘에 대해 말한 걸 보면, 그 샘이라는 남자가 누군지는 모르겠지만, 셀레이나도 도리언과 같은 기분이었던 게 분명했다. 그래서 도리언은 한밤중에 이곳에 와 있는 것이었다. 셀레이나는 그에게 꼬리를 쳤다. 진심이었을까? 그때 뒤에서 발소리가 들려 돌아보니 숙소 문 너머에 케이올이 서 있었다.

케이올이 성큼성큼 걸어와 도리언의 팔을 잡았다. 친구 케이올은 그를 로비로 끌어내 문 앞으로 데려왔고 도리언은 이럴 때 몸부림치지 않는 편이 낫다는 걸 잘 알고 있었다. 케이올이 나지막하게 물었다.

"여기서 뭐 하십니까?"

"그러는 넌 여기서 뭐 하는데?"

도리언도 목소리를 낮췄다. 당연히 할 만한 질문이었다. 케이올은 셀레이나와 어울리는 게 얼마나 위험한 일인지 도리언에게 누누이 경고를 해왔다. 그러던 케이올이 한밤중에 여기는 왜 온 걸까?

"맙소사, 도리언! 저 여자는 *자객*입니다. 여기 온 게 이번이 처음이라고 말하세요, *제발*." 도리언은 히죽 웃었다. "설명할 필요 없습니다. 그냥 나가세요. 무모하고 어리석은 짓을 하셨군요. 얼른 나가요."

케이올은 도리언의 재킷 목깃을 잡고 끌어당겼다. 케이올이 번개처럼 빠르게 움직이지 않았다면 도리언은 케이올에게 주먹을 날렸을 것이다. 도리언은 정신을 차리기도 전에 복도로 끌려 나가 내던져졌다. 그의 등 뒤로 문이 닫히고 잠기기까지 했다.

도리언은 어째서인지 그날 밤엔 잠이 쉬이 올 것 같지 않았다.

케이올 웨스트폴은 숨을 깊게 들이마셨다. 여기 왜 왔을까? 앞뒤 생각도 안 하고 아달렌의 왕세자를 그런 식으로 내동댕이치다니. 도리언이 문 앞에 서 있는 모습을 보자마자 케이올의 속에서 분노가 치밀어 올랐다. 어째서 그렇게 화가 났는지 원인을 따져보고 *싶지도* 않았다. 질투는 아니었다. 그 이상의 무언가였다. 도리언이 친구가 아닌 다른 누군가로, 그가 알지 못하는 낯선 사람처럼 느껴졌다. 그는 셀레이나가 동정이라고 확신했다. 도리언도 그걸 알고 있을까? 알았으면 도리언은 그녀에게 더 큰 관심을 가졌을 것이다. 한숨을 쉬며 문을 연 케이올은 요란하게 삐거억 소리가 나자 움찔했다.

셀레이나는 옷을 입은 채 누워 있었다. 아름다운 모습이었지만 그 속에 숨겨진 자객이라는 정체성까지 덮어 가리지는 못했다. 강한 턱, 치켜 올라간 눈썹, 꼼짝도 하지 않고 가만히 누워 있는 자세만 봐도 느껴졌다. 그녀는 자객들의 왕이 자신의 쓸모에 맞게 만들어놓은 칼이었다. 잠들어 있는 짐승…… 퓨마나 용 같은 존재였다. 어디를 보더라도 그녀가 지닌 강력한 힘이 느껴졌다. 케이올은 고개를 흔들며 침실로 들어갔다.

그의 발소리에 셀레이나가 한쪽 눈을 뜨더니 "아침도 아니잖아요"라고 중얼거리며 돌아 누웠다.

"선물을 가져왔어."

멍청이가 된 기분이었다. 당장 이 방에서 뛰쳐나가고 싶었다.

"선물이요?"

셀레이나는 또렷해진 목소리로 그를 돌아보며 눈을 깜박였다.

"별것 아니야. 파티장에서 나눠 주더라고. 손 이리 줘 봐."

거짓말이었다.

주최 측이 귀족 여인들에게 나눠준 선물인데 그는 앞으로 지나가는 바구니에서 하나를 빠르게 잡아챘다. 귀족 여인 중에 그 선물을 착용할 사람은 아마 없을 것이다. 어디론가 치워두거나 마음에 드는 하녀에게 선물로 주겠지.

"어디 봐요."

셀레이나는 느긋하게 팔을 뻗었다.

그는 주머니에서 선물을 꺼내 그녀의 손바닥에 올려놓았다.

"자."

셀레이나는 그걸 들여다보며 나른한 미소를 지었다.

"반지네요." 그녀는 반지를 손가락에 끼웠다. "예뻐요."

중앙에 손톱만 한 자수정이 박힌 단순한 은반지였다.

매끄럽고 둥근 보석 표면은 마치 보라색 눈동자처럼 빛나며 자객 셀레이나를 올려다보았다. 그녀는 눈을 내리깔았다.

"고마워요."

"드레스를 계속 입고 있군, 셀레이나."

그녀의 얼굴에 핀 홍조는 옅어지질 않았다.

"곧 갈아입을 거예요." 그는 그녀가 그 옷을 갈아입지 않을 것임을 알고 있었다. "그냥…… 좀 쉬었다가요."

셀레이나는 반지 낀 손을 가슴에 얹고 그대로 누워 잠이 들었다. 그녀의 심장 위에 반지가 놓인 것이다. 케이올은 괜히 한숨을 푹 쉬면서 근처 소파에 놓인 담요를 가져다가 그녀에게 던지듯 덮어주었다. 그녀의 손가락에 끼워진 반지를 빼버릴까 하다가 그만두었다……. 누워 잠든 그녀의 모습이 평화로워 보였다. 그는 달아오른 얼굴로 목을 손으로 문지르며 그녀의 방을 나왔다. 내일 도리언에게 이 일을 어떻게 설명할지 고민이었다.

25

셀레이나는 꿈을 꾸었다. 꿈에서 그녀는 기다란 비밀 통로로 다시 내려가고 있었다. 손에는 초도 없고 돌아갈 길을 알려줄 실도 없었다. 다른 문 두 개가 습기를 머금은 상태라 불쾌하게 느껴져서 오른쪽 문을 선택했다. 이 문은 따뜻하고 기분이 좋았다. 게다가 흰곰팡이가 아니라 장미 향을 풍겼다. 통로가 이리저리 뒤틀리고 구불구불하게 뻗어나갔다. 어느새 그녀는 좁은 계단을 밟으며 내려가고 있었다. 이유는 알 수 없지만 어쩐지 돌벽에 몸이 닿게 하고 싶지 않았다. 계단통은 아래로 기울어졌고 이리저리 구부러진 모양새였다. 문이나 아치 길이 나타날 때마다 셀레이나는 장미 향을 따라갔다. 걷는 게 지겨워졌을 때쯤 계단의 맨 아래에 다다랐고 드디어 걸음을 멈췄다. 앞에 오래된 나무문이 있었다.

문 중앙에는 해골 모양의 청동 노커가 붙어 있었다. 어쩐지 노커가 웃고 있는 것 같았다. 셀레이나는 섬뜩한 미풍이 다시 불어오길, 누군가 외치는 소리가 들려오길, 싸늘하고 축축한 공기가 느껴지길 기다렸는데 예상과 달리 따뜻하고 좋은 향이 났다. 용기를 쥐어 짜낸 셀레이나는 문손잡이를 잡고 돌렸다. 문이 소리 없이 열렸다.

컴컴하고 오래전에 잊힌 방이 보일 줄 알았는데 예상이 완전히 빗나갔다. 천장의 작은 구멍에서 흘러 들어온 한 줄기 달빛이 석관에 누운 아름다운 대리석 조각상의 얼굴에 쏟아지고 있었다. 아니, 조각상이 아니라 석관이었다. 여기는 무덤이었다.

돌로 된 천장에 새겨진 나무 문양이 잠들어 있는 여인을 향해 뻗어 내려왔다. 여인의 석관 옆에는 남자의 모습이 새겨진 또 다른 석관이 있었다. 여인의 얼굴은 달빛에 물들고 남자의 얼굴은 어둠에 잠겨 있는 이유가 무엇일까?

석관의 남자는 잘생긴 모습이었다. 짧게 깎은 턱수염, 넓고 깨끗한 이마, 튼튼하게 생긴 곧은 코. 남자는 두 손에 돌로 된 검을 들었고 검의 손잡이가 그의 가슴께에 얹혀 있었다. 셀레이나는 숨을 쉴 수가 없었다. 남자는 머리에 왕관을 쓴 모습이었다.

여자도 머리에 왕관을 썼다. 큼직하기만 한 싸구려 왕관이 아니라, 한가운데에 파란 보석이 박힌 가늘고 뾰족한 왕관이었다. 그것은 여자의 조각상에 붙어 있는 유일한 보석이었다. 얼굴을 감싼 여자의 긴 머리가 석관 뚜껑 양옆으로 물결처럼 흘러내렸다. 조각이 아니라 꼭 살아 있는 사람 같았다. 달빛이 여자의 얼굴에 닿았다. 셀레이나는 떨리는 손을 뻗어 그 여자의 매끈하고 앳된 뺨을 만져보았다.

여느 조각상처럼 차갑고 딱딱했다.

"당신은 어떤 왕비죠?"

셀레이나의 목소리가 고요한 방 안에 울려 퍼졌다. 여인의 입술과 이마를 손으로 쓸어보던 셀레이나는 눈을 가늘게 뜨며 자세히 들여다보았다. 눈에 잘 보이지 않을 정도로 미세한 표식이 표면에 새겨져 있었다. 손가락을 대고 한 번, 다시 한번 만져보았다. 달빛 때문에 잘 보이지 않는 것 같아서 손으로 그 부분에 와닿는 달빛을 가려 보았다. 양 꼭짓점이 안쪽으로 향해 있고 수직선이 중앙을 관통하는 마름모······.

전에 봤던 워드 문자였다. 서늘한 느낌이 들어 석관에서 물러섰다. 여긴 금지된 장소였다.

발이 무언가에 걸리면서 휘청거렸다. 바닥을 내려다본 셀레이나의 입이 딱 벌어졌다. 바닥에는 밤하늘의 별자리를 그대로 본떠 양각으로 새긴 조각이 가득했다. 반대로 천장은 땅의 모습을 본떴다. 왜 위아래를 바꿔 놓았을까? 천장을 바라보며 손을 가슴에 가져다 댔다.

벽 표면에도 무수한 워드 문자들이 새겨져 있었다. 소용돌이, 나선, 선, 사각형 등으로 이루어진 문자였다. 작은 워드 문자들이 큰 워드 문자를 구성했고, 그 문자들이 모여 더 큰 워드 문자를 이루었다. 그렇게 온 방 안에 셀레이나가 뜻을 알지 못하는 문자들이 가득 채워져 있었다.

석관을 바라보았다. 왕비의 발치에 새겨져 있는 글자가 보였다. 허리를 굽히고 돌에 새겨진 글자를 읽어보았다.

아! 시간의 균열이여!

말이 되지 않았다. 이들은 역사적으로 중요한 지배자들임이 분명했다. 아주 오래 전에······

다시 머리 쪽으로 다가가 보았다. 왕비의 얼굴은 차분하면서도 친숙한 느낌이었다. 장미 향을 떠올리게 하는 분위기였다. 그런데 뭔가 특이한 게 보였다.

자세히 살펴본 셀레이나는 놀라서 소리를 지를 뻔했다. 아치 모양으로 굽은 뾰족귀였다. 불멸의 종족이라고 하는 페이 족 특유의 귀 모양이었다. 하지만 지난 천 년 동안 하빌리아드 가문 사람과 결혼한 페이 족은 없었다. 한 명 있긴 하지만 페이와 인간의 혼혈인 반페이로 알려져 있었다. 그 전설이 사실이라면, 이 왕비가 페이 족이거나 반페이라면…… 이 왕비는……

물러서던 셀레이나는 비틀거리다 벽에 등을 부딪쳤다. 주변에 먼지가 풀썩 일었다.

그녀의 생각대로라면 이 석관의 남자는 아달렌 최초의 왕인 개빈 왕이고, 이 여자는 테라센 최초의 공주이자 브래넌의 딸이며 개빈의 아내인 엘레나 왕비였다.

어지러울 정도로 심장이 미친 듯이 뛰었다. 그 자리에서 한 발자국도 움직일 수가 없었다. 애초에 이 무덤에 발을 들여놓아서는 안 되었다. 그동안 저지른 범죄로 더러워질 대로 더러워진 그녀가 죽은 자들의 성소에 들어와서는 안 되는 것이었다. 이들의 안식을 방해했으니 무언가 그녀를 따라와 괴롭히고 고문할지도 모른다.

그런데 이들의 무덤이 왜 이렇게 방치됐을까? 어째서 지금 이들을 기리는 사람이 아무도 없지? 왕비의 머리맡에는 왜 꽃 한 송이 없을까? 엘레나 갈라시니어스 하빌리아드는 어째서 모두에게 잊히고 말았을까?

그 방의 저쪽 벽에는 보석과 무기가 쌓여 있었다. 황금 갑옷 앞에 놓인 칼이 유독 눈에 띄었다. 셀레이나도 아는 칼이었다. 그 칼 쪽으로 걸어갔다. 개빈 왕의 전설적인 칼, 개빈 왕이 대륙을 거의 찢어놓다시피 한 가혹한 전장에서 휘둘렀다는 칼, 어둠의 왕 에라완을 베어버렸다는 바로 그 칼이었다. 천 년이 지났는데도 전혀 녹슬지 않았다. 마법이 사라진 지금도 그 칼을 벼린 힘이 여전히 칼 안에 살아 있는 듯했다. 셀레이나는 나지막하게 칼의 이름을 불러 보았다.

"다마리스."

"내 가문의 역사를 알고 있구나."

여자의 경쾌한 목소리였다. 셀레이나는 깜짝 놀라 움찔하면서 소리쳤다. 창에 발이 걸리면서 금으로 가득 채워진 상자 쪽으로 넘어지고 말았다. 여자의 목소리가 웃었다. 셀레이나는 단검과 초를 쥐려 손을 더듬었다. 그런데 그 목소리의 주인이 눈앞에 보이자 셀레이나는 몸이 굳어졌다.

무어라 형언할 수 없을 만큼 아름다운 여자였다. 은발이 앳된 얼굴을 감싸며 달빛의 강처럼 흘러내렸다. 크리스털처럼 영롱하게 빛나는 파란 눈, 설화석고처럼 하얀 피부. 그리고 살짝 뾰족한 귀.

"누구세요?"

셀레이나는 답을 알면서도 힘겹게 물었다. 직접 그 여자에게 답을 듣고 싶었다.

"내가 누구인지 알잖니."

엘레나 하빌리아드가 말했다.

석관에 새겨진 여인의 모습 그대로였다. 등과 다리가 아팠지만 셀레이나는 상자에 넘어진 채 꼼짝도 할 수 없었다.

"유령인가요?"

"아니."

엘레나 왕비는 셀레이나를 부축해 상자에서 일으켜 세워 주었다. 손이 차갑긴 했지만 확실한 질감이 있었다.

"난 살아 있진 않지만 내 영혼이 이곳을 배회하는 건 아니야." 천장을 올려다보던 엘레나의 표정이 엄숙해졌다. "오늘 밤 위험을 감수하고 여기 온 거야."

셀레이나는 자기도 모르게 한 발 뒤로 물러섰다.

"위험이요?"

"난 여기 오래 못 있어…… 너도 마찬가지고."

이게 대체 무슨 말도 안 되는 꿈이지?

"지금 그들은 다른 데 관심을 쏟고 있어. 하지만……"

엘레나는 남편의 석관으로 시선을 돌렸다.

셀레이나는 머리가 아팠다. 개빈 하빌리아드가 저 위에서 무언가의 관심을 다른 데로 돌리고 있다는 건가?

"누구의 관심을 돌렸는데요?"

"8인의 수호자들. 내가 누굴 말하는지 느낌이 올 거야."

엘레나를 멍하니 바라보던 셀레이나는 문득 알 것 같았다.

"시계탑의 가고일들을 말하는 건가요?"

왕비는 고개를 끄덕였다.

"그들은 이쪽과 저쪽 세계 사이에 놓인 문을 지키고 있어. 우리가 겨우 시간을 조금 벌었고 그 틈에 내가 이쪽으로 빠져나온 거야……" 엘레나는 셀레이나의 팔을 꽉 잡았다. 놀랍게도 팔에 통증이 느껴졌다. "내 말 잘 들어. 우연은 없어. 다 목적이 있어. 넌 이 성으로 오게 될 운명이었어. 자객이 되어 생존에 필요한 기술을 배우는 게 네 운명이었던 것처럼."

속이 다시 울렁거렸다. 기억하고 싶지 않은 일을 엘레나가 언급하지 않길 바랐다. 오랫동안 잊으려 애써온 일을 엘레나의 입으로 듣고 싶지 않았다.

"이 성에는 사악한 무언가가 살고 있어. 하늘의 별을 뒤흔들어 놓을 정도로 사악한 존재야. 그 악한 기운이 온 세상으로 퍼져나가고 있어. 네가 막아야 해. 우정이든, 누군가에게 진 신세든 맹세든 다

잊어버려. 늦지 않게 그것을 *파괴해야* 해. 두 세계의 문이 찢겨나가 도로 닫지 못하게 되기 전에." 엘레나는 무슨 소리를 들은 것처럼 고개를 휙 돌렸다. "아, 시간이 없구나." 엘레나가 눈의 흰자위를 드러내며 눈을 크게 떴다. "넌 이 시합에서 승리해 왕의 챔피언이 되어야 해. 넌 사람들이 얼마나 힘들게 살고 있는지 잘 알잖아. 에렐리아는 왕의 챔피언이 된 너를 필요로 해."

"하지만 그건……"

엘레나는 주머니에 손을 넣었다.

"여기서 그들에게 붙잡히면 안 돼. 붙잡혔다간 다 물거품이 되고 말아. 이걸 걸고 다녀." 엘레나는 차가운 금속으로 된 물건을 셀레이나의 손에 쥐어 주었다. "이게 너를 보호해줄 거야." 엘레나는 셀레이나를 문 쪽으로 잡아당겼다. "넌 오늘 밤에 안내받아 여기로 온 거야. 널 데려온 건 내가 아니야. 나도 이곳으로 이끌려 왔거든. 네가 잘 보고 배우기를 바라는 이가 있어……" 으르렁거리는 소리가 공기 중에 퍼져 나가자 엘레나가 한쪽으로 고개를 기울이며 속삭였다. "그들이 오고 있어."

"이해가 안 돼요! 저는…… 왕비님이 생각하는 그런 사람이 아니에요!"

엘레나는 셀레이나의 어깨에 손을 얹고 이마에 입을 맞췄다. 그리고 차분하게 말했다.

"진심이 담긴 용기는 무척 귀해. 그 용기가 너를 이끌어줄 거야."

울부짖는 소리가 벽을 뒤흔들자 셀레이나는 피가 얼어붙는 듯했다.

"어서 가." 엘레나는 셀레이나를 통로 쪽으로 밀었다. "뛰어!"

그 말을 할 필요도 없었다. 셀레이나는 휘청거리며 계단을 올라갔다. 너무 빨리 뛰다 보니 어디쯤인지도 알 수 없었다. 저 아래서 비명과 으르렁대는 소리가 들렸다. 계단을 달려 올라가는데 위장이 목구멍으로 튀어나올 것만 같았다. 방의 불빛이 보였다. 방이 가까워졌을 때쯤 뒤에서 희미한 고함이 들렸다. 갑자기 무언가를 알아채고 분노하는 목소리였다.

셀레이나는 방으로 뛰어 들어갔다. 침대가 보인 순간 사방이 캄캄해졌다.

눈을 떴다. 숨을 거세게 몰아쉬었다. 그녀는 여전히 드레스 차림이었다. 그래도 안전하게 방 안에 있었다. 어째서 툭하면 이렇게 괴상하고 불쾌한 꿈을 꾸는 걸까? 숨은 왜 이렇게 차지? 성안에 도사리고 있는 악한 존재를 찾아내서 없애!

옆으로 돌아누웠다. 손바닥을 누르는 금속이 아니었으면 그대로 다시 잠들었을 것이다. 이게 제발 케이올이 준 반지여야 될 텐데.

하지만 반지가 아님을 이미 알고 있었다. 손에 쥐고 있었던 건 가느다란 사슬 줄에 매단 동전만 한 크기의 황금 부적이었다. 비명이 터져 나오려는 걸 가까스로 참았다. 금속 띠로 정교하게 만들어진 부적이었다. 동그란 면 안에 작은 원 두 개가 일부 겹쳐 있는 모양이었다. 그렇게 원 두 개가 겹쳐 있는 부적의 한가운데에는 자그마한 파란 보석이 마치 눈 모양으로 박혀 있었다. 그리고 직선이 한가운데를 관통했다. 아름답고 묘한 물건이었다…….

셀레이나는 태피스트리를 바라보았다. 그 너머의 돌문이 약간 열려 있었다.

침대에서 뛰다시피 일어났다가 따악 소리가 날 정도로 세게 어깨로 돌벽을 들이받았다. 어깨가 아팠지만 그대로 돌문으로 달려가 바짝 당겨 닫았다. 저 아래 뭐가 있든 이 방으로 기어 올라오지 못하게 해야 했다. 엘레나가 다시 나타나는 걸 막기 위해서이기도 했다.

숨을 헐떡이며 뒤로 물러나 태피스트리를 살폈다. 나무 상자 뒤로 쑤셔 넣어둔 부분이 펴지면서 여자의 형상이 나타났다. 그게 엘레나 왕비라는 걸 알자 셀레이나는 깜짝 놀랐다. 태피스트리 속 왕비는 문이 있는 자리에 있었다. 영리한 표식이었다.

벽난로에 장작 몇 개를 던져 넣고 재빨리 잠옷으로 갈아입었다. 임시로 만든 칼을 손에 쥐고 침대로 올라갔다. 부적은 아까 두었던 자리에 그대로 있었다. *이게 너를 보호해줄 거야…….*

다시 문 쪽을 힐끗 살폈다. 비명이나 울부짖음은 없었다. 조금 전 일어난 일의 흔적은 전혀 보이지 않았다. 하지만……

셀레이나는 욕을 하면서도 부적 목걸이를 얼른 목에 걸었다. 부적은 가볍고 따뜻했다. 이불을 턱까지 끌어당겨 덮고 눈을 감은 채 잠이 오길 기다렸다. 어쩌면 날카로운 발톱이 달린 손이 그녀를 확 낚아채 목을 잘라버릴지도 몰랐다. 그게 꿈도 아니고…… 환각도 아니라면…….

목걸이를 손으로 꼭 잡았다. 왕의 챔피언이 되는 건…… 가능한 일이었다. 어차피 *그러려고* 했다. 그런데 엘레나의 의도는 무엇이었을까? 엘레나는 많은 사람의 고통을 이해하는 왕의 챔피언이 필요하다고 했다. 그렇게만 들으면 단순한 얘기 같았다. 그런데 어째서 *엘레나*는 셀레이나에게 그런 얘기를 했을까? 그 얘기는 성안에 도사리고 있는 악한 존재를 찾아내 없애라는 첫 번째 명령과 무슨 관계가 있는 걸까?

셀레이나는 안정적으로 숨을 들이마시며 베개에 더 깊게 파고들었다. 삼후인 날에 비밀의 문을 열다니 멍청한 짓을 했다! 일이 이렇게 되어 버린 건 그녀가 자초한 것일까? 눈을 뜨고 태피스트리를 바라보았다.

　이 성에 악한 존재가 살고 있으니…… 그걸 없애라……

　안 그래도 걱정할 게 많지 않나? 엘레나의 두 번째 명령은 어차피 해낼 것이다…… 그런데 첫 번째 명령을 수행하다가는 말썽이 날 수 있었다. 셀레이나가 아무 때나 성안 어디로든 돌아다닐 수 있는 것도 아니었다!

　그래도 그렇게 위험한 존재가 있다면, 그녀의 목숨만 위험한 게 아닐 터였다. 어둠의 존재가 케인과 페링턴, 아달렌 왕, 칼테인 롬피에를 처리해준다면 더없이 기쁘겠지만, 네히미아나 케이올, 도리언이 해를 입게 된다면…….

　떨리는 숨을 들이마셨다. 무덤에 다시 들어가 단서를 찾아볼 수는 있을 것이다. 엘레나의 목적이 무엇인지 알아낼 수 있을 지도 몰랐다. 아무것도 못 알아낸다고 해도…… 시도는 해볼 생각이었다.

　장미 향을 풍기는 환상 같은 바람이 그녀의 방 안으로 흘러 들어왔다. 한참 후에야 셀레이나는 불안한 잠에 빠져들었다.

26

 침실 문이 벌컥 열렸다. 셀레이나는 손에 초를 들고 곧장 일어섰다.
 케이올이 그녀의 눈치도 보지 않고 입을 꾹 다문 채 방 안으로 성큼성큼 걸어 들어왔다. 끄응 소리를 내며 도로 침대에 누운 셀레이나는 이불을 다시 덮으며 투덜거렸다.
 "당신은 잠도 안 자요? 새벽까지 파티를 즐기고 있었나 보네요."
 그는 칼에 손을 올린 채 담요를 젖히고 그녀의 팔을 잡아 침대 밖으로 끌어냈다.
 "어젯밤에 어디에 있었어?"
 셀레이나는 목을 조이는 두려움을 떨치려 애썼다. 그가 무덤으로 가는 통로에 대해 알 리 없었다. 셀레이나는 그에게 미소를 지어 보였다.
 "당연히 여기 있었죠. 당신이 나한테 이걸 주려고 방에 왔었잖아요?"
 셀레이나는 그에게 붙잡힌 팔을 빼내 그의 코앞에 대고 자수정 반지를 낀 손가락을 흔들었다.

"그건 겨우 몇 분이었어. 나머지 밤 시간 동안 어디 있었어?"

그는 셀레이나의 얼굴과 손, 나머지 몸을 차례로 살펴보았다. 셀레이나는 뒤로 물러서지 않고 가만히 서 있었다. 그가 살펴보는 동안 셀레이나도 그를 똑같이 봐주었다. 그의 검은 튜닉은 맨 위 단추가 잠겨 있지 않았고 약간 구겨져 있었다. 짧은 머리카락은 헝클어져 빗질이 필요해 보였다. 어째서인지 몰라도 그는 급하게 이 방으로 달려온 듯했다.

"대체 무슨 일인데 그래요? 오늘 아침에 시험이 있지 않아요?"

셀레이나는 대답을 기다리며 손톱을 이리저리 후벼팠다.

"취소됐어. 오늘 아침에 전사 하나가 죽은 채로 발견됐어. 멜리산드의 도둑 재비어야."

셀레이나는 그를 힐끗 쳐다보고는 다시 손톱을 내려다보며 중얼거렸다.

"내가 한 짓이라고 생각해요?"

"당신이 한 짓이 아니길 바래. 시체가 절반쯤 먹힌 상태거든."

"먹혔다니!" 셀레이나는 코를 찡그렸다. 그녀는 두 손으로 몸을 지탱하며 침대에 책상다리로 앉아 있었다. "너무 끔찍하네요. 케인이 한 짓이겠죠. 그런 짓을 하고도 남을 만큼 짐승 같은 놈이잖아요."

뱃속이 조여드는 것 같았다. 전사가 또 살해당하다니. 엘레나가 말한 악한 존재와 관련이 있을까? 조사 결과, 눈알을 먹는 자와 두 전사의 죽음은 단순한 사고나 술에 취해 일어난 싸움 때문이 아닌 것으로 나왔다. 이건 반복되는 살인이었다.

케이올은 코로 한숨을 쉬었다.

"살인 사건이 벌어졌는데 농담할 여유가 있다니 다행이네."

셀레이나는 그에게 웃음 지었다.

"케인이 한 짓일 가능성이 *제일* 높다니까요. 당신은 아니엘 출신이니 화이트팽 산 사람들이 어떤지 누구보다 잘 알잖아요."

그는 손으로 짧은 머리카락을 쓸어 넘겼다.

"함부로 의심하지 마. 케인이 짐승 같은 자이기는 해도 페링턴 공작의 챔피언이야."

"난 왕세자의 챔피언이에요!" 셀레이나는 머리카락을 어깨 너머로 휙 넘겼다. "누구든 의심할 수 있다는 뜻이죠."

"솔직히 말해. 어젯밤에 어디 갔었어?"

셀레이나는 허리를 펴고 금색 섞인 그의 갈색 눈을 빤히 바라보았다.

"내 방을 지키는 경비병들이 증언해주겠지만 밤 동안 쭉 여기 있었어요. 왕께서 내 행방을 물으시면 난 당신이 내 보증인이라고 말할 거예요."

케이올은 그녀의 손가락에 끼워진 자수정 반지를 힐끗 보았다. 그의 뺨이 살짝 붉어지는 걸 본 셀레이나는 미소를 감췄다.

"오늘 나랑 훈련을 안 해도 된다는 소식을 들으면 당신은 더 기뻐할 것 같군."

셀레이나는 환하게 웃다가 하품하며 담요 밑으로 들어가서 베개에 머리를 묻었다.

"아주 좋네요." 그녀는 담요를 턱까지 끌어 올리고 그에게 애교 있게 속눈썹을 깜박거렸다. "그만 나가주세요. 앞으로 다섯 시간은 더 자야겠어요."

거짓말이었지만 그는 믿은 것 같았다.

셀레이나는 그의 매서운 눈빛을 마주 보지 않고 그대로 눈을 감았다. 케이올이 방에서 나가는 발소리를 들으며 조용히 미소 지었다. 그가 숙소 문을 쾅 닫은 후에야 셀레이나는 일어나 앉았다.

전사가 먹혔다고?

어젯밤 꿈에…… 아니, 그건 꿈이 아니라 현실이었다. 괴상한 소리를 내던 존재들이 있었는데…… 재비어가 그 존재들 중 하나에게 살해당했을까? 그 존재들은 무덤 안에 있었다. 아무에게도 들키지 않고 성안 복도를 휘젓고 다니지는 못했을 것이다. 누군가 재비어의 시체를 발견하기 전 어떤 야생 동물이 시체에 달려들었겠지. 몹시 배가 고팠던 야생 동물.

그녀는 다시 몸서리를 치다가 담요 밖으로 나갔다. 몇 가지 무기를 더 만들어둬야 했다. 이 방의 창문과 방문의 자물쇠도 더 강화할 필요가 있었다.

방어 무기를 준비하면서 셀레이나는 전혀 걱정할 필요 없는 일이라고 마음을 다잡았다. 자유롭게 쓸 수 있는 시간이 몇 시간 남아 있었다. 무기로 쓸 만한 것들을 최대한 챙긴 그녀는 침실 문을 잠그고 무덤 안으로 들어갔다.

셀레이나는 길쭉한 무덤 안을 서성이며 투덜거렸다. 이곳에는 엘레나의 동기가 무엇인지, 불가사의하고 악한 존재의 정체가 무엇인지 알아낼 만한 단서가 없었다. 전혀.

낮이라 햇빛 한 줄기가 이 무덤 안으로 비쳤다. 셀레이나가 휘저어놓은 먼지들이 눈처럼 떨어져 내렸다. 성 아래 깊숙한 곳까지 어떻게 빛이 닿을 수 있을까? 셀레이나는 천장의 격자 아래 서서, 그리로 흘러드는 빛을 올려다보았다.

그 수직 통로의 측면이 반짝였다. 자세히 보니 온통 금이었다. 여기까지 햇빛이 반사되도록 할 정도면 꽤 많은 금일 것이다.

셀레이나는 두 개의 석관 사이를 서성였다. 임시로 만든 무기 세 개를 가져왔는데, 어젯밤에 들은 그르렁대는 소리, 날카로운 울음소리는 전혀 들리지 않았다. 엘레나의 흔적도 없었다.

엘레나의 석관 옆에 섰다.

석관의 엘레나 조각상이 쓴 돌 왕관의 파란 보석이 흐릿한 햇빛을 받아 빛났다.

"나한테 그런 얘기를 한 목적이 뭐예요?" 정교하게 조각된 벽에 셀레이나의 목소리가 울려 퍼졌다. "천 년 동안이나 죽어 있었잖아요. 왜 아직도 에렐리아를 신경 쓰고 있어요?"

도리언이나 케이올, 네히미아 같은 사람에게 그 일을 맡기지 않는 이유는 뭐지?

셀레이나는 왕비의 앙증맞은 코를 손가락으로 두드리며 물었다.

"사람들은 당신이 사후 세계에서 더 의미 있는 일을 하는 줄 알 거예요."

웃으려고 했지만 목소리가 바라는 것보다 작게 나왔다.

이만 가야 했다. 침실 문을 잠가두긴 했지만 누가 그녀를 만나러 올 수도 있었다. 아달렌 최초의 왕비가 아주 중요한 일을 맡겼기 때문에 방을 잠시 비웠다고 말해봤자 믿어주지 않을 것이다. 반역죄나 마법 사용죄로 고발당하지 않으면 다행일 거란 생각을 하며 인상을 찌푸렸다. 그렇게 되면 분명 엔도비어로 돌아가게 될 것이다.

무덤을 한 번 더 둘러본 후 그곳을 나섰다. 이곳에는 쓸 만한 게 없었다. 엘레나는 셀레이나가 왕의 챔피언이 되길 간절히 바라는데, 여기서 악의 정체를 밝히려 시간을 쏟고 있으면 안 될 것 같았다. 그랬다간 시합에서 승리할 가능성이 줄어들 수도 있었다. 서둘러 계단을 올라가는데 손에 든 횃불이 벽에 괴상한 그림자를 드리웠다. 악한 존재가 엘레나의 말처럼 그렇게 위협적이라면 과연 셀레이나가 그걸 무찌를 수 있을까?

사악한 무언가가 이 성에 살고 있다는 것 자체는 별로 두려울 게 없었다.

그랬다. 전혀 그럴 필요 없었다. 셀레이나는 코로 숨을 훅 내쉬었다. 왕의 챔피언이 되는 것에 집중해야 했다. 그리고 승리를 거머쥔 후에 이 악한 존재를 찾아 나서면 되지 않을까.

아마 그럴 것이다.

한 시간 후 양옆에 경비병들을 대동한 셀레이나는 턱을 치켜들고 도서관을 향해 복도를 걸어갔다. 그녀는 지나가는 길에 보이는 젊은 기사들에게 미소를 날렸다. 분홍색과 하얀색 드레스를 입은 그녀를 눈여겨보는 젊은 여자들에게는 뽐내며 웃어주었다. 그녀들 잘못이 아니었다. 이 드레스가 워낙 대단했다. 그 드레스를 입은 셀레이나도 마찬가지였다. 그녀의 숙소 앞에 배치된 여러 경비병 중 잘생긴 축에 속하는 레스도 그렇게 말했다. 당연한 얘기지만 도서관까지 호위해달라고 레스를 설득한 건 그리 어려운 일도 아니었다.

지나가던 귀족 남자가 그녀를 보더니 눈썹을 치켜올렸고 셀레이나는 그에게 고개를 끄덕여 인사한 후 의기양양한 미소를 지었다. 그 남자는 낯빛이 무척 창백했는데 그 남자가 무어라 말하려 했지만 셀레이나는 듣지 않고 그대로 복도를 걸어갔다. 모퉁이에 가까워지자 남자들이 웅성거리는 소리가 돌벽과 바닥에 메아리쳤고 셀레이나는 발걸음을 재촉했다.

레스가 혀를 차며 경고했지만 셀레이나는 들은 척도 않고 모퉁이를 돌아갔다. 냄새만으로도 무슨 일이 벌어졌는지 알 수 있었다. 피 냄새, 썩은 살 냄새가 진동했다.

눈앞에는 예상 못한 광경이 펼쳐져 있었다. 재비어의 여윈 몸뚱이에서 남은 부위를 놓고 '반쯤 먹혔다'는 것은 그나마 덜 심한 표현이었다.

셀레이나를 호위하던 경비병 하나가 나지막하게 욕을 뱉었다. 레스가 다가와 셀레이나의 등에 가볍게 손을 얹으며 계속 걸어가라고 재촉했다. 그 자리에 모여선 남자들은 사건 현장 옆을 스치듯 지나가는 그녀에게 눈길조차 주지 않았다. 덕분에 그녀는 시신을 잘 볼 수 있었다.

재비어의 가슴이 열려 있었고 그 안의 주요 장기가 사라졌다. 누군가 시신을 발견하고 장기를 가져간 흔적은 남아 있지 않았다. 피부가 벗겨진 그의 길쭉한 얼굴은 소리 없는 비명을 지르며 뒤틀린 상태였다.

우발적인 살인이 아니었다. 재비어의 정수리에 구멍이 뚫려 있었는데 셀레이나는 그의 뇌도 없어졌음을 알 수 있었다. 벽에 묻은 핏자국을 보니 누군가 피로 글씨를 쓰다가 문질러 지운 것 같았다. 그래도 글자 몇 개는 남아 있었다. 그게 워드 문자임을 알아챈 셀레이나는 놀란 티를 내지 않으려 애썼다. 워드 문자 세 개가 아치형 선의 일부를 이루고 있었는데, 시신 근처에 원형으로 문자들이 배치되어 있었던 것 같았다.

"맙소사."

범죄 현장에 모인 사람들을 뒤로하고 걸어가는데 셀레이나의 경비병 중 하나가 나지막하게 말했다.

오늘 아침 케이올이 그렇게 단정하지 못한 모습이었던 게 이해가 됐다! 셀레이나는 허리를 폈다. 그는 *그녀가* 한 짓이라고 생각했던 건가? 멍청하기는. 셀레이나가 경쟁자들을 한 명씩 제거하고 싶었으면 신속하고 깔끔하게 처리했을 것이다. 목을 베거나 칼로 심장을 찌르거나 와인 잔에 독을 타는 방식으로. 이런 식의 살인은 품위라곤 없는 짓거리였다. 기묘하기도 했다. 워드 문자까지 있는 걸 보니 단순히 참혹하기만 한 살인 사건은 아닐 듯했다. 어쩌면 종교적인 의미가 있는 의식적인 살인일지도 몰랐다.

맞은편에서 누군가 다가왔다. 잔인한 살인자 그레이브였다. 그는 멀찌감치 서서 시신을 바라보고 있었다. 숲속 연못처럼 어둡고 정적인 그의 눈이 셀레이나의 눈을 마주 보았다. 셀레이나는 그의 썩은 이빨을 무시하고 재비어의 남은 잔해를 턱으로 가리키며 일부러 담담하게 말했다.

"안 됐지 뭐야."

그레이브는 울퉁불퉁한 손가락을 낡고 지저분한 바지 주머니에 쑤셔 넣으며 빙긋 웃었다. 그레이브의 후원자는 그레이브에게 제대로 된 옷도 지급 안 해주는 건가? *하긴 더럽고 멍청한 후원자이니 저런 자를 자기 챔피언으로 삼았겠지.*

"불쌍해 죽겠네."

그레이브는 앞으로 지나가는 셀레이나에게 어깨를 으쓱하며 말했다.

셀레이나는 고개를 짧게 끄덕이고 입을 꾹 다문 채 복도를 지나갔다. 이제 남은 참가자는 열여섯 명뿐이었다. 그중 네 명이 결투를 벌이게 될 것이다. 시합이 점점 격해지고 있었다. 어떤 잔혹한 신이 재비어의 목숨을 거뒀든 지금으로서는 감사하는 게 마땅할 테지만 어째서인지 셀레이나는 그런 마음이 들지 않았다.

케이올이 공격을 쉽게 피하며 칼을 쳐내자 도리언은 투덜거리며 칼을 휘둘렀다. 몇 주만의 연습이라 그런지 근육이 쑤셨고, 칼을 앞으로 뻗을 때마다 숨이 몹시 가빴다.

"게으름을 피웠으니 이 모양인 겁니다."

케이올은 웃으며 옆으로 비켜섰고 도리언은 앞으로 몸이 확 기울었다. 둘의 실력이 비슷했던 때도 있었다. 아주 오래전에는 그랬다. 도리언은 검술을 즐기기는 했지만 그 후 책을 더 좋아하게 됐다.

"난 회의에도 참석해야 했고 중요한 자료도 읽어야 했어."

도리언은 숨을 몰아쉬며 앞으로 돌진했다.

케이올은 이번에도 쓱 피하는 척하다가 앞으로 칼을 뻗어 도리언이 뒤로 물러서게 만들었다. 도리언은 열이 확 올랐다.

"회의는 전하가 페링턴 공작과 언쟁을 시작하기 위한 핑계에 불과하겠죠." 도리언이 칼을 크게 휘두르자 케이올이 방어했다. "아니면 한밤중에 사르도시엔의 방을 찾아가느라 너무 바쁘셨든가요." 케이올의 이마에서 땀이 뚝뚝 떨어졌다. "대체 얼마나 오랫동안 그 방을 들락거리신 겁니까?"

케이올이 공격에 나서자 도리언은 끄응 소리를 내며 한 발 한 발 물러섰다. 허벅지가 아팠다. 도리언은 이를 악물며 말했다.

"자네가 생각하는 그런 거 아니야. 난 그 여자와 밤을 보내지 않아. 어젯밤을 제외하고 그 여자를 찾아간 건 딱 한 번뿐이었어. 그나마도 그 여자는 다정하게 대해주지 않았으니 걱정 마."

"적어도 둘 중 하나는 상식이라는 게 있네요." 케이올이 정확하게 칼을 휘두르는 걸 보며 도리언은 감탄할 수밖에 없었다. "전하는 확실히 제정신이 아니고요."

"그러는 자네는? 어젯밤에 *자네*도 그 여자 방을 찾아왔잖아. 또 다른 전사가 죽은 바로 그 밤에 말이지?"

도리언이 속임수 동작을 취했지만 케이올은 속아 넘어가지 않았다. 케이올이 강하게 타격을 가하자 도리언은 한 걸음 물러나면서 휘청대다 넘어지지 않으려 안간힘을 썼다. 케이올의 눈에 번뜩이는 분노를 보고 도리언은 인상을 썼다.

"그래, 반칙이긴 했어." 도리언은 칼을 들어 올려 공격을 막아내며 덧붙였다. "그래도 대답을 들어야겠어."

"딱히 할 말이 없습니다. 말씀하신 것처럼, 생각하시는 것과는 다릅니다."

케이올은 갈색 눈을 번뜩였다. 도리언이 반박하기 전에 케이올은 거친 숨을 몰아쉬며 화제를 돌렸다.

"궁정은 어떻습니까?"

도리언은 움찔했다.

그가 여기 와 있는 이유가 바로 궁정 상황 때문이었다. 어머니의 궁정에 더 앉아 있다가는 정신이 나갈 것 같았다.

"그 정도로 안 좋았어요?"

"닥쳐." 도리언은 으르렁거리며 케이올의 칼을 받아쳤다.

"오늘 특히 더 피곤하셨겠습니다. 성안을 돌아다니는 살인자한테서 자기를 보호해달라고 여자들이 전하한테 죄다 매달렸을 테니까요."

케이올의 입은 웃었지만 눈은 웃고 있지 않았다. 성안에서 또 시체가 발견된 마당에 시간을 내서 도리언과 대련을 하는 것은 케이올 입장에서 상당한 희생이었다. 도리언은 케이올에게 근위대장이라는 직책이 얼마나 큰 의미인지 잘 알고 있었다.

도리언은 돌연 동작을 멈추고 허리를 폈다. 케이올은 지금 더 중요한 일을 처리해야 할 상황이었다.

"이만하면 충분해."

도리언이 양날검을 칼집에 넣자 케이올도 똑같이 했다.

그들은 조용히 대련실을 나섰다.

"폐하에게 소식 온 거 있습니까?" 케이올은 뭔가 잘못됐음을 아는 것 같은 목소리였다. "어디로 가신 건지 궁금하네요."

도리언은 호흡을 고르며 길게 숨을 내쉬었다.

"없어. 그리고 난 아는 게 없어. 어렸을 때도 아버지가 이런 식으로 궁전을 떠났던 기억이 나. 수년간 이런 적이 없으셨는데. 지독하게 나쁜 일을 또 꾸미시는 거겠지."

"말조심하세요, 도리언."

"조심 안 하면 어쩔 건데? 날 지하 감옥에 넣을 거야?"

날카롭게 말하려던 건 아니었다. 전날 밤에 잠을 거의 못 잔 데다가 전사가 또 죽어 나갔으니 기분이 좋지 않았다. 케이올이 응수하지 않자 도리언이 물었다.

"누군가 전사들을 싹 다 죽이려는 것 같아?"

"어쩌면요. 경쟁자를 죽이고 싶을 수는 있겠는데, 그렇게 잔인하게 죽이는 건 좀...... 이런 일이 또 일어나지 않길 바라야죠."

도리언은 피가 살짝 얼어붙는 느낌이었다.

"그들이 셀레이나를 죽이려고 할까?"

"셀레이나의 방 주변에 경비병들을 추가로 배치해뒀습니다."

"그 여자를 지키려고 아니면 방에 가둬놓으려고?"

그들은 복도의 갈림길에서 걸음을 멈췄다. 그곳에서 각자의 방으로 따로 가게 되어 있었다. 케이올이 나지막하게 대답했다.

"차이가 있을까요? 전하는 어느 쪽이든 상관없으실 것 같네요. 제가 뭐라고 말하든 그 여자 방을 찾아가실 테고, 왕세자이시니 경비병들은 막아서지 못하겠죠."

쓸쓸한 패배감이 깔려 있어서 도리언은 잠시 마음이 좋지 않았다. 케이올은 걱정할 게 많은 사람인데, 그런 케이올을 생각하면 도리언은 셀레이나를 멀리하는 게 옳은 처신이었다. 하지만 어머니가 만든 신붓감 명단을 생각하면 도리언도 만만찮게 걱정할 게 많았다.

"저는 재비어의 시신을 다시 조사해야겠습니다. 홀에서 저녁 식사 때 뵙겠습니다."

케이올은 이렇게 말하고는 자기 방 쪽으로 걸어갔다. 도리언은 그의 뒷모습을 바라보았다. 숙소로 쓰는 탑으로 돌아가는 길이 너무 길게 느껴졌다. 도리언은 나무문을 열고 방으로 들어가 옷을 벗으며 욕실로 향했다. 도리언은 이 탑 전체를 숙소로 쓰고 있었지만 실제로 사용하는 건 위층 방뿐이었다. 모두를 피해 숨어 있을 수 있는 그의 안식처가 오늘은 공허하게 느껴졌다.

27

 그날 오후 느지막한 시간에 셀레이나는 새까만 시계탑을 바라보고 서 있었다. 그 탑은 저물어가는 태양의 빛을 흡수라도 하듯 날이 갈수록 색깔이 어두워졌다. 시계탑 꼭대기에는 가고일 석상들이 앉아 있었다. 가고일들은 움직임이 없었다. 손가락 하나 까딱하지 않았다. 엘레나는 저들을 수호자라고 불렀다. 무엇을 수호한다는 것일까? 엘레나는 그들이 두려워 가까이 가지 못했다. 악한 존재가 그들이라면 엘레나는 숨기지 않고 그렇다고 말했을 것이다. 지금 당장 그 악한 존재를 찾아 나설 수는 없었다. 그랬다가는 상당히 곤란해질 것이다. 왕의 챔피언이 되기도 전에 죽임을 당할 수도 있었다.
 대체 왜 엘레나는 모든 것을 애매하게 말해야 했을까?
 옆에서 네히미아가 말했다.
 "저 못생긴 것들을 왜 그렇게 골똘히 쳐다보고 있어요?"
 셀레이나는 공주를 돌아보며 물었다.
 "저것들이 움직이는 것 같아요?"
 "석상이잖아요, 릴리언."

공주는 공용어로 말했는데 전보다 이일웨이어 억양이 덜 배어 있었다.

셀레이나는 미소를 지었다.

"아! 방금 발음이 아주 좋았어요! 수업을 한 번 했을 뿐인데 벌써 이렇게 잘하다니 놀랍네요!"

안타깝게도 셀레이나의 이일웨이어는 그다지 나아지지 않았다.

네히미아가 환하게 웃으며 이일웨이어로 말했다.

"석상들이 사악해 보이기는 하네요."

"워드 문자가 별로 도움이 안 되는 것 같아요."

워드 문자는 셀레이나의 발밑에도 있었다. 그녀는 다른 워드 문자들을 둘러보았다. 총 열두 개의 워드 문자들이 이 탑을 중심으로 큰 원을 그리며 배치되었다. 어떤 의미인지는 짐작도 할 수 없었다. 재비어의 시신이 있던 장소에서 본 워드 문자 세 개와 일치하는 것은 없었지만 분명 연관이 있을 것이다. 셀레이나는 친구가 된 네히미아에게 물었다.

"정말 이 문자들의 의미를 몰라요?"

"몰라요." 네히미아는 짧게 대답하고는 안뜰을 둘러싼 생울타리 쪽으로 걸어갔다. "알려고 애쓰지 말아요." 그녀는 어깨 너머로 덧붙였다. "좋을 거 하나 없어요."

셀레이나는 외투를 당겨 여미며 네히미아의 뒤를 따라갔다. 며칠 안으로 눈이 내리기 시작하고 율레마스가 가까워지면 마지막 결투를 치르게 될 것이다. 그때까지 두 달 정도 남았다. 망토 안의 온기를 느끼며 엔도비어에서 보낸 혹독한 겨울을 떠올렸다. 룬 산지의 그림자 속에서 사는 사람에게 겨울은 너무나도 가혹했다. 그곳에서 살면서 동상에 걸리지 않은 게 기적이었다. 다시 엔도비어로 돌아가 겨울을 맞게 된다면 아마 죽지 않을까.
 셀레이나가 옆으로 다가가 팔에 손을 얹자 네히미아가 말했다.
 "걱정이 있어 보여요."
 "괜찮아요." 셀레이나는 네히미아를 위해 웃으며 이일웨이어로 말했다. "겨울이 싫어서 그래요."
 "난 눈을 본 적이 없어요." 네히미아는 하늘을 바라보았다. "색다른 풍경을 본 감회가 얼마나 오래 갈지 궁금하네요."
 "그동안은 외풍이 숭숭 드는 복도와 얼어붙게 추운 아침, 햇볕이 내리쬐지 않는 낮에도 신경을 덜 쓰지 않을까요."
 네히미아가 웃었다.
 "나중에 이일웨이로 돌아갈 때 나랑 같이 가요. 이일웨이의 지독한 여름을 경험해 보라고요. 그래야 얼어붙게 추운 아침과 햇볕이 내리쬐지 않는 낮에 감사하게 될 거예요."
 뜨겁게 달궈진 붉은 사막에서 끔찍하게 더운 여름을 보낸 적이 있었다. 하지만 네히미아에게 그런 얘기를 했다간 대답하기 곤란한 질문만 받게 될 것이다.
 "저도 이일웨이에 꼭 가보고 싶어요."
 네히미아는 셀레이나의 이마를 잠시 바라보다가 웃으며 말했다.
 "그렇게 될 거예요."
 셀레이나는 눈을 빛내며 고개를 젖혔다. 그리고 높이 솟아 있는 성을 바라보며 말했다.
 "케이올이 살인 사건 현장을 다 정리했으려나 모르겠네요."
 "경비병들에게 남자가…… 아주 끔찍하게 살해당했다는 얘기를 들었어요."
 "그 정도면 상당히 곱게 말한 거네요."

저물어가는 햇살에 유리 성이 황금색과 붉은색, 파란색으로 변하는 모습을 바라보며 셀레이나는 나지막하게 말했다. 쓸데없이 호사스러운 유리 성이지만 가끔은 이렇게 아름답게 보인다는 걸 인정할 수밖에 없었다.

"시체를 봤어요? 내 경비병들은 그쪽에서 막아서 가까이 못 갔어요."

셀레이나는 천천히 고개를 끄덕였다.

"자세한 건 모르는 편이 나을 거예요."

"말해줘 봐요."

네히미아가 굳은 얼굴에 애써 미소를 지으며 재촉했다.

셀레이나는 한쪽 눈썹을 치켜떴다.

"음…… 사방에 피가 발라져 있었어요. 벽에도, 바닥에도."

"발라져 있었다고요?" 네히미아가 목소리를 확 낮췄다. "튀어 있던 게 아니고요?"

"그런 것 같아요. 마치 누가 피를 문질러 놓은 것처럼 보였어요. 피로 쓴 워드 문자도 몇 개 보였는데 대부분 지워져 있었고요." 그 장면이 떠오르자 셀레이나는 고개를 절레절레 흔들었다. "그 남자의 시신에서 주요 장기가 없어진 상태였어요. 누가 목에서부터 배꼽까지 쭉 갈라놓은 것처럼요……. 미안해요. 속이 안 좋아 보여요. 말하지 말 걸 그랬어요."

"아뇨. 계속해요. 또 어떤 부분이 없어졌어요?"

셀레이나는 잠시 머뭇거리다가 대답했다.

"뇌요. 누가 정수리에 구멍을 뚫은 흔적이 있고 뇌가 사라졌어요. 얼굴 피부가 다 뜯겼고요."

네히미아는 앞에 있는 척박한 덤불을 바라보며 고개를 끄덕이더니 아랫입술을 잘근잘근 씹었다. 셀레이나는 공주가 길고 하얀 드레스 옆 자락을 손가락으로 감았다 폈다 하는 모습을 눈여겨보았다. 싸늘한 바람이 그들을 스치고 지나가면서 네히미아의 곱게 땋은 머리가 일부 흔들렸다. 땋은 머리에 꽂은 금 장식이 부드럽게 딸그랑거렸다.

"죄송해요. 괜한 말을 해서……"

뒤에서 발소리가 들려 셀레이나는 돌아보았다. 남자의 목소리가 말했다.

"요것 봐라."

케인이 가까이 다가와 서자 셀레이나는 긴장했다. 뒤쪽의 시계탑 그늘에 그의 몸이 절반쯤 가려져 있었다. 케인 옆에 있는 남자는 곱슬머리의 떠버리 도둑 베린이었다. 셀레이나가 물었다.

"왜 시비야?"

케인의 황갈색 얼굴이 비딱해지며 비웃음이 흘렀다. 어째서인지 그는 전보다 덩치가 커진 느낌이었다. 어쩌면 눈의 착각일 수도 있었다.

"숙녀인 척을 한다고 해서 네가 숙녀가 되는 건 아니야."

셀레이나는 네히미아를 힐끗 보았다. 공주는 눈을 가늘게 뜬 채로 케인을 바라보고 있었다. 공주의 입술이 묘하게 벌어져 있었다.

케인은 거기서 그치지 않고 네히미아에게 시선을 돌렸다. 그는 입술을 말아 올려 번득이는 하얀 이를 드러냈다.

"왕관을 쓰고 있다고 진짜 공주가 아닌 것처럼…… 더는 공주가 아니란 말이지."

셀레이나는 그에게 한발 다가서며 경고했다.

"멍청한 입 닥치지 않으면 주먹으로 이빨을 쳐서 목구멍 안에 박아줄 수도 있어."

케인은 날카롭게 웃음을 터뜨렸고 베린도 덩달아 웃었다. 도둑 베린이 슬그머니 그들 뒤로 돌아가자 셀레이나는 이들이 진짜 여기서 싸움을 걸려는 수작인가 싶어 허리를 세웠다. 케인이 말했다.

"왕세자의 작은 애완견이 왈왈 잘도 짖어대는구만. 송곳니는 있을까 몰라."

네히미아의 손이 셀레이나의 어깨를 짚었다. 셀레이나는 그에게 한 걸음 더 나아가며 공주의 손을 떨쳐냈다. 케인의 입김이 얼굴에 닿을 정도로 바짝 다가섰다. 성안에서 경비병들은 자기네끼리 떠들면서 어정거리고 있었다.

"내 송곳니가 네 목에 박히면 알게 되겠지."

"지금 해보지 왜?" 케인이 속삭였다. "어서…… 쳐 봐. 일부러 과녁의 중심을 안 맞추려고 애쓸 때마다, 나보다 빨리 성벽을 타고 올라가지 않으려고 일부러 속도를 늦출 때마다 분노가 차오르잖아. 어서 쳐, 릴리언." 그는 그녀의 귀에만 들릴 정도로 목소리를 낮췄다. "엔도비어에서 살면서 뭘 배웠는지 어디 보자고."

셀레이나의 심장이 빠르게 뛰었다. 이자는 알고 있었다. 셀레이나가 누구이며, 무슨 일을 하는지 아는 것이다. 셀레이나는 네히미아를 감히 돌아볼 수도 없었다. 네히미아의 공용어 실력이 별로라서 이 대화의 내용을 알아듣지 못하길 바랄 뿐이었다. 베린은 여전히 뒤에서 그들을 지켜보았다.

"네 후원자만 자기 선수를 이기게 만들고 싶어 하는 줄 알아? 네 정체를 아는 게 왕세자와 근위대장뿐일까?"

셀레이나는 주먹을 부르쥐었다. 주먹질 두 번이면 이 자는 숨을 헐떡이며 나동그라질 것이다. 그리고 한 번 더 주먹을 날려 베린까지 나란히 쓰러뜨릴 수 있었다.

네히미아가 셀레이나의 손을 잡고 공용어로 말했다.

"릴리언, 우린 할 일이 있잖아요. 그만 가요."

그러자 케인이 이죽거렸다.

"그래. 애완견처럼 이 여자 뒤나 따라가."

셀레이나의 손이 떨렸다. 지금 케인을 치면…… 주먹질하면, 이 자리에서 싸움에 휘말려 경비병들이 그들을 강제로 떼어놓고 나면, 케이올은 셀레이나가 네히미아를 다시는 못 만나게 할 것이다. 훈련이 끝난 후 방에서 나가지도 못하고, 녹스와 늦게까지 연습도 할 수 없게 될 것이다. 셀레이나는 미소를 지으며 어깨에 힘을 풀고 밝게 말했다.

"주둥이 닥쳐, 케인."

케인과 베린이 소리 내어 웃었다. 셀레이나는 네히미아와 함께 그 자리를 떠났다. 공주는 셀레이나의 손을 꼭 잡아주었는데 두려움이나 분노 때문이 아니라, 이 상황을 이해하며…… 자기가 곁에 있다고 알려주기 위해서였다. 셀레이나도 네히미아의 손을 꼭 잡았다. 누군가 나서서 그녀를 보호해주려 한 게 참 오랜만이었다. 이제 이런 감정에 익숙해져야 할 것 같았다.

케이올과 도리언은 중이층의 그림자 속에 서서 아래를 내려다보고 있었다. 아래에서는 중앙에 놓인 훈련용 인형을 자객 셀레이나가 주먹으로 연신 치고 있었다. 셀레이나는 저녁 식사 후 몇 시간 동안 훈련을 하겠다고 케이올에게 전갈을 보냈다. 케이올은 도리언을 초대해 훈련 과정을 지켜보게 했다. 어쩌면 도리언이 *왜* 이 여자가 자기에게…… 그리고 모두에게 위험한 존재인지 깨달을 수 있을 것 같아서였다.

셀레이나는 씩씩대며 왼쪽―오른쪽―왼쪽―왼쪽―오른쪽 주먹을 연속으로 날렸다. 속에서 활활 타오르는 무언가를 끄집어내지 못해 저렇게라도 푸는 것 같았다.

왕세자가 나지막하게 말했다.

"전보다 강해진 것 같아. 체력이 돌아오게 만들다니 자네가 일을 잘해줬어."

셀레이나는 보이지 않는 상대의 공격을 피하듯 몸을 움직여가며 훈련용 인형에게 주먹을 날리고 발길질을 했다.

"케인을 상대로 싸우면 승산이 있을 것 같아?"

셀레이나는 허공으로 발을 뻗어 인형의 머리를 가격했다. 인형이 뒤로 격하게 젖혀졌다. 어지간한 남자도 기절시킬 만큼 강한 발길질이었다.

"결투 때 분노에 휩싸이지 않고 냉정하게 싸울 수만 있으면 가능할 겁니다. 하지만 성질이…… 거칠어요. 예측 불가능이고. 감정을 제어하는 방법을 익혀야 합니다. 도저히 화를 참을 수 없는 상황에서도 제어할 수 있어야겠죠."

사실이었다. 엔도비어 때문인지 아니면 자객 출신이라 그런 것인지 몰라도 저 완강한 분노 때문에 셀레이나는 자기 제어가 되지 않았다.

"저놈은 누구지?"

녹스가 방으로 들어와 셀레이나에게 걸어가자 도리언이 곤두선 목소리로 물었다. 셀레이나는 연습을 멈추더니 천을 감은 손을 문지르고 눈가에 맺힌 땀을 닦아내면서 녹스에게 손을 흔들었다.

"녹스라고 퍼랜스의 도둑입니다. 조발 장관의 챔피언이에요."

녹스가 무어라 말하자 셀레이나가 싱긋 웃었다. 그러자 녹스도 소리 내 웃었다.
"셀레이나가 또 친구를 만들었어?" 셀레이나가 녹스에게 동작을 시연하자 도리언은 눈썹을 치켜떴다. "지금 저놈을 도와주는 거야?"
"매일 그렇습니다. 다른 전사들과 합동 훈련을 마친 후 늘 저렇게 둘이서 연습합니다."
"자네가 허락했어?"
도리언의 말투에 케이올은 기분이 좋지 않았지만 드러내지 않았다.
"더 못하게 하라고 하시면 그렇게 하겠습니다."
도리언은 잠시 그들을 바라보다가 말했다.
"아니. 그냥 같이 연습하게 둬. 다른 챔피언들이 워낙 거친 놈들이니 셀레이나도 동맹이 필요하겠지."
"그렇겠죠."
도리언은 발코니를 뒤로하고 그 너머 어둑한 홀로 들어갔다. 붉은 망토를 펄럭이며 걸어가는 왕세자의 뒷모습을 바라보는 케이올의 입에서 한숨이 나왔다. 왕세자가 질투하고 있음을 그는 알아챘다. 도리언은 영리하지만 셀레이나와 마찬가지로 감정을 숨기는 일에 서툴렀다. 어쩌면 왕세자를 여기로 데려온 게 애초 의도와는 다른 결과를 낳을 수도 있겠다 싶었다.
케이올은 무거워진 발걸음으로 왕세자를 따라갔다. 도리언이 그들 모두를 심각한 곤경에 빠뜨리지 않길 바라는 수밖에 없었다.

며칠 후 셀레이나는 의자에 앉아 뒤척이면서 묵직한 책의 파삭파삭하고 누런 페이지를 넘기고 있었다. 지금까지 읽어본 무수한 책들처럼 이 책에도 페이지마다 온갖 헛소리가 담겨 있었다. 하지만 재비어의 사건 현장도 그렇고 시계탑 근처에서도 워드 문자가 발견됐으니 조사해볼 가치는 충분할 것이다. 살인자가 무엇을 원하는지—무슨 이유로, 어떻게 살인을 저지르는지—를 좀 더 알아내면 좋을 것 같았다. 엘레나가 말한 불가사의하고 불가해한 악의 존재가 아니라, 실제로 어떤 위험한 존재인지 밝혀내고 싶었다. 물론 지금까지 알아낸 건 거의 없었다. 눈이 아파서 책에서 고개를 들고 한숨을 쉬었다. 도서관은 음울한 분위기였다. 케이올이 책장을 넘기는 소리를 제외하고는 사방이 고요했다.

"다 읽었어?"

케이올은 읽고 있던 소설을 덮으며 물었다. 셀레이나는 케인이 그녀의 정체를 알고 있더라는 것, 워드 문자와 살인이 연관되었을 가능성에 관해 케이올에게는 아직 말하지 않았다. 도서관 안에서는 시합이나 괴물에 관한 생각을 안 하고 싶었다. 여기서는 고요하고 차분한 분위기를 만끽하고 싶었다.

"아뇨."

셀레이나는 조그맣게 대답하고는 손가락으로 탁자를 톡톡 두드렸다.

"남는 시간을 진짜 여기서 이렇게 보낸단 말이야?" 그의 입술에 미소가 스쳤다. "이 사실이 다른 사람 귀에 들어가지 않길 바라야 할 거야…… 얘기가 퍼지면 당신 명성에 금이 갈 걸. 녹스도 당신을 버리고 케인한테 가겠지."

그는 속으로 웃으며 의자에 등을 기대고 다시 책을 펼쳤다. 셀레이나는 그를 잠시 조용히 바라보았다. 그녀가 진짜 뭘 조사하는지, 그 조사가 그에게 어떤 도움이 될지 알면 비웃음을 멈추지 않을까.

셀레이나는 의자에 앉은 채 허리를 쭉 펴고는 다리에 시퍼렇게 든 멍을 문질렀다. 케이올이 훈련 중에 나무 막대기로 일부러 후려쳐 생긴 상처였다. 셀레이나가 노려봤지만 그는 아랑곳 않고 책을 계속 읽었다.

훈련 중에 그는 무자비했다. 온갖 동작을 다 하게 만들었다. 물구나무서기, 칼로 저글링하기……. 셀레이나에게 그런 훈련은 새롭지도 않았고 기분이 좋지도 않았다. 그래도 그의 성미가 조금은 나아진 것도 같았다. 막대기로 그녀의 다리를 쳤을 때는 약간이지만 미안해하는 것 같기도 했다. 셀레이나는 어쩐지 그가 마음에 들었다.

보고 있던 묵직한 책을 탁 소리 나게 닫자 먼지가 풀썩 일어났다. 이 책에는 그녀가 찾는 내용이 없었다.

"왜 그래?"

그가 허리를 세우며 묻자 셀레이나가 투덜거렸다.

"아무것도 아니에요."

워드 문자의 의미는 무엇이고, 어디에서 비롯됐을까? 무엇보다, 왜 전에는 워드 문자라는 것에 관해 한 번도 못 들어봤을까? 워드 문자는 엘레나의 무덤에도 잔뜩 있었다. 잊힌 시대의 고대 종교의 표식이라면…… 그런 게 여기 왜 있을까? 범죄 현장에도 있었다! 분명 연관이 있을 것이다.

지금까지는 알아낸 게 별로 없었다. 어떤 책을 보니 워드 문자는 단순한 알파벳이었다. 그런데 이 책에 따르면, 워드 문자에는 문법이라는 게 존재하지 않았다. 모든 게 상징이라서 연결해 의미를 유추해야 했다. 게다가 주변의 문자에 따라 의미도 달라졌다. 문자를 쓰기도 몹시 까다로워서, 선의 길이와 각도를 정확하게 해주지 않으면 완전히 다른 의미가 되어버렸다.

"부루퉁하게 노려보는 거 그만해." 그는 책 제목을 보고 있었다. 둘 다 재비어 사건에 관해서는 언급하지 않았고, 셀레이나도 그 사건에 관해서는 더 캐묻지 않았다. "무슨 책을 읽는 거야?"

"별거 아니에요." 셀레이나가 책을 팔로 가렸다. 그가 갈색 눈을 가늘게 뜨며 쳐다보자 그녀는 한숨을 쉬며 말했다. "그냥…… 워드 문자에 관한 책이에요. 시계탑 옆에 해시계 같은 모양으로 새겨져 있잖아요. 관심이 생겨서 관련 책을 읽어보기 시작했어요."

반쯤은 사실이었다.

비웃거나 빈정거릴 줄 알았는데 그는 그저 물었다.

"그래서? 왜 좌절한 얼굴이야?"

셀레이나는 입을 삐죽거리며 천장을 올려다보았다.

"찾아낸 거라고는 그냥…… 극단적이고 괴상한 이론뿐이라서요. 이런 건 전에 본 적도 없어요! 왜일까요? 어떤 책에는 워드가 에렐리아를 결속하고 지배하는 힘이라고 되어 있어요…… 에렐리아 뿐만이 아니에요! 무수히 많은 다른 세계들도 마찬가지라는 거예요."

"전에 들어본 적이 있어." 그는 읽고 있던 책을 집어 들면서도 시선은 여전히 그녀의 얼굴에 고정되어 있었다. "워드는 운명을 뜻하는 옛말이라고 생각했지."

"나도요. 그런데 워드는 종교가 아니에요. 적어도 대륙의 북쪽 지역에서는요. 여신이나 여러 신들을 숭배하는 의식에 포함되어 있질 않아요."

그는 책을 무릎에 올려놓았다.

"정원에 있는 표식에 집착해서 그러는 것 말고 다른 이유가 있어? 그렇게 지루해?"

"내 안전을 염려해서 그러는 거죠!"

"아니기도 하고 맞기도 해요. 흥미롭잖아요. 어머니 여신이 다른 세계에서 건너온 영혼이라는 설도 있어요. 워드 대문이라는 문을 통해 들어왔는데 형태와 생명을 필요로 하는 에렐리아를 발견했다는 거죠."

"신성모독적인 설 같은데."

케이올은 10년 전 자행된 화형과 처형을 생생하게 기억할 수 있는 나이였다. 그렇게 어마어마한 파괴를 명한 왕 밑에서 성장하는 건 어떤 삶이었을까? 여러 왕실 가족들이 도륙당하고, 예언자와 마법사들이 산 채로 화형당하며, 세상이 어둠과 슬픔에 빠졌을 때 이 성에서 살았던 그였다.

셀레이나는 파편적인 정보가 맞춰지길 바라며 머릿속에 담긴 내용을 소리 내어 쏟아 놓았다.

"여신이 도착하기 전에 이미 이곳에서 살아가는 생명이 있었어요. 그들이 만든 고대 문명은 사라졌지만요. 어쩌면 워드 대문을 통해 넘어간 것일 수도 있어요. 유적지도 있잖아요. 페이들이 만들었다고 보기엔 너무 오래된 유적이요."

그게 성에서 벌어진 전사 살해 사건들과 어떻게 연결되는지는 셀레이나도 알 수 없었다. 그저 작은 단서라도 잡아보고 싶은 마음이었다.

케이올은 바닥으로 발을 내리고 책을 탁자에 내려놓았다.

"솔직히 말해도 돼?" 케이올은 앞으로 몸을 숙였다. 셀레이나도 그를 향해 몸을 숙이자 그가 속삭였다. "꼭 미치광이가 하는 말 같아."

셀레이나는 씩씩대고 투덜거리며 몸을 젖혔다.

"우리가 사는 세상의 역사에 관심을 가져서 죄송하게 됐네요!"

"당신 말처럼 극단적이고 괴상한 이론이야." 그는 다시 책을 읽으려다가 그녀를 쳐다보지 않고 말했다. "다시 물을게. 왜 좌절한 얼굴이야?"

셀레이나는 눈을 비비며 투덜댔다.

"왜냐하면 워드 문자의 *의미*에 관해, 하필이면 이 성의 정원에 워드 문자들이 있는 이유에 관해 속 시원한 답을 알아내고 싶어요."

왕의 명령에 따라 마법은 이 땅에서 사라졌다. 그런데 어째서 워드 문자 같은 것들은 남아 있는 걸까? 살해 현장에 워드 문자가 있는 것도 분명 어떤 의미가 있을 것이다.

"달리 시간을 보낼 방법을 찾아봐."

그는 다시 책으로 시선을 돌렸다. 평소에는 매일 몇 시간씩 경비병들이 도서관에 있는 그녀를 지켜보았다. 케이올은 지금 여기서 뭘 하는 걸까? 심장이 두근거렸다. 셀레이나는 미소를 지으며 탁자에 놓인 책으로 시선을 내렸다.

그동안 모은 정보를 쭉 다시 훑어보았다. 책에는 워드 대문이라는 개념도 워드 문자와 함께 여러 번 언급되었는데 지금까지 살면서 그녀는 들어본 적이 없었다. 며칠 전 워드 대문이라는 개념을 처음 접하고 흥미가 생겨 조사를 해봤다. 오래된 양피지 문서 더미까지 뒤져가면서 찾아봤지만 점점 더 알쏭달쏭한 이론들만 튀어나왔다.

워드 대문은 실제 있기도 하고 보이지 않기도 했다. 인간은 볼 수 없지만, 워드 문자를 사용하면 소환해 접근할 수도 있었다. 워드 대문은 다른 세상을 향해 열려 있는데, 좋은 세상도 있고 나쁜 세상도 있었다. 대문 너머에서 어떤 존재들이 에렐리아로 넘어올 수도 있었다. 에렐리아에 괴상하고 악랄한 괴물들이 존재하는 것도 다 그런 이유 때문이었다.

셀레이나는 다른 책을 앞으로 가져오며 웃었다. 마치 누가 그녀의 생각을 읽고 놓아두기라도 한 것처럼 색 바랜 은색으로 《걸어 다니는 시체》라는 제목이 붙은 큼직한 검은 책이 탁자 위에 있었다. 다행히 셀레이나가 그 책을 펼치기 전에 케이올은 책 제목을 보지 못했다. 그런데……

셀레이나는 그 책을 서가에서 골라온 기억이 없었다. 책에서 흙 같은 냄새가 풍겨 페이지를 넘기면서 셀레이나는 코를 찡그렸다. 워드 문자나 워드 대문에 관한 내용이 있는지 훑어봤는데 훨씬 흥미로운 게 눈에 들어왔다.

뒤틀리고 반쯤 썩은 얼굴 그림이었다. 뼈에서 살점이 떨어져 나간 그 얼굴이 셀레이나를 보며 싱긋 웃는 듯했다. 별안간 공기가 싸늘해진 것 같아 셀레이나는 팔을 문질렀다. 이 책을 어디서 찾았지? 이런 책이 어떻게 불태워지지 않고 온전히 남아 있을까? 10년 전 마법 관련 책을 모조리 태워버린 불을 어떻게 피했을까?

몸이 떨릴 정도로 그녀는 다시 몸서리를 쳤다. 책 속 괴물의 공허하고 광기 어린 눈은 악의로 가득했다. 그 눈이 셀레이나를 바라보는 듯했다. 그녀는 결국 책을 덮어 탁자 끄트머리로 밀어놓았다. 왕이 그의 도서관에 이런 종류의 책이 아직 있는 걸 알면 죄다 없애버리려 할 것이다. 오린스의 대도서관과 달리 이곳에는 귀한 책을 지켜줄 대학자들도 없었다. 케이올은 계속 책을 읽고 있었다. 그르릉 소리가 들려 셀레이나는 도서관 뒤쪽으로 고개를 돌렸다. 짐승의 목구멍 안쪽에서 나올 법한 소리였다…….

"방금 그 소리 들었어요?"

"여기서 언제 나갈 생각이야?"

"책 읽는 게 싫증 나면요."

셀레이나는 읽던 책을 다시 가져와 펼쳤다. 죽은 괴물의 무시무시한 얼굴 그림이 있는 페이지를 훌훌 넘기고, 다양한 괴물들에 관한 설명이 담긴 페이지를 읽기 위해 초를 가까이 가져왔다.

발밑 어딘가에서 박박 긁는 것 같은 소리가 들렸다. 마치 누군가가 아래층 천장을 따라 손톱으로 긁는 것처럼 가까이에서 들렸다. 셀레이나는 책을 탁 덮고 탁자에서 물러섰다. 팔의 솜털이 곤두섰다. 뒷걸음질 치다가 바로 뒤의 탁자에 부딪힐 뻔했다. 손과 날개, 주둥이를 딱 벌려 커다란 송곳니를 드러낸 무언가가 나타나 붙잡을 것 같아 그 자리에서 기다렸다.

"느껴져요?"

케이올은 천천히 짓궂게 웃었다. 그는 단검을 꺼내 대리석 바닥에 대고 그었다. 아까 들은 것과 똑같은 소리였다.

"멍청이."

셀레이나는 으르렁대며 탁자에 놓인 묵직한 책 두 권을 들고 도서관을 나갔다. 《걸어 다니는 시체》는 확실히 도서관에 놓아두었다.

28

셀레이나는 인상을 쓰며 큐대로 하얀 공을 조준했다. 당구대의 펠트 천 표면에 손을 얹는데 손가락 사이에서 큐대가 미끄러지고 말았다. 어색하게 팔을 움직거리며 큐대를 앞으로 밀었다. 완전히 빗나갔다.

욕을 하며 다시 시도했다. 셀레이나가 큐대로 친 흰 공은 측면으로 처량하게 반쯤 굴러가, 희미한 탁 소리를 내며 색 공에 살짝 부딪히고 멈췄다. 적어도 맞추기는 한 것이다. 워드 문자에 관한 조사보다는 그래도 성공적이었다.

밤 10시가 넘었다. 몇 시간 동안 훈련하고, 자료 조사하고, 케인과 엘레나 때문에 속을 끓였더니 좀 쉬어야 될 것 같아 휴식실로 들어갔다. 피아노 연주를 하기엔 너무 지쳤고, 카드놀이는 혼자라 할 수가 없었다. 그나마 당구가 할 만할 것 같았다. 셀레이나는 이 놀이가 너무 어려워 배우지 못할 리는 없을 거라 믿으며 큐대를 집어 들었다.

당구대를 빙 돌아서 다시 조준했다. 공은 이번에도 빗나갔다. 이를 뿌드득 갈면서, 큐대를 무릎에 대고 쳐 반으로 잘라버릴까 생각했다. 하지만 아직 겨우 한 시간째였다. 자정 무렵에는 실력이 확 좋아질 것이다! 이 우스운 놀이에 숙달하든지 당구대를 부숴 땔감으로 만들든지 해야지. 그리고 케인을 산 채로 불태울 때 쓸 것이다.

큐대를 잡고 공을 쳤는데 너무 세게 치고 말았다. 당구대 뒤쪽 벽으로 날다시피 굴러간 공이 색 공 세 개를 쳤고 3번 공이 곧장 구멍을 향해 굴러갔다.

하지만 그 공은 포켓 가장자리까지 굴러가다가 멈췄다.

화가 치밀어올라 고함을 질렀다. 포켓 쪽으로 달려가 공에게 악을 쓰면서 큐대를 잡고 물어뜯었다. 이 사이로 계속 고함이 흘러나왔다. 그러다 그만두고는 3번 공을 손으로 쳐 포켓에 집어 넣어버렸다.

"세계 최고의 자객께서 이 무슨 한심한 꼴이야."

도리언이 문으로 들어오며 말했다.

셀레이나는 놀라 소리치며 그를 향해 돌아섰다. 지금 그녀는 튜닉에 바지 차림이었고 머리도 풀어 내린 채였다. 그녀의 얼굴이 빨갛게 물들자 그는 당구대에 기대어 서서 미소 지었다.

"나를 모욕할 거면 이걸로 확 그냥……"

셀레이나는 큐대를 허공에 치켜들고는 말 대신 음란한 손짓으로 마무리했다.

그는 소매를 걷고 벽의 거치대에서 큐대를 집어 들었다.

"또 큐대를 물어뜯을 건가? 그럴 거면 궁중 화가를 불러서 그리게 해야겠어. 그 장면을 영원히 기억할 수 있게."

"날 조롱하지 말아요!"

"너무 진지하게 굴 필요 없어." 그는 공을 조준하고 우아하게 쳐서 초록색 공을 맞췄다. 초록색 공은 포켓으로 쏙 들어갔다. "넌 미쳐 날뛸 때 엄청 재미있더라."

셀레이나가 웃음을 터뜨리자 도리언은 놀라며 즐거워했다.

"재미있으시네요. 저는 좀 열받지만요."

셀레이나가 자리를 옮겨 다시 공을 쳤지만 역시 또 빗나갔다.

"어떻게 하는 건지 보여줄게."

그는 셀레이나가 서 있는 자리로 걸어가 큐대를 내려놓고 대신 그녀의 큐대를 잡았다. 그녀를 옆으로 밀어내는 순간 그의 심장이 좀 더 빠르게 뛰기 시작했다. 그는 셀레이나가 서 있던 곳에 자리를 잡고 섰다.

"내 엄지와 검지가 항상 큐대 위쪽 끝부분을 잡고 있는 거 보이지? 네가 해야 하는 건……"

셀레이나는 그를 엉덩이로 밀어내고 큐대를 빼앗아 들었다.

"어떻게 잡는지는 저도 알거든요, 어릿광대님."

셀레이나는 공을 맞히려 했는데 또 빗나갔다.

"네 몸이 제대로 움직이질 않고 있잖아. 보여줄 테니까 잘 봐."

도리언은 셀레이나에게 다가가 큐대를 쥔 그녀의 손을 감쌌다. 책에도 나오는 제일 진부하고 뻔뻔한 여자 꼬시기 기술이었다. 그는 셀레이나의 다른 손 손가락을 큐대에 올려 자리를 잡아주고 그녀의 허리를 가볍게 팔로 감쌌다. 당황스럽게도 도리언은 얼굴이 달아올랐다.

셀레이나를 힐끗 봤는데 다행히 그녀도 그만큼이나 얼굴에 홍조가 피어 있었다.

"그만 느끼고 가르쳐주기나 하세요. 계속 이러면 전하의 눈알을 뽑고 그 자리에 당구공을 쑤셔 넣을 거예요."

"자, 이런 식으로······"

도리언은 하나씩 가르쳐주었고 셀레이나는 곧 부드럽게 공을 맞힐 수 있게 됐다. 공은 당구대 구석으로 굴러갔다가 다시 튀어나와 포켓으로 들어갔다. 그는 그녀에게서 몸을 떼고 싱긋 웃었다.

"어때? 제대로만 하면 잘 칠 수 있어. 다시 해 봐."

도리언은 자기 큐대를 집어 들었다. 셀레이나는 콧방귀를 뀌었지만 그에게 배운 대로 자세를 잡고 조준한 후 공을 쳤다. 큐대로 친 공이 당구대를 빙 돌아 전체적으로 혼란을 불러일으켰다. 이번에는 그래도 공을 치기는 했다.

도리언은 삼각대를 잡고 들어 올리며 물었다.

"한 판 같이 칠까?"

그들이 당구를 멈췄을 때 시계가 새벽 2시를 알렸다. 도리언은 당구를 치다가 디저트를 가져오라고 명령했다. 셀레이나는 처음엔 안 먹겠다더니 결국 큼직한 초콜릿케이크 한 조각을 게걸스럽게 먹어 치우고 도리언 몫의 케이크 절반까지 흡입했다.

게임을 하는 족족 도리언이 이겼는데 셀레이나는 거의 알아채지 못했다. 셀레이나는 공을 맞히기만 해도 부끄러운 줄도 모르고 뿌듯해했다. 공을 못 맞히면······ 지옥 불보다 더한 분노가 그녀의 입에서 터져 나왔다. 도리언은 이렇게 신나게 웃었던 게 언제인지 기억도 나지 않았다.

셀레이나가 욕을 하고 투덜거리지 않을 때 그들은 같이 읽은 책에 관한 이야기를 나눴다. 그는 끝없이 재잘대는 셀레이나를 보면서 그녀가 몇 년 동안 한마디도 안 한 사람 같다는 느낌을 받았다. 이러다 어느 순간 다시 돌연 말문을 닫아버리지 않을까 하는 생각도 들었다. 그녀는 놀라울 정도로 똑똑했다. 그가 역사나 정치 얘기를 하면 그런 주제를 혐오한다면서도 다 알아들었고, 연극에 관해서도 아는 게 많았다. 그는 시합이 다 끝나고 나면 공연장에 그녀를 데리고 가겠다는 약속까지 해버렸다. 그 말에 어색한 정적이 흐르긴 했지만 그 순간은 곧 지나갔다.

도리언은 한 손으로 머리를 받치고 안락의자에 편안히 앉았다. 셀레이나는 맞은편 의자에 눕다시피 앉아 팔걸이에 다리를 걸쳤다. 벽난로 안의 불을 바라보는 그녀의 눈꺼풀은 반쯤 감겨 있었다.

"무슨 생각해?"

"모르겠어요." 셀레이나는 의자 팔걸이에 머리를 기댔다. "누군가 어떤 의도를 갖고 재비어와 다른 전사들을 살인했을까요?"

"아마 그렇겠지. 무슨 차이가 있어?"

"아뇨." 그녀는 허공에 대고 느긋하게 손을 흔들었다. "신경 쓰지 마세요."

그가 더 물어보기 전에 그녀는 잠이 들었다.

그는 셀레이나의 과거에 관해 더 알고 싶었다. 케이올에게 들은 얘기는 그녀가 테라센 출신이며 가족이 모두 죽었다는 게 전부였다. 그녀가 어떤 삶을 살아왔고 어쩌다 자객이 되었는지, 어떻게 피아노 연주를 배웠는지 짐작도 되지 않았…… 전부 수수께끼였다.

그녀의 모든 걸 알고 싶은 마음이었다. 그녀가 그냥 다 말해주면 좋을 텐데. 도리언은 일어서서 팔다리를 쭉 폈다. 큐대를 모아 거치대에 걸고 공을 정리하고 잠든 자객에게 다가갔다. 그녀를 가만히 흔들었지만 끄응 소리를 냈을 뿐 꼼짝도 하지 않았다.

"거기서 계속 자고 싶겠지만 아침이면 많이 후회할 거야."

겨우 눈을 뜬 셀레이나는 일어서서 침실 문 쪽으로 발을 끌며 걸어갔다. 저러다 문설주에 부딪힐 듯했다. 그녀가 무언가를 부숴놓기 전에 잡아줘야겠다는 생각이 들었다. 손에 닿는 그녀의 따뜻한 피부를 의식하지 않으려 애쓰면서 그녀를 침실로 이끌었다. 그는 그녀가 비틀대며 침대에 올라가 담요 위에 쓰러지듯 눕는 모습을 문 앞에서 바라보았다.

"전하의 책 저기 있어요."

셀레이나는 침대 옆에 쌓아둔 책더미를 가리키며 중얼거렸다. 그는 천천히 방 안으로 들어갔다. 그녀는 눈을 감은 채 누워 있었다. 초 세 개가 여기저기 놓여 있는 게 보였다. 그는 한숨을 쉬며 초를 전부 불어 끄고 침대로 다가갔다. 자는 건가?

"잘 자, 셀레이나."

그녀의 이름을 이렇게 부르는 건 처음이었다. 그 이름이 혀에서 기분 좋게 흘러나왔다. 그녀는 "으응"하고 웅얼거리더니 꼼짝도 하지 않았다. 그녀의 목 아래쪽에서 특이하게 생긴 목걸이가 반짝거렸다. 어쩐지 어디서 본 것 같은 익숙한 느낌이었다. 그는 마지막으로 그녀를 돌아보고는 책더미를 챙겨 들고 침실을 나섰다.

셀레이나가 아버지의 챔피언이 되어 자유를 얻어도 지금과 똑같을까? 아니면 지금은 원하는 것을 얻기 위해 가식적으로 구는 걸까? 아무리 생각해도 거짓인 것 같지는 않았다. 그런 쪽으로 상상하고 싶지도 않았다.

그는 적막하고 어두운 성을 가로질러 방으로 돌아갔다.

29

다음 날 오후 시합에 참가한 셀레이나는 대련실에서 팔짱을 끼고 서서 케인과 그레이브의 대련을 지켜보았다. 케인은 셀레이나의 정체를 알고 있었다. 그동안 기량이 모자란 척 실력을 숨겨왔는데 괜한 짓이었다. 그런 모습을 보면서 케인은 *재미있어했*을 뿐이었다.

케인과 그레이브는 대련 링을 가로지르며 날 듯이 상대에게 달려들어 칼을 맞부딪쳤다. 셀레이나는 이를 악물고 그들을 바라보았다. 시합은 단순했다. 둘씩 대련하고 이기면 탈락할 걱정을 안 해도 되었다. 진 사람들은 브럴로에게 실력을 판정받아야 했다. 실력이 제일 모자란 것으로 판정된 자는 짐 싸서 돌아가야 하는 것이다.

그레이브는 애쓰느라 무릎까지 덜덜 떨면서도 케인을 상대로 꽤 잘 버티고 있었다. 셀레이나의 옆에 선 녹스는 케인이 그레이브를 확 밀어서 휘청대며 물러서게 만들자 쉭쉭거리며 야유를 보냈다.

시합 내내 케인은 숨 한 번 헐떡이지 않았고 미소 띤 얼굴이었다. 셀레이나는 주먹을 꽉 쥐고 옆구리를 눌렀다. 강철이 번뜩이더니 케인의 칼이 그레이브의 목을 겨눴다. 곰보 자객 그레이브는 케인에게 썩은 이빨을 드러냈다.

"잘했어, 케인."

브럴로가 손뼉을 치며 말했다. 셀레이나는 호흡을 애써 가다듬었다.

셀레이나 옆에서 베린이 케인에게 말했다.

"조심해, 케인."

곱슬머리 도둑 베린이 그녀를 보며 히죽 웃었다. 셀레이나는 베린과 대련 상대가 됐을 때 별 감흥이 없었다. 녹스가 아니라 다행이긴 했다. "이 어린 숙녀가 널 원하나 봐."

그러자 녹스가 회색 눈을 번뜩이며 경고했다.

"말조심해, 베린."

"내가 뭘?" 다른 전사들은 물론이고 모두의 시선이 그들에게 향했다. 근처에서 어슬렁거리던 펠러가 몇 걸음 뒤로 물러났다. 똑똑한 처신이었다. 베린이 비아냥거렸다. "네가 그 여자를 지키는 거냐? 너희 거래해? 그 여자가 다리를 벌려주는 대가로 네가 연습 시간에 그 여자를 지켜봐 주는 거야?"

"입 닥쳐, 돼지 새끼야."

셀레이나가 베린을 윽박질렀다. 벽에 기대어 서 있던 케이올과 도리언이 대련 링 쪽으로 다가왔다.

"안 닥치면 어쩔 건데?"

베린이 셀레이나에게 가까이 다가왔다. 표정이 굳은 녹스가 칼 뽑을 준비를 했다.

셀레이나는 물러서지 않았다.

"혀를 잡아 뽑아 주마."

"그만들 해!" 브럴로가 소리쳤다. "싸움은 링 안에서 해. 베린. 릴리언. 시작."

베린이 셀레이나를 쳐다보며 뱀처럼 웃었다. 칼을 뽑아 든 베린은 분필로 둥글게 그려놓은 대련 링으로 들어섰다. 케인은 베린을 격려하며 등을 두드려주었다.

녹스는 셀레이나의 어깨에 한 손을 올렸다. 셀레이나는 시야 한옆으로 케이올과 도리언이 그들을 면밀하게 지켜보고 있음을 파악했지만 아는 척하지 않았다.

이만하면 충분했다. 실력이 모자라고 약한 척하는 건 그만할 생각이었다. 케인을 더는 봐줄 수가 없었다.

베린이 눈 앞으로 흘러내린 곱슬한 금발을 고갯짓으로 넘기며 칼을 들어 올렸다.

"어디 맛 좀 볼까."

셀레이나는 칼집에서 칼을 뽑지도 않고 베린에게 성큼성큼 다가갔다. 베린은 칼을 들어 올리며 히죽거렸다.

베린이 칼을 휘두른 순간 셀레이나는 바로 피하면서 그의 팔에 주먹을 꽂았다. 베린의 칼날이 허공으로 날아갔다. 셀레이나는 곧장 손바닥으로 베린의 왼팔을 가격해 옆으로 쳐냈다. 베린이 휘청하며 뒷걸음질 치자 셀레이나는 다리를 뻗어 올려 그의 가슴을 걷어찼다. 세게 맞은 베린의 눈이 불거져 나올 지경이었다. 발길질에 날아간 베린은 바닥에 떨어져 링을 벗어났고 바로 탈락됐다. 대련실이 고요해졌다.

셀레이나가 베린에게 내뱉었다.

"또 조롱해 봐. 다음엔 칼로 베어줄게."

돌아서서 보니 브럴로의 입이 놀라 벌어져 있었다. 셀레이나가 브럴로 앞을 지나가며 말했다.

"잘 좀 해주세요, 무기 스승님. *제대로 싸워볼 만한 남자들을 대련 상대로 붙여줘요.* 힘이라도 써볼 수 있게."

셀레이나는 싱긋 웃는 녹스를 지나 케인 앞에서 걸음을 멈췄다. 그리고 개새끼지만 한때는 잘생겼을 것 같은 케인의 얼굴을 올려다보며 달콤하면서도 독한 미소를 지었다. 그녀는 어깨를 펴며 말했다.

"작은 애완견을 본 감회가 어떠신가."

케인이 검은 눈을 번뜩이며 받아쳤다.

"왈왈 잘도 짖어대네."

셀레이나는 당장 옆구리에 찬 칼로 손을 뻗고 싶은 걸 꾹 참았다.

"내가 이 시합에서 승리한 후에도 네가 지금처럼 짖어댄다 소릴 할 수 있을지 두고 보자고."

그가 대꾸하기 전에 셀레이나는 물이 놓인 탁자로 걸어갔다.

그 후 셀레이나에게 감히 말을 붙일 수 있는 건 녹스뿐이었다. 놀랍게도 케이올은 그 일로 셀레이나를 나무라지 않았다.

시합을 마치고 안전하게 방으로 돌아온 셀레이나는 리프트홀드 바깥의 언덕으로부터 바람에 실려 오는 눈송이를 바라보았다. 눈이 셀레이나 쪽으로 휩쓸려 내려오고 있었다. 폭풍이 올 것 같았다. 백랍 벽 아래 붙들린 늦은 오후의 태양이 구름을 누리끼리한 회색으로 물들이고, 하늘을 별나게 밝게 만들었다. 언덕 너머에 지평선이 사라진 것 같고 현실 감각이 사라졌다. 유리 세상에서 옴짝달싹 못하는 것 같은 기분이었다.

창가 앞을 떠나 태피스트리 앞에 섰다. 태피스트리에 엘레나 왕비의 모습이 담겨 있었다. 셀레이나는 모험과 오래된 주문, 사악한 왕을 경험하고 싶다는 생각을 종종 했었다. 그 바람이 이렇게, 현실로 이루어질 줄은 몰랐다. 지금 그녀는 자유를 얻기 위한 싸움을 하고 있었다. 그녀는 자기를 도와줄 사람이 있다는 상상을 늘 해왔다. 충실한 친구든 외팔이 군인이든 뭐든 간에 말이다. 이렇게 홀로…… 외로울 줄은 상상도 못 했다.

샘이 있으면 얼마나 좋을까. 샘은 언제나 뭘 해야 할지 알았다. 셀레이나가 그를 원하든 아니든 언제나 셀레이나 곁에 있어 줬다. 샘이 다시 곁에 있게 할 수만 있다면 뭐든…… 정말이지 뭐든 내놓을 수 있을 것이다.

눈시울이 뜨거워지자 셀레이나는 부적에 손을 얹었다. 손가락에 닿는 금속이 따뜻해서 위안이 됐다. 태피스트리의 그림을 전체적으로 보고 싶어 한 걸음 물러섰다.

중앙에 있는 장엄하고 기운찬 수사슴이 셀레이나를 곁눈으로 보았다. 엘레나의 아버지인 브래넌 왕이 세운 테라센 왕국의 상징이 바로 수사슴이었다. 엘레나가 아달렌의 왕비가 됐지만 여전히 테라센 사람임을 알 수 있었다. 셀레이나와 마찬가지로 엘레나 역시 어디로 얼마나 멀리 가든 테라센은 늘 그녀의 일부였다.

셀레이나는 울부짖는 바람 소리에 귀를 기울였다. 그리고 한숨을 쉬며 고개를 절레절레 젓고는 고개를 돌렸다.

성안의 악한 존재를 찾아…… 이 세상에서 유일하게 진정한 악한 존재는 바로 악을 다스리는 사람이야.

칼테인 롬피에는 공중제비를 마친 곡예단을 향해 가볍게 박수를 쳤다. 드디어 공연이 끝났다. 알록달록한 옷을 입은 무지렁이들이 몇 시간째 이리 뛰고 저리 뛰는 걸 쳐다볼 기분이 아니었다. 하지만 이런 공연을 좋아하는 조지나 왕비가 오늘 칼테인을 초대해 옆자리에 앉혀뒀으니 어쩔 수 없었다. 영광스러운 일인 데다, 페링턴을 통해 마련된 자리이기도 했다.

페링턴이 자기를 원한다는 걸 칼테인은 알고 있었다. 그녀가 조금만 더 다가가도 페링턴은 그녀를 공작부인으로 만들어줄 것이다. 하지만 도리언이 아직 미혼으로 있는 한, 칼테인은 공작부인으로 만족할 수 없었다. 지난주 내내 골이 지끈거렸는데, 오늘은 '만족 못 해, 만족 못 해, 만족 못 해'라는 말까지 끝없이 머릿속에서 울리며 골이 욱신거렸다. 자는 동안에도 두통이 스며들어 꿈을 생생한 악몽으로 만들었다. 잠에서 깨어났을 땐 여기가 어디인지 기억할 수 없을 정도였다.

"정말 재미있네요, 왕비님."

곡예단이 도구를 챙기는 동안 칼테인이 말했다.

"그러게. 흥이 나지?"

왕비가 초록색 눈동자를 빛내며 칼테인에게 미소 지었다. 그 순간 칼테인은 머리가 지독하게 아파서 오렌지색 드레스 자락에 손을 감추고 주먹을 꽉 쥐어야 했다.

"도리언 왕세자님도 저들을 보면 좋았을 텐데요. 왕세자님이 여기 오는 걸 무척 좋아한다고 어제 저한테 말하더라고요."

아무렇지 않게 거짓말이 나왔다. 거짓말을 하니 두통이 좀 가셨다.

"도리언이 그런 말을 했다고?"

조지나 왕비는 적갈색 눈썹을 치켜떴다.

"놀라셨나요, 왕비님?"

왕비는 가슴에 손을 얹었다.

"내 아들은 저런 걸 질색하는 줄 알았는데."
"아무한테도 말씀 안 하시겠다고 약속하실 수 있나요?"
"무슨 얘기인데?"
왕비도 목소리를 낮춰 속삭였다.
"그게, 왕세자님이 저한테 따로 하신 얘기가 있어서요."
"무슨 얘기?"
왕비가 칼테인의 팔에 손을 얹었다.
"여기 자주 안 오는 건 부끄러워서 그렇다고 하시더라고요."
왕비는 뒤로 물러나 앉았다. 반짝이던 눈빛도 가라앉았다.
"아, 그런 얘긴 백 번도 더 했어. 난 또 다른 흥미로운 얘길 해주려나 했는데, 칼테인 양. 아들이 좋아하는 여자를 찾았다든가 하는 얘기 말이야."

칼테인의 얼굴이 달아오르고 머리가 미친 듯이 욱신거렸다. 담배라도 피우고 싶었다. 하지만 왕비 곁에서 몇 시간은 더 앉아 있어야 했다. 왕비가 자리를 안 떴는데 이 방에서 나가는 것도 예의가 아니었다.

왕비가 나지막하게 말했다.
"듣기로는 왕세자 곁에 정체 모를 아가씨가 하나 있다고 하던데! 이름을 처음 들어보는 아가씨라고 했어. 혹시 누구인지 알아?"
"아뇨, 왕비님."
칼테인은 좌절감이 얼굴에 드러나지 않도록 안간힘을 썼다.
"안타깝네. 칼테인 양이라면 알 거라고 생각했는데. 워낙 영리한 아가씨이니."
"감사합니다, 왕비님. 정말 친절한 말씀이세요."
"무슨. 내가 사람을 기가 막히게 잘 보거든. 칼테인 양이 이 방으로 들어온 순간부터 특별한 아가씨인 걸 알았어. 페링턴 공작 같은 남자의 짝으로 어울리는 아가씨는 칼테인 양뿐이야. 내 아들 도리언을 먼저 만났어야 했는데, 안타까워!"

만족 못 해, 만족 못 해. 두통이 노래하듯 반복됐다. 이대로 가만히 있을 수는 없었다. 칼테인은 웃으며 말했다.

"제가 왕세자님을 먼저 만났더라도 왕비님은 별로 내켜 하시지 않았을 거예요. 아드님의 관심을 받기에는 제가 너무 미천해서요."

"미모와 재력이 있으니 상쇄할 수 있어."

"감사합니다, 왕비님."

칼테인의 심장이 빠르게 뛰었다.

왕비가 밀어준다면…… 하지만 칼테인은 생각을 이어갈 수 없었다. 왕비는 왕좌에 등을 기대고 앉아 박수를 두 번 쳤다. 음악이 시작됐지만 칼테인은 듣고 있지 않았다.

페링턴에게 신발을 받았으니 이제 춤을 출 차례였다.

30

"집중을 안 하고 있잖아."

"집중하고 있다고요!"

셀레이나는 활시위를 더 당기며 이를 악물고 말했다.

"그럼 쏴." 케이올은 오가는 이 없는 복도의 저 끝 벽에 붙은 과녁을 가리켰다. 말도 안 되는 거리였다. 물론 셀레이나는 예외였다. "맞출 수 있는지 보자고."

셀레이나는 눈을 위로 굴리며 등을 약간 폈다. 활시위가 살짝 떨렸다. 화살 끝을 살짝 위로 올렸다.

"그 상태로 쏘면 왼쪽 벽을 맞히게 돼."

케이올은 팔짱을 꼈다.

"입 안 다물면 당신 머리에 쏴버릴 거예요."

셀레이나는 고개를 돌려 그의 눈을 마주 보았다. 그가 눈썹을 치켜뜨자 그녀는 그를 쳐다보며 짓궂게 웃고는 아무렇게나 활을 쏘았다.

돌로 된 복도에 화살이 날아가는 소리가 울리더니 저 멀리서 둔탁하게 부딪치는 소리가 났다. 그들은 여전히 서로를 응시하고 있었다. 그의 눈 밑이 약간 보랏빛을 띠었다. 재비어가 죽고 3주 동안 제대로 못 잔 건가?

셀레이나도 잠을 잘 자지 못하고 있었다. 작은 소리만 들려도 잠에서 깨버렸다. 케이올은 전사들의 목숨을 하나씩 노리는 자의 정체를 아직 밝혀내지 못했다. 셀레이나에겐 누가 범행을 저질렀는지보다 어떻게 저질렀느냐가 더 중요했다. 일정한 패턴은 드러나지 않았다. 죽은 자는 다섯 명. 이번 시합 참가자라는 것 말고 죽은 자들은 공통점이 없었다. 다른 사건 현장에는 가보질 못해서, 피로 쓴 워드 문자가 또 나타났는지도 알 수 없었다. 셀레이나는 어깨를 풀며 한숨을 쉬었다. 그리고 활을 내리며 조용히 말했다.

"케인이 내 정체를 알아요."

그는 무표정하게 물었다.

"어떻게?"

"페링턴이 말해줬대요. 케인이 나한테 그렇게 말했어요."

"언제?"

이렇게 진지한 표정을 한 케이올은 처음 보았다. 셀레이나도 덩달아 긴장됐다.

"며칠 전에요." 거짓말이었다. 케인과 그런 얘기를 나눈 지 수 주일은 됐다. "네히미아 공주랑 같이 정원에 나가 있었는데 케인이 우리한테 다가왔어요. 그때 내 경비병들도 같이 있었으니 걱정할 필요는 없고요. 어쨌든 케인이 나에 관해 다 알더라고요. 내가 다른 전사들이랑 같이 있을 때 일부러 실력 발휘를 안 한다는 것도 눈치챈 모양이에요."

"케인이 다른 전사들도 당신에 관해 안다는 식으로 말했어?"

"아뇨. 아마 모를 거예요. 녹스도 눈치 못 챈 걸 보면요."

케이올은 칼자루에 손을 올렸다.

"괜찮아. 케인을 놀라게 만들진 못하게 됐지만, 됐어. 어차피 결투에서 당신이 케인을 이길 거니까."

그녀는 희미하게 미소 지었다.

"날 진짜로 믿는 것처럼 들려요. 조심하는 게 좋을 거예요."

케이올은 무어라 말하려다가, 모퉁이 너머에서 달려오는 발소리를 듣고 멈칫했다. 경비병 두 명이 미끄러지듯 멈춰 서서 그들에게 경례를 붙였다. 케이올은 그들이 숨 돌릴 시간을 주고 나서 물었다.

"무슨 일이지?"

머리숱이 빠지고 있는 늙수그레한 경비병이 한 번 더 경례를 붙인 후 대답했다.

"근위대장님…… 확인하실 게 있습니다."

케이올은 무표정을 유지하는 얼굴과 달리 어깨가 흔들리고 턱이 약간 올라갔다.

"무슨 일인데?"

케이올이 너무 빨리 묻는 바람에 조바심 난 속이 드러나고 말았다.

"시신이 또 한 구 발견됐습니다. 하인용 복도에서요."

같이 온 다른 경비병은 호리호리한 체구에 약해 보이는 인상을 지닌 청년이었다. 그의 낯빛이 죽은 사람처럼 창백했다.

"시신을 봤어요?" 셀레이나가 묻자 그 경비병은 고개를 끄덕였다. "죽은 지 얼마나 됐죠?"

케이올이 그녀를 날카로운 눈빛으로 바라보았다. 경비병이 대답했다.

"피가 반쯤 말라붙은 걸 볼 때…… 어젯밤인 것 같다고 합니다."

케이올의 눈빛이 흐려졌다. 생각에 잠긴 눈빛이었다. 어떻게 해야 할지 궁리하는 것이다. 그는 허리를 펴며 셀레이나에게 물었다.

"당신이 유능하다는 걸 증명하고 싶지?"

셀레이나는 허리춤에 손을 올렸다.

"내가 굳이 그럴 필요가 있을까요?"

케이올은 경비병들에게 손짓해 앞장서게 했다. 그리고 어깨 너머로 셀레이나에게 말했다.

"따라와."

시체가 발견됐다는데 셀레이나는 살짝 미소 띤 얼굴로 그를 따라갔다.

그곳을 떠나며 셀레이나는 과녁을 돌아보았다.

케이올의 말이 맞았다. 과녁 중심에서 왼쪽으로 15센티미터 정도 빗맞았다.

다행히 그들이 도착하기 전에 누군가 현장의 질서를 어느 정도 잡아놓았다. 그런데도 케이올은 그곳에 모여든 경비병, 하인들 사이를 비집고 가야 했다. 셀레이나는 바로 뒤에서 그를 따라갔다.

구경꾼들 사이로 들어가 시체를 본 셀레이나는 팔에 힘이 쭉 빠져 두 손을 옆으로 늘어뜨렸다. 케이올도 격한 욕을 내뱉었다.

셀레이나는 어디부터 봐야 할지 알 수 없었다. 가슴은 쩍 벌어진 채 열렸고 뇌와 얼굴이 사라졌다. 바닥에는 발톱으로 깊게 파놓은 흔적과 시체 양옆에 분필로 하나씩 그려놓은 워드 문자가 있었다. 피가 얼어붙었다. 이 정도면 이전 사건들과의 관련성을 부정할 수 없었다.

구경꾼들이 와글와글 떠드는 와중에 시체 앞으로 다가간 케이올은 그를 처다보는 경비병 중 하나를 돌아보며 물었다.

"누구야?"

"베린 이슬릭이에요." 경비병이 대답하기 전에 셀레이나가 먼저 말했다. 베린의 곱슬머리는 어디서든 알아볼 수 있었다. 시합이 시작된 후 베린은 줄곧 상위권을 유지해왔다. 대체 무엇이 베린을 죽였을까…….

"어떤 종류의 짐승이라야 이런 자국을 남길 수 있죠?"

셀레이나가 케이올에게 물었다. 물론 굳이 대답을 듣지 않아도 케이올이 자신과 같은 추측을 하고 있음을 알 수 있었다. 발톱 자국이 상당히 깊었다. 최소한 0.6센티미터는 되어 보였다. 셀레이나는 그 자국 옆에 웅크리고 앉아 손가락으로 자국을 문질러보았다. 들쭉날쭉하긴 했지만 돌바닥을 깨끗하게 할퀴어놓았다. 그녀는 이마를 찌푸리며 다른 쪽에 난 발톱 자국도 확인했다.

"발톱 자국에 피가 안 묻어 있어요." 셀레이나는 고개를 돌려 케이올을 돌아보며 말했다. 케이올은 옆으로 와 무릎을 굽히고 그녀가 가리킨 자국을 들여다보았다. "깨끗해요."

"무슨 뜻이지?"

셀레이나는 팔에 소름이 끼쳤지만 드러내지 않고 미간을 찌푸리며 말했다.

"베린의 내장을 뽑아내기 전에 손톱을 바닥에 대고 갈았다는 뜻이에요."

"그게 왜 중요한데?"

셀레이나는 일어서서 복도를 앞뒤로 돌아본 후 다시 웅크리고 앉아 대답했다.

"베린을 공격하기 전에 돌바닥에 손톱을 갈 시간이 있었다는 거니까요."

"숨어서 기다리는 동안에 했을 수도 있잖아."

셀레이나는 고개를 저었다.

"벽에 걸린 횃불들이 끄트머리까지 거의 다 탔어요. 공격 전에 꺼진 흔적도 보이지 않고, 그을음 섞인 물의 흔적도 없어요. 어젯밤에 베린이 죽었다면 그가 죽어가던 시점에 이 횃불들이 켜져 있었다는 뜻이 돼요."

"그래서?"

"이 복도를 좀 봐요. 여기서 제일 가까운 문은 15미터 떨어진 곳에 있고, 제일 가까운 모퉁이는 그보다 약간 더 멀어요. 그쪽 횃불도 계속 타고 있었다면······"

"베린은 여기로 오기 한참 전부터 그 짐승을 봤겠네."

셀레이나는 혼잣말처럼 물었다.

"베린은 그 존재를 보고도 왜 가까이 왔을까요? 그게 짐승이 아니라 사람이었다면요? 그 사람이 베린을 꼼짝 못 하게 붙잡아놓고 짐승을 부른 거라면요." 셀레이나는 베린의 다리를 가리켰다. "발목 주변이 깔끔하게 잘렸어요. 도망 못 치게 칼로 힘줄을 끊어 놓은 거죠." 시신 옆으로 옮겨간 셀레이나는 바닥에 새겨진 워드 문자를 건드리지 않도록 조심하면서 베린의 싸늘하게 굳은 손을 들어 올렸다. "손톱을 봐요." 셀레이나는 침을 삼키며 말했다. "끝이 갈라지고 깨져 있어요." 그녀는 베린의 손톱 아래 껴있는 흙을 자기 손톱으로 파내 손바닥에 문질렀다. "보여요?" 그녀는 케이올이 볼 수 있게 손바닥을 내밀었다. "흙이랑 돌 부스러기예요." 그녀는 베린의 팔을 옆으로 치워 그 아래 돌바닥에 그어진 희미한 선을 보여주었다. "손톱으로 긁은 자국이에요. 베린은 손톱으로 바닥을 긁으면서 도망치려고 안간힘을 썼어요. 괴물은 주인이 지켜보는 동안 돌바닥에 발톱을 그어 갔고 베린은 그 시간 내내 살아 있었어요."

"그게 무슨 뜻이지?"

그녀는 씁쓸하게 미소 지었다.

"당신이 상당히 고달파졌다는 얘기예요."

케이올의 얼굴에서 핏기가 가셨다. 셀레이나는 문득 전사들을 죽이고 있는 자가 바로 엘레나가 말한 수수께끼의 악한 존재일지도 모른다는 생각이 들었다.

식탁 앞에 앉은 셀레이나는 책 페이지를 팔락팔락 넘겼다.

없어, 없어, 여기도 없어.

베린의 시체 옆에 그려져 있던 워드 문자 두 개의 의미를 알아내려고 책을 뒤져보고 있었다. 분명히 어떤 연관성이 있을 것 같았다.

그러다 에렐리아 지도가 나오자 손을 멈췄다. 지도는 언제나 흥미로웠다. 세상에서 자신의 정확한 위치를 안다는 것은 매력적인 일이었다. 지도에 가만히 손가락을 대고 동쪽 해변을 따라갔다. 남쪽, 이일웨이의 수도 밴잘리에서부터 시작해 구불구불 리프트홀드까지 나아갔다. 손가락은 메아를 관통해 북쪽 내륙으로 들어갔고 오린스까지 갔다가 바다로 돌아와 수리아 해변으로, 그리고 마침내 대륙의 끄트머리와 그 너머 북해로 향했다.

빛과 배움의 도시, 에렐리아의 진주이자 테라센의 수도인 오린스를 가만히 바라보았다. 그녀가 태어난 곳이었다. 셀레이나는 책을 탁 덮었다.

방 안을 둘러보며 긴 한숨을 내쉬었다. 가까스로 잠이 들어도 꿈에 고대의 전투, 눈알이 붙은 칼, 워드 문자들이 나와 머릿속을 휘저었고 눈앞이 아득하도록 화려한 색깔이 펼쳐져 편하게 잘 수가 없었다. 꿈에 페이 족과 인간 전사들의 빛나는 갑옷이 보이고 칼이 방패에 부딪히는 소리와 사나운 짐승들이 으르렁대는 소리가 들렸으며, 사방에서 피비린내와 시체 썩은 내가 풍겼다. 그녀가 가는 곳마다 아수라장이 됐다. 아달렌의 자객 셀레이나는 몸서리를 쳤다.

"아, 잘됐네. 아직 안 자고 있길 바랐는데."

왕세자의 목소리였다. 의자에 앉아 있던 셀레이나는 가까이 다가오는 도리언을 보고 움찔했다. 그는 지치고 다소 흐트러진 모습이었다.

셀레이나는 입을 열었다가 고개를 저은 후 말했다.

"여긴 무슨 일로 오셨어요? 자정이 다 됐어요. 내일 저는 시험이 있고요."

도리언이 와줘서 마음이 약간 놓인 것은 부정할 수 없었다. 아직까지 살인자는 혼자 있는 전사만 공격하는 듯했다.

"문학에서 역사로 넘어간 건가?" 도리언은 탁자에 놓인 책들을 훑어보았다. "《현대 에렐리아의 간략한 역사》, 《상징과 권력》, 《이일웨이의 문화와 관습》."

그는 한쪽 눈썹을 치켜떴다.

"그냥 재미있을 것 같아서요."

그는 옆에 놓인 의자에 와 앉았다. 그의 다리가 그녀의 다리를 스쳤다.

"이 책들이 연관되어 있어?"

"아뇨." 완전한 거짓말은 아니었다. 혹시 워드 문자에 관한 내용이나 시체 옆에 워드 문자가 적혀 있어야 할 이유를 찾을 수 있을까 싶어 읽고 있던 책들이었다. "베린이 죽었다는 소식 들으셨죠."

"물론 들었지."

그의 잘생긴 얼굴이 일순간 어두워졌다.

셀레이나는 그의 다리가 바짝 가까이 있는 걸 알면서도 굳이 물러나 앉지 않았다.

"누군가 데리고 있는 사나운 짐승의 손에 전사들이 여럿 잔혹하게 살해당하고 있는데 걱정도 안 돼요?"

도리언은 앞으로 몸을 기울여 그녀의 눈을 마주 보았다.

"사건들은 전부 어둡고 인적 없는 복도에서 일어났어. 경비병들이 늘 네 곁에 있고, 네 숙소도 잘 지켜주고 있잖아."

"제 걱정을 하는 게 아니에요." 셀레이나는 날카롭게 내뱉으며 뒤로 약간 물러났다. 방금 한 말은 전부 사실인 것은 아니었다. "이런 일들 때문에 왕세자님의 존경받는 아버님의 평판에 안 좋은 영향이 갈 것 같아 하는 말이죠."

"네가 언제부터 내 '존경받는' 아버님의 평판을 신경 썼지?"

"제가 그분 아드님의 전사가 된 후부터요. 그러니 제가 마지막까지 살아남았다는 이유로 이 어처구니없는 시합에서 우승하기 전에, 사건 해결에 필요한 추가 자원을 지원하세요."

"또 필요한 거 있어?"

셀레이나가 마음만 먹으면 그와 입술을 스칠 수 있을 정도로 그는 바짝 가까이 다가와 있었다.

"또 생각나면 알려드릴게요."

그들은 서로의 눈을 마주 보았다. 셀레이나의 얼굴에 천천히 미소가 퍼져나갔다. 왕세자는 어떤 남자일까? 인정하고 싶지 않지만 누구든 옆에 있어주니 좋았다. 비록 그가 하빌리아드 가문 사람이라도 말이다.

셀레이나는 발톱 자국과 머리 없는 시체의 모습을 생각하지 않으려 애쓰면서 물었다.

"왜 그렇게 부스스한 모습이에요? 칼테인이 왕세자님을 할퀴기라도 했나요?"

"칼테인? 다행히 요즘은 안 그러더라고. 끔찍한 하루이긴 했어! 새끼들이 잠종이더라고……"

그는 두 손으로 머리를 감싸 쥐었다.

"새끼들이요?"

"내가 데리고 있는 암캐 하나가 잠종들을 낳았어. 전에는 너무 어려서 구별이 안 됐는데 지금 보니까 그래……. 순종이 태어나길 바랐는데."

"지금 개 얘길 하는 거예요, 여자 얘길 하는 거예요?"

"어느 쪽이면 좋겠어?"

그는 장난스레 웃었다.

"아, 됐어요."

그녀가 투덜대자 그는 싱긋 웃었다.

"그러는 넌 왜 그렇게 부스스한데?" 도리언은 미소를 거두며 말했다. "케이올이 널 데리고 시체를 보러 갔다고 하더라고. 충격이 너무 컸던 건가."

"전혀요. 잠을 잘 못 자서 그래요."

"나도 그런데." 그는 허리를 폈다. "나를 위해 피아노를 연주해줄 수 있어?"

셀레이나는 다른 주제로 아무렇지 않게 넘어가는 그의 화법을 신기해하며 발로 바닥을 톡톡 쳤다.

"당연히 안 되죠."

"아름답게 치던데."

"누가 몰래 보고 있는 줄 알았으면 안 쳤을 거예요."

"피아노를 왜 혼자만 들으면서 치려고 해?"

그는 의자 등받이에 등을 기댔다.

"다른 사람의 연주를 듣거나 내가 연주할 때는 늘…… 됐어요."

"그러지 말고 하려던 말 해 봐."

"재미없는 얘기예요."

셀레이나는 책을 정리해 쌓았다.

"어떤 기억을 떠오르게 만들어서 그래?"

셀레이나는 그가 놀리려는 것인지 확인하려고 그의 눈을 바라보았다.

"가끔은요."

"부모님에 대한 기억이야?"

그는 나머지 책을 쌓는 걸 도와주려고 다가갔다.

셀레이나는 갑자기 일어섰다.

"멍청한 질문은 하지 마세요."

"캐묻는 것처럼 들렸다면 미안."

셀레이나는 대꾸하지 않았다. 잠가두었던 마음의 문이 그의 질문으로 인해 살짝 열려버렸다. 셀레이나는 그 문을 다시 닫으려 애썼다. 그의 얼굴을 보면서 이렇게 가까이 있으니……. 그 순간 문이 드디어 닫혔고 셀레이나는 열쇠를 돌려 잠가버렸다.

방금 셀레이나의 마음 안에서 전쟁이 일어났음을 알아채지 못한 도리언이 말했다.

"내가 너에 대해 아는 게 없는 것 같아서 물어본 거야."

드디어 셀레이나의 심장 박동이 차분하게 가라앉았다.

"저는 자객이에요. 그것 말고 다른 건 알 필요 없어요."

"그래." 그는 한숨을 쉬었다. "내가 더 자세히 알고 싶어 하는 게 왜 잘못이야? 네가 어쩌다 자객이 됐는지, 그전에는 어떻게 살았는지 궁금한 건데."

"재미없게 살았어요."

"지루하지 않은 얘기일 것 같은데." 셀레이나는 대꾸하지 않았다. "그냥 얘기해주면 안 돼? 질문 하나만 받아. 너무 민감하지 않은 질문을 하기로 약속할게."

셀레이나는 한쪽 입꼬리를 올리며 탁자를 바라보았다. 질문을 받는다고 해될 건 없지 않나? 곤란한 질문에는 답을 안 하면 그만이었다.

"알았어요."

그는 싱긋 웃었다.

"괜찮은 질문을 좀 생각해볼게."

셀레이나는 눈을 위로 굴리며 의자에 앉았다. 잠시 후 그가 물었다.

"음악을 왜 그렇게 좋아해?"

셀레이나는 미간을 찌푸렸다.

"민감한 질문은 안 하겠다면서요!"

"이게 민감하게 캐묻는 질문이야? 독서를 왜 좋아하냐고 묻는 거랑 뭐가 달라?"

"그래요, 알았어요. 그 질문은 괜찮아요." 셀레이나는 코로 길게 숨을 내쉬며 탁자를 응시했다. 그리고 천천히 다시 입을 열었다. "제가 음악을 좋아하는 이유는, 음악을 듣고 있으면…… 내 안의 나를 잊을 수 있어서예요. 이게 말이 될지 모르겠지만요. 속이 텅 빈 것 같으면서도 충만해져요. 온 세상이 내 주변에서 요동치는 것도 느껴져요. 연주하는 동안만은…… 파괴가 아니라 창조하는 사람이 되는 거죠." 셀레이나는 아랫입술을 깨물며 말을 이었다. "치료사가 되고 싶었던 적도 있었어요. 자객 일을 직업 삼아 하게 되기 전에요. 너무 어려서 기억도 잘 안 나는 때이긴 한데, 치료사가 되고 싶었어요." 셀레이나는 어깨를 으쓱했다. "음악을 들으면 그때의 느낌이 떠올라요." 그녀는 나지막하게 웃었다. "아무한테도 한 적 없는 얘기예요." 셀레이나는 이 말을 하며 그의 미소 띤 얼굴을 바라보았다. "놀릴 생각 말아요."

그는 입가에 걸린 미소를 거두고 고개를 저었다.

"놀릴 생각 없어…… 난 그냥……"

"다른 사람의 진심을 듣는 것에 익숙하지 않은 거죠?"

"맞아."

셀레이나는 살짝 웃었다.

"이제 제 차례에요. 질문에 한계가 있나요?"

"아니." 그는 두 손으로 머리 뒤를 받쳤다. "너와는 다르게 난 숨기는 게 거의 없거든."

셀레이나는 괜찮은 질문을 생각해내려고 인상을 썼다.

"왜 아직 결혼 안 했어요?"

"결혼? 나 열아홉 살밖에 안 됐어!"

"그렇긴 하지만 왕세자잖아요."

그는 팔짱을 꼈다. 셀레이나는 그의 셔츠 아래에서 움직이는 선명한 근육을 의식하지 않으려 애썼다.

"질문을 바꿔 봐."

"대답을 듣고 싶어요. 열심히 저항하니 흥미가 생기네요."

그는 창문 쪽으로 고개를 돌렸다. 창밖에서 눈송이가 소용돌이치고 있었다. 그는 부드러운 목소리로 대답했다.

"내가 결혼을 안 한 이유는 지성과 영성 모두 나보다 열등한 여자와 결혼하는 건 생각만 해도 속이 울렁거려서야. 그런 결혼을 했다가는 내 영혼이 죽을 테니까."

"결혼은 신성한 게 아니라 법적인 계약일 뿐이에요. 왕세자이니 그런 비현실적인 생각은 버려야죠. 동맹을 위해 결혼하라는 명령을 받으면 어떻게 할 거예요? 낭만적인 이상 때문에 전쟁이라도 시작할래요?"

"그렇지는 않지."

"그래요? 당신 아버지가 제국의 힘을 강화해야 한다면서 당신에게 어느 나라 공주와 결혼하라는 명령을 내리지 않을까요?"

"아버지한테는 제국의 힘을 강화해줄 군대가 있어."

"남몰래 사랑하는 여자를 만들 수도 있겠죠. 결혼했다고 해서 누군가를 사랑하지 못하게 되지는 않으니까요."

그의 사파이어 같은 눈이 번뜩였다.

"사랑하는 사람이랑 결혼해야지. 아니면 안 하는 거고." 그의 말에 셀레이나는 웃음을 터뜨렸다. "지금 날 놀리고 있군! 비웃고 있어!"

"바보 같은 생각을 하니 비웃음 당해도 싸죠! 저는 진심으로 말하는데, 왕세자님은 이기적인 말만 하고 있잖아요."

"심하게 주관적으로 판단하는군."

"판단하는 데 쓰지 않을 거면 지성을 갖고 있어 봤자 무슨 소용이에요?"

"남들을 지나치게 가혹하게 판단하지 않으려고 마음이라는 게 있는 건데, 그러지 않을 거면 마음을 갖고 있어 봤자 무슨 소용일까?"

"아, 말은 참 잘하네요, 왕세자 전하!" 그러자 도리언은 부루퉁하게 그녀를 바라보았다. "뭐예요. 제가 그렇게 심한 말을 한 것도 아니잖아요."

"내 꿈과 이상을 파괴하려고 했잖아. 어머니에게 받는 압박만으로도 충분해. 넌 나한테 잔인하게 굴고 있어."

"현실적으로 말하는 것뿐이에요. 그 둘은 달라요. 아달렌의 왕세자이시잖아요. 에렐리아를 더 나은 곳으로 바꿀 수 있는 위치에 있는 분이고요. 행복한 결말을 위해 *진정한 사랑*까지는 필요 없는 세상을 만드는 데 일조하셔야죠."

"대체 어떤 세상을 만들라는 거야?"

"사람들이 스스로를 다스리는 세상이요."

"무정부 상태와 반역의 세상을 말하는군."

"무정부 상태를 말하는 게 아니라요. 날 반역자라고 부르고 싶으면 마음대로 해요. 어차피 이미 자객으로 유죄 판결도 받았으니까."

옆걸음질로 다가온 도리언의 손가락이 셀레이나의 못박이고 따뜻하고 단단한 손가락에 닿았다.

"내가 하는 말에 일일이 토를 안 달면 못 견디겠지?" 셀레이나는 기분이 들썩이다가 곧장 차분히 가라앉았다. 그의 눈빛도 덩달아 확 살아났다가 다시 잠들었다. "네 눈은 아주 특이해. 이렇게 밝은 금색 고리가 들어간 눈은 본 적이 없어."

"칭찬으로 구애하시려나 본데, 그런 방법은 안 통해요."

"그냥 눈에 보이는 대로 말한 거야. 작전 같은 거 안 세워." 그는 그녀의 손을 잡은 자기 손을 내려다보았다. "그 반지는 어디서 났어?"

셀레이나는 손을 오므려 주먹을 쥐면서 그의 손에서 빼냈다. 벽난로 불빛에 반지의 자수정이 은은하게 빛났다.

"선물 받았어요."

"누가 줬는데."

"그건 아실 필요 없고요."

도리언은 어깨를 으쓱했다. 그 반지를 준 사람이 누구인지 도리언에게 말하지 않는 게 낫다는 걸 셀레이나는 잘 알고 있었다. 무엇보다 케이올은 도리언이 아는 걸 원치 않을 것이다.

"내 챔피언에게 누가 반지를 줬는지 궁금하네."

도리언의 검은 재킷의 목깃이 목과 닿아 있는 부분을 바라보면서 셀레이나는 가만히 앉아 있기가 힘들었다. 그를 만지고 싶었다. 그의 햇볕에 잘 그은 피부와 금색 안감 사이의 선을 만져보고 싶었다.

셀레이나는 자리에서 일어섰다.

"당구 칠래요? 한 번 더 가르쳐줘요."

그의 대답을 기다리지 않고 휴식실로 향했다. 그의 옆에 바짝 붙어 서서 그의 따뜻한 숨결을 피부로 느끼고 싶었다. 그 느낌이 좋았다. 문득 큰일이라는 생각이 들었다. 그를 좋아하게 된 것이다.

케이올은 식당 안 식탁 앞에 앉은 페링턴을 지켜보았다. 베린이 죽은 일 때문에 공작에게 다가갔었는데 공작은 별로 신경 쓰지 않는 모습이었다. 케이올은 휑뎅그렁한 식당 안을 둘러보았다. 전사들의 후원자들 대부분은 평소처럼 돌아다니고 있었다. 멍청이들. 일련의 사건에 관한 셀레이나의 생각이 옳다면 전사들을 죽인 배후는 저들 중 하나일 수 있었다. 하지만 왕이 거느린 평의회 의원 중에 누가 그렇게까지 승리를 거머쥐려고 안달할까? 케이올은 식탁 아래로 다리를 쭉 뻗으면서 다시 페링턴을 힐끔 돌아보았다.

케이올은 페링턴이 영향력과 직위를 이용해 평의회 내에서 동맹을 만들어 아무도 감히 그에게 맞서지 못하게 만드는 모습을 봐왔다. 그런데 오늘 밤 케이올의 관심을 끈 것은 페링턴의 그런 처신이 아니었다. 크고 작은 웃음을 짓다가 페링턴의 얼굴에 돌연 그림자가 스치는 순간이었다. 분노나 혐오감을 드러내는 표정이 아니라 눈빛이 순간적으로 흐릿해지는 모습이었다. 그 눈빛이 너무 기묘해서 케이올은 한 번 더 확인하기 위해 식사를 빨리 끝내지 않고 자리를 지키고 앉아 있었다.

몇 분 후 다시 그 모습이 나타났다. 페링턴의 눈이 어두워지고 표정이 없어진 것이다. 마치 세상 만물의 본모습을 알기에 아무런 기쁨도 느끼지 못하는 듯했다. 케이올은 의자 등받이에 기대어 앉아 물을 한 모금 마셨다.

그는 공작에 대해 별로 아는 것도 없었고 그를 전적으로 믿지도 않았다. 도리언도 마찬가지였는데, 특히 공작이 네히미아를 인질로 삼아 이일웨이 반역 세력에게서 협조를 끌어내자는 말을 한 후로 더 그랬다. 하지만 공작은 왕이 가장 신뢰하는 자문이었다. 아달렌이 대륙을 정복할 권리가 있다는 확고한 믿음을 보여주는 자라 딱히 불신할 이유도 없기는 했다.

칼테인 롬피에는 몇 자리 건너에 앉아 있었다. 케이올은 그녀를 보며 눈썹을 약간 치켜떴다. 칼테인의 시선도 페링턴에게 가 있었다. 사랑하는 사람을 갈구하는 눈빛이 아니라 냉정하게 생각에 잠긴 눈빛이었다. 케이올은 두 팔을 머리 위로 올리며 다시 몸을 쭉 폈다. 도리언은 어디 있을까? 왕자는 저녁 식사를 하러 오지 않았다. 새끼를 낳은 암컷 개들이 있는 개 사육장에 있지도 않았다. 그는 다시 공작을 돌아보았다. 그 순간 또 그 눈빛이 나왔다!

왼손에 낀 검은 반지를 바라보는 페링턴의 눈이 별안간 어두워진 것이다. 눈동자가 확장되어 흰자까지 뒤덮었다. 그러다 다음 순간 눈이 다시 정상으로 돌아왔다. 케이올은 칼테인의 표정을 살폈다. 저 괴상한 변화를 그녀도 알아챘을까?

아니었다……. 칼테인의 얼굴은 변화가 없었다. 당황하거나 놀란 것 같지도 않았다. 그의 재킷으로 어떻게 자기 드레스를 보완할지에 더 관심이 있는 것 같은 얄팍한 표정일 뿐이었다. 케이올은 몸을 쭉 펴고 일어나 남은 사과를 씹어 먹으며 식당을 나갔다. 이상한 현상이긴 했지만 그는 안 그래도 걱정할 게 많았다. 공작은 야심 많은 인물이긴 해도 이 성이나 이 성에 사는 이들에게 위협이 되지는 않았다. 다만 숙소로 돌아가는 내내 케이올은 아까 식당에서 페링턴도 그를 지켜보고 있었다는 느낌을 떨칠 수 없었다.

31

누군가 침대 발치에 서 있었다.

셀레이나는 눈을 뜨기 한참 전부터 그걸 알고 있었다. 베개 밑으로 살그머니 손을 넣어 핀과 끈, 비누를 이용해 만들어둔 칼을 꺼냈다.

"그럴 필요 없어." 엘레나의 목소리에 셀레이나는 일어나 앉았다. "어차피 나한테는 소용도 없거든."

아달렌 최초의 왕비 엘레나의 희미하게 반짝이는 형체를 본 셀레이나는 피가 싸늘해지는 기분이었다. 엘레나는 형체를 온전히 갖추긴 했지만 마치 별빛으로 만들어진 듯 몸 가장자리가 반짝거렸다. 긴 은발이 아름다운 얼굴을 감싸며 흘러내렸다. 셀레이나가 볼품없는 칼을 내려놓자 엘레나는 미소 지었다.

"안녕, 아이야."

"무슨 일로 오셨어요?"

셀레이나는 목소리를 낮추고 물었다.

지금 꿈을 꾸고 있는 건가? 아니면 경비병들도 목소리를 들을 수 있을까? 긴장한 셀레이나는 언제든 침대에서 뛰쳐나가 발코니로 달려갈 준비를 했다. 엘레나가 셀레이나와 방문 사이에 서 있으니 도망치려면 발코니로 가야 했다.

"이 시합에서 꼭 이겨야 한다는 걸 다시 상기해주려고 왔어."

"이미 그럴 생각이에요." 고작 그런 말을 하려고 잠을 깨웠단 말이지? 셀레이나는 차갑게 덧붙였다. "왕비님을 위해서가 아니라 제 자유를 위해서예요. 달리 쓸모 있는 말씀을 해주실 게 있나요? 아니면 저를 성가시게 하려고 오신 거예요? 전사들을 한 명씩 사냥하고 있는 악한 존재에 관한 얘기라도 좀 더 해주시면 좋겠는데요."

엘레나는 천장을 올려다보며 한숨을 쉬었다.

"나도 너만큼이나 아는 게 없어." 셀레이나가 여전히 인상을 찌푸리고 있자 엘레나가 덧붙였다. "넌 아직도 나를 못 믿는구나. 이해해. 하지만 네가 믿든 안 믿든 우린 같은 편이야." 엘레나는 강렬한 눈빛으로 자객 셀레이나를 내려다보며 그녀를 꼼짝 못 하게 만들었다. "네 오른쪽을 잘 보라는 말을 해주려고 왔어."

"뭐라고요?" 셀레이나는 고개를 갸웃했다. "그게 무슨 뜻이에요?"

"오른쪽을 보라고. 거기 답이 있어."

셀레이나는 오른쪽으로 고개를 돌렸지만 거기엔 무덤 입구를 가린 태피스트리뿐이었다. 다시 엘레나 쪽으로 고개를 돌리고 투덜거리려는데 엘레나는 이미 사라지고 없었다.

다음날 시험에 임한 셀레이나는 바로 앞의 작은 탁자와 그 위에 놓인 고블릿 잔들을 세심히 살펴보았다. 삼후인 축제가 끝난 지 2주일이 넘었다. 그동안 시험을 하나 통과했고—다행히 칼 던지기 시험이었다—이틀 전 또 한 명의 전사가 시체로 발견됐다. 요즘 잠을 제대로 못 자고 있었는데 사실 그 정도 표현도 약할 정도였다. 시체 주변에 있던 워드 문자의 의미를 알아내려고 자료를 들여다보고 있든지, 아니면 밤에 거의 잠도 못 이루고 창문과 문을 바라보면서 돌바닥에 발톱을 갈아대는 소리가 들리지 않는지 귀를 기울였다. 방문 앞에 서 있는 경비병들은 어차피 별로 도움이 되지 않을 것이다. 발톱으로 대리석을 파낼 정도로 강력한 짐승이면 사람 몇 명쯤은 쉽게 쓰러뜨릴 테니까.

대련실 앞쪽에는 브럴로가 뒷짐을 지고 서서 남은 전사 열세 명을 바라보았다. 전사들의 앞에는 각각 탁자가 놓여 있었다. 브럴로가 시계를 힐끗 쳐다보았다. 셀레이나도 시계를 바라보았다. 5분 남았다……. 5분 동안 7개의 고블릿에 독이 들어 있는지 확인하고, 제일 무해한 것부터 치명적인 것의 순서대로 늘어놓아야 했다.

5분이 지나면 그때 진짜 시험이 시작되는 거였다. 제일 무해하다고 판단한 고블릿의 액체를 마셔야 하는 것이다. 틀린 답을 고를 경우…… 물론 해독제가 바로 옆에 있긴 하지만 불쾌한 경험을 할 수밖에 없었다. 셀레이나는 목을 이리저리 돌리다가 고블릿 하나를 들어 코에 가까이 대고 냄새를 맡았다. 달콤한데…… 너무 달콤했다. 이런 단맛을 감추기 위해 섞어 넣은 듯한 디저트 와인을 빙빙 돌렸다. 하지만 청동 고블릿에 담겨 있어 색을 판별하기 어려웠다. 컵에 손가락을 넣었다가 뺀 뒤 손톱에서 흘러내리는 보랏빛 액체를 바라보았다. 벨라도나가 분명했다.

지금까지 확인한 다른 고블릿들을 돌아보았다. 독미나리, 혈근초, 투구꽃, 협죽도. 고블릿들을 순서대로 배열했다. 벨라도나가 담긴 고블릿을 협죽도라는 치명적인 독성 물질이 담긴 고블릿 앞에 두었다. 이제 3분 남았다.

끝에서 두 번째 잔을 집어 들고 냄새를 맡았다. 잠시 고민하다가 다시 맡아봤는데 정체를 알 수가 없었다.

탁자에서 고개를 돌리고 공기를 들이마셨다. 콧구멍 안에 밴 냄새를 빼기 위해서였다. 시향을 할 때도 너무 여러 가지 향을 맡고 나면 후각이 둔해지곤 한다. 조향사들이 코에서 향을 제거하는 데 도움이 되는 물건을 늘 곁에 두는 것도 그래서였다. 셀레이나는 다시 고블릿에 대고 냄새를 맡은 뒤 손가락을 담갔다. 냄새도 물이고 생김도 물이었다…….

어쩌면 그냥 물일 수도 있었다. 그 고블릿을 내려놓고 마지막 고블릿을 집어 들었다. 와인 같은데 별다른 냄새는 나지 않았다. 독이 없는 듯했다. 입술을 깨물며 시계를 힐끗 보았다. 2분 남았다.

몇몇 전사들이 나지막하게 욕을 했다. 순서를 제일 많이 틀린 자는 집으로 돌아가야 한다.

셀레이나는 다시 물이 담긴 고블릿 냄새를 맡아보면서 무향인 독성 물질의 목록을 머릿속으로 떠올렸다. 그중 물과 섞여 무색을 유지할 수 있는 물질은 없었다. 와인이 담긴 고블릿을 들어 빙빙 돌려 보았다. 와인에는 다양한 고급 독성 물질을 숨길 수 있었다. 다만 어떤 물질이냐가 문제였다.

왼쪽 탁자 앞에서 녹스가 손으로 검은 머리카락을 쓸어 넘겼다. 그는 고블릿 세 개를 앞에 두고 네 개를 그 뒤에 줄지어 놓아두었다. 이제 90초 남았다.

독, 독, 독. 셀레이나는 입 안이 바짝 말랐다. 이 시합에서 탈락하면 엘레나가 계속 따라다니며 화풀이하지 않을까?

셀레이나는 오른쪽을 힐끗 보았다. 멀쑥한 어린 자객 펠러가 셀레이나를 쳐다보고 있었다. 펠러도 셀레이나가 고민 중인 잔 두 개를 놓고 생각 중인 듯했다. 셀레이나는 그가 물이 담긴 고블릿을 맨 끝 자리에 두고 와인이 담긴 고블릿을 반대쪽 끝에 놓는 것을 보았다. 물의 독성을 제일 크다고 본 것이다.

펠러가 셀레이나를 힐끔 쳐다보면서 턱을 미세하게 끄덕였다. 두 손은 주머니에 찔러넣은 채였다. 선택을 마친 것이다. 셀레이나는 브럴로가 쳐다보기 전에 자신의 고블릿으로 시선을 돌렸다.

독. 첫 번째 시합 중에 펠러는 자기가 독을 잘 다룬다고 했었다.

셀레이나는 펠러를 곁눈으로 살펴보았다. 펠러는 셀레이나의 오른쪽에 서 있었다.

오른쪽을 잘 봐. 거기 답이 있어.

등줄기를 타고 소름이 끼쳤다. 엘레나는 진실을 말해준 것이다.

펠러는 시계를 바라보며 시합이 끝날 때까지 남은 몇 초를 헤아리고 있었다. 그런데 펠러가 왜 그녀를 도운 걸까?

셀레이나는 물이 담긴 고블릿을 줄 맨 끝에 두고 와인이 담긴 고블릿을 맨 앞에 가져다 놓았다.

셀레이나를 제외하고 케인이 툭하면 괴롭히려 드는 전사가 바로 펠러였다. 엔도비어 시절에도 셀레이나의 동맹은 감독관들의 총애를 받는 자가 아니라 감독관들에게 제일 미움을 받는 자였다. 따돌림받는 사람들끼리 서로를 돌봐주며 지냈다. 전사들 대부분은 펠러에게 관심조차 주지 않았다. 브럴로도 첫날 펠러가 했던 말을 잊은 듯했다. 만약 그 말을 기억했으면 이렇게 모두가 다른 사람의 답을 볼 수 있는 자리에서 시험을 치르게 하지는 않았을 것이다.

"시간 다 됐어. 마지막으로 순서를 확정해."

브럴로의 말에 셀레이나는 자신이 놓은 고블릿들의 순서를 한 번 더 바라보았다. 대련실 한옆에서 도리언과 케이올이 팔짱을 끼고 그들을 지켜보고 있었다. 펠러가 그녀를 도와준 걸 그들이 알아챘을까?

녹스는 다채로운 욕을 내뱉으면서 그때까지 순서를 못 정하고 놓아둔 잔들을 아무렇게나 일렬로 늘어놓았다. 나머지 전사들도 대부분 마찬가지였다. 답을 잘못 고를 때에 대비해 해독제가 준비돼 있었다. 브럴로는 탁자에 놓인 잔들을 확인하면서 전사들에게 맨 끝에 배치한 음료를 마시게 했고 자주 해독제를 건네주었다. 대부분 와인을 함정이라고 생각해 제일 독성이 강한 물질 자리에 두었다. 녹스도 결국 유리병에 담긴 해독제를 마시는 신세가 되고 말았는데 그가 제일 독성이 없다고 생각해 고른 물질은 투구꽃이었다.

셀레이나는 케인이 벨라도나를 마시고 얼굴이 보랏빛으로 변한 꼴을 즐거워하며 바라보았다. 케인이 해독제를 벌컥벌컥 마시는 모습을 보면서 셀레이나는 브럴로가 벨라도나 해독제를 진즉에 다 써버렸으면 좋았겠다고 생각했다. 지금까지 이 시합의 승자는 나오지 않았다. 물을 마신 전사는 브럴로에게 해독제를 건네받기도 전에 바닥에 쓰러지고 말았다. 물에 담긴 것은 마신 자에게 무시무시한 고통을 주는 블러드베인이었다. 소량만 마셔도 생생한 환각과 방향 감각 상실에 시달리게 되는 물질이었다. 무기 스승 브럴로가 해독제를 억지로 마시게 한 덕분에 목숨은 건졌지만 성안에 있는 치료소로 급히 이동해야 했다.

마침내 브럴로는 셀레이나가 고블릿들을 늘어놓은 탁자 앞에 섰다. 표정만 봐서는 무슨 생각을 하는지 알 수 없었다. 브럴로가 말했다.

"마셔."

셀레이나는 펠러를 힐끗 돌아보았다. 그녀가 와인이 담긴 고블릿을 입술에 대고 한 모금 마시자 펠러의 녹갈색 눈이 반짝거렸다.

아무 일도 없었다. 괴상한 맛이 나거나 감각에 즉각적인 변화도 없었다. 어떤 독은 효과를 내기까지 시간이 좀 더 걸리기도 하지만……

브럴로가 주먹 쥔 손을 앞으로 뻗자 셀레이나는 뱃속이 조여들었다. 저 손에 해독제가 든 건가?

그런데 브럴로는 손가락을 펴더니 셀레이나의 등을 두드렸다.

"정답을 골랐어. 그건 그냥 와인이야."

그의 뒤에서 전사들이 웅성거렸다.

브럴로는 마지막 전사인 펠러에게 다가갔다. 펠러도 고블릿에 담긴 와인을 마셨다. 브럴로는 싱긋 웃으며 펠러의 어깨를 손으로 잡았다.

"공동 우승이야."

후원자들, 교관들 사이에서 박수가 터져 나왔다. 셀레이나는 고마워하며 펠러에게 미소 지었다. 펠러도 목부터 구리색 머리카락까지 확 달아오르며 마주 웃었다.

살짝 반칙을 쓰긴 했지만 어쨌든 시합에서 이겼다. 동맹을 맺어 공동 승리를 거두는 것 정도는 해도 될 것이다. 엘레나가 그녀를 지켜봐 주고 있지만 크게 달라지는 건 없었다. 셀레이나가 가는 길과 엘레나가 요구하는 바가 지금은 밀접하게 엮여 있지만, 유령이 세운 계획을 이뤄주기 위해 왕의 챔피언이 될 생각은 없었다. 엘레나는 두 번이나 기회가 있었는데도 어떤 계획인지 알려주지 않았다.

엘레나가 이번 시합을 이기는 방법을 셀레이나에게 알려주긴 했지만 그걸로는 충분치 않았다.

32

 산책을 위해 수업을 빨리 마친 셀레이나와 네히미아는 성의 널찍한 홀을 가로질렀다. 그들 뒤에서 경비병들이 따라왔다. 네히미아는 어디서든 셀레이나의 뒤를 따라다니는 경비병들에 대해 어떻게 생각하는지 굳이 입 밖에 내지 않았다. 율레마스가 한 달 정도 남았고, 율레마스가 끝나고 닷새 후면 마지막 결투였다. 매일 저녁, 식사 전에 한 시간 정도 셀레이나와 네히미아는 이일웨이어와 공용어를 서로에게 가르쳐주었다. 셀레이나는 도서관에서 가져온 책들을 네히미아에게 읽게 했고, 완벽해질 때까지 한 글자 한 글자 베껴 쓰게 했다.
 수업을 시작한 후 공주의 공용어 실력은 상당히 좋아졌다. 그래도 둘이 얘기를 나눌 때는 이일웨이어를 썼다. 쉽고 편하기도 했지만, 그들 주변에서 엿들으려던 자들이 눈썹을 치켜뜨고 입을 딱 벌리고 쳐다보는 게 재미있기도 했다. 둘이서만 아는 말로 대화를 나눌 수 있어 좋았다. 어째서인지 셀레이나는 이일웨이어로 말하는 게 좋았다. 그렇게 보자면 엔도비어에서 생활하면서 아무것도 건지지 못한 건 아니었다.
 네히미아가 물었다.
 "오늘은 말이 별로 없네요. 무슨 일 있어요?"
 셀레이나는 약간 미소 지었다. 문제가 있기는 했다. 어젯밤 잠을 거의 못 잤는데, 차라리 새벽이 어서 밝아오기를 바랐다. 전사 하나가 또 죽었다. 엘레나의 명령 때문에도 신경이 곤두섰다.
 "늦게까지 책을 읽느라 잘 못 자서 그래요."
 셀레이나는 성의 이쪽 구역에 처음 와봤다.
 "속에 근심이 많은 게 느껴져요. 당신이 말로 굳이 안 해도 난 많은 얘길 들을 수 있거든요. 당신이 속에 담긴 고민을 소리 내어 말하지 않아도 눈빛은 많은 얘기를 하고 있어요." 내 감정이 그렇게 고스란히 드러났나? "우린 친구잖아요." 네히미아가 부드럽게 말했다. "언제든 필요할 때 곁에 있어 줄게요."
 셀레이나는 목이 메어 네히미아의 어깨에 한 손을 얹으며 말했다.
 "누가 저를 친구라고 불러준 게 참 오랜만이네요. 저는……" 별안간 새까만 기운이 기억의 한구석으로 스며들자 셀레이나는 그것을 떨쳐내려 안간힘을 썼다. "제 안에 이런저런 면들이 있어서……" 그 순간 꿈속에서 그녀를 괴롭혔던 소리가 들렸다. 천둥처럼 우르르 울리는 발굽 소리. 셀레이나가 고개를 절레절레 흔들자 소리가 멈췄다. 셀레이나는 진심을 담아 말했다. "고마워요, 네히미아 공주님. 공주님은 진정한 친구예요."
 심장이 조이면서 떨리고 어둠이 흐릿해졌다.
 네히미아가 별안간 투덜거렸다.
 "왕비님이 오늘 밤 공연단이 왕비님이 좋아하는 연극을 할 거라면서 나더러 같이 보자고 하셨어요. 나랑 같이 갈래요? 통역사가 필요해서요."

셀레이나는 미간을 찌푸렸다.

"그건 좀……"

"못 간다는 거네요."

네히미아의 목소리에 답답함이 묻어났다. 셀레이나는 미안해하는 눈빛으로 친구 네히미아를 바라보았다.

"몇 가지 해야 할 일이 있어서……"

셀레이나가 말을 하려는데 네히미아가 고개를 저었다.

"누구나 비밀이 있어요…… 근위대장이 당신을 늘 가까이에서 지켜보는 것도, 밤이면 당신이 방 밖으로 나오지 않는 것도 이상하다는 생각이 들긴 해요. 내가 바보라면 그들이 당신을 두려워한다고 생각했을 거예요."

셀레이나는 미소 지었다.

"남자들은 어쩔 땐 멍청하게 굴기도 하잖아요."

방금 공주가 한 말을 떠올리며 생각을 곱씹던 셀레이나는 걱정이 됐다.

"공주님은 아달렌의 왕비와 사이좋게 지내시나 보네요? 그러려고 처음부터 노력을…… 하신 것 같진 않은데요."

공주는 고개를 끄덕이다가 턱을 치켜들었다.

"알겠지만 요즘 양국 관계가 그다지 좋지 않잖아요. 처음에는 왕비와 거리를 뒀는데, 왕비와 잘 지내려 노력하는 게 이일웨이를 위한 길이라는 생각이 들더라고요. 그래서 수 주일 동안 왕비와 얘기를 나누고 있어요. 우리가 양국 관계 개선을 위해 어떤 일을 할 수 있을지를 왕비가 깨닫길 바라는 거죠. 왕비가 오늘 밤에 날 초대한 걸 보면 어느 정도 진전이 있다는 뜻 같기도 해요."

조지나 왕비를 통해 네히미아가 아달렌 왕에게 영향을 줄 수도 있겠다는 생각이 문득 들었다.

셀레이나는 입술을 꽉 물고 있다가 미소 지으며 말했다.

"공주님의 부모님께서 좋아하시겠어요." 홀을 걸어가는데 개 짖는 소리가 요란하게 울려 퍼졌다. "여기가 어디죠?"

"개 사육장이요." 네히미아의 표정이 확 밝아졌다. "어제 왕세자가 강아지들을 보여줬어요. 자기 어머니가 있는 왕비실에서 잠시라도 나가고 싶어서 핑계를 찾은 것 같긴 했어요."

케이올 없이 그들끼리만 돌아다니는 것도 원래는 하면 안 되는 일인데 개 사육장까지 들어간다면……

"우리가 여기 와도 돼요?"

네히미아는 허리를 폈다.

"난 이일웨이의 공주예요. 원하면 어디든 갈 수 있어요."

셀레이나는 공주를 따라 커다란 나무 문을 통과했다. 훅 밀려드는 냄새에 셀레이나는 코를 찡그리면서 다양한 종류의 개들이 들어차 있는 우리 앞을 지나갔다.

그녀의 엉덩이까지 올 정도로 큰 개도 있고, 다리 길이가 그녀의 손바닥만 하고, 몸길이는 그녀의 팔뚝만 한 작은 개도 있었다. 하나같이 매력적이고 아름다웠는데, 그중에서도 날씬한 사냥개들은 경외로울 정도였다. 아치형 옆구리, 날씬하고 길쭉한 다리에서 우아함과 속도감이 느껴졌다. 다른 개들처럼 요란하게 짖지도 않고, 가만히 앉아 검고 현명한 눈으로 그녀를 바라보았다.

"전부 사냥개일까요?"

셀레이나가 묻는데 네히미아가 보이지 않았다. 저쪽에서 네히미아와 또 다른 이의 목소리가 들렸다. 그리고 우리 안에서 손이 나와 셀레이나에게 들어오라고 손짓했다. 셀레이나는 얼른 그리로 가서 문 너머를 내려다보았다.

네히미아는 그곳에 자리를 잡고 앉았고 도리언 하빌리아드가 셀레이나를 보며 미소 지었다.

"이런, 안녕하신가요, 릴리언 양." 그는 갈색에 금색이 섞인 강아지를 옆에 내려놓으며 가르랑거리듯 말했다. "당신을 여기서 만나게 될 줄 몰랐네요. 하긴 네히미아 공주가 워낙 사냥에 열정적이니 당신까지 여기로 끌고 온 게 놀랄 일은 아니겠죠."

셀레이나는 강아지 네 마리를 바라보며 물었다.

"이게 그 잡종 강아지들인가요?"

도리언은 강아지 하나를 집어 들고 머리를 쓰다듬으며 말했다.

"안타까운 일이죠. 그래도 참 예쁘긴 해요."

개 두 마리가 훌쩍 뛰며 혀로 핥고 꼬리를 흔들자 네히미아가 웃음을 터뜨렸다. 셀레이나는 그 모습을 바라보다가 우리 문을 열고 안으로 들어갔다.

네히미아가 한쪽 구석을 가리키며 물었다.

"저 개는 아파요?"

다섯 번째 강아지였다. 다른 강아지들보다 몸집이 약간 컸는데 은빛을 띤 매끈한 금색 털이 그림자 속에서도 은은하게 빛났다. 그 강아지는 자기 얘기를 한다는 걸 아는지 까만 눈을 뜨고 그들을 쳐다보았다. 아름다웠다. 미리 얘기를 듣지 않았다면 셀레이나는 그 강아지를 순종이라고 생각했을 것이다.

도리언이 대답했다.

"아픈 게 아니라, 성질이 별로예요. 사람이든 개든…… 누구한테도 가까이 오려고 하질 않아요."

"그럴 만한 이유가 있겠죠." 셀레이나는 왕세자의 다리를 넘어 다섯 번째 강아지에게 다가갔다. "왕세자님 같은 사람한테 가까이 가기 싫어서일 수도 있지 않겠어요?"

"사람한테 반응을 안 하는 강아지는 죽여야지."

도리언이 무뚝뚝하게 말하자 셀레이나는 발끈했다.

"죽여요? 죽인다고요? 무슨 이유로요? 이 강아지가 무슨 짓을 했다고요?"

"애완용으로 기르기에 적합하지 않으니까요. 어차피 여기 있는 개들은 다 애완용으로 길러집니다."

"그래서 성격이 이상하니까 죽이겠다고요? 그럴 수는 없어요!" 셀레이나는 주변을 둘러보았다. "이 강아지의 어미는 어디 있어요? 어미를 필요로 하는 걸지도 몰라요."

"어미는 젖을 먹일 때, 그리고 몇 시간 동안 사회화하기 위해서만 옆에 있어 주죠. 난 이 개들을 경주와 사냥을 위해 키워요. 안아주고 돌보기 위해서가 아니라."

"그래도 어미한테서 강제로 떼어놓는 건 너무 잔인하잖아요!" 셀레이나는 그림자 안으로 들어가 그 강아지를 집어 들고 품에 안았다. "이 강아지를 해치지 마세요."

네히미아가 셀레이나에게 말했다.

"기질이 별나니 부담이 될 수도 있어요."

"누구한테 부담이 된다는 거예요?"

그러자 도리언이 설명했다.

"화낼 필요 없어요. 매일 많은 개가 고통 없이 안락사당해요. 당신이 그렇게까지 반대하는 이유를 모르겠네요."

"어쨌든 이 강아지를 죽이지 마세요! 제가 기를게요. 그래야 안 죽일 것 같으니까요."

도리언이 그녀를 가만히 바라보았다.

"그렇게까지 화를 내니 죽이지는 않겠습니다. 그 강아지가 지낼 집을 마련해주고, 최종 결정을 내리기 전에 당신 허락도 구하도록 하죠."

"그렇게 해주시겠어요?"

"저 강아지의 목숨이 나한테 무슨 큰 의미가 있겠어요? 저 강아지가 당신을 기쁘게 해주니 살게 하는 것이죠."

일어선 그가 가까이 다가와 서자 셀레이나는 얼굴이 달아올랐다.

"야…… 약속하시는 거죠?"

그는 자기 가슴에 손을 얹으며 대답했다.

"왕세자 자리를 걸고 그 강아지를 살려두겠다고 맹세하겠습니다."

셀레이나는 문득 그와 몸이 거의 닿을 뻔했다는 걸 의식했다.

"고마워요."

네히미아는 눈썹을 치켜뜬 채로 그들을 바라보았다. 그때 그녀를 모시는 경비병 하나가 문 앞에 나타나 이일웨이어로 말했다.

"그만 가실 시간입니다, 공주님. 왕비님과의 저녁 약속에 맞춰 옷을 입으셔야 합니다."

달려드는 강아지들을 밀어내며 일어선 공주는 셀레이나에게 공용어로 말했다.

"같이 나갈까요?"

셀레이나는 고개를 끄덕이며 앞으로 걸어가 문을 열었다. 네히미아와 함께 우리를 나온 셀레이나는 우리 문을 닫으며 왕세자를 돌아보았다.

"전하는 저희와 같이 안 가시나요?"

그는 우리 안에서 웅크리고 앉았다. 강아지들이 즉시 그에게 폴짝 뛰어올랐다.

"오늘 밤 느지막이 당신을 만나러 갈게요."

"운이 좋다면 그러실 수 있겠죠." 셀레이나는 유쾌하게 말하며 그곳을 나왔다. 성을 가로질러 걸어가는 셀레이나의 얼굴에 미소가 번졌다.

네히미아가 그녀를 돌아보며 물었다.

"왕세자를 좋아해요?"

셀레이나는 인상을 썼다.

"당연히 아니죠. 제가 왜 그러겠어요?"

"아까 보니까 편안하게 대화하길래요. 왕세자와…… 친해 보이더라고요."

"친해 보인다고요?" 셀레이나는 말이 잘 나오지 않았다. "그냥 골리는 게 재미있을 뿐이에요."

"그를 잘생겼다고 생각하는 게 죄는 아니잖아요. 내가 왕세자를 오해했던 것 같아요. 거만하고 이기적인 멍청이라고 생각했는데, 그렇게 나쁜 인간은 아니더라고요."

"하지만 하빌리아드 가문 사람이에요."

"내 어머니도 할아버지를 무너뜨리려 했던 자의 딸이에요."

"우리 둘 다 바보였네요. 아무것도 아닌 일인데."

"왕세자가 당신한테 관심이 많은 것 같던데요."

셀레이나가 네히미아를 돌아보았다. 오랫동안 잊고 있던 분노가, 뱃속이 뒤틀릴 정도로 지독했던 분노가 셀레이나의 눈에 차올랐다.

"하빌리아드 가문 사람을 사랑하느니 내 심장을 도려내는 게 나아요."

그들은 말없이 걸어갔다. 갈림길에서 셀레이나는 네히미아에게 즐거운 저녁 시간을 보내라고 인사하고 숙소로 향했다.

경비병들은 셀레이나와 어느 정도 거리를 유지하면서 뒤따라오고 있었다. 매일 그들과의 거리는 조금씩 늘어나고 있었다. 케이올이 그렇게 하라고 명령했을까? 날은 이미 어두워졌고 진청색 하늘은 유리창에 쌓인 눈은 같은 색으로 물들이고 있었다. 지금이라면 걸어서 성을 빠져나갈 수도 있을 것이다. 리프트홀드에서 필요한 물품을 챙겨서 아침이면 남쪽으로 가는 배에 오를 수도 있었다.

셀레이나는 창문 앞에 서서 유리창에 몸을 붙였다. 경비병들은 조용히 멈춰 서서 말없이 기다렸다. 바깥의 냉기가 스며들어 그녀의 얼굴에 와 닿았다. 그들은 그녀가 남쪽으로 갈 거라고 생각할까? 북쪽으로 가는 건 예상 못할 것이다. 죽고 싶지 않은 이상 겨울에 북쪽으로 도망칠 사람은 없을 테니까.

창문에 무언가 움직이는 게 비쳤다. 고개를 돌리자 뒤에 서 있는 남자가 보였다.

케인은 셀레이나를 보며 웃음 짓지 않았다. 비웃지 않았다는 의미다. 대신 물 밖으로 끌려 나온 물고기처럼 입을 뻐끔거리며 숨을 몰아쉬었다. 검은 눈동자가 커졌고 손으로 굵은 목을 감아쥐었다. 셀레이나가 바라던 대로 숨이 막혀 죽어가는 모습이었.

"무슨 일 있어?"

셀레이나는 벽에 기대어 선 채 다정하게 물었다. 케인은 좌우를 힐끔거렸다. 경비병들, 창문을 살피다가 그녀를 휙 돌아보았다. 목을 쥔 손에 힘이 들어갔다. 마치 입에서 나오려는 말을 못 나오게 막으려는 듯했다. 그의 손가락에 끼워진 새까만 반지가 흐릿하게 빛났다. 말이 안 되는 소리이긴 한데, 케인은 지난 며칠 동안 근육이 4.5

킬로그램은 불어난 것 같았다. 볼 때마다 몸이 점점 더 커지는 게 보였다.

셀레이나는 인상을 쓰고 팔짱을 끼며 그를 불렀다.

"케인."

케인은 토끼처럼 홀을 달려 내려갔다. 전에 보여준 달리기 실력보다 훨씬 빨랐다. 그는 달려가면서 몇 번이나 뒤를 돌아봤는데 셀레이나도, 혼란에 빠져 웅성대는 경비병도 아니고 그 뒤의 무언가를 연신 살폈다.

셀레이나는 달음박질치는 케인의 발소리가 멀어질 때까지 기다리다가 자신의 방으로 서둘러 돌아갔다. 그날 밤 녹스와 펠러에게 방 밖으로 나오지 말라고, 누가 찾아와도 절대 문을 열어주지 말라고 전갈을 보냈다.

33

칼테인은 옷방을 나서며 뺨을 꼬집었다. 하녀들이 향수를 뿌려주었다. 칼테인은 설탕물을 벌컥벌컥 마셨다. 아편을 피우고 있는데 페링턴 공작이 찾아온 바람에 칼테인은 도망치듯 옷방으로 들어와 옷을 갈아입었다. 방 안에 냄새가 남아 있지 않길 바랄 뿐이었다. 만약 그가 아편에 대해 알게 된다면 최근 두통이 너무 심해 좀 피웠다고 말할 작정이었다. 칼테인은 침실과 현관을 지나 응접실로 들어갔다.

공작은 언제나 그렇듯 당장이라도 전투에 나설 듯한 모습이었다.
"오셨어요, 공작님."

칼테인은 무릎을 약간 굽히며 인사했다. 세상이 흐릿하고 몸이 무거웠다. 공작은 그녀가 내민 손에 입을 맞췄다. 그의 축축한 입술이 피부에 닿았다. 공작이 그녀의 손에서 시선을 떼고 그녀와 눈을 마주 보았다. 그 순간 세상의 한 조각이 스르르 사라진 듯했다. 도리언 옆자리를 보장받기 위해 대체 어디까지 참아야 하는 걸까?

"방해한 게 아니어야 할 텐데요."

그는 그녀의 손을 놓으며 말했다. 방 안에 벽이 솟고 바닥과 천장이 나타났다. 칼테인은 상자 즉, 태피스트리와 쿠션으로 예쁘게 꾸민 우리 안에 갇힌 기분이었다.

"잠시 눈을 붙이려던 참이었어요."

칼테인은 이렇게 말하며 의자에 앉았다. 그가 코를 킁킁거렸다. 약 효과가 몸에 남아 있지 않았다면 지금 칼테인은 몹시 불안했을 것이다.

"제가 이런 예상치 못한 방문의 기쁨을 누리게 된 이유가 있을까요?"

"안부도 물을 겸해서 들렀습니다. 저녁 식사 때 안 보이길래."

팔짱을 끼는 페링턴의 팔은 당장 그녀의 머리통을 으스러뜨릴 수 있을 것처럼 보였다.

"몸이 좀 안 좋아서요."

칼테인은 머리가 너무 무거워 소파에 머리를 기대고 싶은 걸 애써 참았다.

그가 무어라 말했지만 칼테인의 귀는 더 이상 듣고 있지 않았다. 그의 피부가 딱딱하게 굳어지고 부옇게 흐려지는 듯했다. 그의 눈은 대리석을 깎아 만든 구체처럼 아무런 감정도 담겨 있지 않았다. 점점 빠지고 있는 머리카락도 돌처럼 굳어졌다. 하얀 입이 계속 움직이며 대리석 조각 같은 목구멍을 드러내자 칼테인은 놀라 입을 벌렸다.

"죄송해요. 제가 몸이 안 좋네요."

"물을 가져다줄까요?" 공작이 일어서며 물었다. "아니면 내가 그만 갈까요?"

"아뇨!" 칼테인은 목소리가 높아질 뻔했다. 심장에 경련이 날 듯했다. "제 말은…… 공작님과 함께 있는 시간을 즐길 정도는 되지만 가끔 멍해지기도 하니까 양해해달라는 뜻이었어요."

"멍해지다니 당치도 않습니다, 칼테인 양." 공작은 도로 앉았다. "당신은 내가 만나본 중 제일 똑똑한 여성 중 하나예요. 왕세자 전하께서도 어제 같은 말씀을 하셨죠."

칼테인은 등에 힘이 들어가며 허리를 세웠다. 도리언의 얼굴, 그리고 그의 머리 위에 얹힌 왕관이 눈앞에 그려졌다.

"왕세자님이…… 저에 대해 그렇게 말씀하셨다고요?"

공작은 그녀의 무릎에 한 손을 얹고 엄지로 쓰다듬었다.

"물론이죠. 릴리언 양이 끼어드는 바람에 전하께서 더 말씀을 못 하셨지만요."

칼테인이 고개를 획 돌렸다.

"그 여자가 왕세자님 곁에는 왜 있었죠?"

"그야 모르죠. 내가 생각하는 그런 이유 때문이 아니길 바랄 뿐입니다."

어떻게든 조치해야 했다. 이런 일이 일어나지 않게 막아야 했다. 그 릴리언이라는 여자는 너무 빨리 움직였다. 너무 빨라서 칼테인이 상황을 만들어 조종할 틈을 주지 않았다. 릴리언이 그물로 왕세자를 낚았으니 칼테인은 그물을 끊어 왕세자를 자유롭게 풀어줘야 한다. 그 일은 페링턴도 해줄 수 있을 것이다. 페링턴은 릴리언을 사라지게 하고 아무도 못 찾게 만들 수 있는 사람이었다. 아니…… 릴리언은 귀족 여성이었다. 페링턴처럼 명예를 중시하는 남자가 같은 귀족 여성을 해칠 리 없었다. 그래도 어떻게든 가능하지 않을까? 칼테인의 머리 주변을 해골들이 빙빙 돌며 춤을 추었다. 만약 페링턴이 릴리언이 귀족이 아니라는 생각을 하게 된다면……? 두통이 폭발하듯 터져나와 폐에서 공기를 모조리 빨아들였다.

칼테인은 관자놀이를 손으로 문지르며 말했다.

"저도 같은 느낌을 받긴 했어요. 릴리언 양처럼 평판이 나쁜 사람이 어떻게 왕세자의 마음을 얻었는지 믿겨 지질 않네요." 도리언의 편에 서서 말을 하고 나니 두통이 멎은 것 같았다. "누가 왕세자님께 그런 얘길 해준다면 좋을 텐데요."

"평판이 나쁘다고요?"

"그 여자의 배경이…… 그다지 깨끗하지 않다는 얘길 들었어요."

"무슨 얘길 들었습니까?"

칼테인은 팔찌에 달린 보석을 만지작거리며 대답했다.

"구체적으로 들은 건 아니지만, 일부 귀족들이 그 여자에 대해 이 궁전에서 교류할 만한 사람이 아니라는 식으로 말했다고 했어요. 저도 릴리언 양에 대해 더 자세히 알고 싶네요. 그런 이상한 자들로부터 왕세자님을 지키는 게 우리 같은 충성스러운 신하들이 해야 할 일이잖아요."

"물론 그렇죠."

페링턴이 나지막하게 말했다.

머릿속이 욱신거리는 가운데 칼테인의 속에서 거칠고 이질적인 무언가가 비명을 내질렀다. 양귀비와 짐승 우리에 관한 생각이 차츰 희미해졌다.

칼테인은 왕세자와…… 그녀 자신의 미래를 구하기 위해 필요한 일을 해야만 했다.

워드 문자 이론에 관한 오래된 책을 읽고 있던 셀레이나는 숙소 문이 삐걱 열리는 소리에 눈을 들었다. 경첩 소리가 어찌나 요란한

지 죽은 자도 일으켜 세울 정도였다. 심장이 잠시 철렁했지만 태연한 표정을 지으려 애썼다. 문을 열고 들어온 사람은 도리언 하빌리아드도 아니고, 흉포한 짐승도 아니었다.

문이 다 열리고 그 앞에 선 사람의 모습이 드러났다. 멋진 금세공 옷을 차려입은 네히미아였다. 네히미아는 셀레이나를 쳐다보지도 않고 그 자리에 가만히 서 있기만 했다. 시선은 바닥에 가 있었고 눈가의 화장이 눈물 젖은 뺨을 타고 흘러내리고 있었다.

"네히미아?" 셀레이나는 자리에서 일어섰다. "연극을 보러 간다고 했잖아요?"

네히미아는 어깨를 들썩였다. 천천히 고개를 드는 그녀의 눈가가 붉게 충혈되어 있었다. 네히미아는 이일웨이어로 말했다.

"어…… 어디로 가야 할지 모르겠어서 여기로 왔어요."

셀레이나는 호흡이 흔들렸다.

"무슨 일이에요?"

네히미아가 손에 쥔 종이가 눈에 띄었다. 손과 함께 종이가 부르르 떨리고 있었다.

"그들이 대량 살상을 했어요." 네히미아는 눈을 부릅뜨고 가까스로 말을 내뱉었다. 자신이 한 말을 부정하고 싶다는 듯 고개를 세차게 저었다.

셀레이나는 차분히 물었다.

"누가요?"

네히미아는 기묘한 울음소리를 냈다. 그 소리에 담긴 지독한 고통에 셀레이나는 가슴 속 일부가 무너지는 기분이었다.

"아달렌의 군대가 오크월드 숲과 스톤 습지 경계 지역에 숨은 이일웨이 반란 세력 5백 명을 체포했어요." 네히미아의 뺨을 타고 흘러내린 눈물이 그녀의 하얀 드레스로 뚝뚝 떨어졌다. 그녀는 손에 쥔 종이를 구기며 덧붙였다. "아버지 말씀으로는 그들이 전쟁 포로가 되어 캘라컬라로 끌려갔대요. 반란 세력 중 일부가 이송 중에 탈출을 시도했는데……" 네히미아는 힘겹게 숨을 몰아쉬며 가까스로 말했다. "군인들이 처벌해야 한다면서 그들을 죽였다는 거예요. 아이들까지요."

셀레이나는 저녁에 먹은 음식이 목구멍까지 올라왔다. 5백 명이 도살당했다.

문 앞에 서 있는 네히미아의 경비병들 눈에도 눈물이 맺혔다. 죽임을 당한 반역 세력 중…… 네히미아가 도움을 주고 보호해줬던 이들은 몇 명이었을까?

"내 백성들을 돕지 못하면 내가 이일웨이의 공주인 게 무슨 소용 있겠어요? 이런 일이 일어났는데 내가 어떻게 그들의 공주라고 할 수 있죠?"

"마음이 너무 아프네요."

셀레이나는 나지막하게 말했다. 그 말에 공주는 마법에서 풀려난 듯 셀레이나의 품에 안겼다. 공주의 금과 보석이 셀레이나의 피부를 아프게 짓눌렀다. 네히미아는 눈물을 쏟아냈다. 셀레이나는 아무 말도 못 하고 그저 고통이 어느 정도 가실 때까지 공주를 안고만 있었다.

34

 침실 창문 앞에 앉은 셀레이나는 밤공기를 타고 춤추는 눈송이들을 바라보았다. 실컷 울고 난 네히미아가 다시 어깨를 펴고 자기 방으로 돌아간 지도 한참 됐다. 시계가 밤 11시를 알리는 종을 울리자 셀레이나는 팔다리를 쭉 폈다가 배를 움켜쥐는 듯한 통증에 동작을 멈췄다. 호흡에 집중하면서 허리를 굽히고 뱃속의 경련이 잦아들길 기다렸다. 한 시간 넘게 이런 상태였다. 몸에 두른 담요를 끌어당겨 여몄다. 벽난로에 불을 잔뜩 땠는데도 창가에 앉은 그녀에게는 열기가 닿지 않았다. 다행히 필리파가 차를 가지고 들어왔다.
 "차예요. 도움이 될 거예요." 필리파는 셀레이나 옆에 놓인 탁자 위에 차를 내려놓고 안락의자에 손을 얹었다. "이일웨이 반역 세력에게 일어난 일은 정말 안 됐어요." 필리파는 다른 사람이 엿듣지 못할 정도로 목소리를 낮췄다. "네히미아 공주님의 심정이 어떨지 상상도 못 하겠네요." 셀레이나는 뱃속의 통증 말고도 분노로 인해 속이 부글거렸다. "그래도 아가씨처럼 좋은 친구가 곁에 있어 다행이죠."

셀레이나는 필리파의 손을 잡으며 말했다.

"고마워."

그리고 찻잔을 집어 들었다가 너무 뜨거워서 하마터면 무릎에 떨어뜨릴 뻔했다.

필리파가 웃으며 말했다.

"조심하세요. 자객이 뭐 이렇게 어설퍼요. 필요한 거 있으면 하녀를 통해 말씀하세요. 나도 달거리를 실컷 해봐서 잘 알아요."

필리파는 셀레이나의 머리카락을 헝클어놓고는 방을 나갔다. 셀레이나는 다시 고맙다고 말하려 했지만 다시 배가 아파서 몸을 숙였고 방문은 그대로 닫혔다.

엔도비어에서는 너무 굶고 살아 생리가 사라졌는데 3개월 반 동안 잘 먹고 몸에 살이 붙자 생리가 다시 시작된 것이다. 셀레이나의 입에서 신음이 흘러나왔다. 이런 상태로 어떻게 훈련을 할 수 있을까? 최종 결투까지는 4주가 남아 있었다.

창문의 유리창 너머에서 눈송이들이 휘날리며 반짝거렸다. 인간은 이해할 수 없는 왈츠를 추며 빙글빙글 날아다니던 눈송이들이 지상으로 떨어져 내려왔다. 저 바깥에 악한 자들이 넘쳐나는데 엘레나는 어째서 이 성안에 있는 악한 존재를 찾아내 없애라는 걸까? 여기서 일어나는 일을 다른 여러 왕국에서 일어나는 끔찍한 일에 비교나 할 수 있을까? 엔도비어, 캘라컬라와도 비교조차 되지 않는데? 그때 침실 문이 열리고 누군가 다가왔다.

케이올이었다.

"네히미아 공주 얘기 들었어."

"뭐예요? 여기 오기엔 늦은 시간 아닌가요?"

셀레이나는 담요를 당겨 여몄다.

"어디…… 아픈가?"

"몸이 안 좋아요."

"반역 세력에게 일어난 일 때문에 그래?"

못 알아듣는 건가? 셀레이나는 인상을 썼다.

"아뇨. 진짜로 몸이 안 좋아요."

"나도 속이 안 좋더라고." 케이올은 바닥을 내려다보며 조용히 말을 이었다. "그런 일은 다 그래. 엔도비어를 본 후……" 그는 끔찍한 기억을 떨치고 싶은 듯 손으로 얼굴을 문질렀다. "5백 명이나 죽다니."

그가 대놓고 말하자 셀레이나는 조용히 지켜보았다.

그는 방 안에서 서성이기 시작했다.

"내가 당신한테 가끔 냉담하게 군다는 거 알아. 당신이 왕세자께 그런 부분에 대해 불평했다는 것도 알고. 하지만……" 그는 셀레이나를 돌아보며 덧붙였다. "당신이 공주와 친구가 된 건 잘된 일이라고 생각하고 있어. 공주에게 솔직하게 대해주면서 흔들림 없는 우정을 보여준 것도 고맙게 생각해. 네히미아 공주가 이일웨이의 반역 세력과 엮여 있다는 소문이 돌고 있긴 하지……. 내 나라가 정복당했다면 나도 내 나라 백성들의 자유를 되찾으려고 무슨 짓이든 했을 거야."

허리 아래쪽의 깊숙한 통증과 별안간 울렁거리는 속이 아니었으면 그의 말에 대답했을 것이다.

케이올은 창문을 바라보며 말을 이어갔다.

"어쩌면…… 내가 틀렸는지도 몰라."

눈앞이 핑 돌면서 기울어져 셀레이나는 눈을 감았다. 늘 이랬다. 뱃속이 경련이 난 듯 아프다가 메스껍곤 했다. 하지만 토할 수는 없었다. 지금은 절대 그러면 안 되었다.

속이 뒤집히고 도저히 구역질을 참을 수 없어 셀레이나는 손으로 입을 가리며 말했다.

"케이올."

그는 계속 주절거렸다.

"나도 내가 하는 일에 자부심이 크기는 해."

"케이올."

그를 다시 불렀다. 아, 이러다 정말 토하고 말 것이다.

"당신은 아달렌의 자객이야. 그래도 혹시…… 혹시 당신이 원한다면……"

"케이올."

그녀는 경고하며 날카롭게 그를 불렀다. 그가 돌아본 순간 셀레이나는 바닥에 온통 토해놓고 말았다.

그는 경악하며 뒤로 물러섰다. 쓰고 아린 맛이 입 안에 돌면서 눈물이 차올랐다. 셀레이나는 엎드린 채 바닥에 침과 담즙을 흘렸다.

"맙소사…… 정말 아픈 거였어?" 그는 의자에 앉은 그녀를 부축하며 하녀를 불렀다. 눈앞이 아까보다는 또렷해졌다. 그가 뭐라고 말했지? "일단 침대로 데려다줄게."

"그런 식으로 아픈 게 아니라니까요."

케이올은 담요를 걷고 셀레이나를 침대에 앉혔다. 방으로 들어온 하녀가 바닥의 토사물을 보고 인상을 쓰더니 청소 담당 하녀를 소리쳐 불렀다.

"어떤 식으로 아픈데?"

"그게……" 셀레이나는 얼굴이 너무 달아올라서 그대로 녹아 바닥에 떨어지지 않을까 생각했다. 아, 진짜 멍청하기는! "생리가 다시 시작됐어요."

 케이올도 셀레이나처럼 얼굴이 벌게지더니 주춤주춤 물러섰다. 짧은 갈색 머리카락을 한 손으로 어색하게 쓸어 넘겼다.

 "난…… 이만…… 가봐야겠어."

 그는 더듬거리더니 고개를 숙여 인사했다. 셀레이나는 한쪽 눈썹을 치켜뜨고 그를 쳐다보았다. 급하게 침실 밖으로 나가던 케이올이 문 앞에서 발이 걸려 그 너머 방으로 휘청하며 넘어가자 셀레이나의 얼굴에는 자기도 모르게 미소가 번졌다.

 셀레이나는 청소 중인 하녀들에게 "미안해"하고 사과했다. 하녀들은 괜찮다며 손사래를 쳤다. 창피하기도 하고 배도 아파서 셀레이나는 침대로 기어 올라가 담요를 덮고 웅크렸다. 이대로 바로 잠이 오면 좋을 것 같았다.

 하지만 잠은 쉬이 오지 않았다. 잠시 후 침실 문이 다시 열리고 누군가 웃으며 말했다.

 "오다가 케이올을 만났는데 네 상태에 대해 알려주더라고. 케이올 같은 직책을 가진 남자라면 비위가 좋을 줄 알았구나. 온갖 시체를 다 검시하니까."

 셀레이나는 한쪽 눈을 뜨며 인상을 썼다. 도리언이 그녀의 침대에 걸터앉았다.

 "저 지금 많이 힘드니까 성가시게 하지 마세요."

 "엄살 심하네." 그는 재킷 주머니에서 카드 한 벌을 꺼냈다. "카드놀이나 한 판 할까?"

 "몸이 별로 안 좋다니까요."

 "멀쩡해 보이는구만 뭐." 그는 솜씨 좋게 카드를 섞었다. "딱 한 판만 해."

"돈 받고 놀아주는 사람들이랑 하면 되잖아요?"

그는 카드를 섞다 말고 그녀를 노려보았다.

"내가 옆에 있어 주겠다는데 영광으로 알아야지."

"가주시면 영광으로 알게요."

"내 선의에 기대어 사는 사람치고는 말을 막 하는구만."

"막 한다고요? 제대로 시작도 안 했거든요."

셀레이나는 옆으로 누워 무릎을 가슴에 대고 웅크렸다.

그는 웃으며 카드를 주머니에 도로 넣었다.

"네 강아지는 잘 지내고 있어. 궁금할까 봐."

셀레이나는 베개에 대고 끙끙거렸다.

"좀 가세요. 죽을 것 같단 말이에요."

"아름다운 아가씨가 혼자 죽게 둘 수는 없지." 도리언은 그녀의 손에 살포시 자기 손을 얹으며 물었다. "마지막 순간인데 뭐라도 읽어줄까? 무슨 이야기를 듣고 싶어?"

셀레이나는 손을 뒤로 확 뺐다.

"자객을 혼자 죽게 두지 않는 멍청한 왕자 이야기나 하시든가요."

"아! 그 이야기 좋겠네! 행복한 결말이고 말이야. 알고 보니 자객은 왕세자의 관심을 얻으려고 아픈 척한 거였잖아! 누가 짐작이나 했겠어? 영리한 여자라니까. 침실 장면은 또 어찌나 아름다운지. 끝없이 농담을 주고받는 그 장면만 읽어도 충분한 가치가 있어!"

"나가요! 좀! 나가라고요! 저는 내버려 두고 다른 여자나 꼬시든지 하세요!" 셀레이나는 책 한 권을 집어 그에게 던졌다. 도리언은 책에 코를 맞기 전에 재빨리 손으로 잡았다. 그의 눈이 휘둥그레졌다. "그건…… 공격도 아니에요! 장난이지…… 제가 왕세자님을 해칠 생각이 없었거든요, 왕세자 전하."

셀레이나는 우물쭈물 말했다.

"아달렌의 자객이 좀 더 *위엄있게* 날 공격해주면 좋겠어. 적어도 장검이나 단검을 들고 말이야. 뒤에서 기습하지는 말고."

셀레이나는 배를 잡고 엎드렸다. 이럴 땐 여자로 사는 게 싫었다.

"그리고 전하가 아니라 도리언이라고 불러."

"알았어요."

"불러 봐."

"뭘요?"

"내 이름 불러보라고. '알았어요, 도리언' 이렇게."

셀레이나는 눈을 위로 굴렸다.

"너그럽고 신성하신 전하를 만족시켜드려야 하니 이름으로 불러 드릴게요."

"너그럽고 신성하신 전하? 아, 그 호칭 마음에 드네." 도리언의 얼굴에 옅은 웃음이 퍼졌다. 그는 책을 내려다보며 말했다. "이건 *내가* 보내준 책이 아니잖아! 이런 책은 *나한테* 없어!"

희미하게 웃던 셀레이나는 가까이 온 하녀한테서 찻잔을 받아 들었다.

"물론 그렇겠죠, 도리언. 제가 하녀를 시켜 오늘 그 책을 가져오라 고 했으니까요."

"《해질녘의 정열》." 그는 책 제목을 읽고는 아무 페이지나 펼쳐 소리 내어 읽었다. "'그의 손이 그녀의 부드러운 상아색 가슴을 부드럽 게 어루만지자……'" 그는 눈이 휘둥그레졌다. "세상에! 이런 쓰레기 같은 책을 *읽는단* 말이야?《상징과 힘》,《이일웨이 관습과 문화》같 은 책들은 어쩌고?"

셀레이나는 메스꺼움을 가라앉혀주는 생강차를 마저 마셨다.

"다 읽고 빌려드릴게요. 그런 책을 읽어야 전하의 문학적 경험이 완성될 것 같으니까요. 그리고……" 셀레이나는 수줍은 척 미소 지으며 덧붙였다. "숙녀 친구들을 대할 때 쓸 만한 창의적인 아이디어도 떠오를 거예요."

그는 이를 악물고 투덜거렸다.

"난 이런 책 안 읽어."

셀레이나는 그의 손에서 책을 가져와 들고 뒤로 기대어 앉았다.

"그럼 전하도 케이올 근위대장과 다를 바 없네요."

"케이올?" 걸려들었다. "케이올한테도 이 책을 읽으라고 했어?"

"물론 거절하더라고요." 거짓말이었다. "이런 종류의 책을 읽는 건 자기한테 안 맞는다나."

도리언이 그녀의 손에서 책을 낚아챘다.

"그럼 날 줘. 이 여자, 악마가 따로 없네. 네가 우리 둘을 경쟁시키게 두지 않을 거야."

그는 그 소설을 한 번 더 힐끗 보더니 제목이 보이지 않게 뒤집었다. 셀레이나는 웃으며 다시 하늘에서 내리는 눈으로 시선을 돌렸다. 날씨가 몹시 추워서 벽난로에 불을 때도 발코니 문 틈새를 비집고 들어오는 외풍의 냉기를 막아주지 못했다. 셀레이나는 자신을 바라보는 도리언의 시선을 느꼈다. 가끔 그녀를 바라보곤 하는 케이올처럼 조심스런 눈빛은 아니었다. 도리언은 그녀를 바라보는 것 자체를 즐기는 눈빛이었다.

셀레이나도 그를 바라보는 게 즐거웠다.

셀레이나가 허리를 펴며 "뭘 그렇게 빤히 봐요?"라고 묻자, 도리언은 그제야 그때까지 그녀를 뚫어져라 바라보고 있었음을 자각했다.

생각을 하기도 전에 그의 입이 말했다.

"넌 참 아름다워."

"바보 같은 소리 말아요."

"내 말이 기분 나빠?"

몸 안의 피가 묘한 리듬을 타고 고동쳤다.

"아뇨."

셀레이나는 창문 쪽으로 고개를 휙 돌렸다. 그녀의 얼굴이 점점 더 붉어졌다. 매력적인 여자에게 구애하지 않고 지켜보기만 하는 건 칼테인을 제외하고 셀레이나가 처음이었다. 그는 셀레이나의 입술이 어떤 느낌인지, 그녀의 맨살에서 풍기는 체취는 어떤지, 그의 손가락이 닿았을 때 그녀의 몸이 어떻게 반응할지 알고 싶어 안달이 났다.

율레마스가 낀 그 주는 느긋하게 쉬는 기간이며, 겨울밤을 따뜻하게 해주는 육체적 쾌락을 즐거이 누리는 시기였다. 여자들은 머리카락을 풀어 내렸고, 심지어 코르셋을 입지 않는 여자들도 있었다. 수확한 열매와 육체의 기쁨을 만끽하는 휴식기였다. 당연한 얘기지만 그는 매년 이 주간을 기대했다. 하지만 지금은……

가슴이 무너지는 느낌이었다. 아버지의 군대가 이일웨이 반역 세력에게 한 짓에 대해 듣고도 어떻게 율레마스 주간을 축하할 수 있을까? 그들은 단 한 명도 살려주지 않았다. 오백 명을 전부 죽였다. 네히미아 공주의 얼굴을 어떻게 다시 볼 수 있을까? 인간의 생명을 우습게 알도록 훈련받은 군인들을 데리고 어떻게 장차 이 나라를 다스릴 수 있을까?

입 안이 바짝 말랐다. 셀레이나는 테라센 출신이었다. 아버지가 제일 처음 정복한 왕국이 바로 테라센이었다. 셀레이나가 도리언이라는 존재를 받아들인 것만으로도 기적이었다. 어쩌면 그녀는 아달렌에서 오래 살다 보니 더 이상 그런 것에 얽매이지 않게 된 걸까. 그럴 리는 없었다. 등에 새겨진 커다란 세 줄의 상처만으로도 셀레이나는 그의 아버지가 저지른 잔학한 짓을 평생 떠올릴 것이다.

"무슨 일 있어요?"

셀레이나가 물었다. 조심스럽게 궁금해하는 말투였다. 어쩌면 신경을 써주는 것일 수도 있었다. 도리언은 그녀를 차마 볼 수 없어 깊게 숨을 들이마시며 창문 앞으로 걸어갔다. 손에 닿은 유리창이 차가웠다. 그는 땅에 떨어지는 눈송이들을 조용히 바라보았.

"넌 나를 증오할 거야. 이 도시 바깥에서는 온갖 참혹한 일이 벌어지고 있는데 우리는 여기서 아무 생각 없이 흥청망청 즐기고 있으니 나나 내 궁정이 밉겠지. 죽임을 당한 반역 세력에 관한 얘기 들었어. 정말이지…… 부끄럽다."

그는 창문에 머리를 기댔다. 그녀가 일어섰다가 의자에 털썩 앉는 소리가 들렸다. 그의 입에서 단어들이 강물처럼 흘러나왔고 그는 자제할 수가 없었다.

"네가 내 나라 사람들을 쉽게 죽이는 이유 이해해. 네 잘못 아니야."

"도리언."

그녀가 부드럽게 그를 불렀다.

성 바깥은 온통 어두웠다.

그는 계속해서 말했다. 하고 싶은데 속에 눌러뒀던 말들이었다.

"넌 나한테 절대 얘기 안 하겠지만, 아마 내 아버지 때문에 어렸을 때 끔찍한 일을 겪었겠지. 그러니 테라센을 장악한 아달렌을, 친구의 나라를 포함해 다른 왕국들을 정복한 아달렌을 증오할 만해."

숨을 삼키는 그의 눈가가 촉촉해졌다.

"내 말에 믿음이 안 갈 거야. 그래도…… 난 그 일의 일부가 되고 싶지 않아. 아버지가 그런 극악무도한 짓을 벌이는 걸 막지도 못하는 내가 인간일까 싶기도 해. 내가 아무리 정복당한 왕국들을 위해 관용을 베풀어달라고 애원해도 아버지는 듣지도 않으실 거야. 어림도 없지. 그래서 아버지를 열받게 하려고 널 내 챔피언으로 고른 거야." 셀레이나는 고개를 절레절레 흔들었지만 그는 말을 이어갔다. "만약 내가 챔피언을 후원하라는 명령을 거부했으면 아버지는 본인 뜻을 거역하는 것으로 받아들였을 거야. 난 아직 아버지에게 맞설 역량이 안 돼. 그래서 아달렌의 자객을 내 챔피언으로 삼기로 했어. 누구를 챔피언으로 삼을지는 내가 선택할 수 있었거든."

이제 모든 게 명확해졌다.

"인생이라는 게 이러면 안 되는 거잖아." 그는 방 안을 손으로 가리키면서 셀레이나의 눈을 마주 보았다. "그리고…… *세상도 이러면 안 되지.*"

조용히 자신의 심장 소리를 듣고 있던 셀레이나가 입을 열었다.

"난 전하를 증오하지 않아요."

속삭임보다는 좀 더 큰 목소리였다. 도리언은 맞은편 의자에 앉아 한 손으로 머리를 짚었다. 오늘따라 그는 많이 외로워 보였다.

"전하가 그들과 똑같단 생각도 안 하고요. 제 말에…… 상처받았다면 미안해요. 제가 한 말은 대부분 농담이었어요."

"상처? 넌 나한테 상처 준 적 없어! 그냥…… 네 덕분에 약간 더 흥미로워졌어."

셀레이나는 고개를 갸웃했다.

"약간이요?"

"약간보다는 조금 더." 그는 다리를 쭉 뻗었다. "아, 네가 나랑 같이 율레마스 무도회에 갈 수 있으면 좋을 텐데. 넌 못 갈 테지만 그래도 고맙게 여겨."

"저는 왜 못 가요? 율레마스 무도회가 뭔데요?"

그는 끄응 소리를 냈다.

"별거 없어. 율레마스 때 하는 가면무도회야. 네가 참석 못 하는 이유는 네가 정확히 잘 알겠지."

"전하와 케이올은 제가 재미있어할 만한 일을 못 하게 막고 즐거워하는 게 분명해요, 맞죠? 저는 파티에 참석하는 걸 좋아한다고요."

"아버지의 챔피언이 되면 무도회에 실컷 참석할 수 있어."

셀레이나는 인상을 찌푸렸다. 도리언은 할 수만 있으면 같이 가자고 청했을 거라고, 그녀와 함께 시간을 보내고 싶다고, 떨어져 있을 때도 그녀를 생각한다고 말하고 싶었다. 하지만 그런 말을 들으면 그녀는 웃어 버릴 게 분명했다.

자정을 알리는 시계 종소리가 들렸다.

"이만 가야겠어." 그는 팔을 뻗으며 기지개를 켰다. "내일 평의회 회의가 있거든. 회의 시간 내내 내가 졸고 있으면 페링턴 공작이 안 좋아할 거야."

셀레이나는 히죽 웃었다.

"공작에게 안부 전해주세요."

엔도비어에 도착한 첫날 공작이 그녀를 어떻게 대했는지 그녀는 절대 잊을 수 없었다. 도리언도 잊지 않았다. 공작이 그녀를 마구 다루던 모습이 생각나자 도리언의 속에서 차가운 분노가 치밀었다.

그는 몸을 앞으로 기울여 그녀의 뺨에 입을 맞췄다. 그의 입술이 뺨에 닿자 그녀는 몸이 굳었다. 짧은 키스였지만 그는 그녀의 체취를 깊게 들이마셨다. 입술을 떼기가 몹시 힘들었다.
"푹 쉬어, 셀레이나."
"잘 자요, 도리언."
 방을 나서면서 도리언은 그녀가 왜 그렇게 슬퍼 보였는지, 어째서 다정한 투가 아니라 체념한 투로 그의 이름을 불렀는지 궁금해졌다.

 셀레이나는 천장에 퍼져나가는 달빛을 바라보았다. 율레마스의 가면무도회라! 에렐리아에서 가장 부패하고 과시적인 궁전에서 열리는 행사지만 너무나 낭만적인 무도회일 것 같았다. 물론 그녀는 갈 수 없었다. 셀레이나는 코로 깊은 한숨을 내쉬면서 두 손으로 머리 뒤를 받쳤다. 그녀가 바닥에 구토하기 전에 케이올이 혹시…… 무도회에 같이 가자는 말을 하려고 했을까?
 셀레이나는 고개를 저었다. 그건 아닐 것이다. 그녀를 왕실 무도회에 초대하는 일 따위는 하지 않을 남자였다. 무엇보다 둘 다 신경 써야 할 더 중요한 문제들이 있었다. 전사들을 죽이고 다니는 범인이 누구인지 같은 문제. 그날 오후 일찍이 본 케인의 괴상한 행동에 대해 케이올에게 말했어야 했다.
 눈을 감자 입가에 미소가 번졌다. 다음 날 아침 케인이 시체로 발견된다면 그보다 좋은 율레마스 선물은 없을 것이다. 밤은 계속 흐르고 시계는 정각마다 종을 울렸다. 셀레이나는 잠을 이루지 못했다. 성안에 도사리고 있는 존재를 기다리며 궁금해했다. 아무 표시도 없는 무덤에 아무렇게나 묻힌 오백 명의 이일웨이 반역자들 생각이 계속 머릿속을 맴돌았다.

35

 다음 날 저녁, 케이올 웨스트폴은 성 2층에 서서 안마당을 내려다 보았다. 저 아래서 두 사람이 생울타리 사이로 천천히 걸어가고 있었다. 셀레이나는 흰 망토를 입고 있어 쉽게 눈에 띄었고, 도리언은 주변에 둥글게 빈 공간이 늘 있어서 알아볼 수 있었다.
 원칙대로라면 케이올도 저 아래에 있어야 했다. 셀레이나가 도리언을 붙잡아 인질로 삼고 탈출하지 못하도록, 한 걸음 뒤에서 그들을 지켜봐야 했다. 경비병 여섯 명이 저들 뒤를 따라다니고 있었지만, 논리적으로도 그렇고 수년에 걸친 경험에 비추더라도 그는 저들 곁에 있어야 한다는 것을 알고 있었다. 셀레이나는 사람을 잘 속이고 교활하며 잔인한 자객이었다.
 하지만 그는 발을 뗄 수가 없었다.
 그는 매일 장벽이 녹아내리는 것을 느꼈다. 그가 그렇게 되도록 허용한 탓이었다. 그는 셀레이나의 진실한 웃음소리 때문에, 어느 날 오후 책에 얼굴을 묻은 채 잠든 그녀의 얼굴을 봤기 때문에, 결국 그녀가 승리할 것임을 알기 때문에 그렇게 했다.

셀레이나는 범죄자였다. 살인의 영재이고 지하 세계의 여왕이었다. 하지만…… 엔도비어 소금 광산으로 끌려갔을 당시 그녀는 겨우 열일곱 살이었다.

그 생각을 떠올릴 때마다 속이 좋지 않았다. 열일곱 살 때 그는 경비병들과 훈련을 했다. 그때도 그는 여기 살았고 멀쩡한 숙소가 있었으며 좋은 음식을 먹었고 친구들도 있었다.

그 나이 때 도리언은 로자먼드에게 구애하느라 다른 것에는 신경조차 쓰지 않고 살았다.

그런데 셀레이나는 열일곱 살에 죽음의 수용소로 보내졌고, 그곳에서 살아남았다.

그라면 엔도비어에서 과연 목숨을 부지할 수 있었을까. 혹독한 겨울을 견디는 건 말할 필요도 없을 것이다. 그는 지금까지 살면서 채찍질을 당해본 적도, 누가 죽는 걸 본 적도 없었다. 추위도 배고픔도 모르고 살았다.

도리언이 무어라 말하자 셀레이나가 소리 내어 웃었다. 참혹한 엔도비어에서 살아남은 사람이 여전히 저렇게 웃을 수 있다니.

무방비 상태로 목을 내놓고 있는 도리언 바로 옆에 셀레이나가 있는 풍경은 섬뜩했다. 하지만 더 섬뜩한 사실은 그가 그녀를 믿는다는 거였다. 그게 자신에게 어떤 의미인지 케이올은 알 수 없었다.

생울타리 사이로 걸어가는 셀레이나의 얼굴에 미소가 퍼져나갔다. 그들은 몸이 닿을 정도는 아니지만 가까이에서 걷고 있었다. 저녁 식사를 마치고 얼마 지나지 않아 찾아온 도리언은 셀레이나에게 같이 산책 가자고 청했다. 하인들이 남은 음식을 치우자마자 도리언이 숙소로 들어온 걸 보면 쭉 밖에서 기다리고 있었던 것 같기도 했다.

 지금 그와 팔짱을 끼고 그의 온기를 흡수하고 싶은 생각이 드는 것은 그저 추위 때문이었다. 털 안감이 있는 하얀 망토를 걸치고는 있었지만 냉기를 충분히 막아주지 못해서 셀레이나는 몸이 얼어붙을 지경이었다. 이런 날씨에 익숙하지 않은 네히미아는 어떻게 지내고 있을까. 몰살당한 반역 세력에 관한 소식을 들은 후 네히미아는 방 밖으로 거의 나오지 않았고 셀레이나가 같이 산책하러 가자고 몇 번이나 말했지만 모두 거절했다.

 엘레나 왕비를 마지막으로 본 지 3주가 넘어가고 있었다. 엘레나 왕비를 보지도, 목소리를 듣지도 못한 상태로 세 번의 시험을 치렀다. 제일 재미났던 시험은 장애물 코스였다. 셀레이나는 몇 군데 가볍게 긁히고 멍든 상처만 입고 코스를 통과했다. 안타깝게도 펠러는 그다지 성적이 좋지 못해 결국 집으로 돌아가게 됐다. 경쟁자가 셋이나 죽었으니, 죽지 않고 살아서 돌아간 것만도 운이 좋다고 해야 할 것이다. 죽은 전사들은 모두 인적이 드문 복도에서 발견됐는데, 신원을 알아보기 힘들 정도로 시신이 훼손된 상태였다. 요즘 셀레이나는 조금만 이상한 소리가 들려도 깜짝깜짝 놀랐다.

 이제 남은 전사는 여섯 명이었다. 케인, 그레이브, 녹스, 군인, 그리고 베린 대신 케인의 오른팔이 된 잔인한 용병 르노였다. 당연하게도 르노가 제일 좋아하는 일은 셀레이나를 괴롭히는 것이었다.

 셀레이나는 살인 사건에 관한 생각을 애써 마음 한구석으로 밀어냈다. 함께 분수 앞을 지나가는데, 그녀를 힐끔거리며 감탄하는 도리언의 눈길이 느껴졌다. 오늘 밤 셀레이나가 고운 라벤더색 드레스를 입은 것도, 머리를 세심하게 매만진 것도, 하얀 장갑에 얼룩이 없는지까지 확인한 것도 도리언을 의식해서는 아니었다.

"이제 뭘 하지? 정원을 두 바퀴나 돌았어."

"왕세자로서 해야 할 일 없으세요?"

얼음장 같은 바람이 불어와 두건을 젖히고 귀를 얼어붙게 하자 셀레이나는 움찔했다. 두건을 다시 머리에 쓰는데, 도리언이 그녀의 목을 뚫어져라 쳐다보고 있었다. 셀레이나는 망토를 바짝 여미며 물었다.

"왜요?"

"그 목걸이를 늘 걸고 다니네. 그것도 선물 받은 건가?"

그녀가 장갑을 착용하고 있는데도 도리언은 그녀의 손을 한 번씩 힐끔거렸고 그때마다 눈빛이 어두워졌다. 자수정 반지를 늘 끼고 다니는 손이었다.

셀레이나는 부적 목걸이를 손으로 슬쩍 가렸다.

"아뇨. 제 보석 상자에서 찾았는데 모양이 마음에 들어서요. 전하의 물건 아니니까 신경 꺼요."

"아주 오래된 물건 같아서. 왕실 금고에서 훔친 건 아니지?"

그는 한쪽 눈을 찡긋했지만 따뜻한 눈빛이 아니었다. 셀레이나는 그가 장난으로 물은 게 아님을 알아챘다.

"아니에요."

목걸이가 살인범을 막아주지는 못하겠지만, 엘레나가 무슨 꿍꿍이로 준 목걸이인지 말을 안 해서 알 수는 없지만 벗고 싶지 않았다. 이 부적의 존재만으로도 앉아서 방문을 지켜보는 오랜 시간 동안 마음이 편안해진 건 사실이니까.

도리언은 셀레이나가 목으로 올린 손을 내릴 때까지 그녀의 손을 줄곧 바라보았다. 그는 목걸이를 살펴보며 말했다.

"어렸을 때 아달렌 왕국 시초에 관한 이야기를 즐겨 읽었어. 개빈 왕은 내 영웅이었지. 에라완과의 전쟁에 관한 전설을 전부 찾아 읽었어."

상당히 똑똑한데? 이렇게 빨리 알아냈을 리 없는데.

셀레이나는 모르는 척 재미있다는 투로 물었다.

"그래서요?"

"아달렌 최초의 왕비 엘레나는 마법의 부적을 지니고 있었어. 어둠의 왕 에라완과 싸우면서 개빈과 엘레나는 에라완의 공격을 막아낼 수 없다는 걸 알게 됐어. 에라완이 엘레나를 죽이려는 순간 정령이 나타나 엘레나에게 부적 목걸이를 건넸어. 엘레나가 그 목걸이를 걸자 에라완은 엘레나를 건드리지 못했지. 엘레나가 에라완의 실체를 파악하고 그의 진짜 이름을 불렀거든. 놀라서 집중이 흐트러진 에라완을 개빈이 죽였어." 도리언은 땅바닥을 내려다보며 덧붙였다. "사람들은 그 부적 목걸이를 엘레나의 눈이라고 불렀는데, 수백 년이 넘게 행방을 알 수 없었어."

도리언에게 그런 얘기를 들으니 기분이 묘했다. 대륙에서 마법을 추방하고 모든 마법의 흔적을 불법화한 남자의 아들이 강력한 마법의 힘을 지닌 부적 목걸이 이야기를 하고 있는 것이다. 셀레이나는 최대한 아무렇지 않게 웃으며 물었다.

"이 목걸이가 엘레나의 눈인 것 같아요? 그렇게 오래된 물건이면 지금쯤 먼지가 됐겠죠."

"그래. 그 목걸이는 아니겠지." 그는 온기를 더하려 두 팔을 열심히 비볐다. "전에 엘레나의 눈 그림을 본 적 있는데 네 목걸이가 그렇게 생겨서 그래. 복제품이겠지만."

"아마 그럴 거예요." 셀레이나는 재빨리 화제를 돌렸다. "남동생은 언제 온대요?"

그는 하늘을 올려다보았다.

"내가 운이 좋은가 봐. 오늘 아침에 편지를 받았는데 산에 눈이 와서 홀린이 집에 못 온대. 봄 학기가 끝날 때까지 학교에 갇혀 있게 돼서 그 녀석이 미치려고 해."

"왕비님이 안 됐네요."

셀레이나는 싱긋 웃었다.

"눈보라가 치든 말든 홀린한테 율레마스 선물이라도 전하겠다고 하인들을 보내실 거야."

셀레이나는 그의 말을 듣고 있지 않았다. 그들은 그 후 한 시간 가까이 성안을 여기저기 돌아다니며 얘기를 나눴다. 셀레이나는 가슴의 두근거림이 가라앉지 않았다. 엘레나는 그녀의 부적을 알아보는 사람이 있을 수도 있다는 생각을 했어야 했다. 만약 이게 진짜 그 부적 목걸이라면…… 왕은 가문의 가보를, 그것도 대단한 힘을 지닌 물건을 목에 걸고 있다는 이유로 셀레이나를 그 자리에서 죽일 수도 있었다.

그래도 지금은 엘레나가 어떤 동기로 접근했는지 의심해보는 것 말고 할 수 있는 게 없었다.

셀레이나는 책을 보고 있던 눈을 들어 벽에 걸린 태피스트리를 바라보았다. 지하로 연결되는 통로 앞을 막아둔 서랍장은 여전히 그 자리에 있었다. 셀레이나는 고개를 흔들다가 다시 책으로 눈길을 돌렸다. 한 줄 한 줄 시선을 옮기기만 할 뿐, 내용은 머리에 들어가지 않았다.

엘레나가 그녀에게 원하는 건 뭘까? 죽은 왕비들이 살아 있는 자에게 명령하러 돌아오는 건 흔한 일이 아니었다. 셀레이나는 읽던 책을 꽉 잡았다. 시합에서 이기는 건 엘레나의 명령을 따르기 위해서가 아니었다……. 엘레나가 뭐라고 했든 셀레이나는 열심히 싸워서 결국 왕의 챔피언이 됐을 거니까. 성안의 악한 존재를 찾아내서 없애는 일은…… 생각해보니, 요즘 전사들을 죽이고 다니는 범인과 연관되어 있을 게 분명했다. 그러니 사건의 근원을 파헤치지 않고는 배길 수 없었다.

숙소 안 어딘가에서 방문 닫히는 소리가 들려 셀레이나는 깜짝 놀라 들고 있던 책을 놓쳤다. 침대 옆에 있던 놋쇠 촛대를 집어 들고 여차하면 매트리스에서 뛰어 내려갈 준비를 했다. 그러다 다른 방에서 이 침실로 흘러드는 필리파의 콧노래를 듣고는 촛대를 내려놓았다. 셀레이나는 떨어뜨린 책을 짚으려고 끄응 소리를 내며 따뜻한 침대 밖으로 나갔다.

책은 침대 아래에 떨어져 있었다. 얼음장 같은 바닥에 무릎을 대고 엎드린 채 침대 아래로 손을 뻗었다. 손에 닿질 않자 촛대를 손에 들었다. 촛불을 비춰보니 책이 뒷벽까지 밀려가 있었다. 손가락으로 표지를 잡는데 촛불의 빛이 침대 밑바닥에 그어진 하얀 선을 비췄다.

책을 잡아당기고 벌떡 일어섰다. 떨리는 손으로 침대를 밀었다. 어중간하게 언 바닥에 발이 미끄러졌다. 침대를 천천히 어느 정도 밀고 나니 그 아래 바닥에 그려진 게 보였다.

몸 안이 얼어붙는 느낌이었다.

워드 문자였다.

바닥에 수십 개의 워드 문자들이 분필로 적혀 있었다. 전체적으로 커다란 소용돌이무늬를 이루었고 한가운데에 커다란 문자가 있었다. 셀레이나는 주춤주춤 물러서다 서랍장에 부딪혔다.

이게 뭐지? 정 가운데에 있는 워드 문자를 바라보며 떨리는 손으로 머리카락을 쓸어 넘겼다.

눈에 익었다. 베린의 시신 옆에 새겨져 있던 워드 문자였다.

위장이 목구멍까지 올라오는 것 같아 침대 옆 탁자로 달려가 그 위에 놓인 물주전자를 부여잡았다. 더 생각할 것도 없이 물주전자의 물을 곧장 워드 문자에 붓고 욕실로 달려가 물을 더 퍼왔다. 분필이 물에 어느 정도 불었을 때쯤 수건을 가져와 바닥을 문질러 닦았다. 등이 저리고 손과 다리가 얼어붙을 때까지 닦고 또 닦았다.

그러고 나서 바지와 튜닉을 입고 문밖으로 나갔다.

다행히 경비병들은 한밤중에 도서관으로 가자는 요청에 군소리 없이 따랐다. 경비병들이 도서관의 큰 방에 머무는 동안 셀레이나는 서가 사이로 들어가 아무도 찾지 않고 퀴퀴한 냄새를 풍기는 벽감 쪽으로 향했다. 워드 문자에 관한 책들 대부분이 그곳에 있었다. 셀레이나는 빨리 걷지도 못하고 연신 뒤를 돌아보았다.

다음 목표물이 된 걸까? 그 문자의 뜻은 뭐지? 셀레이나는 손가락을 이리저리 비틀며 생각에 잠겼다. 모퉁이를 돌아, 아까 그 벽감에서 서가 열 개도 떨어지지 않은 곳에서 걸음을 멈췄다.

작은 탁자 앞에 앉은 네히미아가 휘둥그레진 눈으로 셀레이나를 쳐다보았다.

셀레이나는 가슴에 손을 얹어 쿵쾅거리는 심장을 진정시켰다.

"젠장. 질겁했네요!"

네히미아는 미소를 짓긴 했지만 표정이 굳어 있었다. 셀레이나는 고개를 갸웃하며 그 탁자로 다가갔다. 네히미아가 이일웨이어로 물었다.

"여긴 웬일이에요?"

"잠이 안 와서요." 셀레이나는 공주가 보고 있던 책으로 시선을 돌렸다. 그들이 수업 시간에 쓰던 책이 아니었다. 글씨가 빽빽하게 들어가 있는 두툼하고 오래된 책이었다. "뭐 읽어요?"

네히미아는 황급히 책을 덮고 일어섰다.

"아무것도 아니에요."

셀레이나는 공주의 표정을 살펴보았다. 네히미아는 입을 꼭 다물고 턱을 치켜들었다.

"아직 그 정도 수준의 책은 읽지 못할 줄 알았는데요."

네히미아는 책을 팔 안쪽에 끼우며 완벽한 발음의 공용어로 받아쳤다.

"당신도 이 성의 다른 바보들과 다를 게 없네요, 릴리언."

그러고는 대답도 듣지 않고 가버렸다.

셀레이나는 자리를 떠나는 네히미아를 조용히 바라보았다. 어이가 없었다. 셀레이나가 아는 네히미아의 공용어 실력으로는 저런 책을 읽을 수 없었다. 한 줄 한 줄 겨우 더듬거리며 읽는 수준이었다. 게다가 저렇게 유창한 억양으로 말하는 것도 처음 들었다…….

책상 뒤쪽의 그림자 진 곳, 나무와 돌벽 사이에 종잇조각이 떨어져 있었다. 셀레이나는 구겨진 종이를 집어 들고 펼쳤다.

그리고 네히미아가 걸어간 방향으로 고개를 돌렸다. 목구멍이 조여드는 느낌이었다. 종잇조각을 주머니에 넣고 서둘러 큰 방으로 돌아갔다. 종이에 그려진 워드 문자가 그녀의 옷을 뜨겁게 지져 구멍을 내는 느낌이었다.

급하게 계단을 내려간 셀레이나는 책들이 쭉 꽂혀 있는 복도를 따라 걸어갔다.

아니, 네히미아가 그런 식으로 사람을 갖고 놀았을 리 없었다. 매일 거짓말을 해가며 아는 게 없는 척했을 리 없었다. 생각해보니, 정원에 새겨진 문양이 워드 문자라고 말해준 사람이 바로 네히미아였다. 네히미아는 그 문양의 정체를 알았고…… 셀레이나에게 그 문자들 가까이 가지 말라고 몇 번이나 경고했다. 네히미아는 친구였다. 네히미아는 자기 백성들이 죽임을 당했을 때 흐느껴 울면서 위로받으려 셀레이나를 찾아왔었다.

하지만 네히미아는 점령당한 왕국에서 왔다. 아달렌의 왕은 네히미아의 아버지의 머리에서 왕관을 빼앗고 왕좌에서 밀어냈다. 이일웨이 사람들은 한밤중에 납치당해 노예로 팔려나갔다. 네히미아가 열심히 지원해주고 있다는 소문이 있는 반역 세력도 붙잡혀 노예로 팔리고 있기는 마찬가지였다. 최근에는 이일웨이 백성 오백 명이 죽임을 당했다.

눈가에 눈물이 맺힌 셀레이나는 큰 방 안락의자에 느긋하게 앉아 있는 경비병들을 바라보았다.

네히미아는 저들을 속이고, 저들에 대항해 음모를 꾸밀 이유가 충분했다. 이 같잖은 시합을 찢어발겨 모두의 신경을 곤두서게 할 이유도 충분했다. 여기 사는 범죄자들보다 좋은 표적이 있을까? 아무도 그들을 그리워하지 않을 테고, 그들의 죽음으로 인해 성안 깊숙이 두려움이 스며들겠지.

그런데 어째서 네히미아는 *셀레이나를* 속인 걸까?

36

네히미아를 못 본 지 며칠째였다. 셀레이나는 케이올이나 도리언은 물론이고 그녀의 방을 찾아온 누구에게도 그 일을 언급하지 않았다. 더 구체적인 증거 없이 네히미아와 대립각을 세울 수는 없었다. 그랬다간 모든 걸 망치고 말 것이다. 워드 문자를 조사하면서 남는 시간을 보냈다. 워드 문자들의 의미를 해석하고, 상징을 찾아보면서, 무슨 의미이고 살인자와 살인자의 짐승과는 무슨 관계가 있는지 알아내려 애썼다. 그렇게 이런저런 걱정을 하는 와중에 또 한 번의 시험을 치렀다. 별다른 사건이나 불미스러운 일은 없었다. 결국 군인이 시험에서 탈락해 집으로 돌아가게 됐다. 셀레이나는 케이올을 비롯한 다른 전사들과 강도 높은 훈련을 계속해나갔다. 이제 남은 전사는 다섯 명이었다. 최종 시험은 사흘 앞으로 다가왔고, 최종 시험이 끝나고 이틀 후가 결투였다.

  율레마스 날 아침 잠에서 깬 셀레이나는 조용히 정적을 즐겼다.
  네히미아와의 만남을 생각하면 기분이 울적해졌지만, 오늘은 어쩐지 평화로운 기운이 느껴졌다. 성 전체가 눈 내리는 소리를 듣느라 고요해진 듯했다. 유리창마다 서리로 얇게 뒤덮이고, 벽난로 안에서는 불이 타닥타닥 소리를 냈으며, 눈송이의 그림자가 바닥을 오가며 나부꼈다. 상상 속의 평화롭고 사랑스러운 겨울 아침 풍경 그 자체였다. 네히미아나 결투, 오늘 밤 초대받지 못한 무도회를 생각하느라 아침을 망치고 싶지 않았다. 오늘은 율레마스 아침이니 행복해야지.

어쩐지 봄의 빛을 낳은 어둠을 찬양하고, 여신의 맏아들의 탄생을 축하하는 날 같지 않았다. 그저 사람들이 다른 때보다 정중해지고, 거리의 거지에게도 한 번 더 눈길을 주고, 사랑이 살아 있는 존재임을 기억하는 날일 뿐이었다. 셀레이나는 미소를 지으며 옆으로 돌아누웠다. 그런데 뭔가가 있었다. 바삭하게 구겨지는 무언가가 얼굴에 닿았고 달콤한 냄새가…….

"사탕이잖아!"

베개 위에 큼직한 종이봉투가 놓여 있었다. 들여다보니 온갖 종류의 달콤한 먹을거리로 가득했다. 편지도 없고, 종이봉투에 휘갈겨 쓴 이름도 없었다. 셀레이나는 어깨를 으쓱하고는 눈을 빛내며 사탕을 한 줌 꺼냈다. 아, 그녀는 사탕을 엄청 좋아했다!

기분 좋게 웃으며 사탕 여러 개를 한꺼번에 입에 넣었다. 그리고 하나씩 씹으면서 눈을 감고 숨을 깊이 들이마셨다. 다양한 맛과 질감이 느껴졌다.

마침내 다 씹고 나니 턱이 아팠다. 종이봉투를 침대 위에서 뒤집고 눈 앞에 펼쳐진 사탕들을 바라보았다. 설탕 가루가 같이 쏟아져 나왔지만 상관없었다.

온통 그녀가 좋아하는 달콤한 것들이었다. 초콜릿을 씌운 젤리, 초콜릿 아몬드 사탕, 베리 모양 캐러멜, 보석 모양을 한 단단한 사탕, 땅콩 브리틀, 플레인 브리틀, 슈가레이스, 당의를 입힌 **빨간 감초 사탕**, 그리고 제일 중요한 초콜릿이었다. 셀레이나는 헤이즐넛 트러플을 입에 넣고 씹으며 말했다.

"누군지 몰라도 나한테 *상당히 다정하네.*"

다시 종이봉투를 살펴봤다. 누가 보냈을까? 도리언인 것 같았다. 네히미아나 케이올은 아닐 것이다. 착한 아이들에게 선물을 준다는 서리 요정일 리도 없었다. 셀레이나가 다른 사람의 몸에서 처음 피를 뽑은 날부터 서리 요정들은 그녀를 찾아오지 않았으니까. 어쩌면 녹스일 수도 있었다. 녹스는 그녀를 무척 좋아했다.

"셀레이나 아가씨!"

문간에서 필리파가 입을 딱 벌리며 소리쳤다.

"행복한 율레마스 보내, 필리파! 사탕 좋아해?"

필리파는 쿵쾅거리며 셀레이나에게 달려왔다.

"진짜 행복한 율레마스네요! 이 침대 좀 봐요! 엉망이 됐잖아요!"

그 말에 셀레이나는 움찔했다.

"이는 또 왜 그렇게 빨개요!"

필리파는 셀레이나가 침대 옆에 늘 놓아두는 손거울을 가져와 얼굴에 들이댔다.

거울 속에 비친 그녀의 이가 진홍색으로 물들어 있었다. 혀로 이를 쓸어보고 손가락으로도 문질러봤지만 소용없었다.

"망할 사탕 때문이야!"

"그러게요. 입에 온통 초콜릿이 묻었어요. 제 손자도 이런 식으로 단 걸 먹지는 않아요!"

셀레이나가 웃었다.

"손자가 있어?"

"있죠. 제 손자도 침대에 음식을 쏟아놓거나 이를 물들이거나 얼굴에 온통 묻히거나 하지 않고 먹는다고요!"

셀레이나가 이불을 잡아 젖히자 설탕이 허공에 날렸다.

"사탕 먹어, 필리파."

"아침 일곱 시예요." 필리파는 오므린 손바닥에 설탕을 쓸어 담았다. "아침부터 단 거 먹으면 속 쓰려요."

"속이 쓰려? 사탕 먹고 속이 쓰리다고?"

셀레이나는 인상을 찌푸리며 진홍색으로 물든 이를 드러냈다.

"꼭 악마 같네요. 입 벌리지 마세요. 그럼 아무도 모를 테니까요."

"그게 가능하지 않다는 걸 나도 알고 그대도 알잖아."

놀랍게도 필리파는 소리 내어 웃었다.

"행복한 율레마스 보내세요, 셀레이나."

필리파가 이름을 불러주자 뜻밖에도 기분이 확 좋아졌다. 필리파가 혀를 차며 말했다.

"자, 가서 옷을 입자고요. 아홉 시에 의식이 시작돼요."

필리파는 서둘러 옷방으로 향했다. 셀레이나는 필리파의 뒷모습을 바라보았다. 심장이 편안해지고 이빨처럼 발그레하게 물드는 기분이었다. 사람들의 내면에는 선량함이 있었다. 누구나 마음속 깊은 곳에는 선한 면이 조금이라도 있게 마련이었다. 당연히 그래야 했다.

잠시 후 셀레이나는 엄숙한 분위기를 풍기는 녹색 드레스를 입고 옷방을 나왔다. 필리파는 셀레이나의 옷 중에 사원 의식에 어울리는 드레스가 이것뿐이라고 했다. 셀레이나의 이는 아직도 빨간색이었다. 이제는 사탕 봉지를 보기만 해도 속이 울렁거렸다. 그런데 그녀의 침실에 있는 탁자 앞에 다리를 꼬고 앉은 도리언 하빌리아드를 보자마자 속이 울렁거리던 것도 잊었다. 그는 흰색과 금색이 섞인 아름다운 재킷 차림이었다.

"전하가 제 선물인가요, 아니면 발치에 있는 그 바구니에 선물을 담아온 건가요?"

"내 포장을 풀고 싶으면 좋을 대로 해." 그는 큼직한 고리버들 바구니를 탁자에 올려놓으며 덧붙였다. "사원 의식 전까지 아직 한 시간 남아 있거든."

셀레이나가 웃었다.

"행복한 율레마스 보내세요, 도리언."

"너도. 그런데…… 이가 빨갛네?"

셀레이나는 얼른 입을 닫고 아니라는 듯 고개를 세차게 저었다.

도리언은 그녀의 코를 꽉 잡고 놓아주지 않았다. 셀레이나는 그의 손가락에서 벗어날 수가 없어 어쩔 수 없이 입을 벌렸다. 도리언은 웃음을 터뜨렸다.

"사탕을 먹었구나?"

"전하가 보냈어요?"

셀레이나는 최대한 입을 다물고 물었다.

"당연하지." 그는 탁자에 놓인 갈색 사탕 봉투를 집어 들었다. "그런데……" 그는 봉투를 집어 들고 무게를 가늠했다. "내가 보낸 사탕 무게가 1.4킬로그램 정도거든?"

셀레이나는 짓궂게 웃었다.

"그 많은 사탕을 반이나 먹어 치우다니!"

"아껴 먹어야 하는 거였어요?"

"나도 사탕 먹고 싶었거든!"

"그런 말 안 했잖아요."

"아침도 먹기 전에 이렇게 잔뜩 먹어버릴 줄은 몰랐지!"

셀레이나는 사탕 봉투를 잡아채서 탁자에 올려놓았다.

"전하가 판단을 잘못한 거잖아요?"

도리언이 받아치려는데 사탕 봉지가 기울어지며 탁자에 사탕들이 우르르 쏟아졌다. 고개를 돌린 셀레이나는 사탕을 향해 바구니 밖으로 튀어나온 작은 황금색 주둥이를 보고 심드렁하게 물었다.

"저게 뭐예요?"

도리언이 빙그레 웃었다.

"너에게 주는 율레마스 선물."

셀레이나는 바구니 뚜껑을 젖혔다. 작은 코가 곧장 안으로 쏙 들어갔다. 빨간 리본을 목에 묶은 금색 강아지가 바구니 안 한쪽 구석에서 오들오들 떨고 있었다.

"아, 강아지네."

셀레이나는 노래하듯 말하며 암컷 강아지를 쓰다듬었다. 강아지가 달달 떨자 셀레이나는 어깨 너머로 도리언을 노려보며 물었다.

"무슨 짓을 하신 거예요, 바보 같은 전하?"

도리언은 두 손을 허공에 뻗어 올렸다.

"선물이잖아! 그 강아지 목에 리본을 묶어주다가 팔을 비롯해서 더 중요한 부위들을 물어뜯길 뻔했어. 여기로 데리고 오는 내내 계속 짖어대더라."

셀레이나는 가여워하며 강아지를 바라보았다. 강아지는 그녀의 손가락에 묻은 설탕을 핥고 있었다.

"이 강아지를 제가 어떻게 하라고요? 마땅한 주인을 못 찾아서 저한테 주기로 하신 건가요?"

"아니야! 음, 어떤 면에서는 맞기도 해. 네 곁에서는 애가 겁을 안 먹는 것 같더라고. 우리가 엔도비어를 출발해 여기로 오는 동안 내 사냥개들이 널 잘 따르던 게 기억나서. 이 강아지도 널 충분히 신뢰하게 되면 사람들에게 적응할 수 있겠지. 그런 쪽으로 재능이 있는 사람들이 있더라고." 셀레이나는 방 안을 서성이는 그에게 한쪽 눈썹을 치켜떴다. "선물이 좀 별로인가. 더 나은 선물을 줄 걸 그랬나."

강아지가 셀레이나를 올려다보았다. 금색에 갈색이 섞인 눈동자가 꼭 녹은 캐러멜 같았다. 한 대 맞을 것 같은지 움츠러든 모습이었다. 아름다운 강아지였다. 커다란 발을 보니 나중에 몸집이 크고 날쌘 개가 될 것 같았다. 셀레이나의 입가에 살짝 미소가 퍼져나갔다. 개가 꼬리를 흔들었다. 한 번, 또 한 번.

"네 개야. 네가 원해야겠지만."

"엔도비어로 다시 가게 되면 이 강아지를 어떻게 해요?"

"그 걱정은 내가 할게."

셀레이나는 강아지의 접힌 귀를 쓰다듬었다. 벨벳처럼 부드러웠다. 조심스럽게 손을 내려 턱을 긁어주었다. 강아지가 신나게 꼬리를 흔들었다. 이렇게 보니 활기찬 면이 있는 듯했다.

"그래서 이 강아지를 안 원해?"

"당연히 원하죠." 셀레이나는 그 말에 담긴 뜻을 알아챘다. "얘가 훈련을 받으면 좋겠어요. 아무 데나 오줌 싸놓고 가구랑 신발, 책을 물어뜯지 않도록요. 내가 앉으라면 앉고, 다른 개들처럼 눕거나 구르기도 하면 좋겠네요. 다른 개들이 훈련받을 때 같이 뛰어다니게 하고 싶어요. 긴 다리를 잘 쓰면 좋잖아요."

셀레이나가 개를 안아 올리자 도리언은 팔짱을 끼고 바라보며 말했다.

"요구 사항이 많네. 그냥 보석이나 사줄 걸 그랬어."

"내가 훈련할 때는……" 셀레이나가 강아지의 부드러운 머리에 입을 맞추자 강아지가 차가운 코를 셀레이나의 목에 기댔다. "이 강아지도 개 사육장에서 훈련받게 하고 싶어요. 오후에 내가 숙소로 돌아오면 이 강아지도 숙소로 오게 하고요. 밤에는 숙소에 데리고 있을 거예요." 셀레이나는 강아지와 눈높이를 맞췄다. 강아지가 허공에서 다리를 파닥거렸다. "내 신발을 망쳐놨다간 널 슬리퍼로 만들어버릴 거야. 알았어?"

강아지는 주름진 이마를 위로 올리며 셀레이나를 쳐다보았다. 셀레이나는 웃으면서 강아지를 바닥에 내려놓았다. 강아지는 여기저기 쿵쿵거리며 돌아다니기 시작했는데 도리언 쪽으로는 가까이 가려 하지 않았다. 그러다 곧 침대 밑으로 들어가 버렸다. 셀레이나는 침대보 장식을 들추고 그 아래를 내려다보았다. 다행히 침대 아래 바닥에 그려져 있던 워드 문자는 깨끗이 지워진 상태였다. 강아지는 쿵쿵거리며 탐색을 계속하고 있었다.

"너한테 어떤 이름을 지어줘야 할까." 셀레이나는 혼잣말을 하다가 일어서며 도리언에게 말했다. "고마워요. 사랑스러운 선물이에요."

도리언은 자라온 양육 환경을 생각하면 어울리지 않을 정도로 다정한 성격이었다. 가슴이 따뜻하고 양심적이었다. 이 성에 사는 여느 사람들과는 달랐다. 셀레이나는 소심하고 어색하게 다가가 왕세자의 뺨에 입을 맞췄다. 왕세자의 피부가 너무 뜨거워서 셀레이나는 입을 맞춘 게 잘못이었을까 생각하며 뒤로 물러섰다. 그의 눈이 빛나고 휘둥그레진 상태였다. 너무 감상적으로 군 걸까? 입술이 너무 축축했나? 사탕을 먹은 후라 입술이 끈적했나? 셀레이나는 그가 뺨을 손으로 닦아내지는 않길 바랐다.
"선물을 준비 못 해서 미안해요."
"그…… 그런 건 기대 안 했어." 새빨개진 그는 시계를 힐끗 쳐다보았다. "이만 가 볼게. 이따 사원 의식 때 봐. 아니면 무도회 끝나고 오늘 밤에 볼까? 최대한 빨리 빠져나오게. 네가 무도회에 안 오니 네히미아도 빨리 나갈 것 같기는 해. 그러니 내가 일찍 무도회장을 나가도 안 좋게 보이진 않을 거야."
그가 이렇게 횡설수설하는 건 처음 봤다.
"즐겁게 보내세요."
그는 뒤로 한 발 물러섰다가 탁자에 부딪힐 뻔했다.
"그럼 무도회 끝나고 오늘 밤에 봐."
셀레이나는 미소가 번진 입을 손으로 가렸다. 입맞춤 때문에 그가 이렇게 어쩔 줄 몰라하는 건가?
"잘 있어, 셀레이나."
그는 문 앞까지 가서 뒤를 슬쩍 돌아보았다. 셀레이나가 빨간 이를 드러내며 미소 짓자 그는 웃으며 허리를 굽히더니 문밖으로 나갔다. 숙소에 혼자 남은 셀레이나는 새 친구가 된 강아지가 뭘 하고 있는지 살펴보려다가 문득 생각했다.
네히미아도 무도회에 갈 테지.
처음엔 단순한 생각이었는데 불안한 생각들이 뒤따랐다. 셀레이나는 고민하며 방 안을 서성였다. 네히미아가 전사 살해 사건의 배후이고…… 사나운 짐승을 부려 그들을 죽인 거라면…… 자기 백성이 떼죽음을 당한 걸 알았으니…… 아달렌을 벌하기에 무도회보다 적합한 장소가 있을까? 왕족들이 잔뜩 모여 무방비 상태로 축하하는 자리인데?

얼토당토않은 생각인 건 알고 있었다. 하지만…… 만약 네히미아가 자기가 부리는 괴물을 무도회에 풀어놓는다면? 칼테인과 페링턴이 끔찍하게 죽든 말든 알 바 아니었다. 하지만 무도회장에는 도리언도 있고, 케이올도 있을 것이다.

셀레이나는 손가락을 이리저리 비틀며 침실로 들어갔다. 무턱대고 케이올에게 경고할 수는 없었다. 만약 잘못된 추측이라면 네히미아와의 우정을 망치게 될 뿐 아니라, 양국의 외교 관계를 위한 공주의 노력까지 물거품으로 만들 수도 있었다. 그렇다고 아무것도 안 할 수도 없는 노릇이었다.

아, 이런 생각 자체를 하지 말았어야 했다. 하지만 친구들이 끔찍한 짓을 저지른 걸 전에도 본 적 있었다. 최악의 상황이 벌어질 수 있다고 믿는 게 차라리 안전한 처신이었다. 복수에 대한 열망이 사람을 어디까지 몰아붙이는지 셀레이나는 직접 봐왔다. 어쩌면 네히미아는 아무것도 하지 않을 수도 있었다. 피해망상적인 괴상한 추측에 불과할지도 몰랐다. 하지만 오늘 밤 무슨 일이 일어나면…….

셀레이나는 옷방 문을 열고 벽에 쭉 걸린 반짝이는 드레스들을 둘러봤다. 무도회장에 슬쩍 들어가면 케이올이 펄쩍 뛰겠지만 어떻게든 감당할 수 있을 것이다. 케이올이 그녀를 한동안 지하 감옥에 가둔다고 해도 어쩔 수 없었다.

그가 다치거나…… 더 심한 일을 겪을 수 있다는 생각이 들자…… 셀레이나는 그런 사태를 막기 위해 어떤 위험이든 감수하기로 했다.

"율레마스 날인데 미소도 안 지어요?"

셀레이나는 케이올과 함께 유리 성을 나와 동쪽 정원 한가운데에 있는 유리 사원으로 걸어가며 물었다.

"내 이가 진홍색이면 난 미소 따윈 안 지을 거 같은데. 계속 찡그리지 않고 있는 거로 만족해." 셀레이나는 그에게 이를 드러냈다가 하인들을 뒤에 거느린 궁정인들이 지나가자 입을 다물었다. "더 길게 불평을 안 하다니 놀랍군."

"무슨 불평요?" 케이올은 어째서 도리언처럼 그녀와 농담 따먹기를 안 할까? 어쩌면 그녀에게 별로 매력을 못 느끼는 것일 수도 있었다. 그 생각을 하자 기분이 나빠졌다.

"오늘 밤에 무도회에 못 가잖아." 그는 곁눈으로 슬쩍 그녀를 쳐다봤다. 케이올이 그녀가 계획하는 일을 알 리 없었다. 필리파는 비밀을 지키기로 약속했다. 셀레이나가 드레스, 그리고 그 드레스와 어울리는 가면을 찾아다 달라고 부탁했을 때 필리파는 묻지 않고 잠자코 따르기로 약속했었다.

"당신은 날 믿지 않나 보네요."

시큰둥하게 말한 건데 입 밖에 내고 보니 쏴붙이는 것처럼 되고 말았다. 엿 같은 시합과 관련된 게 아니면 그녀에게 관심도 없는 사람 때문에 걱정하느라 시간을 낭비하고 싶지 않았다.

케이올은 콧방귀를 뀌면서도 살짝 미소 짓는 모습이었다. 왕세자와 얘기를 나눌 때 셀레이나는 자기가 멍청하다거나 형편없는 인간 같다는 생각은 들지 않았다. 그런데 케이올은 물론 좋은 면도 있긴 하지만…… 그녀를 도발할 뿐이었다. 언제부터 케이올을 혐오하지 않게 됐는지 기억도 나지 않았다.

어쨌든 오늘 밤 셀레이나가 무도회장에 나타나면 케이올은 반기지 않을 것이다. 가면을 쓰든 안 쓰든 케이올은 그녀를 알아볼 게 분명했다. 그 일로 케이올이 너무 심한 벌을 내리진 않기를 바랄 뿐이었다.

37

 셀레이나는 아플 정도로 입을 꽉 다문 채 널찍한 사원 뒤쪽의 신도석에 앉아 있었다. 이가 여전히 빨개서 다른 이의 눈에 띄고 싶지 않았다.
 유리로 지어진 사원은 꽤나 아름다웠다. 원래 이 자리에 석조 사원이 있었는데 그 사원의 흔적은 지금 바닥을 덮은 석회석뿐이었다. 아달렌 왕은 석조 사원을 부수고 그 자리에 유리 구조물을 지어 올렸다. 아치형 유리 천장 아래 자단 신도석 백여 개가 두 줄로 나란히 배치되었다. 낮 동안에는 유리 천장을 통해 햇빛이 많이 들어와서 초를 켤 필요도 없었다. 투명한 유리 지붕에 쌓인 눈을 통과한 햇빛이 그 아래 문양을 그렸다. 벽도 유리라서 제단 위쪽 스테인드글라스 창이 마치 허공에 떠 있는 듯 보였다.
 셀레이나는 앞쪽에 앉은 사람들의 머리 너머를 보려고 일어섰다. 맨 앞 신도석에는 도리언과 왕비가 앉아 있었고 바로 뒤는 근위병들 자리였다. 공작과 칼테인은 통로 맞은편에 앉았고 그 뒤에는 네히미아, 그리고 셀레이나가 모르는 사람들이 앉아 있었다. 녹스는 물론

유리왕좌

이고 케인을 비롯한 나머지 다른 전사들의 모습은 보이지 않았다. 어째서 그들은 셀레이나를 이 의식에는 참석하게 하면서 무도회에는 못 오게 했을까?

"앉아."

케이올이 셀레이나의 녹색 드레스를 잡아당기며 으르렁거리듯 말했다. 셀레이나는 찡그리며 방석 깔린 신도석에 앉았다. 몇몇 사람들이 그녀를 쳐다보았다. 다들 무도회가 저녁이 아니라 점심시간부터인 것처럼 드레스며 재킷을 잘 차려입었다.

대사제가 석조 연단으로 올라와 머리 위로 두 손을 올렸다. 대사제는 고운 암청색 예복을 입은 여성이었는데 긴 백발을 풀어 늘어뜨린 모습이었다. 그녀의 이마에는 예복 색깔과 어울리는 푸른 팔각형 별이 문신으로 새겨져 있었고 별을 이루는 날카로운 선의 끄트머리가 머리 선까지 뻗어나갔다.

"환영합니다. 여신님과 모든 신들의 축복이 여러분에게 임하길 바랍니다."

대사제의 목소리가 뒤쪽에 앉은 사람들의 귀에까지 들릴 정도로 울려 퍼졌다.

셀레이나는 하품이 나오려는 걸 참았다. 신들을 존중하지만…… 신들이 존재한다는 전제하에 도움을 요청할 수도 있겠지만…… 종교의식은 정말이지…… 더럽게 재미가 없었다.

이런 종류의 의식에 참석해보는 게 수년 만이었다. 대사제가 팔을 내리고 사람들을 찬찬히 바라보는데 셀레이나는 좀이 쑤셔서 몸을 움직거렸다. 오늘의 의식은 평소에 늘 하던 기도에 이은 율레마스 기도, 설교, 찬송가, 그리고 신들의 행진 순서로 진행될 것이다.

"이제 시작인데 벌써 꼼지락대는구만."

케이올이 나지막하게 말했다.

"몇 시나 됐죠?"

셀레이나가 소곤거리자 케이올이 그녀의 팔을 꾹 잡았다.

대사제가 입을 열었다.

"오늘은 위대한 순환의 끝과 시작을 축하하는 날입니다. 위대한 여신이 맏아들이며 신 중의 신인 루마스를 출산한 날이기도 합니다. 루마스가 태어나면서 에렐리아에 오게 된 사랑이 워드 대문으로 흘러드는 혼돈을 물리쳤죠."

셀레이나는 눈꺼풀이 무거워졌다. 오늘 너무 일찍 일어나기도 했고, 네히미아를 만난 후로 잠을 거의 못 자고 있었다······. 더는 견디지 못하고 잠의 나라로 흘러 들어갔다.

케이올이 귀에 대고 날카롭게 말했다.

"일어나. 어서."

셀레이나는 움찔하며 허리를 폈다. 환하고 흐릿한 세상이 눈앞에 펼쳐져 있었다. 같은 신도석에 앉은 하급 귀족 몇몇이 소리 없이 웃었다. 셀레이나는 케이올에게 미안하다는 표정을 지은 뒤 제단 쪽으로 시선을 돌렸다. 대사제는 설교를 마쳤고 율레마스의 노래도 끝났다. 이제 신들의 행진이 끝날 때까지만 앉아 있으면 해방이었다.

"내가 얼마나 잤어요?" 나지막하게 물었는데 그는 대답하지 않았다. "내가 얼마나 잤냐고요?" 다시 묻고는 그를 보니 그의 뺨이 붉어져 있었다. "대장님도 졸았죠?"

"당신이 내 어깨에 침을 흘리기 전까지 졸았어."

"뭐 이런 독선적인 젊은이가 있지."

셀레이나가 속삭이자 그는 그녀의 다리를 손으로 쿡 찔렀다.

"집중해."

여사제들로 구성된 성가대가 단상에서 내려왔다. 셀레이나는 하품을 하면서도, 성가대가 축복을 내리는 동안 다른 사람들과 함께 고개를 끄덕거렸다. 오르간 소리가 들리자 다들 신들의 행진이 이루어지는 통로 쪽으로 몸을 돌렸다. 눈을 가린 아이들은 열 살도 채 되지 않았다. 신처럼 차려입고 있어 바보처럼 보이면서도 귀여웠다. 매년 아홉 명의 아이를 선발해 이렇게 행진하게 했다. 아이가 앞에 서면 당신은 신의 축복을 받고 아이한테서 신의 은혜를 상징하는 작은 선물을 받게 된다.

전쟁의 신 파노르는 도리언이 앉은 맨 앞줄에서 멈춰 섰다가 오른쪽으로 이동하더니 통로 너머로 가서 페링턴 공작에게 모형 은검을 내밀었다. 놀랄 일도 아니었다.

반짝이는 날개를 단 사랑의 신 루마스는 셀레이나 앞을 지나갔다. 셀레이나는 팔짱을 끼고 지켜보았다.

한심한 전통이네.

사냥과 처녀들의 여신 디에나가 다가왔다. 셀레이나는 케이올에게 통로 쪽 자리에 앉겠단 말을 하지 말 걸 후회하면서 이쪽 발에서 저쪽 발로 체중을 옮겨 실었다. 디에나 분장을 한 소녀가 앞에 멈춰 서서 눈가리개를 벗자 셀레이나는 당황했다.

예쁘장한 소녀였다. 금발 고수머리를 늘어뜨렸고, 눈동자는 초록색 얼룩이 들어간 갈색이었다. 소녀는 셀레이나에게 미소 지으며 손을 뻗어 이마를 만졌다. 수백 개의 눈이 자신을 쳐다보자 셀레이나는 등에서 땀이 날 지경이었다.

"사냥꾼이자 젊은이들의 수호자 디에나 여신이 올해 당신을 축복하고 지켜주시기를 기원합니다. 디에나 여신의 힘과 은총의 상징으로 이 황금 활을 드릴게요." 소녀는 허리를 굽히며 가느다란 활을 내밀었다. "당신께 율레마스의 축복이 있기를."

셀레이나는 고개를 끄덕여 감사를 표하고 화살을 받았다. 소녀는 폴짝폴짝 뛰어갔다. 모형이라 쓸 수는 없겠지만 순금이었다.

괜찮은 값에 팔 수 있겠네.

셀레이나는 어깨를 으쓱하며 케이올에게 황금 활을 건넸다.

"저는 이걸 갖고 있을 수 없어서요."

그러고는 다른 사람들처럼 자리에 앉았다.

케이올은 황금 활을 셀레이나의 무릎에 얹어놓았다.

"신의 뜻을 시험하고 싶지 않아." 셀레이나는 그를 잠시 바라보았다. 어딘가 모르게 달라 보이는데? 얼굴이 변했나. 셀레이나는 팔꿈치로 그를 툭 치며 활짝 웃었다.

38

 긴 비단 자락, 구름처럼 하얗게 퍼지는 파우더, 붓, 빗, 진주, 다이아몬드가 셀레이나의 눈앞에서 반짝였다. 필리파는 셀레이나의 머리카락을 깔끔하게 정돈해주고 눈과 코에 가면을 씌운 뒤 머리에 작은 크리스털 티아라를 씌웠다. 셀레이나는 어쩐지 공주가 된 기분이었다.
 무릎을 굽힌 필리파는 셀레이나가 신은 실내용 구두에 붙은 크리스털 장식을 반들반들하게 닦으며 말했다.
 "제가 했지만 너무 잘 꾸며서 요정 여왕 저리 가라네요. 꼭 마법을……" 필리파는 아달렌 왕이 효과적으로 금지한 단어를 입 밖에 냈다가 황급히 말을 돌렸다. "완전히 다른 사람 같네요!"
 "좋았어."
 셀레이나가 사람을 죽이러 가지 않는 첫 번째 무도회가 될 것이다. 실상은 네히미아가 자신이나 궁전 사람들을 해치지 않게 감시하려는 것이지만, 어쨌든…… 무도회는 무도회였다. 운이 좋으면 춤을 조금 출 수도 있겠지.

"이게 정말 좋은 생각일까요?" 필리파가 일어서며 조용히 말했다. "웨스트폴 대장님이 안 좋아하실 거예요."

셀레이나는 날카로운 눈초리로 하녀 필리파를 쳐다보았다.

"질문은 하지 말라니까."

필리파가 구시렁거렸다.

"이 방으로 도로 끌려 오게 되면 *제가* 도와줬단 말이나 하지 마세요."

짜증을 참으며 셀레이나는 거울 앞으로 걸어갔고 필리파가 바로 뒤따라왔다. 거울 앞에 선 셀레이나는 눈으로 보고도 믿기지 않았다.

"지금까지 입어본 드레스 중에 제일 아름다워."

셀레이나의 눈에 생기가 확 돌았다.

순백색이 아니라 회색빛이 약간 도는 흰색 드레스였다. 널찍한 치맛자락과 몸에 착 붙는 보디스에는 자잘한 크리스털 수천 개가 붙어 있어서 마치 반짝이는 바다 표면을 보는 듯했다. 보디스에 비단실로 수놓은 소용돌이 비슷한 장미 문양은 어느 뛰어난 화가의 작품이라고 해도 믿어질 만큼 훌륭했다. 목 안쪽에 들어간 담비 털, 어깨만 살짝 덮는 작은 소매. 귀에 걸린 작은 다이아몬드 귀고리. 곱슬하게 손질해 위로 틀어 올린 머리카락, 머리를 장식한 기다란 진주. 얼굴에는 회색빛이 도는 비단 가면을 단단히 착용했다. 최신 유행하는 차림은 아니지만 섬세한 크리스털과 진주로 표현한 소용돌이무늬만 봐도 대단한 솜씨가 엿보였다.

"이 정도면 왕도 춤추자고 손을 내밀겠어요. 왕세자도 그럴 것 같고요."

"이런 드레스를 대체 어디서 찾아온 거야?"

"질문은 하지 마세요."

늙은 하녀 필리파가 혀를 차며 받아쳤다.

셀레이나는 히죽 웃었다.

"알았어."

몸에 비해 심장이 확 커진 것 같은 느낌이 드는 이유는 뭘까. 신발까지 신었는데 왜 이렇게 불안하지. 무도회에 가는 이유를 명심하고 정신을 바짝 차려야 했다.

시계가 밤 9시를 알렸다. 필리파는 문간 쪽을 흘낏 돌아보았다. 그 틈에 셀레이나는 직접 만든 칼을 필리파 모르게 보디스 안에 숨길 수 있었다.

"무도회장으로는 어떻게 가실 생각이에요? 숙소 앞을 지키는 경비병들이 못 나가게 할 텐데."

셀레이나는 알면서 뭘 묻냐는 눈빛으로 필리파를 쳐다보며 말했다.

"이제부터 우린 내가 왕세자한테 초대받아서 무도회에 빨리 가야 하는 것처럼 구는 거야. 경비병들이 막아서지 못하게 나더러 늦었다면서 수선을 피워줘."

필리파는 얼굴이 달아오르자 손으로 부채질을 했다. 셀레이나는 필리파의 손을 잡았다.

"이 일로 내가 곤란한 지경이 돼도 필리파는 나한테 속았고 아무것도 몰랐다고만 말할 거야. 맹세해."

"*진짜* 곤란한 지경이 될 것 같은가 봐요?"

셀레이나는 자신만만하게 미소 지었다.

"그럴 일 없어. 저들은 성대한 파티를 즐기는데 나만 여기 처박혀 있는 게 짜증 나서 이러는 거니까."

완전히 거짓말은 아니었다.

"맙소사." 필리파는 구시렁대며 깊게 숨을 들이마셨다. "가요!" 필리파는 별안간 목청을 높이면서 셀레이나를 복도 쪽 문으로 데려갔다. "어서요. 늦겠어요!" 목소리가 너무 높아서 이상하게 들릴 수도 있겠다 싶은 순간…… 필리파는 숙소 문을 벌컥 열어젖혔다. "아가씨가 늦게 가면 왕세자님이 안 좋아하실 거예요!" 문 앞에서 잠시 멈춰 선 셀레이나는 보초를 선 다섯 명의 경비병들에게 목례를 한 후 필리파를 돌아보며 말했다.

"고마워."

"꾸물거릴 시간 없어요!"

필리파는 셀레이나를 넘어뜨릴 것처럼 세게 밀어내고는 문을 세차게 닫았다.

셀레이나는 경비병들을 돌아보았다.

그 중 레스가 수줍게 말했다. "멋지네요."

다른 경비병도 웃으며 물었다. "무도회장으로 갈 거죠?"

또 다른 경비병도 말했다. "나랑도 춤 한 번 춰요."

아무도 미심쩍어하며 질문을 던지지 않았다.

셀레이나는 레스가 내민 팔을 미소 띤 얼굴로 잡았다. 그가 뿌듯해하며 가슴을 쭉 펴자 셀레이나는 웃음이 나올 것 같았지만 참았다. 대연회장에 가까워지고 왈츠 음악 소리가 들려오자 긴장감이 밀려오기 시작했다. 여기 왜 왔는지 잊으면 안 된다. 전에도 이런 일을 해본 적 있지만, 그때는 친구와 맞서는 게 아니라 결국 낯선 자를 죽이는 것으로 끝났다.

붉은색과 금색으로 된 유리문이 나타나고, 널찍한 홀을 장식한 화환과 초가 보였다. 남들 모르게 슬쩍 들어가는 것이 눈에 띄지 않고 더 쉬웠겠지만, 숙소에서 대연회장까지 이어지는 길을 찾으려고 비밀 통로를 탐색할 시간이 없었다. 게다가 다른 길을 통해 무도회장으로 들어간다면 오히려 의심을 살 수도 있었다. 레스가 걸음을 멈추고 고개를 숙이며 최대한 진지하게 말했다.

"저는 여기까지만 모시겠습니다." 말은 그렇게 하면서도 그의 시선은 계단 아래 무도회장을 떠날 줄 몰랐다. "즐거운 밤 보내요, 사르도시엔 양."

"고마워, 레스."

셀레이나는 당장이라도 토하고 싶고 방으로 달려 돌아가고 싶었다. 하지만 우아하게 고개를 숙여 레스에게 인사했다. 이제 계단을 내려가 케이올을 설득해 파티장에 머무르면서 밤새 네히미아를 지켜봐야 했다.

신발이 너무 약한 느낌이라 강도를 확인하기 위해 뒤로 몇 걸음 물러나 발을 위로 높이 들었다가 바닥을 내리찍어 보았다. 파티장 문 앞을 지키는 경비병들이 쳐다봤지만 상관없었다. 위로 훌쩍 뛰어오르는 정도로는 구두 굽이 부러질 것 같지 않았다. 셀레이나는 계단 쪽으로 향했다.

보디스 안에 넣어둔 칼이 피부를 찌르는 느낌이 났다. 여신과 그녀가 아는 모든 신, 워드, 그녀의 운명을 관장하는 모든 존재에게 부디 이 칼을 사용할 일이 없게 해달라고 빌었다.

그녀는 어깨를 펴고 앞으로 걸어갔다.

저 여자가 여긴 웬일이지?

계단 위쪽에 서 있는 셀레이나를 본 순간 도리언은 들고 있던 잔을 떨어뜨릴 뻔했다. 가면을 썼어도 그녀를 바로 알아볼 수 있었다.

셀레이나는 결점도 분명히 있었지만 뭐든 대충 하지 않는 사람이었다. 드레스만 봐도 아주 잘 골라 입었다. 그런데 대체 여기서 뭘 하는 걸까?

꿈인지 현실인지 헷갈리는데 몇몇 사람들, 그리고 점점 더 많은 사람이 그녀 쪽으로 고개를 돌렸다. 가면을 쓴 신비로운 여자가 치맛자락을 잡고 계단을 찬찬히 내려오자, 왈츠 음악이 흘러나오는데도 춤을 추지 않고 있던 사람들의 시선이 그 여자에게 쏠렸다. 그녀의 드레스는 하늘에서 따온 별들로 만든 것 같았다. 회색 가면에 소용돌이무늬로 붙어 있는 크리스털들이 반짝였다.

"누구죠?"

옆에 앉은 젊은 남자 궁정인이 조용히 물었다.

그녀는 계단을 내려오면서 아무도 쳐다보지 않았다. 아달렌의 왕비까지도 늦게 파티장에 도착한 그녀가 누구인지 보려고 자리에서 일어섰다. 왕비 옆에 앉은 네히미아도 덩달아 일어섰다. 셀레이나가 아주 돌아버린 걸까?

그녀에게 가서 손을 잡아. 하지만 도리언의 발은 납처럼 무거웠다. 그녀를 바라보는 것 말고는 할 수 있는 게 없었다. 작고 검은 가면 아래서 그의 얼굴이 확 달아올랐다. 이유는 모르겠지만 그녀를 보고 있으니 남자가 된 느낌이었다. 그녀는 꿈에서 나온 존재 같았다. 그 꿈에서 도리언은 버릇없는 젊은 왕세자가 아니라 왕이었다. 그녀가 계단을 다 내려오자 도리언은 앞으로 한 걸음 나갔다.

그런데 누군가 이미 그녀 앞으로 다가갔다. 케이올이었다. 셀레이나가 미소 지으며 케이올에게 허리를 굽혀 인사하는 모습을 본 도리언은 이가 아플 정도로 입을 꽉 다물었다. 가면도 쓰지 않은 근위대장이 셀레이나에게 손을 내밀었다. 셀레이나는 별처럼 반짝이는 눈으로 케이올을 쳐다보더니 길고 하얀 손가락을 뻗어 그의 손을 잡았다. 케이올이 계단에서 사람들 사이로 그녀를 데려가자 사람들이 웅성거리기 시작했다. 들어보지 않아도 듣기 좋은 얘기는 아닐 것이다. 도리언은 그들 사이에 끼지 않는 편이 좋겠다고 판단했다.

또 다른 궁정인이 말했다.

"케이올에게 갑자기 부인이 생긴 걸까요."

그러자 조금 전 입을 열었던 남자 궁정인이 대꾸했다.

"웨스트폴 근위대장이요? 저렇게 예쁜 여자가 왜 근위대장이랑 결혼하겠어요?" 그러다 옆에 서 있는 사람이 누구인지 생각났는지 도리언을 힐끗 쳐다보았다. 도리언은 여전히 휘둥그레진 눈으로 계단 쪽을 바라보고 있었다. "저 여자가 누구인지 아십니까, 전하?"

"나야 모르지."

도리언은 조용히 대답하고는 그 자리를 떠났다.

왈츠 음악이 너무 요란해서 셀레이나는 제대로 생각을 할 수가 없었다. 케이올은 그림자 진 벽감 쪽으로 그녀를 데려갔다. 역시나 그는 가면을 쓰지 않았다. 가면을 쓰는 건 너무 멍청한 짓이라고 생각했을까. 가면이 없으니 그의 얼굴에 담긴 분노가 또렷이 보였다.

그는 셀레이나의 손목을 꽉 잡고 화난 목소리로 물었다.

"어쩌다 이렇게 할 생각을 했는지 어디 말해 보지 그래?"

그의 손아귀에서 벗어나려 했지만 그는 놓아주지 않았다. 대연회장 맞은편에 아달렌 왕비와 나란히 앉은 네히미아가 셀레이나 쪽을 간간이 힐끔거렸다. 여기서 셀레이나를 보게 돼서 신경이 곤두선 것일까 아니면 단순히 놀라서일까?

셀레이나가 나지막하게 말했다.

"긴장 풀어요. 난 그냥 좀 즐기러 온 거예요."
"즐겨? 초대도 안 받고 멋대로 왕실 무도회에 온 게 *재미있어?*"
이 상황에서 언쟁을 해봤자 도움이 안 됐다. 케이올이 화난 이유는 그녀가 방에서 몰래 빠져나와 당황했기 때문이었다. 셀레이나는 동정심을 자극하려 부루퉁하게 말했다.
"외로워서 그랬어요."
그는 말문이 막힌 듯 움찔했다.
"오늘 저녁만 혼자 지내면 되는데 그게 힘들어?"
셀레이나는 그에게 잡힌 손목을 비틀어 빼냈다.
"녹스는 도둑인데도 여기 있잖아요! 사방에 번쩍이는 보석이 있는 이곳에 녹스는 오게 했으면서 나는 왜 못 오게 해요? 그렇게 날 못 믿으면서 어떻게 나더러 왕의 챔피언이 되라는 거죠?"
사실 진심으로 대답을 듣고 싶은 질문이기는 했다.
케이올은 한 손으로 얼굴을 가리며 길게 한숨을 내쉬었다. 셀레이나는 웃음이 나려는 걸 참았다. 그녀의 승리였다.
"대신 조금이라도 허튼 행동을 했다가는—"
셀레이나는 환하게 웃었다.
"나한테 주는 율레마스 선물이라고 생각해요."
케이올은 고민되는 표정으로 그녀를 바라보다가 어깨를 축 내렸다.
"내 결정을 후회하게 만들지 마."
셀레이나는 지나가면서 그의 뺨을 손으로 쓰다듬었다.
"이러니 내가 당신을 좋아할 수밖에요."
그는 말없이 그녀의 뒤를 따라 사람들 쪽으로 이동했다. 셀레이나는 가면무도회에 처음 온 게 아니었지만, 주변 사람들 얼굴을 볼 수가 없으니 신경이 곤두섰다. 도리언을 포함한 궁전 사람들 대부분은 다양한 크기와 모양, 색깔의 가면을 착용한 모습이었다. 단순한 디자인으로 된 가면도 있고 정교한 동물 모양 가면도 있었다. 왕비 옆에 앉은 네히미아는 금색과 청록색으로 된 연꽃 모양 가면을 착용했다. 왕비와 네히미아는 점잖게 대화를 나누고 있었고, 단 측면에 서 있는 네히미아의 경비병들은 벌써 지루한 표정이었다.

셀레이나는 사람들 사이에서 빈자리를 찾아 그곳에 멈춰 섰고 케이올은 가까이에 자리했다. 사람들을 두루 지켜보기에 좋은 위치였다. 여기서라면 연단, 중앙 계단, 댄스 플로어까지…… 다 볼 수 있었다.

도리언은 키가 작고 가슴은 엄청 큰 흑갈색 머리 여성과 춤을 추면서 그 가슴을 한 번씩 힐끔거리고 있었다. 도리언은 셀레이나가 온 걸 눈치 못 챘을까? 케이올이 그녀를 구석 자리로 데려갔을 때 페링턴도 그녀를 쳐다봤다. 다행히 케이올은 셀레이나가 페링턴과 말을 섞기 전에 재빨리 그녀를 데려갔다.

셀레이나는 대연회장 저쪽에 있는 녹스와도 눈이 마주쳤다. 그는 비둘기 가면을 쓴 젊은 여자에게 말을 걸고 있었다. 셀레이나를 보더니 녹스는 잔을 살짝 들어 인사하고는 그 여자를 향해 돌아섰다. 녹스는 눈만 가리는 파란 가면을 착용한 모습이었다.

"지나치게 재미를 보려고 하지는 마."

케이올은 팔짱을 낀 자세로 옆에 서서 말했다.

가면 속에서 얼굴을 찌푸린 셀레이나도 팔짱을 끼고 사방을 경계하기 시작했다.

한 시간 후 셀레이나는 멍청하게 군 것 같아 자책하기 시작했다.

네히미아는 여전히 왕비 옆에 앉아 있었고 셀레이나 쪽은 다시 쳐다보지도 않았다. 어떻게 네히미아가 여기 있는 모두를 공격할 거란 생각을 할 수 있었을까?

그런 생각을 했던 자신이 부끄러워 가면 속에서 셀레이나의 얼굴이 달아올랐다. 이런 자기를 어떻게 네히미아의 친구라고 할 수 있을까. 죽은 전사들, 정체를 알 수 없는 사악한 힘, 그리고 이 엉터리 같은 시합 때문에 미쳐버린 건가.

셀레이나는 인상을 살짝 찌푸린 채 드레스의 털 장식을 매만졌다. 케이올은 말없이 옆을 지키고 서 있었다. 그가 셀레이나를 파티장에 있게는 해줬지만 이 일을 곧 잊지는 않을 것이다. 숙소 앞을 지키던 경비병들도 이따가 크게 혼이 날 게 분명했다.

네히미아가 별안간 자리에서 일어서자 셀레이나는 긴장하며 허리를 세웠다. 네히미아의 경비병들도 재빨리 차려 자세를 취했다. 네히미아가 왕비에게 고개를 숙인 순간, 샹들리에의 불빛을 받은 네히미아의 가면이 반짝였다. 네히미아는 왕비에게 인사하고 단상에서 내려갔다.

방망이질 치는 심장 박동이 혈관으로 느껴졌다. 네히미아는 사람들 사이를 이리저리 빠져나갔고 그녀의 경비병들이 바로 뒤에서 따라갔다. 잠시 후 네히미아는 셀레이나와 케이올 앞에서 걸음을 멈췄다.

"아름답네요, 릴리언."

네히미아는 전처럼 이일웨이어 억양이 강하게 밴 공용어로 말했다. 셀레이나는 뺨이라도 맞은 것처럼 충격을 받았다. 그날 밤 도서관에서 네히미아는 완벽하게 유창한 공용어로 말했다. 지금 네히미아는 셀레이나에게 그날 일에 대해 입 다물라고 경고하는 걸까?

"공주님도요." 셀레이나는 긴장한 목소리였다. "무도회는 즐거우신가요?"

네히미아는 드레스 자락을 만지작거렸다. 진한 푸른색 드레스인 걸 보니 아달렌 왕비가 보내준 선물인 듯했다.

"네. 그런데 몸이 좀 안 좋아서 방으로 돌아가 보려고요."

셀레이나는 어색하게 고개를 끄덕였다.

"나아지길 바랄게요."

생각해낸 말이 이게 고작이었다. 네히미아는 고통 비슷한 감정이 담긴 촉촉한 눈으로 셀레이나를 한참 바라보다가 그곳을 떠났다. 셀레이나는 계단을 올라가는 네히미아의 뒷모습을 바라보면서, 그 모습이 안 보일 때까지 시선을 떼지 못했다.

케이올이 헛기침을 하며 물었다.

"무슨 일 때문인지 말해주겠어?"

"신경 쓰지 말아요."

네히미아가 여기 없어도 무슨 일이 일어날 여지는 아직 남아 있었다. 물론 아닐 수도 있었다. 네히미아는 고통을 더 큰 고통으로 갚을 사람이 아니었다. 그런 짓을 하기엔 너무 착한 심성을 가졌다. 셀레이나는 힘겹게 숨을 삼켰다. 보디스 안에 숨겨둔 임시 칼이 몹시 무겁게 느껴졌다.

오늘 밤 네히미아가 아무도 해치지 않는다고 해서 용의선상에서 제외할 수는 없었다.

"무슨 일이냐니까?"

케이올이 대답을 재촉했다.

셀레이나는 부끄러움과 걱정을 마음 한옆으로 밀어내고 턱을 들었다. 네히미아는 떠났지만 주변 경계는 계속해야 할 필요가 있었다. 그러면서 약간은 재미를 봐도 될 것이다.

"당신이 모두를 노려보고 있으니까 아무도 나한테 춤추자고 하질 않잖아요."

케이올이 짙은 눈썹을 치켜떴다.

"난 모두를 노려본 적 없어."

말은 그렇게 하면서도 그는 셀레이나 쪽을 지나치게 오래 쳐다보며 지나가는 궁정인에게 인상을 썼다.

"그만 좀 해요! 당신이 계속 그러면 아무도 나한테 춤추자고 안 한다고요!"

그는 화가 치민 표정으로 그 자리를 떠났다. 셀레이나는 그를 따라 댄스 플로어 가장자리로 이동했다. 케이올은 빙글빙글 도는 드레스의 바다 가장자리에 서서 말했다.

"여기 있자고. 누구든 당신한테 춤추잔 말을 하게 하려면 잘 보이는 곳에 있어야 될 테니까."

이 자리에서라면 사나운 짐승이 사람들에게 달려들지 못하게 막을 수 있을 것이다. 하지만 케이올에게 그런 얘기를 할 필요는 없을 듯했다. 셀레이나는 그를 힐끗 쳐다보며 물었다.

"나랑 춤추고 싶어요?"

그는 소리 내어 웃었다.

"당신이랑? 됐어."

셀레이나는 대리석 바닥을 내려다보았다. 가슴이 아팠다.

"그렇게 잔인하게 굴 필요 없잖아요."

"잔인하다고? 셀레이나. 페링턴 공작이 바로 저기 있어. 저자는 당신이 여기 있는 걸 좋아하지 않을 거야. 그러니 필요 이상으로 저자의 관심을 끄는 짓은 하지 말아야지."

"겁쟁이."

케이올의 눈빛이 부드러워졌다.

"페링턴만 없었으면 춤추자고 했을 거야."

"그 문제는 내가 쉽게 처리할 수 있어요."

그는 고개를 절레절레 흔들며 검은 튜닉의 옷깃을 매만졌다. 그때 도리언이 흑갈색 머리 여자와 왈츠를 추며 앞으로 지나갔다. 도리언은 셀레이나 쪽을 쳐다보지도 않았다.

케이올은 도리언을 턱으로 가리키며 말했다.

"당신 관심을 끌고 싶어 하는 매력적인 남자들이 한둘이 아니잖아. 나랑 같이 있으면 지루할 뿐이지."

"난 당신이랑 여기 있는 거 싫지 않아요."

"그렇진 않을 걸."

케이올은 담담하게 말하며 그녀의 눈을 바라보았다.

"진심이에요. 그러는 당신은 왜 아무하고도 춤을 안 춰요? 마음에 드는 숙녀가 없어서 그래요?"

"난 근위대장이잖아. 여자들이 원하는 상대가 아니야."

잘 숨기긴 했지만 그의 눈빛에 서글픈 감정이 살짝 엿보였다.

"미쳤어요? 당신은 여기 있는 누구보다도 나아요. 그리고…… 무척 잘생겼고요."

이 말을 하면서 그녀는 그의 손을 잡았다. 힘과 명예, 충성심이 느껴지는 그의 얼굴은 아름답기까지 했다. 그 순간 주변 사람들의 소리가 셀레이나의 귀에 들어오지 않았다. 그와 눈을 마주 보는데 입 안이 말라 들어갔다. 그의 매력을 어떻게 이렇게 오랫동안 놓치고 있었을까?

잠시 후 그는 맞잡은 손을 바라보며 물었다.

"그렇게 생각해?"

셀레이나는 그의 손을 더 꽉 잡으며 말했다.

"만약 내가……"

"둘이 춤 안 추고 뭐 해?"

케이올은 그녀의 손을 놓았다. 셀레이나는 힘겹게 그에게서 시선을 돌리며 말했다.

"제가 누구와 춤을 추겠어요, 전하?"

은회색 튜닉을 입은 도리언은 놀라울 정도로 잘생겨 보였다. 그의 튜닉은 셀레이나의 드레스와도 색이 어울렸다.

"눈부시네." 도리언은 셀레이나에게 말한 후 케이올에게도 윙크하며 말했다. "자네도 멋져, 케이올." 도리언과 눈이 마주친 셀레이나는 온몸의 피가 별똥별이 된 것처럼 끓어올랐다. "음, 파티장에 몰래 들어온 게 얼마나 바보 같은 짓인지 잔소리를 해야 할까, 아니면 대신 나랑 춤추자고 청해야 할까?"

그러자 케이올이 나섰다.

"좋은 생각이 아닙니다."

"왜?"

도리언과 셀레이나가 동시에 물었다.

도리언은 그녀에게 좀 더 가까이 다가왔다. 셀레이나는 네히미아에 대해 안 좋게 생각했던 자신이 부끄러웠지만 그래도 여기 와서 도리언과 케이올이 안전한 걸 눈으로 확인할 수 있으니 다행이란 생각이었다.

"너무 많은 이목을 끌 테니까요." 케이올의 말에 셀레이나는 어이없다는 듯 눈을 위로 굴렸다. 케이올은 그녀를 쏘아보며 물었다. "네가 누구인지 내가 일깨워줘야겠어?"

"아뇨. 안 그래도 매일 일깨워주고 있잖아요."

그의 갈색 눈이 어두워졌다. 친절하게 대해주다가 바로 이런 식으로 모욕할 거면 왜 잘 대해주는 걸까?

도리언은 셀레이나의 어깨에 손을 얹으며 케이올에게 매력적인 미소를 지었다.

"긴장 풀어, 케이올." 그러면서 다른 손으로 그녀의 등을 쓸었다. 그의 손가락이 셀레이나의 맨살을 스쳤다. "오늘 밤은 일하지 말고 쉬어." 그는 케이올한테서 셀레이나를 끌어당기며 어깨 너머로 말했다. "그러는 게 자네한테도 좋을 거야."

도리언의 말투에서 유쾌한 느낌이 점점 사그라졌다.

"그럼 저도 한 잔 하겠습니다."

케이올은 나지막하게 말하고는 그 자리를 떠났다. 셀레이나는 잠시 케이올을 바라보았다. 케이올이 그녀를 친구로 여겼을 리 없었다. 셀레이나는 등을 쓰다듬는 도리언을 돌아보았다. 심장이 빠르게 뛰었다. 케이올은 아침 햇살 속 이슬처럼 그녀의 머릿속에서 사라졌다. 케이올을 잊는 게 마음에 걸렸지만…… 그래도…… 아, 그녀는 도리언을 원했다. 도저히 부정할 수 없었다. 도리언을 원하고 있었다.

"아름다워." 도리언은 나지막하게 말하며 그녀를 훑어보았다. 그의 시선에 셀레이나는 귀까지 빨개졌다. "너한테서 시선을 뗄 수가 없었어."

"그래요? 저를 못 알아보신 줄 알았는데요."

"네가 도착했을 때 케이올이 먼저 다가갔잖아. 게다가 너한테 다가가려면 나도 용기가 필요했어." 그는 싱긋 웃었다. "너무 위협적이더라고. 특히 그 가면을 쓰고 있는 모습이."

"그래도 전하와 춤추려고 대기 중인 여자들이 줄을 서 있잖아요."
"지금은 여기 있잖아, 안 그래?"

셀레이나는 심장이 조여드는 느낌이었다. 그녀가 기대한 대답이 아니었다. 이 남자한테서 뭘 기대했을까?

도리언이 손을 내밀고 고개를 살짝 숙이며 말했다.

"춤추실까요?"

음악이 연주되고 있었나? 잊고 있었다. 촛불의 황금색 불빛에 세상이 녹아들어 버렸다. 남은 것은 오직 그녀의 발과 팔, 목, 입술뿐이었다. 한쪽 눈으로 여전히 주변을 경계하면서, 미소 띤 얼굴로 그의 손을 잡았다.

39

 그는 늘 꿈꿔온 세상에 정신없이 빠져들었다. 그의 손이 닿은 그녀의 몸은 따뜻했고, 그의 손을 잡은 그녀의 손가락은 부드러웠다. 그는 최대한 매끄럽게 왈츠를 추며 그녀의 몸을 잡아 돌리고 이끌었다. 연달아 춤을 추는 동안 그들이 파트너를 바꾸지 않자, 무수한 여자들이 성난 얼굴로 노려보는데도 그녀는 스텝 한 번 흐트러지지 않았고 신경도 쓰지 않았다.
 물론 왕세자가 여성 한 명하고만 춤을 계속 추는 것은 예의에 어긋나는 처신이었다. 하지만 그는 지금 함께 춤을 추는 파트너, 그리고 그들을 이끄는 음악에만 몰두할 뿐이었다.
 "체력이 좋으신가 봐요."
 그녀가 말했다. 그녀와 마지막으로 말을 한 게 언제였더라? 10분 전인가, 한 시간 전이었나. 그들 주변에서 가면 쓴 얼굴들이 흐릿하게 지워지고 있었다.
 "어떤 부모들은 자식을 때려서 체벌한다는데, 내 부모는 춤 수업으로 나를 체벌했거든."

"말을 무척이나 안 듣는 아이였나 보네요."

그녀는 무언가…… 혹은 누군가를 찾는 듯 파티장을 한 번씩 휙휙 둘러보았다.

"오늘은 칭찬이 후하네."

그는 그녀의 몸을 잡고 빙글 돌렸다. 그녀의 치맛자락이 샹들리에 불빛에 반짝거렸다.

"율레마스니까요. 율레마스엔 누구나 친절하죠."

그녀의 눈에 잠깐 고통의 감정이 담기는 듯했는데, 그가 확인하기 전에 그 감정은 사라져버렸다.

그는 그녀의 허리를 잡고 왈츠의 리듬에 맞춰 발을 움직였다.

"선물은 어떻게 지내고 있어?"

"아, 내 침대 밑에 숨어 있다가 식당으로 갔어요. 거기 두고 나왔어요."

"개를 식당에 두고 문을 잠근 거야?"

"카펫을 다 망칠 텐데 침실에 둬야 해요? 아니면 체스 말을 씹어 먹다가 숨이 막히게 휴식실에 둬요?"

"개들이 사는 개 사육장으로 보냈어야지."

"율레마스에요? 그 끔찍한 곳으로는 도저히 못 보내요."

그는 문득 그녀의 입술에…… 진하게…… 키스하고 싶어졌다. 하지만 이 감정은 진짜일 리 없었다. 무도회가 끝나고 나면 그녀는 자객으로 돌아갈 것이고 그는 여전히 왕세자일 것이다. 도리언은 힘겹게 숨을 삼켰다. 그래도 오늘 밤만은…….

그녀를 가까이 끌어당겼다. 그의 시야에서 주변의 모든 사람이 벽에 붙은 그림자가 되어 버렸다.

케이올은 친구 도리언이 자객과 춤추는 모습을 인상을 찌푸린 채 바라보았다. 그라면 그녀와 춤추지 않았을 것이다. 도리언과 셀레이나가 춤추는 모습을 본 페링턴 공작의 얼굴색이 바뀐 걸 보니, 아까 그녀에게 춤을 청하지 않은 게 다행이란 생각이었다.

오소라는 이름의 궁정인이 케이올 옆으로 다가와 말을 걸었다.
"저 여자가 자네와 함께 온 줄 알았어."
"누구? 릴리언 양?"
"그게 저 여자 이름이군! 본 적 없는 여자인데, 궁전에 새로 왔나 봐?"
"어."

오늘 밤 셀레이나를 밖에 나가게 해준 담당 경비병들을 내일 불러서 한마디 해야겠단 생각이었다. 지금 당장 경비병들을 혼내고 싶진 않았다.

"잘 지내고 있지, 근위대장?" 오소는 이 말을 하면서 그의 등을 세게 쳤다. 그의 입에서 와인 냄새가 훅 풍겼다. "이제 우리랑은 저녁도 같이 안 먹잖아."

"저녁을 같이 안 먹은 지 3년도 넘었어, 오소."
"그만 돌아와…… 자네와 나누던 대화가 그리워."

거짓말이었다. 오소는 그저 케이올한테서 저 이국적인 숙녀에 관한 정보를 얻으려는 것뿐이었다. 오소의 여성 편력은 성안에서 꽤 유명했다…… 리프트홀드에 드나드는 궁정인들을 붙잡고 끝없이 색다른 여자를 물색한다는 소문이었다.

케이올은 도리언이 셀레이나를 들어 올렸다가 내려놓는 모습을 바라보았다. 왕세자가 무어라 말하자 셀레이나의 입술에 미소가 걸리며 눈이 반짝거렸다. 가면을 쓰고 있어도 셀레이나의 얼굴에 피어난 행복은 읽어낼 수 있었다.

오소가 물었다.

"왕세자와 함께하는 여자인가?"

"릴리언 양은 누구와도 함께하지 않아."

"왕세자와 그런 사이가 아니라고?"

"아니야."

오소는 어깨를 으쓱했다.

"이상하네."

"뭐가?"

케이올은 그의 목을 졸라버리고 싶은 충동을 느꼈다.

"왕세자가 저 여자를 사랑하는 것처럼 보이잖아."

오소는 이렇게 말하고는 가버렸다.

케이올은 잠시 눈앞이 흐려졌다. 셀레이나가 웃자 도리언은 그녀를 멍하니 바라보았다. 왕세자는 그녀한테서 한시도 눈을 떼지 못했다. 도리언의 표정은…… 기쁨으로, 아니 경이로움으로 충만한 듯했다. 어깨를 펴고 등도 꼿꼿이 세웠다. 그녀 앞에서 도리언은 남자였다. 마치 왕 같은 모습이었다.

이런 일이 일어나는 건 불가능했다. 언제부터 저랬을까? 오소는 술과 여자라면 사족을 못 쓰는 자였다. 그런 자가 사랑에 관해 뭘 알까?

도리언이 셀레이나를 빠르고 솜씨 좋게 잡고 돌렸다. 빙그르르 돌아 도리언의 품에 들어온 셀레이나는 신이 나 어깨가 올라갔다. 하지만 셀레이나는 도리언을 사랑하는 게 아니었다. 오소도 그런 식으로 말하지는 않았다. 오소도 셀레이나가 도리언을 사랑한다고는 보지 않은 것이다. 셀레이나는 그 정도로 멍청하지는 않았다. 멍청한

쪽은 도리언이었다. 정말로 셀레이나를 사랑하게 됐다면 도리언은 마음에 깊은 상처를 받을 것이다.
친구 도리언을 더 지켜볼 수가 없어 케이올은 파티장을 떠났다.

릴리언 고데이나와 아달렌의 왕세자가 연달아 춤을 추는 모습을 바라보면서 칼테인은 분노하고 괴로워했다. 아무리 얼굴이 더 가려지는 가면을 썼더라도 저 여자가 릴리언인 것을 알아봤을 것이다. 게다가 대체 어떤 인간이라야 무도회에 회색 드레스를 입고 올 생각을 할까? 칼테인은 자신이 입고 있는 드레스를 내려다보며 미소 지었다. 파란색과 에메랄드색, 부드러운 갈색으로 빚어낸 밝은 색감의 드레스였다. 그 드레스에 어울리는 공작 가면까지 하면 거의 작은 집 한 채 값이었다. 물론 지금 칼테인의 목과 팔 대부분을 장식한 보석도 모두 페링턴이 보낸 선물이었다. 저 약삭빠른 창녀가 입은 칙칙하고 단조로운 크리스털 드레스와는 비교도 되지 않았다.
페링턴이 팔을 쓰다듬자 칼테인은 애교스럽게 속눈썹을 깜박거리며 그를 향해 돌아섰다.
"오늘 밤엔 정말 잘생겨 보여요."
그녀는 이렇게 말하며 그의 붉은 튜닉을 가로지른 금 사슬을 매만져주었다. 페링턴의 얼굴은 곧 그가 입은 튜닉처럼 붉게 달아올랐다. 칼테인은 이 남자와 키스하는 역겨움을 참을 수 있을까 생각했다. 지난 한 달 동안 그래왔듯 그를 계속 밀어낼 수는 있을 것이다. 하지만 이렇게 그가 술에 취한 밤이면······.
최대한 이 자리를 벗어날 방법을 찾아내야 했다. 칼테인은 초가을 무렵보다 도리언과 더 가까워지질 못했고 방해물인 릴리언도 더 밀어내질 못했다.

눈앞에 벼랑이 펼쳐진 기분이었다. 짧고 희미하게 머리가 욱신거렸다. 이제 다른 선택지가 없었다. 릴리언을 제거해야 했다.

새벽 3시를 알리는 시계 종소리가 들리자 왕비와 케이올을 비롯해 무도회 참석자 대부분이 무도회장을 떠났다. 셀레이나도 이제는 여길 떠나도 안전할 것 같다는 판단을 내렸다. 셀레이나는 도리언이 술을 가지러 간 동안 무도회장을 빠져나가 레스를 찾아갔다. 레스는 그녀를 다시 숙소로 데려가기 위해 무도회장 밖에서 기다리고 있었다. 호기심 많은 궁정인들 눈에 띄지 않도록 하인용 통로를 지나 레스와 함께 복도를 걸어가는데 성안이 유난히 고요하게 느껴졌다.

잘못된 생각으로 무도회장에 쳐들어가긴 했지만 도리언과 춤을 추며 약간 재미도 봤다. 정확히 말하면 약간보다는 많았다. 셀레이나는 미소를 지으며 손톱 아래를 후벼팠다. 그들은 그녀의 숙소로 이어지는 복도로 들어섰다. 도리언은 그녀만 바라보고 그녀에게만 말을 걸었으며 그녀를 동급 내지는 그 이상인 사람처럼 대우해줬다. 벅찬 감정은 쉬이 가라앉지 않았다. 어쩌면 무작정 무도회에 간 게 실패는 아니었던 것 같기도 했다.

레스의 헛기침 소리에 고개를 든 셀레이나는 그녀의 문 앞에서 경비병들과 담소를 나누는 도리언을 보았다. 셀레이나보다 먼저 여기 온 걸 보니, 그녀가 무도회장을 떠나고 얼마 지나지 않아 그도 무도회장을 나왔음을 짐작할 수 있었다. 도리언이 다가와 고개를 숙여 인사하고 숙소 문을 열어주자 셀레이나는 심장이 빠르게 뛰었지만 수줍게 미소 지으며 그와 함께 안으로 들어갔다. 레스를 비롯한 경비병들이 어떻게 생각하던 알 바 아니었다.

셀레이나는 줄을 풀어 가면을 떼어내 현관 통로 중앙의 탁자 위에 던져 놓았다. 달아오른 피부에 시원한 공기가 닿자 편안하게 숨을 내쉬었다. 그녀는 침실 문 옆의 벽에 기대어 서서 물었다.

"무슨 일로 왔어요?"

도리언은 그녀에게 천천히 다가가다가 거의 바로 앞에서 걸음을 멈췄다.

"네가 작별 인사도 안 하고 무도회장을 나가길래."

그는 그녀의 머리 바로 옆 벽에 팔을 가져다 대고 섰다. 셀레이나는 눈을 치켜뜨고, 머리카락 바로 위로 드리워진 그의 소맷자락의 검은 색 부분을 올려다보았다.

"이렇게 빨리 여기 올라오다니 인상적이네요. 궁정 숙녀들을 뒤에 잔뜩 매달고 오지도 않았고 말이죠. 전하도 자객 일을 한 번 해보시든지요."

도리언은 얼굴에 붙은 머리카락을 치우며 잠긴 목소리로 말했다.

"궁정 숙녀들한테는 관심 없어."

그러고는 그녀에게 입을 맞췄다.

그의 입술은 따뜻하고 매끄러웠다. 그의 키스를 서서히 받아들이며 시간과 공간 감각을 잃었다. 도리언은 잠시 입술을 떼고 그녀의 눈동자를 들여다보더니 다시 입을 맞췄다. 이번에는 느낌이 달랐다. 좀 더 깊숙하고 그녀를 필요로 하는 마음이 가득 담긴 키스였다.

셀레이나는 팔이 무거우면서도 동시에 가벼워졌다. 방 안이 빙글빙글 돌았다. 멈출 수가 없었다. 좋았다. 그에게 키스를 받는 것도, 그의 체취와 맛, 느낌도 좋았다.

그의 팔이 그녀의 허리를 감쌌다. 그는 그녀를 바짝 당겨 안고 키스를 이어나갔다. 셀레이나는 그의 어깨에 한 손을 얹으면서 근육을 손가락으로 꾹 눌렀다. 엔도비어에서 그를 처음 봤을 때와 비교하면 상황이 완전히 달라졌다!

셀레이나는 눈을 떴다. 엔도비어. 왜 지금 아달렌의 왕세자와 키스하는 걸까? 손가락에 힘이 풀리면서 팔을 옆으로 내렸다.

도리언은 입술을 떼고 미소 지었다. 어쩐지 같이 웃고 싶어지는 미소였다. 도리언이 다시 앞으로 몸을 기울였지만 셀레이나는 손가락 두 개를 그의 입술에 부드럽게 얹으며 막았다.

"이만 자야겠어요." 그가 눈썹을 치켜뜨자 셀레이나가 덧붙였다. "혼자서요."

그는 자신의 입술에 닿아 있는 그녀의 손가락을 치웠다. 그가 다시 입을 맞추려 하자 셀레이나는 그의 팔 아래서 몸을 휙 돌리면서 문손잡이를 잡았다. 그가 막아서기 전에 셀레이나는 침실 문을 열고 그 안으로 들어갔다. 침실 문 앞에서 도리언은 여전히 미소 짓고 있었다.

"잘 자요."

문에 기대어 선 도리언은 그녀에게 얼굴을 가까이 들이대며 속삭였다.

"잘 자."

그가 다시 입을 맞췄고 셀레이나는 막지 않았다. 그는 그녀가 미처 마음의 준비를 하기도 전에 입술을 뗐다. 그가 문에서 물러선 순간 셀레이나는 하마터면 균형을 잃고 넘어질 뻔했다. 그가 나지막하게 웃었다.

"잘 자요."

셀레이나는 달아오른 얼굴로 다시 말했다. 그는 그녀의 숙소를 떠났다.

발코니로 걸어간 셀레이나는 문을 활짝 열어 찬 공기를 들였다. 손을 입술에 대고 밤하늘의 별을 올려다보았다. 심장이 점점 커지는 기분이었다.

 도리언은 심장이 마구 뛰었다. 그는 천천히 그의 방으로 돌아갔다. 여전히 그녀와 입술이 맞닿던 느낌, 그녀의 머리카락에서 풍기던 향기, 촛불의 빛을 받아 금색으로 빛나던 그녀의 눈동자가 떠올랐다.
 어떤 결과가 닥치든 상관없었다. 어떻게든 방법을 찾으면 되니까. 그녀와 함께할 방법을 찾으면 된다. 반드시 그렇게 할 것이다.
 그는 이미 절벽에서 뛰어내렸다. 저 아래서 그물이 받쳐주기만을 기다릴 뿐이었다.

 정원에서 케이올은 발코니에 선 젊은 여자를 올려다보았다. 그녀는 꿈이라도 꾸고 있는 것처럼 홀로 왈츠를 추고 있었다. 케이올은 그녀가 지금 생각하는 사람이 자기가 아니라는 걸 잘 알고 있었다.
 그녀는 춤을 멈추고 위를 올려다보았다. 발코니까지는 꽤 멀었지만 그녀의 뺨에 피어난 홍조를 볼 수 있었다. 그녀는 어리고…… 새로워 보였다. 가슴이 아팠다.
 그녀가 한숨을 푹 쉬고는 안으로 들어갈 때까지 그는 그녀를 지켜보았다. 그녀는 한 번도 아래를 내려다보지 않았다.

40

 차갑고 축축한 무언가가 뺨에 닿더니 얼굴을 핥아대자 셀레이나는 끄응 소리를 내며 눈을 떴다. 강아지가 꼬리를 흔들며 그녀를 내려다보고 있었다. 침대에서 자세를 고쳐 눕다가 햇빛이 환하게 비치자 움찔했다. 늦잠을 잘 생각은 없었다. 이틀 후에 시험이 있으니 훈련을 해야 했다. 최종 결투 전에 치르는 마지막 시험이었다. 이 시험을 통해 결승전 진출자 4명이 가려지게 될 것이다.

 한쪽 눈을 비비던 셀레이나는 개의 귀 뒤를 긁어주며 말했다.

 "어디다 오줌을 누고 와서 나한테 그 얘길 해주려고 했어?"

 "그건 아니야." 누군가 침실 문을 열며 말했다. 도리언이었다. "내가 새벽에 다른 개들이랑 같이 데리고 나갔다 왔어."

 그가 다가오자 셀레이나는 옅은 미소를 지었다.

 "제 방을 찾아오기엔 좀 이른 시간 아닌가요?"

 "이르다고?" 그는 침대에 걸터앉으며 웃었다. 셀레이나는 뒤로 약간 물러났다.

 "오후 한 시가 다 됐어! 필리파한테 듣기로는 오전 내내 죽은 듯이 잤다던데."
 오후 한 시! 그렇게 오래 잤다고? 케이올과의 훈련은 어떻게 됐지? 셀레이나는 코를 긁으며 강아지를 무릎에 올려놓았다. 적어도 어젯밤에는 아무 일도 일어나지 않았다. 괴물이 다시 누군가를 공격했으면 이미 그 소식을 들었을 것이다. 마음이 놓인 셀레이나는 안도의 한숨을 내쉴 뻔했다. 어제 내린 판단에 대한 죄책감, 네히미아에 대한 믿음이 너무 없었다는 것 때문에 지금도 마음이 좋지 않았다.
 "강아지 이름은 지었어?"
 도리언이 태평하게, 침착하고 차분한 목소리로 물었다. 아무렇지 않은 척하는 걸까, 아니면 그 키스가 그에겐 중요한 의미가 아니었던 걸까?
 "아뇨." 셀레이나는 어색해서 소리라도 지르고 싶었지만, 얼굴에 감정을 드러내지 않으려 애썼다. "적당한 이름이 생각 안 나서요."
 그는 턱을 손가락으로 톡톡 치며 말했다.
 "그럼…… 골디라는 이름은 어때?"
 "들어본 중 제일 멍청한 이름인데요."
 "생각해둔 더 나은 이름이라도 있어?"
 셀레이나는 강아지의 다리 하나를 잡고 부드러운 앞발을 들여다보았다. 엄지로 통통한 발을 살짝 누르며 말했다.
 "플릿풋(빠른 발)." 완벽하게 어울리는 이름이었다. 원래부터 존재하던 이름인데 그녀가 드디어 신통력이 생겨 그 이름을 찾아낸 것 같았다. "그래요, 플릿풋으로 할래요."
 "어떤 의미인데?"
 강아지가 고개를 들어 그를 쳐다보았다.

"얘가 전하의 순종 개들을 모두 앞지르게 되면 이름값을 하게 되겠죠."

셀레이나는 강아지를 안아 올려 품에 안고 머리에 입을 맞췄다. 셀레이나가 그대로 팔을 위아래로 움직이자 플릿풋은 이마를 찡그리며 그녀를 빤히 쳐다보았다. 말도 안 되게 부드럽고 사랑스러워서 껴안고 싶게 만드는 강아지였다.

도리언이 흐뭇하게 웃었다.

"어디 두고 보자고."

셀레이나는 강아지를 침대에 내려놓았다. 플릿풋은 재빨리 담요 밑으로 기어 들어가 숨었다.

"잠은 잘 잤지?"

"네. 이렇게 일찍부터 여기 온 걸 보니 전하는 잘 못 잤나 봐요."

"저기……" 그가 말을 하려는데 셀레이나는 발코니에서 그 아래로 뛰어내리고 싶어졌다. "어젯밤에…… 내가 너무 앞서나간 것 같아 미안해." 그는 잠시 입을 닫고 있다가 덧붙였다. "셀레이나, 인상을 찡그리고 있네."

찡그렸다고?

"아…… 미안해요."

"기분이 *나빴구나!*"

"뭐가요?"

"키스!"

목 안에 가래가 낀 바람에 셀레이나는 기침을 했다.

"아, 그런 거 아니에요." 셀레이나는 콜록거리며 가슴을 주먹으로 쳤다. "싫지 않았어요. 질색한 것도 아니고요!"

셀레이나는 이 말을 입 밖에 내자마자 후회했다.

"그럼 좋았구나?"

그가 느긋하게 웃었다.

"아뇨! 아, 저리 가요!"

셀레이나는 베개에 털썩 드러누워 머리 위로 담요를 끌어 올려 덮었다. 창피해서 죽을 것 같았다.

컴컴한 담요 밑에 숨어 있던 플리풋이 그녀의 얼굴을 핥았다.

"뭐야. 반응만 보면 키스를 처음 해본 사람인 줄 알겠는데."

셀레이나는 담요를 홱 젖혔다. 플릿풋은 담요 아래 깊숙한 곳으로 파고 들어갔다.

"당연히 전에 키스를 해봤죠." 샘에 관한 생각, 샘과 함께한 시간을 떠올리지 않으려 애썼다. "격식 차리는 꼰대에 잘난 척하는 오만한 왕세자랑은 처음이지만요!"

그는 자신을 내려다보며 물었다.

"격식 차리는 꼰대라고?"

"아, 됐어요."

셀레이나는 베개로 그를 툭 쳤다. 그러고는 침대 반대편으로 몸을 돌려 일어나 발코니 쪽으로 향했다.

그가 그녀의 등에 새겨진 커다란 세 줄의 상처를 보고 있는 게 느껴졌다. 깊게 파인 잠옷 차림이라 등이 훤하게 드러났을 것이다.

"옷 갈아입을 건데 여기 계속 있을 거예요?" 셀레이나는 그를 돌아보았다. 그녀를 바라보는 그의 눈빛은 어젯밤과는 달랐다. 조심스럽고…… 무어라 말할 수 없는 슬픔이 담긴 눈빛이었다. 혈관 속에서 피가 고동쳤다. "네?"

"끔찍한 상처네."

그가 거의 속삭이듯 말했다.

셀레이나는 한 손을 엉덩이에 짚고 옷방 문 쪽으로 걸어갔다.
"상처는 누구나 있어요, 도리언. 내 상처는 눈에 좀 더 띌 뿐이에요. 원한다면 거기 앉아 있어요. 난 옷을 갈아입을 거예요."
그러고는 침실 밖으로 나갔다.

칼테인은 궁전 온실 안에 끝없이 놓인 탁자 사이를 페링턴 공작과 나란히 걷고 있었다. 거대한 유리 건물이라 그림자와 빛이 가득했다. 찌는 듯한 열기로 인해 얼굴이 뜨거워져서 연신 부채질을 해야 했다. 이 남자는 정말이지 터무니없는 곳을 산책 장소로 골랐다. 칼테인은 식물과 꽃에는 길가의 진창만큼도 관심이 없었다.
페링턴은 눈처럼 하얀 백합 한 송이를 뽑아 고개를 숙이며 그녀에게 내밀었다.
"당신에게 바칩니다."
그의 얽은 자국이 있는 불그레한 얼굴과 오렌지색 콧수염을 보면서 칼테인은 인상을 찌푸리지 않으려 애썼다. 이 남자와 짝이 된다는 걸 생각만 해도 식물들을 죄다 뿌리째 뽑아 눈밭에 던져버리고 싶었다.
"고마워요."
칼테인은 쉰 목소리로 말했다.
페링턴은 그녀의 표정을 세세히 살폈다.
"오늘은 기운이 좀 없어 보이네요, 칼테인 양."
"그래요?" 칼테인은 수줍은 척 표정을 지으며 고개를 옆으로 기울였다. "어젯밤 무도회가 워낙 재미있어서 상대적으로 오늘 낯빛이 좀 창백해 보이나 봐요."
공작의 검은 눈이 그녀를 뚫어져라 바라보았다. 그는 인상을 쓰면서 그녀의 팔꿈치에 손을 얹고 앞으로 이끌었다.

"내 앞에서는 가식적으로 굴 필요 없어요. 당신이 왕세자를 바라보는 걸 봤습니다."

칼테인은 깔끔하게 손질된 눈썹을 치켜뜨며 그를 곁눈질했다.

"제가요?"

페링턴은 양치식물의 뾰족한 가시를 두툼한 손가락으로 문질렀다. 그의 손가락에 끼워진 검은 반지가 고동치자 칼테인은 욱신거리는 두통을 느꼈다.

"난 왕세자도 눈여겨봤습니다. 특히 같이 있던 그 여자요. 그 여자가 골칫거리죠?"

"릴리언 양이요?" 칼테인은 눈을 껌벅였다. 마음을 놓아도 될지 아직 확신이 서지 않았다. 페링턴은 칼테인이 왕세자를 원한다는 걸 아직 알아채지 못했다. 다만 릴리언과 도리언이 밤새 붙어 있다시피 한 것을 칼테인이 주목했음을 알아챘다.

"자기 이름을 그렇게 칭하더군요."

페링턴이 구시렁거리듯 말했다.

"그게 그 여자 이름 아니에요?"

칼테인은 생각을 거치지 않고 바로 물었다.

공작은 반지처럼 새까만 눈으로 그녀를 돌아보며 물었다.

"설마 그 여자가 귀족 집안 아가씨라고 믿는 건 아니죠?"

칼테인은 가슴이 철렁했다.

"아니에요?"

그러자 페링턴은 미소를 지으며 칼테인에게 전부 털어놓았다.

페링턴의 얘기를 다 듣고 나서 칼테인은 그를 가만히 바라보았다. 자객이라니. 릴리언 고데이나가 세계에서 제일 악명 높은 자객 셀레이나 사르도시엔이라니. 무엇보다 그 여자는 도리언의 마음을 사로잡은 상태였다. 칼테인이 도리언을 차지하려면 지금보다 훨씬 더 영리하게 처신해야 했다. 릴리언의 정체를 밝히는 것만으로도 충분할 수도 있고, 아닐 수도 있었다. 위험을 감수할 여유는 없었다. 온실도 숨을 죽인 듯 사방이 고요했다.

"이 일을 어떻게 두고 봐요? 왕세자께서 그런 위험에 처하시도록 둘 수는 없잖아요?"

그녀의 말에 페링턴은 짜증이 치미는지 잠시 표정이 확 추하게 바뀌었다가 원래대로 돌아왔다. 그 변화가 너무 빠른 데다 머리도 욱신거려서 칼테인은 제대로 보지 못했다. 기절하기 전에 진정하려면 담배라도 피워야 할 것 같았다.

"그렇죠."

페링턴이 말했다.

"그들을 어떻게 막죠? 폐하께 말씀드려야 할까요?"

칼테인의 물음에 페링턴은 고개를 저었다. 그는 날 넓은 칼에 한 손을 얹으며 잠시 생각에 잠겼다. 칼테인은 장미 덤불을 들여다보면서 곡선 형태의 가시를 긴 손톱으로 쓰다듬었다. 페링턴이 천천히 입을 열었다.

"그 여자는 결투 때 다른 전사들을 만나게 될 겁니다. 그리고 여신과 신들에게 경의를 표하며 축배를 들겠죠." 공작의 말이 이어지는 동안 칼테인은 숨이 가빠졌는데 코르셋을 너무 조여 입은 탓만은 아니었다. 그녀는 가시를 만지고 있던 손을 내렸다. "안 그래도 여신을 대신해 건배 의식을 주관해달라고 당신에게 부탁하려고 했습니다. 의식을 주관하는 동안 그 여자의 술잔에 뭔가를 슬쩍 집어넣을 수 있겠죠."

"저더러 그 여자를 죽이라고요?"

다른 사람을 시켜 죽이는 것과 직접 죽이는 것은 엄연히 달랐다……

공작은 두 손을 들어 올렸다.

"아뇨, 그건 아닙니다. 폐하께서는 과감한 조치를 취해도 된다고 동의하셨어요. 왕세자님이 그 일을…… 사고로 믿게만 하면 되는 거죠. 우린 그 여자에게 블러드베인을 약간만 먹이면 됩니다. 죽을 정도는 아니고, 자기 몸을 제어하지 못할 정도로만요. 그러면 케인이 시합에서 유리해지겠죠."

"케인이 자기 힘으로 그 여자를 죽이면 되잖아요? 결투 중에 그런 일은 늘 일어나니까요."

그 순간 찌르는 듯한 강한 두통이 밀려오더니 통증이 온몸으로 퍼져나갔다. 그 여자에게 약을 먹여 해치우는 편이 더 쉬울 것 같기도 했다…….

"케인은 할 수 있을 거라고 하는데 난 위험을 감수하는 걸 좋아하지 않아요." 페링턴이 그녀의 손을 잡았다. 그의 손가락에 끼워진 반지가 피부에 닿자 얼음처럼 차갑게 느껴졌다. 칼테인은 당장 그에게 잡힌 손을 빼고 싶었다. "도리언 왕세자를 돕고 싶지 않아요? 그분이 그 여자한테서 벗어나면……"

그럼 내 차지가 될 수 있겠지. 응당 내 것이어야 해.

하지만 살인을 하는 건…… 그분을 차지할 수 있을 거야.

"우리가 그분을 옳은 길로 이끌 수 있을 겁니다."

페링턴은 이렇게 말을 맺으며 환한 미소를 지었다. 그 미소를 본 순간 칼테인은 본능적으로 여기서 도망쳐 뒤도 돌아보지 말아야 한다는 느낌을 받았다.

하지만 왕관과 왕좌, 그리고 옆에 앉을 왕세자를 생각하면 그럴 수가 없었다. 그녀가 말했다.

"제가 뭘 하면 되는지 말해주세요."

41

밤 10시를 알리는 시계 종이 울렸다. 침실의 작은 책상 앞에 앉아 있던 셀레이나는 책에서 눈을 들었다. 잠을 자야 했다. 적어도 자려고 애는 써야 했다. 그녀의 무릎에 앉아 졸고 있던 플릿풋이 입을 크게 벌리며 하품을 했다. 셀레이나는 플릿풋의 귀 뒤를 긁어주고 읽고 있던 책 페이지를 손으로 쓸었다. 워드 문자가 셀레이나를 올려다보는 듯했다. 그 문자들의 정교한 곡선과 각도는 그녀가 해독조차 할 수 없는 어떤 언어로 말하고 있었다. 네히미아는 시간을 얼마나 들여 워드 문자들을 익혔을까? 셀레이나는 암울한 생각에 잠겼다. 마법 그 자체가 사라졌는데 어떻게 워드 문자의 힘이 여전히 작용할까?

어젯밤 무도회 이후로 네히미아를 만나지 못했다. 네히미아를 찾아갈 수도, 지금까지 알아낸 정보를 케이올에게 털어놓을 수도 없었다. 네히미아는 공용어 실력은 물론 워드 문자에 관한 지식 수준도 속였는데, 생각해보면 그럴 만한 이유는 수도 없이 많았다. 셀레이나가 어젯밤 무도회에 간 게 실수였다. 네히미아가 나쁜 짓을 할지 모른다고 믿은 게 잘못이었다. 네히미아는 선량한 사람이었다. 친구가 아니더라도 셀레이나를 공격 목표로 삼을 사람이 아니었다. 그들은 한때 친구였다. 울컥하고 목이 메었다. 그 페이지를 넘긴 순간 심장이 철렁했다.

시체들 근처에 그려져 있던 상징들이 그녀를 올려다보았다. 수백 년 전 누군가 페이지의 여백에 남겨놓은 설명은 이러했다. '리더락에게 제물을 바치는 방법: 희생자의 피를 이용해 희생자 주변에 문자를 그려라. 그 짐승을 소환하면 이 문자들이 교환 과정을 이끌어줄 것이다. 희생 제물의 살을 내주면 짐승은 당신에게 희생자의 힘을 허락해줄 것이다.'

셀레이나는 손을 떨지 않으려 애쓰며 페이지를 넘겼다. 침대 밑에 그려져 있던 워드 문자들에 관한 단서를 찾아야 했다. 하지만 그 책에서는 더 알아낸 내용이 없어서 소환 주문을 좀 더 살펴보기로 했다. 리더락…… 그 짐승의 이름인가? 정체가 뭐지? 어디서 소환한다는 걸까? 설마……

워드 대문. 셀레이나는 손바닥 아래쪽을 눈에 대고 눌렀다. 누군가 이 짐승을 소환하기 위해 워드 문자를 이용해 세상 사이의 문을 열었다. 마법이 사라졌는데 불가능한 얘기 아닌가. 하지만 책에서는 워드 문자가 마법 *바깥*에 존재한다고 나와 있었다. 그 힘이 여전히 작용한다면? 하지만…… 네히미아가 설마? 네히미아가 어떻게 그런 일을 저지를 수 있을까? 네히미아가 왜 전사들의 힘을 필요로 할까? 어떻게 모든 걸 그렇게 철저히 잘 숨길 수 있었을까?

하지만 그동안 네히미아는 교묘하게 사람을 속여왔다. 셀레이나는 친구를 원했다. 자기만큼이나 별나고 외톨이인 사람을 친구로 삼고 싶었다. 어쩌면 지나치게 마음만 앞서고 간절해서 꼭 봐야 할 부분을 간과했을지도 모른다. 차분히 숨을 들이마셨다. 네히미아가 이일웨이를 사랑하는 것만은 분명한 사실이었다. 자기 나라를 안전하게 지키기 위해서라면 못 할 게 없을 것이다. 만약……

핏줄을 타고 얼음이 퍼져나가는 듯 오싹해졌다. 만약 네히미아가 여기 온 이유가 아달렌 왕이 이일웨이를 살려주길 바라서가 아니라…… 더 큰 일을 도모하기 위해서라면, 사람들이 남몰래 수군대는 *반역 세력*을 돕기 위해서라면, 그것도 지금처럼 황무지에 숨어 사는 소규모 반역 세력이 아니라, 처음부터 모든 왕국이 힘을 합해 아달렌에 저항하도록 만들기 위해서라면 어떨까.

전사들을 왜 죽였을까? 왕실 가족을 목표물로 삼지 않은 이유는? 무도회는 왕실 가족을 공격하기에 절호의 기회였을 것이다. 워드 문자는 왜 사용했을까? 셀레이나는 네히미아의 방에 가본 적 있었다. 그 방에서 악마 같은 짐승이 도사리고 있는 기운은 느껴지지 않았다. 성안 다른 곳에 숨길 순 없었을 텐데…….

셀레이나는 책에서 눈을 들었다. 커다란 서랍장으로 막아놓은 벽의 태피스트리가 불지도 않는 바람에 여전히 살랑살랑 흔들리고 있었다. 이 성에서 그런 괴물을 소환하거나 숨길 수 있는 장소는 모두에게 잊힌 지하의 끝없는 방과 터널뿐일 것이다.

"아니야."

셀레이나가 벌떡 일어선 바람에 의자가 뒤로 넘어갔고 플릿풋은 재빨리 그 자리를 피했다. 아니, 그럴 *리* 없었다. 정말 네히미아라면, 정말…… 그렇다면……

셀레이나는 끄응 소리를 내며 서랍장을 옆으로 밀고 태피스트리를 옆으로 접었다. 두 달 전과 마찬가지로 싸늘하고 축축한 바람이 틈새에서 흘러나오고 있었는데 장미 향은 없었다. 지금까지 죽은 전사들은 모두 시험 이틀 전에 살해당했다. 그렇다면 오늘 밤이나 내일 일이 벌어질 것이다. 정체 모를 그 리더락이라는 짐승이 다시 준동한다는 얘기였다. 침대 밑에 워드 문자가 그려진 것까지 본 이상…… 그 짐승이 나타날 때까지 가만히 기다릴 수는 없었다.

낑낑대는 플릿풋을 침실 밖으로 내보내고 문을 닫았다. 비밀 문 너머로 들어간 셀레이나는 태피스트리를 내려 통로 앞을 가리고 틈새에 책을 끼워 닫히지 않게 했다. 손에 촛대를 들고 임시로 만든 칼을 주머니에 넣어두긴 했지만, 이번만큼은 제대로 된 무기가 있으면 좋겠다는 생각이었다.

네히미아가 정말로 거짓말을 한 것이고 그동안 전사들을 죽였다면 셀레이나는 직접 확인하고 싶었다. 만약 그게 사실로 밝혀진다면 맨손으로라도 네히미아를 죽일 것이다.

계단을 내려갈수록 공기가 얼어붙게 차가워져 입김이 진하게 뿜어져 나왔다. 어딘가에서 물이 똑똑 떨어지고 있었다. 십자로에 다다른 셀레이나는 중앙의 아치길을 간절한 눈으로 바라보았다. 지금은 탈출할 생각이 없었다. 조금 있으면 승리를 거머쥘 텐데 탈출할 필요가 있을까? 만약 지게 되면 엔도비어로 다시 끌려가기 전에 여기로 몰래 내려오면 될 것이다.

왼쪽과 오른쪽 통로를 찬찬히 살펴보았다. 왼쪽 통로 끝은 막다른 길이고, 오른쪽 통로는…… 엘레나의 무덤으로 이어졌다. 엘레나의 무덤에서 퍼져나가는 무수한 통로들의 끝이 어디인지는 알 수 없었다.

중앙의 아치 길로 다가간 셀레이나는 부연 어둠 속으로 내려가는 계단 앞에 섰다. 수백 년 동안 쌓인 먼지에 발자국이 찍혀 있었다.

계단을 밟고 내려간 발자국, 그리고 밟고 올라온 발자국이었다.

네히미아와 그 짐승이 여기서, 다른 사람들이 있는 지상에서 몇 개 층 아래의 이 지하에서 몰래 돌아다니고 있었던 걸까. 베린은 네히미아 앞에서 셀레이나에게 모욕적인 말을 하고 얼마 후에 죽지 않았나? 셀레이나는 촛대를 쥔 손에 힘을 주면서 임시 칼을 주머니에서 꺼내 들었다.

한 걸음 한 걸음 계단을 내려갔다. 곧 맨 위의 계단 칸이 보이지 않게 됐고, 맨 아래 계단 칸은 저 멀리 있었다. 그때 두런두런 말소리가 벽을 타고 통로에 퍼져나갔다. 셀레이나는 촛불을 손으로 가리고 살금살금 내려갔다. 하인들이 한가롭게 잡담하는 소리가 아니라, 누군가 기도문이라도 읊는 것처럼 빠르게 말하는 소리였다.

네히미아가 아니었다. 남자 목소리였다.

저 아래 계단참이 있고 그 계단참 왼쪽에 방이 하나 보였다. 방에서 새어 나온 녹색을 띤 불빛이 석조 계단통을 물들였다. 계단통은 계단참을 지나 어둠 속으로 이어졌다. 목소리가 좀 더 명확하게 들리자 팔의 솜털이 곤두섰다. 처음 들어보는 언어였다. 귀에 거슬리는 거친 후두음이 마치 뼈에서 온기를 모조리 빨아들이는 듯했다. 남자는 입에서 나오는 단어들이 그의 목을 불태우기라도 하는 것처럼 헐떡이며 말을 뱉고는 숨을 들이마셨다.

정적이 흘렀다. 셀레이나는 초를 내려놓고 계단참으로 살그머니 다가가 방 안을 들여다보았다. 오크나무 문이 열려 있었고, 녹슨 자물쇠에는 커다란 열쇠가 꽂혀 있었다. 자그마한 방 안에서, 세상을 집어삼킬 듯한 지독한 암흑 앞에 엎드려 있는 남자는 바로 케인이었다.

42

케인.

시합이 진행될수록 그는 점점 강해졌고 몸 상태도 좋아졌다. 셀레이나는 그동안 해온 훈련 덕분이라고 생각했는데…… 알고 보니 케인은 워드 문자와 짐승을 소환해 죽은 전사들의 힘을 훔친 거였다.

케인이 암흑 앞에서 바닥을 손으로 쓸었다. 그의 손가락이 지나간 자리에 녹색 빛이 생겨났다가 바람에 떠밀린 유령처럼 허공 속으로 빨려 들어갔다. 그의 한쪽 손에서 피가 흘렀다.

암흑 속에서 무언가 흔들거리고 있어 셀레이나는 숨조차 쉴 수 없었다. 발톱이 돌에 따닥 부딪치는 소리, 이어서 불꽃이 사그라드는 것처럼 쉬익 소리가 들려왔다. 동물의 뒷다리처럼 무릎이 반대 방향으로 꺾인 리더락이 엎드려 있는 케인을 향해 걸어가는 모습이 보였다.

고대 신의 악몽에나 나올 법한 형상이었다. 털 하나 없는 회색 피부가 기형적인 머리통을 바짝 감쌌고 떡 벌린 주둥이 안에는 시커먼 송곳니가 가득했다.

베린과 재비어의 장기를 끄집어내고 먹어 치운 송곳니, 그들의 뇌를 포식한 송곳니였다. 엉덩이 부분에서 희미하게 인간의 흔적이 엿보였다. 기다란 팔 두 개를 돌바닥에 쭉 뻗은 모습이었다. 발톱 아래서 돌이 날카롭게 긁히는 소리가 났다. 케인은 고개를 들더니 천천히 일어섰다. 짐승은 케인 앞에 웅크리며 검은 눈을 내리깔았다. 복종의 표시였다.

최대한 멀리, 빠르게 달아나야 한다는 생각에 셀레이나는 뒷걸음질 쳤다. 어느 순간부터 그녀의 몸이 덜덜 떨리고 있었다. 엘레나의 말대로 저것은 사악한 존재였다. 악 그 자체였다. 목에 걸린 부적 목걸이가 어서 빨리 뛰라고 재촉하듯 진동했다. 뒤로 물러서는데 입 안이 바짝 마르고 혈관 속의 피가 요동쳤다.

그 순간 케인이 고개를 획 돌려 셀레이나를 보았다. 리더락도 고개를 치켜들었다. 리더락이 가늘고 긴 콧구멍으로 두 번 킁킁거렸다. 그 자리에 얼어붙었던 셀레이나는 뒤에서 강풍이 불어온 바람에 주춤거리며 방 안으로 밀려 들어가고 말았다.

"오늘 밤은 네 차례가 아니었는데." 케인이 말했다. 셀레이나의 시선은 숨을 헐떡이는 짐승에게 꽂혀 있었다. "그래도 기회가 너무 좋으니 놓치면 안 되겠어."

"케인."

셀레이나는 이 말밖에 할 수 없었다. 리더락의 눈은…… 지금까지 보아온 어떤 존재와도 달랐다. 굶주림…… 끝도 없는 영원한 허기 외에는 아무것도 없는 눈이었다. 이 세상에 속한 짐승이 아니었다. 워드 문자들이 작동했고, 워드 대문은 실재하는 것이었다. 주머니에 넣어둔 임시 칼을 꺼내 들었다. 그 칼이 새삼 하찮게 느껴졌다. 머리핀을 엮어 만든 이런 칼로 저 짐승의 가죽에 흔적이나 남길 수 있을까?

케인은 눈 깜짝할 사이에 셀레이나의 뒤로 다가와 그녀의 칼을 빼앗아 들었다. 인간이라면…… 그렇게 빠르게 움직일 수가 없었다. 그 순간 케인은 그림자와 바람이나 다름없었다.

"안타깝게도." 케인이 문간에서 속삭이며 그녀의 칼을 주머니에 넣었다. 셀레이나는 짐승과 케인, 그리고 뒤를 빠르게 훑어보았다. "네가 애초에 어떻게 여기 내려오게 됐는지 영원히 알 수 없겠어." 그는 문손잡이를 손가락으로 감아쥐었다. "별로 알고 싶지도 않지만. 잘 가, 셀레이나."

문이 쾅 닫혔다.

케인이 자기 피로 그린 바닥의 표식에서 초록색 빛이 스며 나왔다. 그 빛은 굶주리고 무자비한 눈으로 그녀를 쏘아보는 짐승의 모습을 흐릿하게 비췄다.

"케인."

셀레이나는 문 쪽으로 뒷걸음질 쳐 문손잡이를 더듬거리며 잡았다. 손잡이를 잡고 돌려봤지만 꿈쩍도 하지 않았다. 잠긴 것이다. 이 방 안에는 돌과 흙먼지뿐이었다. 그에게 이렇게 쉽게 무기를 빼앗기다니.

"케인."

문은 아무리 밀고 당겨도 움직이지 않았다.

"케인!"

셀레이나가 소리치며 주먹으로 문을 쾅쾅 두드렸다. 주먹이 얼얼해질 정도로 세게 쳤지만 소용없었다.

리더락이 거미처럼 길고 가느다란 네 발로 방 안을 서성이며 그녀를 향해 코를 킁킁거렸다. 셀레이나는 움직임을 멈췄다. 저 짐승이 어째서 즉각 공격하지 않는 걸까? 리더락은 다시 그녀 쪽으로 킁킁

대면서 손의 발톱을 바닥에 대고 박박 그었다. 돌덩어리가 뜯겨 나올 정도로 그 자리가 깊게 파였다.

리더락은 그녀를 살려두고 싶어 하는 듯했다. 케인은 베린을 옴짝달싹 못 하게 해놓고 저 짐승을 소환했다. 리더락은 뜨끈한 피를 좋아하는 것이다. 그러니 그녀를 움직이지 못하게 할 가장 쉬운 방법을 찾겠지. 그러고 나서……

숨이 쉬어지지 않았다. 아니, 이럴 수는 없다. 이 방에서, 아무도 그녀를 찾지 못하는 곳에서 죽을 수는 없다. 케이올은 그녀가 갑자기 사라진 이유를 영영 알지 못할 것이고, 영원히 욕할 것이다. 네히미아에게 그동안 오해했다는 말도 할 기회가 없을 것이다. 그리고 엘레나는…… 엘레나는 그녀가 무덤에서 무언가를…… 보길 원한다고 했는데, 그게 뭐였을까?

문득 느낌이 왔다.

답은 오른쪽에 있었다. 오른쪽 통로. 몇 층 아래 무덤으로 연결되는 통로였다.

궁둥이를 바닥에 붙이고 앉은 리더락은 당장이라도 뛰어오를 준비가 돼 보였다. 그 순간 셀레이나는 지금까지 생각해낸 중 가장 무모하면서도 용감한 계획을 세웠다. 일단 망토를 바닥에 떨어뜨렸다.

성 전체를 뒤흔들 것 같은 포효와 함께 리더락이 그녀에게 달려왔다.

문 앞에 가만히 선 셀레이나는 달려오는 리더락을 바라보았다. 돌바닥을 내려치는 리더락의 발톱에서 불꽃이 튀었다. 10미터쯤 남겨두고 리더락은 그녀의 다리로 달려들었다.

셀레이나는 이미 그 시커멓게 썩어가는 송곳니를 향해 달려가고 있었다. 리더락이 뛰어오른 순간 셀레이나도 으르렁대는 짐승을 향해 날아올랐다. 리더락이 나무 문을 박살 내자 천둥이 친 것처럼 요란한 굉음이 터져 나왔다. 리더락에게 다리를 공격당했으면 어떻게 됐을지 상상이 됐다. 길게 생각할 시간이 없었다. 바닥에 착지한 셀레이나는 바로 몸을 돌려, 짐승이 부숴놓은 문 너머로 달려갔다. 리더락은 몸에 붙은 나무 조각들을 털어내고 있었다.

문밖으로 나간 셀레이나는 왼쪽으로 방향을 돌려 계단통을 날아가듯 달려 내려갔다. 이대로 방까지 살아서 돌아가기는 힘들어도, 빨리 달리기만 하면 무덤까지는 갈 수 있을 것이다.

리더락이 다시 고함을 내지르자 계단통이 진동했다. 뒤돌아볼 새가 없었다. 발에 온 신경을 집중하고 자세를 바로 한 채 계단을 달려 내려갔다. 무덤에서 흘러나온 달빛이 저 아래 계단참을 비추고 있었다.

계단참에 도착한 셀레이나는 무덤 문을 향해 달려가며 신들에게 기도했다. 그 신들의 이름은 잊었지만, 신들은 부디 그녀를 잊지 않았기를 바라는 마음이었다.

누군가 삼후인 날에 내가 여기로 내려오길 바랐어. 이런 일이 일어날 줄 알고 있었던 거지. 엘레나는 내가 그걸 보고…… 살아남길 바란 거야.

리더락이 계단참으로 훌쩍 뛰어 내려와 그녀의 뒤를 바짝 쫓았다. 그 주둥이에서 풍겨 나오는 썩은 내가 코에 닿을 정도였다. 마치 누군가 기다리고 있는 것처럼 무덤 문이 활짝 열려 있었다.

제발…… 제발……

달려가다 문 옆을 잡고 문 안으로 몸을 날렸다. 리더락은 미끄러지며 멈추려고 했지만 무덤 앞을 지나간 바람에 셀레이나는 시간을 약간 벌 수 있었다. 곧 방향을 튼 리더락은 무덤 문짝을 붙잡고 뜯어

내며 안으로 들어왔다.

셀레이나는 고대 왕의 칼 다마리스를 향해 두 석관 사이로 달려갔다. 무덤 안에 그녀의 발소리가 울려 퍼졌다.

거치대에 놓인 다마리스의 칼날이 달빛을 받아 번뜩였다. 천 년이나 흘렀는데도 다마리스의 금속은 여전히 빛나고 있었다.

리더락이 으르릉거렸다. 깊게 들이마시는 숨소리, 달려오는 리더락의 발톱이 돌바닥을 치고 긁는 소리가 또렷이 들렸다. 셀레이나는 다마리스를 향해 몸을 날렸다. 왼손으로 서늘한 칼자루를 감아쥔 그녀는 허공에서 몸을 돌렸다.

리더락의 눈과 피부를 보자마자 다마리스를 그 얼굴에 쑤셔 넣었다.

그들은 함께 벽에 부딪혔다가 바닥으로 떨어졌다. 그 자리에 있던 보물들이 사방으로 흩어졌다. 손에 찌르는 듯한 통증이 느껴졌다. 쓰레기 냄새가 나는 검은 피가 그녀에게 튀었다.

셀레이나는 그 자리에서 움직이지 않고, 불과 몇 센티 앞에 있는 검은 눈을 마주 보았다. 검은 이빨 사이로 쑤시고 들어간 오른손을 볼 새도 없었다. 리더락의 턱 아래로 그녀의 피가 흘러내리고 있었다. 셀레이나는 칼자루에서 왼손을 떼지도 않고 헐떡이며 몸을 떨었다. 리더락의 굶주린 눈이 흐릿해지더니 힘이 쭉 빠진 몸뚱이가 그녀의 몸 위로 쓰러졌다.

부적 목걸이가 진동하자 셀레이나는 눈을 껌벅이며 정신을 차렸다. 그 후에는 춤의 스텝처럼 정해진 대로 움직였다. 완벽하게 움직이지 않으면 무덤 안에서 쓰러져 영원히 일어나지 못할 것 같았다.

우선 이빨 속으로 들어간 손부터 빼냈다. 지독하게 아팠다. 이빨에 찢긴 상처가 엄지를 중심으로 호를 그렸다. 리더락을 밀쳐내고 비틀거리며 일어섰다. 리더락은 어이가 없을 정도로 가벼웠다. 뼛속이 텅 비었거나 가죽 안에 아무것도 없는 것 같았다. 세상이 가장자리부터 흐릿해지고 있었다. 리더락의 해골에 꽂힌 다마리스를 뽑아냈다.

개빈 왕의 칼 다마리스를 셔츠로 쓱 닦은 뒤 원래 있던 자리에 도로 놔두었다. 그들이 삼후인 날에 그녀를 무덤으로 불러 내린 이유가 이거였을까? 다마리스를 보게 하고 본인 목숨을 구할 방도를 찾게 하려고?

보석 더미 위에 쓰러져 있는 괴물을 그 자리에 두기로 했다. 그녀를 구해주고 싶어 한 자가 누구든 알아서 치워주겠지. 할 만큼 했다는 생각이었다.

엘레나의 석관 옆에 서서 대리석을 깎아 만든 아름다운 얼굴을 내려다보며 목 쉰 소리로 말했다.

"고마워요."

눈앞이 부옇게 흐려졌다. 무덤을 나온 그녀는 피 흘리는 손을 가슴에 올린 채 비척비척 계단을 올라갔다.

숙소로 무사히 올라간 셀레이나는 침실 문 앞으로 걸어가 숨을 헐떡이며 자물쇠를 열었다. 상처 부위의 피가 응고되지 않아 손목으로 계속 피가 흘러 내렸다. 피가 바닥에 뚝 뚝 떨어지는 소리가 들렸다. 욕실로 가서 손을 씻어야 했다. 손바닥이 얼음장 같았다. 얼른…….

다리에 힘이 쭉 빠지며 쓰러지고 말았다. 눈꺼풀이 너무 무거워 감아버렸다. 심장이 왜 이렇게 느리게 뛸까?

눈을 뜨고 손을 바라보았다. 눈앞이 흐릿했다. 분홍색과 빨간색 덩어리밖에 보이지 않았다. 손이 얼음처럼 차가워지더니 그 냉기가 팔에서 다리로 옮겨갔다.

우르릉 소리가 들렸다. 쾅…… 쾅……쾅…… 소리에 이어 낑낑대는 소리도 들렸다. 살짝 뜬 눈꺼풀 너머로 방 안의 빛이 어두워지는 게 보였다.

여자의 울음소리가 들리더니 얼굴을 와락 붙잡는 따뜻한 손이 느껴졌다. 너무 추워서 피부가 불에 타는 듯 아렸다. 누가 창문을 열어 놓은 걸까?

"릴리언!" 네히미아의 목소리였다. 네히미아가 셀레이나의 어깨를 잡고 흔들었다. "릴리언! 무슨 일이에요 이게?"

그다음 일은 거의 기억나지 않았다. 강한 팔이 그녀를 들어 올려 안고 욕실로 데려갔다. 네히미아는 팔에 힘을 주고 셀레이나를 욕조에 넣은 뒤 옷을 벗겼다. 물에 닿은 손이 불에 덴 것처럼 아팠다. 셀레이나가 허우적거리자 네히미아는 알아듣지 못할 언어로 무어라 말하며 셀레이나를 꽉 안았다. 욕실 안의 빛이 일렁이더니 피부가 간질거렸다. 셀레이나는 빛나는 청록색 표식들이 자신의 두 팔을 뒤덮은 걸 알았다. 워드 문자였다. 네히미아는 욕조 안에서 그녀를 꽉 붙잡고 앞뒤로 몸을 흔들었다.

어둠이 그녀를 집어삼켰다.

43

 셀레이나는 눈을 떴다.
 몸이 따뜻했다. 금색 촛불이 앞에 보였다. 연꽃 향에 육두구 향이 약간 섞인 냄새가 났다. 조그맣게 소리가 나서 그녀는 눈을 깜박이며 침대에서 몸을 일으켜보려고 했다. 어떻게 된 거지? 계단을 달려 올라와 비밀 문을 태피스트리로 덮어 가렸던 것까지 기억났다…….
 움찔하며 튜닉을 손으로 잡아보았다. 그런데 튜닉이 아니라 잠옷이라 놀라서 입을 벌렸다. 허공으로 뻗은 손의 상태도 놀라웠다. 다친 손이 치료돼 있었다…… 그것도 완벽하게. 엄지와 검지 사이에 반달 모양의 상흔, 리더락의 아랫니에 물린 자국 약간만 남아 있을 뿐이었다. 분필처럼 새하얀 상흔을 손가락으로 쓸어보았다. 곡선 모양의 상처를 만져보다가 신경이 잘리지 않았는지 확인해보려 손가락을 꼼지락거렸다.
 이게 어떻게 가능하지? 이건 마법이었다. 누군가 마법으로 그녀를 치료한 것이다. 일어나 앉은 셀레이나는 방에 혼자 있는 게 아님을 알았다.

침대 가까이 놓인 의자에 앉은 네히미아가 그녀를 바라보고 있었다. 입가에 웃음기는 전혀 없었다. 네히미아의 눈빛에 담긴 불신을 알아본 셀레이나는 자세를 고쳐 앉았다. 플릿풋은 네히미아의 발치에 엎드려 있었다.

셀레이나가 물었다.

"어떻게 된 거예요?"

"나도 그걸 묻고 싶어서 계속 기다렸어요." 공주가 이일웨이어로 대답했다. 네히미아는 셀레이나의 몸을 손으로 가리키며 말했다. "내가 때마침 이 방에 오지 않았으면 당신은 물린 상처 때문에 몇 분 안에 죽었을 거예요."

셀레이나가 바닥에 흘려놓은 피도 깨끗이 치워진 상태였다.

"고마워요." 셀레이나는 창밖으로 어둑해진 하늘이 보이자 깜짝 놀랐다. "오늘이 며칠이죠?" 이틀이 훌쩍 지나가 마지막 시험을 놓친 거면…….

"세 시간 지났어요."

셀레이나는 마음이 놓여 어깨에서 힘을 뺐다. 시험을 놓치지는 않았다. 내일 하루 훈련할 시간이 남아 있었고, 다음 날이 시험이었다.

"이게 어떻게 된 건지……"

네히미아가 말을 가로막았다.

"그게 중요한 게 아니에요. 어쩌다가 그런 상처를 입었는지 알아야겠어요. 문 앞 통로나 근처에는 핏자국이 하나도 없고 당신 침실에만 피가 있었어요."

셀레이나는 오른손을 꽉 쥐었다가 폈다. 상처 부위가 쭉 펴졌다가 오므라졌다. 그녀는 죽기 직전까지 갔다. 눈을 들어 네히미아를 힐끗 쳐다봤다가 손으로 시선을 내렸다. 네히미아가 남몰래 어떤 일을 하고 있는지 모르겠지만, 적어도 케인과 손을 잡은 것 같지는 않았다.

"난 지금까지 신분을 속였어요." 셀레이나는 친구의 눈을 마주 보지 않고 조용히 말했다. "릴리안 고데이나라는 사람은 존재하지 않아요." 네히미아는 아무 말도 하지 않았다. 셀레이나는 고개를 들어 네히미아의 눈을 바라보았다. 네히미아는 그녀를 구해주었다. 그런 네히미아가 그 짐승을 조종한 사람이라고 믿는 건 억지 아닐까? 이 친구에게 빚을 진 것만은 사실이었다. "내 이름은 셀레이나 사르도시엔이에요."

네히미아가 놀라 입을 벌렸다. 그러더니 천천히 고개를 흔들었다.

"그들이 당신을 엔도비어로 보낸 걸로 알아요. 당신은 엔도비어에 있어야 맞을 텐데……" 네히미아는 눈을 크게 뜨며 덧붙였다. "당신이 쓰는 이일웨이어가 농부 말투였던 건, 엔도비어에서 노예살이하는 이일웨이 농부들에게 이일웨이어를 배워서였겠네요."

셀레이나는 숨쉬기가 살짝 힘들어졌다. 네히미아가 입술을 바르르 떨었다.

"당신은…… 엔도비어에 끌려갔었죠? 거기는 죽음의 수용소잖아요. 그런데…… 왜 지금까지 나한테 말 안 했어요? 날 못 믿어서요?"

"당연히 믿죠." 네히미아가 전사들을 죽게 만든 범인이 아니라는 게 확실해진 지금 그녀를 믿을 수밖에 없었다. "비밀로 하라는 폐하의 명령이 있었어요."

"뭘 비밀로 해요?" 네히미아는 눈물이 나오려는 걸 참느라 눈을 깜박이며 날카롭게 물었다. "아달렌 왕은 당신이 여기 와 있는 걸 아는 거죠? 당신한테 명령을 내렸다고요?"

"왕의 즐거움을 위해 날 여기로 데려온 거예요." 셀레이나는 허리를 더 세우고 앉았다. "왕은 챔피언을 뽑는 시합을 열었어요. 만약 내가 이기면…… 왕이 마음대로 부리는 자객이 돼서 4년 동안 왕을 위해 일해야 해요. 그러고 나면 자유의 몸이 되는 거죠. 죄인이라는 기록도 삭제되고요."

네히미아는 멍한 눈빛으로 그녀를 바라보았다. 그 눈빛이 꼭 비난하는 것처럼 느껴졌다.

"나라고 여기 있고 싶겠어요?" 셀레이나가 소리쳤다. 목청을 높였더니 골이 왕왕 울렸다. "오지 않겠다고 했으면 엔도비어에 계속 있어야 했어요! 선택의 여지가 없었다고요." 셀레이나는 가슴에 손을 얹으며 말을 이었다. "내 도덕성을 놓고 설교를 하기 전에, 당신이 경비병들 뒤로 달려가 숨기 전에 이것만은 알아두세요. 아달렌 왕은 내가 사랑하는 모든 걸 파괴했어요. 그런 자 밑에서 살인해야 하는 상황에 대해 나는 매 순간 고민하고 괴로워하고 있다고요!"

숨이 빠르게 쉬어지질 않았다. 마음의 문이 열렸다가 닫혔고, 잊고 싶었던 이미지들이 눈앞을 스치고 지나갔다. 차라리 어두운 곳에 있고 싶은 마음에 눈을 감았다. 네히미아는 말이 없었다. 플릿풋이 낑낑대는 소리만 들렸다. 고요 속에서 사람들, 장소들, 단어들이 셀레이나의 머릿속에 메아리처럼 떠다녔다.

그때 발소리가 들려 셀레이나는 정신을 차렸다. 침대 매트리스가 끼익 소리를 내더니 한숨처럼 공기를 내뿜었다. 네히미아가 침대에 걸터앉은 것이다. 그리고 좀 더 가벼운 무게를 지닌 플릿풋도 침대에 올라왔다.

네히미아는 따뜻하고 건조한 손으로 셀레이나의 손을 잡았다. 눈을 뜬 셀레이나는 방 맞은편 벽만 바라보았다.

네히미아는 손에 힘을 주며 말했다.

"당신은 내가 제일 아끼는 친구예요, 셀레이나. 우리 사이가 냉랭해져서 마음이…… 많이 안 좋았어요…… 생각보다 더 심하게요. 당신이 불신하는 눈으로 나를 보는 것도 괴로웠고요. 다시는 그런 눈으로 나를 보지 않으면 좋겠어요. 그런 의미에서 내가 소수의 사람들에게만 준 걸 당신에게 주고 싶어요." 네히미아는 짙은 색깔의 눈동자를 빛내며 덧붙였다. "이름은 중요하지 않아요. 당신 내면에 담긴 게 중요하죠. 당신이 엔도비어에서 어떤 일을 겪었는지 알아요. 내 백성들이 거기서 매일 어떤 고초를 겪고 있는지도 알고요. 당신은 엔도비어 광산 생활을 하면서도 남에게 냉담해지지 않았고, 영혼이 타락해 잔혹하게 변하지도 않았어요."

네히미아는 셀레이나의 손을 손가락으로 누르며 문자를 그렸다.

"당신은 이름이 여러 개이니, 나도 당신에게 이름을 지어주고 싶어요." 네히미아는 셀레이나의 이마에 손을 올리고 보이지 않는 표식을 그려나갔다. "당신에게 엘렌티야라는 이름을 하사할게요." 그녀는 자객의 이마에 입을 맞췄다. "다른 이름들이 너무 버거워졌을 때 이 이름을 명예롭게 사용해요. 엘렌티야는 '부서지지 않는 영혼'이라는 뜻이에요."

셀레이나는 그 자리에서 꼼짝할 수 없었다. 그 이름이 빛나는 베일처럼 자신에게 드리워지는 것을 느낄 수 있었다. 무조건적 사랑이었다. 세상에 이런 친구가 어떻게 있을 수 있을까. 이런 친구를 갖게 되다니 너무 운이 좋은 거 아닌가.

네히미아가 밝은 목소리로 말했다.

"이제 어쩌다가 아달렌의 자객이 됐는지 들려줘요. 이 성에 오게 된 경위와 이 말도 안 되는 시합에 출전하게 된 상황에 대해서도 정확히 알고 싶어요."

플릿풋이 꼬리를 흔들며 네히미아의 팔을 핥자 셀레이나는 살짝 미소 지었다.

네히미아는 셀레이나의 목숨을 구해주었다. 그 이야기는 나중에 들으면 될 것이다. 셀레이나는 살아온 이야기를 하기 시작했다.

다음 날 아침, 셀레이나는 복도의 대리석 바닥에 시선을 붙박은 채 케이올과 나란히 걸어갔다. 정원에 쌓인 눈에서 반사된 햇빛이 복도를 눈이 부실 정도로 환하게 비추고 있었다. 셀레이나는 네히미아에게 거의 모든 이야기를 털어놓았다. 물론 아무에게도 하지 않은 이야기도 몇 가지 있었다. 케인과 리더락 얘기도 할 수 없었다. 네히미아는 무엇이 그녀의 손을 물었는지 캐묻지 않았고, 그저 침대에 같이 누워 밤이 깊도록 이야기를 나눴다. 케인이 무슨 짓까지 할 수 있는지 알게 된 지금, 다시 잠을 잘 수 있을지 알 수 없던 상황이라 곁에 누가 있어 준 것만으로도 고마웠다. 셀레이나는 망토를 당겨 여몄다. 아침 공기가 괴상하게 싸늘했다.

"오늘은 말이 없네." 케이올은 앞을 바라보며 물었다. "도리언과 싸움이라도 했어?"

도리언. 어젯밤에 그가 숙소를 찾아왔지만 네히미아가 그를 침실에 못 들어오게 쫓았다.

"아뇨. 어제 아침 이후로 못 봤어요."

어젯밤 겪은 일 때문인지 어제 아침이 일주일 전처럼 느껴졌다.

"무도회에서 도리언과 춤춘 건 즐거웠어?"

어째 말에 가시가 느껴지는데? 모퉁이를 돌아 개별 훈련을 할 수 있는 대련실로 걸어가면서 셀레이나는 그를 쳐다보았다.

"일찍 무도회장을 나가는 거 봤어요. 밤새 날 지켜주고 싶어 하시는 줄 알았는데요."

"더 이상 내가 당신을 지켜볼 필요는 없을 것 같아서."

"처음부터 날 지켜볼 필요는 없었거든요."

그는 어깨를 으쓱했다.

"이젠 당신이 아무 데도 안 가는 거 알고 있어."

바깥에서 강풍이 불어 눈이 흩날리자 반짝이는 눈의 파도가 허공을 떠다녔다.

"엔도비어로 돌아가게 될 수도 있어요."

"그럴 일 없을 거야."

"어떻게 알아요?"

"그냥 알아."

"퍽이나 자신감이 생기네요."

그는 큭큭 웃으며 대련실로 향했다.

"당신 개가 당신 뒤를 쫓아오지 않은 게 놀라워. 지금도 저렇게 낑낑대고 있잖아."

"애완동물을 키워보면 그런 말로 장난 못 칠 걸요."

셀레이나는 울적한 목소리로 말했다.

"난 애완동물을 길러본 적이 없거든. 기르고 싶었던 적도 없어."

"어쩌다 당신 친구가 될 뻔한 개에게는 다행이네요."

그는 팔꿈치로 그녀를 툭 쳤다. 셀레이나도 웃으며 그를 팔꿈치로 쳤다. 케이올에게 케인 얘기를 하고 싶었다. 오늘 아침 방문 앞에 있는 그를 봤을 때부터 말하고 싶었다. 모든 걸 털어놓고 싶은 심정이었다.

하지만 그럴 수가 없었다. 케인과 케인이 풀어놓은 짐승 얘기를 하면 케이올은 그 짐승의 잔해라도 보고 싶어 할 거라는 생각이 어젯밤에 문득 들었다. 그렇게 되면 케이올을 비밀 통로로 데려가야 한다. 지금 케이올은 그녀를 도리언과 단둘이 있게 둘 정도로 그녀를 믿고 있는데, 그동안 아무도 지키고 있지 않은 탈출로를 확보한 걸 알면 그녀에 대한 믿음이 흔들릴 것이다.

내가 그 짐승을 죽였으니 된 거야. 엘레나가 말한 수수께끼의 악한 존재를 박살 냈어. 이제 결투에서 케인을 박살 내면 돼. 그럼 더 깊이 알 필요도 없겠지.

케이올은 아무 표시도 안 되어 있는 대련실 문 앞에서 걸음을 멈추고 셀레이나를 돌아보았다.

"이번 한 번만 묻고 다시는 묻지 않을게." 그녀를 바라보는 케이올의 시선이 너무 강렬해서 그녀는 초조하게 이쪽 발에서 저쪽 발로 체중을 옮겨 실었다. "도리언과 어떤 관계를 만들어갈 생각이야?"

셀레이나는 웃음을 터뜨렸다. 목 쉰 소리로 깔깔 웃었다.

"나한테 연애 조언이라도 해주려고요? 나를 위해서예요, 아니면 도리언을 위해서?"

"둘 다야."

"그렇게까지 나를 생각해주는 줄 몰랐네요. 전혀 눈치 못 챘어요."

그는 미끼를 물지 않고 대련실 문의 자물쇠를 열었다.

"머리를 써야 한다는 거 잊지 마, 알았지?"

그는 어깨 너머로 이렇게 말하며 대련실로 들어갔다.

한 시간 후, 검술 연습을 마친 셀레이나는 땀에 젖은 채 숨을 헐떡이며 소매로 이마의 땀을 닦았다. 그들은 함께 그녀의 숙소로 향했다.

케이올이 말했다.

"요전 날에 보니까 《엘릭과 에미드》를 읽고 있던데. 난 당신이 시를 질색하는 줄 알았어."

"꼭 그렇진 않아요." 셀레이나는 팔을 흔들며 덧붙였다. "서사시는 지루하지도 허세로 가득하지도 않거든요."

그가 한쪽 입꼬리를 비딱하게 올리며 미소 지었다.

"그래? 거대한 전투와 무한한 사랑에 관한 시가 허세스럽지 않다고?"

셀레이나가 장난스레 그의 어깨를 꼬집자 그는 웃음을 터뜨렸다. 그의 웃음에 덩달아 기분이 좋아진 셀레이나도 깔깔 웃었다. 모퉁이를 돌아선 셀레이나는 홀에 가득한 근위병들, 그리고 그를 보았다.

아달렌의 왕이었다.

44

 왕. 셀레이나의 심장이 비명을 내지르며 등뼈 뒤로 숨으려 했다. 손에 난 작은 상처 하나하나가 욱신거렸다. 왕은 그들 쪽으로 성큼성큼 걸어왔다. 괴물 같은 왕의 형상이 비좁은 복도를 가득 채웠고 그들은 눈을 마주 보았다. 그 순간 셀레이나는 냉기와 열기를 동시에 느꼈다. 케이올은 멈춰 서서 허리를 깊게 숙이고 절했다.
 아직은 교수대에 대롱대롱 매달리고 싶지 않았던 셀레이나도 허리를 숙였다. 왕은 강철 같은 눈으로 그녀를 바라보았다. 그녀의 팔뚝에 난 솜털이 확 곤두섰다. 왕은 그녀의 내면에서 무언가를 찾으려는 듯한 눈빛이었다. 뭔가 잘못됐다는 것, 이 성에서 무언가 바뀌었다는 걸 알아챈 것이다. 그게 셀레이나와 관련이 있다는 것도 안 듯했다. 셀레이나와 케이올은 허리를 펴고 옆으로 물러섰다.
 왕은 고개를 돌려 셀레이나를 찬찬히 뜯어보면서 지나갔다. 그는 그녀의 내면에서 무언가를 보았을까? 케인이 다른 세상과 연결되는 입구를, 진짜 입구를 열 줄 안다는 걸 왕도 알까? 그가 마법을 금지했어도 워드 문자들은 여전히 자체적인 힘을 발휘하고 있다는 것도 알까? 만약 왕이 리더락 같은 악마들을 소환할 줄 알았으면 그 힘을 잘 휘둘러 썼을 것이다…….

왕의 눈에는 싸늘하고 낯선 어둠의 기운이 담겨 있었다. 별들 사이의 간격처럼 어두컴컴했다. 한 사람이 세상을 파괴할 수 있을까? 그의 야망은 그토록 강렬했을까? 귓가에 전쟁의 소음이 들려왔다. 왕은 앞쪽에 뻗어나간 복도를 향해 고개를 돌렸다.

왕의 주변에 도사린 위험한 기운이 느껴졌다. 케인이 소환한 새까만 빈 공간 앞에 섰을 때 느꼈던 죽음의 기운이었다. 다른 세계, 죽음의 세계의 악취였다. 엘레나는 무슨 이유로 셀레이나더러 왕 가까이 접근하라고 했을까?

셀레이나는 천천히 발을 옮겨 왕에게서 멀어졌다. 시선은 왕이 아닌 다른 먼 곳으로 향했다. 케이올 쪽을 보지 않아도 그가 그녀의 얼굴을 살피고 있는 게 느껴졌다. 다행히 케이올은 아무 말도 하지 않았다. 이 상황을 이해해주는 사람이 있어 다행이었다.

셀레이나는 그에게 좀 더 가까이 다가가 걸었다. 케이올은 그녀의 숙소에 도착할 때까지 입을 열지 않았다.

케이올은 셀레이나와 함께한 시간을 종료하고 방에서 홀로 서성였다. 그날 오후 셀레이나는 다른 전사들과 훈련했다. 점심을 먹고 나서 그는 왕의 여정이 상세히 기록된 보고서를 읽으려고 방으로 돌아왔다. 그리고 지난 10분 동안 그 보고서를 세 번이나 읽어보았다. 마침내 보고서를 확 구겨 움켜쥐었다. 왕은 어째서 혼자 돌아왔을까? 여정에 동행한 사람들이 어떻게 모조리 죽을 수가 있지? 왕이 어디에 다녀왔는지는 불분명했다. 왕은 화이트팽 산에 다녀왔다고만 했다. 그런데…… 어째서 다른 사람들은 전부 죽었을까?

왕은 반란 세력이 식량에 독을 넣은 것 같다며 애매하게만 말했고 자세한 얘기는 하지 않아서 진실은 알 수 없었다. 신하들이 동요할까 봐 자세한 설명을 하지 않은 걸까. 하지만 케이올은 왕실 근위대장이었다. 왕이 그를 믿지 못한다면…….

정각을 알리는 시계 종소리에 케이올은 어깨를 늘어뜨렸다. 가여운 셀레이나. 조금 전 왕 앞에서 그녀가 겁먹은 동물처럼 보였다는 걸 그녀는 알까? 그녀의 등을 쓰다듬어주고 싶을 만큼 안타까웠다. 왕과 맞닥뜨리고 한참 후까지도 그녀는 줄곧 그런 상태였고 점심을 먹으면서도 멍한 표정이었다.

지금 셀레이나의 실력은 놀라울 정도였다. 달리기가 너무 빨라서 그는 가까스로 나란히 뛸 수 있었다. 벽도 수월하게 탔는데, 맨손으로 자기 방 발코니로 올라가는 모습을 보여줬다. 그녀가 고작 열여덟 살이라는 걸 떠올리니 마음이 편치 않았다. 엔도비어로 끌려가기 전까지 셀레이나는 이런 식으로 살았을까. 그녀는 대련할 때 망설임이 없었지만 내면에 너무 깊게 침잠하는 듯했다. 그녀의 내면은 침착하고 서늘하면서도 분노로 이글이글 타오르고 있었다. 셀레이나는 케인을 비롯해 누구든 몇 초 만에 죽일 수 있었다.

그녀가 왕의 챔피언이 된다면 그들은 그녀를 다시 에렐리아에 풀어놓을 수 있을까? 케이올은 그녀를 좋아했지만, 세계 최고의 자객을 재훈련시켜 세상에 풀어놓고도 밤에 잠을 잘 수 있을지 알 수 없었다. 그래도 시합에서 승리하면 그녀는 적어도 4년 동안은 여기 있을 것이다.

케이올과 셀레이나가 함께 웃으며 걸어오는 모습을 보고 왕은 무슨 생각을 했을까? 왕이 신하들에게 무슨 일이 있었는지 케이올에게 말하지 않은 게 그런 모습을 봤기 때문은 아닐 것이다. 얼마 후면 셀레이나가 왕의 챔피언이 될 텐데, 그런 걸 신경 쓸 왕이 아니었다.

케이올은 어깨를 문질렀다. 왕 앞에서 셀레이나는 너무나 작아 보였다.

여행에서 돌아온 후에도 왕은 전혀 달라지지 않은 모습이었고, 케이올에게도 언제나처럼 무뚝뚝했다. 갑자기 사라졌다가 동행 한 명 없이 홀로 살아 돌아오다니……. 왕의 여정에 무언가 수상쩍은 게 있다는 느낌이 들었다. 셀레이나도 그걸 감지한 게 아니었을까.

케이올은 벽에 기대어 서서 천장을 올려다보았다. 그는 왕의 일을 함부로 파고들어서는 안 되었다. 지금 그가 해야 할 일은 전사 살해 사건을 해결하고, 셀레이나가 승리하도록 만드는 것이었다. 도리언의 자존심이 문제가 아니었다. 엔도비어로 돌아가게 된다면 셀레이나는 일 년도 버티지 못할 것이다.

케이올의 입가에 희미한 미소가 퍼졌다. 이 성에 오고 몇 달 동안 셀레이나는 온갖 말썽을 일으켰다. 앞으로 4년을 여기서 더 살게 되면 무슨 일이 일어날지 상상이 갔다.

45

 셀레이나와 녹스는 칼을 내렸다. 셀레이나가 숨을 헐떡이고 있는데 무기 스승 브럴로가 다섯 명의 전사에게 물을 마시고 오라고 소리쳤다. 내일이면 결투 전 마지막 시합이었다. 셀레이나는 케인이 저쪽 벽 탁자에 놓인 물주전자로 느릿하게 걸어가는 모습을 유심히 지켜보면서 그와 거리를 두었다. 케인의 근육과 키, 허리둘레를 살펴봤다. 전부 죽은 전사들에게서 훔친 장점들이었다. 케인의 손가락에 끼워진 검은 반지도 바라보았다. 저 반지가 케인의 무시무시한 능력과 관련이 있을까? 케인은 셀레이나가 살아서 훈련장으로 들어오는 모습을 보고도 놀라지 않은 표정이었다. 그녀에게 비웃음을 슬쩍 흘리며 연습용 칼을 집어 든 게 전부였다.
 "무슨 일 있어?" 옆에서 녹스가 거칠게 호흡하며 물었다. 케인, 그레이브, 르노는 자기네끼리 모여 얘기를 나누고 있었다. "좀 심란해 보이네."
 케인은 그 괴물을 소환하는 방법을 어떻게 알았을까? 괴물을 끄집어낸 그 암흑의 정체는 무엇일까? 케인이 이 시합에서 승리하기 위해 꾸민 짓거리일까?

"달리 생각하는 거라도 있는 거야?"

녹스의 물음에 셀레이나는 케인 생각을 머릿속에서 치웠다.

"뭐라고?"

녹스가 싱긋 웃었다.

"무도회에서 왕세자와 꽤 즐거워 보이던데."

"네 일이나 신경 써."

녹스가 두 손을 들어 올렸다.

"캐물으려던 건 아니야."

셀레이나는 그대로 조용히 물주전자 쪽으로 걸어가 컵에 물을 따랐다. 녹스에게 물을 권하지도 않았다. 셀레이나가 물주전자를 내려놓자 녹스는 그녀 쪽으로 몸을 기울이며 말했다.

"손에 못 보던 상처가 생겼네."

셀레이나는 눈을 번뜩이며 손을 주머니에 넣었다.

"네 일이나 신경 쓰라니까."

셀레이나가 그 자리를 떠나려는데 녹스가 그녀의 팔을 잡았다.

"며칠 전 밤에 네가 나더러 방에서 나오지 말라고 했잖아. 그리고 네 손에 그 상처는 물린 자국 같은데. 사람들 얘기로는 베린과 재비어가 짐승에게 죽임을 당한 것 같다고 했어." 녹스는 회색 눈을 가늘게 떴다. "너 뭔가를 알고 있구나."

셀레이나는 어깨 너머로 케인을 힐끗 돌아보았다. 케인은 악마를 소환한 정신병자가 아닌 척, 태연하게 그레이브와 농담 따먹기를 하고 있었다.

"이제 우린 다섯 명 남았어. 최종 결투에는 네 명이 올라가. 마지막 시험은 내일이야. 베린과 재비어에게 일어난 일이 뭐든 간에 사고는 아니었어. 둘 다 시험일 이틀 전에 죽임을 당했잖아." 셀레이나는 녹스에게 잡힌 팔을 흔들어 빼내며 낮은 목소리로 덧붙였다. "몸조심해."

"네가 아는 걸 말해줘."

말해 봤자 미친 소리로 들릴 것이다.

"네가 진짜 영리한 놈이라면 이 성을 빠져나가는 게 신상에 좋을 거야."

"왜?" 녹스는 케인을 힐끔 쳐다보았다. "대체 뭔데 말을 못 해?"

물을 다 마신 브럴로가 다시 칼을 가지러 갔다. 곧 브럴로가 모두를 불러모을 테니 셀레이나는 시간이 별로 없었다.

"내가 만약 여기 꼭 있어야 하는 게 아니라면…… 여기 있지 않으면 죽을 수밖에 없는 상황만 아니라면, 당장이라도 에렐리아를 반쯤 가로질러서 뒤도 안 돌아보고 도망칠 거란 얘기야."

녹스는 목을 손으로 문질렀다.

"무슨 말인지 전혀 이해가 안 돼. 넌 왜 선택의 여지가 없는 건데? 네가 아버지와 사이가 안 좋다는 건 알지만 아무리 그래도 아버지인데……"

셀레이나가 쏘아보자 녹스는 입을 다물었고 잠시 후에 물었다.

"너 보석 도둑이 아니구나?" 셀레이나는 아니라는 뜻으로 고개를 저었다. 녹스는 케인 쪽을 다시 힐끔 보며 말했다. "케인도 그걸 알고 있는 거네. 그래서 그걸로 널 성가시게 하는 구나. 네가 진짜 정체를 드러내게 만들려고."

셀레이나는 고개를 끄덕였다. 녹스가 안다고 해서 달라질 게 있을까? 지금은 신경 써야 할 다른 중요한 일들이 있었다. 결투 전까지 살아남을 방도, 케인을 막을 방도를 찾아야 했다.

"그럼 넌 누구야?" 녹스가 물었다. 셀레이나는 입술을 꾹 깨물었다. "아버지가 널 엔도비어 마을로 보냈다며. 그 부분은 사실일 거야. 왕세자께서 엔도비어에 가서 널 데려왔다고 하고, 그 여정에 대한 증거는 있으니까." 이 말을 하면서 녹스의 시선은 그녀의 등으로 향했다. 그의 머릿속에서 사실이 드러나는 모습이 보이는 듯했다. "엔도비어 마을에 있었던 게 아니구나. 넌 엔도비어에 있었어. 엔도비어 소금 광산에. 내가 널 처음 봤을 때 지독하게 말라 있었던 이유를 이제 알겠네."

브럴로가 손뼉을 쳤다.

"자, 다들! 훈련 재개해!"

녹스와 셀레이나는 탁자 앞에 서 있었다. 녹스는 휘둥그레진 눈으로 물었다.

"엔도비어 소금 광산 노예였어?" 셀레이나가 말로 확인해줄 필요도 없었다. 녹스는 너무 영리해서 탈이었다. "넌 아직 어리잖아…… 무슨 짓을 했길래……" 녹스는 케이올, 그리고 그 주변에 서 있는 경비병들을 바라보며 물었다. "내가 네 본명을 전에 들어봤을까? 네가 엔도비어 행 배에 실렸다는 얘기를 내가 들었을까?"

"어. 내가 떠날 때 다들 들었어."

셀레이나는 나지막하게 대답하며 그를 바라보았다. 녹스는 엔도비어에 관해 그동안 들은 온갖 이름들을 이리저리 짜 맞춰 보는 모습이었다. 그러더니 한 걸음 물러서며 물었다.

"넌 아직 소녀잖아?"

"놀랍게도 나도 알아. 다들 내 나이가 더 많은 줄 알더라."

녹스는 한 손으로 검은 머리카락을 쓸어 넘겼다.

"넌 왕의 챔피언이 되든지 엔도비어로 돌아가든지 둘 중 하나인 거야?"

"내가 여길 못 떠나는 이유야."

브럴로가 훈련을 시작하라며 그들에게 소리쳤다.

"가능할 때 이 성을 빠져나가라고 너에게 말해주는 것도 그래서고." 셀레이나는 주머니에 넣었던 손을 꺼내 녹스에게 보여줬다. "너한테 뭐라고 설명도 하기 힘든 짐승이 만들어놓은 상처야. 아마 설명해도 넌 못 믿을 거야. 이제 우린 다섯 명 남았고 시험은 내일이야. 하룻밤 동안 우리 중 누군가 위험해질 수 있다는 얘기지."

"무슨 얘긴지 하나도 이해가 안 돼."

녹스는 여전히 한 걸음 물러선 채였다.

"이해할 필요 없어. 넌 시합에서 져도 감옥으로 돌아가진 않잖아. 결투까지 간다고 해도 넌 어차피 챔피언 못 돼. 그러니까 여길 떠나."

"전사들을 죽이고 있는 게 뭔지 알려줄 수 있어?"

괴물의 송곳니와 악취를 떠올리자 몸이 떨렸지만 셀레이나는 떨림을 참으며 대답했다.

"아니." 그녀의 목소리에서 두려움이 묻어났다. "그것도 알 필요 없어. 그냥 날 믿어. 널 속여서 경쟁자 한 명을 제거하려는 게 아니라는 걸 믿어줘."

그녀의 표정에서 무엇을 읽었는지 녹스는 어깨에 힘을 쭉 뺐다.

"지금까지 난 널 아버지의 관심을 끌려고 보석을 훔친 벨헤이븐 출신의 예쁜 소녀라고만 생각했어. 이 금발 소녀가 지하 세계의 여왕일 줄은 생각도 못 했네." 그는 씁쓸한 미소를 지었다. "나한테 말 안 해줘도 됐을 텐데, 경고해줘서 고마워."

"여기서 날 진지하게 취급해준 건 너뿐이잖아." 셀레이나는 따뜻한 미소를 지어 보였다. "놀랍게도 지금 내 말도 믿어줬고."

브럴로가 그들에게 소리쳤다. 셀레이나와 녹스는 다른 전사들이 있는 곳으로 발걸음을 옮겼다. 케이올이 그들을 줄곧 쳐다보고 있었다. 나중에 케이올은 녹스와 무슨 얘길 했는지 물을 것이다.

"부탁 하나만 하자, 셀레이나." 자신의 이름을 들은 그녀는 흠칫했다. 녹스는 그녀의 귀에 입을 가까이 대고 속삭였다. "케인의 대가리를 뜯어 버려."

그러고는 짓궂게 웃었다. 셀레이나는 마주 미소를 지으며 고개를 끄덕였다.

녹스는 그날 밤 일찌감치 아무에게도 말하지 않고 몰래 성을 빠져나갔다.

시계가 오후 다섯 시를 알렸다. 칼테인은 눈을 비비고 싶은 충동을 애써 억눌렀다. 온몸의 땀구멍에서 아편이 뿜어져 나오는 듯했다. 황혼의 빛 속에서 붉은색, 오렌지색, 금색으로 물든 성의 복도는 마치 피를 흘리고 있는 듯했다. 페링턴이 대연회장에서 저녁 식사를 함께하자고 요청했다. 평소 같으면 공식적인 식사 자리가 있기 전 아편을 피울 생각도 못 했을 텐데 오후 내내 그녀를 괴롭힌 두통 때문에 어쩔 수 없었다. 하지만 두통은 전혀 나아지질 않았다.

대연회장은 끝도 없이 뻗어 있는 듯했다. 칼테인은 옆으로 지나가는 궁정인들과 하인들을 무시하고 땅거미 지는 풍경만 바라보았다. 맞은편에서 누군가 다가오고 있었다. 금색과 오렌지색이 섞인 황혼의 빛을 배경으로 검은 얼룩처럼 보이는 남자였다. 그 남자한테서 흘러나온 그림자가 마치 쏟아진 잉크처럼 돌바닥과 창문, 벽으로 스며드는 듯했다.

그 남자와 가까워지면서 숨을 삼키려 했지만 혀가 납처럼 무겁고 종이처럼 바짝 마른 느낌이었다.

한 걸음 한 걸음 다가갈수록 남자는 몸집과 키가 점점 커졌다. 칼테인은 심장이 어찌나 세게 뛰는지 심장 박동이 귓속을 울려대는 듯했다. 어쩌면 맛이 간 아편을 피워서일 수도 있었다. 아니면 이번에는 평소보다 너무 많이 피웠거나. 귓속과 머릿속에서 쿵쾅대는 심장 박동 소리 사이로 부드럽게 날개를 퍼덕이는 소리가 들려왔다.

칼테인은 남자의 옆을 빠르게 스쳐 지나가는 존재들을 보았다. 그야말로 눈 한 번 깜박할 새에 일어난 일이었다. 그 존재들은 남자의 머리 위를 빠르고 사납게 맴돌며 기다리고 기다리고 또 기다리는 모습이었다…….

"아가씨."

케인이 지나가며 고개를 숙이고 인사했다.

칼테인은 대꾸하지 않았다. 식은땀에 젖은 손으로 주먹을 꽉 쥐고 대연회장으로 계속 걸어갔다. 퍼덕이는 날갯소리는 한동안 계속 들리다가 점차 멀어져갔다. 공작이 앉아 있는 식탁 앞에 도착한 칼테인은 곧 그 모든 것을 잊었다.

그날 저녁 식사를 마친 셀레이나는 체스판을 가운데 두고 도리언과 마주 보며 앉았다. 이틀 전, 무도회를 마치고 한 도리언과의 키스는 나쁘지 않았다. 솔직히 말하면 꽤 괜찮았다. 예상대로 도리언은 오늘 밤에도 셀레이나의 방을 찾아왔고 지금까지는 그녀의 손에 새로 생긴 상처라든지 키스에 대해 말하지 않고 있었다. 셀레이나도 리더락 얘기는 그에게 절대 하지 않을 생각이었다. 도리언에게 말해야 하지 않나 하는 고민도 했지만, 도리언이 워드 문자와 워드 대문의 힘에 대해 부친에게 고하는 건…… 생각만으로도 피가 얼어붙을 지경이었다.

불빛에 비친 도리언의 얼굴을 보고 있으면 아달렌 왕을 닮은 구석을 찾아볼 수가 없었다. 다정하고 지적인 면모만 보일 뿐이었다. 물론 조금은 오만한 편이긴 했다……. 셀레이나는 발가락으로 플릿풋의 귀를 긁어주었다. 셀레이나는 도리언이 이제는 자기를 멀리할 거라고, 키스로 맛을 봤으니 다른 여자한테 관심이 옮겨갈 거라 생각했다.

애초에 널 맛보고 싶은 마음이 있기는 했을까?

그가 체스판 위에서 여자 대사제 말을 움직이자 셀레이나는 웃으며 물었다.

"진짜 그러고 싶어요?"

당황한 그는 표정이 구겨졌고 셀레이나는 폰을 대각선 방향으로 움직여 여자 대사제 말을 쉽게 쳐냈다.

"젠장!"

그가 외치자 셀레이나는 웃음을 터뜨렸다.

"자요." 셀레이나는 그에게 여자 대사제 말을 건넸다. "줄 테니까 다른 쪽으로 움직여봐요."

"됐어. 남자답게 패배를 받아들일 거야!"

그들이 한 차례 웃고 난 후 곧 방 안에 정적이 흘렀다. 셀레이나의 입가에는 여전히 미소가 걸려 있었고 그는 그녀의 손을 잡으려 팔을 뻗었다. 셀레이나는 손을 뒤로 빼고 싶었지만 그럴 수가 없었다. 도리언은 체스판 너머로 손을 뻗어 그녀의 손을 부드럽게 맞잡고 깍지를 꼈다. 그의 손은 못박이고 강한 느낌이었다. 그들은 깍지 낀 손을 탁자 옆에 내려놓았다.

"체스를 하려면 두 손이 필요한데요."

이러다 심장이 터져버리지 않을까. 플릿풋이 씩씩거리며 후다닥 뛰어갔다. 침대 밑으로 숨으려는 듯했다.

"한 손만 있으면 될 것 같은데." 그는 말 하나를 집어 체스판 위에서 이동시켰다. "봤지?"

셀레이나는 입술을 깨물었다. 그녀는 여전히 그에게 잡힌 손을 빼지 않고 있었다.

"나한테 다시 키스할 거예요?"

"그러고 싶어."

도리언이 앞으로 몸을 기울이며 가까이 다가오는데 셀레이나는 움직일 수가 없었다. 그의 손에 눌린 탁자가 삐거억 소리를 냈다. 그의 입술이 그녀의 입술 바로 앞까지 왔다.

셀레이나가 불쑥 말했다.

"오늘 복도에서 당신 아버지와 마주쳤어요."

도리언은 천천히 도로 의자에 앉았다.

"그래?"

"별다른 일은 없었어요."

거짓말이었다. 도리언이 눈을 가늘게 뜨더니 손가락으로 그녀의 턱을 들어 올렸다.

"설마 불가피한 일을 피하려고 그 말을 한 건 아니지?"

셀레이나는 그냥 얘기를 계속하려고, 최대한 그를 여기 오래 잡아두고 싶어서 한 말이었다. 그래야 케인의 위협 속에서 홀로 밤을 보내지 않아도 될 테니까. 어두운 밤에 그녀의 곁을 지켜줄 사람으로 왕의 아들만 한 사람이 있을까? 케인은 왕세자에게 감히 해를 가하지 못할 것이다.

하지만 이 모든 일…… 리더락과 관련된 모든 일은 그동안 셀레이나가 읽은 책의 내용이 전부 사실임을 말해주고 있었다. 만약 케인이 무언가를…… 이를테면 죽은 자를 소환할 수 있다면? 마법이 사라지면서 재산을 잃은 사람들이 많았다. 아달렌 왕도 이런 종류의 힘이 있다는 걸 알면 혹할 것이다.

"떨고 있네." 그랬다. 셀레이나는 바보처럼 떨고 있었다. "괜찮아?"

도리언이 탁자를 빙 돌아 옆으로 와 앉았다.

셀레이나는 그에게 말할 수 없었다. 그가 알게 해서는 안 되었다. 저녁 식사 전 셀레이나는 침대 밑을 확인해보았고 또 분필로 워드 문자가 그려져 있어 박박 문질러 닦았다. 그런 것도 도리언에게는 알릴 수 없었다. 셀레이나는 케인이 다른 전사들을 하나하나 죽여 없애고 있다는 걸 알았고, 케인도 그녀가 알고 있음을 인지하고 있었다. 어쩌면 케인은 오늘 밤 그녀를 사냥할 수도 있고, 아닐 수도 있었다…… 어떻게 될지 짐작조차 할 수 없었다. 오늘 밤에도 셀레이나는 잠을 거의 자지 못할 것이다. 케인을 칼로 찔러버리기 전까지는 계속 그렇겠지.

"괜찮아요."

나지막하게 내뱉은 그녀의 목소리가 떨리고 있었다. 그가 계속 묻는다면 어쩔 수 없이 털어놓아야 할 듯했다.

"정말 괜찮은 거 맞—"

셀레이나는 그에게 달려들어 키스로 말을 막았다.

그는 바닥으로 넘어질 뻔했지만 의자 뒤로 팔을 뻗어 버텨냈다. 다른 쪽 팔로는 그녀의 허리를 감쌌다. 그의 손길과 맛으로 마음의 방을 촉촉이 적셨다. 그의 숨결 일부라도 훔치고 싶어 그에게 입을 맞췄다. 손가락으로 그의 머리카락을 감아쥐었다. 그의 입맞춤이 격해지면서 모든 게 희미해졌다.

시계가 새벽 3시를 알렸다. 셀레이나는 무릎을 가슴에 대고 침대에 웅크리고 앉았다. 몇 시간 동안 그녀의 침대에서 키스와 대화, 그리고 다시 키스를 이어 나간 도리언은 몇 분 전에 이 방을 떠났다. 그에게 더 있어 달라고 말하고 싶었다. 그렇게 하는 게 똑똑한 처신이었을 것이다. 하지만 케인이나 리더락이 그녀를 찾아왔을 때 도리언이 여기 있으면 다칠 수도 있으니 보내줄 수밖에 없었다.

너무 피곤해서 책을 읽을 기분도 나지 않았다. 하지만 잠이 다 깨버린 상태라 타닥타닥 타오르는 벽난로의 불만 멍하니 바라보았다. 밖에서 쿵 소리가 나거나 발소리만 들려도 심장이 철렁했다. 필리파가 보지 않을 때 필리파의 반짇고리에서 핀 몇 개를 꺼내 확보해두기는 했다. 하지만 임시로 만든 칼이나 묵직한 책, 촛대 정도로 케인이 소환한 짐승과 맞서 싸울 수는 없었다.

무덤에 다마리스를 두고 나오는 게 아니었어.

지금 무덤으로 다시 내려갈 수는 없었다. 케인이 살아 있는 한은 안 될 일이었다. 짐승이 속해 있던 지독한 암흑을 떠올린 셀레이나는 무릎을 감싼 채 몸서리를 쳤다.

케인은 아달렌과 서부 황무지 사이의 저주받은 국경 지대인 화이트팽 산에서 워드 문자를 배웠을 것이다. 마녀 왕국의 폐허에서 악한 기운이 스멀스멀 흘러나온다는 소문, 쇠 이빨을 가진 노파들이 오가는 이 없는 산길을 여전히 배회하고 있다는 소문이 돌았다.

팔에 솜털이 곤두섰다. 침대에서 털 담요를 끌어당겨 몸에 둘렀다. 결투 때까지 목숨을 부지할 수만 있다면 케인을 무찌르고 이 모든 일을 끝낼 수 있을 것이다. 그러고 나면 편안히 잘 수 있겠지. 엘레나가 다른 어떤 일, 더 큰 무언가를 염두에 두고 있지 않다면 말이다.

셀레이나는 깊은 밤을 향해 똑딱똑딱 울려대는 시계 소리에 귀를 기울이며 무릎에 뺨을 기댔다.

기수가 말에 채찍을 휘두르자 얼어붙은 땅에 천둥 같은 말발굽 소리가 점점 더 빠르게 울려 퍼졌다. 땅에는 눈과 진흙이 잔뜩 쌓였고 밤하늘에는 눈송이들이 멋대로 떠다녔다.

셀레이나는 젊은 다리로도 감당할 수 없을 만큼 빠르게 달렸다. 사방에서 그녀를 아프게 했다. 나무들이 그녀의 드레스와 머리카락을 잡아 뜯었고, 돌덩이가 발에 상처를 냈다. 숲 사이로 달려가는데 숨쉬기가 너무 힘들어서 도와달라고 외치기도 힘들 지경이었다. 다리로 가야 했다. 놈은 다리를 건널 수 없을 것이다.

뒤에서 칼집에서 빠져나온 칼이 날카롭게 울었다.

쓰러진 셀레이나는 진흙과 바위에 부딪혔다. 일어서려고 안간힘을 쓰는데, 악마가 다가오며 내는 소리가 공기 중에 퍼져 나갔다. 진흙에 발이 붙들려 도저히 뛸 수가 없었다.

덤불을 향해 뻗은 그녀의 작은 손에서 피가 흘렀다. 말이 바로 뒤에 와 있었다. 그녀는……

셀레이나는 헉 소리를 내며 눈을 떴다. 심장이 미친 듯이 뛰고 있어 가슴에 손을 얹고 진정시키려 애썼다. 꿈이었다.

벽난로의 불이 잉걸불로 사그라지고 있었다. 커튼을 통해 차가운 회색 빛이 스며들었다. 악몽일 뿐이었다. 밤에 어느 순간 깜박 잠이

든 모양이었다. 부적을 손에 꼭 쥐고, 부적 중앙에 박힌 돌을 엄지로 문질렀다.

　며칠 전 밤에 그 짐승이 날 공격했을 때 네가 날 지켜줬구나.

　셀레이나는 미간을 찌푸리며 플릿풋 주변에 살그머니 이불을 놓아주고 잠시 플릿풋의 머리를 쓰다듬었다. 새벽이 가까워지고 있었다. 하룻밤을 잘 넘겼다.

　한숨을 쉬며 드러누워 눈을 감았다.

　몇 시간 후 녹스가 성을 떠났다는 소식이 퍼졌다. 셀레이나는 마지막 시험이 취소됐다는 통보를 받았다. 이제 내일이면 그레이브, 르노, 케인과 결투하게 된다.

　내일이면…… 자유의 몸이 될지 결정 날 것이다.

46

주변 숲은 고요히 얼어 있었다. 도리언이 걸어가는 길을 따라 나무에서 덩어리진 눈이 떨어졌다. 그의 눈은 나뭇가지와 덤불 사이를 연신 살폈다. 이런 날 굳이 사냥하러 나온 이유는 차갑게 얼어붙은 공기라도 쐬지 않으면 안 될 것 같아서였다.

눈만 감으면 그녀의 얼굴이 어른거렸다. 그녀는 그의 생각 속에 계속 떠다녔다. 그녀의 이름으로 멋지고 대단한 일을 해내고 싶고, 왕관을 쓸 자격이 있는 남자가 되고 싶었다.

하지만 셀레이나의 생각이 어떤지는…… 알 수 없었다. 그녀는 그에게 키스했다…… 그것도 열정적으로. 하지만 그가 과거에 사랑한 여자들도 늘 열정적이었다. 그 여자들은 그를 흠모의 시선으로 바라봤지만 셀레이나는 쥐를 쳐다보는 고양이처럼 그를 바라보았다. 근처에 움직임이 느껴져 몸을 바로 세웠다. 9미터쯤 떨어진 곳에서 수사슴 한 마리가 나무껍질을 먹고 있었다. 도리언은 말을 멈춰 세우고 화살통에서 화살 하나를 뽑았다. 하지만 곧 활시위를 풀었다.

그녀는 내일 결투를 치를 것이다.

혹시라도 그녀에게 무슨 일이 생기면…… 아니, 그녀는 잘 해낼 것이다. 강하고 영리하고 빠른 여자니까. 생각이 너무 멀리까지 나가고 말았다. 애초에 그녀에게 키스를 해선 안 되었다. 한때는 미래를 꿈꿨던 적도 있고 인생을 함께할 사람을 생각했던 적도 있지만, 지금은 누군가와 함께하는 삶을 상상할 수도 없고 누굴 원해서도 안 되었다.

눈이 내리기 시작했다. 회색 하늘을 힐끗 올려다본 도리언은 말을 몰아 고요한 사냥터를 내달렸다.

발코니 문 앞에 선 셀레이나는 리프트홀드를 내려다보았다. 지붕마다 여전히 눈으로 덮여 있고 집집마다 불빛이 반짝거렸다. 이 도시가 얼마나 부패하고 더러운지, 얼마나 끔찍한 존재가 이 도시를 다스리고 있는지 몰랐으면, 아름답다고 생각했을 것이다. 녹스가 멀리 멀리 도망쳤길 바랐다. 경비병들에게 오늘 밤엔 방문객을 받지 않겠다고, 케이올과 도리언이 찾아와도 돌려보내라고 미리 말해두었다. 누군가 방문을 한 번 두드렸는데 대답하지 않자 더 두드리지 않고 떠났다. 셀레이나는 유리창에 손을 대고 얼얼한 냉기를 만끽했다. 시계가 자정을 알렸다.

내일이면…… 아니 이미 오늘인가?…… 케인을 상대하게 될 것이다. 케인과는 대련해본 적이 없었다. 다른 전사들이 케인과 어떻게든 한 번이라도 연습해보려고 안달들이라 기회가 없기도 했다. 케인은 강했지만 셀레이나만큼 빠르지는 않았다. 그래도 그의 체력은 대단했기에 한동안은 그를 피해야 했다. 케이올과의 달리기 훈련으로 체력이 좋아져 케인 앞에서 지치지 않기를 기도할 뿐이었다. 만약에 지게 되면……

그런 생각은 하지도 마.

유리창에 이마를 기댔다. 엔도비어로 돌아가는 것보다 결투하다 쓰러지는 게 더 명예롭지 않을까? 왕의 전사가 되느니 죽는 게 더 명예롭지 않나? 왕은 그녀에게 누굴 죽이라고 명령할까?

아달렌의 자객으로 살 때는 적어도 의견은 낼 수 있었다. 목숨줄을 손에 쥔 에로밴 헤멜 앞에서도 어떤 일을 맡을지 말할 수 있었다. 어린아이와 테라센 출신인 사람을 죽이는 일은 맡지 않았다. 하지만 왕은 그녀에게 누구든 죽이게 할 수 있을 것이다. 엘레나는 셀레이나가 왕의 챔피언이 되어 왕을 저지하길 바란 걸까? 생각만으로도 속이 뒤집혔다. 지금은 이럴 때가 아니었다. 케인에게, 케인을 이기는 일에 집중해야 했다.

하지만 아무리 애를 써도, 어느 가을날 으르렁거리는 근위대장의 명령을 받고 엔도비어 소금 광산에서 끌려 나오던 몹시 굶주리고 절망적인 자객의 모습만 떠올랐다. 이렇게 잃을 게 많은 입장이 될 줄 알았으면 그때 왕세자의 제안에 뭐라고 답했을까? 다른 것들…… 다른 사람들이…… 자유만큼이나 중요해질지 알았으면 왕세자의 제안을 웃으며 거절했을까?

목이 메어 숨을 삼켰다. 내일 결투장에서 싸워야 할 이유는 분명히 있었다. 이 성에서 몇 개월 산 것만으로는 충분하지 않을 것이다. 어쩌면…… 궁극적인 자유를 얻는 것 외에 다른 이유로 이 성에 머물고 싶을 수도 있었다. 엔도비어 광산의 절망적인 자객이라면 절대 믿지 않았을 이유였다.

하지만 그게 사실이었다. 셀레이나는 여기 머물고 싶었다.

그러니 내일은 더 힘들 것이다.

47

 칼테인은 빨강 망토를 당겨 여미며 온기를 즐겼다. 결투를 왜 야외에서 하는 걸까? 그 자객 년이 도착하기도 전에 얼어 죽을 판이었다! 칼테인은 주머니에 담아둔 유리병을 손으로 만지작거리며 나무 탁자에 놓인 고블릿 잔 두 개를 힐긋 쳐다보았다. 오른쪽의 잔이 사르도시엔의 것이었다. 헷갈리면 안 된다.
 왕 옆에 서 있는 페링턴을 돌아보았다. 사르도시엔을 치워버리고 도리언이 다시 자유가 되면 칼테인이 무슨 짓을 할지 페링턴은 모르고 있었다. 흥분한 칼테인은 몸 안의 피가 따뜻해지면서 반짝이는 기분이었다.
 공작이 이쪽으로 걸어왔다. 칼테인은 결투가 진행될 타일 깔린 베란다에 시선을 고정했다. 공작은 아무도 이쪽을 볼 수 없도록 칼테인과 다른 의원들 사이를 벽처럼 가로막으며 그녀 앞에 와 섰다.
 "밖에서 결투를 진행하기엔 날씨가 춥군요."
 공작이 말했다. 칼테인이 미소를 지으며 망토 자락을 탁자 위로 드리우고 손을 내밀자 그는 그녀의 손에 입을 맞췄다. 그녀는 붉은 망토 속에 감춰진 다른 쪽 손을 몰래 움직여 유리병 뚜껑을 열고 내용물을 와인에 섞었다. 칼테인이 유리병을 도로 주머니에 넣자 공작은 허리를 폈다. 이 정도면 사르도시엔을 약하게 만들 수 있을 것이다. 머리가 빙빙 돌고 방향 감각을 잃을 테니까.

문 앞에 경비병 한 명, 그리고 또 한 명이 나타났다. 양옆에 경비병을 대동한 여자가 성큼성큼 걸어 나왔다. 여자는 남자 옷을 입었는데 검은색과 금색으로 된 재킷이 상당히 잘 만들어진 옷임을 칼테인도 인정할 수밖에 없었다. 이 여자가 자객이라니 묘했다. 그래도 그동안 이상한 점, 부족한 점이라고 생각했던 면들이 자객이라는 점을 감안하고 보면 이해가 됐다. 칼테인은 고블릿 잔 아래쪽을 손가락으로 문지르며 조용히 웃었다.

페링턴 공작의 전사가 시계탑 뒤쪽에서 걸어 나왔다. 칼테인은 눈썹을 치켜떴다. 저들은 사르도시엔에게 약물을 먹이지 않으면 저런 남자가 못 이길 거라고 생각하나?

나머지 두 전사가 도착하자 칼테인은 탁자에서 한 걸음 뒤로 물러섰고 페링턴은 왕의 뒤쪽에 가서 앉았다. 그들은 들뜬 얼굴로 피를 기다렸다.

흑요석 시계탑을 빙 둘러싼 널찍한 베란다에 선 셀레이나는 떨지 않으려 마음을 다잡았다. 이런 날씨에 결투를 야외에서 진행하는 게 이해되지 않았다. 전사들을 더 불편하게 만들려는 것 말고 다른 이유가 있을까. 셀레이나는 성의 벽을 따라 나란히 배치된 유리 창문들, 그리고 서리로 뒤덮인 정원을 간절한 눈빛으로 바라보았다. 손이 얼어 감각이 없었다. 털 안감으로 된 주머니에 손을 넣은 셀레이나는 케이올에게 다가갔다. 그는 판석에 분필로 커다랗게 그려놓은 동그라미 가장자리에 서 있었다.

"더럽게 춥네요." 그녀가 입은 검은 재킷의 목깃과 소매에 토끼털이 붙어 있긴 했지만 그런 옷으로는 추위를 막을 수 없었다. "야외에서 결투를 한다는 얘기 왜 안 해줬어요?"

케이올은 그레이브와 르노를 차례로 바라보며 고개를 절레절레 흔들었다. 스컬 만 출신 용병 르노가 추위 때문에 괴로워하는 걸 보고 셀레이나는 그나마 흡족했다.

"우리도 몰랐어. 폐하께서 조금 전에 결정하셨어. 추우니 빨리 끝나긴 할 거야."

케이올이 살짝 웃었지만 셀레이나는 여전히 굳은 표정이었다.

하늘은 새파랬다. 강풍이 옷 속으로 파고들자 셀레이나는 이를 악물었다. 탁자 앞에 놓인 열세 개의 의자가 채워지고 있었다. 탁자 중앙은 왕과 페링턴의 자리였다. 하얀 털로 안감을 댄 아름다운 붉은 망토를 걸친 칼테인은 페링턴 공작 뒤에 가 섰다. 셀레이나와 눈이 마주친 칼테인이 미소 짓자 셀레이나는 이유를 몰라 의아했다. 칼테인은 곧 탑 쪽으로 시선을 돌렸고 그 시선을 따라간 셀레이나는 그제야 이해가 됐다.

케인이 시계탑에 기대어 서 있었다. 튜닉 안에 팽팽하게 들어찬 근육이 눈에 띄었다. 저런 강건함은 모두 다른 전사들한테서 훔친 거였다…… 리더락이 셀레이나까지 죽였으면 어떻게 됐을까? 오늘 케인은 얼마나 더 강한 모습이었을까? 지금 그는 빨간색과 금색으로 된 근위병 제복 차림이었다. 널찍한 가슴에는 와이번 문양이 선명히 새겨져 있었다. 옆구리에는 멋진 칼을 찼다. 페링턴 공작이 준 선물일 것이다. 공작은 그의 전사가 어떤 힘을 휘두르고 있는지 알까? 셀레이나가 케인의 비밀을 까발린다 해도 아무도 믿어주지 않을 것이다.

속이 울렁거렸다. 케이올은 셀레이나의 팔꿈치를 잡고 베란다 끝 쪽으로 데려갔다. 셀레이나는 탁자 앞에 앉은 늙은 두 남자가 초조한 눈빛으로 그녀를 힐끔거리는 걸 보고 그들에게 고개를 끄덕여 아는 체를 했다.

유리즌 경과 가널 경. 살인까지 해가면서 원하던 걸 얻었나 보네. 내 정체에 대해 누가 당신들한테 말해준 것 같군.

2년 전 그들은 같은 남자를 죽여 달라며 셀레이나를 따로 고용했다. 물론 셀레이나는 그들에게 그런 얘기를 하지 않고 양쪽에서 보수를 받았다. 셀레이나가 윙크하자 당황한 가널 경은 코코아가 담긴 고블릿 잔을 쓰러뜨렸고 앞에 놓인 종이들을 망치고 말았다. 아, 셀레이나는 그들의 비밀을 지켜줄 것이다. 안 그랬다간 그녀의 명성에 금이 갈 테니까. 하지만 만약 셀레이나를 자유의 몸으로 만들어주는 문제를 놓고 투표라도 하게 된다면……. 셀레이나는 유리즌 경에게 미소 지었으나 유리즌 경은 고개를 휙 돌렸다. 셀레이나는 다른 남자 즉, 왕에게 시선을 돌렸다. 왕은 그녀를 빤히 쳐다보았다.

아달렌 왕. 내면 깊숙한 곳이 요동쳤지만 셀레이나는 왕 앞에서 고개를 숙였다.

"준비됐어?"

케이올이 물었다. 옆에 그가 있었다는 걸 기억한 셀레이나는 눈을 껌벅이며 대답했다.

"예."

하지만 아직은 준비되지 않았다. 바람이 그녀의 머리카락을 스치고 지나가며 얼어붙은 손가락으로 헝클어 놓았다. 탁자 옆으로 다가온 도리언은 늘 그랬듯 가슴 아플 정도로 잘생긴 모습이었다. 그는 주머니에 손을 찔러 넣고 그녀에게 울적한 미소를 보내고는 아버지를 쳐다보았다.

　마지막 평의회 의원이 탁자 앞에 착석했다. 네히미아가 들어와 크고 하얀 동그라미의 옆쪽에 서자 셀레이나는 고개를 옆으로 기울여 네히미아를 바라보았다. 눈이 마주친 공주는 격려의 뜻으로 턱을 치켜들었다. 네히미아는 그야말로 화려하게 차려입었다. 몸에 딱 붙는 바지에 여러 겹으로 되어 있고 소용돌이 모양 쇠 장식이 박힌 튜닉을 입고 무릎까지 오는 장화를 신었다. 그리고 머리 높이의 나무 지팡이를 손에 들었다. 셀레이나에게 영광을 베푸는 의미로 그렇게 차려입은 것이다. 그걸 알아챈 셀레이나는 눈가가 촉촉해졌다. 동료 전사로서 인정해주는 의미였다.

　왕이 일어서자 모두 입을 다물었다. 셀레이나는 뱃속이 돌로 변한 듯한 기분이었다. 어색하고 둔해진 것 같으면서도 갓난아기처럼 가볍고 약해진 기분이기도 했다.

　케이올이 탁자 앞에 가서 서라는 뜻으로 그녀를 팔꿈치로 툭 쳤다. 발만 내려다보며 걸어간 셀레이나는 왕의 얼굴을 쳐다보지도 않았다. 다행히 르노와 그레이브가 양옆으로 와 나란히 섰다. 케인이 옆에 서 있었으면 셀레이나는 그 자리에서 끝장내려고 그의 목을 꺾어버렸을 수도 있었다. 여기엔 그녀를 지켜보는 눈들이 너무 많았다…….

　열 걸음도 채 떨어지지 않은 곳에 아달렌 왕이 있었다. 이 탁자 앞에서 자유냐 죽음이냐가 판가름 날 것이다. 셀레이나의 과거와 미래가 유리 왕좌에 달려 있었다.

　셀레이나는 네히미아를 다시 바라보았다. 네히미아의 매섭고도 우아한 눈빛에 셀레이나는 골수까지 따뜻해지면서 두 팔에 긴장이 풀렸다.

아달렌 왕이 입을 열었다. 네히미아의 눈을 보면서 힘을 얻었는데 왕의 얼굴을 보면 기운이 빠질 것 같아 셀레이나는 왕이 아니라 왕 뒤쪽의 왕좌에 시선을 두었다. 칼테인이 여기 있는 걸 보면 페링턴 공작이 셀레이나의 정체를 말해줬을지도 모를 일이었다.

"비참한 삶을 살던 너희는 왕의 신성한 전사가 될 가치가 있는지 증명하기 위해 이 자리에 섰다. 수개월 훈련을 받았으니 이제 누가 내 전사가 될지를 결정해야겠지. 두 명씩 결투를 진행한다. 상대를 확실한 죽음에 이르게 하는 정도로 밀어붙이면 승리한다. 그 이상은 할 필요 없다." 왕은 셀레이나 쪽을 날카롭게 쳐다보며 덧붙였다. "케인과 가널 의원의 전사가 먼저 결투한다. 그리고 내 아들의 전사가 멀리슨 의원의 전사와 맞붙는다."

당연히 왕은 케인의 이름을 알고 있었다. 저럴 거면 차라리 저 짐승 같은 케인을 챔피언으로 삼겠다고 선언해버리는 편이 나았을 것이다.

"각 결투의 승자가 최종 결투에서 만나게 된다. 최종 결투의 승자가 왕의 챔피언이 되는 거다. 알겠나?"

그들은 고개를 끄덕였다. 잠깐이지만 셀레이나는 왕을 있는 그대로 보았다. 알고 보면 왕도 한낱 인간일 뿐이었다. 너무 많은 권력을 가진 인간. 그 짧은 순간만큼은 왕이 두렵지 않았다. *겁내지 않을 거야*, 라고 다짐하면서 늘 생각해오던 이 말을 가슴에 새겼다.

"신호하면 결투를 시작해."

왕이 말했다.

그만 이 자리를 벗어나도 된다는 뜻으로 받아들인 셀레이나는 케이올 쪽으로 걸어가 그 옆에 섰다.

케인과 르노는 왕에게 절을 하고 서로를 향해 목례한 뒤 긴 칼을 빼 들었다. 셀레이나는 자세를 잡고 서는 르노의 몸을 위에서 아래로 훑어보았다. 전에 르노가 케인과 대련하는 모습을 본 적 있었다. 르노는 케인과의 대련 때 이긴 적은 한 번도 없지만 늘 생각보다 오래 버텼다. 어쩌면 르노가 이길 수도 있지 않을까.

하지만 긴 칼을 들어 올리는 케인을 보면서 생각이 바뀌었다. 케인은 훨씬 좋은 칼을 들었고, 키도 르노보다 15센티미터 정도 더 컸다.

"시작하라."

왕이 선언했다. 금속끼리 부딪치며 불꽃이 튀었다. 그들은 서로를 공격한 후 훌쩍 뛰어 물러섰다. 르노는 방어 자세를 취하는 데서 그치지 않고 앞으로 나아가 케인의 칼을 강하게 몇 번 후려쳤다. 셀레이나는 어깨의 힘을 애써 빼고 차가운 공기를 힘겹게 들이마셨다. 그녀는 케이올에게 나지막하게 물었다.

"내가 두 번째로 나가 싸우게 된 게 운이 나쁜 것 같아요?"

케인은 결투 중인 두 남자한테서 시선을 떼지 않고 대답했다.

"최종 결투 전에 쉴 시간이 적당히 주어질 거야." 그는 두 남자를 턱 끝으로 가리켰다. "케인은 오른쪽을 지키는 걸 한 번씩 잊어버려. 저길 봐 봐." 케인이 몸을 돌리는 순간 오른쪽이 상대에게 무방비로 드러났다. "르노는 알아채지 못하고 있어." 케인이 끄응 소리를 내며 칼날을 밀어붙이자 용병 르노는 한 발 밀려났다. "기회를 놓친 거지."

그들 주변에 바람이 세차게 불었다.

"정신 바짝 차려." 케이올은 결투장을 줄곧 바라보며 말했다. 케인이 칼을 한 번 휘두를 때마다 르노는 바닥에 분필로 그려놓은 선 쪽으로 밀려가고 있었다. 이제 한 발만 선 밖으로 나가도 지는 거였다.

"케인이 화를 돋우려고 할 거야. 성질내지 마. 그의 칼이랑 한 번씩 무방비 상태가 되는 오른쪽에 집중해."

"알았어요."

결투장 쪽으로 눈길을 돌린 순간 르노가 소리치며 뒤로 휘청했다. 르노의 코에서 피가 뿜어져 나오면서 바닥에 세게 부딪쳤다. 주먹에 르노의 피를 묻힌 케인이 웃으면서 칼끝으로 르노의 심장을 겨눴다. 용병 르노의 피 묻은 얼굴이 하얗게 질렸다. 르노는 이를 드러내며 케인을 올려다보았다.

셀레이나는 시계탑을 돌아보았다. 케인이 결투를 끝내기까지 3분도 채 걸리지 않았다.

점잖은 박수 소리가 들렸다. 가닐 경의 얼굴이 분노로 일그러져 있었다. 이번 결투의 패배로 돈을 꽤 많이 잃은 모양이었다.

"용맹하게 잘 싸웠다."

왕이 말했다. 케인은 허리를 숙여 절하고는 베란다 맞은편으로 걸어갔다. 패배한 르노의 손을 잡아 일으켜줄 생각은 하지도 않았다. 르노는 셀레이나의 예상보다 품위 있는 태도로 일어서서 왕에게 절하며 나지막하게 감사 인사를 했다. 그러고는 코를 잡고 천천히 물러갔다. 이번 결투에 진 것으로 르노는 무엇을 잃었을까…… 그리고 이제 어디로 돌아가게 될까?

결투장 원 맞은편에서 그레이브가 칼자루를 한 손으로 감싸 쥐고 셀레이나에게 미소 지었다. 셀레이나는 그레이브의 이빨을 보고 얼굴을 찌푸렸다. 셀레이나의 상대는 저런 기괴한 놈이었다. 르노는 깔끔해 보이기라도 했는데.

"곧 시작할 테니 무기를 준비해라."

왕은 이렇게 말하고는 페링턴 쪽으로 고개를 돌리고 나지막하게 무어라 말했다. 바람까지 세차게 불고 있어 주변 사람들 귀에는 무슨 말인지 들리지도 않았다.

셀레이나는 케이올을 돌아보았다. 그는 그녀가 평소 훈련할 때 썼던 평범한 칼이 아니라 자기 칼을 내주었다. 칼자루 끝의 독수리 모양 장식이 한낮의 햇살을 받아 반짝였다.

"받아."

셀레이나는 그 칼을 보며 눈을 깜박이다가 천천히 얼굴을 들어 케이올을 바라보았다.

심장 뛰는 소리가 귓속에서 울렸다. 손을 들어 칼을 받으려는데 누군가 그녀의 팔꿈치에 손을 댔다.

네히미아가 이일웨이어로 말했다.

"괜찮다면 이걸 사용해주면 좋겠어요."

네히미아는 끝부분이 쇠로 되어 있고 아름답게 조각된 지팡이를 내밀었다. 셀레이나는 케이올의 칼과 친구의 지팡이를 번갈아 쳐다보았다. 칼을 쥐는 게 더 현명한 선택일 것이다. 케이올이 자기 칼을 내줬다는 것만으로도 셀레이나는 가슴이 벅찼다. 하지만 지팡이는……

앞으로 몸을 기울인 네히미아가 셀레이나의 귀에 대고 속삭였다.

"이일웨이의 무기로 저들을 쓰러뜨려요." 그녀는 떨리는 목소리로 덧붙였다. "이일웨이 숲에서 만들어진 나무로 아달렌의 철을 무찔러줘요. 무고한 사람들의 고통을 아는 당신 같은 사람이 왕의 챔피언이 되어야죠."

몇 달 전 엘레나도 거의 같은 말을 한 것 같은데? 셀레이나는 힘겹게 숨을 삼켰다. 케이올은 칼을 내리고는 한 걸음 뒤로 물러섰다. 네히미아는 셀레이나한테서 시선을 떼지 않았다.

네히미아 공주가 무엇을 바라고 이런 요구를 하는지 셀레이나는 잘 알고 있었다. 왕의 챔피언이 되면 무수한 목숨을 구할 방법, 왕의 권위를 무너뜨릴 방법을 찾아야 할 것이다.

그게 바로 현 아달렌 왕의 조상인 엘레나가 원하는 바라는 생각이 들었다.

그 생각을 하자 두려움이 밀려들었다. 왕에게 맞서는 것은 아무리 용기를 내도 힘든 일이었다. 하지만 등에 새겨진 세 개의 상처, 엔도비어에 두고 온 노예들, 죽임을 당한 이일웨이 반란 세력 5백 명을 잊을 수가 없었다.

셀레이나는 네히미아한테서 지팡이를 넘겨받았다. 공주가 격한 감정이 담긴 웃음을 지어 보였다.

놀랍게도 케이올은 반대하고 나서지 않았다. 칼을 칼집에 넣고 네히미아에게 고개를 숙일 뿐이었다. 네히미아는 셀레이나의 어깨를 손으로 두드리고는 그 자리를 떠났다.

셀레이나는 지팡이를 시험 삼아 몇 번 휘둘러 보았다. 균형이 잘 맞고 단단하며 튼튼했다. 끄트머리의 둥그런 쇠 부분으로 사람을 치면 기절시킬 수 있을 것이다.

조각이 새겨진 나무 지팡이에서는 네히미아의 손에서 옮겨간 유분, 네히미아가 즐겨 쓰는 연꽃 향이 느껴졌다. 이 지팡이면 됐다. 맨손으로 베린을 쓰러뜨린 적도 있으니까. 이 지팡이로 그레이브와 케인을 이길 수 있을 것이다.

힐끗 돌아보니 왕은 아직도 페링턴과 속닥거리고 있었다. 도리언은 그녀를 바라보고 있었다. 그의 사파이어색 눈동자에 눈부시게 찬란한 하늘이 비쳤다. 네히미아를 돌아보는 그의 눈빛이 다소 어두워졌다. 도리언은 다양한 면을 가진 사람이지만 멍청하지는 않았다.

네히미아가 내민 지팡이의 상징성을 알아챘을까? 셀레이나는 재빨리 시선을 떨궜다.

그런 걱정은 나중에 하기로 했다. 결투장 맞은편에서 그레이브가 서성이고 있었다. 왕이 결투로 다시 관심을 돌리고 시작 명령을 내려주길 기다리는 눈치였다.

셀레이나는 떨리는 숨을 내쉬었다. 드디어 이 자리까지 왔다. 왼손에 쥔 지팡이에서 목재의 힘과 친구의 힘을 받아들였다. 앞으로 몇 분 안에 온갖 일이 일어날 수 있고, 많은 게 바뀔 수 있었다.

케이올을 바라보았다. 땋은 머리의 머리카락 몇 가닥이 바람에 흐트러지자 잡아서 귀 뒤로 넘겼다.

셀레이나는 조용히 말했다.

"무슨 일이 일어나든 대장님께는 감사드려요."

케이올이 옆으로 고개를 기울이며 물었다.

"뭐가 감사해?"

셀레이나는 눈이 얼얼해졌지만, 세찬 바람 탓이라 여기며 눈을 깜박여 눈물을 막았다.

"내 자유가 의미를 가질 수 있게 해줘서요."

그는 말없이 그녀의 오른손을 잡고 그녀가 끼고 있는 반지를 엄지로 문질렀다.

그때 왕이 베란다 쪽으로 손을 흔들며 외쳤다.

"두 번째 결투를 시작하라."

케이올은 그녀의 손을 꼭 잡았다. 싸늘한 공기 속에서 그의 피부가 따뜻하게 느껴졌다.

"저놈한테 본때를 보여줘."

그때 그레이브가 결투장의 원 안으로 들어와 칼을 뽑아 들었다.

케이올이 잡고 있던 손을 빼낸 셀레이나는 등을 곧게 펴고 원 안으로 걸어 들어갔다. 그녀는 왕에게 재빨리 고개를 숙인 다음 상대에게도 고개를 숙여 인사했다.

그녀는 두 손에 지팡이를 쥔 채 그레이브의 눈을 마주 보면서 무릎을 굽히고 미소 지었다.

이제부터 무슨 일이 일어날지 당신은 짐작도 못 해, 이 아저씨야.

48

예상대로 그레이브는 셀레이나의 지팡이 중간을 부러뜨릴 생각으로 곧장 달려들었다.

셀레이나는 재빨리 몸을 돌려 피했다. 그레이브가 허공으로 돌진하자 셀레이나는 지팡이 아랫부분으로 그의 등뼈를 후려쳤다. 그는 비틀거리기는 했지만 쓰러지지 않았다. 한쪽 발로 빙글 돌아 다시 그녀에게 달려들었다.

이번 공격은 피하지 않고 지팡이를 기울인 셀레이나는 그가 지팡이의 중간 아래쪽을 치게 했다. 그레이브의 칼날이 나무 지팡이에 박히자 셀레이나는 그에게 훌쩍 뛰어올랐다. 그레이브가 지팡이 아래쪽을 치면서 그 반동으로 지팡이 윗부분이 그레이브의 얼굴을 강타했다. 그레이브가 휘청한 순간 셀레이나의 주먹이 기다리고 있다가 그의 코를 쳤다. 손이 얼얼했지만 손가락 관절 아래서 그의 코뼈가 부러지는 느낌을 만끽했다. 셀레이나는 그가 반격하기 전에 훌쩍 뛰어 물러섰다. 그레이브의 코에서 피가 주르륵 흘러내렸다.

"저 쌍년이!"

그는 날카롭게 내뱉으며 다시 칼을 휘둘렀다.

셀레이나는 두 손으로 지팡이를 잡고 그의 칼날을 받았다. 나무 지팡이가 쪼개지면서 끼이익 소리를 냈지만 그의 칼을 쭉 밀어붙였다.

끄응 소리를 내면서 그를 밀치고 돌아선 셀레이나는 지팡이 윗부분으로 그의 머리를 후려쳤다. 비틀거리던 그레이브는 균형을 잡고 서더니 숨을 몰아쉬며 피가 흐르는 코를 슥 닦았다. 얽은 얼굴이 짐승처럼 변하면서 셀레이나의 심장을 향해 칼을 뻗었다. 너무 빠르고 격한 움직임이라 제어도 불가능해 보였다.

셀레이나는 바로 몸을 웅크렸다. 그레이브의 칼날이 머리 위를 스친 순간 셀레이나는 그의 다리를 걷어찼다. 발이 휘청하고 흔들리며 그는 비명을 내지르지도, 무기를 들어 올리지도 못했다. 셀레이나가 곧장 그의 가슴팍에 올라앉아 쇠로 된 지팡이 끝으로 그의 목을 겨눴다.

그리고 그의 귀에 입을 가까이 대고 속삭였다.

"내 이름은 셀레이나 사르도시엔이야. 내 이름이 셀레이나든 릴리 언이든 쌍년이든 아무 상관도 없어. 네가 날 뭐라고 부르든 넌 내 밑이니까."

셀레이나는 그에게 미소 지으며 일어섰다. 그는 셀레이나를 노려볼 뿐이었다. 그의 코에서 흐르는 피가 뺨을 타고 옆으로 흘렀다. 셀레이나는 주머니에서 손수건을 꺼내 그의 가슴에 툭 떨어뜨렸다.

"이건 가져."

그러고는 베란다를 떠났다.

그녀는 분필로 그어놓은 원을 넘어가자마자 케이올에게 다가가 물었다.

"시간이 얼마나 걸렸어요?"

네히미아가 셀레이나를 바라보며 환하게 웃었다. 셀레이나는 경례하듯 지팡이를 살짝 들어 보였다.

"2분."

셀레이나는 케이올을 향해 싱긋 웃어 보였다. 숨도 차지 않았다.

"케인보다 빨랐네요."

"더 요란스럽기도 했지. 손수건을 굳이 던질 필요 있었어?"

셀레이나가 입술을 깨물며 받아치려는데 왕이 일어섰다. 청중이 모두 입을 다물었다.

"승자들에게 와인을 내줘라."

왕의 명령에 측면에 있던 케인이 걸어 나와 왕의 탁자 앞에 섰다. 셀레이나는 케이올 옆에 서 있었다.

왕이 칼테인에게 손짓하자 칼테인은 고블릿 잔 두 개가 담긴 은쟁반을 얌전히 들어 올렸다. 칼테인은 케인에게 잔 하나를 주고 셀레이나 앞으로 와서 나머지 잔을 건넸다. 그러고는 왕의 탁자 앞으로 가서 섰다.

"선의로 말하노니, 위대한 여신께 경의를 표하라." 연극이라도 하는 것 같은 목소리라 셀레이나는 칼테인을 한 대 치고 싶었다. "너희는 우리 모두를 낳아주신 어머니께 제물을 바칠 지어다. 이것을 마시고 여신의 축복을 받아 다시 힘을 채워라."

저 같잖은 문구를 누가 적어줬을까? 칼테인이 그들에게 고개를 숙여 절했고 셀레이나는 고블릿 잔을 입술에 갖다 대고 내용물을 마셨다. 왕이 미소를 짓는 순간 셀레이나는 움찔하지 않으려 애썼다. 셀레이나가 다 마시자 칼테인은 잔을 받았다. 이어서 케인의 잔도 수거한 후 한쪽 다리를 뒤로 빼고 케인에게 절을 하며 물러섰다.

이기자. 이기자. 이기자. 저놈을 빨리 쓰러뜨려 버리자.
왕이 입을 열었다.
"그럼 준비하고 신호하면 시작하라."
셀레이나가 케이올을 돌아보았다. 방금 시합을 끝냈는데 잠시라도 쉴 시간을 줘야 하는 거 아닌가? 도리언도 의아해하며 왕에게 눈썹을 치켜떴지만 왕은 아들이 제기하는 무언의 항의를 본 척도 하지 않았다.

원 중앙에서 방어 자세를 취하며 웅크린 케인은 칼을 빼들며 비딱한 미소를 지었다.

케이올이 어깨에 손을 올리며 진정시켜주지 않았다면 셀레이나는 욕을 퍼부었을 수도 있었다. 케이올의 밤색 눈동자에는 셀레이나가 이해할 수 없는 어떤 감정이 담겨 있었다. 케이올의 얼굴에 담긴 힘에서 셀레이나는 가슴 아린 아름다움을 느꼈다.

"지지 마." 케이올이 그녀만 들을 수 있도록 나지막하게 말했다. "당신을 엔도비어까지 다시 데리고 가고 싶지 않아."

세상 가장자리가 안개 낀 듯 흐릿해지는 느낌이었다. 왕이 격노한 눈빛으로 노려봤지만 케이올은 아랑곳하지 않고 고개를 꼿꼿이 든 채 물러섰다.

케인이 조금씩 앞으로 다가왔다. 케인의 널찍한 칼이 빛을 받아 번뜩였다. 셀레이나는 심호흡을 하며 원 안으로 들어섰다.

에렐리아의 정복자가 두 손을 높이 치켜들고 우렁차게 외쳤다.
"시작하라!"
셀레이나는 자꾸만 눈앞이 흐려져 정신을 차리려고 고개를 흔들었다. 케인이 원을 따라 맴돌기 시작하자 셀레이나는 지팡이를 칼처럼 휘두르며 중심을 잡았다. 근육에 힘이 빠지면서 욕지기가 올라왔다. 어째서인지 눈앞이 여전히 흐릿했다. 셀레이나는 눈을 깜박이며 이를 악물었다. 케인의 힘을 역이용해 맞서야겠다는 생각이었다.

케인이 예상보다 빠르게 돌진해왔다. 셀레이나는 그의 칼 넓은 면을 지팡이로 받아내고 날카로운 날을 피해 뒤로 훌쩍 뛰며 물러섰다. 나무 지팡이에서 끼이익 소리가 들렸다.

케인이 너무 빨리 공격을 한 바람에 셀레이나는 그의 칼날에 속절없이 당할 수밖에 없었다. 칼날이 지팡이에 깊이 박혔다. 그 충격으로 셀레이나는 팔이 얼얼해졌다. 그녀가 통증에서 회복되기도 전에 케인은 지팡이에서 칼을 잡아 빼고는 다시 그녀를 내리쳤다. 셀레이나는 지팡이의 쇠로 된 끝부분으로 칼을 막아내면서 물러섰다. 몸 안의 피가 천천히 끈적하게 흐르는 기분이었다. 머리가 빙빙 돌았다. 몸이 안 좋은 건가? 구역질이 가라앉질 않았다.

끄응 소리를 내며 기술과 힘으로 방어하며 물러섰다. 몸이 정말 아픈 거라면 최대한 빠르게 이 결투를 끝내야 했다. 여기는 그녀의 기량을 뽐내는 자리가 아니었다. 책의 내용 대로라면 케인은 지금까지 그가 죽인 전사들의 힘을 모조리 흡수했을 것이다.

공격 태세로 전환한 셀레이나는 민첩한 동작으로 케인에게 나아갔다. 그는 칼을 한번 가볍게 휘둘러 셀레이나의 공격을 쳐냈다. 셀레이나가 그의 칼을 지팡이로 내려친 순간 지팡이가 일부 쪼개지면서 허공으로 파편이 튀었다.

귓속에서 심장 박동 소리가 요란하게 울려 퍼졌다. 금속에 나무 부딪치는 소리를 도저히 참을 수가 없었다. 어째서 움직임이 계속 느려지는 걸까?

다시 공격을 감행했다. 더 빠르고 강한 공격이었다. 하지만 케인이 웃어넘기자 셀레이나는 화가 치밀어 악이라도 쓰고 싶었다. 그를 향해 한 걸음 다가가거나 거리가 지나치게 가까워질 때마다 셀레이나의 동작이 어설퍼지거나 케인이 뒤로 슬쩍 물러났다. 케인은 그녀가 어떤 식으로 움직일지를 이미 아는 듯했다. 그가 자기를 갖고 논다는 생각이 들면서 셀레이나는 약이 바짝 올랐다. 그는 그녀가 이해하지 못하는 장난이라도 치고 있는 듯했다.

셀레이나는 무방비 상태인 그의 목을 노리며 지팡이를 휘둘렀다. 케인은 공격을 피했고 셀레이나는 빙글 돌면서 이번에는 그의 배를 쳤는데 그는 다시 공격을 막아냈다.

"몸이 안 좋아?" 케인은 번뜩이는 하얀 이를 드러냈다. "그러게 지금까지 능력을 숨기지 말았어야지……"

탁!

지팡이로 그의 옆구리를 친 셀레이나가 싱긋 웃었다. 케인은 허리를 굽혔다. 셀레이나는 다리를 뻗어 그의 발을 걸어 쓰러뜨렸다. 지팡이를 위로 들어 올리는데 구역질이 강하게 치밀어 오르면서 근육이 늘어졌다. 몸에 힘이 없었다.

케인은 타격감 없이 그녀의 지팡이를 쳐냈다. 그가 일어서자 셀레이나는 뒤로 물러설 수밖에 없었다. 그 순간 부드럽고 여성적이며 악의에 찬 웃음소리가 들려왔다. 칼테인이었다. 셀레이나는 발이 휘청했지만 가까스로 똑바로 서서 칼테인과 그 여자 앞에 놓인 탁자의 고블릿 잔들을 쏘아보았다. 그제야 그 잔에 블러드베인이 섞여 있음을 알아챘다. 독극물 시험 때 셀레이나가 가까스로 피했던 바로 그 독이었다. 블러드베인은 아무리 소량이어도 환각과 방향 감각 상실을 유발할 수 있었다. 최악의 경우……

셀레이나는 지팡이도 제대로 잡기 힘들었다. 케인이 다가오자 어쩔 수 없이 그의 칼을 막아내긴 했지만 매번 지팡이를 들어올리기가 버거웠다. 저들은 그녀에게 블러드베인을 얼마나 먹인 걸까? 결국 지팡이는 타악 소리를 내며 쪼개지고 말았다. 치명적인 양이었으면 그녀는 이미 죽었을 것이다. 그녀가 방향 감각을 잃을 정도로만 먹게 한 게 분명했다. 그 정도면 블러드베인을 먹였다는 걸 입증하기 어려울 테니까. 결투에 집중할 수가 없었다. 몸이 확 뜨거워졌다가 다음 순간 싸늘하게 식었다. 케인이 너무 크게 보였다. 거의 산처럼 느껴질 정도였다. 그는 케이올도 어린애처럼 느껴질 만큼…… 그녀에게 거센 타격을 가했다…….

"벌써 지쳤어? 요란하게 짖어대더니 별거 없네."

케인은 알고 있었다. 그들이 그녀에게 독을 먹인 걸 아는 것이다. 셀레이나는 으르렁대며 그에게 달려들었다. 케인은 옆으로 슬쩍 피했다. 셀레이나는 눈이 휘둥그레진 채 아무것도 없는 곳에서 허우적거렸다…….

다음 순간 케인의 주먹이 셀레이나의 등뼈를 내려쳤다. 점판암 타일 바닥이 흐릿하게 보이더니 눈앞으로 확 다가왔다.

"꼴사납구만." 케인이 내뱉었다. 그의 그림자가 그녀의 몸에 드리워졌다. 그가 가까이 다가오자 셀레이나는 얼른 몸을 뒤집어 허둥지둥 피했다. 입 안에 피 맛이 돌았다. 이럴 수는 없었다. 그들이 이런 식으로 뒤통수를 치다니. "내가 그레이브라면 너한테 진 게 진짜 모욕이겠다."

호흡이 빨라지면서 숨쉬기가 힘들어졌다. 비틀거리며 일어나서 케인에게 달려드는데 무릎이 욱신거렸다. 케인은 그녀의 셔츠 목깃을 단번에 움켜잡고 뒤로 던져버렸다. 방어할 새도 없었다. 셀레이나는 쓰러지지 않고 똑바로 떨어졌다. 뒤로 밀리긴 했지만 케인한테서 몇 걸음 떨어진 곳에서 멈춰 섰다.

케인은 느긋하게 칼을 휘두르며 그녀를 가운데 두고 맴을 돌았다. 눈동자가 검었다. 다른 세계로 연결되는 입구처럼 어두운 색깔이었다. 그는 먹기 전에 먹이를 갖고 노는 포식자처럼 느긋하게 이 모든 순간을 만끽하려 했다.

환각이 시작되기 전에 결투를 끝내야 했다. 아마도 강력한 환각일 것이다. 한때 예언자들은 다른 세상의 영혼들을 보기 위해 블러드베인을 마셨다. 셀레이나는 지팡이를 휘두르며 앞으로 달려갔다. 나무가 쇠에 세차게 부딪혔다.

지팡이는 반으로 쪼개지고 말았다.

쇠로 된 맨 윗부분이 베란다 맞은편으로 날아갔고 셀레이나의 손에는 쓸모없는 나무 조각만 남았다. 케인의 검은 눈이 잠시 그녀의 눈을 마주 보았다. 다음 순간 케인은 칼을 들지 않은 손으로 셀레이나의 어깨를 내리쳤다.

통증을 느끼기도 전에 탁 소리가 났다. 어깨가 빠지면서 셀레이나는 바닥에 무릎을 꿇으며 비명을 내질렀다. 그가 어깨를 걷어차자 셀레이나는 뒤로 나동그라지면서 어깨가 으드득하더니 빠졌던 어깨가 다시 맞춰졌다. 눈앞이 아득해질 정도로 아팠다. 눈앞이 보였다가 흐려졌다. 모든 게 느려지는 느낌이었다…….

케인이 그녀의 재킷 목깃을 잡고 일으켜 세웠다. 셀레이나는 그의 손아귀에서 벗어나려 비틀거리며 뒷걸음질 쳤다. 바닥이 위로 올라오는 것 같더니 그녀는 세차게 쓰러지고 말았다.

부러진 지팡이를 왼손으로 집어 들었다. 케인이 숨을 헐떡이고 환하게 웃으며 그녀에게 다가왔다.

도리언은 이를 악물었다. 뭔가 단단히 잘못됐다. 결투가 시작된 순간 바로 알았다. 셀레이나가 결정타를 날리려다 실패했을 때부터 도리언은 식은땀을 흘리기 시작했다. 그런데 지금은······

케인이 셀레이나의 어깨를 걷어차는 모습을 그는 차마 볼 수가 없었다. 저 짐승 같은 놈이 셀레이나를 들어 올렸다가 바닥에 패대기치자 그는 구역질이 날 것 같았다. 셀레이나는 계속 눈을 문질렀고 이마에는 땀이 번들번들했다. 대체 이게 어떻게 된 거지?

멈춰야 했다. 결투를 중단시켜야 했다. 내일 셀레이나가 원래대로 돌아오면 칼을 가지고 다시 싸우게 해야 했다. 셀레이나가 일어서려다가 도로 쓰러지자 케이올은 날카롭게 숨을 내쉬었고 도리언은 악을 쓸 뻔했다. 케인은 그녀를 망가뜨리고 있었다. 그녀의 몸뿐만 아니라 의지까지 박살 내고 있었다······ 멈춰야 했다.

케인이 칼을 휘두르자 셀레이나는 가까스로 뒤로 물러섰지만 충분치 않았다. 칼날이 허벅지를 스치자 셀레이나는 비명을 질렀다. 옷과 살이 함께 베였다. 바지가 피로 물들었다. 그래도 셀레이나는 다시 일어섰다. 저항과 분노로 가득한 얼굴이었다.

도리언은 그녀를 돕고 싶었다. 하지만 그가 끼어들면 저들은 케인을 승자로 선언해버릴 것이다. 그러니 그는 케인이 그녀의 턱에 주먹질하는 모습을, 점점 더 커지는 공포와 절망 속에서 지켜볼 수밖에 없었다.

결국 그녀는 무릎이 꺾이며 쓰러지고 말았다.

셀레이나가 피투성이가 된 얼굴을 들어 케인을 쳐다보았다. 케이올의 속에서 무언가 울컥하고 올라왔다.

"네가 좀 더 잘할 줄 알았는데 말이야."

셀레이나가 쓸모없는 나무 조각을 움켜쥔 채 무릎으로 기는 모습을 보며 케인이 말했다. 이를 악문 채 숨을 몰아쉬는 셀레이나의 입술에서 피가 흘렀다. 케인은 그녀의 생각을 읽어내듯이, 케이올은 들을 수 없는 어떤 소리를 듣는 것처럼 그녀의 얼굴을 찬찬히 들여다보았다.

"네 아버지가 뭐라고 하겠어?"

셀레이나의 눈에 두려움과 혼란 사이의 어떤 감정이 스치고 지나갔다. 그녀는 상처 난 몸의 고통을 참느라 떨리는 목소리로 내뱉었다.

"입 닥쳐."

케인은 그녀를 바라보고 점점 더 환하게 웃으며 지껄였다.

"거기 다 있잖아. 네가 쌓아 올린 벽 아래에 말이야. 내 눈엔 훤하게 보이거든."

무슨 말을 하는 거지? 케인은 칼을 들더니 칼에 묻은 피를 손가락으로 훑었다. 셀레이나의 피였다. 케이올은 욕지기가 나고 분노가 치밀었지만 애써 참았다.

케인이 신나게 웃어댔다.

"피범벅이 된 부모 사이에서 정신이 들었을 때 기분이 어땠어?"

"입 닥치라고!"

분노와 고통으로 얼굴이 일그러진 셀레이나는 지팡이 조각을 들지 않은 손으로 바닥을 긁었다. 케인이 건드린 오랜 상처가 불에 타는 듯 아팠다.

"네 어미는 젊은 나이에 그렇게 됐지?"

"닥쳐!"

셀레이나는 일어서려 안간힘을 썼지만 다친 다리 때문에 힘을 줄 수가 없었다. 그녀는 숨을 헐떡였다. 케인은 어떻게 셀레이나의 과거를 알았을까? 케이올은 가슴이 마구 뛰었지만 그녀를 도울 길이 없었다.

셀레이나가 힘겹게 일어서며 내지른 소리 없는 비명이 얼어붙은 바람을 갈랐다. 분노가 통증을 집어삼킨 듯 셀레이나는 남은 지팡이로 케인의 칼을 후려쳤다.

"좋아." 케인은 숨을 몰아쉬며 칼로 지팡이를 세게 밀어붙였다. 그 힘이 너무 세서 칼날이 나무에 박혀 버렸다. "하지만 충분치는 않아." 그는 계속 그녀를 밀어붙였다. 그녀가 한 발 물러서자 그는 다리를 들어 그녀의 옆구리를 걷어찼다. 셀레이나는 날아가듯 쓰러졌다.

케이올은 사람이 무언가를 그렇게 세게 치는 걸 처음 보았다. 바닥에 떨어진 셀레이나는 몇 바퀴나 굴러 시계탑에 부딪히며 멈췄다. 시계탑의 검은 돌에 머리를 세게 부딪히는 모습이었다. 케이올은 터져 나오려는 고함을 눌러 참으며, 케인이 그녀를 구석구석 박살 내는 모습을 지켜보았다. 어떻게 이렇게 빨리 일이 틀어질 수 있을까?

셀레이나는 덜덜 떨며 옆구리를 부여잡고 무릎을 세웠다. 손에는 여전히 네히미아의 지팡이 일부를 쥐고 있었다. 그 지팡이 파편이 마치 격한 파도가 치는 바다 한가운데 떠 있는 바위섬이라도 되는 것처럼 손에서 놓지 않았다.

케인은 셀레이나를 다시 붙잡아 바닥에 질질 끌고 갔다. 셀레이나는 입안을 감도는 피 맛을 느꼈다. 그녀는 그에게 맞서 싸우려 하지 않았다. 이대로라면 케인은 언제든 그녀의 심장을 향해 칼을 들이댈 수 있을 것이다. 이건 결투가 아니라 처형이었다. 아무도 막으려 하지 않았다. 그들은 셀레이나에게 약을 먹였다. 불공평했다. 깜박이는 햇살 아래서 셀레이나는 온몸에 통증을 느끼면서도 케인에게 붙잡힌 채 몸부림쳤다.

속삭이고 웃음을 터뜨리는 다른 세상의 목소리들이 주변에서 들려왔다. 그들은 그녀를 불렀다. 사람들이 아는 이름이 아닌 다른 이름, 위험한 이름으로…….

고개를 들어 하늘을 보자 케인의 턱 끝이 보였다. 케인은 셀레이나의 멱살을 잡아 세우고 얼어붙은 매끄러운 돌벽에 얼굴을 처박았다. 익숙한 어둠이 셀레이나를 감쌌다. 벽에 부딪힌 충격으로 두개골이 아팠지만 고통에 찬 비명은 짧게 끝났다. 셀레이나는 어둠을 향해 눈을 떴고 무언가를 보았다. 죽은 무언가가 그녀의 앞에 서 있었다.

창백한 피부의 그 남자는 썩어가고 있었다. 눈은 벌겋게 타오르고 있었고, 어디가 부러진 듯 뻣뻣한 손으로 셀레이나를 가리켰다. 죄다 뾰족뾰족하고 기다란 이빨이 입 안에 겨우 다 들어간 모양새였다.

세상이 어디로 사라졌을까? 환각이 시작되는 게 분명했다. 뒤로 확 잡아당겨지면서 눈앞에 불이 번쩍하더니 눈이 불거져 나왔다. 케인이 셀레이나를 원 가장자리 쪽으로 던진 것이다.

그림자가 태양을 가로질러 지나갔다. 다 끝났다. 이제 그녀는 죽을 것이다. 죽거나 아니면 패배해 엔도비어로 돌아가게 될 것이다. 끝이다. 끝.

검은 장화 두 개가 눈에 보였다. 그리고 무릎 한 쌍. 누군가 원 가장자리에 웅크리고 앉아 있었다.

케이올이 속삭였다.

"일어나."

셀레이나는 몸을 일으켜 그의 얼굴을 볼 힘도 없었다. 끝이었다.

케인이 소리 내어 웃기 시작했다. 셀레이나는 원을 한 바퀴 도는 케인의 발걸음을 따라 진동을 고스란히 느꼈다.

"네 실력이란 게 고작 *이거냐*?"

케인이 의기양양하게 소리쳤다. 셀레이나는 부들부들 떨었다. 세상이 안개와 어둠, 목소리들로 가득했다.

"일어나."

케이올이 다시, 조금 더 크게 말했다. 셀레이나는 하얀 분필로 그린 원의 선을 멍하니 바라보았다.

케인은 그가 알 리 없는 사실들을 말했다. 셀레이나의 눈을 들여다보며 알아낸 것이다. 그녀의 과거에 대해 알고 있다는 것은……. 셀레이나는 훌쩍거렸다. 이러고 우는 자신이 정말 싫었다. 얼굴을 타고 흘러내린 눈물이 콧날을 지나 바닥으로 떨어졌다. 다 끝났다.

"셀레이나."

케이올이 부드럽게 그녀를 불렀다. 그의 손이 보이고, 그 손이 판석을 가로지르며 바닥을 긁는 소리가 들렸다. 케이올의 손가락 끝은 하얀 선 가장자리 바로 앞에서 멈췄다.

"셀레이나."

그녀를 부르는 케이올의 목소리에 고통과 희망이 섞여 있었다. 셀레이나에게 남은 것은 케이올의 뻗은 손, 저 선 너머에 더 나은 무언가가 기다리고 있으리라는 희망에 찬 기대뿐이었다.

팔을 움직이는데 어찌나 아픈지 눈앞에서 불꽃이 튀어 춤을 추었다. 그래도 참고 팔을 뻗어 분필로 그어놓은 선까지 손가락을 가져갔다. 케이올의 손이 있는 곳 바로 앞이었다. 굵게 그어놓은 하얀 분필 선이 그들의 손을 가로막았다.

셀레이나는 눈을 들어 그의 얼굴을 바라보았다. 그의 눈가에 눈물이 맺혀 은빛으로 반짝이고 있었다.

"일어나."

케이올이 다시 말했다.

그 순간 어째서인지 그녀에게 의미 있는 것은 그의 얼굴뿐이었다. 몸을 조금만 움직여도 쏟아지는 통증에 흐느낌이 터져 나와 결국 다시 쓰러지고 말았다. 셀레이나는 그의 갈색 눈과 꽉 다문 입술에 시선을 맞췄다. 그의 입술이 벌어지며 속삭였다.

"일어나."

그녀는 분필 선까지 뻗은 팔을 끌어당기고 얼어붙은 바닥을 손바닥으로 짚었다. 케이올의 눈을 바라보며 다른 손을 가슴 아래로 끌어당겼다. 고통에 찬 비명을 눌러 참으며 힘겹게 몸을 일으켰다. 어깨가 그대로 휘어질 것 같았다. 성한 다리로 몸을 받쳤다. 일어서려는데 케인이 다가오는 발소리가 들렸다. 케이올의 눈이 휘둥그레졌다.

케인이 그녀를 붙잡아 한 번 더 시계탑의 돌벽에 얼굴을 처박자 세상이 빙빙 돌면서 확 어두워지고 흐릿해졌다가 푸른색으로 변했다. 눈을 뜨자 세상이 달라져 있었다. 온통 암흑이었다. 내면 깊숙한 곳에서 셀레이나는 이것이 환각이 아님을 알았다. 지금 그녀가 보고 있는 게 무엇이든, 누구든 이 세상의 베일 너머에 실제로 존재하고 있었다. 독극물 덕분에 내면의 눈이 뜨여 그것을 보게 된 것이다.

지금 보이는 것은 짐승 두 마리였다. 두 번째 짐승에게는 날개가 있었다. 그것은 신나게 웃고 있었다. 셀레이나가 놀라 소리칠 새도 없이 그 짐승이 곧장 날아올랐다. 그것은 셀레이나를 바닥에 패대기치고 발톱으로 살을 찢었다. 셀레이나는 몸부림쳤다. 그녀가 아는 세상은 어디로 사라졌을까? 여기는 어디일까?

　다른 존재들도…… 모습을 드러냈다. 죽은 자들, 악마들, 괴물들이…… 셀레이나를 원했다. 그들이 그녀의 이름을 불렀다. 그것들 대부분은 날개가 달렸다. 날개 달린 것들은 날개 없는 것들을 발톱으로 붙잡아 그녀의 앞으로 데려왔다.

　그들은 지나가면서 셀레이나를 치고 발톱으로 살을 베었다. 그들은 그녀를 자기네 왕국으로 데려가려 했다. 시계탑은 입을 딱 벌린 입구였다. 이대로라면 잡아먹히고 말 것이다. 공포…… 생전 처음 느끼는 공포가…… 그녀를 사로잡았다. 그것들을 피해 두 손으로 머리를 감싸고 무조건 발길질을 했다. 세상은 어디로 갔을까? 저들은 그녀에게 독을 얼마나 먹인 걸까? 이대로라면 죽을 것이다. *자유가 아니면 죽음이다.*

　핏속에서 저항과 분노가 뒤섞였다. 쓸 수 있는 팔을 휘두르다가 불타는 석탄 같은 눈을 가진 시커먼 그림자 얼굴을 가격했다. 그 순간 암흑에 잔물결이 일었고 케인의 얼굴이 드러났다. 이곳에 태양이 있었다…… 여기는 현실 세계였다. 독극물이 유발한 환영이 다시 밀려오기 전까지 시간이 얼마나 남았을까?

　케인이 그녀의 목으로 손을 뻗었다. 셀레이나는 허우적거리며 물러섰다. 케인의 손에 잡힌 건 그녀의 부적 목걸이였다. 툭 소리와 함께 줄이 끊어진 엘레나의 눈이 그녀의 목에서 떨어져 나갔다.

　햇빛이 사라지고 블러드베인이 다시 셀레이나의 정신을 지배했다. 셀레이나는 죽은 자들 앞에 서 있었다. 그림자 같은 케인의 형상이 팔을 들어 올리더니 부적을 땅에 떨어뜨렸다.

　그들이 그녀를 잡으러 왔다.

49

 도리언은 셀레이나가 보이지 않는 무언가를 향해 팔다리를 허우적거리는 모습을 휘둥그레진 눈으로 바라보았다. 무슨 일이 일어나고 있는 거지? 누가 와인에 뭔가를 탄 건가? 케인이 웃으며 가만히 서 있는 것도 이상했다. 혹시…… 그들 눈에는 보이지 않는 무언가가 저기 있는 건가?
 셀레이나가 비명을 질렀다. 그가 들어본 중 제일 끔찍한 소리였다.
 "멈추게 해."
 원 근처에 앉아 있던 케이올이 일어서자 도리언이 그에게 말했다. 하지만 케이올은 몸부림치는 자객을 죽은 사람처럼 창백한 얼굴로 바라볼 뿐이었다.
 케인이 쪼그리고 앉아 입을 주먹으로 치고 있는데 셀레이나는 허공에 대고 발길질과 주먹질을 하고 있었다. 피가 줄줄 흘렀다. 아버지가 무어라 말하거나 케인이 그녀를 완전히 기절시키기 전까지 끝나지 않을 것이다. 어쩌면 더 안 좋은 일이 일어날 수도 있었다. 함부로 결투를 중단하고 나섰다가는…… 그녀가 마신 와인에 독이 들어 있는 것 같다는 말만 해도…… 그녀가 실격패 당할 수 있다는 점을 도리언은 잘 알고 있었다.

셀레이나는 케인을 피해 바닥을 기었다. 그녀가 흘린 피와 침이 바닥에 흥건했다.

누군가 도리언 옆에 와 섰다. 숨을 들이마시는 소리로 도리언은 그게 네히미아임을 알아챘다. 네히미아는 이일웨이어로 무어라 중얼거리며 분필로 그어놓은 원 바로 앞까지 걸어왔다. 주름 잡힌 망토 자락 바로 안쪽에 숨겨놓은 손가락이 빠르게 움직이며 허공에 상징들을 그려나갔다.

케인이 셀레이나 쪽으로 터벅터벅 걸어갔다. 셀레이나는 창백하게 질린 얼굴이 피범벅이 된 채 숨을 몰아쉬고 있었다. 셀레이나는 무릎을 꿇은 자세로 멍하니 허공을 바라보았다. 결투장을 표시한 원이나 원 바깥에 있는 사람들, 그 뒤의 무언가를 보는 게 아니었다.

그를 기다리고 있었다. 그가 와서……

그녀를 죽여주길 기다리는 것이다.

무릎을 꿇고 엎드린 셀레이나는 환각에서 빠져나가 현실로 돌아갈 방법을 찾을 수 없어 숨을 몰아쉬며 괴로워했다. 그녀를 둘러싼 죽은 자들이 기다리고 있었다. 시커먼 그림자 형상의 케인이 근처에 서서 지켜보고 있었다. 케인은 눈이 시뻘겋게 불타고 있어 다른 죽은 자들과 구별됐다. 케인 주변에서 암흑이 마치 바람에 휘날리는 옷자락처럼 일렁이고 있었다.

셀레이나는 곧 죽을 것이다.

빛과 암흑. 삶과 죽음. 난 어디에 속해 있을까?

그 생각이 강렬하게 내면을 관통하면서 셀레이나는 케인에게 맞설 방법을 찾으려 손을 이리저리 휘저었다. 이런 식으로는 아니다. 방법을 찾아야 한다. 살아남을 길을 찾아야 한다. *난 두렵지 않아.* 엔도비어에서 아침마다 이 말을 중얼거렸다. 하지만 지금 이 말이 무슨 소용 있을까?

악마가 그녀에게 달려들자 그녀의 목구멍에서 비명이 터져 나왔다. 공포나 절망이 아닌 애원의 비명이었다. 도와달라는 외침이었다.

악마는 그녀의 비명에 놀란 듯 날개를 퍼덕이며 물러났다. 케인이 악마에게 다시 앞으로 나가라 손짓했다.

그때 이상한 일이 일어났다.

문, 문, 문들이 전부 활짝 열렸다. 나무 문, 쇠 문, 공기 문, 마법 문이었다.

그리고 또 다른 세상에서 황금빛을 망토처럼 두른 엘레나 왕비가 날아서 내려왔다. 에렐리아로 빠르게 내려온 고대 왕비의 머리카락이 유성처럼 반짝였다.

케인은 헐떡이는 셀레이나에게 다가가면서 낄낄 웃더니 그녀의 가슴을 겨냥해 칼을 들어 올렸다.

엘레나가 줄지어 선 죽은 자들 사이로 빛을 뿜어 그들을 흐트러뜨렸다.

케인의 칼이 내려왔다.

그 순간 세차게 불어온 강풍에 케인은 바닥에 나동그라졌고 그의 칼은 베란다 저쪽으로 날아갔다. 어둡고 무시무시한 세상에 갇혀 있던 셀레이나의 눈에는 고대 왕비가 케인을 몸으로 들이받아 쓰러뜨리는 모습으로 보였다. 곧이어 죽은 자들이 돌격해왔다. 하지만 이미 늦은 후였다.

셀레이나 주변에서 금빛이 터져 나와 죽은 자들이 가까이 오지 못하도록 그녀를 보호했다.

구경꾼들이 일찍이 본 적 없는 강력한 바람이 베란다에 몰아쳤다. 바람이 거세게 불자 사람들은 손으로 얼굴을 가렸다.

악마들이 고함을 지르며 다시 달려들었다. 하지만 칼이 울리는 소리에 악마 하나가 쓰러졌다. 칼날에서 검은 피가 뚝뚝 떨어졌고 엘레나 왕비는 사납게 으르렁거리며 칼을 들어 올렸다. 그것은 악마들에게 어디 지나갈 수 있으면 해 봐라, 분노를 감당할 수 있겠느냐고 묻는 도전이었다.

흐릿해지는 시야 너머로 엘레나의 머리 위에서 빛나는 별빛 왕관이 보였다. 암흑 속에서 왕비의 은색 갑옷이 횃불처럼 빛나고 있었다. 악마들이 날카롭게 악을 쓰자 엘레나는 한 손을 뻗었다. 그녀의 손바닥에서 금색 빛이 뿜어져 나와 그들과 죽은 자들 사이에 벽을 세웠다. 엘레나는 셀레이나의 옆으로 달려와 두 손으로 그녀의 얼굴을 감싸며 속삭였다.

"난 널 보호해줄 수가 없어." 엘레나의 피부가 빛나고 있었다. 얼굴이 전보다 더 날카롭고 아름다워 보였다. 페이 족 혈통의 특징이었다. "너에게 내 힘을 줄 수도 없어." 엘레나는 손가락으로 셀레이나의 이마를 가로로 쓰다듬었다. "다만 네 몸에서 이 독은 빼내 줄 수 있어."

그들 뒤에서 케인이 비척거리며 일어섰지만 사방에서 불어오는 강력한 바람에 한 발도 내딛지 못했다.

베란다 끄트머리에서 거센 바람이 불어와 나무 지팡이의 머리 부분을 셀레이나 쪽으로 굴려 보냈다. 지팡이 머리 부분은 몇 걸음 떨어진 곳까지 달그락달그락 굴러와 멈췄다.
 엘레나는 셀레이나의 이마에 손을 얹으며 말했다.
 "손에 쥐어."
 셀레이나는 지팡이 머리 부분으로 손을 뻗었다. 그녀의 시야는 햇빛이 쏟아지는 베란다와 끝없는 어둠 사이를 빠르게 오갔다. 어깨를 살짝 움직여본 셀레이나는 너무 아파 비명이 나오려 했지만 눌러 참았다. 드디어 매끈하게 조각된 나무 부분을 손에 쥐었다. 다친 손가락에서 통증이 느껴졌다.
 "독이 빠지고 나면 나를 볼 수 없을 거야. 악마들도 못 봐."
 왕비는 이렇게 말하며 셀레이나의 이마에 표식을 그렸다.
 케인은 칼을 찾아 들고는 왕을 바라보았다. 왕이 고개를 끄덕였다.
 엘레나는 셀레이나의 얼굴을 두 손으로 잡고 말했다.
 "두려워하지 마."
 금색 빛의 벽 너머에서 죽은 자들이 날카롭게 소리를 지르며 셀레이나의 이름을 신음하듯 불렀다. 그때 케인이 금색 빛의 벽 따위는 아무것도 아니라는 듯 완전히 박살을 내며 다가왔다. 케인의 내면에는 시커먼 그림자가 들끓고 있었다.
 "같잖은 속임수를 쓰시는군요, 왕비님. 이렇게 하찮을 수가 있나."
 즉시 일어선 엘레나는 케인이 셀레이나 쪽으로 가지 못하게 막아섰다. 케인의 몸 윤곽을 따라 그림자가 일렁이고 잉걸불 같은 두 눈이 벌겋게 타올랐다. 케인은 셀레이나에게 시선을 고정한 채 말했다.
 "너희 모두 여기로 불러 왔고, 이 결투는 아직 끝나지 않았다." 그는 죽은 자들에게 손짓했다. "내 친구들이 그렇게 말했어."

"사라져."

엘레나가 이렇게 외치며 손가락으로 상징을 만들었다. 그녀의 손에서 새파란 빛이 뿜어져 나왔다.

그 빛이 시커먼 그림자를 후려쳐 리본처럼 풀어놓자 케인이 으르렁거렸다. 그 빛은 곧 사라졌고 죽은 자들과 저주받은 악마들, 그리고 그들 앞에 서 있는 엘레나만이 남았다. 그들이 돌진해오자 엘레나는 금빛 방패로 막으면서 이를 악물고 숨을 몰아쉬었다. 엘레나는 무릎을 굽히더니 셀레이나의 어깨를 잡고 말했다.

"독은 거의 다 사라졌어."

세상이 덜 어두워진 느낌이었다. 셀레이나의 눈에 군데군데 햇빛이 보였다.

셀레이나는 고개를 끄덕였다. 공포는 걷혔지만 통증이 그 자리를 대신했다. 겨울의 냉기와 지독하게 아픈 다리, 온몸을 뒤덮은 자신의 뜨끈하고 끈적한 피가 느껴졌다. 엘레나는 여기 왜 왔을까? 네히미아는 원 가장자리에서 손을 괴상하게 움직이면서 뭘 하는 거지?

"일어나."

엘레나가 말했다. 엘레나의 몸이 점점 투명해지고 있었다. 셀레이나의 뺨을 잡고 있던 두 손이 멀어지고 하얀빛이 하늘을 채웠다. 마침내 셀레이나의 몸에서 독이 사라졌다.

피와 살을 가진 인간의 모습으로 돌아온 케인이 바닥에 쓰러진 셀레이나 쪽으로 걸어왔다.

아프고 아프고 또 아팠다. 다리와 머리, 어깨, 팔, 옆구리까지 지독하게 아팠다…….

"일어나."

엘레나가 다시 속삭이고는 완전히 사라졌다. 세상의 모습이 다시 온전히 눈에 보였다.

　가까이 다가온 케인의 주변에 그림자는 전혀 없었다. 셀레이나는 들쭉날쭉하게 쪼개진 지팡이 파편을 손으로 들어 올렸다. 눈앞이 또렷하게 보였다.

　셀레이나는 덜덜 떨면서 기어코 다시 일어섰다.

50

셀레이나는 오른 다리로 간신히 버티면서 이를 악물고 일어섰다. 그녀가 어깨를 펴자 케인이 멈춰 섰다.

바람이 그녀의 얼굴을 부드럽게 스치자 그녀의 금발이 금색 종이처럼 펄럭였다. 난 두렵지 않아. 그녀의 이마에 그려진 표식이 새파랗게 빛났다.

"얼굴에 그건 뭐야?"

케인이 물었다. 왕은 미간을 찌푸리며 자리에서 일어섰고 가까이 있던 네히미아는 숨을 헐떡였다.

몹시 아픈데다 거의 쓸모도 없는 팔로 셀레이나는 입가의 피를 닦아냈다. 케인이 그녀의 머리를 베려고 으르렁거리며 칼을 휘둘렀다.

셀레이나는 디에나의 화살처럼 빠르게 달려 나갔다.

나무 지팡이의 들쭉날쭉하게 쪼개진 끄트머리를 그의 오른쪽 옆구리에 찔러넣은 순간 케인은 눈이 휘둥그레졌다. 케이올이 한 번씩 무방비 상태가 된다고 말해준 바로 그 부위였다.

그녀가 지팡이 파편을 잡아 뽑자 손으로 피가 쏟아졌다. 케인은 옆구리를 부여잡고 휘청거리며 뒷걸음질 쳤다.

셀레이나는 고통도 두려움도 검은 눈으로 그녀의 머리에 새겨진 불타는 표식을 바라보는 독재자도 잊었다. 한 걸음 훌쩍 뛰어 물러섰다가, 부러진 지팡이 끝으로 케인의 팔을 베어 근육과 힘줄을 잘라놓았다. 케인이 다른 쪽 팔을 휘둘렀지만 셀레이나는 옆으로 피하면서 그쪽 팔도 베어놓았다.

케인이 달려든 순간 셀레이나는 재빨리 피했다. 달려오던 케인은 바닥에 길게 쓰러지고 말았다. 셀레이나는 발로 그의 등을 밟았다. 칼처럼 날카로운 지팡이 끝이 고개를 든 케인의 목을 겨눴다.

"움직이면 네 목이 바닥에 떨어지게 될 거야."

셀레이나는 이 말을 하면서 턱에 통증을 느꼈다.

케인은 그대로 움직이지 않았다. 일순간 그의 눈이 석탄처럼 벌겋게 타오른 것 같았다. 셀레이나는 케인이 그녀와 그녀의 부모, 워드 문자와 그 힘에 대해 누군가에게 발설하지 못하도록 그 자리에서 그를 죽이는 게 어떨까 고민했다. 왕이 그 정보를 알았다가는……. 셀레이나는 지팡이 끄트머리를 그의 목에 박아넣고 싶은 걸 참느라 손이 떨렸다. 그녀는 멍든 얼굴을 들어 왕을 바라보았다.

평의회 의원들이 초조하게 박수를 쳤다. 그들 중 아까 엘레나 왕비와 악마들이 벌인 놀라운 광경을 본 사람은 없었다. 왕은 셀레이나를 위아래로 훑어보았다. 셀레이나는 왕에게 평가받는 동안 똑바로 서 있으려 애썼다. 침묵이 흐르는 매 순간 주먹으로 배를 얻어맞는 기분이었다. 왕은 이 곤란한 상황에서 빠져나갈 방법을 궁리하고 있을까? 평생처럼 느껴질 만큼 시간이 한참 지난 후 왕이 으르렁대며 말했다.

"내 아들의 전사가 이겼다."

세상이 셀레이나의 발밑에서 빙글빙글 돌았다.
이겼다. 셀레이나가 이겼다. 그녀는 이제 자유였다. 아니, 거의 자유에 가까워졌다. 왕의 챔피언이 되고 나면 자유로워질 것이다…….
그 생각이 그녀의 머리 위로 쏟아지듯 흘러내렸다. 셀레이나는 피 묻은 지팡이 조각을 바닥에 떨어뜨리며 케인의 등에서 발을 뗐다. 그녀는 가쁘고 거친 숨을 몰아쉬며 절뚝절뚝 걸어갔다. 그녀는 목숨을 건졌다. 엘레나가 구해주었다. 그리고 그녀는…… 결투에서 이겼다.
네히미아는 아까 그 자리에 그대로 서서 희미한 미소를 지었다. 그리고……
바닥에 쓰러졌다. 네히미아의 경비병들이 그 옆으로 달려갔다. 셀레이나도 친구인 네히미아에게 가려고 했는데 다리에 힘이 빠져 타일 바닥에 엎어지고 말았다. 도리언은 마법에서 풀려난 듯 셀레이나에게 재빨리 다가와 웅크리고 앉더니 그녀의 이름을 몇 번이고 나지막하게 불렀다.
하지만 그의 목소리는 셀레이나의 귀에 거의 들어가지 않았다. 바닥에 웅크린 셀레이나의 뺨을 타고 뜨거운 눈물이 흘러내렸다. 결투에서 이겼다. 온몸이 지독하게 아팠지만 그녀는 웃기 시작했다.

자객 셀레이나가 고개를 숙이고 소리 없이 웃는 동안 도리언이 그녀의 몸을 살펴봤다. 허벅지를 따라 베인 상처에서 계속 피가 흘렀고, 팔은 힘없이 늘어졌으며, 마구 베인 얼굴과 두 팔에는 빠르게 멍이 생기기 시작했다. 케인은 분노에 찬 얼굴로 그리 멀지 않은 뒤쪽에 서 있었다. 옆구리를 잡은 그의 손가락을 타고 피가 흘렀다. 놈은 고통받아도 쌌다.

도리언이 아버지에게 말했다.

"이 여자는 지금 치료사가 필요합니다."

왕은 대꾸도 하지 않았다. 도리언은 시종에게 지시했다.

"거기 너, 치료사를 데려와. 최대한 빨리!"

도리언은 숨이 잘 쉬어지지 않았다. 케인이 셀레이나를 처음 공격했을 때 결투를 중단시켰어야 했다. 그녀가 약물에 취한 게 분명한데도 가만히 지켜볼 게 아니라 어떻게든 조치했어야 했다. 셀레이나였으면 그를 도왔을 것이다. 망설이지도 않았을 것이다. 케이올도 셀레이나를 도왔다……. 아까 원 바깥에서 케이올이 무릎을 꿇고 있는 걸 봤다. 누가 그녀에게 약을 먹인 걸까?

셀레이나를 두 팔로 조심스럽게 안고 칼테인과 페링턴 공작 쪽을 힐긋 쳐다보았다. 그러느라 도리언은 케인과 아버지가 주고받는 눈빛을 보지 못했다. 케인이 단검을 꺼내 들었다.

그 움직임을 케이올은 놓치지 않았다. 케인은 셀레이나의 등에 꽂으려 단검을 들어 올렸다.

더 생각할 것도, 상황 파악을 할 것도 없이 케이올은 곧장 두 사람 사이로 달려가 케인의 심장에 칼을 꽂았다.

사방으로 피가 튀었다. 케이올의 팔과 머리, 옷도 피로 흠뻑 젖었다. 피에서 죽음과 부패의 악취가 풍겼다. 케인은 바닥에 몸을 세게 부딪치며 쓰러졌다.

세상이 정적에 잠겼다. 케이올은 케인의 입에서 마지막 숨이 흘러나오는 것을 보았고, 케이올이 죽는 모습을 지켜보았다. 숨이 완전히 끊어진 케인의 눈은 더 이상 케이올을 보고 있지 않았다. 케이올의 칼이 바닥에 쩔그럭 떨어졌다. 케이올은 케인 옆에 무릎을 굽히고 앉았지만 케인에게 손을 대지는 않았다. 지금 그가 무슨 짓을 한 걸까?

케이올은 피에 젖은 두 손에서 눈을 뗄 수가 없었다. 그는 케인을 죽였다.

"케이올."

도리언이 조용히 그를 불렀다. 도리언의 품에 안긴 셀레이나는 움직임이 전혀 없었다.

"제가 무슨 짓을 한 겁니까?"

케이올이 도리언에게 물었다. 그때 셀레이나가 조그맣게 소리를 내며 몸을 떨었다.

경비병 둘이 다가와 케이올을 일으켜 세웠다. 케이올은 그들의 부축을 받아 그 자리를 떠나면서도 피에 젖은 자신의 두 손에서 시선을 떼지 못했다.

도리언은 성 안쪽으로 들어간 친구 케이올을 지켜보다가 자객 셀레이나에게 시선을 돌렸다. 아버지가 무어라 소리치고 있었다.

셀레이나가 너무 심하게 몸을 떨어서 상처에서 피가 더 흘러나왔다.

"그가 그를 죽이게 해선 안 되는 거였어요…… 지금 그는…… 그는……" 셀레이나는 숨을 몰아쉬며 말을 이었다. "그 여자가 나를 구했어요." 그러고는 그의 가슴에 얼굴을 묻었다. "도리언, 그 여자가 나한테서 독을 빼내 줬어요. 그 여자가…… 그 여자가…… 아, 맙소사. 이게 어떻게 된 일인지 모르겠어요."

도리언은 셀레이나가 무슨 말을 하는지 알아듣지 못했지만, 그녀를 더욱 꼭 끌어안았다.

도리언은 평의회 의원들의 시선이 그들에게 쏟아지는 걸 느꼈다. 의원들은 셀레이나의 입에서 나오는 말들, 도리언의 움직임이나 반응을 세세히 관찰하고 가늠하는 것 같았다. 빌어먹을 평의회 놈들. 도리언은 그녀의 머리카락에 입을 맞췄다. 그녀의 이마에 나타났던 표식은 이미 흐릿해졌다. 저 표식은 무슨 뜻일까? 의미가 있긴 한가? 케인은 오늘 셀레이나의 아픈 과거를 건드렸다. 케인이 부모를 입에 올리자 셀레이나는 자제력을 완전히 잃었다. 그렇게 사납게 미쳐 날뛰는 셀레이나의 모습은 처음 보았다.

도리언은 아무것도 하지 않았던 것, 겁쟁이처럼 서서 지켜만 봤던 자신이 증오스러웠다. 그녀에게 꼭 보상해줄 것이다…… 그녀가 자유의 몸이 되도록 지켜볼 것이다. 그리고 나서…… 그리고 난 후에…….

도리언은 치료사에게 따라오라고 지시하며 셀레이나를 안고 방으로 데려갔다. 그녀는 저항하지 않았다.

도리언은 정치와 음모라면 지긋지긋했다. 그는 셀레이나를 사랑했다. 제국도 왕도 세상의 어떤 두려움도 그를 그녀에게서 떼어내지 못할 것이다. 그에게서 그녀를 빼앗아 가려고 한다면 맨손으로 달려들어 세상을 찢어놓을 것이다. 어째서인지 도리언은 두렵지 않았다.

눈물을 흘리는 자객을 안고 그 자리를 떠나는 도리언의 모습을 칼테인은 절망하고 당황한 눈으로 바라보았다. 저 여자는 독약을 먹고도 어떻게 케인을 이긴 걸까? 어째서 죽지 않았을까?

왕은 오만상을 찌푸리며 앉아 있었고 페링턴은 그 옆에서 씩씩거렸다. 평의회 의원들이 종이에 무어라 끄적거리는 동안 칼테인은 주머니에서 빈 유리병을 꺼냈다. 공작이 준 독약의 양이 충분치 않아서 자객을 제대로 망가뜨리지 못한 걸까? 도리언이 시체가 된 그 여자를 앞에 두고 눈물을 흘려야 했는데 어째서 일이 틀어진 걸까? 칼테인이 슬퍼하는 도리언을 안고 위로해줘야 했는데 왜 일이 이렇게 됐을까? 머릿속 통증이 격하게 터져 나와 칼테인은 앞이 흑요석처럼 새까매졌다. 똑바로 생각할 수가 없었다.

공작에게 다가가 그의 귀에 대고 투덜거렸다.

"이 방법을 쓰면 효과가 있을 거라면서요." 칼테인은 애써 목소리를 낮추고 따졌다. "이 빌어먹을 약을 쓰면 될 거라고 했잖아요!"

왕과 공작이 칼테인을 빤히 쳐다보았다. 의원들이 눈빛을 주고받자 칼테인은 몸을 꼿꼿이 세웠다. 공작이 자리에서 천천히 일어서더니 목소리를 괜히 높이며 물었다.

"손에 든 그건 뭡니까?"

"뭔지는 당신이 잘 알잖아요!"

칼테인은 속이 부글부글 끓었다. 머릿속에서 천둥처럼 요란한 두통이 일었지만 악을 쓰지 않으려고 애썼다. 제대로 생각을 할 수가 없었다. 속에서 치받아 오르는 분노에만 반응할 뿐이었다. 그녀는 페링턴의 귀에만 들릴 정도로 소곤거렸다.

"내가 그 여자한테 먹인 망할 독이에요."

"독?" 페링턴이 커다란 목소리로 묻자 칼테인은 눈이 휘둥그레졌다. "당신이 그 여자한테 독을 줬습니까? 왜 그런 짓을 했죠?"

공작이 경비병 세 명에게 손짓했다.

왕은 왜 아무 말도 하지 않을까? 어째서 그녀를 도와주지 않을까? 페링턴은 왕의 명령이라며 그녀에게 독을 건네주지 않았나? 의원들은 자기네끼리 쑥덕거리며 비난하는 눈빛으로 그녀를 바라보았다.

"당신이 나한테 줬잖아요!"

칼테인이 공작에게 소리쳤다.

페링턴이 오렌지색 눈썹을 찡그렸다.

"무슨 소리를 하는 겁니까?"

칼테인이 앞으로 다가가며 소리쳤다.

"이 교활하고 더러운 놈!"

공작은 신경질적인 하녀를 대하듯, 아무것도 아닌 사람을 대하듯 담담하고 차분하게 명령했다.

"이 여자를 끌고 나가."

그러고는 왕의 귀에 대고 말했다.

"제가 말씀드렸잖습니까. 이 여자는 왕세자를 손에 넣을 수만 있다면 무슨 짓이든 할 거라고……" 질질 끌려 나가는 칼테인의 뒤로 다음 말이 묻혀버렸다. 공작의 얼굴에는 어떤 감정도 담겨 있지 않았다. 그녀를 완전히 가지고 논 거였다.

칼테인은 경비병들의 손길을 거부하며 몸부림쳤다.

"폐하, 제발! 공작이 저더러 *폐하가*……"

공작은 고개를 돌려 외면해버렸다.

"죽여버리겠어!"

칼테인이 페링턴에게 악을 썼다. 그녀는 왕에게 도와달라는 눈빛을 보냈지만 왕은 혐오스럽다는 듯 얼굴을 찡그리며 그녀의 시선을 피했다. 진실이 뭐든 그녀의 말을 들을 생각이 없어 보였다. 페링턴이 오랫동안 계획한 일일 것이다. 그녀는 페링턴의 손에 완벽하게 놀아났다. 그녀의 등에 칼을 꽂기 위해 그동안 그녀에게 반한 멍청이처럼 군 모양이었다.

칼테인은 경비병들의 손에 붙잡힌 채 발버둥을 쳤지만 왕의 탁자는 점점 멀어져갔다. 성문 앞에 다다른 그녀를 보며 공작이 싱긋 웃었다. 칼테인의 꿈은 산산이 부서졌다.

51

 다음 날 아침, 도리언은 아버지의 눈길 앞에서 턱을 꼿꼿이 치켜들고 버텼다. 침묵의 시간이 속절없이 흐르는데도 도리언은 눈을 내리깔지 않았다. 셀레이나가 약물에 취한 게 분명했을 때…… 아버지는 케인이 셀레이나를 한참이나 가지고 놀면서 해치게 내버려 두었다. 도리언의 감정이 여태 폭발하지 않은 게 기적이었다. 아버지와의 접견이 필요하니 참아야 했다.
 "무슨 일이지?"
 마침내 왕이 물었다.
 "케이올에게 어떤 일이 일어날지 알고 싶어서 왔습니다. 케인을 죽인 일로요."
 아버지의 검은 눈이 번뜩였다.
 "넌 케이올에게 어떤 일이 일어나야 한다고 생각하지?"
 "아무 일도요. 케이올은 셀레이나…… 아니, 자객을 지키기 위해 케인을 죽였을 겁니다."
 "자객의 목숨이 군인의 목숨보다 가치 있다고 생각해?"

도리언의 사파이어색 눈동자가 어두워졌다.

"아뇨. 하지만 결투에서 이긴 셀레이나의 등에 칼을 꽂으려 한 건 명예로운 행동이 아니죠."

만약 페링턴이나 그의 아버지가 케인에게 그런 짓을 하도록 허락했다면, 그리고 칼테인이 셀레이나에게 약물을 먹이게끔 손을 썼다면…… 도리언은 생각만으로도 치가 떨려 양손의 주먹을 쥐었다.

"명예?" 아달렌 왕은 턱수염을 쓰다듬었다. "내가 그런 식으로 그 자객을 죽이려 했으면 넌 나를 칼로 벨 것이냐?"

"폐하는 제 아버지입니다. 만약 그렇게 하셨다면 아버지가 옳은 선택을 했으리라 믿었겠죠."

"교활한 거짓말쟁이구나! 페링턴과 다름이 없어."

"케이올을 벌하진 않으실 거죠?"

"완벽하게 유능한 근위대장을 내 손으로 치워버릴 이유는 없지."

도리언은 안도의 한숨을 내쉬며 진심으로 감사하는 눈빛으로 말했다.

"감사합니다, 아버지."

"더 할 얘기 있어?"

왕이 무뚝뚝하게 물었다.

"그……" 창문을 힐끗 쳐다본 도리언은 아버지를 돌아보며 용기를 냈다. 아버지를 만나러 온 두 번째 용건을 꺼내야 했다. "그 자객을 어떻게 하실 건지 알고 싶습니다."

아버지가 미소를 짓자 도리언은 피가 얼어붙는 듯했다. 아버지는 느릿하게 입을 열었다.

"그 자객은…… 결투 때 좀 꼴사납더구나. 독을 먹어서든 아니든 질질 짜기나 하는 여자를 내 챔피언으로 삼아도 될지 모르겠어. 그 여자가 정말 실력이 좋았으면 독을 마시기 전에 알아챘겠지. 아무래도 엔도비어로 돌려보내야 될 것 같구나."

도리언은 분노가 치밀어 머리가 빙빙 돌 지경이었다.

"그 여자를 잘못 보신 겁니다." 그는 고개를 가로저으며 덧붙였다. "제가 무슨 말을 해도 그 여자를 다른 시각으로 보진 않으시겠죠."

"내가 자객을 괴물 말고 다르게 봐야 할 이유라도 있어? 내가 그 여자를 여기로 오게 한 건 시합에 내보내기 위해서지, 내 아들과 왕국의 목숨줄을 갖고 놀게 하기 위해서가 아니었어."

도리언은 이를 드러냈다. 지금까지 그는 아버지를 이런 눈으로 쳐다본 적도 없었다. 전율이 일었다. 천천히 자리에 앉는 아버지를 바라보면서 도리언은 아버지가 자기를 진짜 골칫거리로 여기지 않을까 생각했다. 놀랍게도 별로 걱정이 되지는 않았다. 아버지의 결정에 의문을 제기할 시기가 온 것인지도 모른다.

"그 여자는 괴물이 아닙니다. 전부 살아남기 위해 한 일이었어요."

"살아남기 위해서? 그 여자가 그렇게 거짓말을 했어? 그래, 살아남기 위해 무슨 일이든 할 수 있다고 치자. 그런데 그 여자는 살인을 택했어. 살인을 즐긴 거야. 지금 그 여자는 너를 자기 뜻대로 휘두르고 있지, 안 그러냐? 아, 참 영리한 여자로구나! 남자로 태어났으면 대단한 정치가가 됐을 거다!"

도리언은 목 안쪽에서 깊게 으르렁거리는 소리로 반박했다.

"잘 모르셔서 그렇게 말씀하시는 겁니다. 저는 그 여자에게 애정 따윈 없습니다."

하지만 이 말을 한 게 실수였다. 도리언은 아버지에게 새로운 약점을 간파당했음을 알았다. 바로 셀레이나를 빼앗기게 될까 봐 몹시도 두려워하는 마음이었다. 도리언은 주먹 쥔 손을 풀었다.

아달렌 왕은 왕세자를 바라보며 말했다.

"준비되면 그 여자에게 계약서를 보내마. 그때까지는 그 일에 대해 입 다물고 있어."

도리언은 몸 안에 들어차는 차가운 분노 속에 숨이 막힐 지경이었다. 그 순간 그의 머릿속에 생생한 이미지가 떠올랐다. 결투 때 셀레이나에게 자기 지팡이를 건네던 네히미아의 모습이었다. 네히미아는 바보가 아니었다. 도리언과 마찬가지로 셀레이나도 네히미아의 지팡이 같은 상징들이 얼마나 특별한 힘이 있는지 알고 있었다. 셀레이나는 이일웨이의 무기를 이용해 아달렌 왕의 챔피언 자리를 얻어냈다. 네히미아는 이길 가능성이 없는 시합을 하고 있었고, 도리언은 애초에 그런 시합을 할 용기를 지닌 공주가 존경스러웠다.

아버지가 이일웨이 반란 세력에게 한 짓에 대해 언젠가는 응분의 처벌을 요구할 용기를 낼 수 있지 않을까. 오늘은 아니었다. 아직은 그럴 수 없었다. 그래도 시작은 해볼 수 있을 것이다.

도리언은 아버지를 바라보며 고개를 꼿꼿이 들었다.

"페링턴 공작은 네히미아 공주를 인질로 이용해서 이일웨이 반란 세력을 복종시키려 하고 있습니다."

아버지는 고개를 갸웃했다.

"그래? 흥미로운 생각이구나. 너도 공작의 뜻에 동의하는 거냐?"

도리언은 손바닥에서 식은땀이 나기 시작했지만 감정을 드러내지 않으려 애썼다.

"아뇨. 우리 왕국이 그것보다는 나은 수준이라고 생각하니까요."

"그래? 반란 세력 때문에 내가 얼마나 많은 군인과 물자를 잃었는지는 알지?"

"그래도 네히미아를 그런 식으로 이용하겠다는 건 너무 위험한 생각입니다. 반란 세력이 다른 왕국들과 동맹을 맺을 빌미만 줄 뿐이죠. 게다가 네히미아는 자기네 백성들에게 사랑받는 공주입니다. 군인과 물자 손실을 걱정하시는데, 페링턴의 계획대로 될 경우 이일웨이 전체가 들고 일어날 수 있고 그렇게 되면 손실이 훨씬 커질 겁니다. 차라리 네히미아를 우리 편으로 끌어들이는 편이 낫습니다. 네히미아와 협력해서 반란 세력이 스스로 물러서게 만드는 거죠. 우리가 네히미아를 인질로 잡고 있으려고 하면 협력은 불가능하겠죠."

침묵이 흘렀다. 도리언은 아버지의 예리한 시선을 느끼며 초조해하지 않으려 안간힘을 썼다. 심장이 한 번 뛸 때마다 망치가 온몸을 치는 기분이었다.

마침내 아버지가 고개를 끄덕였다.

"페링턴에게 그 계획을 중단하라고 명령해야겠구나."

안심한 도리언은 몸에 힘이 쭉 빠질 뻔했지만, 무표정을 유지하고 최대한 차분하게 말했다.

"제 말을 끝까지 들어주셔서 감사합니다."

아버지는 대답하지 않았다. 도리언은 그만 물러가라는 말을 기다리지 않고 그대로 돌아서서 방을 나갔다.

셀레이나는 눈을 뜬 순간 어깨와 다리에 심한 통증이 느껴졌지만 움찔하지 않으려 애썼다. 붕대를 감은 몸을 담요로 휘감은 채 벽난로 위 선반에 놓인 시계를 바라보았다. 오후 1시가 거의 다 됐다.

입을 벌리자 턱이 욱신거렸다. 거울을 안 봐도 온몸에 심한 멍이 들었다는 걸 알 수 있었다. 인상을 찌푸리자 얼굴 전체가 아팠다. 분명 끔찍한 몰골일 것이다. 일어나 앉으려다가 몸 전체가 아파서 그만두었다.

팔에는 팔걸이 붕대를 했고, 이불 밑에서 다리를 움직이자 허벅지가 몹시 아팠다. 어제 결투가 끝나고 무슨 일이 일어났는지 거의 기억은 안 났지만 그래도 목숨은 건졌다. 케인이나 왕의 명령으로 죽지는 않은 것이다.

간밤에 꾼 꿈에는 네히미아와 엘레나가 계속 나왔는데, 그들은 악마들, 죽은 자들의 환영 속으로 사라지곤 했다. 케인이 언급했던 것들도 등장했다. 통증도 심하고 기운이 너무 빠진 탓도 있었지만 무엇보다 악몽이 너무 끔찍해서 제대로 잘 수가 없었다. 엘레나 왕비가 준 부적 목걸이가 어디로 갔는지 궁금했다. 그 목걸이가 없어서 악몽을 계속 꾸는 듯했다. 케인이 죽었지만, 그 목걸이를 다시 찾고 싶다는 생각이 몇 번이나 들었다.

침실 문이 열리고 문 앞에 선 네히미아가 보였다. 네히미아는 희미한 미소를 머금은 채 침실 문을 닫고 다가왔다. 플릿풋이 고개를 들더니 꼬리를 침대에 탁탁 쳐가며 신나게 흔들었다.

"어서 와요."

셀레이나가 이일웨이어로 말했다.

"몸은 좀 어때요?"

네히미아는 어색한 억양이 전혀 없는 매끄러운 공용어로 물었다. 플릿풋이 공주를 맞이하려고 셀레이나의 아픈 다리로 기어 올라갔다.

"보시다시피 이래요."

말을 하는데 입까지 아팠다.

네히미아가 매트리스 끄트머리에 걸터앉느라 매트리스가 움직이자 셀레이나는 움찔했다. 회복이 쉽지 않을 듯했다. 플릿풋은 네히미아를 혀로 핥고 킁킁거리더니 그들 둘 사이에 공처럼 몸을 말고 엎드려 잠이 들었다. 셀레이나는 벨벳처럼 부드러운 플릿풋의 귀 안쪽에 손가락을 넣었다.

네히미아가 말했다.

"말을 이리저리 돌리면서 시간을 끌지 않을게요. 결투 때 내가 당신 목숨을 구했어요."

셀레이나는 네히미아가 허공에 대고 괴상한 상징들을 그리는 걸 봤던 기억이 어렴풋이 났다.

"내가 환각을 본 게 아니었네요? 공주님도 다 본 거죠?"

셀레이나는 몸을 좀 더 일으켜 앉으려 했는데 조금만 움직여도 통증이 엄청 컸다.

"환각 아니에요. 그리고 당신이 본 걸 나도 다 봤어요. 난 다른 사람들이 못 보는 걸 봐요. 어제는 당신이 그걸 본 건 칼테인이 당신 와인에 블러드베인을 넣었기 때문이에요. 칼테인이 그런 효과를 노린 것은 아니겠지만 당신 피에 그런 식으로 작용을 한 거죠. 마법이 마법에 반응한 거예요."

그 말에 셀레이나는 불편해하며 몸을 뒤척였다.

"지난 몇 달 동안 왜 아달렌어를 못 알아듣는 척했어요?" 말을 하고 보니 화제를 바꾸고 싶었다. 이 질문이 어째서 몸의 상처만큼 가슴을 아프게 하는지 이유를 알 수 없었다.

"처음엔 방어를 위해서였어요." 네히미아는 셀레이나의 성한 팔에 손을 얹었다. "당신이 말을 못 알아듣는다고 생각하면 사람들이 그 옆에서 얼마나 정보를 많이 흘리는지 알면 놀랄 거예요. 하지만 날이 갈수록 당신 옆에서 이 나라 말을 모르는 척하기가 점점 더 힘들었어요."

"왜 나더러 아달렌어를 가르쳐달라고 한 거죠?"

네히미아는 천장을 올려다보았다.

"친구가 되고 싶었어요. 당신을 좋아하기도 했고요."

"전에 도서관에서 만났을 때 정말 그 책을 읽고 있었던 거네요."

네히미아는 고개를 끄덕였다.

"자료…… 조사를 좀 하고 있었어요. 워드 문자에 관해서요. 당신들은 그걸 그렇게 부르더군요. 당신한테 워드 문자에 대해 아무것도 모른다고 했던 건 거짓말이었어요. 다 알고 있어요. 읽는 방법도…… 사용하는 방법도 알죠. 우리 가문 사람들은 모두 대대로 배워 알지만 비밀로 해두고 있어요. 악에 대한 최후의 방어 수단이나 정말 위중한 병을 물리치기 위해서만 사용해야 해요. 마법이 금지된 이곳에서는…… 워드 문자가 다른 종류의 힘으로 쓰이는 것 같아요. 내가 이걸 쓸 줄 안다는 걸 다른 사람들이 알면 난 감옥에 가게 될 거예요."

셀레이나는 똑바로 일어나 앉으려 했지만 움직이기가 힘들어 속으로 욕이 나왔다. 너무 아파서 기절할 것 같았다.

"워드 문자를 쓰고 있어요?"

네히미아는 엄숙한 얼굴로 고개를 끄덕였다.

"무시무시한 힘 때문에 우린 비밀로 해두고 있어요. 선한 용도나 악한 용도로 모두 쓰일 수 있어서 무시무시한 거죠. 대부분은 사악한 용도를 위해 이 힘을 사용해 왔어요. 여기 도착하자마자 누군가 워드 문자를 써서 다른 세상에서 악마들을 불러내고 있는 걸 알았어요. 우리가 사는 세상 너머에 있는 또 다른 세상이에요. 멍청한 케인은 워드 문자로 그것들을 소환할 줄만 알았지 제어하고 돌려보내는 방법은 몰랐던 거예요. 지난 몇 달 동안 나는 케인이 소환한 짐승들을 추방하고 없앴어요. 내가 한 번씩 넋 나간 것처럼 있던 게 그래서예요."
 셀레이나는 부끄러워 얼굴이 달아올랐다. 어떻게 네히미아가 전사들을 죽이고 있다는 생각을 할 수 있었을까? 셀레이나는 오른손을 들어 상처를 살펴보며 말했다.
 "제가 손을 물린 날 밤에 공주님이 아무것도 묻지 않은 이유가 그래서였군요. 그리고 워드 문자의 힘으로 저를 치료해주신 거고요."
 "당신이 어쩌다가, 어디서 리더락을 만났는지 난 아직도 몰라요. 그 얘기 나중에 들을 수 있겠죠." 네히미아는 혀를 차며 덧붙였다. "당신 침대 밑에 그려져 있던 표식은 내가 그린 거예요."
 그 말에 셀레이나는 움찔했다. 그 바람에 온몸이 심하게 욱신거리자 입으로 가쁜 숨을 내뱉었다.
 "보호를 위한 상징이었어요. 당신이 그걸 발견하고 지울 때마다 새로 그리느라 얼마나 성가셨는지 모를 거예요." 네히미아의 도톰한 입술 끝에 미소가 번졌다. "그 상징이 없었으면 리더락이 당신을 더 빨리 찾아왔겠죠."
 "어째서요?"
 "케인이 당신을 싫어했잖아요. 당신이 시합에 참여도 못 하게 없애버리고 싶었겠죠. 케인이 안 죽었으면 그에게 입구를 강제로 여는 방법을 어디서 배웠는지 물어봤을 거예요. 당신이 독에 취해 두 세계 사이에 떠다닐 때 케인이 당신을 찢어 죽이려고 그 짐승들을 불러들였어요. 그런 짓을 했으니 케이올의 칼에 찔려 죽어도 쌌죠."
 셀레이나는 침실 문 쪽을 돌아보았다. 어제 이후로 케이올을 보지 못했다. 그녀를 도우려고 케이올이 한 일 때문에 왕이 그를 벌했을까?
 "그 남자는 둘이 생각하는 것보다 당신을 더 많이 좋아하고 있어요."

네히미아가 웃음기 섞인 목소리로 말하자 셀레이나의 얼굴이 달아올랐다.

네히미아는 헛기침을 하며 말했다.

"내가 어떻게 당신을 구했는지 궁금할 거예요."

"알려주고 싶으시면 얼마든지요."

셀레이나의 말에 공주는 싱긋 웃었다.

"워드 문자를 사용해서 다른 세계들 중 하나로 이어지는 입구를 열었어요. 그리고 그 입구를 통해 아달렌 최초의 왕비 엘레나가 건너왔어요."

"엘레나를 알아요?"

셀레이나가 한쪽 눈썹을 치켜떴다.

"아뇨. 그런데 그분이 도와달라는 내 외침에 응답하셨어요. 다른 세계들이 전부 암흑과 죽음으로 가득한 건 아니에요. 어떤 세계는 선한 생명체들이 가득하죠. 우리가 진심으로 필요로 하면 우리를 따라 에렐리아로 건너와서 도움을 줘요. 내가 입구를 열기 한참 전에 엘레나 왕비는 도움을 청하는 당신 목소리를 들었을 거예요."

"다른 세계로 *가는 게*…… 정말 가능해요?"

셀레이나는 몇 달 전에 읽은 책에서 본 워드 대문에 관한 내용을 어렴풋이 떠올렸다.

네히미아가 그녀의 표정을 살피며 대답했다.

"모르겠어요. 나도 아직 공부를 마친 게 아니라서. 엘레나 왕비는 이쪽 세계에 있기도 하고 아니기도 해요. 중간 세계에 주로 있는데, 이쪽으로 완전히 건너오지는 못해요. 당신이 본 그 짐승들도 마찬가지고요. 무언가가 건너올 수 있는 입구를 제대로 열려면 어마어마한 힘이 있어야 하고, 어느 정도 시간이 지나면 닫혀 버려요. 케인은 입구를 열어 리더락이 건너올 수 있게 했는데 얼마 후 그 입구가 닫혀 버렸겠죠. 난 리더락을 돌려보낼 때까지 입구를 연 상태로 유지해야 했어요. 몇 달 동안 술래잡기를 한 거죠." 네히미아는 관자놀이를 손으로 문지르며 덧붙였다. "그게 얼마나 진 빠지는지 모를 거예요."

"케인이 결투 때 그 존재들을 전부 소환한 건가요?"

네히미아는 가만히 생각한 후 대답했다.

"아마 그럴 거예요. 미리 건너와서 대기하고 있었을 수도 있고요."

"칼테인이 먹인 블러드베인 때문에 난 그들을 볼 수 있었던 거죠?"

"나도 잘 몰라요, 엘렌티야." 네히미아는 한숨을 푹 쉬며 일어섰다. "내가 아는 건 우리 가문이 지닌 힘의 비밀을 케인이 알고 있었다는 것뿐이에요. 북쪽 지역에서는 오래전에 잊힌 힘인데 말이죠. 그 점이 신경 쓰이네요."

"놈은 죽었어요." 셀레이나는 숨을 삼키며 말했다. "그런데 그…… 그곳에서 케인은 평소의 케인 같지 않았어요. 꼭 악마 같던데, 이유가 뭐죠?"

"그가 계속 소환한 악한 존재의 기운이 영혼에 스며들어서 그를 다른 어떤 존재로 변하게 했을 수도 있어요."

"케인이 결투 중에 제 얘기를 했어요. 저에 대해 다 아는 것처럼 말하더라고요."

셀레이나는 손으로 담요를 꽉 잡았다.

네히미아는 뭔가 짚이는 데가 있는 듯한 눈빛이었다.

"사악한 기운은 우리를 혼란에 빠뜨리려고 이런저런 말을 하기도 해요. 우리가 그 기운을 마주하고 한참 후까지도 그 생각을 계속하게 만드는 거죠. 케인은 자기가 내뱉은 헛소리를 당신이 계속 떠올리면서 안절부절못하는 걸 알면 좋아할 거예요." 네히미아는 셀레이나의 손을 토닥이며 덧붙였다. "케인 때문에 여전히 괴로워하고 있다는 걸 알면 케인이 얼마나 기뻐하겠어요. 그런 생각을 그만하도록 해요."

"아달렌 왕은 이런 부분에 대해 모르는 것 같아요. 만약 왕이 그런 힘에 접근했으면 무슨 짓을 벌였을지 상상도 못 하겠어요."

"나는 충분히 상상이 가네요." 네히미아가 부드럽게 물었다. "당신 이마에 새겨진 워드 문자의 의미를 알아요?"

셀레이나는 표정이 굳었다.

"아뇨. 아세요?"

네히미아는 생각에 잠긴 표정으로 그녀를 바라보았다.

"몰라요. 전에도 이마에서 본 적은 있지만요. 당신의 일부인 것 같아요. 왕이 그 표식을 보고 뭐라고 생각할지 걱정되네요. 지금까지 왕이 물어보지 않은 게 놀라울 지경이에요." 셀레이나의 얼굴이 창백해지자 네히미아가 얼른 덧붙였다. "걱정 마요. 묻고 싶었으면 진즉에 물었겠죠."

셀레이나는 몸서리를 치며 숨을 내쉬었다.

"여기 와 있는 진짜 이유가 뭐예요, 네히미아?"

공주는 잠시 말이 없었다.

"아달렌 왕에게 충성하려고 온 건 아니에요. 이미 알고 있겠지만요. 왕의 동태를…… 계획을 잘 살필 수 있어서 리프트홀드에 왔어요."

"염탐하러 왔다고요?"

셀레이나가 목소리를 확 낮춰 속삭였다.

"그렇게 말할 수도 있겠죠. 내 나라를 위해 못 할 일은 없어요. 내 백성들을 살리고 노예가 되지 않게 막을 수만 있다면, 또 다른 대량 학살을 막을 수만 있다면 어떤 희생도 아깝지 않아요."
네히미아의 눈에 고통스러운 감정이 스쳤다.
셀레이나는 심장이 뒤틀리는 기분이었다.
"내가 만나본 중에 제일 용감한 사람이네요."
네히미아는 플릿풋의 털을 쓰다듬었다.
"아달렌 왕에 대한 두려움을 잊을 정도로 나는 이일웨이를 사랑해요. 하지만 당신을 우리 일에 끌어들일 생각은 없어요, 엘렌티야."
셀레이나는 안도의 한숨을 내쉴 뻔했는데, 그런 마음이 들자 부끄러움이 밀려들었다. "우리가 가는 길이 이렇게 엮이게 됐지만…… 이제 당신은 당신만의 길을 가야 한다고 생각해요. 새로운 자리에 적응도 하고요."
셀레이나는 고개를 끄덕인 후 목소리를 가다듬었다.
"당신의 힘에 대해서 아무한테도 말 안 할게요."
네히미아는 서글픈 미소를 지었다.
"우리 사이에 더 이상 비밀은 없을 거예요. 당신 상태가 나아지면 엘레나 왕비와 어떻게 엮이게 됐는지 듣고 싶어요." 네히미아는 플릿풋을 힐끔 내려다보았다. "내가 산책을 데리고 나갔다 와도 돼요? 오늘은 바람을 좀 쐬고 싶네요."
"그럼요. 아침 내내 여기에만 있었어요."
강아지는 말을 알아들은 것처럼 침대에서 폴짝 뛰어 내려와 네히미아의 발 앞에 앉았다.
"당신이 내 친구라 기뻐요, 엘렌티야."
"공주님이 내 뒤를 지켜줘서 난 더 기뻐요." 셀레이나는 밀려 나오는 하품을 참았다. "내 목숨을 구해줘서 고마워요. 두 번이나 구해줬잖아요. 어쩌면 그 이상일 수도 있고요." 셀레이나는 인상을 쓰며 물었다. "케인의 짐승들한테서 나를 은밀히 구해준 게 몇 번이나 더 있는지 알아야 할까요?"

"오늘 밤에 편하게 자고 싶으면 모르는 게 나아요."

네히미아는 셀레이나의 정수리에 입을 맞추고는 플릿풋을 데리고 문 앞으로 갔다. 공주는 문간에서 멈춰 서더니 셀레이나에게 무언가를 던졌다.

"당신 거예요. 내 경비병 중 하나가 전투가 끝난 후에 주웠어요."

엘레나의 눈이었다.

셀레이나는 단단한 금속으로 된 부적을 손으로 감싸 쥐었다.

"고마워요."

네히미아가 떠난 후 셀레이나는 새로 알게 된 놀라운 사실에도 불구하고 미소 지으며 눈을 감았다. 손에 부적을 쥐고 있어서인지 지난 몇 달 동안과 비교했을 때 한층 더 깊게 잠에 빠져들었다.

52

다음날 눈을 뜬 셀레이나는 몇 시쯤 됐는지 알 수가 없었다. 침실 문을 두드리는 소리가 들려 눈을 껌벅이며 잠을 쫓아내는데 도리언이 방으로 들어왔다. 그는 문간에서 잠시 그녀를 가만히 바라보았다. 셀레이나는 가까스로 웃음 지으며 쉰 목소리로 말했다.

"어서 와요."

그녀를 안고 온 도리언이 치료사가 다리를 꿰매는 동안 몸을 잡아 눌러준 기억이 났다.

그는 무거운 발걸음으로 다가오며 속삭였다.

"오늘 얼굴이 더 안 좋아 보여."

셀레이나는 몸이 아팠지만 일어나 앉았다.

"괜찮아요."

거짓말이었다. 전혀 괜찮지가 않았다. 케인이 갈빗대 하나를 골절시켜서 숨을 쉴 때마다 욱신거렸다. 그는 입을 꾹 닫은 채 창밖을 내다보았다. 셀레이나가 물었다.

"무슨 일 있어요?"

그의 재킷을 붙잡으려 손을 뻗었다가 통증이 너무 크게 느껴지고 거리가 멀어 그만두었다.

"모…… 모르겠어." 모든 걸 잃은 듯한 그의 텅 빈 눈빛에 셀레이나는 심장이 더욱 빠르게 뛰었다. "결투 이후로 잠을 못 자겠어."

"여기로 와 앉아요."

셀레이나는 옆을 손으로 톡톡 두드리며 부드럽게 말했다.

그는 순순히 앉았다. 그녀에게 등을 돌린 채 두 손으로 얼굴을 감싸고 몇 번이나 숨을 깊이 들이마셨다. 셀레이나는 조심스럽게 그의 등을 만졌다가 그의 몸이 확 굳어지자 손을 떼려 했다. 그 순간 그의 등뼈에 긴장이 풀리면서 호흡을 가다듬었다.

"어디 아파요?"

"아니."

"도리언. 무슨 일이에요?"

"무슨 일이냐니?" 그는 두 손으로 얼굴을 감싸 쥔 채 말을 이었다. "네가 그레이브를 격파하는 걸 봤는데 다음 순간 케인이 널 죽일 듯이 패고 있었어……"

"그것 *때문에* 잠을 못 잤어요?"

"도저히…… 견딜 수가……"

그는 신음을 흘렸다. 셀레이나는 그가 생각을 정리하도록 잠시 내버려 두었다. 그는 얼굴에서 손을 떼고 허리를 펴며 말했다.

"미안해."

셀레이나는 고개를 끄덕였다. 그를 밀어붙이고 싶지 않았다.

"지금 몸 상태는 어때?"

그의 목소리에서 여전히 두려움이 묻어났다.

셀레이나는 신중하게 답했다.

"엉망이죠, 뭐. 꼬락서니도 엉망일 것 같고요."

그는 살짝 웃었다. 그는 괴로운 감정에서 벗어나려 안간힘을 쓰고 있었다.

"지금까지 본 중에서 제일 사랑스러워." 도리언은 침대를 쳐다보며 물었다. "좀 누워도 돼? 피곤해서."

장화를 벗고 재킷 단추를 푸는 도리언을 그녀는 굳이 말리지 않았다. 도리언은 끄응 소리를 내며 그녀 옆에 누워 배에 손을 올렸다. 셀레이나는 옆에서 눈을 감고 코로 긴 숨을 내쉬는 그를 바라보았다. 이윽고 평소 같은 얼굴로 어느 정도 돌아왔다.

"케이올은 어때요?"

셀레이나는 긴장하며 물었다. 피가 튀고 두려움에 질려 굳어 있던 케이올의 얼굴이 떠올랐다.

도리언은 한쪽 눈을 떴다.

"괜찮아질 거야. 어제 오늘 근무를 쉬었어. 쉴 만하지."

셀레이나는 가슴이 조여들었다.

"책임감 느끼지 않아도 돼." 그는 옆으로 돌아누워 셀레이나의 얼굴을 쳐다보았다. "자기가 해야 할 일을 한 거니까."

"그렇긴 하지만……"

"됐어. 그 상황에서 해야 할 일인 걸 분명히 알고 한 거야." 그는 그녀의 뺨을 손가락으로 쓰다듬었다. 그의 손가락이 얼음장 같았지만 셀레이나는 떨림을 참아냈다. "미안해." 그는 그녀의 얼굴에서 손가락을 떼며 다시 사과했다. "내가 널 구하지 못한 게 정말 미안해."

"무슨 말을 하는 거예요? 그래서 줄곧 괴로워한 거예요?"

"뭔가 잘못된 걸 알아챘을 때 바로 케인을 저지하지 못해서 미안하다고. 칼테인이 너에게 약을 먹였어. 그것도 내가 미리 알았어야 했어. 그 여자가 그런 짓을 못 하게 막을 방법을 찾아냈어야 했어. 네가 환각을 보고 있는 걸 깨달았을 때도 난…… 막을 방법을 찾아내지 못했어."

초록색 피부에 누런 송곳니가 눈앞에 어른거려 셀레이나는 아픈 손가락으로 주먹을 쥐었다.

"미안해할 필요 없어요." 셀레이나는 자신이 목격한 끔찍한 것들, 칼테인의 배신, 네히미아가 털어놓은 사실에 대해 이 자리에서 말하고 싶은 기분이 아니었다. "누구든 그럴 수밖에…… 없었을 거예요. 전하가 개입했으면 난 실격패했겠죠."

"케인이 너에게 손을 댄 순간에 그놈을 내가 칼로 벴어야 했는데. 결투장 옆에서 케이올이 무릎을 꿇고 있는 동안 난 그 자리에 멍하니 서 있었어. 내가 케인을 죽였어야 했다고."

악마들의 이미지가 흐릿하게 사라지자 셀레이나는 싱긋 웃었다.

"자객처럼 말하고 있네요."

"네 옆에 너무 오래 붙어 있어서 그런가 봐."

베개에서 머리를 든 셀레이나는 그의 어깨와 가슴 사이의 부드러운 곳을 베고 누웠다. 몸에 열기가 확 전해졌다. 옆으로 돌아누울 때 온몸이 통증에 사로잡혔지만 다친 손을 그의 배에 가만히 얹었다. 머리 위에서 그의 따뜻한 숨결이 느껴졌다. 그가 팔을 둘러 어깨를 감싸자 셀레이나는 미소 지었다. 그들은 그렇게 잠시 조용히 누워 있었다.

"도리언."

그가 그녀의 코를 손가락으로 톡 쳤다.

"아야."

셀레이나는 코를 찡그렸다. 얼굴이 멍투성이가 되긴 했지만, 다행히 케인은 그녀에게 영구적인 손상을 입히지는 못했다. 물론 다리에 난 상처는 흔적이 남을 것이다.

도리언이 그녀의 정수리에 턱을 대며 물었다.

"왜?"

셀레이나는 그의 꾸준한 심장 박동 소리에 귀를 기울였다.

"나를 엔도비어에서 데리고 나왔을 때 내가 결투에서 이길 거라고 생각했어요?"

"당연하지. 안 그랬으면 내가 왜 그 멀리까지 가서 널 데려왔겠어?"

그녀는 그의 가슴에 대고 콧방귀를 뀌었다. 그는 그녀의 턱을 잡고 살짝 들어 올렸다. 그의 눈동자가 익숙하게 느껴졌다. 잊고 있던 무언가를 떠올리게 하는 눈이었다.

"널 보자마자 이길 줄 알았어." 그가 속삭였다. 앞으로 펼쳐질 일을 생각하니 셀레이나는 가슴이 아팠다. "이런 일이 일어날 줄은 몰랐지만. 그리고…… 시시하고 엿같은 시합이었지만, 그래도 덕분에 네가 내 삶에 들어왔으니 고맙게 여기고 있어. 살아 있는 동안에는 늘 고마울 거야."

"날 울리려고 이래요? 아니면 정말 바보예요?"

도리언이 앞으로 몸을 기울여 입을 맞췄다. 셀레이나는 턱이 아팠다.

아달렌 왕은 유리 왕좌에 앉아 노퉁크의 칼자루를 쓰다듬었다. 그 앞에서 페링턴은 무릎을 꿇고 처분을 기다리고 있었다. 더 기다리게 두자.

자객이 챔피언이 됐지만 아달렌 왕은 아직 그 여자에게 계약서를 보내지 않았다. 그 여자는 그의 아들과 네히미아 공주 모두와 친하게 지내고 있었다. 이런 상황에서 그 여자를 챔피언으로 임명하는 건 위험한 일일까?

하지만 근위대장은 자객의 목숨까지 구해줄 정도로 그 여자를 믿는 모양이었다. 왕의 얼굴이 돌처럼 굳어졌다. 그는 케이올 웨스트폴을 벌하지 않을 생각이었다. 케이올을 벌하려 했다간 도리언이 가로막고 나서며 시끄럽게 굴 것이다. 도리언이 독서가가 아니라 군인 기질을 타고났으면 좋았을 텐데.

그래도 도리언의 내면에는 전사로 가다듬을 만한 남자다운 구석이 있었다. 전장에서 몇 달 굴리면 도리언에게 도움이 될 것이다. 투구와 장검은 젊은 남자의 기질에 좋은 영향을 미친다. 조금 전 알현실에서 의지와 힘을 드러낸 걸 보니, 잘만 밀어붙이면 강한 장군으로 성장할 수도 있을 듯했다.

그 자객은…… 상처 치료만 되고 나면, 그의 뜻대로 부리기에 제일 좋은 자 아닌가? 달리 믿을 만한 사람도 없었다. 케인이 죽은 이상 셀레이나 사르도시엔은 그의 최선이자 유일한 선택지였다.

왕은 유리 왕좌 팔걸이에 새겨진 표식을 손으로 문질렀다. 그는 워드 문자에 관해 잘 알지만 그 자객의 이마에 붙은 표식은 처음 보았다. 언젠가는 알아낼 수 있겠지. 그게 어떤 타락한 행위나 좋지 못한 예언을 나타내는 의미라면 그날 해 질 무렵에 그 여자를 교수형에 처할 것이다. 결투 중에 약에 취해 허우적대는 꼴을 보고 그 여자를 처형하라는 명령을 내리려 했다. 그런데 그때 그것들의 존재를 느꼈다. 죽은 자들의 분노에 찬 시선이었다……. 그리고 누군가 개입해 그 여자를 구했다. 만약 이 짐승들이 그 여자를 보호하기도 하고 공격하기도 한 거라면…….

당장 명령을 내려 죽여도 될 사람이 아니라는 생각이 들었다. 그 여자의 이마에서 본 표식의 의미를 알아낼 때까지는 죽이지 않을 것이다. 게다가 당분간은 더 신경 써야 할 중요한 일들이 있었다.

왕이 마침내 입을 열었다.

"칼테인을 조종한 게 흥미롭더군." 페링턴은 무릎을 꿇은 채 잠자코 있었다. "지금도 칼테인에게 그 힘을 사용하고 있나?"

"아뇨. 폐하께서 말씀하셔서 최근에는 좀 느슨하게 하고 있었습니다." 공작은 두툼한 손가락에 낀 흑요석 반지를 빙글빙글 돌렸다. "요즘 그 여자가 눈에 띨 정도로 영향을 받기 시작했습니다. 얼굴에 핏기가 가시고 기운이 쭉 빠졌어요. 두통도 있다고 했고요."

칼테인의 배신이 신경 쓰였지만, 이런 식으로 칼테인의 성격을 드러내려 한 페링턴의 계획을 왕이 미리 알았다면 추진하지 못하게 막았을 것이다. 칼테인이 그들의 계획에 얼마나 쉽게 적응했으며, 얼마나 확고한 결심을 하고 있는지를 증명하려 했다고 해도 마찬가지였다. 공개적으로 드러낸 덕분에 성가신 의심만 불러일으키고 말았다.

"그 여자에게 실험해본 건 영리한 방법이었어. 덕분에 그 여자는 강력한 협력자가 됐고 우리의 영향력에 대해서도 아무 의심을 하지 않으니까. 난 이 힘에 큰 기대를 걸고 있어." 왕은 손에 낀 검은 반지를 바라보며 속내를 털어놓았다. "케인은 신체 변화 효과를 증명했고 칼테인은 생각과 감정에 영향을 미치는 능력을 증명했어. 이제 다른 사람들의 정신을 단련하는 능력을 시험해봐야겠어."

페링턴이 투덜거렸다.

"사실 칼테인이 그렇게 민감하게 반응하지 않길 바라기도 했습니다. 그 여자는 저를 이용해서 왕세자께 접근하고 싶어 했죠. 저는 그 힘을 이용해 그 여자를 케인처럼 변하게 만들고 싶지는 않습니다. 그 여자가 지하 감옥에서 오랫동안 썩게 두고 싶지도 않고요."

"칼테인 걱정은 안 해도 돼. 지하 감옥에 영원히 처박아 둘 것도 아니니까. 추문이 잊히고 자객이 내가 지시한 일을 처리하느라 바빠지게 되면 칼테인에게 거절할 수 없는 제안을 할 거야. 자네가 칼테인을 신뢰할 수 없다고 판단하면 그 여자를 다른 방법으로 제어해야겠지만."

페링턴이 재빨리 대답했다.

"칼테인이 지하 감옥에 있으면서 마음이 어떻게 바뀌는지부터 확인해야겠죠."

"그래, 물론이야. 어쨌든 제안을 해보겠다는 거지."

그들은 한동안 말이 없었다. 공작이 드디어 일어섰다.

"공작." 왕의 목소리가 방 안에 울려 퍼졌다. 입 모양 벽난로에서 불이 깜박거리고 푸른 불빛이 방 안에 그림자들을 드리웠다. "조만간 에렐리아에서 할 일이 많아질 거야. 준비하고 있어. 이일웨이 공주를 이용하려는 계획은 더 이상 밀어붙이지 마. 너무 이목을 끌어서 안 되겠어."

공작은 고개를 끄덕이더니 절을 하고 방에서 나갔다.

53

 탁자에 발을 올린 셀레이나는 의자 뒤쪽 다리 두 개로 아슬아슬하게 균형을 맞추면서 의자 등받이에 등을 기대고 앉았다. 뻣뻣한 근육을 쭉 펴고 긴장을 풀면서 손에 든 책의 페이지를 넘겼다. 탁자 아래서 플릿풋이 약하게 코를 골며 졸고 있었다. 창밖에는 화창한 오후 햇살에 녹은 눈이 반짝이는 물이 되어 뚝뚝 떨어졌고 침실 전체에 빛이 드리워졌다. 상처 때문에 꼼짝 못 하는 상태는 면했지만 걷다 보면 여전히 다리를 절었다. 운이 따라준다면 조만간 다시 달리기를 할 수 있을 것이다.

 결투를 치르고 일주일이 지났다. 필리파는 옷을 추가로 채워 넣으려고 셀레이나의 옷장을 정리하느라 바빴다. 셀레이나는 왕의 챔피언으로서 엄청난 급료를 받게 되면 리프트홀드를 자유로이 돌아다니면서 직접 옷을 사들일 계획이었다. 언제가 됐든…… 계약서에 서명하자마자 바로 급료를 받을 수 있기를 바라고 있었다.

 바쁜 필리파를 대신해서 네히미아와 도리언이 셀레이나를 돌봐주고 있었다. 도리언은 종종 밤이 깊도록 소리 내어 셀레이나에게 책을 읽어주곤 했다. 그러다 잠이 들면 옛 단어들과 오래전에 잊힌 얼굴들, 푸른 빛을 내는 워드 문자들, 왕, 지옥에서 소환한 죽은 자들이 셀레이나의 꿈을 어지럽혔다. 잠에서 깬 셀레이나는 그런 것들을…… 특히 마법을 잊으려 안간힘을 썼다.

문손잡이가 딸깍 소리를 내자 심장이 목구멍까지 올라오는 듯했다. 드디어 왕과의 계약서에 서명할 때가 온 건가? 도리언이나 네히미아도 아니고, 시종도 아니었다. 케이올이 문 앞에 서 있는 걸 본 순간 세상이 멈췄다.

플릿풋이 꼬리를 흔들며 그에게 달려갔다. 셀레이나는 탁자에 올린 발을 내리려다가 의자에서 떨어질 뻔했다. 다리의 상처에 통증이 느껴져 움찔했다. 얼른 일어섰는데 막상 입을 열었지만 무슨 말을 해야 할지 알 수 없었다.

케이올이 친근하게 머리를 쓰다듬어주자 플릿풋은 탁자 아래로 돌아가 두 바퀴 맴을 돌고는 웅크리고 누웠다.

왜 안으로 들어오지 않고 문 앞에 서 있지? 입고 있던 잠옷을 힐끗 내려다본 셀레이나는 자신의 맨다리를 바라보는 그의 시선을 알아채고 얼굴을 붉혔다.

"다친 곳은 어때?"

그가 물었다. 부드러운 목소리였다. 그제야 셀레이나는 그가 쳐다보고 있던 게 그녀의 맨살이 아니라 허벅지를 감아놓은 붕대임을 알아챘다. 그녀는 재빨리 말했다.

"괜찮아요. 붕대는 그냥 불쌍해 보이려고 감아놓은 거예요." 셀레이나는 웃어 보이려 했지만 생각대로 되지 않았다. "일…… 주일 만에 보네요." 그 시간이 평생처럼 느껴졌다. "괜…… 찮은 거죠?"

그의 갈색 눈이 그녀의 눈을 마주 보았다. 그 순간 셀레이나는 다시 결투장으로 돌아간 기분이었다. 그녀는 바닥에 엎드려 있고 뒤에서는 케인이 웃어대고 있었다. 그녀의 눈에 보이는 것, 들리는 것은 오로지 그녀의 옆에서 무릎을 꿇고 손을 뻗은 케이올이었다. 목이 메었다. 그때 깨달은 게 있었는데 지금은 기억나지 않았다. 그것 또한 환각이었을까.

"괜찮아." 잠옷 길이가 너무 짧은 걸 의식한 셀레이나는 그에게 한 걸음 다가섰다. "그냥…… 좀 더 빨리 와서 상태를 확인하지 못한 게 미안해서 와 봤어."

그의 바로 앞에 선 셀레이나가 고개를 옆으로 기울였다. 그는 늘 갖고 다니던 칼을 차고 있지 않았다.

"바빴나 보네요."

그는 가만히 서 있기만 할 뿐이었다. 셀레이나는 숨을 삼키며 풀어놓은 머리카락 한 가닥을 귀 뒤로 넘겼다. 그리고 그에게 더 가까이 다가갔다. 이제 고개를 치켜들어야 그의 얼굴을 볼 수 있었다. 그의 눈이 너무 슬퍼 보여 셀레이나는 입술을 깨물었다.

"당신이…… 내 목숨을 구했어요. 두 번이나요."

케이올이 미간을 찌푸렸다.

"내 할 일을 한 거야."

"그래서 고맙다고요."

"고마워할 거 없어." 그의 목소리가 긴장되어 있었다. 그의 눈이 실룩거리자 셀레이나는 가슴이 조여들었다.

그녀가 손을 잡았지만 그는 손을 뒤로 뺐다.

"당신 상태가 어떤지 보러 왔어. 회의에 참석하러 가야 돼."

셀레이나는 그가 거짓말을 하고 있음을 알았다.

"케인을 죽여줘서 고마워요." 그의 표정이 확 굳었다. "내가……

처음 사람을 죽였을 때 어떤 기분이었는지 아직도 기억해요. 쉽지 않았어요."

그는 바닥으로 시선을 떨궜다.

"계속 그 생각이 나. 너무 쉬웠어. 그냥 칼을 들어 그놈을 죽였어. 놈을 죽이고 싶었어." 그는 그녀를 가만히 바라보았다. "케인이 당신 부모님에 대해 알고 있던데. 어떻게 된 거야?"

"나도 몰라요."

거짓말이었다. 실은 아주 잘 알았다. 케인은 다른 세상인지 중간 세상인지 모를 말도 안 되는 어떤 곳에 접근한 덕분에 그녀의 생각과 기억, 영혼을 들여다볼 수 있었다. 어쩌면 그 이상의 것을 보았는지도 모른다. 생각하니 몸서리가 쳐졌다.

케이올의 표정이 비로소 풀렸다.

"그분들이 그렇게 돌아가셔서 유감이야."

셀레이나는 감정을 드러내지 않고 표정 관리를 하며 말했다.

"오래전 일이에요. 그날 비가 오고 있었는데, 부모님 침대가 축축하게 젖은 이유가 창문이 열려 있어서라고 생각했어요. 다음 날 아침에 눈을 뜨고 보니 침대를 적신 건 빗물이 아니더라고요." 셀레이나는 힘겹게 숨을 들이마시며, 피부에 묻었던 부모님의 피에 대한 기억을 애써 지웠다. "그 일이 있고 나서 에로밴 헤멜이 나를 발견했어요."

"그래도 유감이야."

"아주 오래전 일이에요. 부모님이 어떻게 생겼는지도 이젠 기억 안 나요." 이 말도 거짓말이었다. 그녀는 부모님의 얼굴을 선연히 기억하고 있었다. "가끔은 부모님이 계셨던 것도 잊고 살아요."

그는 고개를 끄덕였다. 그녀의 말을 이해한다기보단 경청하고 있음을 보여주기 위해서였다.

"당신이 날 위해서 해준 일은…… 케인 일뿐만 아니라……"

"이만 가볼게."

그는 그녀의 말을 끊고 반쯤 돌아섰다.

"케이올."

셀레이나는 그의 손을 잡고 그를 돌려세워 자신을 바라보게 했다. 두려워하는 그의 눈빛을 본 셀레이나는 그의 목에 팔을 두르고 그를 끌어안았다. 그는 반응하지 않으려고 몸을 바로 세웠지만 셀레이나는 그에게 몸을 바짝 붙였다. 그러느라 상처가 더 아팠지만 상관없었다. 잠시 후에야 그는 두 팔로 그녀를 감싸고 가까이 끌어당겼다. 셀레이나는 눈을 감고 그의 체취를 들이마셨다. 그와 그녀의 경계가 어디인지 분간이 되지 않을 만큼 그에게 가까이 있었다.

그가 고개를 숙이고 그녀의 머리카락에 뺨을 붙였다. 그녀의 목에 닿는 그의 숨결이 따뜻했다. 셀레이나는 심장이 몹시 빠르게 뛰었지만 몹시 평온한 기분이었다. 그 상태로 영원히 있을 것만 같았다. 주변 세상이 무너져도 상관하지 않고 그대로 영원히 머무를 수 있을 듯했다. 그의 손가락을 머릿속에 떠올렸다. 분필로 그어놓은 선을 따라 움직이면서 경계선이 있음에도 불구하고 그녀를 향해 간절히 뻗던 그의 손가락.

"별일 없지?"

문간에서 도리언의 목소리가 들렸다.

케이올이 서둘러 물러선 바람에 셀레이나는 나자빠질 뻔했다.

"없습니다."

케이올은 어깨를 펴며 대답했다. 공기가 싸늘하게 식어버렸다. 그의 온기가 멀어지자 셀레이나는 몸이 확 추워지면서 피부에 소름이 돌았다. 케이올이 왕세자에게 목례를 하고 방을 나가는 동안 셀레이나는 도리언 쪽을 쳐다보지도 않았다.

케이올이 나가자 도리언은 그녀를 바라보았다. 케이올이 밖으로 나가 문을 닫았는데도 셀레이나의 시선은 여전히 문을 향해 있었다.

"케인을 죽인 일에서 아직 못 벗어나고 있는 것 같아."

"당연히 그렇겠죠." 셀레이나의 날카로운 말투에 도리언이 눈썹을 치켜떴다. 셀레이나는 한숨을 쉬었다. "미안해요."

"둘이 뭔가를…… 하는 중이었던 것 같은데."

도리언이 조심스럽게 말을 꺼냈다.

"아무것도 아니에요. 그를 보니까 마음이 안 좋았던 것뿐이에요."

"저렇게 빨리 가버리지 않았으면 좋았을 텐데. 좋은 소식을 가져왔거든." 그 말에 셀레이나는 배가 뒤틀리는 기분이었다. "아버지가 너와의 계약서를 작성하는 일을 더는 미루지 않기로 하셨어. 내일 회의실에 가서 서명하게 될 거야."

"그 말은…… 제가 공식적으로 왕의 챔피언이 된다는 건가요?"

"아버지가 말로 표현하시는 것만큼 당신을 싫어하지는 않으시는 모양이야. 더 이상 기다리지 않게 하시려는 걸 보면."

도리언은 이 말을 하며 윙크했다.

4년. 4년 동안 왕을 위해 일하고 나면 자유의 몸이 된다. 케이올은 왜 그렇게 빨리 나가버렸을까? 지금 복도로 나가면 그를 붙잡을 수 있을까 싶어 셀레이나는 문 쪽을 바라보았다.

도리언이 그녀의 허리를 두 손으로 잡았다.

"우리가 좀 더 같이 붙어 있게 되리라는 뜻이겠지."

그는 그녀의 얼굴에 자기 얼굴을 가져다 댔다.

그가 입을 맞췄지만 셀레이나는 그의 품에서 벗어났다.

"저는 이제…… 왕의 챔피언이에요, 도리언."

이 말을 하고 보니 웃음이 날 것 같아 애써 참았다.

"그래, 맞아."

도리언은 그녀를 다시 붙잡으려 했다. 셀레이나는 창문 쪽으로, 눈부시게 빛나는 햇살을 향해 시선을 돌리며 그와 거리를 뒀다. 세상이 훤하게 열려 있었다. 손을 내밀어 붙잡기만 하면 그녀의 것이었다. 셀레이나는 하얀 선을 이제 넘어갈 수 있었다.

그녀는 도리언을 돌아보았다.

"이제 왕의 챔피언이 됐으니 전하와 함께할 수 없어요."

"함께할 수 있어. 계속 비밀로 하면 돼. 다만……"

"비밀은 넘치게 많고 더 만들고 싶지 않아요."

"아버지에게 말씀드릴 방법을 찾아볼게. 어머니에게도."

이 말을 하면서 그는 약간 움찔했다.

"뭐하러 그래요? 도리언, 난 당신 아버지가 부리는 사람이에요. 당신은 왕세자고요."

사실이었다. 이 관계를 여기서 더 진척시키면 그녀가 이 성을 떠날 때 상황이 복잡해지기만 할 것이다. 왕의 전사로 일하면서 도리언과의 관계를 이어가는 게 얼마나 일을 꼬이게 만들지는 말할 필요도 없었다. 도리언이 인정하든 안 하든 그는 왕세자로서 수행해야 할 의무가 있었다. 셀레이나는 도리언을 좋아하고 원했지만 그와의 관계가 결국 좋지 않게 끝날 것임을 알고 있었다. 그가 왕위 계승자이기에 어쩔 수 없는 일이었다.

그의 눈빛이 어두워졌다.

"나와 함께하고 싶지 않다는 얘기지?"

"제 말은…… 저는 4년 후엔 여길 떠나요. 이 관계는 결국 우리 둘에게 좋지 않게 끝나겠죠. 그런 쪽으로 선택하는 것에 대해서는 생각하고 싶지 않아요." 햇살이 그녀의 피부에 온기를 더해주었다. 그녀의 어깨를 감싸고 있던 그의 팔이 떨어져 나갔다. "4년 후에 저는 자유예요. 평생 자유로워 본 적이 없어요." 그녀의 입가에 점점 환한 미소가 번졌다. "자유롭게 사는 게 어떤 기분인지 알고 싶어요."

그는 입을 열었지만 그녀의 미소를 본 순간 아무 말도 할 수 없었다. 셀레이나는 그녀의 선택을 후회하지 않을 것이다. 그래도 그가 "좋을 대로 해"라고 말하자 묘하게 실망감을 느꼈다.

"그래도 계속 친구로 지내고 싶어요."

그는 주머니에 손을 넣었다.

"그러자고."

셀레이나는 그의 팔에 손을 얹거나 그의 뺨에 입을 맞출까 갈등했는데, '자유'라는 말이 머릿속에 줄곧 맴돌아 미소를 거둘 수 없었다.

그는 목을 이리저리 돌렸다. 그의 입가에 머금은 미소에 긴장이 흘렀다.

"너한테 계약 얘기를 해주려고 네히미아가 여기로 오고 있을 거야. 내가 먼저 얘기해준 걸 알면 나한테 화를 내겠지. 나 대신 미안해한다고 전해주겠어?" 그는 문을 열더니 문손잡이를 잡고 그 자리에 멈춰 서서 조용히 말했다. "축하해, 셀레이나."

그러고는 그녀의 대답도 듣지 않고 문을 닫고 떠나버렸다.

홀로 남은 셀레이나는 창문을 돌아보면서 가슴에 한 손을 얹었다. 그리고 조용히 몇 번이나 이 말을 되뇌었다.

자유.

54

몇 시간 후 케이올은 셀레이나의 식당 문을 뚫어져라 바라보았다. 여기서 뭘 하는 건지 그도 알 수 없었다. 도리언의 숙소로 찾아갔는데 도리언은 방에 없었다. 아까 도리언이 셀레이나의 숙소에 왔을 때 케이올이 셀레이나를 안고 있긴 했지만 오해할 만한 상황은 아니었다고 도리언에게 말하고 싶었다. 케이올은 자기 손을 힐끗 내려다보았다.

지난 일주일 동안 왕은 케이올에게 거의 아무 말도 하지 않았고, 몇 번 회의를 진행하는 동안 케이올의 이름은 아예 언급되지도 않았다. 케인은 왕을 즐겁게 해주기 위한 졸에 불과한데다 근위병도 아니니 그럴 만도 했다.

케인은 죽었다. 케이올 때문에 케인은 더 이상 눈을 뜨지 못하게 됐다…… 케이올 때문에 숨이 끊어졌다…… 케이올 때문에 심장도 멈췄다…….

케이올의 손이 칼이 있던 자리로 향했다. 지난주 결투장에서 돌아오자마자 그는 그 칼을 방 한쪽 구석에 던져두었다. 다행히 누군가 그 칼에 묻은 피를 닦아냈다. 케이올을 숙소로 데려와 독한 술을 마시게 한 근위병들이 그리 했을 것이다. 그들은 케이올이 평소 모습으로 어느 정도 돌아올 때까지 조용히 곁을 지키다가 말없이 방을 떠났다. 케이올은 그들에게 고맙단 말도 못 했다.

케이올은 짧은 머리카락을 한 손으로 쓸어 넘기며 식당 문을 열었다.

의자에 구부정하게 앉아 저녁 식사를 깨작거리고 있던 셀레이나가 눈썹을 치켜떴다.

"하루에 두 번이나 왔네요?" 그녀는 포크를 내려놓았다. "제가 뭘 했다고 이런 기쁨을 누리는 거죠?"

그는 인상을 썼다.

"도리언은?"

"도리언을 여기서 왜 찾아요?"

"이 시간쯤엔 늘 여기 와 계시니까."

"오늘부터는 여기서 그분을 보기 힘들 거예요."

그는 탁자 끄트머리 앞으로 다가와 물었다.

"왜?"

셀레이나는 빵 한 조각을 입에 넣었다.

"내가 끝냈거든요."

"뭘 했다고?"

"난 이제 왕의 챔피언이에요. 그런 내가 왕세자와 관계를 갖는 게 얼마나 부적절한지는 굳이 말 안 해도 알잖아요."

이 말을 하는 그녀의 푸른 눈이 반짝거렸다. 셀레이나는 '왕세자' 라는 말에 미묘하게 힘을 줬는데 그 말을 듣고 어째서 심장이 벌렁거리는지 그는 알 수 없었다.

케이올은 미소가 번지려는 걸 참으며 말했다.
"당신이 언제쯤 정신을 차릴까 했는데."
셀레이나도 그처럼 초조했을까? 피에 젖은 두 손이 끝없이 떠올랐을까? 하지만 으스대며 걷고, 성공에 흡족해하고, 두 손을 허리에 올린 채 잘난 척하며 걸어 다니는 그녀의 모습을 보면…….
그녀의 얼굴에는 여전히 부드러운 감정이 깃들여 있었다. 그걸 보며 그는 희망을 품었다. 사람을 죽인 후에도 영혼을 잃지 않았으리라는 희망, 인간성을 여전히 갖고 있으리라는 희망, 명예를 유지할 수 있으리라는 희망…… 엔도비어에 있다가 나온 그녀도 여전히 웃으며 살고 있었다.
셀레이나는 손가락으로 머리카락을 잡고 배배 꼬았다. 그녀의 잠옷은 여전히 어이없을 정도로 짧았다. 그녀가 탁자 끄트머리에 발을 올리자 잠옷이 허벅지 위쪽으로 흘러내렸다. 그는 그녀의 얼굴에 시선을 고정했다.
"같이 먹을래요?" 셀레이나는 한 손으로 탁자를 가리켰다. "혼자 축하하려니까 처량해서요."
그는 살짝 미소 띤 그녀의 얼굴을 바라보았다. 케인에게 일어난 일과 결투에서 일어난 모든 일들이…… 앞으로 그를 괴롭게 만들 것이다. 그래도 지금은……
케이올은 앞에 놓인 의자를 끌어당겨 앉았다. 셀레이나는 고블릿 잔에 와인을 채워 그에게 건넸다. 그리고 자기 잔을 들어 올리며 말했다.
"자유를 얻기까지 걸릴 4년을 위해 건배."
그도 잔을 들었다. "당신을 위해 건배."
그들은 서로의 눈을 마주 보았다. 셀레이나가 환하게 웃자 그도 미소를 감출 수 없었다. 어쩌면 그녀와 4년을 함께 보내는 것만으로는 충분치 않을지도 모른다는 생각이 들었다.

셀레이나는 무덤 안에 서 있었다. 이게 꿈이라는 건 알고 있었다. 꿈에서 종종 이렇게 무덤을 찾아오곤 했다. 주로 리더락을 다시 칼로 베어 쓰러뜨리거나, 엘레나의 석관 속에 갇히거나, 너무 무거워 보이는 왕관을 쓴 얼굴 없는 젊은 금발 여자를 대면하는 내용의 꿈이었다. 그런데 오늘 밤은…… 오늘 밤에는 셀레이나와 엘레나 왕비 둘 뿐이었다. 달빛으로 훤한 무덤 안에 리더락의 시체는 흔적도 보이지 않았다.

"몸은 잘 낫고 있어?"

자신의 석관 측면에 기대어 선 엘레나 왕비가 물었다.

셀레이나는 무덤 입구에 서 있었다. 왕비는 갑옷이 아니라 평소처럼 매끈하게 흐르는 듯한 드레스 차림이었다. 표정도 사납게 일그러져 있지 않았다.

"예." 셀레이나는 자기 모습을 내려다보았다. 꿈속에서 그녀의 몸에는 상처가 하나도 없었다. "전사이신 줄 몰랐어요."

셀레이나는 다마리스가 놓인 거치대 쪽을 턱으로 가리켰다.

"역사가 나에 관해 잊어버린 부분이 많지." 엘레나의 푸른 눈이 서글픔과 분노로 빛났다. "에라완과 맞서 싸운 악마 전쟁에서 나는 개빈의 편에서 싸웠어. 그 과정에서 우린 사랑에 빠지게 됐지. 그런데 너희의 전설 속에서 나는 주인공 왕자에게 도움을 줄 마법 목걸이를 목에 걸고 탑에서 얌전히 기다리는 아가씨일 뿐이야."

셀레이나는 목에 건 부적을 만지작거렸다.

"유감이에요."

엘레나가 나지막하게 말했다.

"넌 달라. 넌 위대해질 수 있어. 나보다도…… 우리 중 누구보다도 더 위대한 존재가 될 수 있어."

셀레이나는 입을 열었지만 아무 말도 할 수 없었다.

엘레나가 한 걸음 다가와 속삭였다.

"넌 별들을 뒤흔들 수 있어. 마음만 먹으면 뭐든 할 수가 있지. 마음 깊은 곳에서 너도 그걸 알고 있잖아. 그래서 겁을 내는 거겠지."

왕비가 셀레이나 쪽으로 걸어왔다. 자객 셀레이나는 무덤에서 뒷걸음질 쳐 달아나고 싶었지만 그 자리를 애써 지켰다. 왕비의 강렬하고 빙하처럼 푸른 눈은 사랑스러운 얼굴만큼이나 영묘했다.

"넌 케인이 이 세상으로 불러들인 악한 힘을 찾아내 무찔렀어. 그리고 이제 왕의 챔피언이 됐지. 내가 요청한 대로 잘 해줬어."

"자유를 얻으려고 한 일이에요."

엘레나는 다 안다는 듯 미소 지었다. 셀레이나는 악을 쓰고 싶었지만 애써 무표정을 유지했다.

"그렇게 말할 수 있지. 하지만 네가 도움을 요청하면…… 부적이 끊어지면서 네 간절한 마음을 드러내면…… 누군가 응답하리라는 걸 알잖니. 응답하는 게 *나*라는 것도 알잖아."

"어째서죠? 왜 응답하는데요? *왜* 내가 왕의 챔피언이 돼야 했어요?"

엘레나는 무덤으로 흘러드는 달빛을 올려다보았다.

"너 자신을 구하고 싶은 만큼 네가 구해야 할 사람들이 있으니까. 부정해도 어쩔 수 없어. 네가 여기 있길 바라는 사람들…… 네 친구들이 여기 있잖아. 네 친구 네히미아도 여기서 널 필요로 해. 나는 영원처럼 긴 잠을 자다가 어떤 목소리를 듣고 깨어났어. 한 사람의 목소리가 아니라 여럿의 목소리였어. 어떤 이는 속삭이고, 어떤 이는 비명을 지르고, 어떤 이는 의식도 못 하는 채로 울부짖었어. 그런데 그들이 원하는 건 모두 같아."

엘레나는 셀레이나의 이마 한가운데를 손으로 짚었다. 열이 확 일면서 엘레나의 얼굴에 푸른 빛이 스쳤다. 셀레이나의 이마에 새겨진 표식이 불타올랐다가 사라졌다.

"네가 준비되면…… 너도 그들이 울부짖는 소리를 듣게 되면 내가 널 찾아온 이유, 그동안 내가 네 곁을 지켜온 이유, 네가 나를 수없이 밀어내려 해도 너를 계속 지키려는 이유를 알게 될 거야."

셀레이나는 눈물 고인 눈이 따끔거리는 걸 느끼며 홀 쪽으로 한 걸음 물러섰다.

엘레나가 서글픈 미소를 지었다.

"그날이 올 때까지 넌 네가 있어야 할 곳에 있도록 해. 왕의 곁에 있으면 무슨 일을 해야 하는지 알게 될 거야. 그때까지는 네가 이뤄낸 결과를 만끽해."

앞으로 또 어떤 요구를 받게 될까 하는 생각에 속이 편치 않았지만 셀레이나는 고개를 끄덕였다.

"그럴게요." 무덤을 떠나려던 셀레이나는 홀에서 걸음을 멈췄다. 뒤를 돌아보니 엘레나 왕비는 여전히 그 자리에 서서 슬픈 눈으로 그녀를 바라보고 있었다. "제 목숨을 구해주셔서 고마워요."

엘레나는 고개를 살짝 숙이며 속삭였다.

"피로 이어진 관계는 끊을 수 없어."

엘레나가 사라진 후에도 고요한 무덤 안에서 그 말이 메아리쳤다.

55

 다음 날, 셀레이나는 회의실 안을 조심스럽게 둘러보며 유리 왕좌 앞으로 걸어갔다. 몇 달 전 왕을 만났을 때 봤던 바로 그 왕좌였다. 거대한 입처럼 생긴 벽난로 안에서 푸르스름한 불이 타오르고 있었다. 긴 탁자 앞에 자리한 남자 열세 명이 셀레이나를 바라보았다. 남은 전사는 오직 셀레이나뿐이었다. 그녀는 승리자였다. 자기 아버지 옆에 선 도리언이 그녀에게 미소 지었다.
 좋은 징조이길 바라야지.
 도리언의 미소에서 희망을 보면서도 셀레이나는 심장에 들어차는 두려움을 떨칠 수 없었다. 그녀가 걸어오는 모습을 왕이 검은 눈으로 바라보고 있었다. 이 방 안에서 소리를 내는 것은 그녀가 입고 있는 금빛 드레스의 치맛자락뿐이었다. 셀레이나는 고동색 보디스에 두 손을 얌전히 붙였다. 두 손을 잡고 비틀고 싶었지만 꾹 눌러 참았다.
 그녀는 걸음을 멈추고 허리를 숙여 절했다. 그녀의 곁에 선 케이올도 나란히 절했다. 케이올은 필요 이상으로 그녀의 곁에 가까이

서 있었다.

"계약서에 서명을 하러 왔구나."

왕의 목소리에 셀레이나는 뼈가 쪼개질 것만 같았다.

이런 짐승 같은 자가 어떻게 세상을 지배하는 힘을 갖게 됐을까?

"예, 폐하."

셀레이나는 왕의 장화를 내려다보며 최대한 순종적으로 대답했다.

"내 전사가 되면 자유롭게 살 수 있을 거다. 내 아들이 왜 너와 거래까지 해야 했는지 나로서는 이해가 안 된다만, 어쨌든 4년 동안 내 밑에서 일하기로 거래했다지."

왕은 이 말을 하며 도리언 쪽을 매섭게 노려보았다. 도리언은 입술을 깨물며 아무 말도 하지 않았다.

셀레이나의 심장이 쿵 떨어졌다가 부표처럼 떠올랐다. 왕이 하라는 일은 무엇이든 해야 할 것이다. 아무리 더러운 일을 던져줘도 해야 한다. 그리고 4년이 지나면 추격당하거나 노예가 될까 봐 겁낼 필요 없이 자유롭게 살 수 있다. 아달렌에서 멀리 떠나…… 새로 시작할 수 있다. 멀리 떠나서 이 끔찍한 왕국을 잊고 살아야지.

미소를 지어야 할지, 소리 내어 웃어야 할지, 고개를 끄덕여야 할지, 소리치며 춤춰야 할지 알 수 없었다. 여기서 일하며 번 돈으로 노인이 될 때까지 살 수 있을 것이다. 살인을 할 필요도 없을 것이다. 에로밴에게도 작별을 고하고 아달렌을 영원히 떠날 수 있다.

"나에게 감사를 표하지 않을 것이냐?"

왕이 소리쳤다.

셀레이나는 간신히 기쁨을 억누르며 허리를 확 낮췄다. 그녀는 그를 이겼다. 그의 왕국에 맞서며 죄를 저질렀고 이제 승리자가 될 것이다.

"영광스러운 선물에 감사드립니다, 폐하. 저는 폐하의 보잘것없는 종입니다."

왕이 콧방귀를 뀌었다.

"거짓말은 너에게 도움이 안 될 거다. 계약서를 가져와."

그의 명령에 의원 하나가 그녀 앞의 탁자에 양피지를 펼쳐놓았다.

셀레이나는 깃펜과 그녀의 이름이 들어갈 빈칸을 바라보았다.

눈을 번뜩이는 왕 앞에서 셀레이나는 별 반응을 보이지 않았다. 만약 그녀가 반란의 조짐이나 공격하려는 움직임을 보였으면 왕은 그녀를 교수형에 처할 것이다.

"넌 아무런 질문도 하지 마라. 내가 명령을 내리면 그냥 하면 된다. 난 너에게 아무 설명도 하지 않을 거다. 일을 하다 잡히면 숨이 끊어져도 나와의 관련성을 부인해야 한다. 알겠느냐?"

"알겠습니다, 폐하."

왕이 연단에서 걸어 내려왔다. 도리언이 움직이려 하자 케이올이 그를 말리며 조용히 고개를 저었다.

왕이 앞에 와서 서자 셀레이나의 시선은 바닥을 향했다.

"잘 들어라." 왕 바로 앞에 있으니 작고 보잘것없는 존재가 된 느낌이었다. "임무에 실패하거나 돌아오지 않으면 큰 대가를 치르게 될 거다." 왕의 목소리가 너무 낮아서 간신히 들릴 지경이었다. "내가 지시한 일을 하러 떠났다가 돌아오지 않으면 네 친구인 근위대장을……" 왕은 뜸을 들이다가 덧붙였다. "죽일 것이다."

셀레이나는 휘둥그레진 눈으로 빈 왕좌를 바라보았다.

"그러고도 네가 돌아오지 않으면 네히미아를 죽일 것이다. 그다음에 네히미아의 형제들을 차례로 처형할 거다. 그리고 네히미아의 어머니를 그 옆에 나란히 묻어버릴 거다. 난 너 못지않게 교활하고 은밀한 사람이야." 셀레이나는 왕이 미소 짓고 있는 걸 느낄 수 있었다. "이만하면 알아들었겠지?" 왕은 물러서며 덧붙였다. "계약서에 서명해."

셀레이나는 빈칸을 바라보며 서명의 의미를 생각했다. 한참 숨을 죽이고 있던 셀레이나는 자신의 영혼을 위해 기도하며 서명했다. 글씨를 한 자 한 자 적기가 점점 힘이 들었다. 그리고 마침내 탁자에 깃펜을 내려놓았다.

"됐다. 이제 나가 봐." 왕이 문을 가리켰다. "필요해지면 부르마."

왕은 왕좌에 가 앉았다. 셀레이나는 왕의 얼굴에서 시선을 떼지 않고 조심스럽게 허리를 굽혀 절했다. 그리고 짧은 순간 도리언을 힐끗 쳐다보았다. 도리언의 사파이어색 눈동자가 반짝거렸다. 서글픈 눈으로 그녀를 바라보던 도리언이 미소 지었다. 셀레이나는 팔에 닿는 케이올의 손을 느꼈다.

케이올을 죽이겠다니. 그를 죽게 할 수는 없었다. 네히미아 공주의 가족들도 죽게 하지 않을 것이다. 셀레이나는 무거우면서도 가벼운 발걸음으로 방을 나섰다.

밖에서는 유리 성의 첨탑을 향해 거센 바람이 몰아치고 있었다. 하지만 바람은 성벽을 흔들어놓지 못했다.

회의실에서 멀어지자 어깨를 짓눌렀던 무게도 가벼워졌다. 케이올은 줄곧 말이 없다가 돌로 된 성으로 들어서자 그녀를 돌아보며 말했다.

"자, 왕의 전사."

그는 여전히 칼을 차고 있지 않았다.

"예, 근위대장님?"

그의 입꼬리가 올라갔다.

"이제 좀 행복한가?"

셀레이나는 웃음을 감출 수 없었다.

"계약으로 내 영혼을 양도했지만…… 그래요. 이만하면 아주 행복해요."

"왕의 전사 셀레이나 사르도시엔."

"그게 왜요?"

"어감이 좋네." 그는 어깨를 으쓱했다. "첫 번째 임무가 뭔지 알고 싶어?"

셀레이나는 그의 금빛이 도는 갈색 눈을 바라보면서 그 눈에 담긴 모든 약속을 떠올렸다. 그녀는 웃으며 그에게 팔짱을 끼었다.

"내일 말해요."

감사의 말

《유리왕좌》의 집필부터 출간까지 거의 십 년이 걸렸다. 이 지면에 전부 담기 어려울 정도로, 그동안 고마운 분들이 참 많았다.

내 에이전트이자 챔피언 타마르 리진스키에게 우선 무한 감사드린다. 타마르는 첫 페이지를 읽자마자 셀레이나라는 인물을 바로 이해했다. 그리고 그의 전화가 내 인생을 완전히 바꿔놓았다.

훌륭하고 대담한 편집자 마거릿 밀러에게도 감사드린다. 나와 《유리왕좌》를 믿어준 마거릿에게 말로 다 할 수 없을 정도로 고마운 마음이다. 당신과 함께 일할 수 있어서 무척 자랑스럽습니다. 미셸 내글러를 비롯한 블룸스베리 출판사의 환상적인 팀원들에게도 그동안의 노고와 지원에 감사드리고 싶다!

내가 문을 열고 나올 수 있게 해준 맨디 허버드에게도 큰 신세를 졌다. 맨디…… 당신은 지금도…… 그리고 앞으로도 쭉…… 내 요다일 거예요.

멋진 남편 조시에게도 고맙다는 말을 전한다. 그는 내가 매일 아침 눈을 뜰 이유가 되어주었다. 모든 면에서 나의 멋진 반쪽이다.

늘 동화책을 읽어주신 부모님(브라이언과 캐롤)께도 감사드린다. 부모님은 내가 컸다고 중단하지 않고 동화를 계속 읽어주셨다. 나의 롤모델이기도 한 남동생 애런에게도 고마운 마음을 전한다.

스탠리 브림버그와 자넬 슈와르츠에게도 감사드린다. 두 분의 격려가 내게 얼마나 깊은 영향을 미쳤는지 모를 것이다. (두 분 덕분에 이 책을 출간할 수 있었다.) 내 인생에 이런 선생님들이 더 있었으면 얼마나 좋았을까.

원고 수정에 큰 도움을 주고 좋을 때나 안 좋을 때나 진정한 친구가 되어준 수전 데너드에게도 감사한다. 수전은 내가 가장 필요로 할 때 내 인생에 찾아와 줬다. 수전 덕분에 내 세상이 훨씬 더 밝아졌다.

놀라운 비평 파트너이자 뛰어난 작가이고, 좋은 친구인 알렉스 브래큰에게도 고마움을 전한다. 알렉스에 대한 고마움은 말로 표현할 수 없을 정도다. 원고를 수정할 때 달콤한 사탕을 보내준 것도 너무너무 고맙다!

늘 시간을 내서 내 글을 비평해주고 멋진 친구가 되어준 캣 장, 내가 제정신을 유지할 수 있게 이메일을 보내준 브리짓 케머러에게도 감사한다. 빌랴나 리킥에게도 고마운 마음이다. 빌랴나와 대화를 나누면서 등장인물과 줄거리를 더 사실적으로 만들 수 있었다. 절친이자 탁월한 인재 리 바두고에게도 감사한다. 리가 없었으면 난 이 과정을 끝까지 해내지 못했을 것이다.

에린 보우먼, 에이미 카우프먼, 바네사 디 그레고리오, 멕 스푸너, 코트니 앨리슨 몰튼, 에이미 카터를 비롯한 Pub(lishing) Crawl 모임의 숙녀들에게도 감사드린다. 여러분은 뛰어난 작가들이고 멋진 사람들입니다. 내 인생에 들어와 줘서 정말 고마워요.

메러디스 앤더슨, 레이 뷰캐넌, 르네 카터, 안나 딜러스, 고다나 리킥, 새라 리우, 줄리안 마, 샨탈 메이슨, 아리아나 스털링, 사만다 워커, 디아나 완, 제인 자오에게도 감사드린다. 직접 얼굴을 본 적은 없지만, 여러분이 수년 동안 한결같이 보내준 열정은 내게 큰 의미로 다가왔다. 특히 멋진 에렐리아 지도를 그려준 켈리 드 그릇에게 감사드린다.

마지막으로 FictionPress.com을 통해 내 글을 읽어주신 모든 독자 여러분에게 감사의 말씀을 전하고 싶다. 여러분의 편지와 팬아트, 격려 덕분에 자신감을 얻어 책으로 출판까지 할 수 있었다. 여러분이 내 팬이라서, 그리고 내 친구라서 너무나 영광스럽다. 우린 함께 오랜 여정을 끝맺음했다! 여러분을 위해 건배!

사라 제이 마스
Sarah J. Maas

유리왕좌 시리즈
Throne of Glass Series

1권 유리왕좌   *Throne of Glass*

2권 어둠의 왕관   *Crown of Midnight*

3권 불의 후계자   *Heir of Fire*

4권 그림자의 여왕   *Queen of Shadows*

5권 폭풍의 제국   *Empire of Storms*

6권 여명의 탑   *Tower of Dawn*

7권 재의 왕국   *Kingdom of Ash*

별권 암살자의 검   *The Assassin's Blade*